HEYNE <

Das Buch

Im April 1975 wird eine Gruppe südvietnamesischer Offiziere unter dramatischen Bedingungen aus Saigon in die USA geflogen. Darunter ein als Adjutant getarnter kommunistischer Spion. In Los Angeles soll er weiterhin ein Auge auf die politischen Gegner haben, ringt jedoch immer mehr mit seinem Doppelleben, den Absurditäten des Spionagewesens, der Konsumgesellschaft und seiner eigenen Identität: »Ich bin ein Spion, ein Schläfer, ein Maulwurf, ein Mann mit zwei Gesichtern. Da ist es vielleicht kein Wunder, dass ich auch ein Mann mit zwei Seelen bin.«

Ein literarischer Polit-Thriller über den Vietnamkrieg und seine Folgen, eine meisterhafte Aufarbeitung über die Missverständnisse zwischen Kapitalismus und Kommunismus, ein schillerndes Werk über das Scheitern von Idealen, ein bravouröser Roman über die universelle Erfahrung von Verlust, Flucht und Vertreibung.

Der Autor

Viet Thanh Nguyen, geboren 1971 in Südvietnam, floh nach dem Fall von Saigon 1975 mit seinen Eltern in die USA. Er studierte Anglistik und Ethnic Studies in Berkeley und arbeitet seit seiner Promotion 1997 als Hochschullehrer an der University of Southern California in Los Angeles. Für sein Romandebüt, den internationalen Bestseller *Der Sympathisant* erhielt er 2016 den Pulitzer-Preis und den Edgar Award.

VIET THANH NGUYEN

DER SYMPATHISANT

ROMAN

Aus dem Amerikanischen
von Wolfgang Müller

WILHELM HEYNE VERLAG
MÜNCHEN

Sollte diese Publikation Links auf Webseiten Dritter enthalten, so übernehmen wir für deren Inhalte keine Haftung, da wir uns diese nicht zu eigen machen, sondern lediglich auf deren Stand zum Zeitpunkt der Erstveröffentlichung verweisen.

MIX
Papier aus verantwortungsvollen Quellen
FSC® C014496

Verlagsgruppe Random House FSC® N001967

Deutsche Taschenbucherstausgabe 11/2018

Die Originalausgabe erschien 2015 unter dem Titel
The Sympathizer bei Atlantic Monthly Press,
an imprint of Grove/Atlantic, Inc., New York

Umschlaggestaltung: Geviert Grafik & Typografie, München
unter Verwendung einer Illustration von © Angelos Ntinas
Satz: Leingärtner, Nabburg
Druck und Bindung: GGP Media GmbH, Pößneck
Printed in Germany

ISBN 978-3-453-43960-3

www.heyne.de

Für Lan und Ellison

Hüten wir uns, bei dem Wort »Tortur« gleich düstere Gesichter zu machen: es bleibt gerade in diesem Falle genug dagegen zu rechnen, genug abzuziehn – es bleibt selbst etwas zu lachen.

Friedrich Nietzsche, *Zur Genealogie der Moral*

ERSTES KAPITEL

Ich bin ein Spion, ein Schläfer, ein Maulwurf, ein Mann mit zwei Gesichtern. Da ist es vielleicht kein Wunder, dass ich auch ein Mann mit zwei Seelen bin. Ich bin kein missverstandener Mutant aus einem Comicheft oder Horrorfilm, obwohl mancher mich als solchen behandelt hat. Ich besitze einfach die Fähigkeit, alles von zwei Seiten zu betrachten. Manchmal schmeichele ich mir selbst, indem ich mir sage, dies sei ein Talent, auch wenn es zugegebenermaßen nichts Besonderes ist, ist es vielleicht das einzige Talent, das ich habe. Wenn ich allerdings länger darüber nachdenke, warum ich nicht anders kann, als die Welt so zu betrachten, frage ich mich, ob man dabei überhaupt von Talent sprechen kann. Schließlich bezeichnet ein Talent etwas, das man nutzt, und nicht etwas, von dem man benutzt wird. Ein Talent, das man nicht nutzen *kann,* das einen im Griff hat, ist zugestandenermaßen gefährlich. Aber in dem Monat, mit dem dieses Geständnis beginnt, erschien mir meine Art, die Welt zu betrachten, noch eher ehrenwert als gefährlich, wie das anfangs manchmal so ist mit den Dingen, die gefährlich sind.

Der fragliche Monat war der April, der grausamste Monat. Es war der Monat, in dem ein Krieg, der schon sehr lange gedauert hatte, langsam zu Ende ging. Wie es eben mit Kriegen so ist. Es war ein Monat, in dem sich für jeden Menschen in unserer kleinen Ecke der Welt alles entschied, der den meisten Menschen im Rest der Welt aber nichts bedeutete. Es war ein Monat, der zugleich das Ende eines Krieges und der Anfang des … nun ja, »Frieden« ist nicht das passende Wort, oder, mein lieber Kommandant? Es war ein Monat, als ich hinter den Mauern einer Villa, in der ich seit fünf Jahren gelebt hatte, auf das Ende wartete. Hinter Mauern, in denen braun glitzernde Glasscherben steckten und die eine Krone aus rostigem Stacheldraht trugen. Ich hatte mein eigenes Zimmer in der Villa, so wie ich mein eigenes Zimmer in Ihrem Lager habe, Kommandant. Natürlich lautet die korrekte Bezeichnung für mein Zimmer »Einzelzelle«. Und statt einer Putzfrau, die jeden Tag sauber macht, haben Sie mir einen Wachmann mit Babygesicht zur Verfügung gestellt, der gar nichts sauber macht. Aber ich beklage mich nicht. Damit ich mein Geständnis aufschreiben kann, muss es nicht sauber sein, nur ruhig.

Nachts war es in der Villa des Generals sehr ruhig, tagsüber jedoch nicht. Ich war der einzige von den Offizieren des Generals, der mit ihm unter einem Dach lebte, der einzige Junggeselle in seinem Stab und sein zuverlässigster Berater. Bevor ich ihn morgens den kurzen Weg zu seinem Büro fuhr, frühstückten wir zusammen und analysierten am einen Ende des Esstisches aus Teakholz Kriegsberichte, während seine Frau am anderen Ende eine disziplinierte Gruppe aus vier Kindern beaufsichtigte, die achtzehn, sechzehn, vierzehn und zwölf Jahre alt waren. Ein Stuhl blieb immer frei für die in Amerika studierende Tochter. Nicht jeder mochte sich vor dem Ende gefürchtet haben, der General jedoch tat es klugerweise. Er war ein dünner Mann mit hervorragender Körperhaltung, ein kriegserfahrener Soldat, der sich seine vielen Orden wirklich verdient hatte. Kugeln und Granatsplitter hatten dafür gesorgt, dass er nur noch über neun Finger und acht Zehen verfügte, doch um den Zustand seines linken Fußes wussten nur seine Familie und enge Vertraute. Nichts hatte je seinen Ehrgeiz gebremst, außer sein Verlangen nach einer exzellenten Flasche Burgunder. Er trank sie nur mit Kameraden, die sich davor hüteten, Eiswürfel in ihren Wein zu kippen. Er war Epikureer und Christ, in dieser Reihenfolge, ein Mann des Glaubens, der an die Gastronomie und an Gott, an seine Frau und seine Kinder glaubte, und an die Franzosen und Amerikaner. Seiner Ansicht nach waren sie uns weitaus bessere Vormunde als die anderen ausländischen Svengalis, die unsere Brüder im Norden und auch einige im Süden hypnotisiert hatten: Karl Marx, Wladimir Iljitsch Lenin und der Große Vorsitzende Mao. Nicht, dass er jemals einen dieser Weisen gelesen hatte! Es war meine Aufgabe als sein Adjutant und ihm zuarbeitender Nachrichtenoffizier, ihn mit Zitaten zu versorgen, die etwa aus dem *Kommunistischen Manifest* oder Maos *Kleinem Roten Buch* abgekupfert waren. Es lag an ihm, die passende Gelegenheit zu finden, um sein Wissen über die Gedankenwelt des Feindes zu demonstrieren. Die Lieblingsfrage des Generals, die er stellte, wann immer es ihm nötig erschien, war ein Lenin-Plagiat: Meine Herren, sagte er dann und klopfte resolut mit den Fingerknöcheln auf den fraglichen Tisch, »*Was tun?*« Dem General zu erklären, dass diese Frage eigentlich aus Nikolai Tschernyschewskis gleichnamigen Roman stammt, erschien irrelevant. Wer kennt heute noch Tschernyschewski? Es war Lenin, der zählte, der Mann der Tat, der die Frage aufgegriffen und sich zueigen gemacht hatte.

In diesem düstersten aller Aprilmonate hatte der General, der auf die Frage, was zu tun sei, sonst immer etwas zu tun fand, keine Antwort mehr. Der Mann, der an die *mission civilisatrice* und den American Way glaubte, wurde schließlich vom Virus des Zweifels erfasst. Von Schlaflosigkeit geplagt, wanderte er in seiner Villa umher wie ein grünlich bleicher Malariapatient. Seit ein paar Wochen zuvor im März unsere Nordfront zusammengebrochen war, tauchte er ständig in meinem Büro oder in meinem Zimmer in der Villa auf, um mir bruchstückhafte, doch immer düstere Neuigkeiten zu übergeben. Ist das zu fassen, rief er dann aus, worauf ich abwechselnd mit: Nein, General! oder Unglaublich! reagierte. Wir konnten nicht glauben, dass Anfang März die freundliche, malerische Kaffeestadt Ban Me Thuot erobert worden war. Wir konnten nicht glauben, dass unser Präsident Thieu, auf dessen Namen man nur noch spucken konnte, unseren das Hochland verteidigenden Truppen unerklärlicherweise den Rückzug befohlen hatte. Wir konnten nicht glauben, dass Da Nang und Nha Trang gefallen waren oder dass unsere Soldaten Tausende Zivilisten hinterrücks erschossen hatten, als diese wie von Sinnen versuchten, auf Lastkähnen und Booten zu fliehen. In der Zurückgezogenheit meines Büros machte ich pflichtgemäß Fotos von diesen Berichten, die Man, meinem Führungsoffizier, gefallen würden. Obwohl sie auch mir gefielen, schließlich waren sie Anzeichen für die unausweichliche Erosion des Regimes, rührte mich unwillkürlich die Not dieser armen Menschen. Mein Mitgefühl war vielleicht nicht korrekt, politisch gesehen, aber wenn sie noch lebte, wäre meine Mutter eine von ihnen gewesen. Sie war eine arme Frau und ich ein armes Kind, und niemand fragt arme Menschen, ob sie Krieg wollen. Genauso wenig hatte irgendwer diese armen Menschen gefragt, ob sie lieber vor der Küste in der Hitze verdursten oder von den eigenen Soldaten ausgeraubt und vergewaltigt werden wollten. Wenn diese Tausenden noch lebten, sie hätten genauso wenig fassen können wie wir, dass die Amerikaner – unsere Freunde, unsere Wohltäter, unsere Beschützer – kein Geld mehr schicken wollten. Und was hätten wir mit dem Geld gemacht? Wir hätten Munition, Benzin und Ersatzteile gekauft für die Waffen, Flugzeuge und Panzer, die uns die gleichen Amerikaner gratis überlassen hatten. Sie hatten uns die Spritzen geschenkt, und jetzt versagten sie uns perverserweise den Stoff. (Für nichts, murmelte der General, musst du so teuer bezahlen wie für das, was man dir gratis anbietet.)

Nach unseren Unterredungen und Mahlzeiten zündete ich dem General seine Zigarette an. Er starrte ins Leere und vergaß, an der Lucky Strike zu ziehen, die langsam zwischen seinen Fingern verglomm. Mitte April, als ihn die glühende Asche aus seinen Tagträumen riss, da stieß er ein Wort aus, das er hätte für sich behalten sollen, und Madame mahnte die kichernden Kinder zur Ruhe und sagte: Wenn du noch länger wartest, dann kommen wir nicht mehr raus. Sag Claude, er soll sofort einen Plan ausarbeiten. Der General tat so, als hörte er Madame nicht. Sie hatte das Gehirn eines Abakus, das Rückgrat eines Kasernenhofschleifers und noch nach fünf Kindern den Körper einer Jungfrau. All das steckte in einer Hülle, die unsere am Beaux-Arts-Stil geschulten Maler dazu inspirierte, mit den pastellfarbensten ihrer Wasserfarben und den verwaschensten ihrer Pinselstriche zu arbeiten. Kurz gesagt, sie war die ideale vietnamesische Frau. Ob dieses Glücks war der General zeitlebens sowohl dankbar als auch verängstigt. Er knetete die Spitze seines verstümmelten Fingers, schaute mich an und sagte: Ich glaube, es ist an der Zeit, Claude um einen Plan zu bitten. Erst als er aufhörte, seinen versehrten Finger zu betrachten, schaute er Madame an, die bloß eine Augenbraue hob. Gute Idee, General, sagte ich.

Claude war unser zuverlässigster amerikanischer Freund. Unser Verhältnis war so intim, dass er mir einmal anvertraut hatte, er sei zu einem Sechzehntel Neger. Aha, hatte ich – so voll mit Bourbon wie er – gesagt, das erklärt, warum Ihre

Haare so schwarz sind, Sie so schön braun werden und den Cha-Cha-Cha so tanzen können wie einer von uns. Beethoven, sagte er, sei ebenfalls hexidezimaler Abstammung gewesen. Dann sagte ich, das erklärt, warum Sie »Happy Birthday« singen können wie niemand sonst auf der Welt. Wir kannten uns seit über zwanzig Jahren, seit er mich 1954 auf einem Flüchtlingsschiff entdeckt und meine Talente erkannt hatte. Ich war ein altkluger Neunjähriger gewesen, der schon ziemlich gut Englisch konnte, und zwar wegen eines avantgardistischen amerikanischen Missionars. Claude arbeitete angeblich in der Flüchtlingshilfe. Jetzt stand sein Schreibtisch in der amerikanischen Botschaft. Seine vermeintliche Aufgabe war, die Entwicklung des Tourismus in unserem vom Krieg geschundenen Land zu fördern. Wie Sie sich vielleicht vorstellen können, erforderte dies ein hohes Maß an schweißtreibendem amerikanischem Machergeist. In Wahrheit war Claude ein CIA-Mann, dessen Zeit in diesem Land bis in die Tage zurückreichte, als die Franzosen noch über ein Imperium herrschten. Damals, als die CIA noch das OSS war, bat Ho Chi Minh sie um Hilfe im Kampf gegen die Franzosen. Er zitierte sogar die amerikanischen Gründerväter in der Unabhängigkeitserklärung unseres Landes. Onkel Hos Feinde sagen, er sprach mit gespaltener Zunge, aber Claude glaubte, er hatte beide Seiten im Blick. Ich rief Claude von meinem Büro aus an, das sich im gleichen Flur wie das des Generals befand, und berichtete ihm auf Englisch, dass der General alle Hoffnung verloren habe. Claudes Vietnamesisch war schlecht, sein Französisch noch schlechter, sein Englisch aber hervorragend. Ich erwähne das nur, weil man das nicht von allen seiner Landsleute sagen konnte.

Es ist vorbei, sagte ich zu Claude und merkte, wie endgültig das klang. Ich war auf Widerspruch gefasst, auf Einwände wie die, dass an unserem Himmel immer noch amerikanische

Bomber auftauchen könnten oder Kampfhubschrauber der amerikanischen Luftwaffe uns schon bald zu Hilfe eilen würden, aber Claude enttäuschte mich nicht. Ich werde sehen, was ich tun kann, sagte er, wobei ich im Hintergrund Gemurmel hörte. Ich stellte mir die Botschaft in Auflösung begriffen vor, heiß laufende Fernschreiber, dringende Depeschen, die zwischen Saigon und Washington hin- und hergeschickt wurden, pausenlos arbeitendes Personal, die vom beißenden Geruch der Niederlage überforderte Klimaanlage. Umgeben von gereizten Gemütern, blieb Claude gelassen. Er lebte jetzt schon so lange hier, dass er trotz der tropischen Luftfeuchtigkeit kaum noch schwitzte. Er konnte sich im Dunkeln von hinten an jemanden heranschleichen, aber unsichtbar machen konnte er sich nie in unserem Land. Er war ein Intellektueller, aber einer von einer eigentümlich amerikanischen Sorte, der muskulösen, die in der Rudermannschaft gewesen ist und über stramme Bizepse verfügte. Tendierten unsere Gelehrten zu Blässe, Kurzsichtigkeit und Kleinwuchs, maß Claude knapp eins neunzig, hatte Adleraugen und hielt sich in Form, indem er mit seinem Boy Nung auf dem Rücken jeden Morgen zweihundert Liegestütz absolvierte. In seiner Freizeit las er, bei jedem Besuch in der Villa trug er ein Buch unter dem Arm. Auch als er uns ein paar Tage später besuchte, hatte er das Taschenbuch *Der Kommunismus in Asien und der orientalische Modus der Zerstörung* von Richard Hedd dabei.

Das Buch war für mich, der General erhielt eine Flasche Jack Daniel's – was ich, vor die Wahl gestellt, vorgezogen hätte. Trotzdem studierte ich eingehend den Einband des Buches voller atemloser Hymnen, die aufgrund ihres hysterischen Tons auch von Teenagern hätten sein können, allerdings von zwei Verteidigungsministern stammten, einem Senator, der unser Land für seine Recherche zwei Wochen lang besucht hatte, und einem bekannten TV-Moderator, der sich in seiner Ausdrucksweise an Moses (dem von Charlton Heston gespielten) orientierte. Der Grund für ihre Erregung fand sich in dem bedeutungsvollen Untertitel, *Die marxistische Bedrohung Asiens verstehen und besiegen.* Als Claude sagte, im Moment lese jeder diesen Ratgeber, sagte ich, dann würde ich das auch tun. Der General hatte die Flasche schon geöffnet und war nicht in der Stimmung für Gespräche über Bücher oder sonstiges Geschwätz, nicht angesichts achtzehn feindlicher Divisionen, die die Hauptstadt einkesselten. Er wollte über das Flugzeug sprechen. Claude drehte sein Whiskeyglas zwischen den Handflächen und sagte, das Äußerste, was er erreichen könne, sei ein Schwarzflug mit einer C-130. Der General wusste, dass die Maschine Platz für zweiundneunzig Fallschirmjäger samt Ausrüstung bot. Er hatte bei den Luftlandetruppen gedient, bevor der Präsident persönlich ihn an die Spitze der Nationalen Polizei berufen hatte. Das Problem sei, erläuterte er Claude, dass allein seine Großfamilie achtundfünfzig Köpfe zähle. Obwohl er einige davon nicht mochte, ein paar sogar verachtete, würde Madame es ihm nie verzeihen, wenn er nicht alle ihre Verwandten rettete.

Und mein Stab, Claude? Der General sprach in seinem präzisen, formellen Englisch. Was ist damit? Der General und Claude schauten mich an. Ich versuchte, besonders tapfer auszusehen. Ich war nicht der ranghöchste Offizier im Stab, aber als sein Adjutant und der mit der amerikanischen Kultur am meisten vertraute Offizier nahm ich an allen Treffen des Generals mit Amerikanern teil. Einige meiner Landsleute sprachen Englisch so gut wie ich, allerdings hörte man bei den meisten einen hauchzarten Akzent durch. Außer mir konnte sich jedoch fast niemand über Baseballtabellen, die grässliche Jane Fonda oder die Vorzüge der Rolling Stones gegenüber den

Beatles auslassen. Schloss ein Amerikaner die Augen, wenn ich redete, glaubte er, einen seiner Leute vor sich zu haben. Tatsächlich konnte man mich am Telefon leicht für einen Amerikaner halten. Bei persönlichen Treffen staunte mein Gesprächspartner unweigerlich, wenn er mich zu Gesicht bekam, und fragte fast immer, wie ich gelernt hätte, so gut Englisch zu sprechen. In dieser Jackfruchtrepublik, die den Vereinigten Staaten als Franchiseunternehmen diente, erwarteten die Amerikaner, dass ich wie Millionen anderer kein Englisch oder Pidgin-Englisch oder Englisch mit Akzent spräche. Ich nahm ihnen diese Erwartungshaltung übel. Deshalb war ich immer erpicht darauf, ihnen zu demonstrieren, wie gut ich ihre Sprache in Wort und Schrift beherrschte. Mein Wortschatz war breiter und meine Grammatik präziser als die des durchschnittlich gebildeten Amerikaners. Ich traf die hohen Noten genauso gut wie die tiefen, und so hatte ich keine Schwierigkeiten, Claude zu verstehen, als er den Botschafter als »Volltrottel« und »Wichser« charakterisierte, der »mit seinem Brett vor dem Kopf« den unmittelbar bevorstehenden Fall der Stadt nicht wahrhaben wolle. Offiziell gibt es keine Evakuierung, sagte Claude, weil wir in nächster Zeit nicht abziehen werden.

Der General erhob fast nie die Stimme, doch nun tat er es. Inoffiziell lasst ihr uns im Stich, rief er laut. Auf dem Flugplatz starten Tag und Nacht Flugzeuge. Jeder, der mit Amerikanern zusammenarbeitet, will ein Ausreisevisum. Sie fragen in eurer Botschaft nach den Visa. Ihr habt schon eure Frauen evakuiert. Ihr habt Babys und Waisenkinder evakuiert. Wie kommt es, dass die Einzigen, die nichts vom Abzug der Amerikaner wissen, die Amerikaner selbst sind? Claude gab sich wenigstens Mühe, peinlich berührt dreinzuschauen, als er erklärte, dass bei Bekanntgabe von Evakuierungen Unruhen ausbrechen würden, die sich dann möglicherweise gegen die zurückbleibenden

Amerikaner richten würden. So war es in Da Nang und Nha Trang gewesen, als die Amerikaner Hals über Kopf geflohen und die Einwohner aufeinander losgegangen waren. Aber trotz dieser Erfahrungen herrschte in Saigon eine merkwürdig ruhige Atmosphäre. Die meisten Saigoner benahmen sich wie Leute, die wissen, dass ihre Ehe nicht mehr zu retten ist – entschlossen, sich tapfer aneinanderzuklammern und gemeinsam unterzugehen, solange niemand der ehebrecherischen Wahrheit ins Auge blickte. Die Wahrheit war in diesem Fall, dass mindestens eine Million Menschen in der einen oder anderen Funktion für die Amerikaner arbeiteten oder gearbeitet hatten – indem sie ihre Schuhe putzten oder die von den Amerikanern nach deren Bild konzipierte Armee führten oder ihnen zum Preis eines Hamburgers in Peoria oder Poughkeepsie bereit waren, einen zu blasen. Ein Gutteil dieser Menschen glaubte, dass sie bei einem Sieg der Kommunisten – woran zu glauben sie sich weigerten – das Gefängnis oder die Garrotte und die Jungfrauen die Zwangsverheiratung mit einem Barbaren erwartete. Wie hätten sie das auch nicht glauben sollen? Das waren die Gerüchte, die die CIA verbreitete.

Also …, begann der General, wurde aber sofort von Claude unterbrochen. Sie haben *ein* Flugzeug, General, und Sie sollten sich glücklich schätzen.

Der General war nicht der Typ, der bettelte. Er trank seinen Whiskey aus, Claude trank den seinen aus, dann schüttelte er Claudes Hand und verabschiedete sich von ihm, ohne den Blickkontakt mit Claude auch nur einmal abreißen zu lassen. Amerikanern gefiel es, den Menschen in die Augen zu schauen, hatte mir der General einmal erzählt, besonders wenn sie einem von hinten das Messer in den Rücken rammten. Claude sah die Lage jedoch vollkommen anders. Andere Generäle erhielten nur Plätze für ihre engste Familie, sagte er beim Hinausgehen. Auch Gott und Noah waren nicht in der Lage gewesen, jeden zu retten. Hatten sie auch gar nicht gewollt.

Nein? Was hätte mein Vater dazu gesagt? Er war katholischer Priester gewesen, aber ich konnte mich nicht erinnern, dass dieser arme Mann Gottes jemals über Noah gepredigt hätte. Zugegebenermaßen war ich aber auch nur in die Messe gegangen, um mit offenen Augen zu träumen. Ungeachtet dessen, wozu Gott und Noah in der Lage waren, bestanden kaum Zweifel, dass jeder Mann aus dem Stab des Generals, wenn er die Gelegenheit gehabt hätte, hundert Blutsverwandte gerettet hätte und darüber hinaus jeden, der das Schmiergeld aufbringen konnte, auch wenn der nur auf dem Papier existierte. Vietnamesische Familien waren komplizierte, heikle Gebilde. Als einziger Sohn einer verfemten Mutter hatte es Zeiten gegeben, in denen ich mich nach einer sehnte, aber jetzt herrschten andere Zeiten.

Später am Tag trat der Präsident zurück. Ich hatte schon vor Wochen erwartet, dass er das Land auf eine für einen Diktator standesgemäße Art verlassen würde, und verschwendete während meiner Arbeit an der Liste der zu Evakuierenden kaum einen Gedanken an ihn. Der General war akribisch und legte Wert auf Details, er war es gewohnt, schnelle, harte Entscheidungen zu treffen, hatte aber gerade diese Aufgabe nun mir zugeschoben. Er selbst war mit seiner Büroarbeit beschäftigt: Lektüre der morgendlichen Verhörprotokolle, Besprechungen auf dem Gelände des Generalstabs, von wo aus er mit seinen Vertrauten Telefonate darüber führte, wie die Stadt gehalten und gleichzeitig auf ihre Kapitulation vorbereitet werden könne, ein Manöver, so heikel, wie zu seinem Lieblingslied die Reise nach Jerusalem zu spielen. Ich hatte Musik im Ohr, denn in meinem Zimmer in der Villa, in dem ich nachts an der Liste arbeitete, hörte ich auf meinem Sony den American Radio Service. Die Songs der Temptations und die von Janis Joplin und Marvin Gaye machten in der Regel Schlimmes erträglich und Schönes wundervoll, aber nicht in Zeiten wie diesen. Immer wenn mein Kugelschreiber einen Strich durch einen Namen machte, empfand ich das wie ein Todesurteil. Alle unsere Namen, vom untersten Offizier bis zum General, hatten sich auf einer Liste befunden, die sich ihre Besitzerin in den Mund gestopft hatte, als wir vor drei Jahren ihre Tür eingetreten hatten. Die Warnung, die ich Man hatte zukommen lassen, hatte sie nicht mehr rechtzeitig erreicht. Als die Polizisten sie zu Boden warfen, hatte ich keine andere Wahl, als mich zu bücken und der kommunistischen Agentin die speichelnasse Liste aus dem Mund zu ziehen. Ihre zu Pappmaschée reduzierte Existenz bewies, dass wir Mitglieder der Spezialeinheit, die andere zu überwachen pflegten, selbst überwacht wurden. Auch wenn ich einen Augenblick mit ihr allein gewesen wäre, hätte ich meine Tarnung nicht dadurch gefährden dürfen, ihr zu sagen, dass wir auf der gleichen Seite standen. Ich wusste, welches Schicksal sie erwartete. In den Verhörzellen der Spezialeinheit redete jeder, ohne es zu wollen, hätte sie mein Geheimnis verraten. Sie war jünger als ich, aber auch sie war klug genug, um zu wissen, was ihr bevorstand. Einen kurzen Augenblick lang sah ich die Wahrheit in ihren Augen aufblitzen, und die Wahrheit war, dass sie mich hasste für das, was ich ihrer Meinung nach darstellte, den Agenten eines Unterdrückerregimes. Dann erinnerte sie sich, wie ich mich, an die Rolle, die sie zu spielen hatte. Bitte, schrie sie. Ich bin unschuldig! Ich schwöre!

Drei Jahre später saß die kommunistische Agentin immer noch in einer Zelle. Ihre Akte bewahrte ich in meinem Schreibtisch auf, eine Mahnung an mein Versagen, sie zu retten. Es war auch mein Fehler, hatte Man gesagt. Am Tag der Befreiung werde ich es sein, der ihre Zelle aufschließt. Bei ihrer Verhaftung war sie zweiundzwanzig gewesen, und in der Akte waren ein Foto von ihr am Tag der Festnahme und eins, das erst ein paar Monate alt war, auf dem ihr Blick stumpf und ihre Haare schütter waren. Unsere Gefängniszellen waren Zeitmaschinen, die Insassen alterten viel schneller als normal. Wenn ich in ihre Gesichter damals und heute schaute, fiel mir die Aufgabe leichter, einige wenige Männer zur Rettung auszuwählen und viele andere zu verurteilen, darunter auch einige, die ich mochte. Während die Verteidiger von Xuan Loc ausgelöscht wurden und jenseits der Grenze Phnom Penh an die Roten Khmer fiel, überarbeitete ich mehrere Tage lang die Liste. Ein paar Abende später floh unser Expräsident heimlich nach Taiwan. Claude, der ihn zum Flughafen fuhr, fiel auf, dass in den ungewöhnlich schweren Koffern des Präsidenten etwas metallisch schepperte, vermutlich ein kräftiger Anteil vom Staatsgold. Das erzählte er mir am nächsten Morgen, als er anrief, um mir mitzuteilen, dass in zwei Tagen unser Flugzeug starten würde. Am frühen Abend des gleichen Tages vervollständigte ich meine Liste und sagte dem General, dass ich demokratisch und repräsentativ vorgegangen sei, dass ich den hochrangigsten Offizier ausgewählt hätte, den Offizier, den jedermann für den Aufrichtigsten hielt, den, in dessen Gesellschaft ich mich am wohlsten fühlte, und so weiter und so weiter. Er folgte meiner Argumentation und ihrer zwingenden Konsequenz, dass eine große Zahl der hohen Offiziere, die sich bei ihrer Arbeit in der Spezialeinheit das meiste Wissen erworben und die meiste Schuld auf sich geladen hatten, zurückbleiben würden. Ich wählte schließlich einen Oberst, einen Major, noch einen Oberst und zwei Leutnants aus. Was mich anging, so reservierte ich einen Platz für mich sowie drei weitere für Bon, seine Frau und seinen Sohn, mein Patenkind.

Als mich der General in jener Nacht mit der inzwischen halb leeren Whiskeyflasche besuchte, um sich bemitleiden zu lassen, bat ich ihn um den Gefallen, Bon mitnehmen zu dürfen. Er war zwar nicht mein richtiger Bruder, aber seit der Schulzeit einer meiner beiden Blutsbrüder. Der zweite war Man. Wir hatten uns die jugendlichen Handflächen aufgeritzt, mit rituellem Handschlag unser Blut vermischt und uns unverbrüchliche Treue geschworen. In meiner Brieftasche hatte ich ein Schwarz-Weiß-Foto von Bon und seiner Familie. Bon sah aus wie ein attraktiver Mann, den man krankenhausreif geschlagen hatte, nur dass Gott ihn eben so geschaffen hatte. Von seinen Elefantenohren konnten nicht einmal das Fallschirmjägerbarett und der messerscharf gebügelte Tigerstreifenkampfanzug ablenken. Das Kinn verschwand ständig in den Falten seines Halses, und die flache, krumme Nase zeigte so scharf nach rechts wie seine politischen Ansichten. Das Gesicht seiner Frau Linh hätte ein Poet vielleicht mit einem Herbstmond verglichen und damit nicht nur auf seine Fülle und Rundheit angespielt, sondern auch auf die Flecken, Krater und Aknenarben. Wie diese beiden ein so schnuckeliges Kind wie Duc hatten fabrizieren können, war ein Wunder oder folgte vielleicht einfach der Logik von minus mal minus gleich plus. Der General gab mir das Foto zurück und sagte: Das ist das Mindeste, was ich tun kann. Ein Fallschirmjäger. Wenn unsere Armee nur aus Fallschirmtruppen bestünde, dann hätten wir diesen Krieg gewonnen.

Wenn ... aber es gab kein Wenn, sondern nur die unbestreitbare Tatsache, dass der General auf der Kante meines Stuhls saß und ich am Fenster stand und an meinem Whiskey nippte. Im Innenhof warf der Ordonnanzoffizier des Generals stapelweise geheime Papiere in eine Zweihundertlitertonne, in der ein Feuer brannte, das die heiße Nacht noch heißer machte. Der General stand auf und ging mit seinem Glas in der Hand in meiner kleinen Kammer auf und ab. Er trug nur Boxershorts und ein ärmelloses Unterhemd, sein Kinn bedeckte ein mitternächtlicher Schatten aus Bartstoppeln. Außer den Hausangestellten, seiner Familie und mir bekam ihn nie jemand so zu Gesicht. Wenn Besucher in die Villa kamen, erschien er zu jeder Stunde des Tages mit pomadisierten Haaren und gestärkten Kakis, und es prangten mehr Orden auf seiner Brust als Haarnadeln auf dem Kopf einer Schönheitskönigin. An diesem Abend jedoch, als die Stille in der Villa nur von gelegentlichem Gewehrfeuer unterbrochen wurde, ließ er sich zu einigen missmutigen Bemerkungen darüber hinreißen, dass die Amerikaner uns die Erlösung vom Kommunismus versprochen hätten, wenn wir nur das täten, was sie von uns verlangten. Sie haben den Krieg angefangen, und jetzt haben sie die Nase voll und lassen uns im Stich, sagte er und goss mir noch einen Schluck ein. Aber wem soll man dafür die Schuld geben, außer uns selbst? Wir waren dumm genug, an ihr Wort zu glauben. Und jetzt können wir nur noch nach Amerika. Es gibt schlimmere Orte auf der Welt, sagte ich. Vielleicht, sagte er. Wenigstens sind wir am Leben und können den Kampf wieder aufnehmen. Aber vorerst sind wir durch und durch am Arsch. Welcher Trinkspruch passt dazu?

Eine Sekunde später kam ich darauf.

Here's blood in your eye, sagte ich.

Verdammt wahr.

Ich kann mich nicht erinnern, woher ich diesen Trinkspruch hatte, nicht einmal daran, was er bedeutete, nur dass ich ihn irgendwann während meiner Jahre in Amerika aufgeschnappt hatte. Der General war ebenfalls in Amerika gewesen, wenn auch nur für wenige Monate, 1958, als junger Offizier mit einem Zug seiner Kameraden auf einem Lehrgang in Fort Benning, wo die Green Berets ihn endgültig gegen den Kommunismus impften. In meinem Fall hatte die Impfung nicht gewirkt. Ich war damals schon undercover gewesen, eine Kombination aus Stipendiat und Spion in der Ausbildung, der einzige Repräsentant unseres Volkes in einem kleinen, im Grünen gelegenen College namens Occidental, dessen Motto *Occidens Proximus Orienti* lautete. Dort, in der verträumten, sonnenbenebelten Welt Südkaliforniens, verbrachte ich in den Sechzigern sechs idyllische Jahre. Mit dem Studium von Verkehrswegen, Abwassersystemen oder anderen ähnlich nützlichen Dingen hatte ich nichts zu tun. Mein Mitverschwörer Man hatte mir die Mission übertragen, das amerikanische Denken zu studieren. Mein Krieg war ein psychologischer. Deshalb las ich amerikanische Geschichte und Literatur und vervollkommnete meine Grammatik, saugte den Slang auf, rauchte Pot und verlor meine Unschuld. Kurz, ich machte nicht nur meinen Bachelor, sondern auch den Master und wurde Experte in allen Arten von Amerikastudien. Sogar heute noch habe ich den Rasen neben einem Wäldchen aus irisierenden Jacarandabäumen ziemlich deutlich vor Augen, wo ich zum ersten Mal die Worte des großen amerikanischen Philosophen Emerson las. Meine Aufmerksamkeit verteilte sich auf die exotischen sonnengebräunten Studentinnen in Shorts und schulterfreien Tops, die sich auf dem Wiesenrispengras sonnten, und die schroffen, schwarzen Worte auf einem nackten weißen Blatt Papier – »Konsequenz ist das Schreckgespenst aller kleinen Geister«. Nichts, was Emerson je geschrieben hat, passte besser auf Amerika, was aber nicht der einzige Grund war, warum ich seine Worte einmal, zweimal, dreimal unterstrichen habe. Was mich damals umgehauen hat und mich noch heute beeindruckt, ist, dass man das Gleiche auch über unser Vaterland sagen kann, wo wir mehr als alles andere inkonsequent sind.

An unserem letzten Morgen fuhr ich den General zu seinem Büro auf dem Gelände der Nationalen Polizei. Von meinem Büro aus rief ich die fünf von mir ausgesuchten Offiziere an und bestellte sie nacheinander ein. Wir fliegen heute Abend?, fragte der sehr nervöse Oberst mit großen, feuchten Augen. Ja. Meine Eltern? Die Eltern meiner Frau?, fragte der Major, ein maßloser Liebhaber der chinesischen Restaurants von Cholon. Nein. Brüder, Schwestern, Nichten und Neffen? Nein. Hausgestellte und Kindermädchen? Koffer, Garderobe, Porzellansammlung? Nein. Der Kommandant, der wegen einer Geschlechtskrankheit ein wenig humpelte, drohte mit Selbstmord, wenn er nicht mehr Plätze bekäme. Ich bot ihm meinen Revolver an, und er schlich davon. Die jungen Leutnants hingegen waren dankbar. Sie hatten ihre kostbaren Posten familiären Verbindungen zu verdanken und gebärdeten sich mit einer abgehackten Nervosität, die an Marionetten erinnerte.

Ich schloss die Tür hinter dem Letzten. Als Kanonendonner die Fenster erzittern ließ, sah ich im Osten lodernde Flammen und wallenden Rauch. Feindliche Artillerie hatte das Munitionslager in Long Binh in die Luft gejagt. Ich verspürte das Bedürfnis, zu trauern und gleichzeitig zu feiern und drehte mich zur Schublade um, in der ich eine Dreiviertelliterflasche mit einem Rest Jim Beam aufbewahrte. Wenn meine arme Mutter noch lebte, hätte sie gesagt, trink nicht so viel, mein Junge, das kann nicht gut sein. Warum nicht, Mama? Wenn man sich in einer heiklen Lage befindet, wie ich als Maulwurf im Stab des Generals, dann sucht man sich Trost, wo immer man kann. Ich trank die Flasche aus, dann fuhr ich den General durch einen Gewittersturm nach Hause. Der Regen, der sich über die Stadt ergoss, war ein Hinweis auf die bevorstehende Jahreszeit. Manche hofften, der Monsun könne den Vormarsch der Divisionen des Nordens verzögern, ich hielt das für unwahrscheinlich. Ich ließ das Abendessen aus und packte meinen Rucksack: Toilettenartikel, eine Chinohose und ein Madrashemd, die ich bei J.C. Penney in Los Angeles gekauft hatte, ein Paar Slipper, drei Garnituren Unterwäsche, eine elektrische Zahnbürste vom Schwarzmarkt, ein gerahmtes Foto meiner Mutter, Umschläge mit Fotos von hier und Amerika, meine Kodak-Kamera und *Der Kommunismus in Asien und der orientalische Modus der Zerstörung*.

Den Rucksack hatte mir Claude zum Collegeabschluss geschenkt. Er war das Schönste, was ich besaß. Ich konnte ihn auf dem Rücken tragen oder nach ein paar Zupfern an den Riemen als Reisetasche in der Hand. Er war aus geschmeidigem braunem Leder, stammte von einem renommierten Hersteller aus New England und roch intensiv und geheimnisvoll nach Herbstlaub, gegrilltem Hummer sowie dem Schweiß und Sperma von Jungeninternaten. An der Seite waren meine Initialen eingestanzt, aber das ungewöhnlichste Merkmal war der doppelte Boden. Jeder Mensch sollte ein Gepäckstück mit einem doppelten Boden haben, hatte Claude gesagt. Man weiß nie, wann man ihn einmal gebrauchen kann. Er wusste nicht, dass ich in dem Fach meine Minox-Minikamera versteckte. Die Minox war ein Geschenk von Man, ihr Preis entsprach dem Mehrfachen meines Jahresgehalts. Damit hatte ich bestimmte Geheimdokumente fotografiert, zu denen ich Zugang hatte, und ich glaubte, dass sie mir vielleicht wieder nützlich sein konnte. Zuletzt ging ich meine Bücher und Schallplatten durch, die ich fast alle in den USA gekauft hatte und die alle den Fingerabdruck meiner Erinnerungen trugen. Für Elvis oder Dylan, Faulkner oder Twain hatte ich keinen Platz. Obwohl ich sie leicht ersetzen konnte, war mir das Herz doch noch schwer, als ich auf den Karton mit den Büchern und Schallplatten Mans Namen schrieb. Es waren zu viele, ich konnte sie genauso wenig mitnehmen wie meine Gitarre, die ihre prallen Rundungen vorwurfsvoll auf meinem Bett zur Schau stellte.

Ich packte fertig und lieh mir den Citroën, um Bon abzuholen. Die Militärpolizisten an den Kontrollposten winkten mich durch, als sie die Generalssterne am Wagen sahen. Mein Ziel lag auf der anderen Seite des Flusses, der nur noch eine erbärmliche Wasserstraße war, gesäumt von den Hütten der Landflüchtlinge, deren Häuser und Bauernhöfe von pyromanischen Soldaten und adretten Brandstiftern ausgelöscht worden waren, die als Bomberpiloten ihre wahre Bestimmung gefunden hatten. Ich durchquerte diese planlose Ansammlung aus armseligen Hütten und fuhr tief in den Bezirk 4 hinein bis zu einem Biergarten, wo Bon und Man auf mich warteten und wo wir drei mehr Stunden im Rausch verbracht hatten, als mir in Erinnerung geblieben sind. Armeesoldaten und Marineinfanteristen drängten sich an den Tischen, ihre Gewehre lagen unter den Hockern. Das Haar hatten ihnen zu irgendeinem schändlichen phrenologischen Zweck sadistische Militärfriseure so kurz geschoren, dass die Konturen ihrer Schädel zu sehen waren. Kaum hatte ich mich gesetzt, schenkte Bon mir ein Glas Bier ein, erlaubte mir aber nicht zu trinken, bevor er nicht einen Trinkspruch zum Besten gegeben hätte. Auf unser Wiedersehen, sagte er und hob sein Glas. Wir sehen uns auf den Philippinen. Ich sagte, eigentlich würden wir uns auf Guam wiedersehen, Diktator Marcos habe genug von Fluchtlingen und würde keine mehr ins Land lassen. Stöhnend rieb Bon sich mit dem Glas die Stirn. Dachte nicht, dass es noch schlimmer werden konnte. Schauen jetzt etwa auch schon die Filipinos auf uns runter? Vergiss die Philippinen, sagte Man. Trinken wir eben auf Guam. Es heißt, dass da Amerikas Tag beginnt. Und unserer endet, brummte Bon.

Anders als Man und ich war Bon ein überzeugter Patriot, ein Republikaner, der sich freiwillig zur Armee gemeldet hatte und die Kommunisten hasste, seit der Ortskader seinen Vater, den Dorfältesten, dazu ermuntert hatte, auf dem Dorfplatz niederzuknien und ein Geständnis abzulegen, bevor er ihm hinter dem Ohr eine Kugel in den Kopf jagte. Da Bon, sich selbst überlassen, wie ein Japaner entweder bis zum Ende kämpfen oder sich sogar die Pistole an die Schläfe setzen würde, redeten Man und ich auf ihn ein, dass er an seine Frau und sein Kind denken müsse. Nach Amerika zu gehen sei keine Desertion, behaupteten wir. Das sei ein strategischer Rückzug. Wir hatten Bon erzählt, dass auch Man am nächsten Tag mit seiner Familie fliehen würde, obwohl er in Wahrheit vorhatte zu bleiben, um Zeuge der Befreiung des Südens durch die von Bon so verhassten Kommunisten aus dem Norden zu werden. Jetzt drückte Man ihm mit seinen langen, grazilen Fingern die Schulter und sagte: Wir sind Blutsbrüder, wir drei. Und wir werden auch noch Blutsbrüder sein, wenn wir diesen Krieg verlieren, sogar wenn wir unser Land verlieren. Er schaute mich an, und seine Augen wurden feucht. Für uns gibt es kein Ende.

Du hast recht, sagte Bon und schüttelte heftig den Kopf, damit man die Tränen in seinen Augen nicht sah. Genug jetzt von Trauer und Trübsal. Lasst uns auf die Hoffnung trinken. Wir kommen wieder und holen uns unser Land zurück. Oder nicht? Auch er schaute mich an. Ich schämte mich nicht der Tränen in meinen Augen. Diese Männer waren besser als jeder richtige Bruder, den ich hätte haben können, weil wir uns gegenseitig ausgesucht hatten. Ich hob mein Bierglas. Auf unsere Rückkehr, sagte ich. Und auf eine Brüderschaft, die nie endet. Wir leerten unsere Gläser, bestellten eine neue Runde, schlangen uns die Arme um die Schultern und versanken eine Stunde lang in brüderlicher Liebe, begleitet von Liedern, die vom anderen Ende des Gartens kamen. Der Gitarrist war ein langhaariger Kriegsdienstverweigerer mit kränklich blasser Haut, der seit zehn Jahren im Haus des Barbesitzers lebte und nur nachts herauskam. Seine Gesangspartnerin war eine ebenfalls langhaarige Frau mit einer lieblichen Stimme. Ihre schlanke Figur umhüllte ein seidenes Ao dai, dessen Farbe dem schamroten Gesicht einer Jungfrau glich. Sie sang Lieder von Trinh Cong Son, dem sogar von den Fallschirmjägern verehrten Folksänger. *Liebste, morgen muss ich gehen …* Ihre Stimme erhob sich über das Geplauder und den Regen. *Vergiss nicht, mich heimzurufen …* Mein Herz bebte. Wir waren kein Volk, das zu Horn oder Trompete aufs Schlachtfeld stürmte. Nein, wir kämpften zu den Melodien von Liebesliedern, wir waren die Italiener Asiens.

Liebste, morgen muss ich gehen. Die Nächte in der Stadt haben ihre Schönheit verloren … Wenn Bon gewusst hätte, dass er Man für Jahre, vielleicht für immer, zum letzten Mal sah, wäre er nie in das Flugzeug gestiegen. Seit unserer gemeinsamen Zeit am Lycée hatten wir uns gern als die drei Musketiere gesehen, alle für einen, einer für alle. Man hatte uns mit Dumas bekannt gemacht: Erstens, weil er ein großer Romancier, zweitens, weil er ein Mulatte war. Deshalb war er unser Leitbild, von den gleichen Franzosen kolonisiert, die ihn für seine Herkunft verachteten. Man war ein begeisterter Leser und Geschichtenerzähler und wäre in Friedenszeiten wahrscheinlich Lehrer für Literatur an unserem Lycée geworden. Er hatte drei Perry-Mason-Krimis von Erle Stanley Gardner in unsere Muttersprache übersetzt und außerdem unter Pseudonym einen unbedeutenden zolaesken Roman geschrieben. Er hatte Amerika studiert, war aber nie dort gewesen, genauso wie Bon, der eine neue Runde bestellte und fragte, ob es in Amerika Biergärten gebe. Sie haben Bars und Supermärkte, wo man immer ein Bier kriegen kann, sagte ich. Und haben sie auch schöne Frauen, die Lieder wie die hier singen?, fragte er. Ich schenkte ihm nach und sagte, sie haben schöne Frauen, aber die singen keine Lieder wie die hier.

Dann schlug der Gitarrist die Akkorde eines neuen Liedes an. Sie singen Lieder wie das da, sagte ich. Es war »Yesterday« von den Beatles. Wir sangen alle drei mit, und mir wurden die Augen feucht. Wie mochte es wohl sein, in einer Zeit zu leben, in der einem das Schicksal keinen Krieg bescherte, in der man nicht von den Feigen und Korrupten regiert wurde, in der das eigene Land kein hoffnungsloser Fall war, der am Tropf der Amerikaner hing und nur so am Leben erhalten wurde? Außer meinen Blutsbrüdern kannte ich keinen der jungen Soldaten hier, doch gestehe ich, dass ich mit ihnen allen fühlte, die keine Ahnung hatten, dass sie binnen Tagen tot oder verwundet oder gefangen oder gedemütigt oder im Stich gelassen oder vergessen sein würden. Sie waren meine Feinde, und doch waren sie auch Kriegskameraden. Ihre geliebte Stadt würde bald fallen, meine aber würde bald befreit sein. Und so sangen wir zwei Minuten lang aus vollem Herzen mit, hingen Vergangenem nach, den Blick abgewandt von der Zukunft, Rückenschwimmer, die auf einen Wasserfall zusteuerten.

Als wir gingen, hörte es schließlich auf zu regnen. Am Ausgang des Biergartens, der in eine feuchte, tropfende Gasse mündete, rauchten wir noch eine letzte Zigarette, als drei wasserköpfige Marineinfanteristen aus der vaginalen Dunkelheit stolperten. *Wunderschönes Saigon!*, sangen sie. *Oh, Saigon! Oh, Saigon!* Obwohl es erst sechs Uhr war, waren sie schon betrunken und ihre Uniformen voller Bierflecken. Jeder trug ein M16 über der Schulter, und jeder protzte mit zwei Extrahoden, die sich bei genauerer Betrachtung als Handgranaten herausstellten, links und rechts vom Koppelschloss an den Gürtel geklemmt. Obwohl Uniformen, Waffen und Helme wie unsere aus amerikanischer Produktion stammten, konnte man sie unmöglich mit Amerikanern verwechseln. Die verbeulten Helme, für amerikanische Köpfe gemachte Stahltöpfe, die für unsereinen viel zu groß waren, verrieten sie. Der Kopf des ersten Marineinfanteristen kippte hin und her. Als der Mann gegen mich stieß, rutschte ihm der Helm bis auf die Nase. Er fluchte, schob den Helm wieder nach oben, und ich blickte in glasige Augen, die versuchten zu fokussieren. Hallo!, sagte er. Sein Atem stank, und er hatte einen derart ausgeprägten südlichen Akzent, dass ich ihn kaum verstand. Was ist das denn? Ein Polizist? Was hast du bei den echten Soldaten zu suchen?

Man schnippte Asche auf ihn. Der Polizist ist ein Hauptmann. Grüßen Sie Ihren Vorgesetzten, Leutnant.

Der zweite Marineinfanterist, ebenfalls ein Leutnant, sagte: Wenn Sie meinen, Major, worauf der dritte Marineinfanterist, auch ein Leutnant, sagte: Ob Major, Oberst oder General, zur Hölle mit allen. Der Präsident ist abgehauen. Die Generäle … *puff!* In Luft aufgelöst. Bringen ihre Ärsche in Sicherheit, wie immer. Und jetzt? Ratet mal! Wir dürfen den Rückzug decken. Wie immer. Welchen Rückzug?, fragte der zweite Marineinfanterist. Da ist nix mehr zum Zurückziehen. Der dritte sagte: Wir sind tot. So gut wie tot, sagte der erste. Das ist unser Job, tot sein.

Ich warf meine Zigarette weg. Ihr seid noch nicht tot. Geht zurück auf eure Posten.

Der erste Marineinfanterist fokussierte wieder mein Gesicht und machte einen Schritt nach vorn, bis seine Nase fast die meine berührte. Was *bist* du?

Sie überschreiten Ihre Kompetenzen, Leutnant!, sagte Bon laut.

Ich sag dir, was du bist. Der Marineinfanterist stieß mir den Zeigefinger gegen die Brust.

Tun Sie es nicht, sagte ich.

Ein Bastard!, kreischte er. Die beiden anderen Marineinfanteristen lachten und riefen ebenfalls: Ein Bastard!

Ich zog meinen Revolver und drückte die Mündung zwischen die Augen des Marineinfanteristen. Hinter ihm fummelten seine Freunde nervös an ihren Gewehren herum, taten aber nichts weiter. Sie waren benebelt, aber noch nicht so sehr, dass sie glaubten, schneller ziehen zu können als meine nicht ganz so benebelten Freunde.

Sie sind betrunken, Leutnant, richtig? Unwillkürlich zitterte meine Stimme.

Ja, sagte der Marineinfanterist. Hauptmann.

Dann werde ich Sie nicht erschießen.

In diesem Augenblick hörten wir zu meiner großen Erleichterung die ersten Bomben. Alle Köpfe fuhren in Richtung der aus Nordwesten kommenden Explosion herum, der noch eine und dann noch eine folgte. Der Flughafen, sagte Bon. Fünfhundertpfundbomben. Später stellte sich heraus, dass er mit beidem recht gehabt hatte. Von unserem Standpunkt aus konnten wir nichts sehen, außer die nach einigen Sekunden aufquellenden schwarzen Rauchwolken. Dann schien vom Zentrum bis zum Flughafen jede Waffe in der Stadt loszugehen. Leichte machten *klack-klack-klack*, schwere *plopp-plopp-plopp*. Orangene Leuchtspuren schossen in den Himmel. Der Lärm lockte alle Bewohner der erbärmlichen Straße an die Fenster und in die Eingänge ihrer Häuser. Ich steckte meinen Revolver in das Halfter. Die durch die Anwesenheit von Zeugen ebenfalls ernüchterten Marineinfanteristen stiegen in ihren Jeep, fuhren los und schlängelten sich bis zur nächsten Kreuzung durch eine Handvoll Mopeds. Dann bremste der Jeep und hielt an. Die Marineinfanteristen kletterten schwankend, die M16 in den Händen, aus dem Wagen. Es waren weitere Explosionen zu hören, Zivilisten drängelten sich auf den Gehwegen. Die Marineinfanteristen standen im gelblichen Licht einer Straßenlaterne und schauten in unsere Richtung. Mein Puls beschleunigte sich. Aber sie richteten ihre Gewehre nur in den Himmel und feuerten johlend und kreischend so lange, bis die Magazine leer waren. Mein Herz raste, und der Schweiß lief mir den Rücken hinunter, aber meinen Freunden zuliebe lächelte ich und zündete mir eine neue Zigarette an.

Idioten!, brüllte Bon, während die Zivilisten sich in die Hauseingänge verkrochen. Die Marineinfanteristen riefen uns noch ein paar erlesene Namen zu, dann stiegen sie wieder in den Jeep, bogen um die Ecke und waren verschwunden. Bon und ich verabschiedeten uns von Man. Nachdem er mit seinem Jeep abgefahren war, warf ich Bon die Schlüssel des Citroën zu. Es fielen keine Bomben mehr, es wurde nicht mehr geschossen. Auf dem ganzen Weg zu seiner Wohnung verfluchte er die Marineinfanterie auf übelste Weise. Ich schwieg. Bei Marineinfanteristen vertraute man nicht auf gute Tischmanieren. Man vertraute auf ihre Instinkte, wenn es um Leben und Tod ging. Die Bezeichnung, mit der sie mich bedacht hatten, ärgerte mich weniger als meine Reaktion darauf. Inzwischen hätte ich mich an diese scheußliche Bezeichnung gewöhnt haben müssen, aber irgendwie war es mir nicht gelungen. Meine Mutter war eine Einheimische, mein Vater Ausländer, und Fremde wie Bekannte hatten sich seit meiner Kindheit einen Spaß daraus gemacht, mich daran zu erinnern, mich zu bespucken und einen Bastard zu rufen, obwohl sie mich manchmal, der Abwechslung wegen, erst einen Bastard riefen und dann erst bespuckten.

ZWEITES KAPITEL

Der Wachmann mit dem Babygesicht, der jeden Tag nach mir schaut, nennt mich auch jetzt noch einen Bastard, wenn ihm danach ist. Das überrascht mich zwar kaum, allerdings hatte ich von Ihren Leuten Besseres erwartet, mein lieber Kommandant. Ich gestehe, die Bezeichnung verletzt mich immer noch. Könnte er mich zur Abwechslung nicht einmal, wie das in der Vergangenheit schon andere getan haben, Mischling oder Halbblut nennen? Oder *métis,* wie die Franzosen, wenn sie mich nicht einen Eurasier gerufen haben? Diese Bezeichnung verlieh mir einen romantischen Touch bei den Amerikanern, half mir bei den Franzosen selbst aber nicht weiter. Ich begegnete ihnen immer noch regelmäßig in Saigon, nostalgischen Kolonisten, die, auch nachdem man ihnen ihr Empire aufgekündigt hatte, stur darauf beharrten, im Land zu bleiben. Sie trafen sich im Le Cercle Sportif, wo sie an ihrem Pernod nippten und ihr Tartar der Erinnerungen kauten, die sich auf den Straßen Saigons abgespielt hatten, für die sie immer noch die alten Namen benutzten: Boulevard Norodom, Rue Chasseloup-Laubat, Quai de l'Argonne. Mit der Arroganz der *nouveaux riches* kommandierten sie das einheimische Personal herum und betrachteten mich, wenn ich vorbeischaute, mit den misstrauischen Blicken von Grenzposten bei der Passkontrolle.

Allerdings hatten nicht sie den Eurasier erfunden. Das können die Engländer in Indien für sich beanspruchen, die es ebenfalls nicht lassen konnten, an dunkler Schokolade zu knabbern. Wie die tropenhelmbewehrten Anglos konnte auch das Amerikanische Expeditionskorps im Pazifik den Versuchungen der Einheimischen nicht widerstehen. Auch sie erfanden ein Kofferwort, um meinesgleichen zu beschreiben, das des Amerasiers. Obwohl in meinem Fall unzutreffend, konnte ich den Amerikanern kaum vorwerfen, dass sie mich fälschlicherweise für einen der Ihren hielten. Schließlich konnte man aus den tropischen Nachkommen der amerikanischen GIs eine kleine Nation gründen. GI stand für Government Issue, also »von der Regierung ausgegeben«, und das sind die Amerasier ja schließlich auch. Meine Landsleute zogen Euphemismen Akronymen vor und nannten Menschen wie mich den Staub des Lebens. Prosaischer ausgedrückt, konnte man mich, wie mir das *Oxford English Dictionary* enthüllte, das ich an der Occidental konsultierte, als ein »leibliches Kind« bezeichnen. Das Gesetz in allen Ländern, die ich kenne, begrüßt mich jedoch als ihren illegitimen Sohn. Meine Mutter nannte mich ihr Kind der Liebe, aber darauf möchte ich nicht näher eingehen. Am Ende war es mein Vater, der es richtig machte. Er nannte mich nämlich gar nichts.

Kein Wunder also, dass ich mich zu dem General hingezogen fühlte, der sich wie meine Freunde Man und Bon nie über meine verworrene Herkunft mokierte. Als er mich für seinen Stab auswählte, hatte der General gesagt: Mich interessiert nur, wie gut Sie erledigen, was ich Ihnen auftrage, auch wenn die Aufträge vielleicht nicht so interessant sind. Ich bewies ihm meine Fähigkeiten mehr als einmal. Die Evakuierung war nur die letzte Demonstration meiner Fähigkeit, den schmalen Grat zwischen legal und illegal zu überwinden. Die Männer waren ausgewählt, die Busse bestellt und – das Wichtigste – die Schmiergelder für eine sichere Reise bezahlt. Ich hatte sie aus einer Umhängetasche mit zehntausend Dollar verteilt, die ich vom General verlangt hatte, der wiederum die Forderung an Madame weitergegeben hatte. Das ist eine außerordentliche Summe, sagte sie zu mir bei einer Tasse Oolongtee in ihrem Salon. Es sind außerordentliche Zeiten, sagte ich. Für zweiundneunzig Evakuierte ein Schnäppchen. Sie konnte nicht widersprechen, keiner, dessen Ohr auf den Gerüchtegleisen der Stadt lag, hätte das gekonnt. Es rumorte, dass der Preis für Visa, Pässe und Plätze auf Evakuierungsflügen viele Tausend Dollar betragen konnte, je nach dem Paket, das man wählte, oder dem Grad der eigenen Hysterie. Aber bevor man überhaupt Gelegenheit hatte, Schmiergeld zu zahlen, benötigte man Zugang zu willigen Mitverschwörern. In unserem Fall war dies ein halbseidener Major, mit dem ich mich im Pink Nightclub in der Nguyen-Hue-Straße angefreundet hatte. Wir mussten brüllen, damit wir uns im psychedelischen Klanggewitter von CBC oder den Popbeats von Uptight verständlich machen konnten, und so erfuhr ich, dass er der Offizier vom Dienst am Flughafen war. Für eine vergleichsweise bescheidene Gebühr von tausend Dollar informierte er mich darüber, wer die Wachmänner am Tag unseres Fluges waren und wo ich deren vorgesetzte Leutnants finden konnte.

Nachdem alles arrangiert war und Bon und ich dessen Frau und Sohn abgeholt hatten, versammelten wir uns um sieben Uhr für die Abreise. Vor den Toren der Villa warteten zwei blaue Busse, an deren vergitterten Fenstern die üblichen Granaten, die Terroristen benutzten, abprallen würden. Bei Panzerfäusten würde man sich allerdings auf den Schutz durch Gebete verlassen müssen. Die nervösen Familien warteten im Innenhof der Villa, Madame stand mit den Hausangestellten auf den Treppenstufen davor. Ihre bedrückten Kinder saßen mit leerem, taktvollem Gesichtsausausdruck auf dem Rücksitz des Citroën und beobachteten Claude und den General, die im Licht der Frontscheinwerfer rauchten. Mit der Passagierliste in der Hand rief ich die Männer und ihre Familien auf, hakte die Namen ab und führte sie zu ihrem Bus. Wie von mir angewiesen, trug jeder Erwachsener und jeder Teenager nur jeweils einen kleinen Koffer oder eine Reisetasche. Einige der Kinder umklammerten dünne Decken oder alabasterfarbene Puppen mit westlichen, fanatisch grinsenden Gesichtern. Bon war der Letzte. Er führte Linh am Ellbogen, sie wiederum hielt Ducs Hand. Er war gerade alt genug, um sicher gehen zu können. Seine andere Hand ballte sich um ein gelbes Jo-Jo, ein Andenken, das ich ihm aus Amerika mitgebracht hatte. Ich salutierte vor ihm. Der Junge runzelte konzentriert die Stirn, zog seine Hand aus der seiner Mutter und erwiderte den Gruß. Alle sind da, sagte ich zum General. Dann los, sagte er und trat mit der Hacke seine Zigarette aus.

Des Generals letzte Pflicht bestand darin, sich von dem Butler, dem Koch, der Haushälterin und den drei pubertierenden Kindermädchen zu verabschieden. Einige von ihnen hatten Madame angefleht, mitkommen zu dürfen, aber sie hatte standhaft abgelehnt, da sie der Überzeugung war, mit der Bezahlung für die Offiziere des Generals schon übermäßig generös gewesen zu sein. Sie hatte natürlich recht. Ich wusste von mindestens einem General, der die Plätze, die man ihm für seinen Stab angeboten hatte, höchstbietend weiterverkauft hatte. Madame und alle Angestellten weinten jetzt. Nur der greise Butler mit der violetten Ascotkrawatte über dem Kropf weinte nicht. Er hatte seinen Dienst als Ordonnanz für den General begonnen, als dieser noch Leutnant gewesen war und sie beide unter den Franzosen in der Hölle von Dien Bien Phu gedient hatten. Der General, der am Fuß der Treppe stand, konnte dem alten Mann nicht in die Augen schauen. Es tut mir leid, sagte er mit gesenktem Kopf und der Mütze in der Hand. Das war das erste Mal, dass ich hörte, wie er sich bei jemandem entschuldigte – abgesehen von Madame. Sie haben uns gute Dienste geleistet, aber wir Ihnen nicht. Trotzdem, keinem von Ihnen wird etwas zustoßen. Nehmen Sie sich aus der Villa, was Sie wollen. Wenn jemand fragt, streiten Sie ab, dass Sie mich kennen oder jemals für mich gearbeitet haben. Was mich angeht, ich schwöre Ihnen, dass ich nie aufhören werde, für unser Land zu kämpfen. Als der General anfing zu weinen, reichte ich ihm mein Taschentuch. Um eine einzige Sache möchte ich Sie bitten, General, sagte der Butler in die nun eintretende Stille. Und was, mein Freund? Ihre Pistole, damit ich mich erschießen kann. Der General schüttelte den Kopf und wischte sich mit meinem Taschentuch die Augen ab. Das werden Sie nicht tun. Gehen Sie nach Hause und warten Sie dort auf meine Rückkehr. Dann werde ich Ihnen eine Pistole geben. Als der Butler salutieren wollte, reichte ihm der General stattdessen die Hand.

Was immer die Menschen heute über den General sagen, ich kann nur bezeugen, dass er ein aufrichtiger Mann war, der an alles glaubte, was er sagte, selbst wenn es eine Lüge war, worin er sich kaum von den meisten Menschen unterschied.

Madame gab jedem Angestellten einen Umschlag mit Dollars, dessen Umfang dem Rang des Empfängers entsprach. Der General gab mir das Taschentuch zurück und geleitete Madame zum Citroën. Für diese letzte Fahrt setzte sich der General selbst hinter das lederummantelte Lenkrad und wies den beiden Bussen den Weg zum Flughafen. Ich nehme den zweiten Bus, sagte Claude. Steigen Sie in den ersten und achten Sie darauf, dass der Fahrer sich nicht verfährt. Bevor ich einstieg, blieb ich am Tor noch einmal kurz stehen und warf einen letzten Blick auf die Villa, deren Existenz den korsischen Besitzern einer Gummiplantage zu verdanken war. Ein monumentaler Tamarindenbaum ragte bis über die Traufe hinaus. Die langen knubbeligen Hülsen seiner sauren Früchte baumelten herab wie die Finger eines toten Mannes. Das loyale Personal stand immer noch auf der kleinen Vorbühne oberhalb der Treppe. Als ich ihnen zum Abschied winkte, winkten sie artig zurück, während sie in der anderen Hand jene weißen Umschläge hielten, die sich im Licht des Mondes zu Fahrkarten ins Nirgendwo verwandelt hatten.

Der Weg von der Villa zum Flughafen war so einfach wie alles in Saigon, also alles andere als einfach. Durch die Tore der Villa nach rechts auf die Thi Xuan, nach links auf die Le Van Quyet, nach rechts auf die Hong Thap Tu in Richtung der Botschaften, nach links auf die Pasteur, noch einmal nach links auf die Nguyen Dinh Chieu, nach rechts auf die Cong Ly und dann immer geradeaus bis zum Flughafen. Doch anstatt links auf die Le Van Quyet einzubiegen, fuhr der General nach rechts. Er fährt in die falsche Richtung, sagte mein Fahrer. Er hatte nikotingelbe Finger und gefährlich spitze Fußnägel. Folgen Sie ihm, sagte ich. Ich stand im Eingangsbereich des Busses, die Tür war offen, um die kühle Nachtluft hereinzulassen. Auf der ersten Bank hinter mir saßen Bon und Linh und auf deren Schoß Duc, der sich vorbeugte und mir über die Schulter schaute. Die Straßen waren leer. Laut Radio war wegen des Streiks am Flughafen über die Stadt eine vierundzwanzigstündige Ausgangssperre verhängt worden. Fast leer waren auch die Gehwege, nur da und dort lagen geisterhafte Uniformen auf dem Boden, derer sich Deserteure entledigt hatten. Manche waren zu ordentlichen kleinen Haufen zurechtgelegt, mit dem Helm über dem Uniformhemd und den Stiefeln unter der Hose, als hätte eine Strahlenkanone ihre Besitzer pulverisiert. In einer Stadt, wo sonst nichts auf dem Müll landete, rührte niemand die Uniformen an.

In meinem Bus saßen zumindest einige wenige in Zivil verkleidete Soldaten, aber der Rest der angeheirateten Verwandten und der Cousinen und Cousins des Generals waren fast alle Frauen und Kinder. Diese Passagiere unterhielten sich flüsternd und beklagten sich über dies und das, was ich aber ignorierte. Selbst wenn sie im Himmel landen würden, fänden meine Landsleute sicher einen Grund zu der Bemerkung, dass es nicht so warm sei wie in der Hölle. Warum nimmt er diesen Weg?, fragte der Fahrer. Die Ausgangssperre! Wir werden alle erschossen oder zumindest verhaftet. Bon seufzte und schüttelte den Kopf. Er ist der General, sagte er, als ob das alles erklärte, was es tatsächlich auch tat. Trotzdem jammerte der Fahrer weiter, während wir den Hauptmarkt passierten und auf die Le Loi einbogen, und hörte erst auf, als der General schließlich am Lam-Son-Platz anhielt. Vor uns erhob sich die griechische Fassade der Nationalversammlung, früher das Opernhaus der Stadt. Von hier aus inszenierten unsere Politiker die schäbige komische Oper unseres Landes, eine misstönende Travestie, in der fette Diven in weißen Anzügen und schnauzbärtige Primadonnen in maßgeschneiderten Militäruniformen die Hauptrollen spielten. Ich lehnte mich aus der Türöffnung, schaute nach oben und sah die leuchtenden Fenster der Bar auf dem Dach des Caravelle Hotels, wohin ich den General oft zu Aperitifs und Interviews mit Journalisten begleitet hatte. Von den Balkonen aus hatte man einen unvergleichlichen Blick über Saigon und seine Umgebung. Es wehte leises Gelächter herunter. Sicher die ausländischen Presseleute, die sich bereithielten, der Stadt in ihrem röchelnden Todeskampf die Temperatur zu nehmen. Und sicher die Attachés blockfreier Staaten, die sich das Glühen des Long-Binh-Munitionslagers über dem Horizont und die in die Nacht spritzenden Leuchtspuren anschauten.

Ich verspürte den starken Drang, einfach um ihren Abend zu beleben, eine Salve in Richtung des Gelächters zu feuern. Als der General aus dem Wagen stieg, glaubte ich, er folge dem gleichen Impuls, aber er wandte sich in die andere Richtung, weg von der Nationalversammlung und hin zu dem scheußlichen Denkmal auf dem Grasmittelstreifen der Le Loi. Ich bereute, meine Kodak in den Rucksack gepackt zu haben, anstatt sie in die Jackentasche zu stecken, denn ich hätte gern ein Foto vom General gemacht, wie er den zwei kräftigen, vorwärtsstürmenden Marineinfanteristen salutierte, von denen der hintere ein ziemlich reges Interesse am Gesäß seines Kameraden zeigte. Während Bon und alle anderen Männer im Bus dem Denkmal salutierten, konnte ich nur darüber nachgrübeln, ob diese Marineinfanteristen die Menschen beschützten, die an einem sonnigen Tag unter ihren Augen vorbeispazierten, oder, was genauso wahrscheinlich war, die Nationalversammlung angriffen, auf die sie ihre Maschinengewehre gerichtet hatten. Aber als einer der Männer im Bus zu schluchzen anfing und ich ebenfalls salutierte, wurde mir klar, dass die Bedeutung des Denkmals gar nicht so zweideutig war. Unsere Luftwaffe hatte den Präsidentenpalast bombardiert, unsere Armee hatte unseren ersten Präsidenten und seinen Bruder erschossen beziehungsweise erstochen, und unsere zänkischen Generäle hatten mehr Staatsstreiche angezettelt, als ich zählen konnte. Nach dem zehnten Putsch nahm ich den absurden Zustand unseres Staats mit einer Mischung aus Verzweiflung, Zorn und einem Schuss Humor hin, ein Cocktail, unter dessen Einfluss ich meine revolutionären Schwüre erneuerte.

Zufrieden stieg der General in den Citroën, der Konvoi setzte sich wieder in Bewegung und überquerte die Kreuzung der Einbahnstraße Tu Do, als er auf dem Platz wendete. Ich warf einen letzten Blick auf das Givral Café, wo ich bei meinen Rendezvous mit anständigen Saigoner Mädchen und ihren mumifizierten Anstandsdamen französisches Vanilleeis genossen hatte. Nach dem Givral kam das Brodard Café, wo ich meine Vorliebe für pikante Crêpes pflegte und mir alle Mühe gab, die Parade der hüpfenden und humpelnden Armen zu ignorieren: die mit hohlen, nach Almosen ausgestreckten Händen; die ohne Hände mit dem Schild ihrer Baseballkappe zwischen den Zähnen; die amputierten Soldaten, an deren Körper leere Ärmel baumelten wie flugunfähige Vögel; die stummen alten Bettler, die einen mit Kobraaugen anstarrten; die Straßenkinder, die über ihre erbarmungswürdige Lage Geschichten erzählten, die größer waren als sie selbst; die jungen Witwen, die vielleicht nur ausgeliehene, an Koliken erkrankte Babys wiegten; und allerlei Krüppel, die jede nur denkbare, der Menschheit bekannte unappetitliche Krankheit zur Schau stellten. Weiter nördlich auf der Tu Do lag der Nachtklub, wo ich viele Abende mit jungen Ladys in Miniröcken und den neuesten halsbrecherischen Absätzen an den Füßen Cha-Cha-Cha getanzt hatte. Das war die Straße, wo einst die Herrenfranzosen ihre vergoldeten Mätressen einquartierten. Ihnen folgten die Amerikaner, die es etwas *déclassé* in grellen Bars krachen ließen, deren Namen San Francisco, New York und Tennessee in Neon über den Eingängen prangten und deren Musikboxen voll mit Countrymusik waren. Wer sich nach einem ausschweifenden Abend schuldig fühlte, konnte weiter in nördlicher Richtung bis zur Backsteinbasilika am Ende der Tu Do torkeln, wohin uns der General nun über die Hai Ba Trung voranfuhr. Vor der Basilika stand die weiße Statue der Muttergottes, die

Hände geöffnet in Frieden und Vergebung, den Blick zu Boden gerichtet. Während sie und ihr Sohn Jesus Christus bereitwillig alle Sünder der Tu Do willkommen hießen, wiesen mich ihre spröden Büßer und Priester – darunter mein Vater – öfter zurück, als dass sie mich willkommen hießen. Ich schlug Man als Treffpunkt für unsere geheimen Geschäfte immer die Basilika vor, wobei wir beide die Farce genossen, für Gläubige gehalten zu werden. Wir knieten nieder, doch in Wahrheit waren wir Atheisten, die den Kommunismus Gott vorgezogen hatten.

Wir trafen uns mittwochnachmittags, wenn die Basilika fast leer war. Nur eine Handvoll asketischer Witwen, deren Köpfe in weiße Spitzenmantillas oder schwarze Kopftücher gehüllt waren, beteten ihr *Vater unser, der Du bist im Himmel, geheiligt werde Dein Name …* Ich betete nicht mehr, aber meine Lippen bewegten sich unwillkürlich zum Sprechgesang dieser alten Frauen. Sie waren so zäh wie Infanteristen und hielten ungerührt überfüllte Wochenendgottesdienste durch, wo die Gebrechlichen und die Älteren schon einmal von der Hitze ohnmächtig wurden. Wir waren zu arm für Klimaanlagen, aber mit einem Hitzschlag konnte man seiner religiösen Standhaftigkeit auch Ausdruck verleihen. Es gab wohl kaum frommere Katholiken als die in Saigon. Die meisten von ihnen waren 1954 schon einmal vor den Kommunisten geflohen, auch meine Mutter und ich (mein neunjähriges Ich hatte darüber noch keine Meinung gehabt). Der Treffpunkt Kirche amüsierte Man, der auch katholisch gewesen war. Während wir beide den tiefgläubigen Offizier gaben, dem ein Gottesdienstbesuch pro Woche nicht reichte, beichtete ich ihm meine politischen und persönlichen Fehlschläge. Er wiederum gab den Beichtvater und erteilte mir flüsternd Absolution in Form von Anweisungen anstatt von Gebeten.

Amerika?, sagte ich.

Amerika, bestätigte er.

Als ich vom Evakuierungsplan des Generals erfahren hatte, erzählte ich es ihm sofort, und an jenem Mittwoch in der Basilika wurde ich über meine neue Aufgabe informiert. Die Mission war mir von seinen Vorgesetzten übertragen worden, aber wer diese waren, das wusste ich nicht. Es war sicherer so. An dieses System hielten wir uns schon seit unserer Zeit am Lycée, als wir heimlich über einen Arbeitskreis denselben Weg einschlugen, während Bon ganz offen weiterhin einen konventionelleren Weg verfolgte. Der Arbeitskreis war Mans Idee gewesen, eine Drei-Mann-Zelle, die aus ihm, mir und einem weiteren Klassenkameraden bestand. Man war der Anführer, der uns bei der Lektüre der revolutionären Klassiker den Weg wies und uns die Dogmen der Parteiideologie lehrte. Ich wusste, dass Man damals auch zu einer anderen Zelle gehörte, in der er der Lehrling war, doch die Identität der anderen war mir unbekannt. Geheimhaltung und Hierarchie, sagte Man zu mir, seien der Schlüssel zur Revolution. Deshalb gab es ein weiteres Komitee über ihm für die Engagierteren und noch eins darüber für die noch Engagierteren und so weiter und so weiter, bis wir wahrscheinlich bei Onkel Ho selbst gelandet wären, zumindest solange er noch lebte, der engagierteste Mann überhaupt, der gesagt hatte: »Nichts ist wertvoller als Unabhängigkeit und Freiheit.« Das waren Worte, für die wir bereit waren zu sterben. Diese Rhetorik, ebenso der Diskurs in Arbeitskreisen, Komitees und Partei fiel Man leicht. Das revolutionäre Gen hatte er von einem Großonkel geerbt, den die Franzosen gezwungen hatten, im Ersten Weltkrieg in Europa zu kämpfen. Er war Totengräber, und nichts rüttelt einen kolonisierten Untertan mehr auf als der Anblick von weißen Männern, die nackt und tot sind, hatte der Großonkel gesagt. Jedenfalls hat Man es mir so erzählt. Dieser Großonkel steckte seine Hände in die schleimigen violetten Eingeweide und untersuchte je nach gusto ihre komischen, schlaffen Pimmel. Beim Anblick der verfaulenden Rühreimasse ihrer Gehirne würgte es ihn. Er begrub Tausende von ihnen, tapfere junge Männer, die sich hatten einfangen lassen von den spinnwebartigen Lobhudeleien spinnenhafter Politiker. Langsam war in die Kapillaren seines Bewusstseins die Erkenntnis eingesickert, dass Frankreich die eigene Erde für seine Besten reservierte. Die Mittelmäßigen hatte man nach Indochina geschickt, was Frankreich ermöglichte, seine koloniale Bürokratie mit den Schulhofrüpeln, Schachklubeigenbrötlern, geborenen Buchhaltern und schüchternen Mauerblümchen zu bestücken, die der Großonkel jetzt in ihrem ursprünglichen Biotop als die Außenseiter und Verlierer erkannte, die sie waren. Und diese Verstoßenen, schäumte er, waren die Menschen, die uns lehrten, dass sie weiße Halbgötter waren? Seinen radikalen Antikolonialismus beförderte zudem die Liebe zu einer französischen Krankenschwester, einer Trotzkistin, die ihn überredete, Mitglied bei den französischen Kommunisten zu werden, die Einzigen, die eine brauchbare Antwort auf die Indochinafrage anboten. Für sie schluckte er den schwarzen Tee des Exils. Schließlich bekamen er und die Krankenschwester eine Tochter. Und die, meine Tante, lebt noch, flüsterte Man und gab mir einen Zettel. Auf dem Zettel standen ihr Name und ihre Adresse im dreizehnten Arrondissement von Paris. Eine Mitläuferin, die nie in die kommunistische Partei eingetreten war, die wahrscheinlich deshalb auch nicht überwacht wurde. Ich bezweifele, dass du Briefe nach Hause schicken kannst, sie wird also unsere Mittelsfrau sein. Sie ist Schneiderin, hat drei siamesische Katzen, keine Kinder und keine verdächtigen Papiere. Dahin schickst du deine Briefe.

Ich spürte den Zettel zwischen meinen Fingern und rief mir das Filmszenario in Erinnerung, das ich vorbereitet hatte, das, in dem ich mich weigerte, in Claudes Flugzeug zu steigen, während der General verzweifelt auf mich einredete, mit ihm das Land zu verlassen. Ich will bleiben, sagte ich. Es ist fast vorbei. Man seufzte hinter gefalteten Händen. Fast vorbei? *Dein Reich komme, dein Wille geschehe.* Dein General ist nicht der Einzige, der den Kampf fortsetzen will. Alte Soldaten können keine Ruhe geben. Der Krieg dauert schon zu lange, als dass sie einfach so aufhören würden. Wir brauchen jemanden, der sie im Auge behält und sicherstellt, dass sie nicht zu viel Ärger bekommen. Was passiert, wenn ich nicht fliege?, fragte ich. Man hob die Augen zu dem zerschlagenen, grünlichen Christus mit den europäischen Gesichtszügen, der hoch über dem Altar an einem Kreuz hing, ein verlogenes Lendentuch um seine Hüfte geschlungen, obwohl er aller Wahrscheinlichkeit nach nackt gestorben ist. Das Grinsen auf Mans Gesicht entblößte erstaunlich weiße Zähne. Da drüben kannst du uns nützlicher sein als hier, sagte der Zahnarztsohn. Und wenn du es nicht für dich selbst tust, dann tu es für Bon. Wenn er glaubt, dass wir bleiben, dann geht er auch nicht. Aber du willst doch sowieso gehen. Gib's zu!

Habe ich den Mumm, es zuzugeben? Habe ich den Mumm zu gestehen? Amerika, das Land der Supermärkte, Superhighways, Supercarrier, das Land von Superman und Super Bowl! Amerika, das Land, das bei seiner blutigen Geburt nicht einfach damit zufrieden war, sich einen Namen zu geben, sondern ein Land, das als erstes in der Geschichte auf einem geheimnisvollen Akronym beharrte, USA, ein Buchstabentrio, das später nur übertroffen wurde von dem Quintett UdSSR. Obwohl sich jedes Land auf seine Weise den anderen überlegen glaubte, hatte es jemals ein Land gegeben, dessen Narzissmuskonto derart überquoll von Superlativen, das nicht nur superselbstbewusst, sondern auch noch supermächtig war und keine Ruhe gäbe, bis in seinem Schwitzkasten jedes Land der Welt Uncle Sam brüllte?

Okay, ich gebe es zu!, sagte ich. Ich gestehe.

Er kicherte und sagte: Betrachte dich als Glückspilz. Ich habe unsere wunderbare Heimat nie verlassen.

Ein Glückspilz, ich? Wenigstens fühlst du dich hier zu Hause.

Zu Hause wird überbewertet, sagte er.

Er hatte leicht reden. Sein Vater und seine Mutter hatten ein ordentliches Auskommen, und seine Geschwister hörten weg, wenn es um seine revolutionäre Gesinnung ging. Das kam ziemlich häufig vor, da viele Familien gespalten waren, manche kämpften für den Norden und manche für den Süden, manche waren Kommunisten und manche Nationalisten. Trotzdem sahen sie sich alle, egal, wie tief der Riss ging, als Patrioten, die für das Land kämpften, zu dem sie gehörten. Als ich ihn daran erinnerte, dass ich nicht hierhergehörte, sagte er: Du gehörst auch nicht zu Amerika. Vielleicht, sagte ich. Aber da bin ich nicht geboren. Hier bin ich geboren.

Vor der Basilika verabschiedeten wir uns, unser wirklicher Abschied, nicht der, den wir später für Bon inszenierten. Ich schenke dir meine Schallplatten und Bücher, sagte ich. Ich weiß, dass du sie immer haben wolltest. Danke, sagte er und drückte mir fest die Hand. Und viel Glück. Wann kann ich wieder zurückkommen?, fragte ich. Voller Mitgefühl schaute er mir in die Augen und sagte: Ich bin ein Untergrundkämpfer, mein Freund, kein Prophet. Der Zeitpunkt deiner Rückkehr hängt von den Plänen deines Generals ab. Und als der General an der Basilika vorbeifuhr, wusste ich nichts über seine Pläne, außer dass er das Land verlassen wollte. Ich nahm lediglich an, dass er mehr vorhatte als das, was die nutzlosen Parolen auf den Transparenten verkündeten, die den Boulevard zum Präsidentenpalast flankierten, den ein regimekritischer Pilot früher im Monat bombardiert hatte. KEIN LAND DEN KOMMUNISTEN! KEINE KOMMUNISTEN IM SÜDEN! KEINE KOALITIONSREGIERUNG! KEINE VERHANDLUNGEN! Ich sah einen Posten, der teilnahmslos, wie aufgespießt, in Habachtstellung unter dem Dach seines Wachhäuschens stand. Aber bevor wir schließlich den Palast erreichten, bog der General glücklicherweise nach rechts auf die Pasteur in Richtung des Flughafens ab. Irgendwo in weiter Ferne ertönte in ungleichmäßigem Stakkato schweres Maschinengewehrfeuer. Beim dumpfen Dröhnen eines Granatwerfers wimmerte Duc in den Armen seiner Mutter. Ruhig, mein Liebling, sagte sie. Wir machen nur einen kleinen Ausflug. Bon strich seinem Sohn durchs flaumige Haar und fragte: Werden wir diese Straßen jemals wiedersehen? Wir müssen dran glauben, sagte ich. Was bleibt uns sonst übrig?

Bon stand auf und legte mir einen Arm um die Schulter. Wir quetschten uns zusammen in den Eingangsbereich, steckten die Köpfe zur Tür hinaus und hielten uns an den Händen, während wir an tristen Wohnungen vorbeirollten, hinter deren Vorhängen und Fensterläden Lichter und Augen hervorlugten. Die Nasen im Wind, atmeten wir einen Mischmasch aus Gerüchen ein: Holzkohle und Jasmin, verrottendes Obst und Eukalyptus, Benzin und Ammoniak, ein Rülpser aus dem nur dürftig durchgespülten Gedärm der Stadt, der anhaltend in der Luft hing. Als wir uns dem Flughafen näherten, donnerte mit ausgeschalteter Beleuchtung das schemenhafte Kreuz eines Flugzeugs über uns hinweg. An den mit Stacheldrahtrollen verstärkten Toren warteten ein junger Leutnant und ein Trupp übellauniger Militärpolizisten mit Gewehren in den Händen und baumelnden Schlagstöcken an den Gürteln. Ich spürte das Pochen in meiner Brust, als der Leutnant auf den Citroën des Generals zuging, sich auf der Fahrerseite hinunterbeugte, durchs Fenster ein paar Worte mit den Insassen wechselte und dann in meine Richtung schaute, zum Bus, aus dessen Tür ich mich hinauslehnte. Ich hatte ihn mithilfe der Informationen ausfindig gemacht, die ich von dem halbseidenen Major erhalten hatte, in einem Slum am Kanal, wo er mit seiner Frau, drei Kindern, den Eltern und Schwiegereltern lebte, alle abhängig von seinem Gehalt, mit dem er aber nicht einmal die Hälfte von ihnen satt bekam. Das war das typische Schicksal eines jungen Offiziers, aber bei meinem Besuch an jenem Nachmittag in der Woche zuvor hatte ich herauszufinden, was für einen Mann dieser Lehm aus Armut geformt hatte. Als er in Unterwäsche auf der Kante des Holzbetts saß, das er mit seiner Frau und den Kindern teilte, hatte der halb nackte Leutnant den Blick eines in die Enge getriebenen politischen Gefangenen, den man gerade erst in einen Tigerkäfig gesperrt hatte, argwöhnisch und ein bisschen verängstigt, aber physisch noch nicht gebrochen. Sie wollen also, dass ich mein Land ans Messer liefere, sagte er mit tonloser Stimme. Die Zigarette, die ich ihm gegeben hatte, hielt er unangezündet in der Hand. Sie wollen mich dafür bezahlen, dass ich Feiglinge und Verräter entkommen lasse. Sie wollen, dass ich auch meine Männer dazu anstifte.

Ich werde Ihre Intelligenz nicht beleidigen, indem ich etwas anderes vortäusche, sagte ich. Meine Worte waren hauptsächlich an die Jury gerichtet – seine Frau, seine Eltern, seine Schwiegereltern, die unter dem Blechdach der engen, drückend heißen Hütte dicht beieinanderstanden oder auf dem Boden hockten. Die vom Hunger ausgezehrten Wangen mit den vorstehenden Knochen kannte ich von meiner eigenen Mutter, die viel für mich gelitten hatte. Ich bewundere Sie, Leutnant, sagte ich und meinte das auch so. Sie sind ein aufrichtiger Mann, und man findet kaum aufrichtige Männer unter solchen, die Familien zu ernähren haben. Das Mindeste, was ich Ihnen als Lohn dafür anbieten kann, sind dreitausend Dollar. Das entsprach einem Monatslohn für seinen gesamten Zug. Seine Frau tat ihre Pflicht und forderte zehn. Wir einigten uns schließlich auf fünf, die Hälfte sofort, der Rest am Flughafen. Als mein Bus jetzt an ihm vorbeirollte, riss er mir den Geldumschlag aus der Hand, und dabei schaute er mich mit dem gleichen Blick an wie die kommunistische Agentin, als ich ihr die Namensliste aus dem Mund gezogen hatte. Obwohl er mich hätte erschießen können oder uns zurückschicken, tat er das, worauf ich spekuliert hatte, was nämlich jeder ehrbare Mann tun würde, den man gezwungen hatte, Schmiergeld zu nehmen. Er ließ uns alle passieren und hielt damit als letztes Feigenblatt seiner Würde seinen Teil der Abmachung ein. Ich wandte meinen Blick von seiner Demütigung ab. Falls – erlauben Sie mir für einen Augenblick den Konjunktiv – falls die Armee des Südens nur Männer wie ihn gehabt hätte, dann hätte sie gewonnen. Ich gestehe, dass ich ihn bewunderte, obwohl er mein Feind war. Es ist immer besser, die besten unter unseren Feinden zu bewundern als die schlechtesten unter unseren Freunden. Würden Sie mir da nicht zustimmen, Kommandant?

Es war fast neun, als wir durch den Flughafenkomplex fuhren, der eine eigene kleine Metropole war. Auf gut gepflasterten Straßen vorbei an Quonset-Hütten, Baracken mit Giebeldach, unscheinbaren Büros und röhrenförmigen Lagerhäusern tief hinein in eine Miniaturstadt, die inmitten und doch außerhalb von Saigon lag. Das halbautonome Territorium war einmal einer der verkehrsreichsten Flughäfen der Welt gewesen, ein Drehkreuz für alle Arten von tödlichen und nicht tödlichen Einsätzen und Missionen, einschließlich denen, die Air America geflogen hatte, die Fluglinie der CIA. Unsere Generäle versteckten hier ihre Familien, und amerikanische Generäle entwarfen hier in Büros, die mit importierten Stahlmöbeln ausgestattet waren, ihre Kriegslist. Unser Ziel war das Gelände, auf dem sich das Büro des Verteidigungsattachés befand. In ihrer typischen Unverfrorenheit hatten die Amerikaner diesem Abschnitt den Spitznamen Dodge City gegeben, wo, wie meist auch hier in Saigon, Revolver den Ton angaben und Saloonmädchen den Cancan tanzten. Doch während im echten Dodge City Sheriffs für Ruhe sorgten, bewachten das Evakuierungszentrum amerikanische Marineinfanteristen. So viele hatte ich seit 1973 nicht mehr gesehen, als ein zerlumpter, geschlagener Haufen von ihnen von diesem Flugfeld aus das Land verlassen hatte. Doch diese jungen Marineinfanteristen hatten nie ein Schlachtfeld gesehen, sie waren erst seit wenigen Wochen im Land. Glatt rasiert, wacher Blick, nicht die Spur eines Nadeleinstichs in der Armbeuge, nicht ein Hauch von Marihuana in den gebügelten, vom Dschungel verschont gebliebenen Kampfanzügen. Ungerührt beobachteten sie unsere Passagiere, wie sie aus dem Bus stiegen und sich zu den Hunderten anderen Evakuierten auf dem Parkplatz gesellten. Ich ging zum Citroën, wo der General Claude die Schlüssel gab. Ich werde sie Ihnen in den Staaten zurückgeben, General, sagte Claude. Nein, lassen Sie sie im Zündschloss stecken, sagte der General. Ich will nicht, dass der Wagen beschädigt wird, wenn er gestohlen wird, und das wird sicher irgendjemand tun. Viel Spaß damit, Claude. Solange es noch geht!

Während der General sich auf die Suche nach Madame und den Kindern machte, sagte ich: Was ist denn hier los? Das ist ja das reinste Chaos. Claude seufzte. SNAFU eben. *Situation normal, all fucked up.* Jeder versucht, Verwandte, Köche oder Freundinnen aus dem Land zu schaffen. Betrachten Sie sich einfach als Glückspilz. Stimmt schon, sagte ich. Sehen wir uns in den Staaten? Er klopfte mir liebevoll auf die Schulter. Wie 1954, als die Kommunisten ans Ruder kamen, sagte er. Wer hätte gedacht, dass wir das noch mal erleben würden? Damals habe ich Sie aus dem Norden rausgeholt, jetzt hole ich Sie aus dem Süden raus. Sie kommen schon klar.

Nachdem Claude gegangen war, wandte ich mich den Evakuierten zu. Ein Marineinfanterist nuschelte in ein Megafon, dass sie eine Schlange bilden sollten. Das entsprach jedoch nicht dem natürlichen Verhalten meiner Landsleute. Die ihnen angemessene Vorgehensweise in Situationen von hoher Nachfrage bei geringem Angebot bestand in Stoßen, Schubsen, Drängeln und Schieben, und wenn das alles nichts half, in Bestechung, Schmeichelei, Übertreibung und Lüge. Es war ungewiss, ob diese Eigenschaften genetisch bedingt, kulturell tief verwurzelt oder einfach evolutionärer Entwicklung geschuldet waren. Wir waren zur Anpassung gezwungen gewesen: an ein Leben in einer Wirtschaftsblase, die zehn Jahre lang ausschließlich auf amerikanischen Importen beruhte; an drei Jahrzehnte im Hin und Her von Krieg und Nichtkrieg einschließlich der Teilung des Landes 1954 in Nord und Süd durch ausländische Taschenspieler; an das kurze japanische Interregnum während des Zweiten Weltkriegs; an die onkelhafte Belästigung durch die Franzosen im vorangegangenen Jahrhundert. Die Marineinfanteristen scherten sich aber kein bisschen um solche Ausreden, und ihr einschüchterndes Auftreten nötigte die Flüchtlinge schließlich, sich in Reihen aufzustellen. Als sie uns nach Waffen durchsuchten, händigten wir Offiziere ihnen gehorsam unsere Pistolen aus. Ich hatte nur einen stupsnasigen 38er Revolver, der für verdeckte Aktivitäten, russisches Roulette und Selbstmord zu gebrauchen war, während Bon es mit einem halbautomatischen 45er Machocolt hielt. Die Waffe wurde entwickelt, um mit einem einzigen Schuss Moro-Krieger auf den Philippinen zu erledigen, sagte ich zu Duc. Das hatte Claude mir erzählt, das war die Art von Geheimwissen, über das er verfügte.

Papiere!, sagte nach dem Waffencheck der Botschaftsbeamte hinter seinem Schreibtisch. Der junge Mann trug einen Backenbart nach der Mode des neunzehnten Jahrhunderts, einen beigen Safarianzug und eine Brille mit rosa getönten Gläsern. Jedes Familienoberhaupt verfügte über die Laissez-Passer-Papiere, die ich zu einem saftigen Rabatt im Innenministerium gekauft hatte, und die Bewilligung des Präsidenten mit dem Stempel des zuständigen Botschaftsangestellten, die Claude beschafft hatte. Wir standen zwar gehorsam in der Schlange, dennoch garantierte uns die Bewilligung eine wichtige Sache: dass wir es an die Spitze der langen Schlange von Immigranten geschafft hatten, den dicht gedrängten, hoffnungsfrohen Millionen aus aller Welt, die den Atem der Freiheit spüren wollten. Mit diesem kleinen Trost gingen wir zu dem Sammelplatz auf der Tennisanlage, wo früher eingetroffene Evakuierte schon alle Plätze auf den Tribünenstufen besetzt hielten. Wir gesellten uns zu den Zuspätgekommenen und hofften benommen, auf dem grünen Beton der Spielfelder einzuschlummern. Rote Tarnlichter hüllten die Menschen, unter denen sich auch ein Häuflein Amerikaner befand, in gespenstisches Licht. Anscheinend waren sie alle Ehemänner von vietnamesischen Frauen, denn jeden von ihnen belagerte eine vietnamesische Familie, einer von ihnen trug sogar Handschellen, mit denen sich eine vietnamesische Frau buchstäblich an ihn gekettet hatte. Ich ließ mich mit Bon, Linh und Duc auf einem freien Stück Beton nieder. Neben uns hatte sich ein Schwarm Callgirls niedergelassen, vakuumverpackt in Mikrominiröcken und Fischnetzstrümpfen. Auf der anderen Seite saßen ein

Amerikaner, seine Frau und seine Kinder, ein Junge und ein Mädchen, vielleicht fünf oder sechs Jahre alt. Der Mann lag auf dem Rücken und sein muskulöser Unterarm über den Augen, sodass von seinem Gesicht nur die beiden buschigen Flügel seines Walrossschnauzers, die rosa Lippen und die etwas schiefen Zähne zu sehen waren. Die Frau hatte die Köpfe der beiden Kinder auf dem Schoß und strich ihnen über das braune Haar. Wie lange sind Sie schon hier?, fragte Linh, die den schläfrigen Duc in den Armen hielt. Den ganzen Tag, sagte die Frau. Es war schrecklich, so heiß. Nichts zu essen und zu trinken. Ständig haben sie Flüge aufgerufen, aber unseren nicht. Linh gab mitfühlende Geräusche von sich. Bon und ich stellten uns im ewigen Wechselspiel von Hetzen und Warten auf Letzteres ein, eine nervtötende Übung, die jeder Soldat überall auf der Welt kannte.

Wir zündeten uns Zigaretten an und wandten unsere Aufmerksamkeit dem dunklen Himmel zu, der ab und zu von einer Leuchtfackel erhellt wurde, die wie Sperma in den Himmel spritzte und deren leuchtender Rumpf auf dem Weg zum Boden eine lange zappelnde Rauchfahne hinter sich herzog. Soll ich dir was sagen?, fragte Bon. Seine Worte waren wie Kugeln, sie kamen in kurzen, kontrollierten Salven zum Einsatz. Ich wusste, dass es so kommen würde. Hab's nur nie laut gesagt. Nennt man Nichtwahrhabenwollen, oder? Ich nickte und sagte: Du hast dich nur der gleichen Sache schuldig gemacht wie alle anderen in Saigon. Wir haben es alle gewusst und konnten nichts dagegen machen. Dachten wir jedenfalls. Aber passieren kann alles, immer. Das nennt man Hoffnung. Er zuckte mit den Achseln und betrachtete die Glut seiner Zigarette. Hoffnung ist dünn. Verzweiflung ist dick. Wie Blut. Er zeigte auf die Narbe in der Hand, mit der er die Zigarette hielt. Sie folgte dem Bogen der Lebenslinie. Weißt du noch?

Ich hielt meine rechte Handfläche mit der dazu passenden Narbe hoch, die gleiche wie auch in Mans Hand. Wir sahen dieses Zeichen, wann immer wir unsere Hände öffneten, um eine Flasche aufzumachen, eine Zigarette anzuzünden, nach einer Pistole zu greifen oder eine Frau zu berühren. Wie es die Legende der Krieger will, hatten wir uns geschworen, füreinander zu sterben, bestrickt von einer romantischen Schuljungenfreundschaft, vereint durch die unsterblichen Dinge, die wir im anderen entdeckt hatten: Treue, Aufrichtigkeit, Überzeugung, den Willen, Freunden beizustehen und Glaubenssätze hochzuhalten. Aber woran glaubten wir mit vierzehn? An unsere Freundschaft und unsere Brüderschaft, an unser Land und unsere Unabhängigkeit. Wir glaubten, würde man uns dazu auffordern, wir könnten uns für unsere Blutsbrüder und unsere Nation opfern, aber wir wussten nicht genau, wie man uns auffordern und was aus uns werden würde. Ich konnte nicht vorhersehen, dass Bon sich eines Tages der Operation Phoenix anschließen würde, um seinen ermordeten Vater zu rächen, indem er Attentate auf Menschen verübte, die Man und ich als Kameraden betrachteten. Der herzensgute, ehrliche Bon wusste nicht, dass Man und ich insgeheim zu der Überzeugung gelangt waren, der einzige Weg zur Rettung unseres Landes sei der, sich der Revolution anzuschließen. Alle drei folgten wir unseren politischen Überzeugungen, allerdings nur aus den Gründen, die uns vorher hatten Blutsbrüderschaft schwören lassen. Wenn die Umstände uns jemals eine Situation aufzwängten, mit dem Tod als Preis für unsere Brüderschaft, würden Man und ich ihn fraglos zahlen. Unsere Verpflichtung stand uns in die Hände geschrieben, und im zitternden Licht einer weit entfernten Magnesiumfackel hielt ich meine Handfläche in die Höhe und fuhr mit dem Finger die Linie der Narbe nach. Dein Blut ist meins, und mein Blut ist deins, wiederholte ich den jugendlichen Schwur, den wir damals abgelegt hatten. Und weißt du, was noch?, sagte Bon. Auch wenn die Verzweiflung noch so stark ist, Freundschaft ist stärker. Danach gab es nichts mehr zu sagen, unsere Kameradschaft war besiegelt, und wir lauschten dem Ruf der Katjuscha-Raketen, die in der Ferne zischten wie um Ruhe ersuchende Bibliothekare.

DRITTES KAPITEL

Danke, lieber Kommandant, für Ihre Anmerkungen und die des Kommissars zu meinem Geständnis. Sie haben mich gefragt, was ich damit meine, wenn ich »wir« oder »uns« sage, wenn ich mich mit den Soldaten des Südens identifiziere oder den Evakuierten, die auszuspionieren mein Auftrag war. Müsste ich von diesen Menschen, meinen Feinden, nicht als »sie« sprechen? Ich gestehe, dass ich nicht umhinkann, Empathie für sie wie auch für viele andere zu empfinden, nachdem ich fast mein ganzes Leben in ihrer Gesellschaft verbracht habe. Meine Schwäche, Mitgefühl zu haben, hat viel mit meinem Status als Bastard zu tun, was natürlich nicht heißt, dass ein Bastard von Natur aus dafür prädisponiert ist. Viele Bastarde benehmen sich wie Bastarde, und ich schreibe es meiner sanftmütigen Mutter zu, gelernt zu haben, dass es verdienstvoll sein kann, wenn die Grenzen zwischen »uns« und »ihnen« fließend sein können. Schließlich wäre ich nicht auf der Welt, wenn sie nicht zugelassen hätte, dass auch die Grenzen zwischen einem Hausmädchen und einem Priester fließend sein können.

Als Produkt einer außerehelichen Verbindung gebe ich zu, dass mir der Gedanke, selbst verheiratet zu sein, sehr unangenehm ist. Das Junggesellendasein vorzuziehen ist ein unerwarteter Vorteil im Leben eines Bastards, da er von den meisten

Familien nicht als guter Fang betrachtet wird. Ich war nicht einmal willkommen in Familien, die eine Tochter gemischter Herkunft hatten, denn diese war gewöhnlich selbst ganz wild darauf, sich durch Verheiratung mit jemandem von reiner Abstammung in den engen Aufzug sozialer Mobilität zu quetschen. Während Freunde wie Fremde mein Junggesellendasein als Teil meiner tragischen Existenz als Bastard bemitleiden, bedeutet es für mich nicht nur Freiheit, sondern passt auch zu meinem unterirdischen Leben als Maulwurf, der besser alleine gräbt. Außerdem konnte ich als Junggeselle ohne Konsequenzen mit den Callgirls plaudern, die inmitten der Evakuierten schamlos ihre schönen Schenkel zur Schau stellten und den schweißnassen Schluchten ihrer von den Büstenhaltern des Atomzeitalters künstlich vergrößerten Dekolletés mit den Revolverblättern von gestern Luft zufächelten. Die Mädchen stellten sich als Mimi, Phi Phi und Ti Ti vor, in der Halbwelt gängige Namen, aber im Trio überzeugend genug, um meinem Herz Freude zu bereiten. Vielleicht hatten sie die Namen ja gerade erst erfunden, Namen wechselten so schnell wie Kunden. Falls ja, dann war ihre Vorstellung einfach ein professioneller Reflex, den sie sich in Jahren gewissenhaften Lernens und hingebungsvollen Trainings angeeignet hatten. Ich hatte immer Respekt vor der Professionalität von Prostituierten, die ihre Unaufrichtigkeit offener zeigten als Anwälte, beides Berufsgruppen, die nach Stundensätzen abrechnen. Ausschließlich die finanzielle Seite zu betonen geht aber am Kern der Sache vorbei. Sachgerecht nähert man sich einer Prostituierten mit der Einstellung eines Theaterbesuchers, der sich zurücklehnt und für die gesamte Dauer der Vorführung seine Zweifel beiseitelässt. Unsachgemäß wäre, hartnäckig darauf zu beharren, das Theaterstück sei nur eine Farce, die einem ein Haufen Leute vorspiele, oder, umgekehrt, der Vorführung bedingungslos zu glauben und deshalb einer Fata Morgana zu erliegen. Etwa wie erwachsene Männer, die sich zwar über die Vorstellung von Einhörnern mokieren, aber mit Tränen in den Augen die Existenz einer selteneren, mythischeren Spezies bezeugen. Und zwar einer, die man nur noch in abgelegenen Häfen und den dunkelsten, verstecktesten Winkeln der verkommensten Tavernen findet, nämlich die Prostituierte, in deren Brust das sprichwörtliche Herz aus Gold schlägt. Ich versichere Ihnen, sollte es etwas an einer Prostituierten geben, das aus Gold ist, es ist sicher nicht das Herz. Mancher ist anderer Meinung, aber das ist das Verdienst der gewissenhaften Darsteller.

Daran gemessen waren die drei Callgirls alte Hasen, was man von siebzig bis achtzig Prozent der Prostituierten in der Hauptstadt und den umliegenden Städten nicht behaupten konnte. Seriöse Studien, anekdotische Evidenz und Stichproben deuten darauf hin, dass ihre Zahl in die Zehntausende, vielleicht sogar in die Hunderttausende ging. Die meisten waren arme, ungebildete Mädchen vom Land, die keine Möglichkeit hatten, ihren Lebensunterhalt zu verdienen, außer als Zecke im Pelz eines neunzehnjährigen amerikanischen GIs. Die Hosen ausgebeult von einer steifen Rolle Dollars und das Jünglingsgehirn angeschwollen vom Gelbfieber, das viele Männer aus dem Westen in Asien heimsucht, entdeckte dieser amerikanische GI zu seiner Überraschung und Freude, dass er in dieser Welt nicht mehr länger Clark Kent, sondern Superman war, zumindest in puncto Frauen. Unterstützt (oder besser: unterwandert?) von Superman, produzierte unser fruchtbares kleines Land keine nennenswerte Menge an Reis, Gummi und Zinn mehr, sondern züchtete stattdessen Jahr für Jahr Rekordernten an Prostituierten heran, Mädchen, die nie zu einem Rocksong getanzt hatten, bis die Zuhälter, die wir Cowboys nannten, ihnen Nippel-Pasties auf die zitternden Landbrüste klebten und sie in eine Bar in der Tu-Do-Straße stießen wie auf einen Laufsteg. Ist es verwegen, die amerikanischen Strategen der bewussten Ausräucherung von Bauerndörfern zu beschuldigen, um so die Mädchen zu vertreiben, die kaum eine Wahl haben würden, als denselben Jungen sexuell zu Diensten zu sein, welche besagte Dörfer mit Bomben, Granaten und Maschinengewehrfeuer ausradierten, sie abfackelten, plünderten oder bloß gewaltsam evakuierten? Ich vermerke lediglich, dass einheimische Prostituierte, die ausländische Soldaten bedienen, unausweichliches Produkt eines Besatzungskriegs sind, eine jener kleinen dreckigen Nebenwirkungen der Verteidigung der Freiheit, die die Ehefrauen, Schwestern, Freundinnen, Mütter, Pastoren und Politiker in Smallville, USA, hinter gewachsten und polierten Zahnreihen heuchlerisch ignorieren und jedes unaussprechliche Leiden mit dem Penicillin amerikanischer Güte zu behandeln bereit sind, wenn sie ihre Soldaten zu Hause wieder willkommen heißen.

Das talentierte Startrio versprach eine vollkommen andere Güte, nämlich die von der dreckigen Sorte. Sie flirteten schamlos mit mir und machten Bon und den inzwischen aufgewachten amerikanischen Ehemann mit dem Walrossschnauzer an. Die beiden verzogen nur stumm das Gesicht und machten sich so klein wie möglich, da sie sich ihrer in grimmigem Schweigen versunkenen Ehefrauen nur zu bewusst waren. Ich hingegen flirtete fröhlich zurück, wobei mir vollkommen klar war, dass die Vorgeschichte jeder dieser Halbweltdamen dazu imstande war, mir mein Herz zu brechen und so wahrscheinlich mein Bankkonto zu knacken. Hatte ich nicht auch so eine Vorgeschichte? Aber was einen Schauspieler zumindest teilweise antreibt, ist, die eigene Traurigkeit zu vergessen, ein Wesenszug, der mir wohlvertraut ist. In Situationen wie dieser ist Flirten und Spielen besser, denn so hat jeder die Möglichkeit, Glück vorzutäuschen, bis er vielleicht tatsächlich etwas Glück empfindet. Allein ihr Anblick war ein Genuss. Mimi war groß, hatte langes, glattes Haar, und ihre zwanzig rosa lackierten Finger- und Zehennägel glänzten wie Geleebonbons. Die raue Stimme mit dem geheimnisvollen Hue-Akzent schnürte mir die Blutgefäße ein und machte mich leicht schwindelig. Ti Ti war zerbrechlich und zierlich, aber ihre märchenhafte Beehive-Frisur machte sie etwas größer. Die blasse Haut erinnerte an Eierschalen, und ein Hauch von Tau ließ ihre Wimpern erzittern. Ich wollte meine Arme um sie schlingen und mit Schmetterlingsküssen ihre Wimpern berühren. Phi Phi war die Anführerin. Die Rundungen ihres Körpers erinnerten mich an die Dünen von Phan Thiet, wohin mich meine Mutter in die einzigen Ferien ihres Lebens mitgenommen hatte. Während Mama sich von Kopf bis Fuß bedeckt hielt, damit ihre Haut nicht dunkler wurde, wühlte ich ekstatisch in dem glühenden Sand. Phi Phis Duft löste die köstliche Erinnerung an die Glückseligkeit eines Zehnjährigen in mir aus, da er fast der gleiche war, jedenfalls glaubte ich das, wie der aus dem einen winzigen Fläschchen mit dem honigfarbenen Parfüm, das meine Mutter besaß, ein Geschenk meines Vaters, und mit dem sie sich einmal im Jahr benetzte. Und so verliebte ich mich in Phi Phi. Ein recht harmloses Gefühl, denn ich war daran gewöhnt, mich zwei- oder dreimal im Jahr zu verlieben, und war jetzt schon ziemlich überfällig.

Dass sie es geschafft hatten, auf diesen Militärflugplatz vorzudringen, wo doch Evakuierungen den Reichen, Mächtigen und/oder denen mit den richtigen Verbindungen vorbehalten waren, lag nur an Sarge. Ich stellte ihn mir als schwerfälligen Muskelprotz mit weißer Seemannsmütze vor. Sarge bewacht die Botschaft und liebt uns Mädchen, sagte Phi Phi. Er ist ein

Schatz, ein prima Kerl, er hat uns nicht vergessen. Er hat immer gesagt, dass er uns nicht vergessen würde. Die beiden anderen nickten heftig. Mimi ließ ihren Kaugummi knallen, Ti Ti die Knöchel knacken. Sarge hat sich einen Bus besorgt, ist die Tu Do rauf- und runtergefahren und hat alle Mädchen eingesammelt, die er zu fassen kriegte und die abhauen wollten. Den Polizisten hat er erzählt, er würde uns zu einer Party mit den armen Jungs hier bringen. So hat er uns aufs Gelände geschafft. Der harte Pfirsich, den ich in der Brust trug, wurde reif und weich, als ich an ihren Sarge dachte, diesen tollen Amerikaner, der tatsächlich seine Versprechen hielt und mit Vornamen Joe hieß und mit Nachnamen etwas, das keins von den Mädchen aussprechen konnte. Ich fragte sie, warum sie abhauen wollten, und Mimi sagte, weil die Kommunisten sie sicher als Kollaborateure ins Gefängnis stecken würden. Sie nennen uns Huren, sagte sie. Und sie nennen Saigon die Hurenstadt, oder? Schätzchen, ich kann zwei und zwei zusammenzählen. Außerdem, sagte Phi Phi, selbst wenn sie uns nicht einsperren, wir können dann nicht mehr unsere Arbeit machen. In einem kommunistischen Land kann man nichts mehr kaufen oder verkaufen, richtig? Jedenfalls nicht mit Gewinn, und ich werde nicht zulassen, Schätzchen, dass irgendwer gratis in meine Mango beißt, Kommunismus hin oder her. Darauf johlten und klatschten sie alle drei. Sie waren so obszön wie russische Seeleute auf Landgang, aber sie hatten auch eine exakte Vorstellung von der Theorie des Tauschwerts. Wie würde es nach dem Sieg der Revolution Mädchen wie ihnen ergehen? Gute Frage. Ich gestehe, dass ich mir darüber noch keine Gedanken gemacht hatte.

Mit ihrem anregenden *élan* verflog die Zeit so schnell, wie die C-130 über unseren Köpfen in der Dunkelheit verschwanden, doch sogar wir wurden müde, als die Stunden verstrichen, ohne dass unsere Flugnummern aufgerufen wurden. Der Marineinfanterist nuschelte wie ein an Kehlkopfkrebs Erkrankter mit mechanischer Sprechhilfe in sein Megafon, und eine Gruppe erschöpfter Evakuierter klaubte ihre kläglichen Habseligkeiten zusammen und stolperte zu den Bussen, die sie aufs Rollfeld bringen würden. Es wurde zehn, dann elf. Ich lag auf dem Boden, konnte aber nicht schlafen, obwohl ich mich, ein beliebter Witz unter Soldaten, in einem Tausend-Sterne-Hotel befand. Um mich an mein Glück zu erinnern, musste ich nur hinauf ins Universum schauen. Ich setzte mich auf und rauchte eine weitere Zigarette mit Bon. Dann streckte ich mich aus, konnte aber wegen der Hitze wieder nicht einschlafen. Um Mitternacht machte ich einen Rundgang über das Gelände und warf einen Blick in die Toiletten. Eine schlechte Idee. Sie waren nur für den normalen Durchlauf weniger Büroangestellter und Soldaten aus der Etappe gedacht, nicht für die dampfenden Abwässer Tausender Evakuierter. Am Swimmingpool sah es nicht besser aus. In all den Jahren seines Bestehens war der Swimmingpool ausschließlich Amerikanern vorbehalten gewesen, Weißen aus anderen Ländern, die Berechtigungsausweise hatten, und Indonesiern, Iranern, Ungarn und Polen des ICCS, des International Committee of Control and Supervision. Abkürzungen überschwemmten unser Land, und das ICCS war auch als »I Can't Control Shit« bekannt. Seine Aufgabe bestand darin, den Waffenstillstand zwischen Nord und Süd zu überwachen, nachdem die amerikanischen Streitkräfte strategisch verlegt worden waren. Der Waffenstillstand war ein durchschlagender Erfolg, denn in den letzten beiden Jahren waren nur hundertfünfzigtausend Soldaten gestorben, zuzüglich der erforderlichen Zahl an Zivilisten. Kaum auszudenken, wie viele ohne einen Waffenstillstand gestorben wären. Vielleicht waren die Evakuierten darüber verärgert, dass man den

Einheimischen den Zutritt zum Pool verwehrt hatte, wahrscheinlicher ist aber, dass sie sich einfach nicht anders zu helfen gewusst und ihn deshalb in ein Urinal verwandelt hatten. Ich reihte mich in die Pinkelschlange am Beckenrand ein und ging dann zurück zu den Tennisplätzen. Bon und Linh dösten, das Kinn in die Hände gestützt vor sich hin, während Duc im Schoß seiner Mutter als Einziger etwas Schlaf bekam. Ich setzte mich hin, legte mich hin, rauchte eine Zigarette und so weiter, bis um kurz vor vier unsere Flugnummer endlich aufgerufen wurde und ich mich von den Mädchen verabschiedete, die eine Schnute zogen und mir versprachen, dass wir uns in Guam wiedersehen würden.

Wir marschierten von der Tennisanlage zum Parkplatz, wo zwei Busse warteten, die mehr als nur die zweiundneunzig Evakuierten aus unserer Gruppe aufnehmen sollten. Die Menge umfasste etwa zweihundert Personen, und als der General mich fragte, wer all die anderen seien, wandte ich mich an den nächsten Marineinfanteristen. Er zuckte mit den Achseln. Ihr seid ja nicht so groß, da haben wir zwei von euch auf einen von uns gerechnet. Als ich hinter meinem unglücklichen General in den Bus stieg, war ich einerseits verärgert, andererseits sagte ich mir nüchtern, dass wir es ja gewohnt seien, so behandelt zu werden. Schließlich gingen wir selbst auch nicht anders miteinander um und beluden unter Missachtung aller Vorschriften und Empfehlungen der Hersteller unsere Motorräder, Busse, Lastwagen, Aufzüge und Hubschrauber mit selbstmörderischen Mengen menschlicher Fracht. War es da ein Wunder, dass andere Menschen glaubten, wir seien zufrieden mit Lebensbedingungen, denen wir einfach nur ausgeliefert waren? Einen amerikanischen Offizier würden sie nie so behandeln, beklagte sich der General, der in der Enge gegen meinen Körper gedrückt wurde. Nein, General, sicher nicht, sagte ich, was höchstwahrscheinlich stimmte. Die Passagiere, die den ganzen Tag und die ganze Nacht im Freien vor sich hin geköchelt hatten, verbreiteten sofort Hitze und Gestank im Bus. Allerdings war es nur ein kurzes Stück bis zu unserer C-130 Hercules. Das Flugzeug war ein Müllwagen mit Flügeln, und wie ein Müllwagen wurde es auch von hinten beladen, über eine große, flache, heruntergeklappte Laderampe. Der Schlund führte in einen großzügigen Verdauungskanal, dessen Membran von einem gespenstisch grünen Tarnlicht beleuchtet wurde. Nachdem er aus dem Bus gestiegen war, stellte sich der General neben die Laderampe. Ich ging zu ihm, und zusammen beobachteten wir, wie seine Familie, sein Stab und dessen Anhang und hundert weitere, uns unbekannte Personen die Rampe hinaufgingen, auf der ein Lademeister stand und sie hineinwinkte. Na los, nicht so schüchtern, sagte er zu Madame. Seinen Kopf umschloss ein Helm von der Größe und Form eines Basketballs. Arsch an Arsch, Lady. Arsch an Arsch.

Madame war zu verblüfft, um schockiert zu sein. Ihre Stirn lag in Falten, als sie mit ihren Kindern an dem Lademeister vorbeiging und ihnen den stupiden Refrain zu übersetzen versuchte. Dann fiel mir ein Mann auf, der sich eine blaue Pan-Am-Reisetasche gegen die eingefallene Brust drückte und jeden Augenkontakt zu vermeiden suchte, während er auf die Rampe zuging. Wir hatten uns erst vor ein paar Tagen getroffen, in seinem Haus im Bezirk 1. Ein Apparatschik aus dem Mittelbau des Innenministeriums, nicht zu groß oder zu klein, zu dünn oder zu dick, zu blass oder zu dunkel, zu schlau oder zu dumm. Irgendeine Sorte von unterstem Subsekretär, mit einem Innenleben so trist wie sein Büro, einer, der wahrscheinlich weder Träume noch Albträume hatte. In den Tagen seit unserem Treffen hatte ich zwar mehrmals an diesen Subsekretär gedacht, aber sein Gesicht hatte ich nicht mehr vor Augen gehabt. Als er jetzt die Rampe hinaufging, erkannte ich ihn sofort. Ich klopfte ihm auf die Schulter. Er zuckte zusammen, richtete seine Chihuahuaaugen auf mich und tat so, als hätte er mich nicht gesehen. Was für ein Zufall!, sagte ich. Ich hatte Sie nicht auf diesem Flug erwartet. General, ohne die Hilfe dieses freundlichen Herrn hätten wir keine Plätze bekommen. Der General nickte steif und entblößte seine Zähne gerade lange genug, um anzudeuten, dass von ihm keine Hilfe zu erwarten sei. Ist mir ein Vergnügen, flüsterte der Subsekretär, dessen schmale Gestalt zitterte und dessen Frau an seinem Ärmel zupfte. Wenn Blicke kastrieren könnten, hätte sie sich mit meinen Eiern in der Handtasche davongemacht. Nachdem die Menge sie weitergeschoben hatte, schaute der General mich an und sagte, War es ein Vergnügen? In gewisser Weise, sagte ich.

Als alle Passagiere an Bord waren, bedeutete mir der General mit einer Handbewegung, ich solle vorangehen. Er war der Letzte, der die Rampe hinaufstieg und in einen Frachtraum ohne Sitze trat. Die Erwachsenen hockten auf dem Boden oder auf Taschen, die Kinder hockten auf ihren Knien. Die Glücklichen hatten einen Platz an einem Schott erwischt, wo sie sich an den Frachtgurten festhalten konnten. Die menschlichen Umrisse aus Haut und Fleisch, verschmolzen in einer erzwungenen Intimität, die man den Menschen zweiter Klasse abverlangte, die nicht wie andere auf reservierten Plätzen das Land verlassen durften. Bon, Linh und Duc waren wie auch Madame und ihre Kinder irgendwo in der Mitte. Langsam fuhr die Rampe hoch, rastete ein und versiegelte uns in unserer Sardinenbüchse. Der Lademeister, der General und ich saßen an die Rampe gelehnt auf dem Boden, unsere Knie berührten die Nasen der vor uns Sitzenden. Die Vibrationen der vier ohrenbetäubenden Turbopropmotoren ließen den Rumpf erzittern. Während das Flugzeug brummend über die Asphaltpiste rollte, warf es uns bei jedem Ruckeln wie eine zu stummen Gebeten schunkelnde Gemeinde hin und her. Die Beschleunigung drückte mich nach hinten, die Frau vor mir stemmte sich mit einem Arm gegen meine Knie und drückte mit dem Kinn gegen meinen Rucksack. Als die Temperatur im Flugzeug auf über vierzig Grad anstieg, wurden unsere Ausdünstungen strenger. Wir verströmten den Gestank von Schweiß, ungewaschener Kleidung und Angst, der nur von dem Luftzug durch die offene Tür gemildert wurde, vor der in breitbeiniger Rockgitarristenpose ein Mitglied der Besatzung stand. Statt einer sechssaitigen Elektrogitarre hielt er ein M16 mit Zwanzig-Schuss-Magazin tief über den Hüften. Während wir über die Startbahn rollten, konnte ich flüchtig Betonverkleidungen, riesige, der Länge nach aufgerissene Ölfässer und eine trostlose Serie alter, ausgebrannter Kampfflugzeuge sehen, die bei einem Tieffliegerangriff früher am Abend explodiert waren und deren abgerissene Flügel herumlagen wie die von misshandelten Fliegen. Stille legte sich über die von Vorahnung und Beklemmung hypnotisierten Passagiere. Zweifellos dachten sie das Gleiche wie ich. Good-bye, Vietnam. Au revoir, Saigon …

Die Explosion war ohrenbetäubend, ihre Druckwelle schleuderte den Rockgitarristen auf die Passagiere. Das war für einige Sekunden das Letzte, was ich sah, denn der Lichtblitz durch die offene Tür blendete mich. Der General schlug gegen meinen Körper, und ich wurde gegen ein Schott und dann auf kreischende Leiber geworfen. Der saure Speichel hysterischer Menschen spritzte mir ins Gesicht. Mit quietschenden Reifen machte das Flugzeug eine schwankende Bewegung nach rechts. Mein Augenlicht kehrte zurück, und ich sah durch die Tür loderndes Feuer. Ich fürchtete nichts mehr, als bei lebendigem Leib zu verbrennen, von Propellern püriert, von einer Katjuscha-Rakete gevierteilt zu werden. Schon der Name klang, als wäre sie von einem verrückten sibirischen Wissenschaftler entwickelt worden, dem ein paar Zehen und die Nase abgefroren waren. Auf einem verwüsteten Feld bei Hue hatte ich schon verkohlte Leichen gesehen. Schwarze, mit dem Metall eines abgeschossenen Chinook-Hubschraubers verschmolzene Körper. Die Besatzung von explodierten Benzintanks eingeäschert, dreißig Mann, die Zähne entblößt in einer starren, affenartigen Grimasse. Das Fleisch von den Lippen und Gesichtsknochen gesengt, die Haut von einer feinen obsidianglatten Fremdartigkeit, alles Haar Asche, nicht mehr erkennbar als meine Landsleute oder menschliche Wesen. Ich wollte nicht so sterben. Ich wollte überhaupt nicht sterben. Am wenigsten durch die Langstreckenraketen der Artillerie meiner kommunistischen Freunde, die sie aus den eingenommenen Vororten Saigons abfeuerten.

Eine Hand drückte gegen meine Brust und erinnerte mich daran, dass ich noch lebte. Eine andere verkrallte sich in meinem Ohr, als mich schreiende Menschen von ihren Körpern hieven wollten. Ich versuchte mich aufzurichten, dabei griff ich an einen öligen Kopf und drückte meinen Körper gegen den des Generals. Eine weitere Explosion irgendwo auf der Startbahn verstärkte meine Hysterie. Männer, Frauen und Kinder heulten jetzt noch schriller. Urplötzlich stoppte das Flugzeug seinen Schlingerkurs und blieb in einem Winkel stehen, aus dem man durch die offene Tür nicht mehr das Feuer, sondern nur noch Dunkelheit sah. Ein Mann schrie, Wir sterben! Der fantasievoll fluchende Lademeister ließ die Rampe herunter. Die Flüchtlinge schwappten Richtung Heck und rissen mich mit um. Ich konnte mich nur davor bewahren, totgetrampelt zu werden, indem ich mir den Rucksack über den Kopf hielt und mich die Rampe hinunterrollen ließ, wobei ich einige Menschen zu Fall brachte. Ein paar Hundert Meter hinter uns explodierte auf der Startbahn die nächste Rakete. Sie erhellte einen halben Hektar Rollfeld und den nächstgelegenen Unterstand fünfzig Meter neben der Startbahn, der sich als eine zerschossene Betonmauer entpuppte. Auch nachdem die Explosion schon verklungen war, wurde die aufgeschreckte Nacht nicht wieder dunkel. Die Triebwerke an der Steuerbordseite standen in Flammen wie zwei lodernde Fackeln und spuckten Funken und Rauch.

Ich kauerte auf allen vieren, als Bon mich am Ellbogen packte und mitzog. An der anderen Hand hielt er Linh, die den Arm um die Brust des weinenden Duc geschlungen hatte. Ein Meteoritenschauer aus Raketen und Artilleriegeschossen ging auf den Startbahnen nieder, eine apokalyptische Lightshow über den auf die Betonmauer zustürzenden Flüchtlingen. Zwischen herumliegenden Koffern stolperten sie taumelnd vorwärts. Der Luftstrom der beiden noch intakten Propeller blies Kinder um und brachte Erwachsene ins Straucheln. Wer die Betonmauer erreicht hatte, duckte sich in deren Windschatten. Als ich etwas über mich hinwegsurren hörte – ein Trümmerteil oder eine Kugel –, warf ich mich auf den Boden und kroch weiter. Bon und Linh warfen sich ebenfalls hin. Linhs Gesicht sah angespannt, aber entschlossen aus. Als wir es robbend bis zu einem freien Plätzchen hinter der Mauer geschafft hatten, hatte die Besatzung die Motoren abgestellt. Von diesem Lärm waren wir erlöst, dafür konnten wir jetzt hören, dass wir beschossen wurden. Kugeln und vom Beton abprallende Querschläger zischten über uns hinweg. Die Schützen kreisten das brennende Flugzeug ein. Unsere Jungs, sagte Bon, der die Knie an die Brust gezogen und einen Arm um Duc geschlungen hatte, der zwischen ihm und Linh kauerte. Die sind sauer. Die wollen auch einen Platz in einer Maschine. Unmöglich, sagte ich. Das ist NVA, die haben die Schutzzäune geknackt. Allerdings glaubte ich selbst, dass es sich durchaus um unsere eigenen Leute handeln könnte, die ihrem Frust freien Lauf ließen. Dann explodierten die Benzintanks des Flugzeugs. Der Feuerball erleuchtete einen großen Teil des Flugfeldes. Als ich das Gesicht von dem gewaltigen Feuer abwandte, stellte ich fest, dass der Subsekretär, der Regierungsbeamte *unextraordinaire*, direkt hinter mir hockte. Er drückte sein Gesicht an meinen Rücken, und die Botschaft, die seine Chihuahuaaugen aussandten, war so klar wie die Leuchtanzeige an einem Kino. Wie die kommunistische Agentin und der Leutnant am Tor hätte er mich nur zu gern tot gesehen.

Ich verdiente seinen Hass. Durch meinen unangemeldeten Besuch bei ihm zu Hause, die Adresse hatte mir der halbseidene Major besorgt, war ihm eine beträchtliche Summe entgangen. Es stimmt, ich habe ein paar Visa, hatte der Subsekretär gesagt, als wir in seinem Wohnzimmer saßen. Einige Kollegen und ich stellen sie im Dienste der Gerechtigkeit zur Verfügung. Denn ist es nicht ungerecht, dass nur die Privilegiertesten und Reichsten die Möglichkeit zur Flucht erhalten? Ich gab mitfühlende Geräusche von mir. Wenn es wahre Gerechtigkeit gäbe, dann würde jeder gehen können, der in Not sei. Das ist eindeutig nicht der Fall. Was wiederum jemanden wie mich in eine ziemlich schwierige Lage bringt. Warum sollte ich darüber richten, wer das Land verlassen darf und wer nicht?, fragte er mich. Schließlich bin ich nur ein besserer Sekretär. Wenn Sie in meiner Lage wären, Hauptmann, was würden Sie tun?

Ich kann mich gut in Ihre Lage hineinversetzen. Meine Grübchen taten mir schon weh vom Lächeln, und ich konnte es nicht erwarten, endlich das Endspiel zu eröffnen, aber erst musste ich den Mittelteil hinter mich bringen, mit dem ich mich in die gleiche mottenzerfressene Moraldecke hüllen würde, in die er schon bis zum Kinn eingewickelt war. Sie sind eindeutig ein ehrbarer Mann mit Geschmack und Werten. Dabei nickte ich nach links und rechts und deutete auf das schmucke Haus, das bezahlt sein wollte. Die Gipsputzwände waren gesprenkelt mit einigen Geckos und dekorativen Objekten: eine Uhr, ein Kalender, eine chinesische Schriftrolle und eine kolorierte Fotografie von Ngo Dinh Diem aus besseren Tagen, als man ihn noch nicht für seine Überzeugung ermordet hatte, ein Präsident und keine amerikanische Marionette zu sein. Jetzt, nach einem angemessenen Märtyrertod, war der kleine Mann in weißem Anzug für seine katholischen Glaubensbrüder in Vietnam ein Heiliger. Das demütigende Foto mit den gefesselten Händen, dem blutverschmierten Gesicht und dem Rorschachfleck seiner Hirnsubstanz am Kragen, die das Innere eines amerikanischen Transportpanzers verzierte, war um die ganze Welt gegangen. Der Subtext war so subtil wie Al Capone: LEG DICH NICHT MIT DEN VEREINIGTEN STAATEN VON AMERIKA AN.

Eine wahre Ungerechtigkeit ist, sagte ich und kam langsam in Fahrt, dass in unserem Land ein aufrechter Mann ein karges Leben führen muss. Lassen Sie mich Ihnen deshalb ein kleines Zeichen der Wertschätzung für den Gefallen überreichen, um den mein Patron Sie bittet. Sie haben doch sicher Visa für zweiundneunzig Menschen zur Hand, oder? Ich war mir dessen nicht sicher, aber für den Fall, dass ja, war mein Plan, eine Anzahlung zu machen und zu versprechen, den Rest nachzuliefern. Als der Subsekretär das bejahte, zog ich den Umschlag mit den viertausend Dollar aus der Tasche, die von meinem Geld noch übrig waren und die, wenn er großzügig gestimmt war, für zwei Visa reichen würden. Der Subsekretär öffnete den Umschlag und strich mit dem Daumen, dessen Schwielen eine gewisse Übung vermuten ließen, über das Geldbündel. Er wusste sofort, wie viel Geld im Umschlag war – zu wenig! Er schlug mit dem Umschlag auf den Couchtisch, wie mit einem weißen Handschuh auf eine Wange, und als wäre das noch nicht genug Ausdruck seiner Empörung, wiederholte er das Ganze noch einmal. Wie können Sie es wagen, mich bestechen zu wollen?

Ich bedeutete ihm, sich wieder zu setzen. Wie er war auch ich ein Mann in einer schwierigen Lage, die es notgedrungen zu bewältigen galt. Ist es gerecht, dass Sie diese Visa verkaufen, obwohl sie Sie nichts gekostet haben und Ihnen überhaupt nicht gehören?, fragte ich ihn. Und wäre es nicht gerecht von mir, den städtischen Polizeichef anzurufen, damit er uns beide festnimmt? Und wäre es nicht gerecht von ihm, die Visa zu beschlagnahmen und selbst ihre Verteilung zu übernehmen? Also: Die gerechteste Lösung für uns beide ist, einfach auf Los zurückzugehen, wo ich Ihnen viertausend Dollar für zweiundneunzig Visa angeboten habe, obwohl Sie ja eigentlich überhaupt keine zweiundneunzig Visa oder viertausend Dollar haben dürften. Und morgen können Sie an Ihren Schreibtisch zurückkehren und sich ganz leicht wieder zweiundneunzig Visa beschaffen. Ist doch nur Papier, oder?

Aber für einen Bürokraten war Papier nicht einfach Papier. Papier war Leben! Damals hatte er mich dafür gehasst, dass ich ihm sein Papier weggenommen hatte, und jetzt hasste er mich auch, was mich aber nicht im Geringsten störte. Was mich störte, als ich hinter der Mauer kauerte, war die nächste elende Warterei, nur dass sie diesmal nicht einmal ein klares Ziel hatte. Die flimmernd aufgehende Sonne brachte etwas Trost, aber das beruhigende bläuliche Licht offenbarte, dass sich die Rollbahn in schrecklichem Zustand befand. Der Raketen- und Artilleriebeschuss hatte Scharten und Löcher hinterlassen. In der Mitte lag der schwelende Schlackehaufen der C-130, von dem ätzender Gestank nach verbranntem Benzin ausging. Zwischen uns und der glühenden Flugzeugasche ragten kleine dunkle Hügel auf, die allmählich Gestalt annahmen und sich als in der irrwitzigen Hektik zurückgelassene, teils aufgeplatzte Koffer und Reisetaschen herausstellten, die ihre Innereien hierhin und dorthin verstreut hatten. Die Sonne setzte ihren langsamen Lauf fort, und das Licht wurde härter und heller, bis es schließlich die retinabetäubende Qualität einer Verhörlampe erzeugte, die jeden Rest von Schatten tilgte. Die auf der Ostseite der Mauer kauernden Menschen begannen zu verwelken und zu verdorren, erst die Älteren und die Kinder. Wasser, Mama, sagte Duc, worauf Linh nur sagen konnte, Wir haben kein Wasser, mein Liebling, aber bald kriegen wir was.

Wie auf's Stichwort erschien am Himmel eine weitere Hercules, die so schnell und steil an Höhe verlor, als säße ein Kamikazepilot am Steuer. Die C-130 landete mit quietschenden Reifen auf einem entfernten Rollfeld. Die Evakuierten fingen an zu flüstern. Erst als die Hercules die Nase in unsere Richtung streckte und wahllos über querende Startbahnen rollte, wurde aus dem Flüstern Jubel. Dann hörte ich etwas anderes. Ich lugte vorsichtig über die Mauer und sah sie aus dem Schatten der Hangars und zwischen den Betonverkleidungen hervorsprinten, wo sie sich versteckt haben mussten. Dutzende, vielleicht Hunderte von Marineinfanteristen, einfachen Soldaten, Militärpolizisten, Luftwaffenpiloten, Besatzungsmitgliedern und Mechanikern, Personal und Nachhuttruppen des Luftwaffenstützpunkts, die sich weigerten, als Helden oder Opferziegen zu enden. Die Evakuierten ließen sich auf den Wettkampf ein und rannten ebenfalls auf die C-130 zu, die in fünfzig Metern Entfernung gewendet und die Rampe in einer eher unzüchtig einladenden Geste heruntergelassen hatte. Der General und seine Familie liefen vor mir, Bon und seine Familie hinter mir. Zusammen bildeten wir die Nachhut der fliehenden Menschen.

Der erste der Evakuierten lief die Rampe hinauf, als ich das Zischen der Katjuscha-Raketen hörte, dem eine Sekunde später die Explosion der ersten Rakete auf einer fernen Startbahn folgte. Kugeln flogen über unsere Köpfe hinweg, und diesmal hörten wir außer dem M16 auch das unverkennbare Knattern des AK-47. Sie sind am Sicherheitszaun, rief Bon. Den Evakuierten war klar, dass nach dieser Hercules keine mehr den Flugplatz verlassen würde, wenn sie angesichts der näher rückenden kommunistischen Einheiten überhaupt würde abheben können. Wieder fingen sie vor Angst an zu kreischen. Als sie, so schnell sie konnten, die Rampe hinaufliefen, schoss ein spitznasiger Tiger, ein kleines glänzendes Jagdflugzeug, auf der anderen Seite der Mauer in die Luft, gefolgt von einem Huey-Hubschrauber, der mit weit geöffneten Türen über sie hinwegknatterte. Mindestens ein Dutzend Soldaten drängten sich im Laderaum. Die Reste der Stützpunkttruppe evakuierten sich mit jedem greifbaren Fluggerät selbst. Der General stieß die vor ihm Laufenden in den Rücken, und ich stieß den General vorwärts, während auf dem Rollfeld links von mir ein Transportflugzeug abhob, eine Shadow. Ich beobachtete sie aus den Augenwinkeln. Die Shadow mit dem fetten Rumpf zwischen den beiden Propellermotoren war ein lustig anzusehendes Flugzeug. Gar nicht lustig war die Rauchspur der Infrarot-Rakete, die ihre Spur in den Himmel kritzelte und in etwa dreihundert Metern Höhe die Shadow mit ihrer glühenden Spitze küsste. Als die zwei Hälften des Flugzeugs und die

Überreste der Besatzung zur Erde fielen wie die zersplitterten Scherben einer Tontaube, stöhnten die Evakuierten auf und drängelten noch stärker, um die letzten Meter zu schaffen.

Als der General die Rampe betrat, blieb ich kurz stehen, um Linh und Duc vorzulassen. Aber als ich mich umschaute, waren sie nicht mehr hinter mir. Los, rein, brüllte der Lademeister, der direkt neben mir stand. Er riss den Mund so weit auf, dass ich seine zitternden Mandeln sehen konnte, ich schwöre. Deine Freunde haben's nicht geschafft, Mann! Zwanzig Meter entfernt kniete Bon auf der Startbahn und drückte Linh an seine Brust. Auf dem Rücken ihrer Bluse breitete sich langsam ein rotes Herz aus. Eine Kugel prallte von der Piste ab und spritzte ein Wölkchen Betonstaub auf. Der letzte Tropfen Feuchtigkeit in meinem Mund verdampfte. Ich schleuderte dem Lademeister meinen Rucksack vor die Füße, rannte los, sprang über herrenlose Koffer und schlitterte die letzten beiden Meter mit den Füßen voraus über den Beton, wobei ich mir am linken Arm die Haut von Hand und Ellbogen scheuerte. Bon gab Geräusche von sich, die ich noch nie von ihm gehört hatte, tiefe gutturale Schmerzensschreie. Zwischen ihm und Linh entdeckte ich Ducs Kopf, dessen Augen verdreht waren. Als ich Bon und Linh auseinanderdrückte, sah ich nassen, blutigen Matsch, dort, wo Ducs Brust und die seiner Mutter aufgerissen war. Der General und der Lademeister schrien etwas, das ich wegen des immer lauter werdenden Propellerlärms nicht verstand. Los, brüllte ich. Sie starten! Ich zerrte an Bons Ärmel, aber er rührte sich nicht, wie angewurzelt vom Leid. Ich hatte keine Wahl und schlug ihm ins Gesicht, nur so stark, dass er verstummte und seinen Griff um Linh und Duc lockerte. Ich riss ihm Linh mit einem Ruck aus den Armen. Dabei fiel Duc aufs Rollfeld. Sein Kopf kippte schlaff zur Seite. Bon schrie irgendetwas Unverständliches, während ich mit Linh über der Schulter Richtung Flugzeug lief. Sie gab keinen Laut von sich, unsere Körper schlugen gegeneinander, warmes Blut lief mir über Nacken und Schulter.

Der General und der Lademeister standen auf der Rampe und winkten in meine Richtung, während das Flugzeug sich in Bewegung setzte und nach einem freien Stück Startbahn suchte. Einzeln und in Salven schlugen Katjuscha-Raketen ein. Ich lief, so schnell ich konnte. Meine Lunge fühlte sich an wie ein harter Knoten in meiner Brust. Als ich die Rampe erreichte, warf ich Linh dem General zu, der sie an den Armen zu fassen bekam. Dann tauchte plötzlich Bon neben mir auf, der dem Lademeister mit ausgestreckten Armen Duc entgegenhielt. Der nahm ihn, so sanft er konnte, obwohl das keine Rolle mehr spielte, so wie Ducs Kopf hin und her wackelte. Als er seinen Sohn übergeben hatte, wurde Bon langsamer. Der Kopf hing herunter, er schluchzte immer noch. Ich packte seinen Ellbogen und stieß ihn mit einem einzigen kräftigen Ruck kopfüber auf die Rampe, wo ihn der Lademeister am Kragen packte und ganz hochzog. Ich sprang mit ausgestreckten Armen auf die Rampe und schlug seitlich mit Gesicht und Brustkorb auf. Dreck und Staub zerkratzten mein Gesicht, die Beine wirbelten durch die Luft. Während das Flugzeug über die Startbahn raste, zog mich der General ganz in den Frachtraum, dann fuhr die Rampe hoch und schloss sich. Ich lag eingequetscht zwischen dem General und den beiden auf dem Bauch liegenden Körpern von Duc und Linh. Von vorne drückte eine Wand aus Evakuierten gegen uns. Als das Flugzeug in steilem Winkel abhob, brach ein grässlicher Lärm los, der nicht nur das kreischende Metall, sondern auch das Besatzungsmitglied an der offenen Tür übertönte, das mit seinem M16 aus der Hüfte Dreiersalven abfeuerte. Die Flickenlandschaft aus Feldern und Mietshäusern kippte schwankend und kreiselnd aus dem Blickfeld, als ich erkannte, dass nicht nur die Motoren dieses grässliche Geräusch verursachten, sondern auch Bon, der seinen Kopf gegen die Rampe schlug und heulte, nicht als sei das Ende der Welt gekommen, sondern als habe man ihm die Augen ausgestochen.

VIERTES KAPITEL

Kurz nach unserer Landung auf Guam kam ein grüner Krankenwagen, um die Leichen abzuholen. Ich legte Duc auf die Trage. Der kleine Körper war in meinen Armen immer schwerer geworden, aber ich brachte es nicht fertig, ihn auf das Rollfeld zu legen. Nachdem die Sanitäter ihn mit einem weißen Tuch zugedeckt hatten, lösten sie vorsichtig Bons Arme von Linhs Körper, deckten auch sie zu und schoben dann Mutter und Sohn in den Krankenwagen. Ich weinte, aber nicht annähernd so wie Bon, der so viele Tränen vergoss, dass sie für ein ganzes Leben gereicht hätten. Wir weinten auf der ganzen Fahrt ins Camp Asan, wo wir dank des Generals nicht mit den anderen Spätankömmlingen in Zelten, sondern in vergleichsweise luxuriösen Baracken einquartiert wurden. Bon lag katatonisch auf seinem Bett und würde später keinerlei Erinnerung mehr an die Evakuierung haben, die an jenem Nachmittag und auch den ganzen nächsten Tag über im Fernseher lief. Ihm blieb auch keine Erinnerung an die Tausende Flüchtlinge, die in den Baracken und Zelten unserer provisorischen Stadt ein Trauergeheul anstimmten, als wohnten sie der Beerdigung ihrer Nation bei, die im zarten Alter von einundzwanzig Jahren wie so viele zu jung verstorben war.

Zusammen mit der Familie des Generals und hundert anderen sah ich in den Baracken die unrühmlichen Bilder von den

Hubschraubern, die auf den Dächern Saigons landeten und Flüchtlinge zu Flugzeugträgern brachten. Am nächsten Tag durchbrachen kommunistische Panzer die Tore zum Präsidentenpalast und hissten kommunistische Soldaten auf dem Dach des Palastes die Fahne der Nationalen Befreiungsbewegung. Während sich die Katastrophe vor unseren Augen entfaltete, setzte sich die Erinnerung an die letzten Tage der verdammten Republik in Form von Kalzium- und Kalkablagerungen in meinen Gehirnwindungen fest. Am gleichen Tag nach dem Abendessen gab es noch einen Nachschlag, nach Backhuhn und grünen Bohnen, was vielen der Flüchtlinge als exotisch und ungenießbar erschien. Die Kinder waren die Einzigen in der Kantine, die überhaupt Appetit hatten. Als ich mich nach dem Essen anstellte, um mein Tablett bei den Tellerwäschern abzugeben, erfolgte der Gnadenstoß. Wir waren nicht mehr erwachsene Bürger eines souveränen Staates, sondern staatenlose Flüchtlinge, die für den Augenblick den Schutz des amerikanischen Militärs genossen. Nachdem der General seine grünen Bohnen unangerührt in den Abfall geworfen hatte, schaute er mich an und sagte, Hauptmann, unsere Leute brauchen mich. Ich werde mich unter sie mischen, um ihre Moral aufrechtzuerhalten. Gehen wir. Ja, General, sagte ich wenig optimistisch ob seiner Erfolgsaussichten, aber auch nicht darauf gefasst, dass es Ärger geben könnte. Soldaten waren darauf gedrillt, Schmähungen aller Art klaglos hinzunehmen, also war es leicht, unter ihnen ermunternde Worte zu verteilen wie Gülle auf fruchtbarem Boden, allerdings hatten wir vergessen, dass die meisten Flüchtlinge Zivilisten waren.

Rückblickend war es ein Glück, dass ich meine mit Linhs Blut besudelte Uniform gegen das Madrashemd und die Chinohose aus meinem Rucksack eingetauscht hatte. Der General hingegen hatte sein Gepäck am Flugplatz verloren und trug immer noch seine Sterne am Kragen. Außerhalb unserer Baracke und in der Zeltstadt kannten ihn nur wenige vom Sehen. Was man wahrnahm, war seine Uniform und sein Rang. Wenn er einen Zivilisten grüßte und fragte, wie es so gehe, dann erntete er nur unfreundliches Schweigen. Die leicht gerunzelte Haut zwischen seinen Augen und ein zaghaftes, leises Lachen sagten mir, dass ihn das verwirrte. Mein Unbehagen wuchs mit jedem Schritt, den wir auf dem unbefestigten Weg zwischen den Zelten zurücklegten. Die Blicke der beharrlich schweigenden Zivilisten folgten uns. Wir waren noch keine hundert Meter in die Zeltstadt hineingegangen, als der erste Angriff erfolgte. Von der Flanke her flog ein zierlicher Pantoffel auf uns zu und traf den General an der Schläfe. Er erstarrte. Ich erstarrte. Dann die krächzende Stimme einer alten Frau. Schaut euch unsern Helden an! Wir wandten die Köpfe nach links und sahen etwas, dem wir nichts entgegenzusetzen hatten, eine wutentbrannte ältere Frau, die wir nicht niederschlagen und vor der wir auch nicht zurückweichen konnten. Wo ist mein Mann?, schrie sie. Barfuß, den anderen Pantoffel in der Hand, stand sie da. Warum sind Sie hier und er nicht? Sollten Sie nicht wie er mit Ihrem Leben unser Land verteidigen?

Sie schlug dem General mit dem anderen Pantoffel ins Gesicht, und hinter ihr, auf der anderen Straßenseite, und hinter uns tauchten die Frauen auf, jung und alt, stark und schwach, mit Schuhen und Pantoffeln, Schirmen und Gehstöcken, Sonnen- und Reishüten. Wo ist mein Sohn? Wo ist mein Vater? Wo ist mein Bruder? Der General duckte sich, schlug die Arme über dem Kopf zusammen, während die Furien auf ihn einprügelten, an seiner Uniform und an seinem Fleisch zerrten. Auch ich kam nicht unbeschadet davon. Ich erlitt mehrere Treffer von fliegendem Schuhwerk und wehrte mehrere Hiebe von Gehstöcken und Schirmen ab. Die Damen bedrängten mich von allen Seiten, um an den General heranzukommen, der unter dem Ansturm auf die Knie gesunken war. Ihre Übellaunigkeit konnte man ihnen kaum zum Vorwurf machen, hatte doch am Tag zuvor im Radio unser gepriesener Premierminister alle Soldaten und Bürger aufgefordert, bis zum letzten Mann zu kämpfen. Es war zwecklos, darauf hinzuweisen, dass der Premierminister und Chef der Luftwaffe, der außer seiner Bestechlichkeit und Eitelkeit nichts mit dem Präsidenten gemein hatte, kurz nach der Ausstrahlung seiner heroischen Botschaft in einem Hubschrauber ebenfalls das Land verlassen hatte. Auch die Information, der General sei nicht für Soldaten, sondern für die Geheimpolizei zuständig gewesen, hätte ihn bei den Zivilisten kaum beliebt gemacht. Wie auch immer, die Damen hörten nicht zu, sondern zogen es vor, zu kreischen und zu fluchen. Ich schob die Frauen, die sich zwischen mich und den General gedrängt hatten, zur Seite, schirmte ihn mit meinem Körper ab und musste noch mehr Hiebe einstecken und einen Spuckeregen über mich ergehen lassen, bis ich ihn schließlich befreien konnte. Los!, brüllte ich ihm ins Ohr und schob ihn in die richtige Richtung. Schon zum zweiten Mal innerhalb von zwei Tagen rannten wir um unser Leben, aber wenigstens ließen uns die anderen Bewohner der Zeltstadt in Ruhe, sie attackierten uns nur mit verächtlichen Blicken und Schimpfworten. Taugenichtse! Schurken! Feiglinge! Bastarde!

Ich war derartige Unannehmlichkeiten gewohnt, der General nicht. Als wir schließlich vor unserer Baracke stehen blieben, lag ein Ausdruck des Entsetzens auf seinem Gesicht. Er war zerzaust. Die Sterne waren vom Kragen gerissen, die Ärmel zerfetzt, die Hälfte der Knöpfe verschwunden, Wangen und Nacken bluteten aus Kratzwunden. So kann ich da nicht reingehen, flüsterte er. Warten Sie in der Dusche, General, sagte ich. Ich werde ein paar andere Sachen auftreiben. Von

Offizieren in den Baracken beschlagnahmte ich ein Hemd und eine Hose, die nicht benötigt wurden, und erklärte mein eigenes zerfleddertes Aussehen mit einem Zusammenstoß mit unseren schlecht gelaunten Konkurrenten vom militärischen Sicherheitsdienst. Als ich die Dusche betrat, stand der General am Waschbecken. Bis auf die Scham waren alle Spuren von Gewalteinwirkung aus seinem Gesicht verschwunden.

General …

Halten Sie den Mund! Die einzige Person, die er anschaute, war er selbst im Spiegel. Wir werden nie wieder darüber sprechen.

Und das taten wir auch nicht.

Am nächsten Tag beerdigten wir Linh und Duc. Ihre kalten Körper hatten die Nacht über in einem Leichenschauhaus der Marine gelegen. Die Todesursache war jetzt offiziell: eine einzige Gewehrkugel, Typ unbekannt. Die Kugel würde von nun an in Endlosschleife durch Bons Gehirn kreisen und ihn sein Leben lang mit derselben Frage verspotten, nämlich ob sie von Freund oder Feind abgefeuert worden war. Um den Kopf trug er als Trauerband ein weißes Stück Stoff, das er von seinem Bettlaken abgerissen hatte. Nachdem wir Ducs kleinen Sarg auf den seiner Mutter herabgesenkt hatten, um sie für die Ewigkeit in einem gemeinsamen Heim zu vereinigen, stürzte Bon sich in das offene Grab. Warum?, heulte er und drückte die Backe an die Holzkiste. Warum sie? Warum nicht ich? Warum, Gott? Mit Tränen in den Augen stieg ich in das Grab, um ihn zu beruhigen. Nachdem ich ihm herausgeholfen hatte, schaufelten wir Erde auf die Särge. Der General, Madame und der erschöpfte Priester schauten schweigend zu. Sie waren beide unschuldig, besonders mein Patensohn, der für mich einem eigenen Sohn sehr nahekam. Jedes Mal, wenn ich die Eisenschaufel in den kleinen Hügel aus Erde stieß, die darauf wartete, in das Loch zurückbefördert zu werden, aus dem sie herausgegraben worden war, versuchte ich, mir vorzustellen, dass das nicht wirklich zwei tote Körper waren, sondern nur Kleiderhaufen, weggeworfen von Auswanderern auf dem Weg in ein Land jenseits der menschlichen Kartografie, in ein Land, wo die Engel lebten. An so etwas glaubte mein Vater, der Priester. Ich nicht.

In den nächsten Tagen weinten wir und warteten. Manchmal, zur Abwechslung, warteten wir und weinten. Gerade als ich dachte, die Selbstgeißelung würde mich allmählich zermürben, wurden wir nach Camp Pendleton in San Diego, Kalifornien, geflogen, diesmal mit einem Passagierflugzeug, in dem ich auf einem richtigen Platz an einem richtigen Fenster saß. Es erwartete uns ein weiteres Flüchtlingslager, dessen hochwertigere Ausstattung bewies, dass wir bereits in den Genuss der sozialen Aufstiegsmöglichkeiten kamen, die der amerikanische Traum versprach. Während auf Guam die meisten Flüchtlinge in von Marineinfanteristen aufgestellten Zelten untergebracht waren, steckte man uns in Camp Pendleton alle in Baracken, ein Ausbildungslager, das uns durch hartes Studium auf die kulturellen Errungenschaften Amerikas vorbereiten sollte. Von dort aus schrieb ich im Sommer 1975 den ersten meiner Briefe an Mans Tante in Paris. Doch waren diese Briefe natürlich an Man gerichtet. Begann ich einen Brief mit ein paar metaphorischen Vorbemerkungen, über die wir uns vorher verständigt hatten – das Wetter, meine Gesundheit, die Gesundheit der Tante, die französische Politik –, war klar, dass ich ihm zwischen den Zeilen in unsichtbarer Tinte eine andere Botschaft sandte. Fehlte eine solche Vorbemerkung, war klar, dass es außer dem Offensichtlichen nichts zu sehen gab. Aber in jenem ersten Jahr in Amerika war Steganografie überflüssig, die

Exilsoldaten waren nicht in der Lage, einen Gegenangriff anzuzetteln. Das war eine nützliche Information, aber keine, die der Geheimhaltung bedurfte.

Liebe Tante, schrieb ich und tat so, als sei sie meine eigene, *ich bedaure es sehr, dass mein erster Brief seit Langem so viel Schreckliches erzählt.* Bon ging es nicht gut. Während ich nachts schlaflos auf meinem Bett lag, warf er sich in der Koje über mir hin und her, gequält von seinen Erinnerungen. Ich hatte die zuckenden Bilder vor Augen, die ihm wohl immer wieder durch den Kopf gingen, das Gesicht unseres Blutsbruders Man, den wir nach seiner Überzeugung im Stich gelassen hatten, die Gesichter von Linh und Duc, ihr Blut buchstäblich an seinen und meinen Händen. Bon wäre verhungert, wenn ich ihn nicht aus seiner Koje in die Kantine geschleppt hätte, wo wir an Gemeinschaftstischen Essen zu uns nahmen, das nach nichts schmeckte. Wie Tausende andere auch in jenem Sommer benutzten wir Duschen ohne Trennwände und lebten auf engem Raum mit Menschen zusammen, die wir nicht kannten. Der General war von dieser Erfahrung nicht ausgenommen. Ich verbrachte viel Zeit mit ihm in der Baracke, wo er mit Madame und den vier Kindern sowie drei weiteren Familien lebte. Offiziere in der Ausbildung und ihre Rotzlöffel, flüsterte er mir bei einem meiner Besuche zu. So tief bin ich gesunken! An Wäscheleinen aufgehängte Laken unterteilten die Baracken in Familienunterkünfte. Tag und Nacht haben diese Tiere Sex, brummte er. Wir saßen nebeneinander auf der Zementtreppe, rauchten und nippten jeder an einem Becher Tee, weil wir nicht mal den billigsten Schnaps hatten. Die kennen keine Scham! Vor ihren eigenen Kindern. Und meinen! Wissen Sie, was mich meine Älteste gestern gefragt hat? Papa, was ist eine Prostituierte? Sie hat eine Frau gesehen, die sich unten bei den Latrinen verkauft hat.

In der Baracke auf der gegenüberliegenden Seite des Weges hatte sich ein Streit zwischen zwei Eheleuten, der mit den üblichen Beschimpfungen begonnen hatte, zu einer vollendeten Schlacht entwickelt. Wir sahen nichts, aber hörten das unverkennbare Geräusch einer Hand, die auf Fleisch klatscht, dann das Kreischen der Frau. Schnell bildete sich vor der Barackentür eine kleine Menschenansammlung. Der General seufzte. Tiere! Trotzdem, es gibt auch gute Nachrichten. Er zog einen Zeitungsausschnitt aus der Tasche und gab ihn mir. Erinnern Sie sich an ihn? Hat sich erschossen. Und das sind gute Nachrichten?, fragte ich und griff nach dem Artikel. Er war ein Held, sagte der General. Jedenfalls schrieb ich das meiner Tante. Es war ein alter Artikel, erschienen nur wenige Tage nach dem Fall von Saigon. Der General hatte ihn von einem Freund aus einem anderen Flüchtlingsknast in Arkansas bekommen. Den Mittelpunkt bildete die Fotografie eines toten Mannes, der neben der Statue, vor der der General salutiert hatte, flach auf dem Rücken lag, als würde er an einem heißen Tag unter strahlend blauem Himmel ein Nickerchen machen, nur dass die Bildunterschrift behauptete, der Mann habe Selbstmord begangen. Während wir nach Guam geflogen und Panzer in die Stadt gerollt waren, hatte der Oberstleutnant die Statue besucht, seine Dienstpistole gezogen und sich ein Loch in den fast kahlen Schädel geschossen.

Ein wahrer Held, sagte ich. Er hatte eine Frau und einige Kinder, wie viele, wusste ich nicht mehr. Ich hatte weder Zuneigung noch Abneigung ihm gegenüber empfunden, und bei der Erstellung der Evakuierungsliste hatte ich ihn zwar in Betracht gezogen, dann aber doch weggelassen. Ein Hauch von Schuldgefühl kitzelte meinen Nacken. Ich wusste nicht, dass er dazu imstande ist, sagte ich. Wenn ich das gewusst hätte …

Als ob das einer von uns hätte wissen können. Machen Sie sich keine Vorwürfe. Unter meinem Befehl sind viele Männer gestorben. Jeder einzelne hat mir leidgetan, aber der Tod gehört zu unserem Job. Sehr gut möglich, dass es eines Tages auch uns erwischt. Behalten wir ihn einfach als den Märtyrer in Erinnerung, der er ist.

Wir stießen mit Tee auf den Oberstleutnant an. Soweit ich wusste, war er bis auf diese eine Tat kein Held gewesen. Vielleicht ahnte das der General auch, denn als Nächstes sagte er: Lebend hätte er uns natürlich nützlicher sein können.

Wofür?

Er hätte ein Auge darauf haben können, was die Kommunisten tun. So wie sie wahrscheinlich ein Auge darauf haben, was wir tun. Schon mal daran gedacht?

Dass sie ein Auge auf uns haben könnten?

Genau. Sympathisanten. Spione in unseren Reihen. Schläfer.

Ist möglich, sagte ich. Meine Hände waren feucht. Hinterhältig und schlau genug wären sie.

Wer käme dafür infrage? Der General schaute mich eindringlich an. Aber vielleicht schaute er mich auch misstrauisch an. Während wir uns anschauten, beobachtete ich aus dem Augenwinkel den Becher in seiner Hand. Wenn er versuchen sollte, ihn mir über den Kopf zu ziehen, hätte ich eine halbe Sekunde Reaktionszeit. Der Vietcong hatte seine Agenten überall, fuhr er fort. Ist nur logisch, dass einer von ihnen jetzt unter uns ist.

Glauben Sie wirklich, dass einer unserer eigenen Leute ein Spion sein könnte? Inzwischen waren meine einzigen Körperteile, die nicht schwitzten, die Augäpfel. Wo? Im Militärgeheimdienst? Im Generalstab?

Fällt Ihnen keiner ein? Seine Augen fixierten unablässig meine kühlen Augen, während die Finger seiner Hand immer noch den Becher umschlossen. Ich hatte in meinem Becher noch einen Schluck kalten Tee, den ich jetzt trank. Ein Röntgenbild meines Kopfes hätte einen panischen Hamster in seinem Laufrad gezeigt, der versuchte, Ideen zu produzieren. Wenn er einen klaren Verdacht hatte und ich sagte, ich hätte keinen, dann würde ich schlecht dastehen. In einer paranoiden Vorstellungswelt stritten nur Spione die Existenz von Spionen ab. Ich musste ihm also einen Namen nennen, jemanden, der ihn ablenken würde, aber kein Spion war. Die erste Person, die mir einfiel, war der maßlose Major, dessen Name die erwünschte Wirkung zeigte.

Der? Der General runzelte die Stirn und hörte schließlich auf, mich anzustarren. Stattdessen schaute er auf seine Fingerknöchel. Mein nicht überzeugender Vorschlag verwirrte ihn. Der ist so fett, der braucht einen Spiegel, wenn er seinen Bauchnabel sehen will. Ich glaube, Ihr Instinkt hat Sie ausnahmsweise einmal im Stich gelassen, Hauptmann.

Vielleicht, sagte ich und spielte den peinlich Berührten. Um ihn abzulenken, gab ich ihm meine Schachtel Zigaretten, kehrte in meine Baracke zurück und berichtete meiner Tante das Wesentliche unserer Unterhaltung – abzüglich der uninteressanten Teile über meine Angstzustände, Zitteranfälle und Schweißausbrüche. Glücklicherweise waren wir nicht mehr lange in diesem Lager, wo es kaum etwas gab, was den Zorn des Generals linderte. Kurz nach unserer Ankunft in San Diego hatte ich meinem früheren Professor Avery Wright Hammer geschrieben und ihn gebeten, uns zu helfen, das Lager zu verlassen. Er war im College Claudes Zimmergenosse gewesen und die Person, der Claude von einem vielversprechenden jungen Studenten aus Vietnam erzählt hatte, der ein Stipendium für ein Studium in Amerika benötigte. Professor Hammer hatte nicht nur das Stipendium für mich organisiert, er wurde nach Claude und Man auch mein wichtigster Lehrer. Er war der Professor, der meine amerikanischen Studien angeleitet und sich aus seinem Fachbereich herausgewagt hatte, um meine Abschlussarbeit, *Mythos und Symbol in der Literatur von Graham Greene,* zu betreuen. Nun sprang mir dieser gute Mensch einmal mehr als Wohltäter zur Seite und fand für mich mitten im Sommer einen Bürojob im Fachbereich Orientalistik. Er veranstaltete unter meinen früheren Lehrern sogar eine Kollekte für mich, eine noble Geste, die mich tief berührte. Das Geld, schrieb ich meiner Tante am Ende des Sommers, reichte für eine Busfahrkarte nach Los Angeles, ein paar Übernachtungen in einem Motel, die Kaution für eine Wohnung in der Nähe von Chinatown und einen gebrauchten Ford, Baujahr 1964. Nachdem ich mich eingerichtet hatte, machte ich mich in den Kirchen in meiner Nachbarschaft auf die Suche nach einem Wohltäter für Bon, nach religiösen und wohltätigen Einrichtungen, die ihr Verständnis für die Nöte der Flüchtlinge schon bewiesen hatten. Ich stieß auf die Everlasting Church of Prophets, die ihr spirituelles Gewerbe trotz des beeindruckenden Namens aus einem einfachen Laden heraus betrieb, der flankiert war von einer heruntergekommenen Autokarosseriewerkstatt und einem von Junkies bevölkerten Parkplatz. Es kostete mich nur minimale Überredungskünste und eine bescheidene Barspende, und der rundliche Reverend Ramon, oder R-r-r-amon, wie er sich selbst vorstellte, war einverstanden, als Bons Wohltäter und nomineller Arbeitgeber aufzutreten. Im September, gerade rechtzeitig zum Beginn des Studienjahres, waren Bon und ich in unserer Wohnung in vornehmer Armut wiedervereint. Dann fuhr ich mit dem Rest des Geldes meines Wohltäters in die Innenstadt und kaufte bei einem Pfandleiher die letzten lebensnotwendigen Güter, ein Radio und einen Fernseher.

Der General und Madame waren auch in Los Angeles gelandet. Ihr Wohltäter war die Schwägerin eines amerikanischen Colonel, der einmal der Berater des Generals gewesen war. Sie mieteten keine Villa, sondern einen Bungalow in einer nicht ganz so schicken Gegend von Los Angeles, in der feisten Taille der Stadt, die sich an Hollywood anschloss. Jedes Mal, wenn ich ihn in den nächsten Monaten besuchte, schrieb ich meiner Tante, steckte er noch immer in seiner Depression. Er war arbeitslos und kein General mehr, obwohl ihn seine ehemaligen Offiziere noch als solchen glorifizierten. Jedes Mal, wenn ich ihn besuchte, konsumierte er eine beschämend vielfältige Auswahl an billigem Bier und Wein und schwankte zwischen Wut und Trübsinn – wie man es sich auch bei Richard Nixon vorstellte, der ganz in der Nähe lebte. Manchmal schien er an seinen Emotionen zu ersticken, sodass ich fürchtete, ihn nur noch mit dem Heimlich-Handgriff retten zu können. Nicht, dass er nichts zu tun gehabt hätte. Aber es war Madame, die die Schulen für die Kinder aussuchte, den Scheck für die Miete ausschrieb, die Lebensmittel einkaufte, das Essen kochte, das Geschirr spülte, die Toiletten sauber machte und eine Kirchengemeinde fand – kurz, die all die niederen Tätigkeiten rund ums Haus erledigte, die in ihrem ganzen behüteten Leben bislang andere für sie erledigt hatten. Sie nahm sich dieser Tätigkeiten mit unerbittlicher Anmut an und wurde sehr schnell die Alleinherrscherin des Hauses, wohingegen der General nur noch als Strohmann diente, der gelegentlich die Kinder anschnauzte wie einer dieser angestaubten, Midlife-Crisis-geplagten Löwen im Zoo. So lebten sie fast ein ganzes Jahr, bis schließlich die Kreditlinie ihrer Geduld erreicht war. Ich wusste nicht, was der Inhalt der Gespräche, die sie geführt haben mussten, gewesen war, aber eines Tages Anfang April erhielt ich eine Einladung zu der feierlichen Eröffnung seines neuen

Geschäfts auf dem Hollywood Boulevard, einem Schnapsladen, dessen Existenz im Zyklopenauge der Steuerbehörden sicher bedeutete, dass der General sich schließlich einem Grundprinzip des amerikanischen Traums gebeugt hatte. Dass er nämlich sein Leben nicht nur leben, sondern dessen Unterhalt auch bestreiten musste, wie ich es zähneknirschend als Mitglied des Fachbereichs Orientalistik tat.

Ich war die erste Verteidigungslinie gegen die Studenten, die eine Audienz beim Dekan des Fachbereichs oder seiner Sekretärin wünschten. Manche sprachen mich mit meinem Namen an, obwohl wir uns gar nicht kannten. Ein Feature über mich in der Studentenzeitung hatte mir bescheidene Prominenz auf dem Campus beschert – Absolvent des Colleges, einer der besten Studenten, einziger vietnamesischer Student in der Geschichte meiner Alma Mater, jetzt geretteter Flüchtling. Der Artikel erwähnte auch meine Erfahrung als Soldat, auch wenn sie nicht ganz korrekt dargestellt war. Was haben Sie gemacht?, hatte der angehende Journalist gefragt. Er war ein scheuer Bursche im zweiten Studienjahr, mit Zahnspange und Zahnabdrücken auf seinem gelben Bleistift Härte HB. Ich war Quartiermeister, sagte ich. Ein langweiliger Job. Nachschub und Rationen kalkulieren, dafür sorgen, dass die Soldaten Uniformen und Stiefel haben. Dann haben Sie nie jemanden getötet? Nein, nie. Das stimmte tatsächlich, auch wenn der Rest des Interviews gelogen war. Ein Collegecampus war ein schlechter Ort, um meine Dienstzeit zu würdigen. Erst war ich Infanterieoffizier in der Armee der Republik Vietnam, wo ich meinen Dienst unter dem General begann, der damals noch Oberst war. Dann, als er General wurde und die Leitung der Nationalen Polizei übernahm, die etwas militärische Disziplin nötig hatte, ging ich mit ihm. Zuzugeben, dass man Kampferfahrung hatte, und erst recht, dass man mit der Spezialeinheit zu tun gehabt hatte, war auf den meisten Collegecampussen selbst jetzt noch ein heikles Thema. Der Campus war von den leidenschaftlichen Protesten gegen den Krieg, die zu meinen Studentenzeiten das Hochschulleben wie eine religiöse Erweckung erfasst hatten, nicht verschont geblieben. Auf vielen Campussen, auch auf meinem, war *Ho Ho Ho* nicht der unverwechselbare Ausruf des heiligen Nikolaus, sondern der erste Teil eines populären Schlachtrufs gewesen, der *Ho Ho Ho Chi Minh, the NLF is gonna win!* lautete. Ich hatte die Studenten beneidet, dass sie ihre politische Leidenschaft offen zeigen durften, denn meine eigene musste ich unterdrücken, um die Rolle des guten Bürgers der Republik Vietnam spielen zu können. Als ich jetzt auf den Campus zurückkehrte, waren die Studenten anders, nicht mehr so interessiert an Politik oder an der Welt wie die Generation davor. Ihre empfindsamen Augen waren nun nicht mehr täglich Geschichten und Bildern voller Gräuel und Terror ausgesetzt, für die sie sich als Bürger einer Demokratie, die zur Rettung derselben ein anderes Land zerstörte, vielleicht verantwortlich gefühlt hätten. Entscheidend aber war, dass ohne die Wehrpflicht ihr Leben nicht mehr in Gefahr war. Und so hatte der Campus seine friedliche, ruhige Atmosphäre zurückgewonnen, seinen optimistischen Geist, den nur die Frühlingsschauer störten, die gelegentlich an mein Bürofenster trommelten. Das Sammelsurium meiner Arbeiten, für die ich den Mindestlohn erhielt, umfasste Telefonanrufe zu beantworten, die Manuskripte der Professoren abzutippen, Dokumente abzulegen, Bücher zu holen sowie Hilfsarbeiten für die Sekretärin mit der strassbesetzten Hornbrille, Ms. Sofia Mori, zu erledigen. Diese Aufgaben, ideal für einen Studenten, kamen für mich einem Tod durch tausend Papierschnittwunden gleich. Dass Miss Mori mich anscheinend nicht mochte, verschlimmerte die Lage zusätzlich.

Schön zu wissen, dass Sie niemanden getötet haben, sagte sie kurz nachdem wir uns kennengelernt hatten. Wem ihre Sympathien galten, war offensichtlich. An ihrem Schlüsselbund hing ein Peace-Zeichen. Nicht zum ersten Mal verspürte ich den Wunsch zu erzählen, dass ich auf ihrer Seite stand, ein Sympathisant der Linken, ein Revolutionär, der für Frieden, Gleichheit, Demokratie, Freiheit und Unabhängigkeit kämpfte, für all die noblen Werte, für die mein Volk gestorben und ich in den Untergrund gegangen war. Aber wenn Sie jemanden getötet hätten, sagte sie, dann würden Sie es niemandem erzählen, oder?

Und Sie, Miss Mori?

Ich weiß nicht. Mit einem Schlenker ihrer fraulichen Hüften drehte sie den Stuhl herum und wandte mir den Rücken zu. Mein kleiner Schreibtisch stand in einer Ecke. Von dort bewegte ich Unterlagen und Aufzeichnungen hin und her und gab den hart Arbeitenden, um meine Acht-Stunden-Tage auszufüllen. Wie man es von mir erwartete, hatte ich brav meinen Schreibtisch angelächelt, als der Student mich fotografierte. Mir war bewusst, dass ich auf der Titelseite landen würde und meine gelben Zähne auf der Schwarz-Weiß-Fotografie weiß aussehen würden. Ich gab mir Mühe, wie eines dieser Dritte-Welt-Kinder auf den Milchpackungen auszusehen, in die amerikanische Grundschüler ihr Kleingeld warfen, um dem armen Alejandro, Abdullah oder Ah Sing ein warmes Mittagessen und eine Schutzimpfung zu verschaffen. Und ich war dankbar, ehrlich! Aber ich fragte mich auch unwillkürlich, ob mein Bedarf an amerikanischer Mildtätigkeit nicht darauf zurückzuführen war, dass ich selbst bereits amerikanische Hilfe erhalten hatte. Aus Angst, als undankbar zu gelten, konzentrierte ich mich darauf, dezente Geräusche von mir zu geben, die Miss Mori mit der avocadogrünen Polyesterhose erfreuten, aber nicht ablenkten. Unterbrochen wurde meine Scheintätigkeit außer von Botengängen auch von regelmäßigen Besuchen im angrenzenden Büro des Dekans.

Da niemand im Fachbereich irgendwelche Kenntnisse über mein Land besaß, verstrickte mich der Dekan gern in lange Diskussionen über unsere Kultur und Sprache. Der Dekan, der irgendwo zwischen siebzig und achtzig Jahren alt war, hatte es sich in einem Büro mit Büchern, Studienarbeiten, Aufzeichnungen und Nippes gemütlich gemacht, die sich im Laufe seines dem Studium des Orients gewidmeten Arbeitslebens angesammelt hatten. An einer Wand hing ein kunstvoller Orientteppich, eine Kopie, vermute ich, kein echter. Auf dem Schreibtisch stand ein goldgerahmtes Foto seiner Familie, auf das jeder sofort blickte, der sein Büro betrat. Es zeigte einen braunhaarigen, pausbäckigen Jungen und eine asiatische Frau, die halb oder zwei Drittel so alt war wie er. Sie war nicht gerade eine Schönheit, wirkte aber neben dem Dekan mit seiner Schleife unter dem Kinn unwillkürlich so. Der enge, hochgeschlossene Kragen ihres scharlachroten Cheongsams quetschte die Andeutung eines Lächelns auf ihre lackierten Lippen.

Sie heißt Ling Ling, sagte er, als er meinen Blick bemerkte. Nachdem er sich Jahrzehnte über einen Schreibtisch gebeugt hatte, sah der Rücken des großen Orientalisten nun wie ein Hufeisen aus; seinen Kopf stieß er wie ein Drachen oder ein Inquisitor nach vorn. Ihre Familie war vor Mao nach Taiwan geflohen. Da habe ich sie kennengelernt. Der Junge ist jetzt schon viel größer als auf dem Foto. Wie Sie sehen, schlagen die Gene meiner Frau stärker durch, was ja nicht überraschend ist. Blondes Haar verfärbt sich, wenn man es mit schwarz mischt. Das erzählte er mir während unserer fünften oder sechsten Unterhaltung, als sich schon ein gewisses Maß an Vertrautheit eingestellt hatte. Wie üblich saß er zurückgelehnt in seinem dick gepolsterten ledernen Clubsessel, der ihn umschloss wie der großzügige Schoß einer schwarzen Mammy. Ich saß ebenso behütet in einem zweiten, genau gleichen Sessel, auf dem weichen Leder nach hinten gelehnt, die Arme auf den Seitenlehnen ruhend wie die von Lincoln auf seinem Denkmalsthron. Eine erklärende Metapher liefert uns die kalifornische Landschaft, fuhr er fort, wo ausländische Unkräuter das heimische Blattwerk ersticken. Die Vermischung einheimischer Flora mit fremden Pflanzen hat oft tragische Konsequenzen, was Sie ja vielleicht aus eigener Erfahrung wissen.

Ja, sagte ich und rief mir in Erinnerung, dass ich meinen Mindestlohn brauchte.

Ah ja, der Amerasier, für immer gefangen zwischen zwei Welten. Nie weiß er, wo er hingehört. Stellen Sie sich vor, Sie würden nicht an dieser ständigen Verwirrung leiden, an diesem ständigen Konflikt zwischen Orient und Okzident, den Sie innerlich austragen müssen und der über Ihren Kopf hinweg ausgetragen wird. »Osten bleibt Ost und Westen bleibt West, sich einen, das werden sie nicht«, wie Kipling so treffend bemerkt hat. Das war eins seiner Lieblingsthemen, und er stellte mir am Ende von einem unserer Treffen sogar einmal die Hausaufgabe, Kiplings Standpunkt zu überprüfen. Ich sollte ein Blatt Papier nehmen und es senkrecht in der Mitte falten. Oben links sollte ich *Orient* notieren, oben rechts *Okzident*. Dann sollte ich meine östlichen und meine westlichen Eigenschaften aufschreiben. Betrachten Sie diese Übung als eine Art Indexierung Ihrer selbst, hatte er gesagt. Meinen Studenten mit orientalischer Abstammung ist das gemeinhin von Nutzen.

Erst dachte ich, er macht sich einen Spaß mit mir, da der Tag, an dem er mir die Aufgabe stellte, der erste April war, an dem es ein komischer westlicher Brauch will, Scherze zu machen. Aber als er mich ziemlich ernst anschaute, fiel mir ein, dass er keinen Sinn für Humor hatte. Also ging ich nach Hause und brachte nach einigem Nachdenken Folgendes zu Papier:

ORIENT	**OKZIDENT**
zurückhaltend	gelegentlich starrsinnig
unterwürfig	manchmal unabhängig
bedacht auf die Meinung anderer	ab und an unbekümmert
für gewöhnlich still	redselig (nach einem oder zwei Drinks)
bemüht, es allen recht zu machen	ein- oder zweimal war mir alles scheißegal
Teetasse ist halb leer	Glas ist halb voll
Ja sagen, Nein meinen	sagen, was man denkt, tun, was man sagt
rückwärtsgewandt	hin und wieder in die Zukunft schauen
folgt lieber	aber sehnt sich danach zu führen
verschwindet gern in der Menge	ist aber bereit, in den Mittelpunkt zu treten
rücksichtsvoll gegenüber Alten	wertschätzt seine Jugend
opfert sich	steht wieder auf und kämpft weiter
hält sich an die Vorfahren	vergisst die Vorfahren!
glattes schwarzes Haar	helle braune Wimpern
klein (für einen Okzidentalen)	groß (für einen Orientalen)
irgendwie gelblich weiß	irgendwie blassgelb

Als ich ihm das Ergebnis am nächsten Tag zeigte, sagte er: Bestens! Ein guter Anfang. Sie sind ein guter Student, wie alle Orientalen. Widerwillig fühlte ich etwas Stolz in mir aufsteigen. Wie alle guten Studenten verzehrte ich mich nach nichts mehr als nach Anerkennung, selbst von Idioten. Aber ein Manko hat die Liste, fuhr er fort. Sehen Sie, wie viele der orientalischen Eigenschaften den okzidentalen diametral widersprechen? Leider sind im Westen viele orientalische Eigenschaften negativ besetzt. Das führt bei Amerikanern mit orientalischer Abstammung zu ernsten Identitätsproblemen, zumindest bei denen, die hier geboren oder aufgewachsen sind. Sie fühlen sich nicht zugehörig. Da unterscheiden sie sich nicht sehr von Ihnen, auch sie fühlen sich zerrissen. Aber wie kuriert man das? Bleibt der Orientale im Westen für immer heimatlos? Ein Fremder, ein Ausländer, egal, wie viele Generationen er bereits auf dem Boden der jüdisch-christlichen Kultur gelebt hat? Für immer unfähig, die konfuzianischen Restbestände seines noblen Erbes abzulegen? Das ist der Punkt, an dem Sie als Amerasier Hoffnung geben.

Ich wusste, er meinte es freundlich, also bemühte ich mich, keine Miene zu verziehen. Ich?

Ja, Sie! Sie verkörpern die Symbiose von Orient und Okzident, die Möglichkeit, dass aus zwei eins werden kann. In physischer Hinsicht lässt sich in Ihrem Fall der Orientale vom Okzidentalen nicht trennen. Mit Ihren psychischen Komponenten ist es genauso. Aber während Sie sich heute noch fehl am Platz fühlen, werden Sie in der Zukunft Durchschnitt sein. Schauen Sie sich meinen amerasischen Jungen an. Vor hundert Jahren hätte man ihn als Monstrosität betrachtet, in China wie in Amerika. Heute würde er in China auch noch als Anomalie gelten, aber hier haben wir stete Fortschritte gemacht, nicht so schnell, wie Sie oder ich uns das wünschen würden, doch schnell genug, um darauf hoffen zu können, dass ihm, wenn er einmal in Ihrem Alter ist, alle Türen offen stehen. Er ist hier geboren, er könnte sogar Präsident werden! Von Ihnen und ihm gibt es mehr, als Sie sich wahrscheinlich vorstellen können, aber die meisten schämen sich und versuchen, sich im Blattwerk des amerikanischen Lebens unsichtbar zu machen. Aber Ihre Zahl steigt, und die Demokratie bietet Ihnen die beste Möglichkeit, eine eigene Stimme zu finden. Hier können Sie lernen, sich nicht von den beiden gegensätzlichen Seiten aufreiben zu lassen, sondern sie in Einklang zu bringen und von beiden zu profitieren. Führen Sie Ihre unterschiedlichen Verbindungen zusammen, und Sie werden der ideale Dolmetscher zwischen zwei Welten sein, ein Botschafter des guten Willens, der zwei gegensätzlichen Ländern den Frieden bringt.

Ich?

Ja, Sie! Um ein Gegengewicht zu Ihren orientalischen Instinkten zu schaffen, müssen Sie beharrlich die Reflexe pflegen, die Amerikaner von Natur aus gelernt haben.

Ich konnte nicht mehr an mich halten. Wie Yin und Yang?

Genau!

Ich räusperte mich, um das Sodbrennen in meiner Kehle loszuwerden, den gastrischen Reflux meines verwirrten orientalischen und okzidentalen Innenlebens. Professor?

Hmm?

Würde es einen Unterschied machen, wenn ich Ihnen erzählte, dass ich eigentlich kein Amerasier bin, sondern Eurasier?

Der Dekan schaute mich freundlich an und nahm seine Pfeife aus dem Mund.

Nein, mein lieber Junge, absolut nicht.

Auf dem Nachhauseweg hielt ich an einem Lebensmittelladen und kaufte Weißbrot, Salami, eine Ein-Liter-Plastikflasche Wodka, Maisstärke und Jod. Aus Sentimentalitätsgründen wäre mir Reisstärke lieber gewesen, aber Maisstärke war leichter zu bekommen. Zu Hause verstaute ich die Lebensmittel und klebte das Blatt Papier, auf dem mein gespaltenes Ich abgebildet war, an den Kühlschrank. In Amerika hatten selbst arme Menschen Kühlschränke, ganz zu schweigen von fließend Wasser, Klos mit Wasserspülung und Strom rund um die Uhr, Annehmlichkeiten, die zu Hause nicht einmal alle Angehörigen der Mittelklasse genießen konnten. Warum fühlte ich mich dann arm? Vielleicht hatte es mit meiner Lebenssituation zu tun. Mein Zuhause war eine trostlose Zweizimmerwohnung im Erdgeschoss, dessen charakteristischste Eigenschaft der durchdringende Geruch nach Bauchnabelfusseln war. So jedenfalls schrieb ich es meiner Tante. Wie jeden Tag lag Bon apathisch vor Trauer auf unserem zungenförmigen roten Velourssofa. Er verließ die Wohnung nur für seine halbe Stelle als Nachtportier in Reverend R-r-r-r-amons Kirche, deren Ziel es war, Geld zu sparen, anstatt Seelen zu retten. Zu diesem Zweck und zum Beweis, dass es möglich war, gleichzeitig Gott und dem Mammon zu dienen, wurde Bon sein Lohn schwarz ausbezahlt. Ohne meldepflichtiges Einkommen hatte Bon Anspruch auf Sozialhilfe, die er mit einem nur geringen Maß an Scham und beträchtlichem Anspruchsdenken entgegennahm. Nachdem er seinem Land für einen Hungerlohn gedient und in einem Krieg, in dem Amerika den Ton angab, gekämpft hatte, war Sozialhilfe für ihn vernünftigerweise ein besserer Lohn als ein Orden. Ihm blieb nichts anderes übrig, als sein Schicksal zu akzeptieren, denn niemand hatte Bedarf an einem Mann, der aus Flugzeugen springen, dreißig Meilen mit achtzig Pfund Ausrüstung marschieren, mit Pistole und Gewehr ins Schwarze treffen und mehr Prügel wegstecken konnte als einer dieser maskierten und eingeölten Wrestler im Fernsehen.

Wenn Bon seine staatlichen Almosen abholte, an Tagen wie jenem, gab er das Bargeld für einen Karton Bier und die Lebensmittelmarken für einen Wochenvorrat Tiefkühlmahlzeiten aus. Ich öffnete den Kühlschrank, nahm mir eine Ration Bier heraus und setzte mich ins Wohnzimmer zu Bon, der sich schon mit einem halben Dutzend Dosen abgeschossen und die leeren Patronen auf dem Teppich verstreut hatte. Er lag auf der Couch und kühlte sich mit einer frischen Dose die Stirn. Ich ließ mich in unser schönstes Möbelstück fallen, einen geflickten, aber einsatzfähigen La-Z-Boy-Fernsehsessel, und schaltete den Apparat ein. Das Bier hatte die Farbe von Babypisse und schmeckte auch so, dennoch hielten wir uns an das übliche Programm und tranken mit freudloser Disziplin bis zur Bewusstlosigkeit. Mit dem Geschmack von vergammeltem Schwamm im Mund wachte ich im Perineum zwischen sehr späten Abendstunden und sehr frühen Morgenstunden wieder auf, erschrak zu Tode über ein gigantisches Insekt mit abgetrenntem Kopf und weit aufgerissenem Maul, das ich jedoch bei vollem Bewusstsein als unseren holzvertäfelten Fernseher mit der schlaffen Doppelantenne wiedererkannte. Die Nationalhymne plärrte zu flatterndem Sternenbanner, imposanten Bildern von majestätischen, purpurfarbenen Bergen und aufsteigenden Kampfjets. Als schließlich der Vorhang aus statischem Rauschen und Schneegestöber fiel, schleppte ich mich zum moosigen, zahnlosen Maul der Toilette und dann zur unteren Koje des Stockbetts in unserem schmalen Schlafzimmer. Bon lag schon in der oberen Koje. Ich legte mich hin und stellte mich uns als schlafende Soldaten vor, auch wenn der einzige Ort in der Nähe von Chinatown, wo man Stockbetten kaufen konnte, die Kinderabteilung eines knallbunten Möbelladens war, der von Mexikanern geführt wurde oder von Leuten, die wie Mexikaner aussahen. Ich konnte die Menschen von der Südhalbkugel nicht auseinanderhalten, nahm aber an, dass sie mir das nicht übel nehmen würden, angesichts der Tatsache, dass sie selbst Chino zu mir sagten.

Eine Stunde verging, aber ich konnte nicht wieder einschlafen. Ich ging in die Küche, aß ein Salamisandwich und las noch einmal den Brief, den ich gestern von meiner Tante bekommen hatte. *Mein lieber Neffe*, schrieb sie, *vielen Dank für deinen Brief. Wir hatten furchtbares Wetter hier in letzter Zeit, sehr kalt und windig.* Der Brief berichtete ausführlich von den Schwierigkeiten, die ihr die Rosen machten, von den Kunden, von dem erfreulichen Ergebnis eines Arztbesuchs, aber nichts war so wichtig wie ihr Hinweis auf das Wetter, der mir mitteilte, dass sich zwischen den Zeilen eine Botschaft von Man verbarg, die er mit unsichtbarer, aus Reisstärke zusammengebrauter Tinte geschrieben hatte. Morgen würde Bon das Haus für ein paar Stunden verlassen, um die Kirche des Reverend sauber zu machen, dann würde ich etwas Jod in Wasser auflösen, damit den Brief bestreichen und eine Reihe von Zahlen in violetter Tinte sichtbar machen. Sie bezeichneten Seiten, Zeilen und Worte aus Richard Hedds *Der Kommunismus in Asien und der orientalische Modus der Zerstörung,* das Buch mit dem Geheimcode, das Man so raffiniert ausgesucht hatte und das zum wichtigsten Buch meines Lebens geworden war. Aus Mans unsichtbaren Botschaften hatte ich erfahren, dass die Stimmung im Volk gut sei, der Wiederaufbau des Landes langsam, aber stetig voranschreite und seine Vorgesetzten mit meinen Berichten zufrieden seien. Wie auch nicht? Die Exilanten waren lediglich mit Haareraufen und Zähneknirschen beschäftigt. Es war eigentlich überflüssig, dies mit unsichtbarer Tinte zu schreiben, die ich aus Maisstärke und Wasser zusammenmixte.

Anlässlich des ersten Jahrestages von Saigons Fall oder Befreiung oder beidem schrieb ich meiner Tante etwas verkatert und etwas sentimental einen Brief, in dem ich auf ein Jahr voller Mühsal zurückblickte. Ich bin freiwillig gegangen wie auch von den Umständen getrieben, dennoch gestehe ich, dass ich unwillkürlich Mitleid mit meinen bedauernswerten Landsleuten empfand, unter denen sich die Krankheit des Exils so hartnäckig hielt, dass auch ich irgendwann ganz benommen in ein Delirium aus Erinnerungen verfiel. *Meine liebe Tante, so viel ist geschehen.* Der Brief war eine weitschweifige Geschichte der Exilanten, beginnend mit dem Zeitpunkt, als sie das Lager verließen, erzählt aus ihrer eigenen tränenverhangenen Perspektive, die bei der Niederschrift auch mich ganz traurig machte. Ich schrieb, dass niemand von uns das Lager ohne die helfende Hand eines Wohltäters verlassen durfte, der dafür zu sorgen hatte, dass wir nicht dem Wohlfahrtsstaat zur Last fielen. Wer nicht gleich einen fand, schrieb in der Hoffnung auf Unterstützung Bittbriefe an Firmen, die uns einst beschäftigt, an Soldaten, die uns einst beraten, an Liebhaber, die einst mit uns geschlafen hatten, an Kirchen, die sich erbarmen könnten, und sogar an flüchtigste Bekannte. Manche zogen alleine los, manche mit ihren Familien, manche unserer Familien wurden getrennt und auseinandergerissen, manche landeten in den warmen Gegenden des Westens, die uns an die Heimat erinnerten, aber die meisten wurden in Bundesstaaten verschickt, deren Namen wir nicht einmal richtig aussprechen konnten: Alabama, Arkansas, Georgia, Kentucky, Missouri, Montana, South Carolina und so weiter. Wir sprachen über unsere neue Umgebung in einer eigenen Version des Englischen. Jede Silbe wurde betont. Aus Chicago wurde *Tschick-ah-go,* New York hörte sich mehr nach Newark an, Texas wurde zu *Tex-ass* aufgedröselt, Kalifornien zu *Ca-li* geschrumpft. Bevor wir das

Lager verließen, tauschten wir die Telefonnummern und Adressen unserer neuen Zielorte aus, weil wir wussten, dass der Flüchtlingsfunk nötig sein würde, um herauszufinden, welche Stadt die besten Jobs zu bieten hatte, in welchem Staat die niedrigsten Steuern zu zahlen waren, wo es die höchsten Sozialhilfesätze gab, wo am wenigsten Rassismus herrschte und wo die meisten Menschen lebten, die so aussahen wie wir und dasselbe aßen wie wir.

Wenn man uns erlaubt hätte zusammenzubleiben, schrieb ich meiner Tante, hätten wir eine eigenständige Kolonie von ansehnlicher Größe gründen können. Wir hätten ein Pickel am Hintern des amerikanischen Staatswesens sein können, mit fertigen Politikern, Polizisten und Soldaten, mit eigenen Bankern, Geschäftsleuten und Ingenieuren, mit Ärzten, Anwälten und Steuerberatern, mit Köchen, Putzkolonnen und Hausmädchen, mit Unternehmern, Mechanikern und Sachbearbeitern, mit Dieben, Prostituierten und Mördern, mit Schriftstellern, Sängern und Schauspielern, mit Genies, Lehrern und Geistesgestörten, mit Priestern, Nonnen und Mönchen, mit Buddhisten, Katholiken und Caodaisten, mit Menschen aus dem Norden, der Mitte und dem Süden, mit den Talentierten, den Mittelmäßigen und den Dummköpfen, mit Patrioten, Verrätern und Neutralen, mit Ehrlichen, Korrupten und Gleichgültigen, ein Volksstamm, groß genug, dass wir unseren eigenen Repräsentanten in den Kongress hätten wählen und eine Stimme in unserem Amerika hätten haben können, ein kleines Saigon, so fröhlich, flirrend und funktionsuntüchtig wie das Original – was genau der Grund war, warum man uns nicht erlaubte zusammenzubleiben, sondern uns per bürokratischer Verfügung über alle Längen- und Breitengrade unserer neuen Welt verstreute. Wo immer wir einander fanden, trafen wir uns, kleine Klans, die sich an Wochenenden in Kellern versammelten, in

Kirchen, in Hinterhöfen oder am Strand, wohin wir das Essen und Trinken in Einkaufstüten selbst mitbrachten, weil uns die Verkaufsstände zu teuer waren. Wir gaben uns alle Mühe, die Grundnahrungsmittel unserer Kultur aufzutreiben. Da wir aber von den chinesischen Märkten abhängig waren, hatte unser Essen einen nicht akzeptablen chinesischen Einschlag, ein weiterer Hieb im Spießrutenlauf unserer Demütigung, der uns auf den süßsauren Geschmack unzuverlässiger Erinnerungen zurückwarf, authentisch genug, um die Vergangenheit heraufzubeschwören, zweifelhaft genug, um uns daran zu erinnern, dass die Vergangenheit für immer dahin war, verschwunden mit der gebührenden Vielfalt, Raffinesse und Komplexität, für die auch unsere universell verwendete, dickflüssige Fischsoße stand. Oh, Fischsoße! Wie wir sie vermissten, liebe Tante, wie wir uns sehnten nach diesem Grand Cru der Insel Phu Quoc, nach Fässern, gefüllt mit dem besten Jahrgang aus vermanschten Anchovis. Nichts schmeckte richtig ohne sie. Diese scharfe, flüssige Würzsoße von dunkelster tintenfischschwarzer Tönung wurde von Ausländern wegen ihres vermeintlich fürchterlichen Gestanks verunglimpft, was dem Sprichwort »Ein Gast ist wie ein Fisch, er bleibt nicht lange frisch« eine neue Bedeutung verleiht, denn die Fische waren wir. Wir benutzten Fischsoße wie transsylvanische Dörfler Knoblauchzehen, um Vampire abzuwehren, in unserem Fall, um einen Schutzzaun gegen die Westler hochzuziehen, die nicht verstehen konnten, was wirklich ekelerregend stank, nämlich Käse. Was war schon geronnene Milch verglichen mit fermentiertem Fisch?

Aber aus Rücksicht auf unsere Gastgeber hielten wir uns mit unseren Gefühlen zurück. Wir saßen eng aneinandergedrängt auf stacheligen Sofas und kratzigen Teppichböden, stießen uns unter überquellenden Küchentischen gegenseitig an die Knie, maßen das Verrinnen der Zeit an der Höhe der Asche in den mit Zinnen verzierten Aschenbechern, kauten auf getrocknetem Tintenfisch herum, käuten unsere Erinnerungen wieder, bis uns die Kinnladen schmerzten, und tauschten Geschichten aus zweiter und dritter Hand über unsere überall verstreuten Landsleute aus. So erfuhren wir von dem Klan, den sich ein Farmer in Modesto als Sklavenarbeiter hielt, von dem naiven Mädchen, das zur Hochzeit mit ihrem GI-Liebsten nach Spokane geflogen war und an ein Bordell verkauft wurde, von dem Witwer mit den neun Kindern in Minnesota, der sich im Winter mit geöffnetem Mund auf den Rücken in den Schnee gelegt hatte, bis er zugeweht und erfroren war, von dem ehemaligen Soldaten in Cleveland, der sich eine Pistole gekauft hatte und damit seine Frau, seine beiden Kinder und dann sich selbst erschoss, von den reumütigen Flüchtlingen auf Guam, die darum gebeten hatten, in unsere Heimat zurückkehren zu dürfen, und von denen nie wieder jemand hörte, von dem verwöhnten Mädchen, das der Verführung des Heroins erlegen war und in den Straßen von Baltimore verschwand, von der Politikergattin, die, in einem Pflegeheim zum Ausleeren von Bettpfannen degradiert, eines Tages durchgedreht war, ihren Mann mit dem Küchenmesser angegriffen hatte und in der Psychiatrie landete, von den vier Teenagern, die ohne Familien nach Queens gekommen waren und sich zusammengetan hatten, um zwei Schnapsläden auszurauben, wobei sie einen Angestellten töteten, was ihnen zwanzig Jahre bis lebenslänglich einbrachte, von dem gläubigen Buddhisten in Houston, der seinem jungen Sohn den Hintern versohlt hatte und wegen Kindesmisshandlung verhaftet wurde, von dem Ladenbesitzer in San José, der für Essstäbchen Lebensmittelmarken genommen hatte und dafür eine Geldstrafe zahlen musste, von dem Ehemann in Raleigh, der seine Frau geohrfeigt hatte und wegen häuslicher Gewalt eingesperrt wurde, von den Männern, die geflohen waren, aber ihre Frauen im Chaos zurückgelassen hatten, von den Frauen, die geflohen waren und ihre Männer zurückgelassen hatten, von den Kindern, die ohne Eltern und Großeltern geflohen waren, von den Familien, die ein, zwei, drei oder mehr Kinder vermissten, von den sechs Personen in Terre Haute, die in einem überfüllten, eiskalten Raum mit einer offenen Holzkohlenpfanne als Heizung schlafen gegangen waren und nie wieder aufwachten, weil eine unsichtbare Wolke aus Kohlenstoffmonoxid sie in die endgültige Dunkelheit davongetragen hatte. Doch förderten wir zwischen dem Dreck auch Gold zutage, die Geschichte von dem Waisenbaby, das in Kansas von einem Milliardär adoptiert worden war, oder dem Mechaniker in Arlington, den ein Lotterielos zum Multimillionär gemacht hatte, oder dem Mädchen in Baton Rouge, das in seiner Highschool zur Klassensprecherin gewählt worden war, oder dem Jungen aus Fond du Lac, der noch mit dem Dreck von Camp Pendleton an den Sneakers in Harvard angenommen worden war, oder der Filmschauspielerin, die du so magst, liebe Tante, die nach dem Fall von Saigon mit dem Flugzeug die ganze Welt umrundet hatte und nirgendwo ins Land gelassen worden war, deren verzweifelte Anrufe bei ihren amerikanischen Filmstarfreunden unbeantwortet geblieben waren, bis sie mit ihrem letzten Zehn-Cent-Stück Tippi Hedren erwischt hatte, die sie nach Hollywood einfliegen ließ. Wir seiften uns also ein mit Tristesse und duschten uns ab mit Hoffnung, und obwohl wir fast jedem Gerücht glaubten, das uns zu Ohren kam, weigerte sich fast jeder von uns zu glauben, dass unsere Nation untergegangen war.

FÜNFTES KAPITEL

Ich habe selbst viele Geständnisse gelesen, und eingedenk Ihrer Anmerkungen zu dem, was ich bis jetzt gestanden habe, bezweifele ich, mein lieber Kommandant, dass dieses Geständnis dem entspricht, was Sie sonst zu lesen bekommen. Für die ungewöhnliche Beschaffenheit meines Geständnisses kann ich Sie nicht verantwortlich machen – nur mich selbst. Ich habe mich der Ehrlichkeit schuldig gemacht, was in meinem Erwachsenenleben nur selten der Fall war. Warum jetzt, unter diesen Umständen, in einer Einzelzelle von drei mal fünf Metern? Vielleicht weil ich nicht verstehe, warum ich hier bin. Als Schläfer war mir wenigstens klar gewesen, warum ich ein verschlüsseltes Leben führen musste. Aber jetzt nicht. Falls ich verurteilt werden sollte – wenn ich nicht schon verurteilt bin, wie ich vermute –, dann werde ich mich auf meine Art verteidigen, egal, wie Sie zu meinen Taten stehen.

Ich glaube, man sollte mir zugutehalten, dass ich echte Gefahren und allerlei Scherereien erdulden musste. Ich habe wie ein Schuldknecht gelebt, ein Flüchtling, dessen einziger Jobanreiz die Sozialhilfe war. Es war mir nicht einmal möglich zu schlafen, da ein Schläfer fast immer von Schlaflosigkeit geplagt wird. James Bonds Schlaf war von seinem Spionageleben vielleicht so wenig beeinträchtigt wie der eines Fakirs von seinem Nagelbrett, was ich von meinem Schlaf nicht behaupten konnte. Was mich ironischerweise jedoch immer eingeschläfert hat, war das für einen Spion sehr typische Entschlüsseln der mit unsichtbarer Tinte geschriebenen Botschaften von Man und das Verschlüsseln meiner eigenen. Da jedes Wort gewissenhaft kodiert werden musste, waren Sender wie Empfänger gut beraten, ihre Botschaften so kurz wie möglich zu halten. Die von Man, die ich am nächsten Morgen entschlüsselte, lautete einfach: *Gute Arbeit. Verhalte dich unauffällig. Alle Untergrundaktivisten jetzt in Haft.*

Ich verschob meine Antwort – ebenfalls verschlüsselt – bis nach der feierlichen Eröffnung des Schnapsladens, zu der, so der General, auch Claude kommen würde. Wir hatten ein paarmal telefoniert, aber gesehen hatte ich Claude seit Saigon nicht mehr. Es gab jedoch noch einen anderen Grund, warum der General mich persönlich sprechen wollte, behauptete jedenfalls Bon, als er ein paar Tage später aus dem Laden zurückkam. Er war gerade als Verkäufer eingestellt worden, eine Arbeit, die er mit seinem Teilzeitputzjob in der Kirche des Reverend vereinbaren konnte. Der General hatte Bon auf mein Drängen hin eingestellt, und ich war froh, dass er nun mehr Stunden auf den Beinen als auf dem Rücken zubringen würde. Weshalb will er mich sprechen?, fragte ich. Bon öffnete unseren Kühlschrank, der dabei knarzte wie ein arthritischer Kiefer, und entnahm ihm unseren wertvollsten Besitz, eine silbern schimmernde zylindrische Dose Schlitz. Wir haben einen Spitzel unter uns. Bier?

Zwei.

Die feierliche Eröffnung würde Ende April stattfinden, wie der Jahrestag von Saigons Fall oder Befreiung oder beidem. Sie fand an einem Freitag statt, und ich musste Miss Mori in den zweckmäßigen Schuhen fragen, ob ich früher gehen dürfe. Im September hätte ich sie noch nicht um diesen Gefallen gebeten, aber bis April hatte unsere Beziehung eine unerwartete Wendung genommen. In den Monaten, seit wir zusammenarbeiteten, hatten wir uns gegenseitig unter die Lupe genommen, in den Raucherpausen, bei den Plaudereien, die sich ganz natürlich unter Arbeitskollegen ergeben, beim Feierabendcocktail abseits des Campus. Miss Mori war mir nicht so feindlich gesinnt, wie ich angenommen hatte. Tatsächlich pflegten wir einen recht freundschaftlichen Umgang, wenn das denn die richtige Umschreibung war für den schweißtreibenden, ungeschützten Verkehr ein- oder zweimal die Woche in ihrer Wohnung in Crenshaw, die verstohlene Unzucht ein- oder zweimal die Woche im Büro des Dekans und die nächtlichen Begegnungen auf dem quietschenden Rücksitz meines Fords.

Wie sie mir nach unserem ersten romantischen Intermezzo erläuterte, war es meine vernünftige, freundliche, herzensgute Art gewesen, die sie schließlich veranlasst hatte, mich auf einen Drink einzuladen, »wann immer« ich wolle. Ich hatte die Einladung ein paar Tage später angenommen, und wir gingen in eine Tiki-Bar in Silver Lake, die von stämmigen Männern in Hawaiihemden und von Frauen, deren Jeansröcke ihre ausladenden Gesäße nur notdürftig bändigen konnten, frequentiert wurde. Lodernde Tiki-Fackeln flankierten den Eingang. Innen hingen an den verkleideten Wänden unheilvolle Masken von irgendeiner unbekannten Südseeinsel, deren Lippen die Worte *Ooga booga* zu formen schienen. Tischlampen in Form von barbusigen, braunhäutigen Hulamädchen in Baströckchen verbreiteten ein atmosphärisches Licht. Auch die Kellnerin trug ein Baströckchen, so ausgebleicht wie ihre Haare, das Bikini-Oberteil war aus polierten Kokosnüssen hergestellt. Nach unserer dritten Runde stützte Miss Mori den Ellbogen auf die Bar, legte das Kinn in die offene rechte Hand und gestattete mir, ihr eine Zigarette anzuzünden, was meiner Meinung nach eins der erotischsten Vorspiele darstellt, die ein Mann einer Frau bieten kann. Sie trank und rauchte wie ein Filmsternchen aus einer Screwballkomödie, diese Frauenzimmer mit ausgestopftem BH und Schulterpolstern, deren Zweitsprache Anspielungen und Doppeldeutigkeiten sind. Sie schaute mir in die Augen und sagte: Ich muss Ihnen etwas gestehen. Ich lächelte und hoffte, meine Grübchen würden Eindruck auf sie machen. Ich mag Geständnisse, sagte ich. Sie haben etwas Geheimnisvolles, sagte sie. Verstehen Sie mich nicht falsch, nicht, dass Sie groß, dunkelhaarig und gut aussehend wären. Sie sind einfach dunkelhaarig und irgendwie schnuckelig. Als man mir von Ihnen erzählt hat und als ich Sie dann kennengelernt habe, dachte ich, *Na klasse, ein Onkel-Tom-a-san, richtig weißgespült. Kein richtiger Whitey, aber fast. Ein Reis-Whitey.* Wie Sie mit den Gaijin klarkommen! Die Weißen lieben Sie, oder? Mich *mögen* sie nur. Sie glauben, ich bin eine niedliche kleine Lotosblüte mit abgebundenen Füßen, eine Geisha, stets zu Diensten. Aber für die rede ich zu wenig, als dass sie mich lieben könnten, oder zumindest rede ich nicht so, wie es ihnen gefallen würde. Diese ganze Sukiyaki-und-Sayonara-Show, auf die sie so stehen, liegt mir einfach nicht, dieses Brimborium mit den Essstäbchen in den Haaren, diese ganze Suzie-Wong-Scheiße, als wäre jeder dahergelaufene weiße Mann William Holden oder Marlon Brando, auch wenn er wie Mickey Rooney aussieht. Sie aber! Sie können reden, das macht schon viel aus. Und nicht nur das. Sie sind ein großartiger Zuhörer. Sie beherrschen das undurchschaubare orientalische Lächeln, sitzen nickend da, runzeln mitfühlend die Stirn und lassen die Leute reden. Und die glauben dann, Sie würden in allem, was sie sagen, vollkommen mit ihnen übereinstimmen, ohne dass Sie selbst ein einziges Wort sagen. Was sagen Sie dazu?

Miss Mori, sagte ich, ich bin schockiert über das, was ich da höre. Da wette ich drauf, sagte sie. Und nennen Sie mich Sofia, Herrgott noch mal, ich bin nicht die Mutter Ihrer Freundin, die ihre besten Jahre schon hinter sich hat. Bestellen Sie mir noch einen Drink und zünden Sie mir noch eine Zigarette an. Ich bin sechsundvierzig Jahre alt, und von mir aus können das alle wissen. Eines sage ich Ihnen. Wenn eine Frau sechsundvierzig ist und immer das getan hat, worauf sie Lust hatte, dann weiß sie, was läuft, wenn sie mit jemandem in die Kiste steigt. Das hat nichts mit dem *Kamasutra* zu tun oder den *Andachtsmatten aus Fleisch* oder sonst irgendeinem orientalischen Hokuspokus unseres geliebten Dekans. Sie arbeiten jetzt sechs Jahre für ihn, sagte ich. Da weiß ich Bescheid, oder?, sagte sie. Oder bilde ich mir das nur ein, dass jedes Mal, wenn er seine Bürotür öffnet, irgendwo einer auf einen Gong haut? Und raucht er Zigarren in seinem Büro, oder sind das in seiner Schale Räucherstäbchen? Ich kann mir nicht helfen, aber ich glaube, er ist ein kleines bisschen enttäuscht von mir, weil ich mich nicht jedes Mal verneige, wenn ich ihm begegne. Beim Einstellungsgespräch wollte er wissen, ob ich Japanisch spreche. Ich erklärte ihm, dass ich in Gardena geboren bin, gleich um die Ecke. Und er sagte: Oh, Sie sind ein Nisei, als würde er alles über mich wissen, nur weil er dieses eine Wort kennt. Sie sind erst zweite Generation, Miss Mori, und doch haben Sie schon Ihre Kultur vergessen. Ihre Issei-Eltern, die haben an ihrer Kultur festgehalten. Möchten Sie nicht Japanisch lernen? Möchten Sie nicht mal nach Nippon reisen? Ich hatte lange ein schlechtes Gewissen. Ich fragte mich, warum ich nicht Japanisch lernen wollte, warum ich es nicht schon lange gelernt hatte, warum ich lieber nach Paris, Istanbul oder Barcelona geflogen wäre als nach Tokio. Aber dann dachte ich: *Wen juckt's?* Hat jemals einer John F. Kennedy gefragt, ob er Gälisch spricht und sich nicht mal

Dublin ansehen will oder ob er jeden Abend Kartoffeln isst oder Bilder von Leprechaunen sammelt? Warum sollten also *wir* nicht *unsere* Kultur vergessen? Ist nicht das hier genau meine Kultur, weil ich hier geboren bin? Natürlich habe ich ihn das nicht gefragt. Ich habe nur gelächelt und gesagt: Sie haben ja so recht, Sir. Sie seufzte. Es ist ein Job. Aber ich sage Ihnen noch etwas. Seit ich kapiert habe, dass ich ganz und gar nichts vergessen habe und dass ich meine Kultur, nämlich die amerikanische, und meine Sprache, nämlich die englische, verdammt gut kenne, da fühle ich mich im Büro unseres Dekans wie ein Spion. Nach außen hin bin ich die gute alte Miss Mori, ein armes Ding, das seine Wurzeln verloren hat, aber in Wirklichkeit bin ich Sofia, und man überlegt es sich besser zweimal, bevor man mir ans Bein pisst.

Ich räusperte mich. Miss Mori?

Hmm?

Ich glaube, ich verliebe mich gerade in Sie.

Sofia, sagte sie, ich heiße Sofia. Und eins will ich gleich mal klarstellen, Playboy. Wenn das hier was wird mit uns – und ich betone: wenn –, dann ohne jegliche Verpflichtungen. Ich verliebe mich nicht in Sie, und Sie verlieben sich nicht in mich. Sie stieß ein Zwillingsrauchwölkchen aus. Nur damit Sie Bescheid wissen, ich glaube nicht an die Ehe, aber ich glaube an die freie Liebe.

So ein Zufall, sagte ich. Genau wie ich.

Laut Benjamin Franklin sei, wie mich Professor Hammer zehn Jahre zuvor gelehrt hatte, eine ältere Mätresse eine wundervolle Sache. Jedenfalls hatte das der Gründungsvater einem jüngeren Mann mit auf den Weg gegeben. Ich kann mich nicht an den ganzen Brief des amerikanischen Weisen erinnern, nur an zwei Stellen. Die erste: Ältere Mätressen seien »so dankbar!« Das mag auf viele zutreffen, auf Miss Mori nicht. Wenn überhaupt, dann erwartete sie Dankbarkeit von mir, und ich war dankbar. Ich besaß natürlich nicht das nötige Kleingeld, um mit Prostituierten zu verkehren, und so hatte ich mich mit Selbstbefriedigung abgefunden. Jetzt praktizierte ich die freie Liebe, die nicht nur einen Affront gegenüber einem Kapitalismus, gefangen im Korsett oder vielleicht auch im Keuschheitsgürtel seiner ethnisch-protestantischen Prinzipien, darstellte, sondern auch einem Kommunismus mit konfuzianischem Charakter fremd war. Das ist eine der Schattenseiten des Kommunismus, die sich hoffentlich geben wird, der Glaube, jeder Genosse habe sich wie ein edler Bauer zu benehmen, dessen Standfestigkeit nur der Landwirtschaft zu dienen habe. Da die sexuelle Revolution im Osten noch nicht stattgefunden hat, ist im asiatischen Kommunismus alles befreit außer der Sex. Dahinter steht der Gedanke, dass Leute, die so oft Sex haben, dass sie sechs, acht oder ein Dutzend Nachkommen produzieren, wie in asiatischen Ländern (laut Richard Hedd) üblicherweise der Fall, kaum eine sexuelle Revolution brauchten. Inzwischen sind die Amerikaner, geimpft durch eine Revolution und somit resistent gegen eine zweite, nur noch am tropischen Knistern der freien Liebe, aber nicht mehr an der politischen Lunte, die es entzündet hat, interessiert. Unter Miss Moris geduldiger Anleitung jedoch begann ich zu erkennen, dass zur wahren Revolution auch die sexuelle Befreiung gehörte.

Diese Einsicht unterschied sich nicht sehr von der Benjamin Franklins. Der listige alte Lüstling war sich sehr wohl der Bedeutung des Erotischen für das Politische bewusst, und so umgarnte er nicht nur Politiker bei seinem Werben um französische Unterstützung für die amerikanische Revolution, sondern auch die Damen der Gesellschaft. Deshalb war die Kernaussage im Brief des ersten Amerikaners an seinen jungen Freund korrekt: Wir alle sollten ältere Mätressen haben. Das ist nicht so sexistisch, wie es sich anhört, da es auch impliziert, dass ältere Frauen durchaus jüngere Männer beschlafen sollten. Auch wenn das Sendschreiben des alten Gockels nicht gerade vor Raffinesse strotzte, zeigte es wenigstens die schlüpfrige Realität. Genauso die zweite Anmerkung unseres feinen Herrn, dass sich nämlich die Schwerkraft des Alterns von oben nach unten wirkte. Beginnend mit den Gesichtszügen, arbeitete es sich abwärts zum Hals, zu den Brüsten, zum Bauch und so weiter, sodass der Körper einer älteren Mätresse noch drall und saftig war, nachdem ihr Gesicht längst verhärmt aussah, doch in diesem Fall konnte man ihr einfach einen Korb über den Kopf stülpen.

Bei Miss Mori war das jedoch nicht nötig, denn ihre Züge waren angenehm alterslos. Das Einzige, was mein Glück noch vergrößert hätte, wäre eine Gefährtin für Bon gewesen, der, soweit ich wusste, ebenfalls die Fünffingermethode praktizierte. Von Natur aus scheu, schluckte er brav diese bittere, vom Katholizismus verordnete Pille. Was die Sexualität anging, gab er sich verlegener und verschwiegener als bei anderen Themen, die ich für problematischer hielt, zum Beispiel das Töten von Menschen, was ziemlich genau der katholizistischen Geschichtsschreibung entspricht: Ihr zufolge könnte man meinen, dass Geschlechtsverkehr der homosexuellen, heterosexuellen oder päderastischen Spielart nie vorkam, sondern unter den Soutanen des Vatikans verborgen blieb. Päpste, Kardinäle, Bischöfe, Priester und Mönche, die es mit Frauen, Mädchen, Jungen und miteinander trieben? Kaum je diskutiert! Nicht, dass irgendetwas falsch wäre an Affären – nicht der Geschlechtsverkehr ist es, der zum Himmel stinkt, sondern die Scheinheiligkeit. Aber von Arabien bis zu den Amerikas im Namen unseres Herrn und Erlösers Millionen von Menschen zu foltern, zu ermorden, mit Kreuzzügen zu terrorisieren oder mit Krankheiten zu infizieren? Von der Kirche mit nutzlosem, frömmelndem Bedauern zur Kenntnis genommen, wenn überhaupt.

Bei mir war es genau umgekehrt. Seit meiner fiebrigen Pubertät benutzte ich mit Genuss und athletischem Eifer die Hand, mit der ich mich auch spöttisch bekreuzigte. Unter Missachtung aller Predigten meines Vaters über die Folgen der Onanie – Blindheit, behaarte Handflächen und Impotenz (Subversion hatte er vergessen zu erwähnen) – reifte eines Tages der Samen meiner sexuellen Rebellion zu meiner politischen Revolution. Und wenn ich deshalb zur Hölle fahren sollte, von mir aus! Ich hatte meinen Frieden damit gemacht, gegen mich selbst zu sündigen, nun war es an der Zeit, mit anderen zu sündigen. Und so kam es, dass ich mit dreizehn meinen ersten widernatürlichen Akt mit einem ausgehöhlten Tintenfisch vollzog, den ich aus der Küche meiner Mutter hatte mitgehen lassen, wo er zusammen mit seinen Artgenossen sein angestammtes Schicksal erwartet hatte. Oh, du armer, unschuldiger, stummer Tintenfisch! Du hattest die Größe meiner Hand und, ohne Kopf, Arme und Eingeweide, die schöne Form eines Kondoms – nicht dass ich damals so etwas schon gekannt hätte. Das Innere war von der geschmeidigen, dickflüssigen Beschaffenheit dessen, was ich mir unter einer Vagina vorstellte, ohne dass ich so ein wundervolles Ding jemals gesehen hätte – außer bei den Babys und Kleinkindern, die ganz nackt und halb nackt durch die Gassen und Höfe meiner Stadt krabbelten und liefen. Diesen Anblick kindlicher Nacktheit betrachteten unsere französischen Lehensherren als Beweis für unsere Barbarei und als Rechtfertigung, zu vergewaltigen, zu plündern und zu brandschatzen, alles im Namen Gottes, damit unsere Kinder sich ein paar Sachen anzögen und keine Verlockung mehr für den Geist und das Fleisch anständiger Christen darstellten. Aber ich schweife ab! Zurück zu dir, du schon bald missbrauchter Tintenfisch: Als ich aus reiner Neugier meinen Zeige- und dann den Mittelfinger in deine enge Körperöffnung steckte, war die Ansaugwirkung derart, dass meine rastlose Fantasie unwillkürlich die Verbindung zu dem verbotenen weiblichen Körperteil herstellte, von dessen Vorstellung ich seit einigen Monaten heimgesucht wurde. Unaufgefordert und völlig jenseits meiner Kontrolle, erhob sich ruck, zuck meine manische Männlichkeit und näherte sich dir weiter an wie ein Magnet, du verlockender, verhexender, verführerischer Tintenfisch. Obwohl meine Mutter schon bald von ihrer Besorgung zurückkommen und auch ein Nachbar jeden Moment an unserer angebauten Küche vorbeigehen und mich mit meiner cephalopoden Braut erwischen konnte, ließ ich trotzdem die Hose fallen. Hypnotisiert durch den Ruf des Tintenfischs und die Antwort meines Geschlechtsteils, führte ich Letzteres in erigiertem Zustand in Ersteren ein, der leider wie angegossen saß. Leider deshalb, weil von nun an kein Tintenfisch mehr vor mir sicher war, was nicht bedeutet, dass diese sündhafte Unterart der Bestialität – schließlich, glückloser Tintenfisch, warst du tot, obwohl mir inzwischen bewusst ist, dass dies wiederum weitere moralische Fragen aufwirft – selten vorkam, da Tintenfisch in unserer im Landesinnern gelegenen Stadt als seltene Gaumenfreude galt. Mein Vater hatte diesen Tintenfisch meiner Mutter geschenkt, weil er selbst gern gut aß. Priester wurden von ihren verblendeten Groupies, gottesfürchtigen Hausfrauen und wohlhabenden Kirchgängern, immer mit verschwenderischer Aufmerksamkeit bedacht. Sie umgarnten sie, als seien sie die Türsteher, die den Eingang des exklusivsten Nachtklubs überhaupt bewachten – den Himmel. Diese Fans luden sie zum Abendessen ein, machten bei ihnen sauber, kochten ihnen Essen und bestachen sie mit Geschenken aller Art, einschließlich köstlicher, teurer Meeresfrüchte, die nicht bestimmt waren für arme Leute wie meine Mutter. Für meinen zitternden Erguss schämte ich mich nicht im Geringsten, dennoch drückte mich, nachdem ich wieder zu Sinnen gekommen war, die gewaltige Last der Schuld. Aber nicht aus moralischen Gründen, sondern weil es mir unerträglich war, meine Mutter ihres Tintenfischs beraubt zu haben. Wir hatten nur sechs, sie würde es also merken, wenn einer fehlte. Was tun? Was tun? Den besudelten, entjungferten Tintenfisch in der Hand, stand ich da, der Beweis meiner Blasphemie tropfte aus der missbrauchten Vulva, und sofort entwickelte mein verschlagenes Hirn einen Plan. Erstens: den Beweis für mein Verbrechen aus dem reglosen Fisch spülen. Zweitens: zur Identifizierung des Opfers die Haut leicht einritzen. Dann auf das Abendessen warten. Meine unschuldige Mutter kehrte in unsere ärmliche Hütte zurück, füllte den Tintenfisch mit Schweinehack, Glasnudeln, in Scheiben geschnittenen Champignons und gehacktem Ingwer, briet ihn und stellte ihn mit einer Ingwer-Limetten-Soße zum Eintunken auf den Tisch. Dort also lag meine geliebte, verlassene, von meiner Hand gekennzeichnete Odaliske auf dem Teller, als meine Mutter sagte, ich solle zugreifen, meine Essstäbchen sofort zuschnappten und meiner Mutter keine Chance ließen, mir zuvorzukommen. Ich hielt kurz inne, meine Mutter schaute mich mit abwartendem, liebevollem Blick an, und dann tunkte ich den Tintenfisch in die Ingwer-Limetten-Soße und biss hinein. Und, gut?, fragte sie. Kö-kö-köstlich, stammelte ich. Schön, aber schling nicht so, mein Sohn, kau langsam. Lass dir Zeit. Dann schmeckt es noch besser. Ja, Mama, sagte ich. Und tapfer lächelnd kaute der brave Sohn langsam und genoss den Rest des von ihm entehrten Tintenfischs, das salzige Aroma gesüßt von Mutterliebe.

Zweifellos werden manche diese Episode für obszön halten. Ich nicht! Massaker sind obszön. Folter ist obszön. Drei

Millionen Tote sind obszön. Aber eine zugegebenermaßen nicht einvernehmliche Masturbation mit einem Tintenfisch? Nicht so sehr. Ich zum Beispiel bin ein Mensch, der glaubt, dass die Welt ein besserer Ort wäre, wenn wir das Wort »Mord« genauso nuschelten wie das Wort »Masturbation«. Ich war zwar mehr Liebhaber als Krieger, doch meine politischen Entscheidungen und mein Polizeidienst haben mich schließlich doch genötigt, eine Seite meines Ichs zu kultivieren, die in meiner Kindheit nur einmal zutage getreten ist, die gewalttätige Seite. Selbst als Geheimpolizist habe ich insofern nie Gewalt angewandt, als ich anderen nie erlaubt hätte, sie in meiner Gegenwart anzuwenden. Nur wenn ungünstige Umstände mich in eine Situation brachten, in der mir meine Cleverness nicht weiterhalf, gestattete ich mir, Gewalt anzuwenden. Diese Situationen waren so unerfreulich, dass mich die Erinnerung an jene, deren Verhöre ich miterlebt habe, immer wieder mit fanatischer Hartnäckigkeit überfällt: der drahtige Montagnard, den Draht um den Hals, das Gesicht verzerrt; der störrische Terrorist mit dem violetten Gesicht, unempfindlich gegen alles, bis auf eines; die kommunistische Agentin, der unsere Namen in Form eines Pappmascheebreis, Beweisstück ihrer Spionagetätigkeit, buchstäblich auf der Zunge lagen. Für diese Umstürzler gab es nur einen Bestimmungsort, an den man allerdings über viele unerfreuliche Nebenstraßen gelangen konnte. Als ich im Schnapsladen des Generals eintraf, teilte ich mit diesen Gefangenen eine schreckliche Gewissheit, die sich auch kichernd unter Kartentischen in Altersheimen versteckte. Jemand würde sterben. Vielleicht ich.

Der Schnapsladen lag am Ostende des Hollywood Boulevard, weit weg vom glamourösen Blitzlichtgewitter des Egyptian und des Chinese Theatre, wo die neuesten Filme ihre Premieren feierten. Dieses besonders glanzlose Viertel war auch am helllichten Tage eine zwielichtige Gegend. Außer zu kassieren, hatte Bon potenzielle Räuber und Ladendiebe einzuschüchtern. Er stand hinter der Kasse vor dem Regal mit den teuren Marken, den diebstahlgefährdeten Halbliterflaschen, und hatte ein Auge auf die Männermagazine mit den retuschierten Lolitas auf den Titelseiten, die sich in einer abgelegenen Ecke stapelten. Er nickte mir gleichgültig zu. Claude ist mit dem General im Lagerraum, sagte er. Das Lager war im Rückgebäude. An der Decke brummten Neonröhren, es roch nach Desinfektionsmitteln und alter Pappe. Claude erhob sich aus einem Kunstlederstuhl, und wir umarmten uns. Er hatte ein paar Pfund zugenommen, sah aber ansonsten unverändert aus. Er trug sogar ein zerknautschtes Sportsakko, das ich in Saigon gelegentlich an ihm gesehen hatte.

Setzen Sie sich, sagte der General, der hinter seinem Schreibtisch Platz genommen hatte. Die Kunstlederstühle quietschten obszön, wenn wir uns bewegten. Kartons und Kisten mauerten uns von drei Seiten ein. Auf dem Schreibtisch des Generals standen ein schweres Telefon mit Wählscheibe, das auch zu Selbstverteidigungszwecken taugte, ein Stempelkissen mit blutroter Tinte, ein Rechnungsblock mit blauem Durchschlagpapier zwischen den Seiten und eine Bürolampe mit gebrochenem Genick und herabhängendem Kopf. Als der General die Schreibtischschublade aufzog, stockte mir der Atem. Bingo! Der Augenblick war gekommen, dass der Spitzel den Hammer auf den Schädel, das Messer an den Hals, die Kugel in die Schläfe bekam oder spaßeshalber gleich alles auf einmal. Jedenfalls würde es schnell gehen, vergleichsweise. In Saigon, in seinem Kurs über Verhörtechniken für Geheimpolizisten, hatte Claude erzählt, dass mich im Europa des finsteren Mittelalters Pferde in vier Teile gerissen hätten und man meinen Kopf vor aller Augen auf einen Pfahl gespießt hätte. Ein humorbegabter

König hatte seinen Feind bei lebendigem Leib gehäutet, die Hülle mit Stroh ausgestopft, auf ein Pferd gesetzt und durch die Stadt paradieren lassen. Was für ein Spaß! Ich hörte auf zu atmen und wartete darauf, dass der General die Pistole aus der Schublade nahm und mir ganz unfachgemäß das Gehirn aus meinem Kopf entfernte, doch alles, was er herausnahm, waren eine Flasche Scotch und eine Schachtel Zigaretten.

Meine Herren, sagte Claude, ich wünschte, wir würden uns unter günstigeren Umständen wiedersehen. Wie ich hörte, war es die Hölle, aus Dodge rauszukommen. Gelinde ausgedrückt, sagte der General. Und Sie selbst?, fragte ich. Ich wette, Sie haben noch einen Platz im letzten Hubschrauber bekommen.

Na ja, lassen Sie uns nicht allzu dramatisch werden, sagte Claude. Er nahm die Zigarette und das Glas Scotch, die der General ihm anbot. Ich bin ein paar Stunden zuvor im Hubschrauber des Botschafters rausgekommen. Er seufzte. Den Tag werde ich nie vergessen. Wir haben einfach zu lange gewartet, als dass wir die ganze Sache gut auf die Reihe bekommen hätten. Sie waren die Letzten, die es mit dem Flugzeug geschafft haben. Die Marines sind mit Hubschraubern rein, um die restlichen Leute vom Flugplatz und aus der Botschaft rauszuholen. Auch Air America hat Rettungshubschrauber eingesetzt, aber das Problem war, dass jeder über unsere angeblich geheimen Landeplätze Bescheid wusste. Stellte sich raus, dass wir kleine Vietnamesenmädchen angeheuert hatten, um die Landeplatznummern auf die Dächer zu malen. Schlau, was? Als es dann ernst wurde, waren alle diese Gebäude umzingelt. Die Leute, die von da ausgeflogen werden sollten, kamen nicht in die Häuser rein. Gleiche Geschichte am Flugplatz, keine Chance. Der Hafen, komplett dicht. Sogar die Busse zur Botschaft kamen nicht rein, weil das Gelände von Tausenden belagert wurde. Die Leute haben alle Arten von Papieren geschwenkt. Heiratsurkunden, Arbeitsverträge, Briefe, sogar amerikanische Pässe. Sie haben geschrien. Ich kenne den und den, der für mich bürgt, ich bin mit einem US-Bürger verheiratet. Hat alles nichts geholfen. Die Marines standen auf den Mauern und haben auf jeden eingeschlagen, der hinaufwollte. Man musste es so weit hinaufschaffen, dass man in der Lage war, einem Soldaten einen Tausenddollarschein unter die Nase zu halten, dann wurde man hochgezogen. Ab und zu sind wir zur Mauer oder ans Tor und haben nach Leuten Ausschau gehalten, die für uns gearbeitet haben, und haben auf die gezeigt. Wenn sie nah genug waren, haben die Soldaten sie über die Mauer gezogen oder das Tor einen Spalt aufgemacht, damit sie durchschlüpfen konnten. Manchmal haben wir welche mitten in der Menge gesehen oder am Rand, und haben gewinkt, aber die sind nicht durchgekommen. Die Vietnamesen, die ganz vorne standen, haben keinen anderen Vietnamesen durchgelassen. Wir haben geschaut und gewinkt, und die haben geschaut und gewinkt, bis wir schließlich wieder gegangen sind. Gott sei Dank konnte ich bei dem ganzen Krawall ihre Schreie nicht hören. Ich ging rein, um etwas zu trinken, aber das half auch nichts. Sie hätten die Funksprüche hören sollen. Hilfe, ich bin Übersetzer, an der und der Adresse sitzen siebzig Übersetzer, holt uns raus. Hilfe, auf dem und dem Gelände warten fünfhundert Leute, holt uns raus. Hilfe, ich bin hier beim Nachschub mit zweihundert Leuten, holt uns raus. Hilfe, wir sind hier hundert Mann im CIA-Hotel, holt uns raus. Und wissen Sie, was? Kein Einziger von denen ist rausgekommen. Wir hatten denen vorher gesagt, geht da und da hin und wartet auf uns. Wir hatten dort Leute positioniert, die haben wir angerufen und gesagt: Es kommt keiner. Haut ab, kommt sofort in die Botschaft. Lasst die Leute da. Dann die Leute außerhalb der Stadt. Agenten aus jeder Ecke des Landes haben angerufen. Hilfe, ich bin Can Tho, der VC kommt näher. Hilfe, ich sitze hier im U-Minh-Wald, was soll ich tun, was ist mit meiner Familie? Holt mich hier raus. Sie hatten nicht den Hauch einer Chance. Sogar manche, die in der Botschaft waren, hatten keine Chance. Wir haben Tausende evakuiert, aber als der letzte Hubschrauber in der Luft war, haben immer noch vierhundert im Hof gewartet, ordentlich aufgereiht. Wir hatten ihnen gesagt, es kämen weitere Hubschrauber. Keiner hat es geschafft.

Herrgott, ich brauche noch was zu trinken. Ohne kann ich nicht mal drüber reden. Danke, General. Er rieb sich die Augen. Ich kann nur sagen, es hatte persönliche Gründe. Nachdem ich Sie am Flugplatz abgesetzt hatte, fuhr ich zu meiner Villa zurück, um noch ein bisschen zu schlafen. Ich hatte Kim gesagt, sie soll bis Tagesanbruch da sein. Sie wollte noch ihre Familie abholen. Es wird sechs, Viertel nach sechs, halb sieben, sieben. Der Boss ruft an und will wissen, wo ich bleibe. Ich halte ihn hin. Viertel nach sieben, halb acht, acht. Der Boss ruft wieder an und sagt: Bewegen Sie Ihren Arsch in die Botschaft, sofort, alle Mann an Deck. Zum Henker mit dem Boss, diesem ungarischen Wichser. Ich schnappe mir meine Waffen und fahre quer durch die Stadt, um Kim abzuholen. Zur Hölle mit der Ausgangssperre, die Straßen waren voll, alle suchten nach einem Fluchtweg. In den Außenbezirken war es allerdings ruhiger. Normales Leben. Ich habe sogar Kims Nachbarn gesehen, die haben gerade die Commie-Fahne rausgehängt. Die Woche davor hatten sie noch eure Fahne draußen. Ich habe sie nach Kim gefragt. Keine Ahnung, wo die Yankee-Hure ist, haben sie gesagt. Ich wollte sie auf der Stelle erschießen, aber jeder in der Straße steckte den Kopf aus dem Fenster und schaute in meine Richtung. Jedenfalls konnte ich nicht warten, bis Vietcong im Viertel auftauchen und mich einkassieren. Ich fuhr zur Villa zurück. Zehn Uhr. Sie war nicht da. Ich konnte nicht mehr länger warten. Ich saß im Wagen und habe geweint. Wegen eines Mädchens habe ich seit dreißig Jahren nicht mehr geweint. Scheiße, war aber so. Dann bin ich zur Botschaft gefahren, aber kein Durchkommen. Wie gesagt, Tausende von Menschen. Genau wie Sie, General, habe ich die Schlüssel stecken lassen. Hoffe, irgendein Kommunistenarsch hat jetzt seine Freude an meinem Bel Air. Dann habe ich mich durch die Menge gekämpft. Die gleichen Vietnamesen, die ihre eigenen Leute nicht durchgelassen haben, haben mir Platz gemacht. Ich habe gestoßen, gedrängelt und geschrien, klar, viele haben auch zurückgestoßen, zurückgedrängelt, zurückgeschrien, aber es ging vorwärts, auch wenn es auf den letzten Metern immer schwerer wurde. Ich hatte schon Augenkontakt mit den Marines auf der Mauer, und ich wusste, wenn ich nah genug rankomme, dann bin ich gerettet. Ich habe geschwitzt wie ein Schwein, mein Hemd war zerrissen, und die Körper um mich rum haben mich fast zerquetscht. Die Leute vor mir konnten nicht sehen, dass ich Amerikaner war, hat sich ja keiner umgedreht, bloß weil ich ihm auf die Schulter geklopft habe. Also habe ich an den Haaren gerissen, an den Ohren gezogen oder habe sie einfach am Kragen gepackt und aus dem Weg geschoben. So etwas habe ich in meinem ganzen Leben noch nicht gemacht. Erst war ich zu stolz, um einfach zu schreien, aber es dauerte nicht lange, dann habe ich auch geschrien. Lasst mich durch, verdammte Scheiße, ich bin Amerikaner. Schließlich hatte ich es bis zur Wand geschafft, und als die Marines nach mir gegriffen, meine Hand gepackt und mich hochgezogen haben, da war ich gottverdammt nah dran, noch mal anzufangen zu weinen. Claude trank seinen Scotch aus und knallte das Glas auf den Tisch. Ich habe mich nie so dafür geschämt, Amerikaner zu sein, und war gleichzeitig nie so froh darüber.

Wir saßen stumm da, während der General uns noch einen Doppelten einschenkte.

Auf Ihr Wohl, Claude, sagte ich und prostete ihm zu. Glückwunsch.

Wozu?, fragte er und hob sein Glas.

Jetzt wissen Sie, wie sich das anfühlt, einer von uns zu sein.

Sein kurzes Lachen klang bitter.

Mir war exakt genauso zumute.

Als Startsignal für die letzte Phase der Evakuierung sollte im American Radio Service »White Christmas« gespielt werden, aber selbst das lief nicht nach Plan. Da diese Information erstens streng geheim war und nur für Amerikaner und ihre Verbündeten bestimmt, wusste auch jeder in der Stadt, worauf er achten musste. Und was glaubt ihr, was dann passiert?, fragte Claude. Na? Der Discjockey findet das Lied nicht. Die Aufnahme von Bing Crosby. Er stellt seine Sprecherkabine auf den Kopf und sucht das Band, aber natürlich ist es nicht da. Und dann?, fragte der General. Er findet eine Version von Tennessee Ernie Ford und spielt die. Wer ist das?, fragte ich. Woher soll ich das wissen? Wenigstens stimmten Melodie und Text. *Situation normal, all fucked up,* sagte ich. Claude nickte. Hoffen wir einfach, dass die SNAFUs von der Geschichte vergessen werden.

Das war das Gebet, das so mancher General und Politiker aufsagte, bevor er zu Bett ging. Allerdings waren manche SNAFUs entschuldbarer als andere. Nehmen wir die Operation Frequent Wind, ein SNAFU, wie schon der Name vermuten lässt. Ein Jahr lang hatte ich über der Frage gebrütet, ob ich die amerikanische Regierung wegen Amtsmissbrauchs oder wenigstens wegen strafbaren Versagens ihrer literarischen Vorstellungskraft verklagen könnte. Wer war das soldatische Superhirn, das zwischen seinen fest zusammengekniffenen Arschbacken Frequent Wind hervorgepresst hat? Ist niemandem aufgefallen, dass Frequent Wind an den Göttlichen Wind erinnern könnte, der die Kamikazeflieger beflügelte, oder, bei geschichtsignoranten Kindsköpfen wahrscheinlicher, an Darmwinde, die bekanntermaßen eine Kettenreaktion auslösten, also in hoher Frequenz auftreten können? Oder erkannte ich lediglich nicht den Sinn für Ironie dieses soldatischen Superhirns, das vielleicht auch »White Christmas« ausgesucht hatte, um meinen Landsleuten, die nie Weihnachten, geschweige denn ein weißes, gefeiert hatten, eins reinzuwürgen? War dem unbekannten Ironiker nicht bewusst, dass die schlechte Luft, die amerikanische Hubschrauber aufwirbeln, wie eine massive Druckwelle von Darmwinden auf alle Zurückgelassenen wirken musste? Ich wog Dummheit gegen Ironie ab und entschied mich für Letzteres, da Ironie den Amerikanern immerhin noch einen Rest an Würde ließ. Das war alles, was uns nach dieser Tragödie, die über uns gekommen war oder die wir selbst über uns gebracht hatten, je nach Standpunkt, noch geblieben war. Das Problem ist, dass diese Tragödie anders als eine Komödie kein klares Ende hatte. Sie beherrschte uns immer noch, besonders den General, der sich nun dem Geschäftlichen zuwandte.

Ich bin froh, dass Sie gekommen sind, Claude. Ihr Timing hätte nicht perfekter sein können.

Claude zuckte mit den Achseln. Timing war schon immer meine Stärke, General.

Wir haben ein Problem, vor dem Sie mich schon vor unserer Abreise gewarnt haben.

Welches Problem? Es gab da mehrere, wenn ich mich recht erinnere.

Wir haben einen Informanten unter uns. Einen Spion.

Als wollten sie von mir eine Bestätigung, schauten mich beide an. Ich verzog keine Miene, obwohl mein Magen anfing, sich gegen den Uhrzeigersinn zu drehen. Dann nannte der

General den Namen des maßlosen Majors. Mein Magen vollzog erneut einen Richtungswechsel. Den Mann kenne ich nicht, sagte Claude.

Niemand, den man kennen muss. Kein außergewöhnlicher Offizier. Unser junger Freund hier hat entschieden, den Major hierher mitzunehmen.

Wenn Sie sich erinnern wollen, General, hat der Major …

Darum geht es jetzt nicht. Es geht darum, dass ich übermüdet war und den Fehler gemacht habe, Ihnen diese Aufgabe anzuvertrauen. Ich gebe nicht Ihnen die Schuld. Ich gebe mir die Schuld. Jetzt ist es an der Zeit, den Fehler zu korrigieren.

Warum halten Sie den Mann für einen Spion?

Nummer eins, er ist Chinese. Nummer zwei, meine Kontakte in Saigon berichten mir, dass es seiner Familie sehr, sehr gut geht. Nummer drei, er ist fett. Ich mag keine fetten Männer.

Nur weil er Chinese ist, General, heißt das noch nicht, dass er ein Spion ist.

Ich bin kein Rassist, Claude. Ich behandele alle meine Männer gleich, unabhängig von ihrer Herkunft, zum Beispiel unseren jungen Freund hier. Aber die Tatsache, dass es der Familie dieses Majors in Saigon sehr gut geht, ist verdächtig. Warum geht es ihnen so gut? Wer ermöglicht ihnen diesen Erfolg? Die Kommunisten kennen alle unsere Offiziere und deren Familien. Keiner Offiziersfamilie geht es gut zu Hause. Warum seiner?

Indizienbeweis, General.

Das hat Sie früher auch nicht aufgehalten, Claude.

Hier liegen die Dinge anders. Sie müssen nach neuen Regeln spielen.

Aber ich kann die Regeln umgehen, oder nicht?

Sie können sie sogar brechen, wenn Sie wissen, wie.

Im Geist fasste ich zusammen, was ich gerade erfahren hatte. Erstens, ich hatte einen unschuldigen Mann beschuldigt und damit bedauerlicherweise und rein zufällig mitten ins Schwarze getroffen. Zweitens, der General hatte Kontakte in Saigon, was hieß, es gab irgendeine Art von Widerstand. Drittens, der General konnte seine Leute kontaktieren, obwohl kein direkter Kommunikationsweg existierte. Viertens, der General war wieder ganz der Alte, ein unermüdlicher Intrigant mit mindestens einer Machenschaft in jeder Tasche und einer dritten im Strumpf. Er deutete mit ausladenden Armbewegungen auf die Räumlichkeiten und sagte, Sehe ich etwa aus wie ein kleiner Ladenbesitzer, meine Herren? Sehe ich aus wie jemand, dem es Spaß macht, Schnaps an Säufer, Schwarze und Mexikaner, an Obdachlose und Süchtige zu verkaufen? Ich sag Ihnen eins. Ich warte nur auf den passenden Augenblick. Der Krieg ist noch nicht vorbei. Diese Kommunistenschweine … Okay, sie haben uns schwer zugesetzt, zugegeben. Aber ich kenne mein Volk. Ich kenne meine Soldaten, meine Männer. Die haben nicht aufgegeben. Die sind bereit zu kämpfen und zu sterben, wenn sich die Chance ergibt. Das ist alles, was wir brauchen, Claude. Eine Chance.

Bravo, General, sagte Claude. Ich wusste, dass Sie nicht lange Ruhe geben würden.

Ich bin an Ihrer Seite, General, sagte ich. Bis zum Ende.

Gut. Weil Sie den Major ausgewählt haben. Stimmen Sie mir zu, dass Sie Ihren Fehler korrigieren müssen? Das dachte ich mir. Sie müssen es nicht allein tun. Ich habe das Problem schon mit Bon besprochen. Sie beide werden sich dieser Sache gemeinsam annehmen. Ich überlasse es Ihrer grenzenlosen Vorstellungskraft und Geschicklichkeit, eine Lösung auszuarbeiten. Abgesehen davon, dass Sie den Major ausgewählt haben, haben Sie mich noch nie enttäuscht. Das können Sie jetzt wiedergutmachen. Einverstanden? Gut. Dann lassen Sie uns jetzt allein. Claude und ich haben einige Dinge zu besprechen.

Der Laden war leer bis auf Bon. Er starrte auf den winzigen, hypnotisch leuchtenden Schwarz-Weiß-Fernseher neben der Kasse, auf dem ein Baseballspiel lief. Ich löste den Scheck für die Steuerrückzahlung ein, den ich vom Finanzamt bekommen hatte. Keine große Summe und doch von symbolischer Bedeutung, denn in meinem Land würde die kleingeistige Regierung ihren enttäuschten Bürgern nie etwas von dem zurückgeben, was sie einmal einkassiert hatte. Die ganze Idee war absurd. Unsere Gesellschaft war eine Kleptokratie allerersten Ranges gewesen, wo die Regierung sich alle Mühe gab, die Amerikaner zu bestehlen, wo der Durchschnittsbürger sich alle Mühe gab, die Regierung zu bestehlen, und wo die Schlimmsten unter uns sich alle Mühe gaben, sich gegenseitig zu bestehlen. Trotz meines Mitgefühls für meine exilierten Landsleute spürte ich jedoch auch deutlich, dass unser Land wiedergeboren, dass das revolutionäre Feuer die Auswüchse der ausländischen Korruption ausbrennen würde. Statt Steuern zurückzuzahlen, würde die Revolution ihrer Philosophie folgen, den Reichen zu nehmen und den Armen zu geben, und so illegales Vermögen umverteilen. Was die Armen mit dem sozialistischen Beistand anfingen, war ihre Sache. Was mich anging, so verwandte ich meine kapitalistische Rückzahlung darauf, so viel Schnaps für Bon und mich zu kaufen, dass wir bis zur nächsten Woche in eine ungute Amnesie abtauchen konnten, was, wenn schon keine vorausschauende, so doch meine Entscheidung war, mein heiliges Recht als Amerikaner.

Der Major?, sagte ich, als Bon die Flaschen in die Tüten packte. Glaubst du wirklich, dass der ein Spion ist?

Woher soll ich das wissen? Ich bin nur das Frontschwein.

Du tust, was man dir sagt.

Genau wie du, Schlauberger. Und weil du so schlau bist, denk dir was aus. Du kennst dich hier besser aus als ich. Die Drecksarbeit kannst du dann mir überlassen. Hier, schau dir das an. Hinter der Theke unter der Kasse lag auf einem Gestell eine abgesägte doppelläufige Schrotflinte. Und, gefällt sie dir?

Wie bist du denn an die rangekommen?

Eine Waffe zu besorgen ist leichter als eine Wahlkarte oder einen Führerschein. Brauchst kein Wort Englisch zu können. Das Witzige ist, der Major hat das eingefädelt. Er spricht Chinesisch. Und ganz Chinatown ist voll mit chinesischen Gangs.

Eine Schrotflinte macht eine Riesensauerei.

Wir benutzen keine Schrotflinte, du Genie. Er öffnete eine Zigarrenkiste, die unter der Verkaufstheke auf einem Regalbrett stand. Darin lag eine stupsnasige 38er Special, der gleiche Revolver, den ich als Dienstwaffe gehabt hatte. Zierlich genug für dich?

Wieder war ich zum Opfer der Umstände geworden, und bald würde ich auf einen weiteren Mann treffen, der ebenfalls zum Opfer der Umstände geworden war. Die einzige Entschädigung für meine Schwermut war Bons Gesichtsausdruck. Zum ersten Mal seit einem Jahr wirkte er glücklich.

SECHSTES
KAPITEL

Die feierliche Eröffnung begann später am Nachmittag. Der unentwegt lächelnde General schüttelte den Gratulanten die Hand und plauderte zwanglos mit ihnen. Ein Hai darf nie aufhören zu schwimmen, und die Lippen eines Politikers – und das war der General inzwischen – müssen ständig in Bewegung bleiben. Die Wähler waren in diesem Fall Gefolgsleute, Soldaten, Freunde und alte Kollegen, ein Zug von etwa dreißig Männern mittleren Alters, die ich bis zu unserer Zeit in den Flüchtlingslagern auf Guam nur selten ohne Uniform gesehen hatte. Sie ein Jahr später in Zivil wiederzusehen bestätigte ihre Niederlage und überführte sie zahlreicher Vergehen am guten Stil. Sie spazierten in quietschenden Pennyloafern aus der Schnäppchenabteilung und in Billigkakis mit Bügelfalte herum oder trugen schlecht sitzende Anzüge, die es im Doppelpack beim Discounter gab, mit Krawatte, Einstecktuch und Socken als Gratiszugabe. Wirklich nötig gehabt hätten sie jedoch Eau de Cologne, von mir aus auch Marke Gigolo, das den olfaktorischen Beweis dafür verschleiert hätte, dass sich die Geschichte an ihnen gerieben hatte wie ein schadenfrohes Stinktier.

Jedenfalls war ich selbst dank Professor Hammers abgelegter Kleidung besser angezogen als die meisten dieser Männer, die rangmäßig über mir standen. Sein blauer Blazer mit den goldfarbenen Knöpfen und seine graue Flanellhose passten mir nach ein bisschen Schneiderhandwerk tadellos.

Derart elegant gekleidet, mischte ich mich unter die Männer, die ich alle aufgrund meiner Funktion als Adjutant des Generals kannte. Viele von ihnen hatten einst Artillerieeinheiten und Infanteriebataillone befehligt, doch heute war das Furchteinflößendste an ihnen ihr Stolz, ihr Mundgeruch und ihre Wagenschlüssel, sofern sie im Besitz eines Autos waren. Ich hatte allen Tratsch über diese bezwungenen Soldaten nach Paris berichtet und wusste, was sie für ihren Lebensunterhalt taten (oder auch nicht taten). Am erfolgreichsten war ein General, der für den Einsatz seiner Elitesoldaten bei der Ernte von Zimt berüchtigt gewesen war, auf dessen Vertrieb er das Monopol besessen hatte. Dieser Gewürzhändler führte nun das Kommando über eine Pizzeria. Ein Oberst, ein asthmatischer Quartiermeister, der sich bei einem Gespräch über Trockennahrung übertrieben aufregte, war Hausmeister. Ein schneidiger Major, der Kampfhubschrauber geflogen hatte, war jetzt Mechaniker. Ein grauhaariger Hauptmann, einst ein talentierter Guerillajäger: Imbisskoch. Ein abgestumpfter Leutnant, einziger Überlebender einer in einen Hinterhalt geratenen Kompanie: Lieferant. Und so weiter. Ein beachtlicher Prozentsatz dieser Männer lebte von Sozialhilfe und setzte Staub an, moderte in der abgestandenen Luft ihrer Sozialwohnungen vor sich hin, während ihre Hoden mit jedem Tag mehr schrumpften, aufgezehrt vom metastasierenden Krebs namens Assimilierung und anfällig für die Hypochondrie des Exils. In einer derartigen psychosomatischen Verfassung wurden alltägliche Beschwerden oder Zivilisationskrankheiten als tödlich eingestuft, Anzeichen westlicher Kontamination, übertragen von ihren labilen Frauen und Kindern. Die infizierten Kinder gaben Kontra, aber nicht in ihrer Muttersprache, sondern in der fremden Sprache, die sie schneller beherrschten als ihre Väter. Was die Frauen anging, sie waren gezwungen gewesen, sich Arbeit zu suchen, und hatten sich verwandelt, waren nicht mehr die reizenden Lotosblüten, als die die Männer sie kennengelernt hatten. Wie der maßlose Major sagte: In diesem Land, Hauptmann, braucht ein Mann keine Eier. Die Frauen haben selber welche.

Wie wahr, pflichtete ich ihm bei, hatte allerdings den Verdacht, dass der Major und die anderen Opfer einer Gehirnwäsche geworden waren. Dabei schienen sich ihre Erinnerungen verfärbt zu haben, denn sie unterschieden sich nun stets von meinen, jedenfalls hatte ich sie in Vietnam nie so liebevoll von ihren Frauen reden hören wie jetzt über deren altes Ich. Haben Sie je daran gedacht umzuziehen, Major? Vielleicht könnten Sie und Ihre Frau einen Neustart schaffen und Ihre Liebe wieder neu entfachen. Einfach weg von allem, was Sie an die Vergangenheit erinnert.

Aber was soll ich dann essen?, fragte er in vollem Ernst. Die chinesische Küche ist da am besten, wo wir leben.

Ich streckte die Hand aus und zog ihm die schiefe, zu seinen schiefen Zähnen passende Krawatte gerade. Also gut, Major. Ich lade Sie ein. Zeigen Sie mir, wo man gut Chinesisch essen kann.

Ist mir ein Vergnügen! Der maßlose Major strahlte. Er war ein Bonvivant, der das Essen liebte und die Freundschaft ehrte, in der neuen Welt ohne jeden Feind, abgesehen vom General. Warum hatte ich ihm gegenüber ausgerechnet den Namen des Majors erwähnt? Warum hatte ich ihm nicht einen genannt, dessen Verfehlungen mehr wogen als sein Fleisch, und nicht diesen Mann, dessen Fleisch mehr wog als seine Verfehlungen? Ich ließ den Major allein und bahnte mir einen Weg durch die Gästeschar zum General. Ich war bereit für einen politischen

Coup, wie er berechnender nicht sein konnte. Er stand mit Madame neben dem Chardonnay und Cabernet und wurde von einem Mann interviewt, dessen Mikrofon zwischen den beiden hin- und herzuckte wie ein Geigerzähler. Als Madame mich sah und ihr Lächeln noch ein paar Watt strahlender wurde, drehte der Mann sich um. Eine Kamera hing um seinen Hals, aus seiner Hemdtasche lugte ein Vierfarb-Drehkugelschreiber.

Es dauerte einen Augenblick, bis ich ihn wiedererkannte. Ich hatte Son Do, Spitzname Sonny, zuletzt 1969 gesehen, während meines Abschlussjahres in Amerika. Er war wie ich Stipendiat gewesen, eine Autostunde von mir entfernt, an einem College in Orange County. Dort war der Kriegsverbrecher Richard Nixon geboren worden, und dort lebte John Wayne. Die Gegend war so grauenvoll patriotisch, dass ich mich fragte, ob Agent Orange dort produziert oder zumindest nach diesem County benannt worden war. Sonny hatte Journalismus studiert, womit er unserem Land hätte nützlich sein können, wenn er nicht von derart subversiver Sorte gewesen wäre. Er trug die Rechtschaffenheit vor sich her wie einen Baseballschläger, jederzeit bereit, auf die Widersprüche seiner Gegner einzuschlagen wie auf fette Softbälle. Damals war er selbstbewusst gewesen, oder arrogant, je nach Standpunkt, ein Erbe seiner aristokratischen Abstammung. Sein Großvater war ein Mandarin, woran zu erinnern er nie müde wurde. Dieser Großvater schimpfte so unablässig und mit solcher Schärfe auf die Franzosen, dass sie ihn ohne Rückfahrkarte nach Tahiti einschifften, wo er sich angeblich mit dem syphilitischen Gauguin anfreundete und später entweder dem Denguefieber oder einer unheilbaren Spielart bösartigen Heimwehs erlag. Sonny erbte die unerschütterliche Überzeugung, die seinen ehrenwerten Großvater angespornt hatte, der sicher wie die meisten Männer mit unerschütterlichen Überzeugungen unausstehlich gewesen war. Wie ein knüppelharter Konservativer wusste Sonny alles besser oder glaubte dies zumindest, mit dem entscheidenden Unterschied, dass er keinen Hehl aus seiner linken Gesinnung machte. Er hatte die Antikriegsfraktion der vietnamesischen Auslandsstudenten angeführt, von denen sich eine Handvoll jeden Monat in einem sterilen Raum der Studentenvereinigung oder einer Privatwohnung traf und immer hitzigere Debatten führte, während das Essen kalt wurde. Ich besuchte diese Partys genauso wie die der ebenfalls kompakten Gruppe der Kriegsbefürworter. Die politische Tendenz war eine andere, aber ansonsten war alles gleich: das Essen, das verzehrt, die Lieder, die gesungen, die Witze, die gerissen, die Themen, die diskutiert wurden. Ungeachtet der politischen Gruppe, diese Studenten tranken alle vom bitteren Kelch der Einsamkeit und klammerten sich genauso Trost suchend aneinander wie die ehemaligen Offiziere im Schnapsladen, die die Körperwärme der Schicksalsgefährten suchten in einem Exil, so frostig, dass nicht einmal die Sonne Kaliforniens dagegen ankam.

Ich hatte gehört, dass du kommst, sagte Sonny, nahm meine Hand und lächelte mich aufrichtig an. Das mir nur allzu bekannte Selbstvertrauen strahlte ihm aus den Augen und verwandelte seine asketischen Züge und antiseptischen Lippen in ein attraktives Gesicht. Schön, dich wiederzusehen, alter Freund. Alter Freund? Das hatte ich anders in Erinnerung. Son, unterbrach Madame, hat uns für seine Zeitung interviewt. Ich bin der Herausgeber, sagte er und gab mir seine Visitenkarte. Das Interview erscheint in unserer ersten Ausgabe. Sprühend vor Zuversicht, nahm der General eine Flasche Chardonnay aus dem Regal. Als Zeichen unserer Anerkennung, mein junger Freund. Für Ihre Bemühungen und die Wiederbelebung der hohen Kunst, die die Vierte Gewalt in unserem neuen Land ausübt. Unwillkürlich erinnerte ich mich an die Journalisten, denen wir, wenn auch in einem Gefängnis, freie Unterkunft und Logis gewährt hatten, weil sie den Mächtigen etwas zu wahrheitsgetreu berichtet hatten. Vielleicht ging Sonny das Gleiche durch den Kopf, jedenfalls lehnte er die Flasche anfangs ab und nahm sie erst, als der General nachdrücklich darauf bestand. Ich hielt den Augenblick mit Sonnys klobiger Nikon für die Nachwelt fest. Sonny, flankiert vom General und Madame, umfasste den Bauch der Flasche, der General den Hals. Das muss auf die Titelseite, sagte der General zum Abschied.

Dann waren wir unter uns und tauschten Kurzfassungen darüber aus, wie es uns in den letzten Jahren ergangen war. Er war nach seinem Abschluss geblieben, weil er wusste, dass man ihm nach seiner Rückkehr einen Freiflug nach Poulo Condore spendieren würde, an die beschaulichen Strände und in die exklusiven Gefängnisse, die die Franzosen nach dem ihnen eigenen Geschmack nur für geladene Gäste gebaut hatten. Bis zu unserer Ankunft im letzten Jahr war Sonny Reporter für eine Zeitung in Orange County gewesen und hatte sich in einer Stadt niedergelassen, in der ich nie gewesen war, in Westminster oder, wie unsere Landsleute es aussprachen, *Wet-min-ter.* Nach Ankunft der Flüchtlinge hatte er, bewegt von unserer Notlage, die erste Zeitung in unserer Muttersprache gegründet, ein Versuch, uns mit Nachrichten zu versorgen, die uns zusammenschweißen sollten. Aber später mehr, mein Freund, sagte er und fasste mich an der Schulter. Ich habe noch einen anderen Termin. Treffen wir uns mal auf einen Kaffee? Unser Wiedersehen tut mir richtig gut. Verwirrt stimmte ich zu und gab ihm meine Nummer, dann verließ er den schon leerer werdenden Raum. Ich schaute mich nach dem maßlosen Major um, aber er war verschwunden. Außer ihm waren fast alle unsere Mitexilanten durch ihre Erfahrungen geschrumpft, entweder im buchstäblichen Sinn durch das bereits erwähnte Leid der Migration oder im übertragenen Sinn, weil sie von Amerikanern umgeben waren, die die Neuankömmlinge derart überragten, dass sie weder durch sie hindurch- noch auf sie herabschauten. Sie schauten einfach über sie hinweg. Bei Sonny war es anders. Er war nicht zu übersehen, aber aus anderen Gründen als früher in unseren Collegetagen. Ich konnte mich nicht erinnern, dass er liebenswürdig oder großmütig gewirkt hätte, wenn er mit der Faust auf den Tisch schlug und Tiraden losließ wie die vietnamesischen Auslandsstudenten im Paris der Zwanziger- und Dreißigerjahre, die Avantgarde unserer kommunistischen Revolution. Auch mein Verhalten hatte sich geändert, auf welche Weise blieb allerdings den Launen meines Gedächtnisses vorbehalten. Seine historischen Aufzeichnungen waren gelöscht. Als Student hatte ich zwar Tagebuch geführt, hatte aber vor meiner Rückkehr alles verbrannt, aus Angst, verräterische Hinweise auf meine wirklichen Anschauungen mit nach Hause zu bringen.

Eine Woche später ging ich mit dem maßlosen Major frühstücken. Die archaische Alltagsszene, die Walt Whitman sicher gern beschrieben hätte, stellte eine Momentaufnahme des neuen Amerika dar: heißer Reisbrei und Schmalzgebäck in einem Nudelrestaurant in Monterey Park, das voll besetzt war mit unerbittlich assimilationsfeindlichen Chinesen und ein paar anderen Asiaten unterschiedlicher Herkunft. Die orangenen Resopaltischplatten waren mit einer Fettschicht glasiert, darauf standen Blechkannen mit Chrysanthementee und angeschlagene Teetassen, die in Farbe und Struktur menschlichem Zahnschmelz glichen. Ich löffelte bedächtig mein Essen, während es der Major mit der undisziplinierten Begeisterung eines vom Essen verzückten Mannes in sich hineinschaufelte. Er kaute mit offenem Mund, gleichzeitig redete er und spuckte gelegentlich ein Reiskörnchen auf meine Backe, auf mein Augenlid oder in meine Essschale. Der Mann aß mit solchem Genuss, dass ich ihn in seiner Unschuld unwillkürlich liebte und bemitleidete.

Das sollte ein Informant sein? Kaum zu glauben. Oder so gerissen, dass er den perfekten Spitzel abgab. Wahrscheinlicher war, dass der vietnamesische Hang zur Verschwörungstheorie sich im Falle des Generals mit typisch amerikanischer Paranoia mischte. Nie hatte der maßlose Major ein besonderes Geschick für Täuschung, verdeckte Manöver oder politische Aktivitäten offenbart. In der Spezialeinheit zu Hause in Saigon war es seine Aufgabe gewesen, die Kommunikation in chinesischer Sprache zu analysieren und die Untergrundmanöver in Cholon im Auge zu behalten, wo die Nationale Befreiungsbewegung ein Netzwerk für politische Agitation, die Organisation von Terroranschlägen und den Schwarzmarkthandel aufgebaut hatte. Wichtiger: Er war meine Quelle für das beste chinesische Essen in Cholon, von herrschaftlichen Palästen, die spektakuläre Hochzeitsbankette anboten, bis zu den Essenskarren, die durch die ungepflasterten Straßen rumpelten, und den fliegenden Händlerinnen, die ihre Waren an einem wippenden Tragjoch über der Schulter trugen und ihre Stände auf den Gehwegen aufbauten. Und genauso war es auch in Kalifornien, er hatte mir den besten Reisbrei von ganz Los Angeles und Umgebung versprochen, und so aßen wir jetzt den zähflüssigen, seidenweichen Brei. Er war jetzt ein bemitleidenswerter Tankwart in Monterey Park, der schwarz bezahlt wurde, damit er seinen Anspruch auf Sozialhilfe nicht verlor. Seine Frau arbeitete als Näherin in einem Sweatshop und war von dem konzentrierten Starren auf das Puzzle der billigen Stickarbeiten schon kurzsichtig geworden. Mein Gott, die kann vielleicht reden, stöhnte er und beugte sich mit der vorwurfsvollen Mimik eines ungefütterten Hundes über seine leere Schale, wobei er mein unberührtes Schmalzgebäck im Blick behielt. Für alles gibt sie mir die Schuld. Warum sind wir nicht zu Hause geblieben? Was machen wir hier, wo wir noch ärmer sind als vorher? Warum haben wir Kinder bekommen, wenn wir sie nicht mal satt kriegen? Das habe ich vergessen, Ihnen zu erzählen, Hauptmann, meine Frau ist im Lager schwanger geworden. Zwillinge! Ist das zu fassen?

Mit schwerem Herz, aber in leichtfüßigem Ton gratulierte ich ihm. Er wusste es zu schätzen, als ich ihm mein Schmalzgebäck anbot. Wenigstens sind sie amerikanische Staatsbürger, sagte er, während er die Köstlichkeit aus Teig verspeiste. Spinat und Brokkoli. Das sind ihre amerikanischen Namen. Bis uns die Schwester danach fragte, hatten wir, ehrlich gesagt, gar nicht dran gedacht, ihnen amerikanische Namen zu geben. Ich bin in Panik geraten. Natürlich brauchten sie amerikanische Namen. Und was fällt einem da als Erstes ein? Spinat. Früher fand ich die Cartoons lustig, wo Popeye Spinat isst und auf der Stelle superstark wird. Keiner legt sich mit einem Jungen an, der Spinat isst. Den anderen Brokkoli zu nennen war dann nur logisch. Die Frau im Fernsehen sagt: Iss immer deinen Brokkoli, das ist mir wieder eingefallen. Gesundes Essen, nicht wie das, was ich so esse. Stark und gesund, genau das werden die Zwillinge. Das müssen sie auch. Das Land hier ist nichts für Schwächlinge oder Fettsäcke. Ich muss unbedingt auf Diät gehen. Doch, doch! Sie sind zu freundlich. Mir ist schon bewusst, dass ich dick bin. Das einzig Gute am Dicksein ist, außer dem Essen, jeder mag Dicke. Ja? Ja! Die Menschen lachen gern über Dicke, und sie haben Mitleid mit ihnen. Als ich mich bei der Tankstelle vorgestellt habe, war ich schweißgebadet, obwohl ich nur ein paar Straßen weit zu Fuß gegangen war. Die

Menschen sehen einen schwitzenden Dicken und empfinden Mitleid, wenn auch vermischt mit ein wenig Verachtung. Ich habe gelächelt, mit meinem Bauch gewackelt und dem Besitzer lachend meine Geschichte erzählt und dass ich einen Job bräuchte, und er hat mich auf der Stelle genommen. Er brauchte nur einen Grund, um mich einzustellen. Die Leute zum Lachen bringen und an ihr Mitleid appellieren, das klappt immer. Sehen Sie? In dieser Sekunde lächeln Sie und haben Mitleid mit mir. Sie brauchen nicht zu viel Mitleid zu haben. Meine Schicht ist gut, morgens um zehn rein, abends um acht wieder raus, sieben Tage die Woche, ich kann zu Fuß zur Arbeit gehen, und ich tue nichts, außer an der Kasse auf Knöpfe drücken. Klasse Job. Kommen Sie doch mal vorbei, ein paar Gratisliter Benzin sind drin. Ich bestehe darauf! Das ist das Mindeste, was ich für Sie tun kann, Sie haben uns immerhin zur Flucht verholfen, und ich habe mich nie anständig bei Ihnen bedankt. Außerdem ist das ein hartes Pflaster hier. Wir Vietnamesen müssen zusammenhalten.

Oh, du armer maßloser Major! An jenem Abend zu Hause schaute ich Bon dabei zu, wie er auf dem Couchtisch die 38er Special reinigte und ölte, sie dann mit sechs Kupferpatronen lud und auf das kleine Dekokissen legte, das mit dem Sofa geliefert worden war, ein kitschiges rotes Velourskissen voller Flecken, auf dem die Pistole ruhte wie ein Geschenk für einen abgesetzten König. Ich erschieße ihn durch das Kissen, sagte Bon und riss ein Bier auf. Geräuscharm. Fantastisch, sagte ich. Im Fernsehen wurde Richard Hedd zur Lage in Kambodscha interviewt. Sein englischer Akzent stand in scharfem Kontrast zum Bostoner Tonfall des Interviewers. Nachdem ich eine Minute zugeschaut hatte, fragte ich, Und wenn er gar kein Spion ist und wir den Falschen umbringen? Das wäre Mord. Bon nahm einen Schluck Bier. Erstens, sagte er, weiß der General bestimmt mehr als wir. Zweitens, wir morden nicht. Das ist ein Attentat. Deine Leute haben das dauernd gemacht. Drittens, es ist Krieg. Unschuldige Menschen werden getötet. Es ist nur Mord, wenn man weiß, dass das Opfer unschuldig ist. Und selbst dann ist es zwar eine Tragödie, aber kein Verbrechen.

Du hast dich gefreut, als der General dich gefragt hat, ob du das erledigen könntest, oder?

Ist das schlimm?, sagte er. Er stellte das Bier ab und nahm die 38er in die Hand. So wie manche Menschen zum Malen oder Schreiben geboren waren, so war er zum Schießen geboren. Eine Waffe in seiner Hand sah natürlich aus, ein Werkzeug, auf das ein Mann so stolz sein konnte wie auf einen Schraubenschlüssel. Ein Mann braucht ein Ziel, sagte er und betrachtete nachdenklich den Revolver in seiner Hand. Bevor ich Linh kennenlernte, hatte ich ein Ziel. Ich wollte Rache für meinen Vater. Dann habe ich mich verliebt, und Linh wurde wichtiger als mein Vater oder die Rache. Seit seinem Tod hatte ich nicht mehr geweint. Aber nach meiner Hochzeit weinte ich an seinem Grab, weil ich ihn da verraten hatte, wo es am meisten zählte, in meinem Herzen. Darüber bin ich bis zur Geburt von Duc nicht hinweggekommen. Er war anfangs einfach ein fremdartiges und hässliches kleines Ding. Ich habe mich gefragt, was nicht stimmt mit mir, warum ich meinen eigenen Sohn nicht lieben konnte. Dann wurde er immer größer, und eines Nachts fiel mir auf, wie perfekt geformt seine Finger und Zehen, seine Hände und Füße waren, Miniaturversionen von meinen. Zum ersten Mal in meinem Leben wusste ich, wie es ist, wenn einem ein Wunder geschieht. Selbst das Gefühl, verliebt zu sein, war nicht so, und ich erkannte, dass mein Vater mich so angeschaut haben musste. Er hatte mich geschaffen, und ich hatte Duc geschaffen. Die Natur, das Universum, Gott durchströmte uns. Da habe ich mich in meinen Sohn verliebt, da habe ich verstanden, wie unbedeutend ich war und wie wundervoll er und dass er eines Tages genau das Gleiche fühlen würde. Und ich erkannte auch, dass ich meinen Vater nicht verraten hatte. Mit meinem Jungen im Arm weinte ich wieder, weil ich wusste, dass ich endlich zum Mann geworden war. Was ich sagen will, warum ich dir das alles erzähle: Mein Leben hatte auf einmal eine Bedeutung. Es hatte ein Ziel. Jetzt nicht mehr. Ich war ein Sohn, ein Ehemann, ein Vater, ein Soldat, und jetzt bin ich nichts mehr davon. Ich bin kein Mann, und wenn ein Mann kein Mann mehr ist, dann ist er ein Niemand. Und es gibt nur einen Weg, um kein Niemand mehr zu sein: Er muss etwas tun. Ich kann mich also selbst töten oder jemand anderen töten. Kapiert?

Ich kapierte nicht nur, ich war erstaunt. Das war die längste Ansprache, die ich je von ihm gehört hatte. Seine Trauer, Wut und Verzweiflung hatten nicht nur sein Herz geöffnet, sondern auch seine Stimmbänder gelockert. Seine Worte hatten es sogar geschafft, ihn weniger hässlich zu machen, als er tatsächlich war, wenn nicht sogar attraktiv. Die Emotionen hatten die schroffen Züge seines Gesichts geglättet. Er war der einzige Mensch, den ich kannte, den nicht nur die Liebe tief bewegte, sondern auch die Aussicht, jemanden zu töten. Er war zwangsläufig ein Experte, ich war freiwillig ein Novize, auch wenn ich schon Gelegenheiten gehabt hatte. In unserem Land war das Töten eines Mannes – oder einer Frau oder eines Kindes – so leicht wie das Umblättern einer Seite der Morgenzeitung. Man brauchte nur einen Vorwand und ein Tatwerkzeug, und zu viele auf allen Seiten besaßen beides. Doch danach hatte ich kein Verlangen, ebenso wenig wie nach den verschiedenen Uniformen der Rechtfertigung, die ein Mann zur Tarnung anlegt – die Notwendigkeit, Gott, Vaterland, Ehre, Ideologie oder Kameraden zu verteidigen –, auch wenn jeder zuallerletzt eigentlich nur den empfindlichsten Teil seiner selbst schützt, nämlich die verschrumpelte Brieftasche, die er bei sich trägt. Diese Nullachtfünfzehn-Vorwände passen gut zu manchen Menschen, aber nicht zu mir.

Ich wollte den General davon überzeugen, dass der maßlose Major kein Spion war, allerdings würde es kaum genügen, ihm den Verdacht wieder auszureden, den ich ihm erst eingeredet hatte. Mehr noch, ich musste dem General beweisen, dass ich meinen scheinbaren Fehler auch korrigieren konnte und dass ich ein Mann der Tat war. Untätigkeit war keine Option, wie mir des Generals Haltung bei unserem nächsten Treffen in der Woche darauf klar machte. Er verdient es, sagte der General, widerlich besessen von dem unauslöschlichen Zeichen der Schuld, das er auf des Majors Stirn sah, dieses winzige Mal, mit dem ich den Tod des Majors besiegelt hatte. Aber nehmen Sie sich Zeit. Ich habe keine Eile. Operationen sollten geduldig und gewissenhaft durchgeführt werden. Er erklärte dies mit Nachdruck in dem Lagerraum, der die leidenschaftslose Atmosphäre einer Einsatzzentrale verströmte. Die Wände waren frisch dekoriert mit Karten, die unser kurvenreiches, schmal tailliertes, prachtvolles Heimatland ganz oder in einzelnen Teilen zeigten. Alle schwitzten unter Plastikfolie, neben allen hingen an Schnüren roten Filzstifte. Man erledigt so etwas besser langsam und gut als schnell und schlecht, sagte er. Ja, General, sagte ich. Ich hatte mir gedacht, dass …

Langweilen Sie mich nicht mit Einzelheiten. Sagen Sie mir einfach Bescheid, wenn es erledigt ist.

Damit war das Ableben des Majors beschlossene Sache. Nun blieb mir nur noch, eine glaubwürdige Geschichte zu entwerfen, in der weder mich noch den General die Schuld an seinem Tod treffen konnte. Ich musste nicht lange nachdenken, bis sich mir die nächste Gelegenheit aufdrängte. Womit wir es hier zu tun hatten, war die ganz normale amerikanische Tragödie, nur dass sie diesmal einem glücklosen Flüchtling widerfuhr.

Anlässlich Claudes unmittelbar bevorstehender Rückkehr nach Washington lud mich Professor Hammer am nächsten Samstag in sein Haus zum Abendessen ein. Der einzige andere Gast war der Freund des Professors, ein Doktorand an der UCLA, der an seiner Dissertation über die amerikanischen Schriftsteller im Paris der Zwanzigerjahre arbeitete. Stan war etwa so alt wie ich, hatte die weißen Zähne und blonden Haare eines Models aus einer Zahnpastawerbung, als junger Vater von ein paar bissfesten Jungs. Von der Homosexualität des Professors hatte Claude mir erzählt, bevor ich mich 1963 immatrikulierte. Ich wollte nicht, hatte Claude gesagt, dass Sie überrascht sind. Da ich noch nie einen Homosexuellen gesehen hatte, war ich neugierig darauf, wie er sich in seiner natürlichen Umgebung verhält, soll heißen, im Westen, da es im Osten anscheinend keine Homosexuellen gab. Zu meiner großen Enttäuschung war der Professor nicht anders als jeder andere, abgesehen von seiner scharfen Intelligenz und seinem makellosen Geschmack in allen Dingen, inklusive Stan und die Kunst des Kochens.

Das Drei-Gänge-Menü hatte der Professor selbst zubereitet – gemischter grüner Salat, Entenconfit mit Rosmarinkartoffeln, eine luftige Tarte Tatin – und wurde eingeläutet von Martinis, begleitet von Pinot Noir und abgerundet mit Single Malt Scotch. Serviert wurde im akribisch restaurierten Speisezimmer seines Craftsman-Bungalows in Pasadena. Alles, von den Vertikalschiebefenstern über den Art-déco-Kronleuchter bis zu den Messingbeschlägen der Einbauschränke, war entweder original aus dem frühen zwanzigsten Jahrhundert oder eine originalgetreue Reproduktion. Hin und wieder erhob sich der Professor vom Esstisch, nahm die Schallplatte vom Plattenteller und legte eine neue aus seiner umfangreichen Jazzsammlung auf. Beim Essen redeten wir über Bebop, den Roman des neunzehnten Jahrhunderts, die Dodgers und Amerikas anstehende Zweihundertjahrfeier. Danach begaben wir uns mit unserem Scotch ins Wohnzimmer mit dem wuchtigen Kamin aus Flusssteinen und den stattlichen, von klobigen Holzrahmen und Lederpolstern geprägten Möbeln im Mission-Stil. Eine Parade von Büchern jeder Größe, Dicke und Farbe bedeckte ganz individualistisch und so planlos wie in seinem Büro auf dem Campus die Wände. Derart umhegt von Briefen, Worten, Sätzen, Absätzen, Seiten, Kapiteln und Folianten wurde es ein angenehmer und auch denkwürdiger Abend, und zwar wegen des Gesprächs, das sich entwickelte, nachdem wir uns gesetzt hatten. In einem Anflug von Nostalgie, vielleicht angeregt von der Literatur ringsum, sagte der Professor: Ich erinnere mich noch an Ihre Arbeit über *Der stille Amerikaner.* Das war eine der besten Bachelor-Abschlussarbeiten, die ich je gelesen habe. Ich lächelte schüchtern und bedankte mich, während Claude, der neben mir auf dem Sofa saß, die Nase rümpfte. Ich konnte mit dem Buch nicht viel anfangen. Das vietnamesische Mädchen macht die ganze Zeit nichts anderes, als die Opiumpfeife stopfen, sich Bilderbücher anschauen und zwitschern wie ein Vogel. Haben Sie je so ein vietnamesisches Mädchen kennengelernt? Wenn ja, bitte, stellen Sie mich vor. Ich kenne nur solche, die weder im Bett noch außerhalb ihren Mund halten können.

Oh, Claude, sagte der Professor.

Nichts oh, Claude. Nimm's mir nicht übel, Avery, aber ich habe den Verdacht, unser amerikanischer Freund in dem Buch ist latent homomosexuell.

Es braucht einen Dieb, um einen Dieb zu fangen, sagte Stan.

Wo haben Sie das denn her? Von Noël Coward? Herrgott noch mal, der Kerl heißt Pyle. Wie viele Witze fallen einem zu so einem Namen ein? Außerdem ist es ein prokommunistisches Buch. Oder zumindest ein antiamerikanisches. Ist sowieso das Gleiche. Claude machte eine ausladende Handbewegung, die die Bücher, die Möbel, das Wohnzimmer, vermutlich das ganze gut eingerichtete Haus umfasste. Kaum zu glauben, dass er mal Kommunist war, oder?

Stan?, sagte ich.

Nein, nicht Stan. Oder, Stan, waren Sie? Nein, denke nicht.

Damit blieb nur noch der Professor übrig, der mit den Schultern zuckte, als ich ihn anschaute. Ich war so alt wie du, sagte er und legte seinen Arm um Stans Schultern. Ich war leicht zu beeindrucken, ich war leidenschaftlich, ich wollte die Welt verändern. Wie so viele andere hat der Kommunismus auch mich verführt.

Jetzt ist er der Verführer, sagte Stan und drückte dem Professor die Hand, ein Anblick, bei dem ich mich innerlich ein klein bisschen wand. Für mich war der Professor der wandelnde Intellekt, dass er auch einen Körper hat, verursachte mir noch immer Unbehagen.

Haben Sie es je bereut, ein Kommunist gewesen zu sein, Professor?

Nein, überhaupt nicht. Dieser Fehler hat mich zu dem gemacht, was ich heute bin.

Und was ist das, Sir?

Er lächelte. Sie könnten mich einen wiedergeborenen Amerikaner nennen. Das hat schon etwas Ironisches, aber eins hat mich die blutige Geschichte der letzten Jahrzehnte gelehrt. Die Verteidigung der Freiheit erfordert eine Stärke, über die nur Amerika verfügt. Sogar was wir an unserem College tun, ist dieser Bestimmung untergeordnet. Wir lehren das Beste von allem, was gedacht und geschrieben wurde, nicht nur, um der Welt Amerika zu erklären, wozu ich Sie immer ermuntert habe, sondern um es zu verteidigen.

Ich nippte an meinem Scotch. Er war rauchig und geschmeidig, schmeckte nach Torf und abgelagerter Eiche, mit einer Note Lakritz und einer diffusen Essenz schottischer Männlichkeit. Ich hielt es mit dem Scotch wie mit der Wahrheit: Am liebsten trank ich ihn pur. Unglücklicherweise war die reine Wahrheit so teuer wie achtzehnjähriger Single Malt Scotch. Was ist mit denen, die vom Besten, was je gedacht und geschrieben wurde, noch nie gehört haben?, fragte ich den Professor. Wenn wir sie nicht unterrichten können oder sie sich nicht unterrichten lassen?

Der Professor blickte nachdenklich in die kupferfarbenen Untiefen seines Drinks. Ich nehme an, dass Sie und Claude in Ihrem Metier öfter mit diesem Typ zu tun hatten, als Ihnen lieb war. Darauf gibt es keine einfache Antwort, außer vielleicht die, dass das schon immer so gewesen ist. Seit der erste Höhlenmensch das Feuer entdeckte und entschied, dass alle, die noch in Dunkelheit leben, auch geistig umnachtet seien, heißt es Zivilisation gegen Barbarei … und jede Zeit hatte ihre eigenen Barbaren.

Nichts war klarer definiert als der Kampf Zivilisation versus Barbarei, aber wozu gehörte die Tötung des maßlosen Majors? War sie ein simpler Akt der Barbarei, oder beförderte sie auf komplexere Weise die revolutionäre Zivilisation? Es musste Letzteres sein, ein widersprüchlicher Akt, der in unsere Zeit passte. Wir Marxisten glauben, dass der Kapitalismus Widersprüche erzeugt und daran zerbrechen wird, aber nur wenn die Menschen handeln. Aber nicht nur der Kapitalismus war widersprüchlich. Wie Hegel sagte, tragisch war nicht der Konflikt zwischen richtig und falsch, sondern zwischen richtig und richtig, ein Dilemma, dem niemand entkommen konnte, der Geschichte mitbestimmen wollte. Der Major hatte das Recht zu leben, aber ich hatte recht, ihn zu töten. Oder nicht? Als Claude und ich das Haus des Professors kurz vor Mitternacht verließen, war ich drauf und dran, ihn auf meinen Gewissenskonflikt anzusprechen. Als wir auf dem Gehweg zum Abschied noch eine Zigarette rauchten, stellte ich ihm die Frage, die mir wahrscheinlich meine Mutter gestellt hätte: Was, wenn er unschuldig ist?

Er blies einen Rauchring in die Luft, nur um mir zu zeigen, dass er es konnte. Niemand ist unschuldig. Besonders in unserem Geschäft. Er könnte auch Blut an den Händen gehabt haben, oder? Er hat Sympathisanten des Vietcong identifiziert. Dabei könnte er auch mal den Falschen erwischt haben. Ist schon vorgekommen. Oder was, wenn er eben selbst ein Sympathisant ist, dann hat er sicher die Falschen identifiziert. Vorsätzlich.

Darüber habe ich nie etwas Konkretes gehört.

Schuld und Unschuld. Das sind kosmische Themen. Wir sind alle auf einer Ebene unschuldig und auf einer anderen schuldig. Darum geht es doch bei der Erbsünde, oder?

Das ist wahr, sagte ich. Wir gaben uns zum Abschied die Hand. Die Erörterung moralischer Zweifel war so langweilig wie die Erörterung von Familienstreitigkeiten, außer die direkt Betroffenen interessierte das keinen Menschen. In diesem Fall war eindeutig ich betroffen, abgesehen vom maßlosen Major, um dessen Meinung sich aber keiner scherte. Claude hatte mir Absolution angeboten oder zumindest eine Ausrede, aber ich hatte nicht den Mumm, ihm zu sagen, dass ich damit nichts anfangen konnte. Die Erbsünde erschien jemandem wie mir, dessen Vater sich bei jeder Messe darüber ausließ, schlicht nicht sündhaft genug.

Am nächsten Abend begann ich damit, den Major auszukundschaften. An jenem Sonntag und den fünf folgenden von Mai bis Ende Juni parkte ich meinen Wagen einen halben Block von der Tankstelle entfernt und wartete, bis der maßlose Major um acht Uhr seinen Arbeitsplatz verließ und mit der Lunchbox in der Hand langsam nach Hause ging. Wenn er um die Ecke gebogen war, ließ ich den Motor an, fuhr bis zur Ecke, hielt wieder an und beobachtete, wie er den ersten Block entlangging. Er wohnte drei Blocks entfernt, eine Distanz, die ein schlanker, gesunder Mann mit flottem Gang in fünf Minuten zurücklegte. Der maßlose Major brauchte etwa elf. Ich folgte ihm mit mindestens einem Block Abstand. Wie eine Wildente auf Vogelzug wich er nie von dieser Routine ab. An allen sechs Sonntagen ging er durch ein Viertel mit Wohnungen, die vor Langeweile zu sterben schienen. Die winzige Wohnung des Majors lag in einem Mehrfamilienhaus, vor dem sich ein Carport mit vier Parkplätzen befand. Einer war leer, auf den drei anderen standen Autos, deren verbeulte Hecks aussahen wie die schlaffen Hinterteile von alten Busfahrern. Die zwei Wohnungen im ersten Stock ragten über den Carport zur Straße vor und boten den Autos Schatten. Um 20:11 Uhr waren die beiden Schlafzimmerfenster dieser Wohnungen zwar geöffnet wie missmutig dreinblickende Augen, aber die Vorhänge waren zugezogen. Nur hinter einem brannte Licht. An den beiden ersten Sonntagen parkte ich an der Ecke und beobachtete, wie er in den Carport einbog und verschwand. Am dritten und vierten Sonntag folgte ich ihm nicht von der Tankstelle aus, sondern fuhr schon vorher an seiner Wohnung vorbei und parkte einen halben Block weiter. Von dort beobachtete ich im Rückspiegel, wie er einen Weg betrat, der im Schatten des Carports zu den Erdgeschosswohnungen führte. Sobald er an diesen vier Sonntagen aus meinem Blickfeld verschwunden war, fuhr ich nach Hause. Am fünften und sechsten Sonntag blieb ich im Wagen sitzen und wartete. Es war schon nach zehn, als der Wagen auftauchte, dem der vierte Stellplatz gehörte. Er war so alt und ramponiert wie die anderen, der Fahrer ein müde aussehender Chinese in einem verschmierten Kochkittel und mit einer fettigen Papiertüte in der Hand.

Am Samstag vor unserer Verabredung mit dem maßlosen Major fuhren Bon und ich nach Chinatown. In einer Gasse abseits des Broadway, in der Händler auf Klapptischen ihre Waren feilboten, kauften wir UCLA-Sweatshirts und Baseballkappen zu Preisen, die nahelegten, dass sie keine Markenware waren. Nach dem Mittagessen, gegrilltes Schweinefleisch mit Nudeln, stöberten wir in einem Souvenirladen, wo alle Arten von Orientalia verkauft wurden, vor allem an Nichtorientalen. Chinesische Schachspiele, Essstäbchen aus Holz, Papierlaternen, Specksteinbuddhas, Miniaturspringbrunnen, Elefantenstoßzähne mit kunstvollen Schnitzereien idyllischer Landschaften, Reproduktionen von Ming-Vasen, Untersetzer mit Bildern der Verbotenen Stadt, Gumminunchakus im Paket mit Bruce-Lee-Postern, Rollen mit Aquarellen von wolkenverhangenen Bergwäldern, Dosen mit Tee und Ginseng und nicht zuletzt rote Feuerwerkskörper. Ich kaufte zwei Schachteln und später, bevor wir nach Hause fuhren, auf einem Markt noch ein Netz Orangen, deren Nabel unanständig hervorquollen.

Später am Abend, es war schon dunkel, machten Bon und ich uns noch einmal auf den Weg. Wir hatten beide einen Schraubenzieher in der Tasche, fuhren durch die Gegend und suchten nach einem Carport wie dem vor der Wohnung des maßlosen Majors. Wir hielten schließlich an einem, der von keinem der Fenster in den Nachbarwohnungen eingesehen werden konnte. Wir brauchten keine dreißig Sekunden, um von einem Wagen die Nummernschilder abzuschrauben, Bon die vorderen, ich die hinteren. Dann fuhren wir wieder nach Hause und schauten fern, bis es Zeit war, ins Bett zu gehen. Bon schlief sofort ein, aber ich konnte nicht schlafen. Unser Ausflug nach Chinatown erinnerte mich an einen Vorfall, in den der maßlose Major und ich vor Jahren in Cholon verwickelt gewesen waren. Es handelte sich um die Festnahme eines Vietcong-Verdächtigen, der von der Spitze unserer grauen ans Ende unserer schwarzen Liste aufgestiegen war. Den Mann hatten genügend Leute als Vietcong denunziert, dass wir ihn ausschalten konnten. Sagte jedenfalls der Major, als er mir das dicke Dossier zeigte, das er zusammengestellt hatte. Offizieller Beruf: Reisweinhändler. Inoffizieller Beruf: Casinobetreiber. Hobby: Vietcong-Steuereintreiber. Wir riegelten den Bezirk mit Straßensperren ab und schickten Fußstreifen in die Gassen. Während nachgeordnete Einheiten Ausweiskontrollen durchführten, um Leute aufzuspüren, die sich vor dem Militärdienst drückten, drangen die Männer des Majors in den Laden des Reisweinhändlers ein, stießen seine Frau beiseite und stürzten in den Lagerraum, wo sie den Hebel für eine Geheimtür fanden. Es wurde Craps und Karten gespielt, Kellnerinnen in skandalösem Outfit servierten Reiswein und Suppe gratis. Als die Spieler und Angestellten die Polizisten durch die Tür stürmen sahen, machten sie sich sofort Richtung Hintertür davon, hinter der allerdings ein Trupp von unseren harten Burschen auf sie wartete. Es folgte der übliche Tumult, ausgelöst von Schlagstöcken und Handschellen, begleitet von Geschrei und Gekreische, bis schließlich nur noch der maßlose Major, ich selbst und zu meiner Überraschung der Verdächtige übrig waren. Ich hatte Man vorab über die Razzia informiert und hatte nie damit gerechnet, den Steuereintreiber selbst hier anzutreffen.

Ich ein VC?, schrie der Mann und fuchtelte mit den Händen herum. Blödsinn! Ich bin Geschäftsmann!

Und ein sehr guter, sagte der Major und hob eine Mülltüte prallvoll mit Bargeld in die Höhe.

Okay, okay, Sie haben mich erwischt, sagte der Mann mit kläglicher Stimme. Er hatte einen Überbiss und ein Muttermal, so groß wie eine Murmel, auf seiner Backe, aus dem drei lange Haare sprossen, was eigentlich Glück bringen soll. Nehmen Sie das Geld, es gehört Ihnen. Natürlich trage ich gern meinen Anteil zur Arbeit der Polizei bei.

Das ist eine Beleidigung, sagte der Major und pikste ihm mit seinem Schlagstock in den Bauch. Das ist nicht für uns, das geht an die Regierung, damit werden Ihre Geldbußen und Steuerschulden beglichen. Richtig, Hauptmann?

Richtig, sagte ich, der in dieser Nummer den Dummen gab.

Aber was die zukünftigen Steuern angeht, das ist eine andere Geschichte. Richtig, Hauptmann?

Richtig. Ich konnte nichts für den Steuereintreiber tun. Er verbrachte eine Woche im Verhörzentrum und wurde grün und blau sowie rot und gelb geschlagen. Am Ende waren unsere Leute davon überzeugt, dass er kein VC-Funktionär war. Der Beweis war unumstößlich, er traf in Form einer beträchtlichen Bestechungssumme ein, die die Frau des Mannes dem maßlosen Major überreichte. Da habe ich mich wohl geirrt, sagte er vergnügt und gab mir das Kuvert mit meinem Anteil. Es entsprach einem Jahresgehalt, wovon ich aber, um die Höhe der Summe ins rechte Licht zu rücken, eigentlich kein Jahr leben konnte. Hätte ich das Geld abgelehnt, hätte ich mich verdächtig gemacht, also nahm ich es. Ich war versucht, es einem wohltätigen Zweck zuzuführen, sprich, der Unterstützung wunderschöner junger Frauen, die der Armut anheimgefallen waren, aber dann erinnerte ich mich an die Sinnsprüche Ho Chi Minhs und an das, was mein Vater zwar nicht tat, aber sagte. Für Onkel Ho wie für Jesus war klar, dass Geld korrumpierte, von den Kapitalisten, die die Kolonie ausbeuteten, bis zu den Geldverleihern, die den Tempel entweihten, ganz zu schweigen von Judas und seinen dreißig Silberlingen. Also zahlte ich für die Verfehlung des Majors, indem ich das Geld der Revolution spendete. In der Basilika gab ich es Man. Da siehst du, wogegen wir kämpfen, sagte er. *Heilige Maria, Mutter Gottes, bitte für uns Sünder,* sangen die Witwen in leierndem Tonfall. Und deshalb werden wir gewinnen, sagte Man. Unsere Feinde sind korrupt. Wir nicht. Warum ich das alles erwähne? Um zu zeigen, dass der maßlose Major so sündhaft war, wie Claude annahm. Vielleicht hatte er sogar Schlimmeres getan, als einfach nur Geld zu erpressen. Wenn ja, dann hob ihn das allerdings in Sachen Korruption nicht über den Durchschnitt hinaus. Damit war er Durchschnitt.

Am nächsten Abend saßen wir um halb acht ein Stück von der Tankstelle entfernt im Wagen. Wir trugen die UCLA-Sweatshirts und die Baseballkappen. Sollten wir jemandem auffallen, so würden sie hoffentlich nur UCLA-Studenten sehen. Die gestohlenen Nummernschilder waren angeschraubt, die echten lagen im Handschuhfach. Alles, was von uns ablenkte, würde für uns von Vorteil sein, vor allem das, was wir nicht selbst steuerten, was ich aber bereits eingeplant hatte. Ich hatte das Seitenfenster heruntergekurbelt, sodass wir das entfernte Krachen des Feuerwerks in der Stadt genauso hören konnten wie das gelegentliche *Klack-klack* kleiner Schusswaffen, die manche zur Feier ihrer eigenen Unabhängigkeit abfeuerten. Irgendwo in der Nachbarschaft zündeten die Menschen kleinere, illegale Feuerwerkskörper und Cherry Bombs, jagten gelegentlich eine Rakete in den Himmel oder brannten mit Chinaböllern bestückte Munitionsgürtel ab. Wir warteten auf den Major. Bon war angespannt, seine Kinnladen waren verkrampft und die Schultern hochgezogen. Ich durfte das Radio nicht anmachen. Böse Erinnerungen?, fragte ich. Ja. Eine Zeit lang sagte er kein Wort mehr, wir behielten nur die Tankstelle im Auge. Zwei Autos fuhren hinein, tankten, fuhren wieder davon. Etwas außerhalb von Sa Dec trat der Späher auf eine Bouncing Betty. Ein Klacken, als sie hochhüpfte. Dann ein lauter Knall. Ich war zwei Mann hinter ihm, habe nicht einen Kratzer abbekommen. Aber ihm hat es die Eier weggeblasen. Das Schlimmste war, das arme Schwein hatte überlebt.

Ich brummelte mitleidig und schüttelte den Kopf, mehr nicht. Kastration war etwas Unaussprechliches. Wir sahen zwei weitere Wagen tanken. Es gab nur eine einzige Gunst, die ich dem maßlosen Major erweisen konnte. Ich will nicht, dass er leidet, sagte ich.

Der merkt gar nichts.

Um acht verließ der maßlose Major die Tankstelle. Ich wartete, bis er um die Ecke gebogen war, dann ließ ich den Motor an. Wir fuhren auf einer anderen Route zu seiner Wohnung, damit wir ihn nicht überholen mussten. Der vierte Parkplatz war frei. Ich fuhr hinein, hielt an, schaute auf meine Uhr. Drei Minuten, noch acht, bis der Major kam. Bon nahm den Revolver aus dem Handschuhfach und kontrollierte noch einmal, ob die Patronen in der Trommel steckten. Dann ließ er die Trommel wieder einrasten und legte die Waffe auf das rote Velourskissen in seinem Schoß. Ich schaute die Waffe und das Kissen an und sagte: Und wenn von dem Füllmaterial was an ihm hängen bleibt? Oder Fetzen von der Hülle? Die Polizei wird sich fragen, was das ist.

Er zuckte mit den Achseln. Dann eben kein Kissen. Macht dann aber Lärm.

Irgendwo in der Straße brannte jemand eine Kette Chinaböller ab, genau die gleichen, mit denen ich als kleiner Junge beim Neujahrsfest immer einen Riesenspaß gehabt hatte. Meine Mutter zündete die lange rote Schnur an, ich steckte mir die Finger in die Ohren, und zusammen kreischten wir dann los und schauten auf dem kleinen Gartenstück neben unserer Hütte der verzückt lodernden Schlange dabei zu, wie sie sich hin und her hüpfend vom Schwanz bis zum Kopf oder vielleicht auch vom Kopf bis zum Schwanz selbst auffraß.

Nur ein Schuss, sagte ich, nachdem die Knaller verstummt waren. Bei dem Krach kommt keiner raus und schaut nach, was da passiert ist.

Er schaute auf seine Uhr. Okay, dann los.

Er zog Latexhandschuhe an und streifte sich die Sneaker von den Füßen. Ich öffnete die Wagentür, stieg aus, schloss sie leise und nahm meine Position am anderen Ende des Carports ein, neben dem Weg, der vom Gehsteig zu den Wohnungsbriefkästen und daran vorbei zu den beiden Erdgeschosswohnungen führte. Der Eingang der ersten befand sich etwa drei Meter hinter den Briefkästen. Ich schob den Kopf um die Ecke und sah, dass hinter den zugezogenen Vorhängen des Wohnzimmerfensters Licht brannte. Die andere Seite des Weges begrenzte ein hoher Holzzaun, hinter dem ein identisches Mehrfamilienhaus aufragte. Die Hälfte der Fenster des Nachbarhauses gehörte zu Badezimmern, die andere Hälfte zu Schlafzimmern. Jeder, der aus einem der Fenster im ersten Stock schaute, konnte den Weg zur Wohnung sehen, aber nicht in den Carport.

Bon ging in Socken zwischen die beiden Wagen, die dem Weg am nächsten waren, und bezog dort Position. Er kniete sich auf den Boden und duckte sich unter die Fenster. Ich schaute auf meine Uhr: 20:07. In der Hand hielt ich eine Plastiktüte, auf der ein strahlendes gelbes Gesicht und das Wort

DANKE! zu sehen waren. In der Tüte befanden sich die Knallkörper und die Orangen. Bist du sicher, dass du das tun willst?, sagte meine Mutter. Es ist zu spät, Mama. Ich weiß mir nicht anders zu helfen.

Ich hatte gerade eine Zigarette halb fertig geraucht, als der Major zum letzten Mal den Carport betrat. Hey. Ein verwirrtes Lächeln erschien auf seinem Gesicht. In einer Hand hielt er die Lunchbox. Was machen Sie hier? Ich zwang mich, sein Lächeln zu erwidern, hob die Plastiktüte hoch und sagte: Ich war gerade in der Gegend, da dachte ich, ich könnte Ihnen das eben vorbeibringen.

Was ist das? Er war nur noch ein paar Meter von mir entfernt.

Ein Geschenk zum Unabhängigkeitstag. Bon tauchte hinter dem Wagen auf, neben dem der Major auf mich zuging, aber ich schaute weiter den Major an. Er war keinen Meter mehr von mir entfernt, als er sagte: Macht man sich am Unabhängigkeitstag Geschenke?

Er wirkte immer noch verwirrt. Als ich ihm mit beiden Händen die Tüte hinhielt, beugte er sich vor und schaute hinein. In seinem Rücken näherte sich Bon, geräuschlos auf Socken, mit dem Revolver in der Hand. Das war aber nicht nötig, sagte der Major. Er nahm die Tüte mit der freien Hand, was für Bon das Signal war zu schießen. Aber statt auf den Abzug zu drücken, sagte er: Hey, Major.

Der Major drehte sich um. Er hielt das Geschenk in der einen, die Lunchbox in der anderen Hand. Ich trat auf die Seite, hörte, dass er etwas sagen wollte, als er Bon sah, dann schoss Bon. Der Knall hallte im Carport wider. Er schmerzte in meinen Ohren. Als der Kopf auf den Asphalt aufschlug, knackte der Schädel. Wenn die Kugel ihn nicht getötet hatte, dann wahrscheinlich der Aufprall. Er lag flach auf dem Rücken, das dritte Auge in der Mitte der Stirn weinte Blut. Na los, zischte Bon und steckte sich die Waffe in den Hosenbund. Er kniete sich hin und drehte den Major auf die Seite, ich beugte mich über den Körper und nahm die Plastiktüte, deren strahlendes gelbes Gesicht mit Blut besprenkelt war. Der offene Mund des Majors formte noch sein letztes Wort. Bon zog die Brieftasche aus der Gesäßtasche des Majors, stand auf und schob mich zum Wagen. Ich schaute auf meine Uhr: 20:13.

Ich fuhr aus dem Carport. Ein Gefühl der Taubheit befiel mich, vom Gehirn über die Augäpfel bis in die Finger- und Zehenspitzen. Ich dachte, er merkt nichts, sagte ich. Ich habe es einfach nicht über mich gebracht, ihm in den Rücken zu schießen, sagte er. Keine Sorge. Er hat nichts gespürt. Ich machte mir keine Sorgen, ob der maßlose Major etwas hätte spüren können. Ich machte mir Sorgen, dass ich etwas spüren könnte. Dann sagten wir nichts mehr. Unterwegs hielten wir in einer Gasse an und wechselten die Nummernschilder wieder aus. Dann fuhren wir nach Hause. Als ich meine Sneaker auszog, sah ich auf den weißen Spitzen ein paar Blutspritzer. Ich ging in die Küche und wischte sie mit einem nassen Papiertuch ab. Dann griff ich nach dem Telefon, das an der Wand neben dem Kühlschrank hing, an dessen Tür das Blatt Papier mit den zwei Spalten meines zerrissenen Ichs klebte. Ich wählte die Nummer des Generals. Er hob beim zweiten Klingeln ab. Ja?, sagte er. Alles erledigt. Es entstand eine Pause. Gut. Ich hängte auf. Als ich mit zwei Gläsern und einer Flasche Roggenwhiskey ins Wohnzimmer kam, saß Bon vor dem Couchtisch, auf dem der Inhalt der Brieftasche des Majors ausgebreitet war. Was machen wir damit?, fragte Bon. Auf dem Tisch lagen die Sozialversicherungskarte, der Ausweis des Bundesstaates Kalifornien (kein Führerschein, er hatte kein Auto), ein Stapel Quittungen, zweiundzwanzig Dollar, eine Handvoll Kleingeld und einige

Fotos. Ein Schwarz-Weiß-Foto zeigte ihn und seine Frau am Hochzeitstag, sehr jung, westlich gekleidet. Er war schon damals fett gewesen. Auf einem Farbfoto waren seine Zwillinge zu sehen, erst ein paar Wochen alt, geschlechtslos und verschrumpelt. Verbrennen, sagte ich. Die Brieftasche würde ich morgen zusammen mit den Nummernschildern, der Plastiktüte und der Asche entsorgen.

Als ich ihm sein Glas Whiskey reichte, sah ich den roten Kratzer an seiner Hand. Auf den Major, sagte Bon. Der medizinische Geschmack des Roggenwhiskeys war so grässlich, dass wir ein zweites Glas brauchten, um ihn hinunterzuspülen, dann ein drittes und so weiter, und die ganze Zeit schauten wir uns im Fernsehen die Sondersendungen an, die den Geburtstag der Nation feierten. Das war nicht irgendein Geburtstag, sondern der zweihundertste einer großen, bulligen Nation, noch ein bisschen benommen von den jüngsten Exkursionen ins Ausland, aber schon wieder auf den Beinen und bereit für den nächsten Schlag. Das jedenfalls verkündeten die Politplapperer. Dann aßen wir drei Orangen und gingen ins Bett. Ich legte mich in meine Koje und schloss die Augen, stieß mich an meinen Gedanken wie an umgestellten Möbeln und erschauerte. Ich öffnete die Augen wieder, aber das änderte auch nichts. Ob meine Augen offen oder geschlossen waren, da war immer das dritte Auge des Majors, das weinte, weil es in mich hineinsehen konnte.

SIEBTES KAPITEL

Ich gestehe, Kommandant, dass mich im Gegensatz zu Ihnen der Tod des Majors außerordentlich quälte. Er war ein vergleichsweise unschuldiger Mann, und mehr kann man in dieser Welt kaum von jemandem erwarten. In Saigon hatte ich die wöchentlichen Treffen in der Basilika mit Man, mit dem ich über meine Zweifel sprechen konnte, aber hier war ich mit mir, meinen Taten und meinen Überzeugungen allein. Ich wusste, was Man zu mir sagen würde, aber ich brauchte ihn, einfach um es noch einmal zu hören, so wie bei anderen Gelegenheiten, wie damals, als ich ihm eine Filmpatrone mit den Plänen für den Hubschrauberangriff eines Ranger-Bataillons übergeben hatte. Wegen mir sterben unschuldige Männer, oder? Natürlich sterben Männer, sagte Man, der neben mir in der Kirchenbank kniete und seine Worte hinter gefalteten Händen verbarg. Aber sie sind nicht unschuldig. Genauso wenig wie wir, mein Freund. Wir sind Revolutionäre, und Revolutionäre können nie unschuldig sein. Wir wissen zu viel, und wir haben zu viel getan.

Ich schauderte in der feuchten Luft der Basilika, und die Witwen sangen in leierndem Tonfall. *Wie es war im Anfang, so auch jetzt und allezeit und in Ewigkeit. Amen.* Manche mögen meinen, das Feuer der Revolution würde in tropischen Ländern stärker brennen und ihren Anhängern mehr Wärme spenden.

Doch atmet sie auch hier den kalten Hauch des Kalküls. Es kann also kaum überraschen, dass es Revolutionäre manchmal lieber heiß mögen. Als ich also nicht lange nach dem Tod des maßlosen Majors zu einer Hochzeit eingeladen wurde, sagte ich begeistert zu. Sofia Mori war meine neugierige Begleitung bei dem Empfang zu Ehren eines Paares, das ich erst begrüßen konnte, nachdem ich seinen Namen auf der Einladungskarte nachgeschaut hatte. Der Vater der Braut war ein legendärer Oberst der Marineinfanterie, dessen Bataillon in der Schlacht um Hue ohne amerikanische Unterstützung ein NVA-Regiment zurückschlug, und der Vater des Bräutigams war der Vizepräsident der Saigoner Niederlassung der Bank of America. Seine Familie war mit einem von der Bank of America gecharterten Jet aus Saigon geflohen und war so der Entwürdigung, die die Flüchtlingslager mit sich brachten, entgangen. Das neben der Aura von natürlicher Würde Markanteste am Vizepräsidenten war sein Clark-Gable-Bärtchen, ein bevorzugtes Accessoire von Männern aus dem Süden, die sich für weltläufige Playboys hielten. Ich war eingeladen worden, weil ich dem Mann als Adjutant des Generals einige Male in Saigon begegnet war. Die Entfernung unseres Tisches von der Bühne – welche sehr groß war – kennzeichnete meinen Status. Wir saßen in der Nähe der Toiletten, und nur die Tische für die Kinder und die Band bildeten einen Puffer zwischen uns und dem Geruch nach Desinfektionsmitteln. Unsere Tischgesellschaft bestand aus ein paar rangniederen Ex-Offizieren, zwei Bankern aus der mittleren Managementebene, die einige Etagen tiefer bei Bank-of-America-Filialen untergekommen waren, einem angeheirateten, aber nach Inzucht aussehenden Verwandten und deren Frauen. In Notzeiten hätte man mich keines Platzes für würdig erachtet, aber inzwischen waren wir schon über ein Jahr im amerikanischen Exil, und für manche hatten wieder fette Jahre begonnen. Das chinesische Restaurant lag in Westminster, wo sich die Familie des Mannes mit dem Clark-Gable-Bärtchen in einem nach Vorort ausschauenden Einfamilienhaus niedergelassen hatte, im Vergleich zu seiner Villa in Saigon ein ziemlicher Abstieg, aber weit über den Möglichkeiten fast aller seiner Gäste. Westminster war Sonnys Viertel. Ich entdeckte ihn an einem Tisch, der dem Zentrum der Macht um etliche Ringe näher war, Clark Gables Versuch, für positive Presse zu sorgen.

Trotz des Lärms und Betriebs im Restaurant, wo chinesische Kellner in roten Jacken in einem Labyrinth aus Tischen umherwuselten, erfüllte den riesigen Speisesaal ein Hauch von Melancholie. Vor allem wegen der Abwesenheit des Brautvaters, der zusammen mit den Überresten seines Bataillons in Gefangenschaft geraten war, als sie am letzten Tag den Vormarsch auf Saigon von Westen her hatten aufhalten wollen. In seiner Rede zu Beginn des Banketts rühmte ihn der General, was die Gefühle in Wallung brachte, sodass Tränen flossen und Toasts ausgebracht wurden. Alle Veteranen hoben die Gläser, tranken mit großmäuligem Gehabe auf den Helden und konnten damit dankbar ihren eigenen peinlichen Mangel an Heldentum verschleiern. Man muss einfach grinsen und mittrinken, will man nicht bis zum Hals im Treibsand der Widersprüchlichkeit versinken. So jedenfalls sprach der traurige maßlose Major, dessen abgetrennter Kopf als Tafelaufsatz meines Tisches diente. Also grinste ich und kippte Cognac. Dann mixte ich Miss Mori einen Trunk aus Rémy Martin und Soda und erläuterte ihr die exotischen Sitten und Gewohnheiten, Haar- und Kleidermoden unseres lebenslustigen Volkes. Ich musste meine Erläuterungen brüllen, um die laute Coverband zu übertönen. Der Frontmann, ein süßes Kerlchen in einem pailettenbesetzten Blazer, trug eine Glamrockdauerwelle, die einer Louis-XIV-Perücke ohne Puder nachempfunden war. Er stolzierte in einer außerordentlich engen Satinhose auf goldenen Plateauschuhen herum und drückte beim Singen den Kopf des Mikrofons anzüglich gegen seine Lippen. Die ausgewiesen heterosexuellen Banker und Militärs waren hingerissen und brüllten bei jedem schamlos koketten Hüftschwung vor Begeisterung. Als der Sänger die echten Männer zu einem Tanz auf die Bühne bat, war der General sofort zur Stelle. Er grinste, als er zusammen mit dem Sänger zu »Black Is Black« dahinglitt, der Erkennungsmelodie der zügellosen Saigoner Dekadenz. Das Publikum jubelte und klatschte anerkennend, und der Sänger zwinkerte über seine Schulter wie Mae West. Hier war der General in seinem Element, unter Männern und Frauen, die ihn entweder schätzten oder sich davor hüteten, Unstimmigkeiten oder Unbehagen zum Ausdruck zu bringen. Die Exekution – nein, die *Neutralisierung* – des armen maßlosen Majors hatte ihn wieder mit Leben erfüllt, und zwar so sehr, dass er bei der Trauerfeier eine souveräne Lobrede gehalten hatte. Er pries den Major als einen in aller Stille sich aufopfernden und demütigen Mann, der gegenüber Vaterland und Familie seine Pflicht immer klaglos erfüllt habe und nun tragischerweise bei einem sinnlosen Raubüberfall umgekommen sei. Ich machte mit meiner Kodak Fotos von der Bestattung und schickte die Bilder an meine Tante in Paris. Sonny saß in der ersten Reihe der Trauernden und machte sich Notizen für den Nachruf. Hinterher drückte der General der Witwe ein Kuvert mit Geld aus dem von Claude gefütterten Einsatzfonds in die Hand, beugte sich dann vor und warf einen Blick auf die in ihrem Körbchen schlafenden Spinat und Brokkoli. Ich für meinen Teil nuschelte der Witwe, deren Schleier einen Wasserfall aus Tränen verhüllte, lediglich etwas allgemein Angebrachtes zu. Wie war es?, fragte Bon, als ich nach Hause kam. Was glaubst du?, sagte ich und ging zum Kühlschrank, der wie immer gut mit Bier gefüllt war.

Abgesehen von meinem Gewissen war die Leber mein am übelsten missbrauchtes Körperorgan.

Der Anblick eines glücklichen, unschuldigen Brautpaars bei einer Hochzeit erhöhte oft den Missbrauch. Die Vermählung könnte zu Entfremdung, Ehebruch, Elend und Scheidung führen, aber auch zu Liebe, Treue, Kindern und Zufriedenheit. Auch wenn ich keinen Heiratswunsch verspürte, so erinnerten mich Hochzeiten doch daran, was mir, ohne dass ich die Wahl gehabt hätte, verwehrt geblieben war. Deswegen begann ich jede Hochzeit als der harte Bursche, der sie mit einer Mischung aus Gelächter und gelegentlichem Zynismus kommentierte, um sie dann, wehmütige Lieder singend, sentimental und traurig zu beenden. In diesem Zustand befand ich mich, nachdem die Hochzeitstorte angeschnitten war, ich Miss Mori auf die Tanzfläche gebeten hatte und dann eine der beiden Sängerinnen erkannte, die von unserem schwulen Kameraden regelmäßig das Mikrofon übernahmen. Sie war die älteste Tochter des Generals, die als Studentin in der Bay Area gut aufgehoben gewesen war, während ihr Land zerfiel. Lana hatte nichts mehr von dem Schulmädchen, das während seiner Zeit am Lycée die Sommerferien in der Villa des Generals verbracht hatte. Damals hieß sie noch Lan und trug höchst sittsame Kleidung, das weiße Ao dai, wie für Schulmädchen üblich, das bei so vielen westlichen Schriftstellern beinah päderastische Fantasien ausgelöst hatte über diese heiratsfähigen Körper, deren Rundungen offenbar waren, ohne dass auch nur ein Zentimeter Fleisch entblößt wurde, außer oberhalb des Halses und unter den Ärmelbündchen. Das begriffen die Schriftsteller anscheinend als eine indirekte Metapher für unser Land als Ganzes, lasziv und doch reserviert, alles andeutend und nichts preisgebend in einer verwirrenden Vorführung von Sittsamkeit, einer paradoxen Anstiftung zur Versuchung, einer atemberaubend lüsternen Zurschaustellung von Bescheidenheit. Kaum ein männlicher Reiseschriftsteller, Journalist oder beiläufiger Beobachter des Lebens in unserem Land konnte sich bezähmen und schrieb über die jungen, Rad fahrenden Mädchen in ihren weißen flatternden Ao dais, Schmetterlinge, die sich jeder westliche Mann für seine Sammlung erträumte.

Tatsächlich war Lan ein burschikoses Mädchen, das von Madame oder einem Kindermädchen jeden Morgen in ihr Ao dai gezwängt werden musste. Die ultimative Form ihrer Rebellion bestand darin, zu einer exzellenten Schülerin zu werden, was ihr ebenfalls ein Stipendium in den Vereinigten Staaten einbrachte. In ihrem Fall war es ein Stipendium der University of California in Berkeley, die der General und Madame für eine kommunistische Kolonie mit radikalen Professoren und revolutionären Studenten hielten, nur darauf aus, Unschuldige zu verführen und ins Bett zu zerren. Sie wollten sie auf ein Mädchencollege schicken, wo außer der Hinwendung zur lesbischen Liebe keine Gefahr lauerte, aber Lan weigerte sich und bestand auf Berkeley. Als sie es ihr verboten, drohte sie mit Selbstmord. Weder der General noch Madame nahmen sie ernst, bis Lan eine Handvoll Schlaftabletten schluckte. Glücklicherweise hatte sie eine sehr kleine Hand. Nachdem sie sie wieder aufgepäppelt hatten, war der General bereit, klein beizugeben, Madame jedoch nicht. Daraufhin stürzte sich Lan in den Saigon, obwohl an jenem Nachmittag am Kai jede Menge Passanten unterwegs waren, von denen zwei in den Fluss sprangen und die in ihrem weißen Ao dai Dahintreibende retteten. Schließlich gab auch Madame nach, und Lan flog im Herbst 1972 nach Berkeley, um Kunstgeschichte zu studieren, ein Fach, von dem ihre Eltern glaubten, es würde ihr weibliches Einfühlungsvermögen befördern sowie ihre Ehetauglichkeit bewahren.

Bei ihren Heimatbesuchen in den Sommern 1973 und 1974 erschien sie als Fremde in Schlagjeans und mit Löwenmähne, in engen Blusen, die sich straff wie ein Trampolin über die Rundung ihres Busens spannten, und Clogs, die ihrer bescheidenen Größe ein paar Zentimeter hinzufügten. Madame bat sie zu sich in ihren Salon, wo sie ihr – so die Kindermädchen – einen Vortrag darüber hielt, wie wichtig es sei, dass sie sich ihre Jungfräulichkeit bewahre und die »Drei Unterwerfungen und Vier Tugenden« ausbilde – eine Redewendung, die an den Titel eines anspruchsvollen erotischen Romans erinnert. Die bloße Erwähnung ihrer gefährdeten oder vermeintlich bereits verlorenen Jungfräulichkeit brachte meine Fantasie zum Lodern, und ich schürte dieses Feuer in der Intimität meines Zimmers, das sich im gleichen Gang befand wie das, das sie mit einer jüngeren Schwester teilte. Seit unserer Ankunft in Kalifornien hatte Lan den General und Madame ein paarmal besucht, doch war ich bisher noch nie dazu eingeladen worden. Auch zur Feier von Lans Collegeabschluss cum laude, ein paar Wochen zuvor, war ich vom General und Madame nicht eingeladen worden. Einmal nuschelte der General, es sei respektlos von seiner Tochter, sich jetzt Lana zu nennen und nach ihrem Abschluss nicht nach Hause zurückzukehren, sondern allein zu leben. Das war alles, was ich über sie wusste. Obwohl ich versucht hatte, dem General zu entlocken, was sie nach dem Studium vorhatte, war er untypisch verschlossen geblieben.

Jetzt wusste ich es. Die Lana auf der Bühne hatte keinerlei Ähnlichkeit mit der Lan, an die ich mich erinnerte. Die andere Sängerin gab die engelsgleiche vietnamesische Frau, gehüllt in einen hellgrünen Ao dai, das Haar lang und glatt, das Makeup geschmackvoll, die von ihr gesungenen Lieder östrogengetränkte Balladen über liebeskranke Frauen, die einen geliebten Soldaten in der Ferne oder das untergegangene Saigon anschmachteten. Nichts von solcher Schwermut und solchem Verlust steckte in den Songs Lanas, sie verkörperte die Moderne und gab sich als deren Verführerin. Sogar ich war schockiert über den schwarzen Lederminirock, der einen flüchtigen Blick auf das Geheimnis preiszugeben drohte, über das ich so oft fantasiert hatte. Oberhalb des Minirocks schimmerte ihr goldenes schulterfreies Seidentop bei jeder Körperdrehung und jedem Atemzug. Ihre Spezialität waren die schweißtreibenden Nummern, die die Blues- und Rockbands unseres Heimatlandes gelernt hatten, um die amerikanischen Truppen und die amerikanisierte Jugend zu unterhalten. Früher am Abend hatte ich sie »Proud Mary« singen hören, ohne sie erkannt zu haben, und jetzt musste ich mich ermahnen, sie nicht anzustarren, als sie mit einer rauchigen Version von »Twist and Shout« fast jeden unter vierzig auf die Tanzfläche lockte. Neben dem simplen, aber eleganten Cha-Cha-Cha war der Twist der Lieblingstanz der Menschen aus dem Süden, weil er keinerlei Körperkoordination erforderte. Normalerweise tanzte sogar Madame den Twist, naiv genug, um auch ihre Kinder auf die Tanzfläche zu lassen. Doch als ich zum Tisch des Generals schaute, der einen Ehrenplatz am Rand der Tanzfläche einnahm, sah ich sowohl den General wie auch Madame auf ihren Plätzen sitzen und ein Gesicht machen, als lutschten sie an der sauren Frucht des Tamarindenbaums, in dessen Schatten ihre verlorene Villa gestanden hatte. Kein Wunder! Denn niemand twistete mehr als Lana selbst. Jedem Kreisen ihrer Hüften folgten die Köpfe der Männer auf der Tanzfläche wie einem unsichtbaren Hypnosependel. Vielleicht wäre es mir genauso ergangen, wenn ich mich nicht so auf Miss Mori konzentriert hätte, die mit solch kindlicher Freude twistete, dass ich lächeln musste. Verglichen mit ihrem sonstigen Kleidungsstil, sah sie außerordentlich feminin aus. Eine Lilie schmiegte sich in ihr onduliertes Haar, und sie trug ein Chiffonkleid, das tatsächlich ihre Knie entblößte. Mehr als einmal hatte ich ihr wegen ihres Aussehens geschmeichelt, und den Anblick ihrer Knie nahm ich nun zum Anlass für das Kompliment, wie gut sie tanze. Ich habe schon lange nicht mehr so getanzt, sagte sie, als der Song vorbei war. Ich auch nicht, Miss Mori, sagte ich und küsste sie auf die Wange. Sofia, sagte sie.

Bevor ich antworten konnte, erklomm Clark Gable die Bühne und kündigte einen Überraschungsgast an, der von 1962 bis 1964 in unserem Land als Green Beret gedient hatte und der für den Distrikt, in dem wir uns befanden, im Repräsentantenhaus in Washington saß. Dem Abgeordneten, der sich in Südkalifornien als aufstrebender junger Politiker einen erheblichen Bekanntheitsgrad erarbeitet hatte, leisteten seine soldatischen Referenzen gute Dienste in Orange County. Seine Spitznamen, *Napalm Ned* oder *Knock-'em-Dead Ned oder Nuke-'em-All Ned*, waren mehr liebevoll denn abfällig gemeint und fanden Verwendung je nach geopolitischer Krise oder Laune desjenigen, der sie benutzte. Er war so antikommunistisch eingestellt, dass er als einer der wenigen Politiker Südkaliforniens sogar die Flüchtlinge mit offenen Armen begrüßte. Die Mehrheit der Amerikaner begegnete uns mit gemischten Gefühlen, wenn nicht mit unverhohlener Abneigung, da wir die personifizierte Erinnerung an ihre schmerzhafte Niederlage waren. Wir gefährdeten die Unantastbarkeit und Yin-Yang-hafte Symmetrie eines schwarz-weißen Amerikas, in dessen Rassenpolitik für keine andere Farbe Platz war, besonders nicht für das Gelb dieser mitleiderregenden kleinen Menschen, die den Amerikanern mit langen Fingern in die Brieftasche griffen. Wir waren Aliens, die gerüchteweise eine Vorliebe für den *Fido Americanus* hatten, den Haushund, für den pro Kopf mehr Geld ausgegeben wurde, als eine Familie aus Bangladesch zum

Leben hatte. (Das ganze Ausmaß des Grauens überstieg allerdings den Horizont des durchschnittlichen Amerikaners. Bekanntermaßen verspeisen tatsächlich einige von uns die Brüder von Rin Tin Tin und Lassie, allerdings nicht nach Art der Neandertaler, wie sich das der durchschnittliche Amerikaner vorstellte, gebraten mit etwas Salz in einem Club-Sandwich. Mit der Raffinesse und Kreativität des Gourmets konnten unsere Köche Caniden auf sieben verschiedene, potenzfördernde Arten zubereiten. Sie extrahierten das Knochenmark, grillten und brühten, machten Wurst und kochten Gulasch und brieten und dünsteten auf vielfältige Art … mjam, mjam!) Der Abgeordnete jedoch hatte uns in Leitartikeln in Schutz genommen und die *émigrés* in seinem Orange County willkommen geheißen.

Schauen Sie sich an, meine Damen und Herren, sagte der Abgeordnete mit dem Mikrofon in der Hand, flankiert von Clark Gable, dem Engel und der Verführerin. Er war in den Vierzigern, eine Kreuzung aus Anwalt und Politiker, mit der Aggressivität des Ersteren und der Geschmeidigkeit des Letzteren, was in seiner Kopfform zum Ausdruck kam. Blitzblank glänzend lief er spitz zu wie ein Füllfederhalter. So fließend wie feinste Tinte kamen die Worte aus seinem Mund. Dieser Kopf machte den Größenunterschied zwischen ihm und dem kleineren Clark Gable aus. Der Abgeordnete war so voluminös, dass zwei Vietnamesen von durchschnittlicher Größe und Gewicht in die Hülle seines Körpers gepasst hätten. Schauen Sie sich an, meine Damen und Herren. Betrachten Sie sich so, wie ich mir wünschte, dass meine amerikanischen Landsleute Sie betrachten würden, nämlich als amerikanische Landsleute. Ich bin aufrichtig dankbar für die Gelegenheit, dass ich heute Abend hier bei Ihnen sein darf, um an Ihrer Freude über diese beiden großartigen jungen Vietnamesen teilzuhaben, die in einem chinesischen Restaurant auf kalifornischem Boden unter einem amerikanischen Mond und in einer christlichen Welt den Bund fürs Leben schließen. Ich möchte Ihnen eins sagen, meine Damen und Herren. Ich habe zwei Jahre unter Ihren Landsleuten im Hochland gelebt, habe mit Ihren Soldaten gekämpft, habe Ihre Ängste geteilt und habe mich Ihrem Feind entgegengestellt. Damals habe ich gedacht und denke es auch heute noch, dass ich nichts Nobleres mit meinem Leben anfangen kann, als mich für Ihre Hoffnungen, Träume und Erwartungen auf ein besseres Leben aufzuopfern. Wie Sie alle hatte ich fest daran geglaubt, dass sich Ihre Hoffnungen, Träume und Erwartungen in Ihrem Vaterland erfüllen würden. Aber dann ist uns durch die Geschichte und Gottes unerklärliche und unbestreitbare Gnade ein anderes Blatt in die Hand gegeben worden. Ich bin heute hier, meine Damen und Herren, um Ihnen zu sagen, dass dieses Blatt nur ein vorübergehendes Missgeschick ist, denn Ihre Soldaten haben gut und tapfer gekämpft und hätten gesiegt, wenn der Kongress standhaft geblieben wäre in seiner Unterstützung für Sie, wie es der Präsident versprochen hatte. Dieses Versprechen wurde von vielen, vielen Amerikanern mitgetragen. Aber nicht von allen. Sie wissen, wen ich meine. Die Demokraten. Die Medien. Die Antikriegsbewegung. Die Hippies. Die Collegestudenten. Die Radikalen. Amerika wurde geschwächt von seinen eigenen Divisionen im Innern, von den Defätisten, Kommunisten und Verrätern, die unsere Universitäten, unsere Redaktionsräume und unseren Kongress heimgesucht haben. Bedauerlicherweise erinnern Sie sie bloß an Ihre eigene Feigheit und Ihren eigenen Verrat. Ich bin heute hier, um Ihnen zu sagen, dass Sie mich an Amerikas großes Versprechen erinnern! Das Versprechen an den Einwanderer! Das Versprechen des amerikanischen Traums! Das Versprechen, das die Menschen dieses Landes einmal wertgeschätzt haben und schon bald wieder wertschätzen werden, dass Amerika ein

Land der Freiheit und der Unabhängigkeit ist, ein Land der Patrioten, das immer für den kleinen Mann eingetreten ist, wo auf der Welt auch immer, ein Land der Helden, das nie müde wird, seinen Freunden zu helfen und seine Feinde zu zerschmettern, ein Land, das Menschen wie Sie willkommen heißt, die für unsere gemeinsame Sache der Demokratie und Freiheit so viel geopfert haben! Eines Tages, meine Freunde, wird Amerika wieder erhobenen Hauptes dastehen, und zwar wegen Menschen wie Ihnen! Und eines Tages, meine Freunde, wird Ihr verlorenes Land wieder Ihnen gehören! Weil niemand die unvermeidbare Bewegung für die Freiheit und den Willen des Volkes aufhalten kann! Und jetzt, meine Freunde, lassen Sie uns gemeinsam in Ihrer wunderbaren Sprache feierlich ausrufen, woran wir alle glauben …

Das gesamte Publikum hatte während der Rede immer wieder wild gejubelt und applaudiert. Wenn der Abgeordnete einen Kommunisten in einem Käfig auf die Bühne gerollt hätte, seine Zuhörer hätten ihn freudig aufgefordert, dem Roten mit seinen kraftvollen Händen das Herz bei lebendigem Leib herauszureißen. Es schien vollkommen unmöglich zu sein, sie noch mehr aufzupeitschen, aber er schaffte es. Er hob die Arme in die Höhe und bildete ein großes V, wahrscheinlich für *Victory* oder *Vietnam* oder *Vote for me* oder sogar etwas unterschwellig noch Suggestiveres, und brüllte dann in perfektem Vietnamesisch ins Mikrofon, *Vietnam Muon Nam! Vietnam Muon Nam! Vietnam Muon Nam!* Jeder, der jetzt noch saß, sprang von seinem Stuhl auf, stand ein bisschen aufrechter vor der Bühne und schrie dem Abgeordneten refrainartig »Lang lebe Vietnam« nach! Dann gab der General der Band ein Zeichen, und sie fing an, unsere Nationalhymne zu spielen, die der Engel und die Verführerin, Clark Gable und der Abgeordnete mit Inbrunst sangen. Alle sangen mit, auch ich, nur die stoischen chinesischen Kellner nicht, sie konnten endlich eine Pause machen.

Nachdem die Nationalhymne verklungen war, wurde der Abgeordnete auf der Bühne von Gratulanten bestürmt, während der Rest des Publikums in postkoitaler Selbstzufriedenheit auf den Stühlen zusammensank. Ich drehte mich um und sah Sonny, der mit Notizblock und Stift in der Hand neben Miss Mori stand. Komisch, sagte er, der nach ein oder zwei Glas Cognac schon etwas rosig aussah. Die Kommunistische Partei hat die gleiche Parole. Miss Mori zuckte mit den Achseln. Eine Parole ist nur eine leere Hülle, sagte sie. Die kann sich jeder überstreifen. Das gefällt mir, sagte Sonny. Was dagegen, wenn ich das verwende? Ich stellte die beiden einander vor und fragte ihn, ob er für ein Foto nicht weiter nach vorn müsste. Er grinste. Der Zeitung geht es ganz gut, die haben einen Fotografen angeheuert. Was mich angeht, ich habe unseren guten Abgeordneten schon interviewt. Hätte besser eine Flakweste angezogen, der hat mich unter Dauerfeuer genommen.

Typisches Verhalten für einen Weißen, sagte Miss Mori. Wenn ein Weißer nur ein paar Worte einer asiatischen Sprache lernt, dann fressen wir ihm aus der Hand. Ist Ihnen das schon aufgefallen? Der könnte um ein Glas Wasser bitten, und wir würden ihn behandeln wie Einstein. Sonny lächelte und notierte sich auch das. Sie sind schon länger hier als wir, Miss Mori, sagte er mit einiger Bewunderung. Ist Ihnen schon aufgefallen, dass wir Asiaten, wenn wir Englisch sprechen, das am besten möglichst perfekt tun sollten, sonst macht sich garantiert einer über unseren Akzent lustig? Spielt keine Rolle, wie lange man schon hier ist, sagte Miss Mori. Weiße werden uns immer als Ausländer betrachten. Aber hat die Sache nicht auch eine andere Seite, sagte ich, und der Cognac in meinem Blut ließ meine Worte bereits etwas vernuschelt klingen. Wenn wir perfektes Englisch sprechen, dann vertrauen uns die Amerikaner. Dann fällt es ihnen leichter, uns für einen von ihnen zu halten.

Du bist so einer, oder? Sonnys Augen waren so undurchdringlich wie getönte Autoscheiben. Meine Annahme, er hätte sich sehr verändert, war falsch gewesen. Bei den wenigen Treffen seit unserem Wiedersehen hatte sich herausgestellt, dass er seine Persönlichkeit nur nicht mehr so lautstark wie früher vor sich hertrug. Was hältst du von unserem Abgeordneten?

Zitierst du mich?

Als anonyme Quelle.

Er ist das Beste, was uns passieren konnte, sagte ich. Und das war keine Lüge. Es kam der Wahrheit am nächsten, weil es mehrdeutig zu verstehen war.

Das nächste Wochenende hielt eine weitere Gelegenheit bereit, mein Verständnis für das Potenzial des Abgeordneten zu verfeinern. An einem strahlenden Sonntagmorgen chauffierte ich den General und Madame von Hollywood nach Huntington Beach, wo der Abgeordnete wohnte und wohin er sie zum Lunch eingeladen hatte. Mein Titel, Chauffeur, war eindrucksvoller als der Wagen, ein Chevrolet Nova, dessen beste Eigenschaft war, dass er noch relativ neu war. Aber es blieb die Tatsache, dass der General und Madame, die es sich auf dem Rücksitz bequem gemacht hatten, von einem Chauffeur gefahren wurden. Ich war das schmückende Accessoire ihrer Vergangenheit und vielleicht auch ihrer Zukunft. Ihre Unterhaltung auf der einstündigen Fahrt drehte sich hauptsächlich um den Abgeordneten, bis ich mich schließlich nach Lana erkundigte, die mir, sagte ich, sehr erwachsen vorkomme. Im Rückspiegel sah ich, wie das Gesicht von Madame sich vor kaum verhülltem Zorn verdunkelte.

Sie ist vollkommen verrückt, erklärte Madame. Wir haben versucht, das nicht nach außen dringen zu lassen, aber jetzt, wo sie in aller Öffentlichkeit als *Sängerin* herumstolziert, können wir nichts mehr tun. Madame sprach das Wort Sängerin aus wie *Kommunistin.* Jemand hat ihr eingeredet, sie hätte dazu Talent, und sie hat das für bare Münze genommen. Sie ist ziemlich talentiert, sagte ich. Hören Sie auf! Ermutigen Sie sie bloß nicht! Schauen Sie sich doch an, wie sie aussieht, wie ein *Flittchen.* Habe ich sie dafür großgezogen? Welcher anständige Mann würde *so etwas* heiraten? Sie etwa, Hauptmann? Unsere Blicke trafen sich im Rückspiegel. Nein, Madame, so etwas würde ich nicht heiraten, sagte ich und zeigte dabei wieder meine Doppelgesichtigkeit, denn Heirat war mir nicht als Erstes in den Sinn gekommen, als ich sie auf der Bühne gesehen hatte. Natürlich nicht, fauchte sie. Das Schlimmste am Leben in Amerika ist die *Verdorbenheit.* Zu Hause konnten wir das auf die Bars und Nachtklubs, auf die Souterrains begrenzen. Aber hier werden wir unsere Kinder nicht schützen können vor der *Anzüglichkeit,* der *Oberflächlichkeit* und der *Geschmacklosigkeit,* die die Amerikaner so lieben. Sie sind zu freizügig. Niemand verschwendet auch nur einen Gedanken daran, was es bedeutet, wenn sie von einem *Date* reden. Wir wissen doch alle, dass »Date« ein Euphemismus ist. Was sind das für Eltern, die ihrer halbwüchsigen Tochter nicht nur erlauben zu kopulieren, sondern sie auch noch bereitwillig dazu ermuntern? Das ist schockierend! Das ist die Verleugnung jeglicher moralischen Verantwortung. Pfui Teufel.

Beim Lunch entwickelte sich die Unterhaltung genau in diese Richtung, was es Madame gestattete, gegenüber dem Abgeordneten und seiner Frau Rita ihren Standpunkt zu wiederholen. Rita war vor Castros Revolution geflohen und ähnelte entfernt Rita Hayworth in ihrer glanzvollsten Phase um die

Zeit von *Gilda* herum – zuzüglich zehn oder fünfzehn Jahre und Pfunde. *Castro* sagte sie auf die Art, wie Madame *Sängerin* gesagt hatte, *Castro* ist der Teufel. Das einzig Gute an einem Leben mit dem Teufel ist, General und Madame, man weiß, wie das Böse aussieht, und kann es erkennen. Deshalb freue ich mich über Ihren Besuch, weil wir Kubaner und Vietnamesen Brüder und Schwestern in unserem gemeinsamen Kampf gegen den Kommunismus sind. Diese Worte besiegelten den Bund zwischen dem Abgeordneten und Rita sowie dem General und Madame, die sich nun so angekommen fühlte, dass sie schließlich, während die stumme Haushälterin das leere Geschirr abräumte, auf Lana zu sprechen kam. Rita fühlte sofort mit ihr. Sie war das häusliche Pendant zu ihrem Mann, eine antikommunistische Küchenkriegerin, für die nichts nur ein isoliertes Ereignis war, sondern fast immer ein Symptom, das die Krankheit Kommunismus mit Armut, Verderbtheit, Atheismus und Verfall jedweder Art in Verbindung brachte. Ich erlaube keine Rockmusik in diesem Haus, sagte sie und umfasste die Hand von Madame, um sie wegen des Tugendverlusts ihrer Tochter zu trösten. Vor achtzehn erlaube ich keinem meiner Kinder ein Date, und solange sie in diesem Haus leben, haben sie spätestens um zehn zu Hause zu sein. Das ist unsere Achillesferse, die Freiheit, dass jeder tun kann, was ihm gerade Spaß macht, sexuell oder im Hinblick auf Drogen, als ob das alles nicht ansteckend wäre.

Jedes System hat seine Auswüchse, denen man von innen Einhalt gebieten muss, sagte der Abgeordnete. Wir haben es zugelassen, dass die Hippies die Worte »Liebe« und »Freiheit« mit ihrer eigenen Bedeutung füllen, und wir haben gerade erst angefangen, uns dagegen zu wehren. Dieser Kampf beginnt und endet in der Familie. Anders als beim öffentlichen Auftritt war der Abgeordnete im Privaten ein Mann der leisen und gemäßigten Töne, der selbstsicher und herrschaftlich mit dem General links und Madame rechts am Kopfende des Tisches saß. Wir kontrollieren, was unsere Kinder lesen, hören und sich anschauen, was aber natürlich ein harter Kampf ist, schließlich können sie, wann immer sie wollen, den Fernseher oder das Radio einschalten. Die Regierung muss sicherstellen, dass Hollywood und die Schallplattenfirmen nicht zu weit gehen.

Aber Sie sind doch die Regierung, oder?, sagte der General.

Exakt! Und deshalb ist es eine meiner Prioritäten, die Gesetzgebung zur Regulierung von Film- und Musikwirtschaft voranzutreiben. Das ist keine Zensur, sondern nur eine scharfe Empfehlung. Sie können drauf wetten, dass die Jungs aus Hollywood und dem Musikgeschäft mich ganz und gar nicht mögen. Allerdings nur bis sie mich kennenlernen, dann sehen sie nämlich, dass ich kein Monster bin, das ihre Schöpfungen verschlingen will. Ich versuche nur, ihnen bei der Verfeinerung ihrer Produkte unter die Arme zu greifen. Im Zuge meiner Arbeit im Unterausschuss habe ich mich mit einigen von den Filmleuten angefreundet. Ich gebe zu, ich hatte meine Vorurteile, aber einige von denen sind in Wahrheit ziemlich schlaue und engagierte Burschen. Schlau und engagiert, das ist mir wichtig. Der Rest ist Verhandlungssache. Egal, jedenfalls macht einer von denen einen Film über den Krieg und hat mich um Rat gefragt. Ich soll ihm ein paar Anmerkungen in sein Drehbuch schreiben, was richtig ist, was falsch ist, so was. Der Grund, warum ich Ihnen das erzähle, General, ist folgender: Bei der Geschichte geht es um die Operation Phoenix, und ich weiß, dass Sie ein Experte auf dem Gebiet sind. Ich war schon nicht mehr im Land, als das losging. Vielleicht könnten Sie mir da aushelfen. Wer weiß, was die sonst für einen Hollywoodschinken daraus machen.

Dafür habe ich meinen Hauptmann, sagte der General und nickte in meine Richtung. Er ist sozusagen mein Kulturattaché. Er würde das Drehbuch mit Freuden lesen und Ihnen mit seiner Expertise zu Diensten sein.

Der Film heißt *Das Dorf,* sagte der Abgeordnete. Der Regisseur schreibt auch das Drehbuch. War keinen Tag Soldat, kennt bloß die Filme mit John Wayne und Audie Murphy, die er als kleiner Junge gesehen hat. Die Hauptfigur ist ein Green Beret, der ein Dorf retten muss. Ich habe zwei Jahre mit einem A-Team in einer ganzen Reihe von Dörfern gedient, aber das hatte nichts mit diesen Fantastereien zu tun, die der Kerl sich da zusammengesponnen hat.

Ich werde sehen, was ich tun kann, sagte ich. Ich hatte nur wenige Jahre als kleiner Junge in einem Dorf im Norden gelebt, vor unserer Flucht nach Süden 1954, aber Mangel an Erfahrung hatte mich noch nie davon abgehalten, etwas auszuprobieren. Mit genau dieser Geisteshaltung war ich nach dem imponierenden Auftritt auf Lana zugegangen, um ihr zu ihrer neuen Karriere zu gratulieren. Wir standen im Foyer des Restaurants neben einer Staffelei, auf der ein repräsentatives Foto der Frischvermählten ausgestellt war. Sie begutachtete mich mit dem objektiven, unsentimentalen Blick einer Kunstsachverständigen. Dann lächelte sie und sagte: Ich habe mich schon gefragt, Hauptmann, warum Sie mir aus dem Weg gehen. Als ich protestierte und sagte, ich hätte sie einfach nicht erkannt, fragte sie mich, ob mir gefalle, was ich sähe. Ich sehe nicht mehr aus wie das Mädchen, das Sie kannten, oder, Hauptmann?

Manchen Männern waren die unschuldigen Schulmädchen in ihren weißen Ao dais lieber. Mir nicht. Sie gehörten zu einem pastoralen, reinen Bild unserer Kultur, von dem ich ausgeschlossen war, das mir so fern war wie die schneebedeckten

Gipfel in der Heimat meines Vaters. Nein, ich war unrein, und Unreinheit war alles, was ich wollte und was ich verdiente. Sie sehen nicht aus wie das Mädchen, das ich kannte, sagte ich. Aber Sie sehen genauso aus wie die Frau, als die ich Sie mir in der Zukunft vorgestellt hatte. Noch niemand hatte jemals so etwas zu ihr gesagt, und die Überraschung brachte sie kurz aus der Fassung. Anscheinend bin ich nicht die einzige Person, die sich seit ihrer Ankunft verändert hat, Hauptmann. Sie sind viel – direkter als damals, als Sie noch bei uns lebten.

Ich lebe nicht mehr bei Ihnen, sagte ich. Wenn in diesem Augenblick nicht Madame aufgetaucht wäre, wer weiß, wohin uns die Unterhaltung geführt hätte? Ohne ein Wort an mich packte sie Lana am Ellbogen und zog sie mit einer Kraft, die Widerstand unmöglich machte, in Richtung Damentoilette. Obwohl das für ziemlich lange das letzte Mal war, dass ich sie sah, kehrte sie in den folgenden Wochen sehr oft in meine Fantasie zurück. Ungeachtet dessen, was ich wollte oder verdiente, erschien sie mir unweigerlich in einem weißen Ao dai, manchmal umrahmten die langen schwarzen Haare ihr Gesicht, manchmal verschleierten sie es. In der namenlosen Traumstadt, in der ich ihr begegnete, geriet mein Schatten-Ich ins Wanken. Selbst in meinem somnambulen Zustand war mir klar, dass Weiß nicht nur die Farbe von Reinheit und Unschuld war. Sie war auch das Symbol für Trauer und Tod.

ACHTES KAPITEL

Uns gehört der Tag, aber CHARLIE gehört die Nacht. Vergessen Sie das nie! Das sind die Worte, die der blonde einundzwanzigjährige Sergeant JAY BELLAMY an seinem ersten Tag in der sengenden Hitze der Tropen von ’Nam von seinem neuen befehlshabenden Offizier, Captain WILL SHAMUS, zu hören bekommt. Shamus wurde an den Stränden der Normandie mit dem Blut seiner eigenen Kameraden getauft, überlebte eine weitere Nahtoderfahrung in einer Menschenwelle angreifender Chinesen in Korea und zog sich an einem mit Jack Daniel’s geölten Flaschenzug die Dienstgrade hinauf. Er weiß, dass er mit seinen Bronx-Manieren und den großen, knotigen Knöcheln, die in keinen Samthandschuh passen, nicht weiter aufsteigen wird. Das ist ein politischer Krieg, erklärt er seinem Getreuen. Die Worte dringen durch den Rauchschleier einer kubanischen Zigarre. Aber ich kenne nur mörderische Kriege. Seine Aufgabe: die prälapsarischen Montagnards eines bukolischen Dorfes an der wilden Grenze zu Laos zu retten. Sie werden vom Vietcong bedroht, und zwar nicht von irgendeinem Vietcong, sondern von den Übelsten der Üblen – dem Kingcong. Der Kingcong wird für sein Land sterben, was mehr ist, als man von den meisten Amerikanern sagen kann. Und noch wichtiger: Der Kingcong wird für sein Land töten. Bei nichts leckt sich der Kingcong so die Lippen, als wenn er den metallischen Geruch vom Blut des weißen Mannes wittert. Der Kingcong hat den dichten Dschungel rund um das Dorf mit altgedienten Guerillakämpfern besetzt, mit kampfgestählten Männern (und Frauen), die vom Hochland bis hinunter zur Rue Sans Joie Franzosen abgeschlachtet haben. Obendrein hat der Kingcong Untergrundaktivisten und Sympathisanten in das Dorf eingeschleust, hinter deren freundlichen Gesichtern sich eiskaltes Kalkül versteckt. Auf der anderen Seite stehen die Volksmilizionäre des Dorfes, ein bunt gemischter Haufen aus Bauern und Teenagern, ausgebildet von einem Dutzend Green Berets eines A-Teams der US Army Special Forces. *Es reicht,* denkt Sergeant Bellamy, der um Mitternacht allein auf seinem Wachturm sitzt. Er hatte sein Harvard-Studium geschmissen und sich davongemacht, weit weg, war vor seinem millionenschweren Daddy und seiner in Pelz gehüllten Mama in St. Louis geflohen. *Es reicht, dieser atemberaubend schöne Dschungel, diese bescheidenen, einfachen Menschen. Dies ist der Ort, an dem ich, Jay Bellamy, zum ersten und vielleicht letzten Mal Flagge zeige – in diesem Dorf.*

So jedenfalls interpretierte ich das Drehbuch, das mir die persönliche Assistentin des Regisseurs geschickt hatte. Es war in einem dicken Umschlag gekommen, auf dem in wunderschön fließender Handschrift mein Name falsch geschrieben war. Das löste den ersten Anflug von Ärger aus, den zweiten, dass die persönliche Assistentin, Violet, sich nicht einmal die Mühe machte, Hallo oder Auf Wiedersehen zu sagen, als sie mich wegen eines Termins mit dem Regisseur in seinem Haus in den Hollywood Hills anrief. Als mir Violet die Tür öffnete, setzte sie ihre verwirrende Art der Gesprächsführung fort. Freue mich, Sie kennenzulernen, habe schon viel von Ihnen gehört, fantastisch Ihre Anmerkungen zu *Das Dorf*. Genauso sprach sie. Sie unterschlug Pronomen und Punkte, als wären

Satzzeichen und Grammatik mir gegenüber reine Verschwendung. Sie schaute mir nicht einmal in die Augen, als sie mich mit einer herablassenden Kopfbewegung aufforderte hereinzukommen.

Vielleicht gehörte diese Schroffheit einfach zu ihrem Charakter, denn ihr Auftreten war das der übelsten Sorte von Bürokraten, nämlich der ehrgeizigen, von der langweiligen Spießerfrisur über die langweilig sauberen Fingernägel bis zu den langweilig praktischen Pumps. Aber vielleicht lag es auch an mir. Ich war in moralischer Hinsicht immer noch labil wegen des Tods des maßlosen Majors wie auch wegen der Erscheinung seines abgetrennten Kopfs, die ich beim Hochzeitsbankett gehabt hatte. Der emotionale Nachhall jenes Abends wirkte wie ein Tropfen Arsen, der in die stillen Wasser meiner Seele gefallen war. Ein Gift, das im Verborgenen wirkte. Vielleicht hatte ich deswegen beim Betreten des Marmorfoyers sofort den Verdacht, der Grund für ihr Verhalten sei meine Herkunft. Bei meinem Anblick muss sie zuerst das Gelb meiner Haut gesehen haben, die etwas schmaleren Augen und das sich abzeichnende, übel beleumundete Ensemble orientalischer Genitalien, diese vermeintlich klitzekleinen Weichteile, die Halbgebildete an den Wänden so mancher öffentlichen Toilette verunglimpften. Dass ich Halbasiate war, spielte gar keine Rolle, denn wenn es um die Herkunft ging, galt in Amerika nur ganz oder gar nicht. Du warst entweder weiß oder nicht weiß. Komischerweise war ich mir in den Jahren als Auslandsstudent wegen meiner Herkunft nie minderwertig vorgekommen. Ich war Ausländer per Definition, und deshalb wurde ich als Gast behandelt. Aber obwohl ich jetzt eingetragener Amerikaner mit Führerschein, Sozialversicherungskarte und Greencard war, betrachtete mich Violet immer noch als Ausländer, und diese Fehleinschätzung stach in die zarte Haut, die mein Selbstvertrauen schützte. Oder litt ich an Paranoia, dieser durch und durch amerikanischen Charaktereigenschaft? Vielleicht litt Violet an vorsätzlicher Farbenblindheit, der einzigen Schwäche, die Amerikaner sich zugestanden und die es ihr unmöglich machte, zwischen weiß und jeder anderen Farbe zu unterscheiden. Doch als sie mir voraus über den gewienerten Bambusboden ging und das dunkelhäutige Hausmädchen umkurvte, das gerade einen türkischen Läufer saugte, wusste ich einfach, dass das nicht sein konnte. Mein fehlerloses Englisch spielte keine Rolle. Selbst wenn sie mich hören könnte, würde sie immer noch einfach durch mich hindurchsehen oder anstatt meiner vielleicht jemand anderes sehen, weil in ihrer Retina die Bilder all der Kastrati eingebrannt waren, die sich Hollywood zusammenfantasiert und damit den echten asiatischen Mann von seinem Platz verdrängt hatte. Ich spreche hier von den Karikaturen Fu Manchu, Charlie Chan, Sohn Nr. 1, Hop Sing – *Hop Sing!* – und dem Japsen mit den vorstehenden Zähnen und der Brille, der von Mickey Rooney in *Frühstück bei Tiffany* weniger gespielt als verhöhnt wurde. Die Darstellung war so beleidigend, dass sie sogar meinen Fetisch für Audrey Hepburn dämpfte, weil ich annahm, sie würde diese Abscheulichkeit stillschweigend billigen.

Als ich schließlich dem Regisseur in seinem Büro gegenübersaß, kochte ich innerlich im Bewusstsein all dieser Blessuren, ließ es mir aber nicht anmerken. Ich führte gerade ein Gespräch mit einem berühmten Auteur und war wieder der hingebungsvolle Filmfan, der samstags kinotrunken in Matineevorstellungen saß und anschließend blinzelnd und überwältigt ins Tageslicht trat, das so grell war wie die Neonlampen eines Kreißsaals. Gleichzeitig jedoch war ich fassungslos über ein Drehbuch, dessen größter Spezialeffekt weder die Sprengung diverser Gegenstände noch die Ausweidung diverser Körper war, sondern die Leistung, eine Geschichte über mein Land zu erzählen, in der kein einziger meiner Landsleute ein verständliches Wort zu sagen hat. Violet hatte an meiner ohnehin schon wund gescheuerten ethnischen Empfindsamkeit noch weiter herumgekratzt, aber da es sinnlos gewesen wäre, meinen Ärger zu offenbaren, zwang ich mich, lächelnd das zu tun, was ich am besten konnte: unlesbar bleiben wie ein fest verschnürter Packen Papier.

Der Auteur musterte den Statisten, der sich da mitten in seine perfekte Kulisse geschoben hatte. Neben seinem Telefon stellte sich ein Oscar zur Schau, der ihm entweder als königliches Zepter diente oder als Keule, um impertinenten Drehbuchschreibern den Schädel einzuschlagen. Mit behaarten Unterarmen und Brustpelz im geöffneten Hemdkragen demonstrierte er seine Männlichkeit und erinnerte mich daran, dass bei mir Brust, Bauch und Hintern relativ haarlos und so stromlinienförmig waren wie bei Barbies Puppenfreund Ken. Nach dem Triumph seiner beiden letzten Filme war er der angesagteste Drehbuchautor/Regisseur der Stadt. Der erste hieß *Hard Knock*, ein von der Kritik hochgelobter Film über das Elend aufrührerischer griechisch-amerikanischer Jugendlicher in den Straßen von Detroit. Er war autobiografisch angehaucht. Der Auteur hatte einen griechisch klingenden Namen, den er, wie in Hollywood üblich, etwas verwaschen hatte, damit seine olive Färbung nicht mehr ganz so deutlich wurde. Nun hatte er das Kapitel cremefarbene Ethnie abgeschlossen und sich stattdessen mit seinem jüngsten Film dem der kokainfarbenen Ethnie gewidmet. In *Venice Beach* ging es um das Scheitern des amerikanischen Traums, in den Hauptrollen ein alkoholkranker Reporter und seine depressive Frau, die sich widersprechende Versionen des großen amerikanischen Romans schreiben. Während sich die Manuskriptseiten immer weiter auftürmen, neigen sich ihr Geld und ihr Leben langsam dem Ende zu, und er entlässt das Publikum mit einer letzten Einstellung, die das verwahrloste, von Bougainvillea strangulierte Cottage des Paares im wunderschönen Licht der untergehenden Pazifiksonne zeigt. Eine Kreuzung aus Didion und Chandler, prophezeit von Faulkner und gefilmt von Welles. Ein sehr guter Film. Er hatte Talent, so ungern ich das auch zugab.

Erfreut, Sie kennenzulernen, sagte der Auteur. Ihre Anmerkungen, großartig. Was zu trinken. Kaffee, Tee, Wasser, Cola, Scotch. Ist nie zu früh für Scotch. Violet, Scotch. Eis. Ich sagte Eis. Also kein Eis. Ich auch nicht. Für mich immer ohne. Was sagen Sie zu dem Blick. Nein, nicht der Gärtner. José! José! Muss an die Scheibe klopfen, wenn er was mitkriegen soll. Ist halb taub. José! Weg da! Du versperrst uns die Sicht. Gut so. Und, was sagen Sie. Das Hollywood Sign immer vor Augen. Kann ich nicht genug von kriegen. Als wäre das Wort Gottes runtergefallen, direkt auf die Hügel geknallt, und das Wort war Hollywood. Hat Gott das nicht als Erstes gesagt. Es werde Licht. Was ist ein Film außer Licht. Kein Film ohne Licht. Und dann Worte. Der Anblick des Signs erinnert mich jeden Morgen ans Schreiben. Was. Einverstanden, da steht nicht Hollywood. Erwischt. Gutes Auge. Das Ding fällt auseinander. Das eine O ist halb, das andere O schon ganz umgefallen. Das Wort ist im Arsch. Was soll's. Man weiß, was gemeint ist. Danke, Violet. Prost. Wie sagt man in Ihrem Land. Ich sagte, wie sagt man das. Yo, yo, yo. Gefällt mir. Leicht zu merken. Also dann, yo, yo, yo. Und ein Hoch auf den Abgeordneten, der Sie mir vorbeigeschickt hat. Hab noch nie einen Vietnamesen getroffen. Gibt nicht viele in Hollywood. Ach was, keinen einzigen. Authentizität ist wichtig. Nicht, dass Authentizität die Fantasie schlagen würde. Die Geschichte kommt immer noch zuerst. Das Universelle der Geschichte muss sichtbar sein. Aber schadet nicht, wenn die Details stimmen. Ich hatte einen Green Beret da, der wirklich zusammen mit den Montagnards gekämpft hat, der hat das Skript genau geprüft. Er ist auf mich zugekommen. Er hatte ein Drehbuch. Jeder hat ein Drehbuch. Kann nicht schreiben, ist aber ein wahrer amerikanischer Held. Ist zwei Dienstzeiten drüben gewesen, hat VC mit bloßen Händen gekillt. Ein Silver Star und ein Purple Heart mit Eichenlaub. Die Polaroids, die er mir gezeigt hat, die hätten Sie sehen sollen. Hat mir glatt den Magen umgedreht. Hat mich allerdings auch auf ein paar Ideen für den Film gebracht. Brauchte kaum was ändern. Wie finden Sie es.

Es kostete mich einen Augenblick, bis ich merkte, dass er mir eine Frage gestellt hatte. Ich war so verwirrt wie ein Nicht-Muttersprachler, der sich mit jemandem unterhält, für den Englisch ebenfalls eine Fremdsprache ist. Großartig, sagte ich.

Großartig, darauf können Sie wetten. Sie wiederum. Sie haben mir ein neues Drehbuch an den Rand geschrieben. Haben Sie schon jemals ein Drehbuch auch nur gelesen.

Wieder kostete es mich einen Augenblick, bis ich erkannte, dass das wieder eine Frage war. Wie Violet hatte er ein Problem mit der konventionellen Zeichensetzung. Nein …

Dachte ich mir. Warum glauben Sie also …

Die Details stimmen nicht.

Die Details stimmen nicht. Hast du das gehört, Violet. Ich habe Recherchen über Ihr Land angestellt, mein Freund. Ich habe Joseph Buttinger und Frances FitzGerald gelesen. Haben Sie Joseph Buttinger und Frances FitzGerald gelesen. Er ist der führende Historiker für Ihren kleinen Teil der Welt, und sie hat den Pulitzer-Preis bekommen. Sie hat Ihre Psychologie auseinandergenommen. Ich glaube, ich weiß einiges über euch Jungs.

Seine Aggressivität machte mich nervös, und meine Nervosität, die ich nicht gewohnt war, machte mich nur noch nervöser, und das ist meine einzige Erklärung für mein weiteres Verhalten. Nicht mal die Schreie stimmen, sagte ich.

Wie bitte.

Ich wartete auf den nächsten Zwischenruf, bis ich erkannte, dass er mich nur mit einer Frage unterbrach. Okay, sagte ich. Wenn ich mich recht erinnere, auf den Seiten 26, 42, 58, 77, 91, 103 und 118, aber im Grunde an allen Stellen im Skript, wo eine Person meines Volkes etwas sagt, schreit er oder sie. Kein Text, nur Schreie. Dann sollten zumindest die Schreie stimmen.

Schreie sind universell. Hab ich recht, Violet.

Ja, sagte sie auf ihrem Platz neben mir. Schreie sind nicht universell, sagte ich. Wenn ich die Telefonschnur hier um Ihren Hals wickele und so fest zuziehe, bis Ihnen die Augen aus dem Kopf treten und Ihre Zunge schwarz anläuft, dann würde das Geschrei von Violet sehr anders klingen als der Schrei, den Sie versuchen würden. Das sind zwei sehr verschiedene Arten von panischer Angst, die da zum Ausbruch kommen. Der Mann weiß, dass er stirbt. Die Frau weiß, dass sie wahrscheinlich bald stirbt. Die unterschiedlichen Situationen und Körper produzieren für ihre Stimmen qualitativ unterschiedliche Klangfarben. Man muss ihnen sehr genau zuhören, um zu verstehen, dass Schmerz zwar universell, aber auch höchst privat ist. Wir können nicht wissen, ob unser Schmerz dem Schmerz eines anderen gleicht, wir wissen es erst, wenn wir darüber sprechen. Und wenn wir das tun, dann ist unser Sprechen und Denken kulturell und individuell geprägt. In diesem Land, zum Beispiel, wird jemand, der um sein Leben läuft, daran denken, nach der Polizei zu rufen. Eine vernünftige Reaktion, wenn man Angst hat, dass einem Schmerz zugefügt wird. Aber in meinem Land ruft niemand nach der Polizei, weil es oft die Polizei ist, die den Schmerz zufügt. Habe ich recht, Violet?

Violet nickte stumm.

Ich möchte Sie nur darauf hinweisen, dass meine Landsleute in Ihrem Skript so schreien: *AIIIEEEEE!!!* Wenn zum Beispiel DORFBEWOHNER Nr. 3 von einer Bambustrittfalle des Vietcong aufgespießt wird, dann schreit er so. Oder wenn das KLEINE MÄDCHEN sich opfert, um den Green Beret vor dem ins Dorf schleichenden Vietcong zu warnen, dann schreit es so, bevor man ihm die Kehle durchschneidet. Ich habe schon so viele meiner Landsleute vor Schmerz schreien hören, dass ich Ihnen versichern kann, so schreien sie nicht. Würden Sie gern hören, wie sie schreien?

Er schluckte, und sein Adamsapfel machte einen Satz. Okay.

Ich stand auf, stützte mich auf den Schreibtisch und schaute ihm direkt in die Augen. Aber ich sah ihn nicht. Was ich sah, war das Gesicht eines drahtigen Montagnard, einen Ältesten aus der Bru-Minderheit, der in einem realen Dorf nicht weit entfernt vom Schauplatz dieser fiktiven Geschichte lebte. Es ging das Gerücht, er sei Verbindungsagent für den Vietcong. Es war mein erster Einsatz als Leutnant, und ich wusste einfach nicht, wie ich den Mann, dem mein Hauptmann ein Stück rostigen Stacheldraht um den Hals geschlungen hatte, retten sollte. Das Halsband saß so straff, dass es dem Alten bei jedem Schlucken den Adamsapfel kitzelte. Das jedoch brachte den Mann noch nicht zum Schreien, schließlich war es nur der Vorgeschmack auf das, was noch kommen würde. In meiner Vorstellung allerdings, während ich die Szene beobachtete, schrie ich für ihn.

Das klingt so, sagte ich, streckte die Hand aus, nahm den Montblanc-Füllfederhalter des Auteurs vom Schreibtisch und schrieb onomatopoetisch quer über das Deckblatt des Drehbuchs in großen schwarzen Buchstaben: *AIEYAAHHH!!!* Dann steckte ich die Kappe wieder auf den Füllfederhalter, legte ihn zurück auf den Lederschreibblock und sagte: So schreien wir in unserem Land.

Nachdem ich vom Haus des Auteurs zum Haus des Generals gefahren war, dreißig Blocks weit die Hügel hinunter ins Tiefland von Hollywood, berichtete ich dem General und Madame von meiner ersten Erfahrung mit der Filmindustrie, worauf die beiden wütend Partei für mich ergriffen. Meine Unterhaltung mit dem Auteur und Violet hatte sich in zumeist verhaltener Manier noch eine Zeit lang fortgesetzt. Ich wies darauf hin, dass der Mangel an Sprechrollen für Vietnamesen in einem in Vietnam spielenden Film als kulturelle Instinktlosigkeit gedeutet werden könnte. Richtig, warf Violet ein, aber der Knackpunkt ist doch, wer kauft die Eintrittskarten und geht ins Kino. Offen gesagt, Vietnamesen werden sich den Film wohl nicht anschauen, oder. Ich zügelte meine Empörung. Selbst wenn, sagte ich, glauben Sie nicht, dass es ein bisschen glaubwürdiger, ein bisschen realistischer, ein bisschen authentischer wäre, wenn in einem Film, der in einem bestimmten Land spielt, auch die Menschen zu Wort kommen, die in dem Land leben, statt auf Regieanweisungen reduziert zu werden wie, *Schnitt auf die Dorfbewohner, die sich in ihrer eigenen Sprache unterhalten?* Glauben Sie nicht, dass es anständiger wäre, sie tatsächlich etwas sagen zu lassen, anstatt einfach festzustellen, dass da irgendein Gemurmel aus ihren Mündern kommt? Könnten Sie sie nicht ein Englisch mit schwerem Akzent sprechen lassen – Sie wissen schon, so ein Ying-Yang-Yong-Englisch – und damit wenigstens so tun, als würden sie eine asiatische Sprache sprechen, die das amerikanische Publikum seltsamerweise irgendwie versteht? Und glauben Sie nicht, es wäre überzeugender, wenn der Green Beret sich verlieben würde? Oder lieben und opfern sich diese Männer nur untereinander? Ohne eine Frau im Zentrum liegt das doch nahe, oder?

Der Auteur verzog das Gesicht und sagte: Sehr interessant, klasse Ideen, fantastisch, aber mir ist da eben eine Frage durch den Kopf gegangen. Was war das noch mal. Ah, richtig. Wie viele Filme haben Sie gemacht. Keinen. Ist das richtig. Keinen, zero, null, nada, nix oder wie auch immer das in Ihrer Sprache heißt. Na dann, vielen Dank, dass Sie mir erklären, wie ich meinen Job zu machen habe. Und jetzt verpissen Sie sich aus meinem Haus und kommen erst wieder, wenn Sie einen oder zwei Filme gemacht haben. Vielleicht höre ich mir dann ein oder zwei von Ihren billigen Ideen an.

Warum war er so grob?, fragte Madame. Hat er Sie nicht selbst um ein paar Anmerkungen gebeten?

Er wollte nur einen Jasager. Er dachte, ich unterschriebe alles, was er sich ausgedacht hat.

Er dachte, Sie würden sich bei ihm einschmeicheln.

Und als er merkte, dass das nicht der Fall ist, war er gekränkt. Er ist Künstler, die sind sehr dünnhäutig.

So viel zum Thema Hollywood-Karriere, sagte der General.

Ich will keine Karriere in Hollywood, sagte ich, doch wollte in Wahrheit Hollywood mich nicht. Ich gestehe, dass ich wütend auf den Auteur war, aber hatte ich nicht alles Recht dazu? Und ich war besonders wütend, als er zugab, nicht einmal zu wissen, dass Montagnard einfach der französische Sammelbegriff für die Dutzenden von Minderheiten war, die im Hochland lebten. Was, sagte ich, wenn ich ein Drehbuch über den amerikanischen Westen schreiben und alle Ureinwohner einfach Indianer nennen würde? Sie würden wissen wollen, ob die Kavallerie gegen die Navajo, die Apachen oder die Komantschen kämpft, oder? Und das Gleiche will ich wissen, wenn Sie von Montagnards sprechen, ob die Bru oder die Nung oder die Tay gemeint sind.

Ich verrate Ihnen ein Geheimnis, sagte der Auteur. Sind Sie bereit. Also. Das geht den Leuten am Arsch vorbei.

Er amüsierte sich über meine Sprachlosigkeit. Wenn es mir die Sprache verschlägt, dann ist das so, als hätte man eine von diesen haarlosen ägyptischen Katzen vor sich, eine rare und nicht zwingend wünschenswerte Begegnung. Erst später, im Auto, konnte ich bitter darüber lachen, dass er mich mit meinen eigenen Waffen geschlagen hatte. Wie konnte ich so blöde sein? Wie konnte ich so verblendet sein? Wie immer ganz der fleißige Student, hatte ich das Drehbuch in ein paar Stunden gelesen, hatte es dann ein zweites Mal gelesen und meine Anmerkungen gemacht, was noch einmal einige Stunden gekostet hatte, und das alles in der irrigen Annahme, meine Meinung sei gefragt. Ich war so naiv zu glauben, den Organismus Hollywood von seinem Ziel abbringen zu können, nämlich der Lobotomisierung und Ausbeutung des Kinopublikums auf der ganzen Welt. Der zusätzliche Nutzen Hollywoods war Geschichtsschreibung nach dem Prinzip des Tagebaus. Die Realität blieb zusammen mit den Toten unter der Oberfläche, das staunende Publikum bekam nur die winzigen, funkelnden Diamanten zu Gesicht. Hollywood erschuf nicht nur Monster, es war selbst ein Monster, unter dessen Füßen ich zerquetscht wurde. Ich hatte versagt, und der Auteur würde *Das Dorf* machen wie von ihm geplant, mit meinen Landsleuten, die lediglich als Rohmaterial für ein Epos über weiße Männer dienten, die gute gelbe Menschen vor schlechten gelben Menschen retteten. Mich rührte der naive Glaube der Franzosen, man könne ein Land nur ausbeuten, wenn man selbst vor Ort war. Hollywood war viel effizienter, indem es die Länder, die es ausbeuten wollte, selbst erschuf. Meine Hilflosigkeit gegenüber der Vorstellungskraft und Machenschaft des Auteurs machte mich rasend. Seine Arroganz bezeichnete etwas Neues in der Welt, denn das war der erste Krieg, dessen Geschichte die Verlierer und nicht die Sieger schreiben würden – dank des effizientesten Propagandaapparats, der je geschaffen worden war (bei allem gebotenen Respekt vor Joseph Goebbels und den Nazis, die nie eine globale Herrschaft errichten konnten). Hollywoods Hohepriester hatten instinktiv die Erkenntnis von Miltons Satan erfasst, wonach es besser sei, in der Hölle zu herrschen, als im Himmel zu dienen, und man besser der Schurke, Verlierer oder Antiheld im grellen Rampenlicht sei als der tugendhafte Komparse. In dem kommenden Trompe-l'œil würden alle Vietnamesen, gleich welcher Gesinnung, schlecht dastehen, gepfercht in die Rollen der Armen, der Unschuldigen, der Bösen oder der Korrupten. Unser Schicksal war nicht, einfach nur zu schweigen. Wir würden zum Schweigen gebracht werden.

Essen Sie etwas Pho, sagte Madame. Dann fühlen Sie sich wieder besser.

Sie hatte gekocht. Das ganze Haus roch nach Zuhause, ein köstliches Aroma von Rinderbrühe und Sternanis, das ich nur als ein Bouquet aus Liebe und Zärtlichkeit beschreiben kann, was umso bemerkenswerter war, als Madame, bevor sie in dieses Land kam, nie gekocht hatte. Für Frauen aus Madames exklusiver Schicht war Kochen eine Tätigkeit, mit der andere Frauen beauftragt wurden. Ebenso sauber machen, nähen, Kinder hüten und unterrichten et cetera, alles außer das biologisch Lebensnotwendige, dessen Ausführung ich mir bei Madame aber nicht vorstellen konnte, außer atmen vielleicht. Die Erfordernisse des Exils hatten es allerdings nötig gemacht, dass Madame kochte, da die anderen Mitglieder der Familie höchstens Wasser heiß machen konnten. Was den General betrifft, lag selbst das jenseits seiner Möglichkeiten. Er konnte mit verbundenen Augen ein M16 zerlegen und wieder zusammensetzen, aber ein Gasherd verwirrte ihn so wie eine Infinitesimalrechnung. Zumindest tat er so. Wie viele von uns vietnamesischen Männern wollte er nicht mal im Entferntesten mit häuslichen Tätigkeiten zu tun haben. Alles, was er zu Hause machte, war Schlafen und Essen, und in beidem war er besser als ich. Er war mit seiner Pho fünf Minuten vor mir fertig. Mein langsames Esstempo war allerdings nicht einem Mangel an Willen geschuldet, sondern dem Umstand, dass Madames Pho mich in der Zeit zurückkatapultiert hatte, in die Küche meiner Mutter, wo sie aus den grauen Rinderknochen, die mein Vater vom Essen übrig gelassen hatte, die Brühe zubereitete. Wir aßen Pho normalerweise ohne die dünnen Scheiben Rindfleisch, in dem sich das Eiweiß befand, da wir uns außer zu den seltenen Anlässen, wenn meine klamme Mutter ihr letztes Geld zusammenkratzte, das Fleisch nicht leisten konnten. So arm sie auch war, meine Mutter kochte die herrlichste, die aromatischste Suppe. Ich half ihr, indem ich den Ingwer und die Zwiebeln röstete, die zur Würze in dem Eisentopf mit den köchelnden Knochen landeten. Außerdem war es meine Aufgabe, den Schaum von der Oberfläche der Brühe abzuschöpfen, damit sie kräftig und klar blieb. Während ich mich mit meinen Schulaufgaben abquälte, kitzelte mich das Aroma der stundenlang vor sich hin köchelnden Knochen höhnisch in der Nase. Madames Pho versetzte mich in die warme Küche meiner Mutter zurück, die wahrscheinlich gar nicht so warm war wie in meiner Erinnerung – aber was soll's? Ich hielt immer wieder inne, nicht nur um die Suppe richtig genießen zu können, sondern auch das Mark meiner Erinnerungen.

Köstlich, sagte ich. Das habe ich schon seit Jahren nicht mehr gegessen.

Erstaunlich, oder? Ich hätte nie gedacht, dass sie Talent dazu hat.

Sie sollten ein Restaurant aufmachen, sagte ich.

Wie ihr daherredet! Sie war sichtlich erfreut.

Haben Sie das schon gesehen? Der General nahm eine Zeitung von einem Stapel auf der Küchentheke, die letzte Ausgabe von Sonnys Blatt, das alle zwei Wochen erschien. Ich hatte sie noch nicht gesehen. Den General beunruhigten Sonnys Artikel über die Hochzeit und über die Beerdigung des Majors, die nun schon einige Wochen zurücklag. Über das Ableben des Majors schrieb Sonny: »Die Polizei hält es für einen Raubmord, aber können wir sicher sein, dass ein Offizier des Geheimdienstes nicht auch Feinde hat, die seinen Tod wünschen?« Und in seinem Artikel über die Hochzeit fasste Sonny die Reden zusammen und schloss mit den Worten, dass »es vielleicht Zeit ist, mit dem Kriegsgerede Schluss zu machen. Ist der Krieg nicht schon vorbei?«

Er macht seinen Job, sagte ich, obwohl ich wusste, dass er zu weit gegangen war. Zugegeben, er ist vielleicht ein bisschen naiv.

Naiv? Eine sehr großzügige Lesart. Und der will Reporter sein. Das heißt, Fakten berichten, und nicht, irgendwelche Sachen erfinden oder interpretieren oder den Leuten Flöhe ins Ohr setzen.

Mit dem Major hat er ja recht, oder?

Auf welcher Seite stehen Sie?, sagte Madame. Sie hatte jetzt absolut nichts mehr von einer Köchin an sich. Reporter brauchen Herausgeber, und Herausgeber brauchen Prügel. Das ist die beste Zeitungspolitik. Das Problem mit Son ist, dass er sein eigener Herausgeber ist. Es fehlt die Kontrolle.

Da haben Sie absolut recht, Madame. Der Hieb des Auteurs hatte mich verunsichert, hatte mich aus meiner Rolle geschlagen.

Zu viel Pressefreiheit ist schädlich für eine Demokratie, erklärte ich. Das war nicht meine Meinung, aber die meiner Rolle als guter Hauptmann, und als Schauspieler musste ich Verständnis haben für den Mann, den ich mimte. Nur dass die meisten Schauspieler die meiste Zeit sie selbst waren und nicht ihre Rolle, während es in meinem Fall umgekehrt war. Es kann also nicht überraschen, dass ich manchmal davon träumte, mir die Maske herunterzureißen, nur um dann festzustellen, dass sie zu meinem Gesicht geworden war. So wie jetzt, als ich sagte: Der Bürger kann nicht beurteilen, was nützlich und gut ist, wenn zu viele Meinungen kursieren.

Es dürfte zu keinem Thema mehr als zwei Meinungen geben, sagte der General. Zum Beispiel das Wahlsystem. Gleiches Konzept. Zu Hause hatten wir die verschiedensten Parteien und Kandidaten, was für ein Chaos. Hier entscheidet man sich zwischen links und rechts, das ist mehr als genug. Zwei Optionen, und jedes Mal das gleiche Drama bei der Präsidentenwahl. Vielleicht sind schon zwei Optionen zu viel. Eine reicht, keine wäre vielleicht noch besser. Weniger ist mehr, stimmt's nicht? Sie kennen den Mann, Hauptmann, diesen Son. Er hört auf Sie. Erinnern Sie ihn daran, wie man so was bei uns zu Hause handhabt. Auch wenn wir jetzt hier sind, wir dürfen nicht vergessen, wie man so was bei uns handhabt.

In der guten alten Zeit würde Sonny jetzt schon in der Zelle schwitzen. So dachte ich, sagte aber: Apropos alte Zeiten, General. Wie ist der Stand der Dinge?

Wir machen Fortschritte, sagte der General und lehnte sich auf seinem Stuhl zurück. Wir haben Freunde und Verbündete in Claude und dem Abgeordneten, und sie sagen mir, dass sie nicht allein sind. Aber es sind schwierige Zeiten, um Unterstützung aus der Öffentlichkeit zu bekommen, das amerikanische

Volk will keinen Krieg mehr. Wir müssen uns also langsam wieder zusammenfinden.

Wir brauchen hier und drüben ein Netzwerk, sagte ich.

Für unser erstes Treffen habe ich eine Liste mit Offizieren zusammengestellt. Ich habe mit allen persönlich gesprochen, sie brennen darauf, wieder kämpfen zu dürfen. Hier haben sie keine Aufgabe. Die einzige Chance, ihre männliche Ehre wiederherzustellen, besteht in der Rückeroberung unseres Landes.

Wir brauchen mehr als eine Avantgarde.

Avantgarde?, sagte Madame. Kommunistengerede.

Mag sein. Aber die Kommunisten haben gewonnen, Madame. Die hatten nicht nur Glück. Vielleicht sollten wir von einigen ihrer Strategien lernen. Eine Avantgarde kann dem Volk eine Richtung vorgeben, auch wenn es selbst noch nicht weiß, dass es in diese Richtung will.

Er hat recht, sagte der General.

Die Avantgarde arbeitet im Verborgenen, präsentiert sich aber in der Öffentlichkeit mit einem anderen Gesicht. Freiwillige bilden die Frontorganisationen für die Avantgarde.

Genau, sagte der General. Zum Beispiel Son. Wir müssen aus seiner Zeitung eine solche Frontorganisation machen. Und wir brauchen eine Jugendgruppe, eine Frauengruppe, sogar eine Intellektuellengruppe.

Wir brauchen auch Zellen. Die Organisation muss in einzelne Teile zerlegt werden, damit sie überleben kann. Dies hier ist eine Zelle. Dann gibt es die Zellen, in denen Claude und der Abgeordnete tätig sind, über die ich nichts weiß.

Zu gegebener Zeit, Hauptmann. Ein Schritt nach dem anderen. Der Abgeordnete arbeitet an gewissen Kontakten, damit wir Leute nach Thailand schicken können.

Das ist der Sammelraum.

Genau. Der Seeweg ist zu schwierig. Wir müssen auf dem Landweg zurückkehren. In der Zwischenzeit treibt Claude Geld auf. Mit dem Geld besorgen wir, was wir sonst noch brauchen. Die Männer aufzutreiben ist kein Problem, aber die brauchen Waffen. Sie müssen nach Thailand transportiert werden, dort brauchen wir Übungsgelände, Ausbilder. Wie Sie gesagt haben, Hauptmann, wir müssen denken wie Kommunisten. Wir müssen Jahrzehnte vorausplanen. Wir müssen genau wie sie im Untergrund leben und arbeiten.

Zumindest an die Dunkelheit sind wir schon gewöhnt.

Und ob. Wir hatten keine Wahl. Wir hatten nie eine Wahl, nicht wirklich, nicht, als es um alles ging. Um dem Kommunismus entgegentreten zu können, waren wir gezwungen zu tun, was wir getan haben. Die Geschichte hat uns getrieben. Wir haben keine andere Wahl, als zu kämpfen, wenn wir uns dem Bösen und dem Vergessen widersetzen wollen. Der General hob Sonnys Zeitung in die Höhe. Deshalb ist es sogar gefährlich, auch nur darüber zu sprechen, dass der Krieg vorbei ist. Wir dürfen unserem Volk nicht gestatten, selbstzufrieden zu werden.

Und außerdem dürfen wir nicht zulassen, dass es seinen Hass vergisst, fügte ich hinzu. Da können Zeitungen eine Rolle spielen, an der Kulturfront.

Aber nur wenn die Journalisten ihre Rolle so erfüllen, wie sie es sollen. Der General warf die Zeitung wieder auf den Tisch. »Hass.« Ein gutes Wort. Immer hassen, niemals nachlassen. Vielleicht sollten wir das zu unserem Motto machen.

Klingt nicht schlecht, sagte ich.

NEUNTES KAPITEL

Zu meiner großen Überraschung rief in der nächsten Woche Violet an. Ich glaube nicht, dass wir etwas zu bereden hätten, sagte ich. Er hat noch einmal über Ihre Empfehlung nachgedacht, sagte sie. Mir fiel auf, dass sie diesmal tatsächlich in ganzen Sätzen zu mir sprach. Er ist etwas heftig und kann Kritik nur schlecht vertragen, aber er ist der Erste, der das auch zugibt. Nachdem er sich wieder beruhigt hatte, hat er gemeint, dass in Ihren Anmerkungen ein paar nützliche Ideen stecken. Er spricht Ihnen sogar seinen Respekt dafür aus, dass Sie ihm die Stirn geboten haben. Es gibt nicht viele, die das tun, und das macht Sie zu einem idealen Kandidaten für das, was ich Ihnen vorschlagen möchte. Wir brauchen einen Berater für alles, was mit Vietnam zu tun hat. Was man nachlesen kann, haben wir schon recherchiert, Geschichte, Kostüme, Waffen, Bräuche. Aber wir brauchen noch jemanden, der sich um die Authentizität kümmert, und das könnten Sie sein. Auf den Philippinen leben Flüchtlinge aus Vietnam, die wir als Komparsen einsetzen wollen, und wir brauchen jemanden, der mit ihnen arbeitet.

Von ferne brandete das Wispern meiner Mutter an mein Ohr: Denk immer dran, du bist nicht etwas Halbes, sondern das Doppelte von allem. Trotz aller Nachteile, die meine ärmliche, verworrene Herkunft mit sich brachte, war ich dank des unermüdlichen Zuspruchs meiner Mutter und dank ihrem leidenschaftlichen Glauben an mich nie vor irgendeiner Herausforderung oder Gelegenheit zurückgewichen. Das Angebot lautete: vier Monate bezahlter Urlaub in einem Tropenparadies, sechs Monate, wenn die Dreharbeiten sich verzögerten, und vielleicht weniger Paradies, wenn die Rebellen vor Ort ein bisschen zu selbstbewusst würden, und vielleicht eher Arbeit als Urlaub und eher schlecht als gut bezahlt, aber unterm Strich bedeutete es eine Erholungspause von meinem amerikanischen Asyl. So hartnäckig wie ein Geldeintreiber bedrängten mich ein paarmal täglich die Gewissensbisse wegen des Todes des maßlosen Majors. Und die Hauptstimme in dem katholischen Chor, der meine Schuld intonierte, sang die Witwe des Majors. Bei der Beerdigung hatte ich ihr nur fünfzig Dollar gegeben, mehr hatte ich nicht erübrigen können. Da Kost und Logis inklusive waren, konnte ich sogar bei Unterbezahlung für die Frau des Majors und die Kinder etwas Geld beiseitelegen.

Sie waren Unschuldige, denen Unrecht zugefügt worden war, so wie einst mir selbst als unschuldiges Kind. Nicht von Fremden, sondern von meiner eigenen Familie, meinen Tanten, die nicht gewollt hatten, dass ich bei Familienfeiern mit meinen Cousins und Cousinen spielte, und mich aus der Küche gescheucht hatten, wenn es dort Leckereien gab. Beim Gedanken an meine leiblichen Tanten erinnerte ich mich an die Narben, die sie mir am Neujahrsfest zugefügt hatten, einem Ereignis, das allen anderen Kindern mit großer Zärtlichkeit im Gedächtnis bleibt. Wie weit reichen meine Erinnerungen zurück? Vielleicht bis zu dem Neujahrsfest, als ich fünf oder sechs Jahre alt war. Ich steckte mit den anderen Kindern zusammen. Ernsthaft und voller Aufregung erwarteten wir den Augenblick, wenn wir auf jeden einzelnen Erwachsenen zugehen und ihm oder ihr im Rahmen einer kleinen Rede Gesundheit und Glück wünschen würden. Obwohl ich kein einziges Wort vergaß, nie ins Stocken geriet wie die meisten meiner Cousins und Cousinen und sowohl Aufrichtigkeit als auch Charme verströmte, belohnte mich Tante Zwei nicht mit einem roten Umschlag. Mein gesamter Stammbaum mütterlicherseits starrte mich an, auf seinen buckligen Ästen die Eltern meiner Mutter, ihre neun Geschwister, meine drei Dutzend Cousins und Cousinen. Ich habe keinen mehr, sagte die boshafte Tante, die von oben auf mich herabschaute. Ich habe einen zu wenig. Ich stand starr da, die Arme immer noch respektvoll über der Brust verschränkt, und wartete auf den magischen Umschlag oder eine Entschuldigung. Aber nichts passierte. Erst nach gefühlt mehreren Minuten legte mir meine Mutter die Hand auf die Schulter und sagte, Bedanke dich bei deiner Tante, dass sie so freundlich war, dir eine Lehre zu erteilen.

Erst später, zu Hause auf dem Holzbett, das wir uns teilten, weinte Mama. Es spielte keine Rolle, dass meine anderen Tanten und Onkel mir einen roten Umschlag gegeben hatten, obwohl ich später im Austausch mit meinen Cousins und Cousinen feststellte, dass ich nur halb so viel Glücksgeld bekommen hatte wie sie. Weil du ein Halbblut bist, sagte ein bösartiger Cousin. Du bist ein Bastard. Als ich Mama fragte, was ein Bastard ist, lief ihr Gesicht rot an. Wenn ich könnte, sagte sie, würde ich den mit bloßen Händen erwürgen. Nie habe ich einen Tag erlebt, an dem ich mehr über mich, die Welt und seine Bewohner gelernt hätte. Und für Bildung muss man dankbar sein, egal, aus welcher Ecke sie kommt. Also war ich meiner Tante und meinem Cousin, an deren Lektionen ich mich viel genauer erinnere als an so viele noblere Dinge aus der Schule, in gewisser Weise dankbar. Oh, sie werden schon sehen!, schluchzte meine Mutter und drückte mich mit solcher Kraft an sich, dass mir fast die Luft wegblieb. Mein Gesicht war in die eine Brust vergraben, eine Hand drückte die üppige andere. Durch das dünne Baumwollgewebe drang der heiße, kräftige Moschusduft, den ihr junger Frauenkörper nach einem schwülen Tag verströmte, den sie fast vollständig auf den Beinen oder in der Hocke mit Zubereiten und Servieren von Essen verbracht hatte. Sie werden schon sehen! Du wirst härter arbeiten als sie alle, du wirst mehr studieren als sie alle, du wirst mehr wissen als sie alle, du wirst besser sein als sie alle. Versprich das deiner Mutter! Und ich versprach es.

Diese Geschichte habe ich nur zwei Menschen erzählt, Man und Bon, wobei ich nur den Teil mit den Brüsten meiner Mutter wegließ. Das war im Lycée, in verschiedenen intimen Momenten meiner frühen Jugend. Wir fischten am Fluss, als ich es Bon erzählte. Wutentbrannt warf er seine Rute hin und sagte: Wenn ich diesen Cousin erwische, dann prügele ich ihn so lange, bis ihm die Hälfte seines Bluts aus dem Kopf schießt. Man reagierte gemäßigter. Schon damals war er ruhig, analytisch und redete auf altkluge Weise dialektisch-materialistisch daher. Er hatte mir nach der Schule einen Zuckerrohrsaft spendiert, wir saßen auf dem Randstein und tranken mit Strohhalmen aus den kleinen Plastiktüten. Der rote Umschlag ist ein Symbol für alles, was falsch läuft, sagte er. Rot ist die Farbe des Blutes, und sie haben dich wegen deines Blutes ausgegrenzt. Sie ist die Farbe des Schicksals und des Glücks. Das sind primitive Vorstellungen. Erfolg oder Misserfolg hängen nicht von Schicksal oder Glück ab. Wir haben Erfolg, weil wir verstehen, wie es zugeht in der Welt und wie wir handeln müssen. Wir versagen, weil andere das besser verstehen als wir. Leute wie deine Cousins ziehen ihren Vorteil aus den Verhältnissen, sie hinterfragen sie nicht. Solange die Verhältnisse für sie arbeiten, unterstützen sie diese Verhältnisse. Aber du siehst, wie verlogen diese Verhältnisse sind, weil du niemals daran teilhaben konntest.

Du siehst ein anderes Rot als sie. Rot ist nicht Glück. Rot ist nicht Schicksal. Rot ist die Revolution. Und urplötzlich sah auch ich rot. Im Lichte dieser leuchtenden Vision ergab die Welt plötzlich einen Sinn, jeder Ton hatte plötzlich seine Bedeutung, so kräftig, dass man die Farbe sparsam auftragen musste. Wenn man etwas in roten Buchstaben sieht, ist man alarmiert.

Der Ton der Briefe an meine Tante war damals nicht so alarmierend, doch störte mich der Code, mit dem ich meine Geheimberichte verschlüsselte. Hier ein repräsentatives Beispiel aus Richard Hedds hoch angesehenem Werk *Der Kommunismus in Asien und der orientalische Modus der Zerstörung:*

> Der vietnamesische Bauer wird gegen Luftschläge nicht protestieren, denn er ist apolitisch und nur daran interessiert, sich selbst und seine Familie zu ernähren. Natürlich wird er entsetzt sein über die Bombardierung seines Dorfes, doch das wird sich lohnen, wenn es ihn davon überzeugt, dass eine Entscheidung für den Kommunismus falsch ist, weil der ihn nicht beschützen kann. (S. 126)

Im Sinne dieser Einsichten berichtete ich über meine Entscheidung, das Angebot des Auteurs anzunehmen, und beschrieb die Aufgabe als *Unterminierung der feindlichen Propaganda*. Ich verschlüsselte auch die Namen der Offiziere der Avantgarde des Generals. Und für den Fall, dass nicht nur die Augen von Mans Tante meinen Brief zu sehen bekämen, schilderte ich das Leben in Los Angeles in optimistischem Tonfall. Vielleicht lasen unbekannte Zensoren Flüchtlingspost und suchten nach deprimierten, zornigen Briefeschreibern, die den amerikanischen Traum nicht träumen konnten oder träumen wollten. Ich achtete damals penibel darauf, mich als einen der vielen

Einwanderer darzustellen, die froh waren, in dem Land zu sein, wo das Streben nach Glück schriftlich garantiert war, was allerdings bei genauerem Nachdenken gar keine so große Sache ist. Eine Garantie auf Glück – tja, das ist eine große Sache. Aber eine Garantie auf das Streben nach dem Glücksjackpot? Das bedeutet lediglich, die Möglichkeit zu haben, sich ein Lotterielos zu kaufen. Irgendwer würde den Jackpot sicher knacken, aber alle anderen würden sicher dafür bezahlen.

Ich würde den General beim nächsten Schritt seines Plans im Namen dieses Strebens unterstützen, schrieb ich meiner Tante, nämlich der Gründung einer gemeinnützigen Wohltätigkeitsorganisation, die steuerabzugsfähige Spenden annehmen könne, der *Hilfsbruderschaft ehemaliger Soldaten der Armee der Republik Vietnam.* In der einen Wirklichkeit diente die Bruderschaft den Bedürfnissen Tausender von Veteranen, die nun ohne Armee, ohne Vaterland und ohne Identität dastanden. Kurz, sie existierte, um das magere Maß an Glück zu steigern. In einer anderen Wirklichkeit war die Bruderschaft eine Frontorganisation, über die der General Geld von geneigten Spendern für seine Bewegung beziehen konnte, die im Wesentlichen nicht der vietnamesischen Gemeinde angehörten. Die Mitglieder, die Flüchtlinge waren, hatten im Rahmen des amerikanischen Traums die Rolle der Unglücklichen zugewiesen bekommen, damit der Durchschnittsamerikaner sich seines eigenen Glücks bewusst wurde. Nicht diese gebrochenen und bankrotten Flüchtlinge waren die größten Spender, sondern großherzige Einzelpersonen und gemeinnützige Stiftungen, denen daran gelegen war, Amerikas alte Freunde zu fördern. Bei einem Treffen im Bezirksbüro des Abgeordneten hatten ihm der General und ich die Idee für die Bruderschaft vorgestellt und gefragt, ob der Kongress unserer Organisation irgendwie behilflich sein könne, worauf der Abgeordnete seine gemeinnützige Stiftung erwähnt hatte. Das Büro war ein bescheidener Außenposten in einer Ladenzeile in Huntington Beach, einer Aneinanderreihung zweistöckiger Geschäfte an einer großen Kreuzung. Die stuckverzierten Gebäude in Café-au-lait-Braun grenzten an Amerikas einzigartigen Beitrag in der Geschichte der Architektur, einen Parkplatz. Manche beklagen den sozialistischen Brutalismus, aber war die kapitalistische Architektur in all ihrer Uninspiriertheit einen Hauch besser? Meile um Meile konnte man auf einem Boulevard dahinfahren und nichts anderes sehen als Parkplätze und wie Kudzu-Ranken wuchernde Ladenzeilen, die jedes Bedürfnis bedienten, von Tierhandlungen über Wasserverkaufsstellen bis zu exotischen Restaurants und sämtlichen vorstellbaren Kategorien von kleinen Familienbetrieben, alles Werbung für das Streben nach Glück. Als Zeichen seiner Demut und Volksnähe hatte der Abgeordnete so eine Ladenzeile für sein Hauptquartier ausgesucht. Die Fenster waren mit weißen Wahlplakaten beklebt, auf denen in Rot ABGEORDNETER und dann in Blau sein Name und sein aktueller Wahlkampfslogan standen: IMMER AUFRECHT.

Eine Wand des Abgeordnetenbüros zierte die amerikanische Flagge. An einer anderen Wand hingen Fotos, auf denen er mit Smoking tragenden Berühmtheiten seiner Republikanischen Partei posierte: Ronald Reagan, Gerald Ford, Richard Nixon, John Wayne, Bob Hope und sogar Richard Hedd, den ich in Erinnerung an seine Autorenfotos sofort wiedererkannte. Der Abgeordnete bot uns eine Zigarette an, und so genossen wir eine Zeit lang den Tabak und neutralisierten die Nebenwirkungen des Nikotins mit gesundem Small Talk über Frauen, Kinder und Lieblingssportvereine. Eine Zeit lang diskutierten wir auch mein bevorstehendes Abenteuer auf den Philippinen, das Madame und der General befürwortet hatten. Wie hieß noch mal dieser Spruch von Marx?, sagte der General und strich sich nachdenklich übers Kinn, während er versuchte, sich an meine Notizen über Marx zu erinnern. Ah, richtig. »Sie können sich nicht vertreten, sie müssen vertreten werden.« Das passiert hier doch gerade, oder? Marx spricht von Bauern, aber er könnte genauso gut uns meinen. Wir können uns nicht selbst vertreten. Hollywood vertritt uns. Deshalb müssen wir unser Möglichstes tun, um sicherzustellen, dass wir gut vertreten werden.

Ich sehe schon, worauf das hinausläuft, sagte der Abgeordnete grinsend. Er drückte seine Zigarette aus, stützte den Ellbogen auf seinen Schreibtisch und sagte: Nun, was kann euer Abgeordneter für euch tun? Nachdem der General die Bruderschaft und ihren Zweck erläutert hatte, sagte der Abgeordnete: Großartige Idee, aber da traut sich der Kongress nicht ran. Niemand will im Moment auch nur den Namen Ihres Landes aussprechen.

Verstanden, Herr Abgeordneter, sagte der General. Wir brauchen nicht die offizielle Unterstützung des amerikanischen Volkes, und wir verstehen, warum es nicht begeistert sein würde.

Aber eine inoffizielle Unterstützung wäre etwas völlig anderes, sagte ich.

Ich höre.

Selbst wenn uns der Kongress kein Geld bewilligt, kann niemand staatsbürgerlich gesinnte Menschen oder Organisationen, zum Beispiel gemeinnützige Organisationen, daran hindern, die Sache unserer traumatisierten und bedürftigen Veteranen zu unterstützen. Sie haben die Freiheit verteidigt, haben Schulter an Schulter neben den amerikanischen Soldaten gekämpft, haben manchmal Blut, manchmal Arme oder Beine geopfert.

Sie haben mit Claude geredet.

Stimmt, Claude hat mich auf gewisse Ideen gebracht. In unserer Zeit in Saigon hat er mal gesagt, dass es für die CIA Routine sei, verschiedene Aktivitäten zu finanzieren. Nicht offiziell, weil das illegal oder zumindest ziemlich fragwürdig wäre, sondern durch Frontorganisationen, die von ihren Agenten und Sympathisanten kontrolliert wurden, oft achtbare Leute aus verschiedenen Branchen.

Und die glücklichen Empfänger dieses Geldes waren oft selbst Frontorganisationen.

Tatsächlich fällt es einem manchmal schwer, bei all diesen Frontorganisationen, die behaupten, den Armen zu helfen, die Hungrigen zu füttern, die Demokratie zu verbreiten, geknechteten Frauen zu helfen oder Künstler auszubilden, noch den Überblick zu behalten, wer was tut und für wen.

Lassen Sie mich mal kurz des Teufels Advokat spielen. Es gibt viele gute Zwecke, für die ich, nur als Beispiel, spenden könnte. Aber ich will offen sein, es gibt nur eine begrenzte Menge an Geld, die ich, nur als Beispiel, zur Verfügung habe. Da kommt unweigerlich das Eigeninteresse ins Spiel.

Eigeninteresse ist gut. Das ist ein Instinkt, der uns am Leben erhält. Und es ist sehr patriotisch.

Absolut. Also: Was ist mein Eigeninteresse an Ihrer Organisation?

Ich schaute den General an. Es lag ihm schon auf der Zunge, das erste der beiden magischen Worte. Wenn wir besäßen, was diese Worte bezeichneten, dann würden wir uns in die oberste Riege der amerikanischen Gesellschaft katapultieren und hätten Zugang zu all ihren funkelnden Schätzen. Unglücklicherweise hatten wir nur beschränkten Zugang zu einem davon. Das Wort, das bezeichnete, was wir nicht hatten, war »Geld«, zumindest nicht genug für eine Konterrevolution. Das andere Wort war »Stimmen«, sodass »Geld« und »Stimmen« zusammen der Schlüssel zu den Untiefen des amerikanischen politischen Systems waren. Aber selbst als nur der erste Teil dieser magischen Kombination meinem ehrgeizigen General über die Lippen kam, hoben sich die Augenbrauen des Abgeordneten schon ganz leicht. Denken Sie sich unsere Gemeinde als Investition, Herr Abgeordneter. Als langfristige Investition. Denken Sie sich uns als ein schlafendes kleines Kind, das noch nicht aufgewacht und noch nicht erwachsen ist. Stimmt, das Kind kann nicht wählen. Das Kind ist kein Staatsbürger. Aber eines Tages wird das Kind ein Staatsbürger sein. Eines Tages werden die Kinder dieses Kindes als Staatsbürger geboren und werden jemanden wählen. Dieser Jemand könnten durchaus Sie sein.

Wie Sie bei der Hochzeit sehen konnten, General, bin ich schon jetzt ein großer Freund Ihrer Gemeinde.

Theoretisch, sagte ich. Bei allem gebotenen Respekt, Herr Abgeordneter, die freie Rede kostet nichts. Geld schon. Ist es nicht komisch, dass eine Gesellschaft, die die Freiheit über alles schätzt, Dinge gering schätzt, die nichts kosten? Gestatten Sie mir, offen zu sprechen. Unsere Gemeinde weiß Ihre Worte zu schätzen, aber wir haben im Laufe der Eingewöhnung in Amerika den Ausdruck »Geld regiert die Welt« gelernt. Und wenn unsere Stimmabgabe die beste Methode ist, uns an der amerikanischen Politik zu beteiligen, dann müssen wir für die stimmen, die das Geld liefern. Und das sind hoffentlich Sie. Aber natürlich ist das Schöne an der amerikanischen Politik, dass wir eine Wahl haben, nicht wahr?

Aber selbst wenn ich, nur als Beispiel, Ihrer Organisation Geld gebe, brauche auch ich Geld, um einen Wahlkampf zu führen und meinen Stab zu bezahlen, das ist die Ironie dabei. Mit anderen Worten, auch in meiner Welt regiert das Geld.

Das ist wirklich eine verzwickte Lage. Aber wovon Sie sprechen, das ist offizielles Geld, für das der Regierung Rechenschaft abgelegt werden muss. Wovon wir sprechen, ist inoffizielles Geld, das uns zukommt und dann ganz offiziell in Form von Stimmen, die der General für Sie sammelt, wieder an Sie zurückfließt.

Das ist korrekt, sagte der General. Wenn mich mein Land eines gelehrt hat, dann ist es der Umgang mit dem, was mein junger Freund so fantasievoll inoffizielles Geld nennt.

Unsere Darbietung unterhielt den Abgeordneten, wir spielten die beiden genialen Äffchen, er den Leierkastenmann, der sich daran freute, wie wir nach seiner Musik tanzten. Der Umgang mit Amerikanern in unserer Heimat hatte uns auf diese Show bestens vorbereitet. Auch in den Aufführungen dort war es immer um inoffizielles Geld, also Korruption, gegangen. Die Korruption war wie der Elefant in dem indischen Gleichnis und ich wie einer der blinden, weisen Männer, die nur einen Teil von dem Elefanten betasten und beschreiben konnten. Nicht was man sieht oder fühlt, ist verwirrend, sondern was man nicht sieht und nicht fühlt, genau wie der Teil unseres jetzigen Plans, den wir nicht unter Kontrolle hatten. Nämlich uns inoffizielles Geld über offizielle Kanäle zukommen zu lassen, sprich, über Stiftungen, in deren Kuratorien der Abgeordnete oder seine Freunde oder die Freunde von Claude saßen. Kurz, so wie die Bruderschaft eine Frontorganisation für unsere Bewegung war, so waren diese Stiftungen selbst Frontorganisationen für die CIA und vielleicht sogar andere, mir unbekannte, noch mysteriösere Regierungs- oder Nichtregierungsorganisationen. Das war dem Abgeordneten vollkommen klar, als er sagte: Ich hoffe nur, dass sich Ihre Organisation an keinen illegalen Aktivitäten beteiligt, wenn sie ihren patriotischen Aufgaben nachgeht. Natürlich meinte er damit, das könnten wir ruhig tun, solange er nichts davon erführe. Das Unsichtbare wird durch das Ungesagte meist noch betont.

Drei Monate später war ich auf dem Weg zu den Philippinen. In der Gepäckablage über mir lag mein Rucksack, in meinem Schoß *Fodor's Southeast Asia*, eine Schwarte, so dick wie *Krieg und Frieden*. Über Reisen nach Asien hatte er Folgendes zu sagen:

> Warum in den Osten reisen? Der Osten hat immer eine verzaubernde Faszination auf den Westen ausgeübt. Asien ist ein ungeheuer großes, unendlich vielschichtiges Gebilde, eine unerschöpfliche Quelle von Reichtümern und Wundern … Für die Mentalität des Westens hält Asien immer noch Versuchung und Herausforderungen, Zauber und Belohnungen bereit, die Generationen von Menschen aus ihrem behaglichen, vertrauten Leben in eine Welt gelockt haben, vollkommen anders als alles, was sie je gekannt, gedacht und geglaubt hatten. Denn Asien ist die Hälfte der Welt, die andere Hälfte … Der Osten mag in der Tat fremd sein, aber das muss nicht entmutigen. Wenn Sie einmal dort gewesen sind, ist er Ihnen vielleicht immer noch ein Rätsel, aber genau das ist das *wirklich* Interessante daran.

Das alles stimmte und war gleichzeitig bedeutungslos. Ja, der Osten war ein ungeheuer großes, unendlich vielschichtiges Gebilde, aber war der Westen das nicht auch? Der Hinweis, der Osten sei eine unerschöpfliche Quelle von Reichtümern und Wundern, implizierte eine Eigenschaft, die nicht für den Westen galt. Der Mensch aus dem Westen nahm seine Reichtümer und Wunder als selbstverständlich hin, so wie mir der Zauber des Ostens oder seine Rätselhaftigkeit nie aufgefallen waren. Wenn überhaupt, dann war der Westen oft rätselhaft, entmutigend und *wirklich* interessant, eine Welt, die sich in allem vollkommen unterschied von dem, was ich vor meiner Ausbildung gekannt hatte. Wie der westliche Mensch, so langweilte sich auch der östliche Mensch dann am meisten, wenn er sich an seinen eigenen Gestaden aufhielt.

Ich blätterte zu den Ländern, die mich betrafen, und war nicht überrascht, dass Vietnam als ein »vollkommen verwüstetes Land« beschrieben wurde. Das Buch riet von einem Besuch ab, und auch ich würde es dem sorglosen Touristen nicht als Reiseland empfehlen. Allerdings war ich gekränkt, dass unsere Nachbarn, die Kambodschaner, als »entspannt, sinnenfreudig, freundlich und gefühlvoll« geschildert wurden und Kambodscha als »nicht nur eins der bezauberndsten, sondern auch der faszinierendsten Länder Asiens«. Das konnte man sicher auch von meinem Heimatland und den meisten Ländern mit Witterungsbedingungen wie in einem Wellnessbereich behaupten. Aber was wusste ich schon? Ich hatte ja nur dort gelebt, und Menschen, die an einem bestimmten Ort leben, tun sich vielleicht schwerer damit, seine Reize und Mängel zu sehen, als Touristen, deren Augen zum ersten Mal einer Feuchtigkeitskur unterzogen wurden. Man konnte zwischen Unschuld und Erlebnis wählen, konnte aber nicht beides haben. Zumindest auf den Philippinen war ich Tourist, und da die Philippinen östlich von meinem Heimatland lagen, würde ich sie vielleicht ebenfalls als unendlich vielschichtig empfinden. Die Beschreibung des Archipels im Reiseführer regte meine Fantasie nur noch mehr an, denn die Philippinen waren »alt und neu, Ost und West. Sie verändern sich täglich, doch ihre Traditionen bleiben bestehen.« So konnte man es auch sagen.

Tatsächlich fühlte ich mich in dem Augenblick wie zu Hause, als ich aus der klimatisierten Kabine des Flugzeugs in die schwüle Hitze der Passagierbrücke trat. Auch als ich im Terminal die Polizisten mit den Automatikgewehren über der Schulter sah, bekam ich Heimweh, bestätigte mir der Anblick doch, dass ich mich wieder in einem Land befand, dessen dürrer Hals unter dem Slipper eines Diktators eingezwängt war. Ein weiteres Indiz entdeckte ich in der örtlichen Zeitung, wo sich in der Mitte ein paar Zeilen über die frischen, ungeklärten Morde an Regimekritikern versteckten, deren von Kugeln durchsiebte Leichen man am Straßenrand abgeladen hatte. Alle enigmatischen Spuren führten zu einem gewissen E. Nigma, dem Diktator. Abgesichert wurde das Kriegsrecht einmal mehr von Uncle Sam, der den Tyrannen Marcos bei seinen Bemühungen unterstützte, nicht nur einen kommunistischen, sondern auch einen muslimischen Aufstand niederzuschlagen. Zu dieser Unterstützung gehörte authentisches Material made in the USA: Flugzeuge, Kampfpanzer, Hubschrauber, Geschütze, Transportpanzer, Waffen, Munition und Ausrüstung, wie in meiner Heimat, wenn auch in viel geringerem Umfang. Ergänzte man das Ganze durch ein bisschen Menschengewimmel sowie etwas Dschungelflora und -fauna, dann gaben die Philippinen alles in allem einen hübschen Ersatz für Vietnam ab, weshalb der Auteur sie auch ausgesucht hatte.

Das Basislager befand sich in einer Provinzstadt im Norden der Insel Luzon, in der Cordillera Central, die das Truong-Son-Gebirge darstellen sollte, das Vietnam von Laos trennte. Die Ausstattung meines Hotelzimmers umfasste fließend Wasser, das weniger floss als tröpfelte, ein Klo mit Wasserspülung, das jedes Mal einen depressiven Seufzer ausstieß, wenn ich an seiner Kette zog, eine keuchende Klimaanlage sowie eine Stand-by-Prostituierte. Sagte jedenfalls der Hotelpage, als er mir mein Zimmer zeigte. Ich war mir meines privilegierten Status als Halbwestler in einem armen Land bewusst und lehnte ab. Ich gab ihm ein Trinkgeld und legte mich auf die leicht klammen Bettlaken, was mich wieder an zu Hause erinnerte, wo die Feuchtigkeit auch alles durchdrang. Die Arbeitskollegen, die ich später am Abend in der Hotelbar traf, waren vom Wetter weniger begeistert, da keiner von ihnen je die volle Wucht des feucht-tropischen Klimas erlebt hatte. Als ob mich jedes Mal, wenn ich nach draußen gehe, mein Hund vom Hals bis zu den Eiern ableckt, stöhnte der unglückliche Production Designer. Er war aus Minnesota. Er hieß Harry. Er war haarig.

Während der Auteur und Violet erst in einer Woche anreisen würden, schwitzten Harry und sein rein männliches Produktionsteam schon seit Monaten auf den Philippinen. Sie bauten die Kulissen auf, bereiteten die Kostüme vor, testeten die Massagesalons und wurden von diversen Krankheiten in Magen und Schritt heimgesucht. Harry zeigte mir am nächsten Morgen das Hauptset, den Nachbau eines Dorfes im Zentralen Hochland, komplett bis hin zum Plumpsklo, das auf einer Rampe über einem Fischteich angebracht war. Ein Stapel Bananenblätter und ein paar alte Zeitungen dienten als Toilettenpapier. Wenn man durch das runde Loch schaute, konnte man das trügerisch stille Wasser des Fischteichs sehen, der, worauf Harry stolz hinwies, mit einer Abart des Antennenwelses bestückt war, die eng verwandt war mit der im Mekong-Delta beheimateten. Echt genial, sagte Harry. Als Nachkomme von Generationen von Menschen aus Minnesota, die immer nur einen weiteren kargen Winter von Hunger und Kannibalismus entfernt waren, bewunderte er menschlichen Einfallsreichtum im Angesicht von Entbehrung. Wenn einer aufs Klo geht, erzählte er mir, verfallen die da unten in einen echten Fressrausch.

Auf genau so einem splitterigen Toilettensitz hatte ich meine ganze Kindheit über gesessen. Ich erinnerte mich sehr gut daran, wenn ich mich setzte und unter mir die Welse um den besten Platz am Esstisch rangelten. Der Anblick eines authentischen Plumpsklos rief in mir weder sentimentale Gefühle noch Bewunderung für das Umweltbewusstsein meines Volkes hervor. Ich bevorzugte Wasserspülung und einen glatten Porzellansitz sowie eine neue Zeitung auf den Knien und nicht eine alte zwischen den Pobacken. Das Papier, mit dem sich der Westen abwischte, war weicher als das Papier, mit dem der Rest der Welt sich die Nase schnäuzte, metaphorisch gesprochen. Der Rest der Welt wäre sprachlos über den Luxusgedanken, sich mit Papier die Nase zu putzen. Papier benutzte man zum Beispiel, um Geständnisse wie dieses niederzuschreiben, nicht um Ausscheidungen aufzuwischen. Aber diese fremdartigen, rätselhaften Westler hatten exotische Gepflogenheiten, für die sinnbildlich Kleenex und doppellagiges Toilettenpapier standen. Sollte der Wunsch nach solchen Reichtümern mich zum Okzidentalen machen, dann bekenne ich mich dazu. Ich hatte kein Verlangen nach der Authentizität eines dörflichen Lebens mit meinen gehässigen Cousins, Cousinen und ungnädigen Tanten oder der rustikalen Realität, mir beim Klogang durch einen Moskitostich die Malaria einzufangen, was einigen der vietnamesischen Komparsen durchaus zustoßen könnte. Harry hatte nämlich vor, diese Toilette für sie zu reservieren, damit die Welse was zu fressen bekamen, während die Crew in den Genuss einer Serie von chemischen Toiletten auf trockenem Untergrund kam. Was mich anging, ich war Teil der Crew, und als Harry mich einlud, der Latrine als Erster die Ehre zu geben, lehnte ich mit Bedauern ab, milderte meine Zurückweisung aber mit einem Witz ab.

Wissen Sie, woran man erkennen kann, ob auf dem Markt verkaufte Welse aus diesem Teich stammen?

Nein, wie?, sagte Harry und spitzte die Ohren.

Die schielen alle, weil sie die ganze Zeit nach oben in die Arschlöcher starren.

Der ist gut!, lachte Harry und schlug mir auf den Arm. Los jetzt, ich zeige Ihnen den Tempel, der ist wirklich wunderschön. Stinkt mir schon jetzt, wenn ich dran denke, dass die Special-Effects-Jungs ihn in die Luft jagen.

Harry mochte der Tempel am besten gefallen haben, für mich war sein Meisterstück der Friedhof. Ich sah ihn an jenem Abend zum ersten Mal und besuchte ihn einige Abende später nach meiner Rückkehr von einer Exkursion ins Flüchtlingslager von Bataan erneut. Ich hatte einhundert vietnamesische Komparsen angeheuert und war deprimiert. Tausende zerlumpte, aus der Heimat geflohene Landsleute hatte ich getroffen. Ich hatte schon vorher Flüchtlinge gesehen, Kommandant, der Krieg hatte Millionen Menschen aus dem Süden zu Heimatlosen in ihrem eigenen Land gemacht, aber diese verwahrloste Masse war eine neue Art menschlicher Spezies. Sie war so einzigartig, dass die westlichen Medien ihr einen neuen Namen gegeben hatten, *Boatpeople,* ein Epitheton, sollte man meinen, das sich auf einen neu entdeckten Stamm am Amazonas bezog oder eine mysteriöse, ausgestorbene prähistorische Population, deren einziges bekanntes Merkmal ihre Wasserfahrzeuge waren. Wie auch immer, sie sahen schlecht aus und rochen noch schlechter: fettige Haare, verkrustete Haut, schrundige Lippen, diverse geschwollene Drüsen, stinkend wie ein Fischkutter, der Landratten mit unzuverlässigen Verdauungstrakten transportierte. Sie waren zu hungrig, um auch nur die Nase zu rümpfen angesichts der Bezahlung von einem Dollar pro Tag, die ich ihnen auftragsgemäß anzubieten hatte. Das Maß ihrer Verzweiflung zeigte sich daran, dass nicht einer – ich wiederhole, *nicht einer* – um einen besseren Lohn feilschte. Ich hatte mir nie vorstellen können, dass einst ein Tag kommen würde, an dem meine Landsleute nicht feilschen würden, aber diese Menschen wussten ohne Zweifel, dass das Gesetz von Angebot und Nachfrage nicht auf ihrer Seite stand. Was mich aber wirklich fertigmachte, war die Antwort auf meine Frage an eine Komparsin, ob die Zustände in der Heimat so schlecht seien, wie man hört. Die Rechtsanwältin mit aristokratischem

Auftreten sagte darauf: Lassen Sie es mich so ausdrücken. Vor dem Sieg der Kommunisten haben uns die Ausländer schikaniert, terrorisiert und erniedrigt. Jetzt schikanieren, terrorisieren und erniedrigen uns unsere eigenen Leute. Das nennt man wohl Fortschritt.

Ich schauderte, als ich das hörte. Einige wenige Tage hatte mein Gewissen sanft vor sich hin geschnurrt, der Tod des maßlosen Majors lag scheinbar hinter mir, nur noch ein Fleck auf dem Asphalt meiner Erinnerung im Rückspiegel meines Gedächtnisses. Aber jetzt stieß es mir wieder auf. Was passierte zu Hause? Was machte ich hier? Ich musste mir die Abschiedsworte von Miss Mori in Erinnerung rufen. Als ich ihr erzählte, dass ich den Job annehmen würde, hatte sie mir ein Abschiedsessen gekocht, bei dem ich fast der hinterlistigen Annahme nachgegeben hätte, dass ich sie vielleicht wirklich liebte, obwohl ich auch Gefühle für Lana hegte. Aber als hätte sie einen solchen Schwächemoment meinerseits geahnt, erinnerte mich Miss Mori präventiv an unsere Übereinkunft bezüglich der freien Liebe. Sie brauchen sich mir gegenüber nicht verpflichtet zu fühlen, sagte sie beim Orangensorbet. Sie können tun, was immer Sie wollen. Natürlich, sagte ich ein wenig traurig. Ich konnte nicht beides haben, freie Liebe und bürgerliche Liebe, und wenn ich es mir noch so sehr wünschte. Oder doch? Die Gesellschaft war gut bestückt mit windelweichen Zweisprachlern, die in der Öffentlichkeit das eine sagten und taten und privat das andere. Aber Miss Mori war keiner von diesen Menschen. In der Dunkelheit ihres Schlafzimmers, als wir uns nach unserer Übung in freier Liebe eng umschlungen hielten, sagte sie: Sie haben die Fähigkeit, etwas ganz Wundervolles für diesen Film zu machen. Ich traue Ihnen zu, dass er mit Ihnen besser wird als ohne Sie. Sie können das Bild des Asiaten auf der Leinwand prägen. Und das ist nicht wenig.

Danke, Miss Mori.

Sofia, gottverdammt.

Konnte ich wirklich etwas bewirken? Was würden Man oder Miss Mori denken, wenn sie wüssten, dass ich vielleicht kaum mehr war als ein Kollaborateur, der dabei half, Flüchtlinge aus seiner eigenen Heimat auszubeuten? Der Anblick ihrer traurigen, verwirrten Gesichter hatte meinem Selbstvertrauen einen Kratzer zugefügt und mich an das Band aus Empfindsamkeit und Mitgefühl erinnert, das meine härteren, revolutionäreren Teile zusammenhielt. Ich erkrankte sogar am heißen Heimwehfieber, und so suchte ich nach meiner Rückkehr ins Basislager Trost in dem Dorf, das Harry erschaffen hatte. Die staubigen Wege, die Strohdächer, der gestampfte Erdboden in den Hütten und die einfachen Bambusmöbel, die Schweineställe mit den echten, leise im Dunkeln herumschnüffelnden Schweinen, das Gackern der unschuldigen Hühner, die suppige Luft, die stechenden Moskitos, das platschende Geräusch, als mein argloser Fuß in einen Matschkuchen Büffeldung trat – all das stürzte mich in einen Schwindel aus Trauer und Verlangen. Nur eins fehlte in dem Dorf, und das waren die Menschen, von denen der wichtigste meine Mutter war. Sie war in meinem ersten Jahr im College mit nur vierunddreißig Jahren gestorben. Zum ersten und letzten Mal schrieb mein Vater mir einen Brief, kurz und prägnant: *Deine Mutter ist an Tuberkulose gestorben, das arme Ding. Sie wurde auf dem Friedhof unter einem echten Grabstein begraben.* Ein echter Grabstein! Das hatte er erwähnt, um auf seine Art mitzuteilen, dass er dafür bezahlt hatte. Meine Mutter hatte nicht das Geld gehabt, um sich so etwas leisten zu können. Betäubt und ungläubig las ich den Brief zweimal, erst dann schlug der Schmerz zu. Das heiße Blei der Trauer ergoss sich in die Form meines Körpers. Sie war krank gewesen, aber nicht so krank, außer sie hatte mir ihren wahren

Zustand verheimlicht. Wir hatten uns so wenig gesehen in den letzten Jahren. Erst war ich Hunderte von Kilometern entfernt auf dem Lycée in Saigon und dann Tausende von Kilometern entfernt auf einem anderen Kontinent gewesen. Das letzte Mal hatte ich sie in dem Monat gesehen, als ich in die USA geflogen war und sie besuchte, um mich für die nächsten vier Jahre zu verabschieden. Um zu Tet oder im Sommer oder auch nur ein einziges Mal vor Ende des Studiums nach Hause zu fliegen, hatte ich nicht genug Geld, und mein Stipendium umfasste nur ein einziges Rückflugticket. Sie lächelte tapfer und nannte mich ihren *petit écolier*, nach den Keksen mit dem Schokoladenüberzug, die ich als Kind so gemocht und die mein Vater mir einmal im Jahr zu Weihnachten geschenkt hatte. Ihr Abschiedsgeschenk war eine Schachtel mit diesen importierten Keksen – ein Vermögen für eine Frau wie meine Mutter, die immer nur einmal an einer Ecke geknabbert und den Rest für Weihnachten und mich aufgehoben hatte. Außerdem schenkte sie mir ein Notizbuch und einen Füller. Sie konnte kaum lesen und schreiben und las immer laut, und ihre Schrift sah verkrampft und gehemmt aus. Seit ich zehn war, schrieb ich alles für sie. Für meine Mutter waren Notizbuch und Füller Sinnbild für alles, was sie nicht hatte erreichen können, und alles, wofür ich durch die Gnade Gottes oder die zufällige Verknüpfung meiner Gene berufen zu sein schien. Ich aß die Kekse im Flugzeug und nutzte das Notizbuch während meiner ganzen Collegezeit als Tagebuch. Jetzt war es nur noch Asche. Und was den Füller betraf, irgendwann ging die Tinte aus, und ich verlor ihn irgendwann.

Was hätte ich dafür gegeben, diese nutzlose Dinge jetzt bei mir zu haben. Ich kniete vor dem Grab meiner Mutter und legte die Stirn auf die raue Oberfläche des Grabsteins. Nicht in dem Dorf, wo sie gestorben war, sondern hier in Luzon, auf dem Friedhof, den Harry nur der Authentizität wegen gebaut hatte. Beim Anblick seines Grabsteinfelds hatte ich ihn gefragt, ob ich das größte Grab zu meiner Verfügung haben könnte. Auf den Stein hatte ich eine Reproduktion des Schwarz-Weiß-Fotos meiner Mutter geklebt, das ich in meiner Brieftasche bei mir trug. Es war das einzig existierende Bild von ihr neben den schnell verblassenden in meinem Kopf, die wie bei einem schlecht erhaltenen Stummfilm an den Rändern haarfeine Risse aufwiesen. Auf die graue Vorderseite des Grabsteins malte ich in Rot Name, Geburts- und Sterbetag, die Zahlen eines mit vierunddreißig Jahren absurd kurzen Lebens, das nur einem Grundschüler wie eine Ewigkeit erscheinen konnte. Grabstein und Grab waren aus Adobe geformt und nicht aus Marmor gehauen, aber mich tröstete die Tatsache, dass das im Film niemand merken würde. Zumindest in diesem Leinwandleben hätte sie einen letzten Ruheplatz, der der Frau eines Mandarins würdig war, ein falsches, aber vielleicht angemessenes Grab für eine Frau, die für alle außer mir immer nur eine Komparsin gewesen war.

ZEHNTES KAPITEL

Als in der nächsten Woche der Auteur eintraf, schmiss er für sich selbst eine Willkommensgrillparty mit reichlich Bier, Burgern, Heinz-Ketchup und einem Blechkuchen, so groß wie ein Bett. Die Requisite hatte aus Sperrholz und Pappmaschee einen Kochkessel nachgebaut, hatte ihn mit Trockeneis und ein paar blondierten Stripperinnen aus einer Bar in der Subic-Bucht bestückt, für die Rolle der weißen Frauen, die von Eingeborenen bei lebendigem Leib gekocht wurden. Eine Handvoll dienstfertiger junger Männer aus dem Dorf spielte die Eingeborenen. Sie trugen Lendenschurz und schwangen fies aussehende Speere, die ebenfalls die Requisite zusammengebastelt hatte. Da die vietnamesischen Komparsen erst morgen eintreffen würden, war ich der einzige Repräsentant meines Volkes unter über hundert Schauspielern und Crewmitgliedern sowie etwa hundert philippinischen Arbeitern und Köchen. Die Einheimischen hatten einen Riesenspaß dabei, Karotten in den Kessel mit den Stripperinnen zu schnippeln. Ich ahnte, dass während der Dreharbeiten Geschichten über die Filmleute aus Hollywood entstehen würden, die über Jahrzehnte weitererzählt und mit jeder folgenden Generation größere Dimensionen annehmen würden. Die Komparsen, die Boatpeople, die würde man vergessen. Niemand erinnerte sich an die Komparsen.

Obwohl ich weder zu den Komparsen noch zu den Boatpeople gehörte, geriet ich in einen Sog aus Mitgefühl, der mich ihnen näher brachte und mich gleichzeitig von der Crew, zu der ich eigentlich gehörte, entfremdete. Kurz, ich befand mich in der vertrauten Situation, mich unauthentisch zu fühlen, wogegen ich mich wie üblich mit meinem ersten Gin Tonic des Abends wappnete. Nach dem vierten oder fünften Drink, da war ich mir sicher, wäre ich wehrlos. Die Party fand unter freiem Sternenhimmel und in dem riesigen, schilfgedeckten Pavillion statt, der sonst als Kantine diente. Eine Zeit lang erzählten Harry und ich uns Witze, dann beobachtete ich die Männer der Crew, die sich um die wenigen weißen Mädchen am Set drängelten. Auf der Bühne lieferte eine Band mit blonden Perücken eine perfekte Coverversion von Diana Ross' »Do You Know Where You're Going To« ab, und ich fragte mich, ob es sich dabei vielleicht um eine der Filipino-Bands handeln könnte, die in den Hotels von Saigon gespielt hatten. Am Rand der Tanzfläche saß der Auteur und plauderte mit dem Schauspielgott, während Violet am selben Tisch mit dem Superstar flirtete. Der Schauspielgott spielte den Captain Will Shamus, der Superstar den Sergeant Jay Bellamy. Während der Schauspielgott seine lange Karriere an einem Off-Broadway-Theater begonnen hatte, war der Superstar ein Sänger, über Nacht berühmt geworden mit einer so süßlichen Schnulze, dass ich jedes Mal, wenn ich ihn hörte, Zahnschmerzen bekam. *Das Dorf* war die erste Filmrolle für den jungen Mann, der sein Engagement hinreichend bewiesen hatte: Die flüchtige, von Teenagern oft kopierte Frisur hatte er einem GI-Bürstenschnitt geopfert und sich dann mit der Begeisterung eines sexuell verklemmten Burschenschaftsnovizen dem erforderlichen militärischen Drill unterworfen. Er saß zurückgelehnt auf einem Rattanstuhl, trug ein weißes T-Shirt, Kakihose und keine Socken, sodass man die perfekten Knöchel über seinen Segelschuhen sehen konnte. Sogar bei diesen tropischen Temperaturen war er so cool wie Eiscreme. Deshalb war er ein Superstar, war Ruhm seine natürliche Aura. Es hieß, dass er und der Schauspielgott, ein Actor's Actor, nicht miteinander auskamen. Er blieb die ganze Zeit in seiner Rolle und zog die Uniform und die Kampfstiefel nie aus, die er nach seiner Ankunft vor drei Tagen angezogen hatte. Außerdem war er wahrscheinlich der erste Schauspieler in der Geschichte, der anstatt eines klimatisierten Wohnwagens ein Biwakzelt für sich gefordert hatte. Da Frontsoldaten sich weder duschten noch rasierten, tat auch er das nicht. Deswegen verströmte er inzwischen das Aroma leicht ranzigen Ricottas. An seinem geflochtenen Gürtel hing ein Halfter mit einer 45er, und während in allen anderen Waffen am Set keine Patronen oder nur Platzpatronen steckten, war seine mit scharfer Munition bestückt. Jedenfalls lautete so ein anderes Gerücht, was ziemlich sicher der Schauspielgott selbst gestreut hatte. Er und der Auteur diskutierten Fellini, während der Superstar und Violet in Erinnerungen an einen Nachtklub am Sunset Strip schwelgten. Niemand nahm mich wahr, sodass ich mich an den Nebentisch verdrückte, wo die vietnamesischen Schauspieler saßen.

Oder, genauer gesagt, die Schauspieler, die die Vietnamesen spielten. Meine Anmerkungen für den Auteur hatten tatsächlich Änderungen bezüglich unserer Darstellung bewirkt, und zwar mehr als nur die Schreie, die jetzt *AIEYAAHHH!!!* lauten sollten. Die wesentlichste Änderung war die Hinzufügung von drei vietnamesischen Figuren, die tatsächlich Sprechrollen hatten, ein älterer Bruder, eine jüngere Schwester und ein kleiner Bruder, deren Eltern vom Kingcong niedergemetzelt worden waren. Der ältere Bruder Binh, den die Green Berets Benny nennen, ist erfüllt von Hass gegen den Kingcong. Er liebt seine amerikanischen Retter und arbeitet als Übersetzer für sie. Zusammen mit dem einzigen schwarzen Green Beret stirbt er schließlich einen grausigen Tod durch die Hand der Kingcong. Seine Schwester, Mai, verliebt sich in den jungen, attraktiven, idealistischen Sergeant Jay Bellamy. Sie wird vom Kingcong gekidnappt und vergewaltigt, was den Green Berets als Rechtfertigung dafür dient, ihre Feinde rückstandslos vom Erdboden zu tilgen. In der letzten Szene wird der kleine Junge mit einer Yankees-Baseballkappe gekrönt und entschwindet ins Paradies, zu Jay Bellamys Familie in St. Louis, wo man ihm einen Golden Retriever schenkt und ihn mit dem Spitznamen Danny Boy ausstattet.

Das war besser als nichts, oder?

In meiner Naivität war ich davon ausgegangen, dass man, nachdem man nun Sprechrollen für vietnamesische Menschen geschaffen hatte, auch vietnamesische Schauspieler dafür finden würde. Aber nein. Wir haben gesucht, hatte mir Violet am Tag zuvor gesagt, als wir uns für einen gemeinsamen Eistee auf der Hotelveranda niedergelassen hatten. Offen gestanden, es gab einfach keine qualifizierten Schauspieler. Die meisten waren Laien, und die Handvoll Profis hat etwas übertrieben. Muss wohl an ihrer Ausbildung liegen. Sie werden ja sehen. Verkneifen Sie sich ein vorschnelles Urteil, schauen Sie sich die Schauspieler erst an. Leider gehörte es nicht zu meinen Stärken, mir ein vorschnelles Urteil zu verkneifen. Violet behauptete also, dass wir uns nicht selbst darstellen konnten. Wir mussten dargestellt werden, in diesem Fall von anderen Asiaten. Der Kleine, der Danny Boy spielen sollte, war der Spross einer altehrwürdigen Filipino-Schauspielerfamilie, aber wenn man sein Aussehen als vietnamesisch hätte bezeichnen wollen, dann wäre ich als Papst durchgegangen. Er war einfach zu rundlich und gut genährt für einen typischen Dorfjungen, der noch nie in den Genuss von Milch gekommen ist, abgesehen von der seiner Mutter. Kein Zweifel, der Junge war talentiert. Als er sich vorgestellt und auf Anordnung seiner Mutter mit hoher Stimme eine Version von »Feelings« dargeboten hatte, waren ihm die Herzen aller am Set zugeflogen. Die Mutter saß jetzt neben ihm und fächelte dem an einer Cola nuckelnden Jungen Luft zu. Während seiner Darbietung konnte ich mich der Anziehung dieser mütterlichen Venus nicht erwehren, geriet wie von selbst in ihren Orbit und war schnell davon zu überzeugen, dass er eines Tages, denken Sie an meine Worte, am Broadway landen würde. Hören Sie nur, wie er *feelings* sagt und nicht *peelings*, flüsterte sie. Sprechunterricht! Er spricht überhaupt nicht wie ein Filipino. Da der Schauspielgott sein Vorbild war, bestand auch Danny Boy darauf, seine Rolle nicht mehr abzulegen und Danny Boy genannt zu werden, anstatt mit seinem eigenen Namen, den ich mir sowieso nicht merken konnte.

Der Schauspieler James Yoon, der den älteren Bruder spielte, konnte den Kleinen nicht ausstehen, weil er ihm mit bösartiger Leichtigkeit immer die Show stahl, wenn sie zusammen im Bild waren. Weil er nach dem Schauspielgott und dem Superstar der bekannteste Schauspieler am Set war, empfand er das als besonders ärgerlich. Yoon war der asiatische Jedermann, ein TV-Schauspieler, dessen Gesicht die meisten Zuschauer zwar kannten, dessen Namen sich aber keiner merken konnte. Bei ihm hieß es immer: Ah ja, das ist dieser Chinese aus der Krimiserie, oder: Das ist doch der japanische Gärtner aus dieser Komödie, oder: Ist das nicht dieser Orientale, wie heißt der noch mal? In Wahrheit war Yoon ein koreanisch-amerikanischer Mittdreißiger, der in die Rolle eines jeden x-beliebigen Asiaten, ob zehn Jahre älter oder jünger als er, schlüpfen konnte, weil seine allgemein attraktiven Züge so formbar waren. Doch wird er wahrscheinlich nicht wegen seiner vielen

Fernsehrollen in die Geschichte eingehen, sondern wegen seines Auftritts in einem sehr populären Werbespot für *Sheen,* ein Geschirrspülmittel, der ständig wiederholt wurde. In jedem Spot war eine andere Hausfrau mit einem anderen schwierigen Geschirrspülproblem konfrontiert, das nur der kichernde, allwissende Hausdiener lösen konnte, nicht indem er ihr seine Männlichkeit anbot, sondern seine stets einsatzbereite Flasche *Sheen.* Erleichtert und erstaunt fragte sie ihn, wie er es zu derartiger Geschirrspülweisheit gebracht habe, worauf er sich der Kamera zuwandte, mit den Augen zwinkerte und lächelnd den Spruch aufsagte, den die ganze Nation auswendig konnte: *Konfuzius sagen, Clean mit Sheen.*

Kein Wunder, dass Yoon Alkoholiker war. Sein Gesicht funktionierte dabei als Gradmesser. Glänzte er rot, so war sein Pegel bereits von den Zehenspitzen bis zu Augen, Zunge und Gehirn angestiegen wie das Quecksilber in einem Thermometer und er flirtete mit der Schauspielerin, die seine Schwester spielte, obwohl beide nicht heterosexuell waren. Mir gegenüber hatte Yoon seine Absichten an der Hotelbar bei einem Dutzend roher, feuchter Austern geäußert, die ganz offen waren für seinen Verführungsversuch. Nichts für ungut, sagte ich, aber ich hatte nie Neigungen in diese Richtung. Yoon zuckte mit den Achseln und nahm seine Hand von meinem Knie. Bis mir das Gegenteil bewiesen wird, gehe ich immer davon aus, dass ein Mann zumindest latent homosexuell ist, sagte er. Wie auch immer, Sie können einem Schwulen nicht vorwerfen, dass er es probiert. Er zeigte mir ein Lächeln, das sich gänzlich von meinem Lächeln unterschied. Ich habe die Wirkung meines Lächelns studiert, und ich weiß, dass es etwa dem Wert einer Weltwährung zweiten Ranges wie dem Franc oder der D-Mark entsprach. Aber Yoons Lächeln war der Goldstandard, es war so strahlend, dass es alles andere ausblendete. Schon live war es so überwältigend, dass man sich nicht wunderte, warum er die Rolle in dem Sheen-Werbespot bekommen hatte. Es war mir eine Freude, ihm einen auszugeben und damit zu zeigen, dass ich ihm seine Avancen nicht übel nahm. Im Gegenzug gab er mir einen aus, und an jenem Abend gingen wir eine Verbindung ein, die wir an fast jedem der nächsten Abende erneuerten.

Wie Yoon es bei mir probiert hatte, so hatte ich es bei der Schauspielerin Asia Soo probiert. Wie ich war auch sie ein Mischling, allerdings mit sehr viel edlerem Stammbaum, Mutter britische Modedesignerin, Vater chinesischer Hotelier. Ihr Vorname war tatsächlich Asia. Ihre Eltern hatten vorhergesehen, dass jegliche Nachkommenschaft aus ihrer merkwürdigen Verbindung sicher mit genügend Attributen gesegnet sein würde, um dem Namen eines vollkommen ungenau definierten Kontinents gerecht zu werden. Sie hatte drei unfaire Vorteile gegenüber jedem Mann am Set, außer James Yoon: Sie war Anfang zwanzig, Topmodel und lesbisch. Jeder Mann am Set, ich eingeschlossen, war davon überzeugt, im Besitz des magischen Zauberstabs zu sein, der sie zur Heterosexualität bekehren könne. Und wenn das nicht zu schaffen war, dann würde er sich damit begnügen, ihr beim Sex mit einer anderen Frau zusehen zu dürfen, schließlich war er offen gegenüber der weiblichen Homosexualität und ganz und gar nicht beleidigt wegen ihrer Zurückweisung. Einige von uns erklärten selbstbewusst, Topmodels hätten ausschließlich Sex mit ihresgleichen. Wenn wir Topmodels wären, so der Gedankengang, mit wem würden wir eher Sex haben wollen, mit Männern wie uns oder Frauen wie ihnen? Die Antwort auf diese Frage wirkte etwas ernüchternd auf das maskuline Ego, deshalb war ich auch ein wenig nervös, als ich sie am Hotelpool ansprach. Hi, sagte ich. Vielleicht war es meine Körpersprache oder etwas in meinem Blick, denn bevor ich noch fortfahren konnte, legte sie *Die*

Möwe Jonathan beiseite und sagte: Sie sind reizend, aber einfach nicht mein Typ. Ist nicht Ihre Schuld. Sie sind ein Mann. Einmal mehr war ich platt und konnte nur sagen: Sie können einem Mann nicht vorwerfen, dass er es probiert. Das tat sie nicht, und so wurde auch sie mein Kumpel.

Das waren damals die wichtigsten Dramatis Personae von *Das Dorf*, alle aufgelistet in dem Brief, den ich meiner Tante schickte, zusammen mit satinierten Polaroids von mir und den Schauspielern und sogar einem mit dem muffeligen Auteur. Außerdem schickte ich ihr Polaroids von dem Flüchtlingslager und seinen Insassen sowie Zeitungsausschnitte, die mir der General vor meiner Abreise gegeben hatte. Ertränkt! Plünderungen! Vergewaltigung! Kannibalismus? So lauteten die Schlagzeilen. Der General hatte sie mir vorgelesen und sich dabei in abwechselnd triumphale und entsetzte Anmerkungen hineingesteigert. Flüchtlinge berichteten, dass nur eins von zwei Booten die Überfahrt von den Stränden und Meeresarmen unseres Vaterlands zu den nächstgelegenen, halbwegs freundlich gesinnten Stränden von Hongkong, Indonesien, Malaysia und den Philippinen erreichte. Das ist der Beweis!, sagte der General und fuchtelte mit der Zeitung vor meiner Nase herum. Säuberungen im ganzen Land! Diese kommunistischen Hurensöhne! Im Brief an Mans Tante schrieb ich offiziell, wie traurig all diese Geschichten seien. Zwischen den Zeilen fragte ich: *Passiert das wirklich? Oder ist das Propaganda?* Was meinen Sie, Kommandant, welcher Traum hat die Flüchtlinge dazu bewogen, in undichten kleinen Booten, die Christoph Kolumbus Angst eingejagt hätten, in See zu stechen? Wenn unsere Revolution den Menschen diente, warum haben diese Menschen sie mit ihrer Flucht abgelehnt? Damals hatte ich keine Antworten auf diese Fragen. Erst jetzt beginne ich langsam zu begreifen.

Die Dreharbeiten kamen bis Weihnachten reibungslos voran. Inzwischen war es deutlich kühler geworden, obwohl sich die Amerikaner nach eigener Aussage fühlten wie unter einer warmen Dauerdusche. Die meisten vor Dezember gedrehten Szenen waren die ohne Kampfhandlungen: Sergeant Bellamy kommt in Vietnam an, und prompt wird ihm von einem vorbeirasenden Motorrad-Rowdy die Kamera aus der Hand gerissen; die Szene wurde in einer benachbarten Stadt gedreht, der Hauptplatz so umgestaltet, dass er wie die Innenstadt von Saigon aussah, mit Renault-Taxis, authentisch auf Vietnamesisch beschrifteten Plakatwänden und feilschenden Straßenverkäufern; Captain Shamus wird in die gleiche Stadt ins Hauptquartier einbestellt, wo ihn ein General zusammenstaucht, weil er einen korrupten ARVN-Oberst hat auffliegen lassen, worauf Shamus als Kommandeur in das Dorf strafversetzt wird; bukolische Szenen ländlichen Lebens mit Bauern, die auf ihren Feldern Reis pflanzen, während hart arbeitende Green Berets die Befestigungsarbeiten des Dorfes überwachen; ein unzufriedener Green Beret kritzelt den Spruch *Ich glaube an Gott, aber Gott glaubt an Napalm* auf seinen Helm; Captain Shamus hält eine Motivationsrede vor den Dorfmilizionären, die über der Schulter rostige Repetierflinten und an den Füßen Sandalen tragen; Sergeant Bellamy mit der gleichen Miliz bei der Gefechtsausbildung: Schießübungen, unter Stacheldraht durchrobben, Vorbereitung von nächtlichen Hinterhalten in L-Formation; erste Scharmützel zwischen den unsichtbaren Kingcong und den Verteidigern des Dorfes, die hauptsächlich darin bestehen, dass die Milizionäre ihren einzigen Granatwerfer in die Dunkelheit abfeuern.

Am Filmset hatte ich dafür zu sorgen, dass die Komparsen die Garderobe fanden und rechtzeitig zu ihren Szenen kamen, dass sie genug zu essen hatten, dass ihnen einmal die Woche der Lohn von einem Dollar pro Tag ausbezahlt wurde und dass genügend von ihnen für die benötigten Rollen bereitstanden. Die meisten Rollen fielen in die Kategorie Zivilist (das heißt eventuell unschuldig, aber eventuell auch Vietcong, der eventuell getötet wurde, weil unschuldig oder Vietcong). Der größte Teil der Komparsen war mit dieser Rolle schon vertraut und musste von mir nicht in den adäquaten psychologischen Zustand versetzt werden, der dem Tod durch Bombardierung, Zerstückelung oder Erschießung gemeinhin vorangeht. Die zweitgrößte Gruppe war die des Soldaten der Armee der Republik Vietnam (sprich der Freiheitskämpfer). Alle männlichen Komparsen wollten diese Rolle haben, obwohl sie aus dem Blickwinkel der amerikanischen Soldaten damit der Kategorie des eventuellen Freundes, aber auch des eventuellen Feindes angehörten, der eventuell getötet wurde, weil er entweder Freund oder Feind war. Da sich unter den Komparsen eine große Zahl von ARVN-Veteranen befand, bereitete mir die Besetzung dieser Rollen kein Problem. Die schwierigste Gruppe waren die Komparsen, die die Guerilla der Nationalen Befreiungsbewegung darstellen sollten, abwertend Vietcong genannt (sprich, eventuell freiheitsliebender Nationalist, aber eventuell auch hasserfüllter roter Kommunist, also: scheißt sich keiner drum, ihn [oder sie] auf jeden Fall umlegen). Keiner wollte ein Vietcong sein (sprich, die Freiheitskämpfer), obwohl man ihn ja nur spielen sollte. Die Freiheitskämpfer unter den Flüchtlingen verachteten diese anderen Freiheitskämpfer mit einer verstörenden, wenn auch nicht überraschenden Leidenschaft.

Wie immer löste Geld das Problem. Nach harter Überzeugungsarbeit meinerseits erklärte sich Violet bereit, den Lohn für die Komparsenrolle als Vietcong zu verdoppeln, ein Anreiz, der es diesen Freiheitskämpfern gestattete, ihren einst so großen Abscheu gegenüber der Rolle dieser anderen Freiheitskämpfer zu vergessen. Sie hatten die Rolle auch deshalb so abscheulich gefunden, weil man einige von ihnen auffordern würde, Binh zu foltern und Mai zu vergewaltigen. Über der Frage von Mais Vergewaltigung begann sich mein Verhältnis zum Auteur zu verschlechtern, das ohnehin angeknackst war, weil ich in der Lohnfrage Partei für die Komparsen ergriffen hatte. Unverdrossen setzte ich mich am Tag, bevor die Vergewaltigungsszene gedreht werden sollte, zum Lunch an seinen Tisch und fragte ihn, ob die Vergewaltigung wirklich nötig sei. Sie kommt mir einfach etwas überzogen vor, sagte ich. Eine kleine Schockbehandlung tut dem Publikum immer gut, sagte er und zeigte mit der Gabel auf mich. Die Leute brauchen zwischendrin immer mal wieder einen Gefühlskick, wenn sie schon so lange auf ihren Hintern sitzen. Sie brauchen einen Schlag ins Genick. Das ist Krieg, da kommen Vergewaltigungen vor. Es ist meine Pflicht, auch das zu zeigen, obwohl da ein Verräter wie Sie natürlich anderer Meinung ist.

Die grundlose Attacke verblüffte mich. Das Wort »Verräter« durchzuckte mein Gehirn wie die elektrischen Farben eines Warhol-Gemäldes. Ich bin kein Verräter, brachte ich schließlich heraus. Er schnaubte. Nennen Ihre Leute einen Mann, der einem Weißen wie mir hilft, nicht Verräter? Oder ist »Verlierer« das bessere Wort?

Bei Letzterem konnte ich ihm nicht widersprechen. Ich präsentierte mich als jemand, der auf der Verliererseite stand. Dass die amerikanische Seite auch verloren hatte, half da auch nicht weiter. Einverstanden, ich bin ein Verlierer, sagte ich. Ich bin ein Verlierer, weil ich den Versprechungen geglaubt habe, die euer Amerika Leuten wie mir gemacht hat. Ihr seid gekommen und habt gesagt, wir seien Freunde, nur wussten wir nicht, dass ihr uns nie vertrauen und noch viel weniger respektieren konntet. Nur Verlierer wie wir waren blind für das, was jetzt offensichtlich ist, nämlich dass ihr niemanden zum Freund wollt, der tatsächlich euer Freund sein will. Tief in euch drinnen lauert nämlich der Verdacht, dass nur Idioten und Verräter euren Versprechungen glauben würden.

Nicht, dass er mich einfach so reden ließ. Das war nicht sein Stil. Das ist stark!, sagte er gleich, nachdem ich angefangen hatte. Ein moralisches Zwergferkel saugt an meinen Zitzen. Ein Klugscheißer, der von nichts eine Ahnung hat, ein Idiot savant ohne das savant. Wissen Sie, wer noch eine Meinung zu allem hat, dem aber niemand zuhört? Meine senile Großmutter. Glauben Sie, weil Sie auf dem College waren, müssten die Menschen Ihnen zuhören? Ein Jammer, dass Sie einen Bachelor of Science in Bockmist haben.

Vielleicht ging ich zu weit, als ich ihm anbot, mich am Arsch zu lecken, aber auch er ging zu weit, indem er mir androhte, mich umzubringen. Er tönt dauernd, dass er irgendwen umbringen will, sagte mir Violet später, als ich ihr erzählte, was passiert war. Das ist nur so eine Redensart, er liebt eben starke Bilder. Sein Versprechen, mir mit einem Löffel die Augen auszustechen und sie mir gewaltsam in den Mund zu stopfen, klang nicht einfach nach einem starken Bild, ebenso wenig seine Schilderung von Mais Vergewaltigung. Nein, die Vergewaltigung war ein brutaler Akt seiner Fantasie, zumindest den Buchstaben des Drehbuchs nach zu schließen. Was den tatsächlichen Dreh anging, so waren dabei nur der Auteur, eine Handvoll ausgewählter Crewmitglieder, die vier Vergewaltiger und Asia Soo anwesend. Ich musste ein Jahr warten, bis ich die Szene in Bangkok in einem Kino voller johlender Zuschauer zu sehen bekam. Aber ich war Zeuge der meisterlichen Szene mit James Yoon zwei Wochen später, für die man ihn mit nacktem Oberkörper auf eine Holzplanke geschnallt hatte. Das eine Ende der Planke lag auf dem Körper eines Komparsen, der einen toten Milizionär spielte, auf dem anderen Ende lag schräg nach unten der Kopf des ziemlich verängstigten James Yoon. Er wusste, dass ihn die vier Vietcong, die Mai vergewaltigt hatten, einer Wasserkur unterziehen würden. Der Auteur stand neben James Yoon und gab den Komparsen durch mich seine Anweisungen, wobei er mich keines Blickes würdigte, da wir zwei ja längst nicht mehr miteinander redeten.

An dieser Stelle im Drehbuch hattet ihr gerade den ersten Feindkontakt, sagte er zu den Vergewaltigern. Der Auteur hatte die vier wegen der besonderen Grausamkeit ausgesucht, die sie in verschiedenen Szenen gezeigt hatten, und wegen ihrer markanten Körpermerkmale: der braunen Haut, die an verfaulte Bananen erinnerte, und der reptilienhaften Schlitze ihrer Augen. Ihr habt aus dem Hinterhalt eine Patrouille überfallen, und er ist der einzige Überlebende. Er ist eine imperialistische Marionette, ein Lakai, ein Spitzel, ein Verräter. Für euch gibt es nichts Schlimmeres als jemanden, der für etwas Reis und ein paar Dollar sein Land verkauft. Euer legendäres Bataillon ist auf die Hälfte geschrumpft, Hunderte eurer Brüder sind tot, und Hunderte mehr werden in der nächsten Schlacht sterben. Ihr seid entschlossen, euch für das Vaterland aufzuopfern, aber natürlich habt ihr auch Angst. Und dann kommt dieser flennende Hurensohn daher, dieses hinterhältige gelbhäutige Schwein mit der Seele eines Weißen. Ihr hasst diesen Bastard. Ihr werdet aus ihm die Geständnisse für alle seine reaktionären Sünden herauspressen und ihn dann dafür zahlen lassen. Aber vor allem, vergesst eins nicht: Habt Spaß, seid ganz ihr selbst, seid ganz natürlich!

Diese Anweisungen sorgten für einige Verwirrung unter den Komparsen. Der größte Komparse, der ranghöchste Unteroffizier, ein Sergeant, sagte: Okay, er will, dass wir den Burschen da foltern und es so aussieht, als hätten wir jede Menge Spaß dabei.

Der kleinste Komparse sagte: Aber was hat das mit natürlich zu tun?

Der große Sergeant sagte: Egal, das sagt er doch immer.

Aber es ist nicht natürlich, sich wie ein VC zu verhalten, sagte Shorty.

Was ist los?, fragte der Auteur.

Ja, was ist los?, fragte James Yoon.

Nix, alles okay, wir super, sagte der große Sergeant. Dann sprach er Vietnamesisch weiter und sagte zu den anderen: Passt auf. Egal, was der sagt. Er will, dass wir natürlich sind, aber wir müssen uns unnatürlich verhalten. Wir sind gottverdammte VC. Kapiert?

Sie kapierten natürlich. Das war Method Acting vom Feinsten. Vier aufgebrachte Flüchtlinge und frühere Freiheitskämpfer, die sich in die hasserfüllte Psyche der Freiheitskämpfer auf der anderen Seite hineinversetzten. Als die Kamera dann lief, begannen die vier ohne weiteres Drängen durch den Auteur, das Objekt ihres Hasses anzuschreien und sich wie die Irren aufzuführen. James Yoons Figur Binh alias Benny war gerade bei einem Erkundungsgang gefangen genommen worden, den der einzige schwarze Soldat des A-Teams, Sergeant Pete Attucks, angeführt hatte. Wie in einer frühen Anekdote ausgeführt, konnte Attucks seinen Stammbaum zwei Jahrhunderte bis zu Crispus Attucks zurückverfolgen, der in Boston von den britischen Rotröcken zu Tode gefoltert worden und der erste berühmte Schwarze war, der sein Leben für die Sache der Weißen geopfert hatte. Nachdem Attucks' Stammbaum geklärt war, war auch sein Schicksal ruckzuck besiegelt. Zu gegebener Zeit trat er mit dem linken Fuß in eine mit Bambusspitzen bestückte Bärenfalle. Während der Rest der Milizionäre flott ausgelöscht wurde, feuerten er und Binh zurück, bis Attucks das Bewusstsein verlor und Binh die Munition ausging. Als der Vietcong sie gefangen nahm, kam es zu einer ihrer berüchtigten, abscheulichen Schändungen. Sie kastrierten Attucks und stopften ihm seine Männlichkeit in den Mund. Eine Tat, so Claude in seinem Kurs über Verhörtechniken, die auch bestimmte Indianerstämme Amerikas an durchziehenden weißen Siedlern begingen, obwohl sie einer Rasse angehörten, die Tausende Meilen entfernt und über ein Jahrhundert früher gelebt hatte. Verstehen Sie?, sagte Claude und zeigte uns ein Dia mit einer altertümlichen Schwarz-Weiß-Zeichnung, auf der ein solches Gemetzel der Eingeborenen dargestellt war. Das nächste Dia zeigte eine Schwarz-Weiß-Fotografie, auf der man den ähnlich verstümmelten Körper eines von den Vietcong gefangenen GIs sehen konnte. Wer sagt, dass wir keine gemeinsame Geschichte haben?, sagte Claude und ging zum nächsten Dia über, das einen amerikanischen GI zeigte, der auf die Leiche eines Vietcong urinierte.

Binhs Schicksal lag nun in den Händen dieser Vietcong, die sich ihr knappes Wasser nicht zum Waschen, sondern zum Foltern aufgespart hatten. James Yoon (oder in einigen anderen Einstellungen sein Double) wurde auf die Planke geschnallt, und ein schmutziges Tuch wurde um seinen Kopf geschlungen. Dann schüttete einer der VC aus Attucks' Feldflasche langsam Wasser aus etwa dreißig Zentimetern Höhe auf das Tuch. Zum Glück für James Yoon kam für die Szenen mit der Wasserfolter immer der Stuntman zum Einsatz. Die Nasenlöcher unter dem Tuch wurden mit Klebeband verschlossen, in seinem Mund steckte ein Stück Schlauch, weil man unter dem Wasserstrahl natürlich nicht atmen konnte. Was das Opfer dabei durchlitt, entsprach etwa dem Gefühl des Ertrinkens. Jedenfalls war mir das von Gefangenen erzählt worden, die die Haubenfolter, wie die spanischen Inquisitoren die Anwendung der Wasserkur nannten, überlebt hatten. Immer wieder wurde James Yoon die gleiche Frage gestellt, und während das Wasser über sein Gesicht schwappte, verfluchten die VC ihn, traten und schlugen auf ihn ein – natürlich taten sie nur so. Diese Schläge! Dieses Würgen! Dieses Pumpen von Brust und Bauch! Nach einiger Zeit unter einer tropischen Sonne, die so heiß war wie Sophia Loren, begannen außer James Yoon sogar die Komparsen vor Anstrengung zu schwitzen. Was nur wenigen Menschen klar ist – es ist harte Arbeit, einen Menschen zu verprügeln. Ich habe viele Verhörspezialisten gekannt, die sich den Rücken überdehnt, einen Muskel gezerrt, eine Sehne oder ein Band gerissen, sogar Finger und Zehen oder andere Knochen an Händen und Füßen gebrochen haben, ganz zu schweigen davon, dass sie sich heiser geschrien haben. Während nämlich der Gefangene schreit, heult, würgt und gesteht oder versucht zu gestehen oder einfach lügt, muss der Verhörende so konzentriert und kreativ wie eine Frau in einer Sexhotline einen steten Strom an Beschimpfungen, Beleidigungen, Grunzlauten, Fragen und Provokationen produzieren. Es erfordert eine beträchtliche mentale Kraft, sich bei einer solchen Menge an verbalem Unflat nicht zu wiederholen, und wenigstens in diesem Punkt offenbarte die Darbietung der Komparsen Schwächen. Man sollte ihnen aber nicht die Schuld dafür geben. Schließlich waren sie keine Profis, und im Drehbuch hieß es nur, *Verhörspezialisten des Vietcong beschimpfen Binh in ihrer eigenen Sprache*. Sie mussten also improvisieren, und so lieferten die Komparsen eine sich ständig wiederholende Lektion in Gossenvietnamesisch ab, die niemand am Set jemals vergessen würde. Die meisten Crewmitglieder lernten nie, auf Vietnamesisch »danke« oder »bitte« zu sagen, aber am Ende des Drehs dieser Szene wusste jeder, was »fick deine Mutter« oder »Hurensohn« auf Vietnamesisch heißt, je nachdem wie man *du ma* übersetzt. Ich selbst hatte nie viel für solche Obszönitäten übrig, zollte den Komparsen aber unwillkürlich meine Bewunderung dafür, wie sie aus dieser Zitrone auch noch den letzten Tropfen herauspressten, wie sie das Schimpfwort als Substantiv, Verb, Adjektiv, Adverb und Aufschrei einsetzten und ihm Anklänge nicht nur von Hass und Wut, sondern manchmal sogar von Mitgefühl beimischten. *Du ma! Du ma! Du ma!*

Und als Binh nach Schlägen, Verfluchungen und Wasserkur das nasse Tuch vom Gesicht genommen wurde, kam ein James Yoon zum Vorschein, der wusste, dass er jetzt beste Chancen auf einen Oscar als bester Nebendarsteller hatte. Als der fast unsichtbare Orientale war er auf der Leinwand schon viele Male zuvor beseitigt worden, aber keiner jener Tode hatte diese Agonie, diesen Edelmut besessen. Mal sehen, sagte er eines Abends an der Hotelbar zu mir. Ich bin von Robert Mitchum mit einem Schlagring erschlagen, von Ernest Borgnine hinterrücks erstochen, von Frank Sinatra erschossen, von James Coburn erdrosselt, von einem Charakterdarsteller, den Sie nicht kennen, aufgehängt, von einem anderen von einem Wolkenkratzer gestürzt, aus dem Fenster eines Zeppelins gestoßen und von einer Chinesen-Gang in einen Wäschesack gestopft und in den Hudson geworfen worden. Ach ja, eine japanische Einheit hat mich mal zerstückelt. Aber das waren alles schnelle Tode. Ich hatte nie mehr als ein paar Sekunden auf der Leinwand, höchstens, manchmal weniger. Aber diesmal – und jetzt setzte er das trunkene Lächeln einer frisch gekrönten Schönheitskönigin auf – diesmal wird es ewig dauern, bis ich tot bin.

Wann immer ihm also das Tuch vom Gesicht genommen wurde, und das geschah während der Verhörprozedur viele

Male, setzte sich James Yoon mit der ausgehungerten, gierigen Leidenschaft eines Mannes in Szene, der wusste, dass er sich die Show diesmal ausnahmsweise nicht würde stehlen lassen von dem ewig niedlichen und unschlagbaren kleinen Jungen, dessen Mutter ihm nie erlauben würde, sich diese Szene anzuschauen. Er grimassierte, er stöhnte, er grunzte, er schrie, er weinte und heulte echte Tränen, die er wie aus einem Brunnen tief im Innern seines Körpers eimerweise nach oben beförderte. Danach kreischte, brüllte, keifte er, verdrehte, verrenkte, verspannte sich, schlug um sich und bäumte sich auf, und als Höhepunkt des Grauens würgte er sein salziges, essigsaures Frühstück aus Chorizo und Eiern hoch und kotzte es als klumpige Pampe aus. Am Ende dieses ausgedehnten ersten Takes stand die Crew schweigend da wie in einer Kathedrale, sprachlos beim Anblick von James Yoon, der zerschunden und zerschlagen vor ihnen lag wie ein hochnäsiger Sklave auf einer amerikanischen Plantage. Der Auteur höchstpersönlich ging neben dem noch festgezurrten Schauspieler in die Knie und wischte ihm mit einem nassen Handtuch zärtlich die Kotze aus dem Gesicht. Das war umwerfend, Jimmy, absolut umwerfend.

Danke, keuchte James Yoon.

Das machen wir jetzt gleich noch mal, zur Sicherheit.

Tatsächlich dauerte es noch sechs weitere Takes, bevor der Auteur sich zufrieden erklärte. Gegen zwölf, nach dem dritten Take, hatte der Auteur James Yoon gefragt, ob er eine Mittagspause wolle, aber der Schauspieler hatte zitternd geflüstert: Nein, lass die Fesseln dran. Ich werde gefoltert, oder nicht? Während sich die anderen Schauspieler und die Crew in den schlaffördernden Schatten der Kantine zurückzogen, setzte ich mich zu James Yoon und hielt einen Sonnenschirm über ihn, aber er schüttelte stur wie eine Schildkröte den Kopf. Nein, verdammt, ich ziehe das durch. Ist nur eine Stunde Sonne. Leute wie Binh haben Schlimmeres durchgemacht, oder? Viel Schlimmeres, sagte ich. James Yoons Quälerei würde zumindest nur einen Tag dauern. Jedenfalls hoffte er das. Die Kasteiung eines echten Gefangenen dauerte Tage, Wochen, Monate, Jahre. Laut unseren Geheimdienstberichten galt das für die Gefangenen meiner kommunistischen Genossen, aber ebenso für die, die meine Kollegen in der Spezialeinheit verhörten. Warum dauerten die Verhöre der Spezialeinheit so lange? Weil die Polizisten so gründlich, fantasielos oder sadistisch waren? Ganz genau, sagte Claude. Aber Gründlichkeit ist mit Fantasielosigkeit und Sadismus nicht vereinbar. Er unterrichtete eine Klasse Geheimpolizisten des National Interrogation Center, dessen Fenster wie starre Augen hinaus auf die Werftanlagen von Saigon blickten. Die zwanzig Schüler seiner Untergrundeinheit, mich eingeschlossen, waren alle altgediente Soldaten oder Polizisten. Dennoch verunsicherte uns seine Autorität und dass er im Stile eines erfahrenen Professors an der Sorbonne, in Harvard oder Cambridge dozierte. Brutale Gewalt, meine Herren, ist nicht die Antwort, wenn die Frage lautet, wie bekomme ich Information und Kooperation. Brutale Gewalt beschert Ihnen nur ungenaue oder irreführende Antworten, Lügen oder, noch schlimmer, Antworten, von denen der Gefangene glaubt, Sie würden sie hören wollen. Er wird alles sagen, um sein Leid zu beenden. Dieser ganze Kram hier ist nutzlos. Claude deutete auf das auf seinem Schreibtisch ausgebreitete Handwerkszeug, das hauptsächlich aus Frankreich stammte, darunter ein Gummiknüppel, ein zweckentfremdeter, mit Seifenlauge gefüllter Benzinkanister aus Plastik, eine Kneifzange, ein elektrischer Generator mit Handkurbel für ein Feldtelefon. Verhören ist keine Form der Bestrafung. Verhören ist eine Wissenschaft.

Die anderen Geheimpolizisten und ich schrieben das pflichtbewusst in unsere Notizbücher. Claude war unser amerikanischer Berater, und von ihm wie von allen anderen amerikanischen Beratern erwarteten wir Fachkenntnisse, die auf dem neuesten Stand waren. Wir wurden nicht enttäuscht. Beim Verhör geht es zuerst um den Geist, sagte er, erst dann um den Körper. Hört sich kontraintuitiv an, oder? Stimmt aber. Wir haben Millionen ausgegeben, um das im Labor nachweisen zu können. Die Grundlagen sind simpel, aber ihre Anwendung lässt sich kreativ und genau dem Individuum oder der Fantasie des Fragestellers anpassen. Desorientierung. Sensorische Deprivation. Selbstbestrafung. Diese Grundlagen sind wissenschaftlich bewiesen, von den besten Wissenschaftlern der Welt, von amerikanischen Wissenschaftlern. Wir konnten zeigen, dass der menschliche Geist, wenn er bestimmten Bedingungen unterworfen wird, schneller zusammenbricht als der menschliche Körper. Mit dem Kram hier dauert es Monate, um die Zielperson zu brechen. Dabei deutete er wieder verächtlich auf das, was wir inzwischen für gallischen Müll, für Werkzeuge von Barbaren aus der alten und nicht von Wissenschaftlern aus der neuen Welt hielten, für mittelalterliches Folterhandwerk und nicht für moderne Verhörtechnik. Ein Sack über den Kopf der Zielperson, die Hände mit Mull umwickelt, Stöpsel in die Ohren und dann für eine Woche allein in eine vollkommen dunkle Zelle, und Sie haben ein menschliches Wesen vor sich, das zu Widerstand nicht mehr fähig ist. Sie haben eine Wasserlache.

Wasser. Wasser, sagte James Yoon. Kann ich bitte etwas Wasser haben?

Ich holte ihm etwas Wasser. Trotz der Wasserkur hatte er eigentlich kein Wasser zu sich genommen, außer dem, das durch das nasse Tuch gedrungen war, das gerade nass genug war, sagte er, um ihm die Luft abzuschnüren. Da seine Arme noch festgeschnallt waren, tröpfelte ich ihm das Wasser langsam in den Mund. Danke, murmelte er, so wie jeder Gefangener seinem Peiniger dankbar für einen Tropfen Wasser, für einen Happen Essen oder eine Minute Schlaf gewesen wäre. Ausnahmsweise war ich erleichtert, als ich die Stimme des Auteurs hörte. Also, Jungs, rief er, bringen wir das hier hinter uns, damit James wieder zurück an seinen Pool kann!

Zwei Stunden später, beim letzten Take, weinte James Yoon wirklich vor Schmerz. Sein Gesicht schwamm in Schweiß, Schleim, Kotze und Tränen. Es war ein Anblick, den ich kannte – von der kommunistischen Agentin. Aber das war real gewesen, so real, dass ich mich zwingen musste, ihr Gesicht aus meinen Gedanken zu verscheuchen. Ich konzentrierte mich auf den fiktionalen Zustand völliger Erniedrigung, den der Auteur für die nächste Szene wollte, die ebenfalls mehrere Takes erforderte. Es war die letzte Szene im Film für James Yoon. Weil sie den Willen ihres Opfers nicht hatten brechen können und kein Geständnis von ihm bekamen, war der Kingcong so verärgert, dass sie ihm mit einem Spaten das Hirn aus dem Schädel prügelten. Da das Quartett von der Folterarbeit aber ein bisschen erschöpft war, beschloss es, vorher Pause zu machen und eine von Pete Attucks' Marlboros zu rauchen. Zu ihrem Pech unterschätzten sie Binhs Willen, der, wie so viele seiner Brüder aus dem Süden, seien sie nun Freiheitskämpfer oder Freiheitskämpfer, wenn es darum ging, die eigene Unabhängigkeit von der Tyrannei zu verteidigen, so cool war wie ein kalifornischer Surfer. Unbeobachtet und ohne das Tuch um den Kopf, biss er sich selbst die Zunge ab und ertrank im Strudel seines eigenen Kunstblutes, einem Handelsprodukt zu acht Dollar der Liter, von dem etwa acht Liter nötig waren, um James Yoons Gesicht und die Erde damit zu garnieren. Für Binhs Gehirn hatte Harry seine Hausmarke Zerebralmasse zusammengerührt, eine geheime Rezeptmischung aus Haferbrei und Agar, die eine graue, klumpige, geronnene Schweinerei ergab, mit der er liebevoll den Boden rund um James Yoons Kopf bekleisterte. Der Kameramann fuhr besonders nah heran, um den Ausdruck in Binhs Augen einzufangen, den ich von meinem Standpunkt aus zwar nicht sehen konnte, der aber wohl auf eine heilige Mischung aus ekstatischem Schmerz und schmerzvoller Ekstase hinauslief. Trotz all der Qualen, die man ihm zugefügt hatte, hatte er kein Wort gesagt, oder zumindest keins, das man hätte verstehen können.

ELFTES KAPITEL

Je länger ich an dem Film arbeitete, desto überzeugter war ich davon, nicht nur als technischer Berater an einem künstlerischen Projekt mitzuwirken, sondern als Infiltrator an einem Propagandawerk. Ein Mann wie der Auteur hätte das abgestritten und seinen Film schlicht als Kunst bezeichnet, aber wer hielt hier wen zum Narren? Mit Filmen klopfte Amerika den Rest der Welt weich, erbarmungslos attackierte Hollywood die mentalen Abwehrkräfte des Publikums mit der Hit-, der Smash-, der Spektakel-, der Blockbuster- und ja, sogar mit der Kassenflopbombe. Es spielte keine Rolle, welche Geschichte die Zuschauer zu sehen bekamen. Entscheidend war, dass es die amerikanische Geschichte war, die sie sahen und mochten – bis zu dem Tag, an dem sie vielleicht selbst von den Flugzeugen bombardiert wurden, die sie in amerikanischen Filmen gesehen hatten.

Kein Wunder, dass Man Hollywood als Startrampe für die Interkontinentalrakete der Amerikanisierung begriff. Ich hatte ihm einen besorgten Brief über die Bedeutung meiner Arbeit an dem Film geschrieben, und er hatte mir mit seinen bislang umfangreichsten Ausführungen geantwortet. Zuerst kam er auf meine Bedenken wegen der Flüchtlinge zu sprechen: *Die Zustände hier werden bei euch übertrieben. Denke an die Prinzipien unserer Partei. Feinde der Partei müssen ausgemerzt werden.* Sein zweiter Punkt betraf meine Befürchtung, ein Kollaborateur des Auteurs zu sein: *Denke an Mao in Yan'an.* Das war alles, aber es scheuchte den schwarzen Raben des bösen Zweifels von meiner Schulter. Wann zuletzt hat sich ein amerikanischer Präsident die Mühe gemacht, eine Rede über die Bedeutung von Kunst und Literatur zu schreiben? Ich kann mich nicht erinnern. Mao sagte in Yan'an, Kunst und Literatur seien wesentlich für eine Revolution. Umgekehrt warnte er, Kunst und Literatur könnten auch zu Werkzeugen von Herrschaft werden. Man könne Kunst nicht von Politik trennen, Politik benötige die Kunst, um die Menschen zu erreichen. Indem er mich eindringlich an Mao erinnerte, sagte mir Man, dass meine Mission für diesen Film wichtig sei. Vielleicht war der Film selbst nicht so schrecklich wichtig, aber wofür er stand, die Gattung, der er angehörte, das war wichtig. Ein Zuschauer konnte den Film mögen oder nicht mögen oder ihn einfach als irgendeine Geschichte abtun, aber das war belanglos. Was zählte, war, dass sich der Zuschauer mit einer Eintrittskarte gewillt zeigte, amerikanische Gedanken und Werte in sein anfälliges Hirngewebe und in die saugfähige Erde seines Herzens einsickern zu lassen.

Als Man solche Themen in unserem Arbeitskreis zum ersten Mal mit mir diskutierte, war ich benommen von seiner wie auch von Maos Brillanz. Ich war ein Lycée-Schüler, der nie Mao gelesen hatte, der nie darauf gekommen war, Kunst und Literatur hätten irgendetwas mit Politik zu tun. Man verwickelte mich und den Dritten in unserer Zelle, einen bebrillten Jungen namens Ngo, in eine lebhafte Diskussion über Maos Schriften. Die Ansichten des Großen Steuermanns über Kunst elektrisierten uns. Kunst konnte beides sein, populär, auf die Massen ausgerichtet und gleichzeitig hoch entwickelt, konnte ihre eigenen ästhetischen Standards setzen wie auch den Geschmack der

Massen anheben. Mit der stürmischen Selbstgewissheit von Teenagern diskutierten wir im Garten von Ngos Eltern darüber, wie das zu bewerkstelligen sei, wobei wir hin und wieder von Ngos Mutter unterbrochen wurden, wenn sie uns einen kleinen Imbiss brachte. Der arme Ngo starb später in einem Verhörzentrum auf dem Land, nachdem man ihn wegen Besitzes regierungsfeindlicher Pamphlete verhaftet hatte. Aber damals war er noch ein Junge, der leidenschaftlich in die Lyrik von Baudelaire verliebt war. Anders als Man und Ngo war ich nie ein großer Organisator oder Agitator, mit ein Grund dafür, erzählte mir Man später, dass die oberen Komitees entschieden, mich als Maulwurf einzusetzen.

Er benutzte das englische Wort für Maulwurf, *mole,* das wir gerade erst von unserem Englischlehrer gelernt hatten, dessen größte Freude es war, Sätze zu zergliedern. Ein Maulwurf?, sagte ich. Das Tier, das sich durch den Untergrund buddelt?

Die andere Sorte.

Es gibt eine andere Sorte?

Natürlich. Die Vorstellung von einem Maulwurf als das, was sich durch den Untergrund buddelt, missversteht die Bedeutung des Maulwurfs als Spion. Die Aufgabe eines Spions ist es nicht, sich zu verstecken, wo niemand ihn sehen kann, weil er da selbst nichts sieht. Die Aufgabe eines Spions ist es, sich dort zu verstecken, wo er alles im Blick hat. Frag dich selbst: Was kann jeder von dir sehen, was du selbst nicht sehen kannst?

Jetzt reicht's mir mit den Rätseln, sagte ich. Ich gebe auf.

Das da – er deutete mitten in mein Gesicht – sieht jeder.

Ich ging zum Spiegel. Man schaute mir über die Schulter. Tatsächlich, das war der Teil von mir, auf den ich schon lange nicht mehr geachtet hatte. Denk dran, du bist nicht nur irgendein Maulwurf, sagte Man, sondern der Maulwurf, der wie ein Schönheitsfleck auf der Nase der Macht sitzt.

Man hatte die natürliche Gabe, die Rolle des Maulwurfs und jede andere potenziell gefährliche Aufgabe attraktiv erscheinen zu lassen. Wer wollte nicht ein Schönheitsfleck sein? Daran dachte ich, als ich in mein Englischlexikon schaute und feststellte, dass *mole* auch eine Art Pier oder Hafen sein konnte, eine chemische Maßeinheit, krankhaft verändertes Uterusgewebe und, wenn anders ausgesprochen, eine stark gewürzte mexikanische Soße aus Chili und Schokolade, die ich eines Tages probieren und die mir sehr gut schmecken würde. Aber was mir sofort ins Auge sprang und was ich seitdem nie vergessen habe, war die Illustration, die nicht einen Schönheitsfleck darstellte, sondern das Tier, ein unterirdisches, Würmer fressendes Säugetier mit Klauen an den klobigen Füßen, einer röhrenförmigen, schnurrbärtigen Schnauze und Stecknadelaugen. Ein für jeden bis auf seine Mutter hässliches und fast blindes Tier.

Zahllose zerschmetterte Körper blieben zurück, während der Film mit dem Momentum einer Panzerdivision auf seinen Höhepunkt zusteuerte, ein Feuergefecht vor der Höhle des Kingcong und dessen anschließende Ausradierung durch Brandbomben der US-Luftwaffe. Was auf der Leinwand fünfzehn Minuten dauerte, erforderte mehrere Wochen Drehzeit: feuernde Kampfhubschrauber, Raketenbeschuss, Schusswechsel und die völlige und gewaltige Zerstörung des aufwendigen Sets, das einzig in der Absicht aufgebaut worden war, dem Erdboden gleichgemacht zu werden. Gigantische Mengen an künstlichem Rauch waberten immer wieder in verwirrenden Schwaden über das Set. Unmengen an Platzpatronen und Sprengladungen jagten alle Vögel und Wildtiere in die Flucht und bewirkten, dass die Crew nur noch mit Ohrstöpseln aus Baumwolle herumlief. Natürlich reichte es nicht, das Dorf und die Höhle, in der der Kingcong sich versteckte, einfach nur zu zerstören. Um das Verlangen des Auteurs nach realistischem Blutvergießen zu stillen, mussten sämtliche Komparsen getötet werden. Da das Drehbuch den Tod von mehreren Hundert Vietcong und Laoten verlangte, aber nur hundert Komparsen verfügbar waren, mussten die meisten mehr als einmal sterben, manche vier- oder fünfmal. Der Bedarf an Komparsen verringerte sich erst nach dem glanzvollen Höhepunkt des Feuergefechts, einem fantastischen Tiefflug mit Napalmabwurf, den zwei F-5 von der philippinischen Luftwaffe besorgten. Da dabei der Feind fast völlig vernichtet wurde, waren für die letzten Drehtage nur noch zwanzig Komparsen vonnöten, die geschrumpfte Bevölkerung eines zerbombten Geisterdorfes.

Hier legte man sich als Lebender schlafen und erwachte als Untoter, denn an drei Tagen erklang bei Morgengrauen der Ruf: *Tote Vietnamesen, auf eure Plätze!* Ein gehorsamer Stamm Zombies erhob sich vom Erdboden, zwanzig verstümmelte tote Männer, zerschlagen und blutverschmiert, mit zerfetzter und zerrissener Kleidung, die vom Make-up-Zelt zum Set stolperten. Manche stützten sich auf Kameraden und humpelten auf einem Bein, da das andere am Oberschenkel hochgeschnallt war. Mit einer freien Hand trugen sie ein falsches Bein, aus dem der weiße Knochen herausragte. Das platzierten sie in der Nähe auf dem Boden, nachdem sie sich selbst hingelegt hatten. Andere, mit einem leeren, baumelnden Ärmel, den Arm im Hemd versteckt, trugen einen übel zugerichteten falschen Arm mit sich, während andere mit den Händen die Hirnmasse festhielten, die ihnen aus den Schädeln quoll. Manche drückten sich zimperlich die heraushängenden Eingeweide an den Körper, die für alle Welt wie glänzende Ketten aus weißen, rohen Würsten aussahen, weil sie genau das waren. Der Einsatz von Würsten war eine geniale Idee, weil

Harry in dem Augenblick, als das Gefecht anfing, einen streunenden, hungrigen Hund von der Leine ließ, der sich in die Kulisse stürzte und anfing, wie irre die Innereien der Toten zu fressen. Diese Leichen waren alles, was in den schwelenden Überresten der Kingcong-Höhle vom Feind übrig blieb. Wahllos lagen sie in grotesken Posen auf dem Boden. Erschossen, erstochen, erschlagen oder erdrosselt im erbitterten Kampf Mann gegen Mann zwischen Vietcong und Green Berets plus Milizionäre. Zu den Toten gehörten zahlreiche bedauernswerte, anonyme Milizionäre sowie die vier Vietcong, die Binh gefoltert und Mai vergewaltigt hatten, die ihr angemessenes Ende gefunden hatten durch die rächende Hand von Shamus und Bellamy, die ihre KA-BAR-Messer in homerischer Raserei schwangen bis …

… sie keuchend auf dem Schlachtfeld standen, von dem nur noch das Zischen der glühenden Asche aufstieg.

SHAMUS

Hören Sie das?

BELLAMY

Ich höre nichts.

SHAMUS

Genau. Das ist der Klang des Friedens.

Schön wär's gewesen! Aber der Film war noch nicht vollendet. Eine alte Frau stürzte aus der Höhle und warf sich wehklagend über den Körper ihres toten VC-Sohnes. Der erstaunte Green Beret erkannte sie wieder als die freundliche Madame mit den schwarzen Zähnen aus dem trostlosen Bordell, wo sie so oft Tripper-Lotto gespielt hatten.

BELLAMY

Jesus Christus, Mama San ist ein VC.

SHAMUS

Sind sie alle, mein Junge. Sind sie alle.

BELLAMY

Was machen wir mit ihr?

SHAMUS

Nichts. Wir gehen nach Hause.

Shamus vergaß die Grundregel aller Western, Krimis und Kriegsfilme: Wende einem Feind oder einer Frau, der Unrecht zugefügt wurde, nie den Rücken zu. Als sie das taten, packte die aufgebrachte Mama San das AK-47 ihres Sohnes, pumpte Shamus von der Hüfte bis zu den Schulterblättern mit Blei voll, bevor sie selbst Bellamy zum Opfer fiel, der herumwirbelte und die letzten Patronen seines Magazins abfeuerte. Sie starb in Zeitlupe, von Blut überströmt, das wie im echten Leben aus den vierzehn Einschusslöchern sprudelte, mit denen Harry sie präpariert hatte. Zusätzlich hatte er ihr noch zwei Blutkapseln gegeben, auf die sie beißen sollte. Schmeckt grässlich, sagte sie hinterher, als ich ihr das falsche Blut von Mund und Kinn wischte. Hat das echt ausgesehen? Erstaunlich echt, sagte ich zu ihrer großen Befriedigung. Keiner stirbt wie du.

Außer natürlich der Schauspielgott. Um sicherzustellen, dass niemand behaupten konnte, Asia Soo oder James Yoon hätten ihn an die Wand gespielt, bestand er bei den Aufnahmen für seinen Tod auf achtzehn Takes. Die größere schauspielerische Leistung musste jedoch der Superstar erbringen, der den sterbenden Will Shamus in seinen Armen hielt. Eine schwierige Aufgabe, da der Schauspielgott auch nach sieben Monaten Drehzeit noch nicht geduscht hatte. Und das trotz der Tatsache, dass kein Soldat jemals die Gelegenheit für eine

Dusche oder ein Bad ungenutzt ließ, selbst für eine Katzenwäsche mit einem Stück Seife und etwas kaltem Wasser aus einem Helm. Ganz am Anfang der Dreharbeiten hatte ich das eines Abends dem Schauspielgott gegenüber erwähnt, worauf er mit dem halb mitleidigen, halb amüsierten Blick reagiert hatte, den ich inzwischen gewohnt war. Ein Blick von der Sorte, der nicht nur andeutete, dass mein Hosenstall offen steht, sondern auch, dass es da ohnehin nichts zu sehen gibt. Exakt weil kein Soldat das je getan hat, verkündete er, tue ich es. Die Folge war, dass niemand sich dazu durchringen konnte, mit ihm am selben Tisch zu essen oder sich ihm auf weniger als fünf oder sechs Meter zu nähern. Der Gestank war so entsetzlich, dass es dem Superstar das Wasser in die Augen trieb, als er sich bei jedem Take weinend und würgend zu ihm vorbeugte, um sich Shamus' letzte geflüsterte Worte anzuhören: Die Hure! Die Hure!

Nach Shamus' Tod war die Bühne frei für Bellamy, der einen Luftschlag der Operation Arc Light auf die Höhle des Kingcong anforderte. Am Himmel über ihm würde eine unsichtbare B-52 Stratofortress dreizehntausend Tonnen Freifallbomben ausklinken, deren Zweck es nicht war, Leben zu töten, sondern das Land von den Toten zu säubern, einen Siegestanz auf der Leiche des Kingcong zu veranstalten, das Hippielächeln aus dem Gesicht von Mutter Erde zu tilgen und der Welt kundzutun: *Wir können nicht anders, wir sind eben Amerikaner.* Die Szene war eine gewaltige Industrieproduktion, die das Ausheben von mehreren Gräben erfordert hatte, die dann mit achttausend Litern Benzin, tausend Rauchbomben, mehreren hundert Stangen Phosphor, ein paar Dutzend Stangen Dynamit und einer unermesslichen Zahl an Raketen, Leuchtfackeln und Leuchtspurgeschossen gefüllt wurden. All das kam zum Einsatz, um die Explosionen zu simulieren, mit denen das von

Chinesen und Sowjets bestückte Munitionslager des Kingcong in die Luft flog. Jedes Crewmitglied hatte auf diesen Augenblick gewartet, auf die größte Explosion der Filmgeschichte. In diesem Augenblick zeigen wir, verkündete der Auteur der vollzähligen Crew während der letzten Woche immer wieder, dass diesen Film zu machen so war, wie selbst in den Krieg zu ziehen. Wenn eure Enkel euch fragen, was habt ihr im Krieg gemacht, dann könnt ihr sagen, ich habe diesen Film gemacht. Ich habe ein großes Kunstwerk geschaffen. Woher weiß man, ob man ein großes Kunstwerk geschaffen hat? Ein großes Kunstwerk ist so wirklich wie die Wirklichkeit selbst und manchmal sogar wirklicher als das Wirkliche. Lange nachdem dieser Krieg vergessen sein wird, wenn er in Schulbüchern nur noch einen Absatz einnimmt, den jeder Student überspringt, und alle Überlebenden tot, die Körper zu Staub, die Erinnerungen zu Atomen zerfallen sind und ihre Leiden keine Leidenschaft mehr hervorrufen, dann wird dieses Kunstwerk noch hell strahlen und nicht nur vom Krieg erzählen, sondern der Krieg selbst sein.

Und das ist das Absurde. Nicht, dass an den Behauptungen des Auteurs nicht etwas Wahres gewesen wäre, denn das Absurde keimt oft in einer Wahrheit. Richtig, die Kunst überlebt schließlich den Krieg, seine Artefakte ragen noch lange empor, nachdem der tägliche Rhythmus der Natur die Körper von Millionen von Kriegern längst zu Staub zermahlen hat, aber ich habe keinen Zweifel daran, dass in der egomanen Vorstellungswelt des Auteurs sein Kunstwerk schon jetzt wichtiger war als die drei oder vier oder sechs Millionen Toten, die die wahre Bedeutung des Krieges ausmachten. *Sie können sich nicht vertreten, sie müssen vertreten werden.* Marx sprach von der unterdrückten Klasse, deren politisches Bewusstsein nicht ausreichte, um sich selbst als Klasse zu begreifen. Aber hatte irgendetwas jemals mehr für die Toten gegolten und für die Komparsen? Ihr Leben war so leer, dass sie ihren täglichen Dollar jeden Abend vertranken, wobei ich mich ihnen freudig anschloss, da ich spürte, dass auch von mir ein kleiner Teil gestorben war, denn die Niederträchtigkeit meiner Unternehmung wurde mir immer bewusster. Trügischerweise hatte ich geglaubt, Einfluss auf unsere Darstellung nehmen zu können. Hier und da hatte ich das Drehbuch abändern und die Ergänzung einiger Sprechrollen anstoßen können. Aber wozu? Ich hatte diesen Koloss nicht zum Entgleisen gebracht oder seine Richtung verändert. Als technischer Berater für Authentizität – dieses Gespenst, das alle schlechten Filme heimsucht, die gute Filme sein wollen – hatte ich es ihm nur leichter gemacht. Ich hatte zu garantieren, dass die im Hintergrund des Films herumwuselnden Menschen echte Vietnamesen waren, die echte vietnamesische Dinge sagten und echte vietnamesische Kleidung trugen, bevor sie dann starben. Der Zungenschlag eines Dialekts und der Schnitt eines Kostüms mussten stimmen, aber die wirklich wichtigen Dinge in so einem Film, wie Gefühle oder Gedanken, durften falsch sein. Ich war nur das Schneiderlein, das dafür zu sorgen hatte, dass die Nähte an der Garderobe, die von den wohlhabenden Weißen der Welt entworfen, produziert und gekauft wurde, korrekt saß. Sie besaßen die Produktionsmittel und bestimmten deshalb die Inszenierung, und wir durften vor unserem anonymen Tod höchstens darauf hoffen, einmal den Mund aufmachen zu dürfen.

Der Film war nur ein Sequel zu unserem und das Prequel zum nächsten Krieg, zu dem Amerika berufen war. Die Tötung der Komparsen war entweder das Re-Enactment dessen, was mit uns Einheimischen geschehen war, oder eine Generalprobe für die nächste, ähnliche Episode. Der Film war die örtliche Betäubung für die amerikanische Seele, die sie auf jede noch so geringe Irritation vor oder nach einer solchen Handlung vorbereiten sollte. Letztlich stammte die Technologie, die bei der realen Auslöschung der Einheimischen eingesetzt worden war, aus dem militärisch-industriellen Komplex, zu dem auch Hollywood gehörte, weil es pflichtbewusst seine Rolle bei der fiktionalen Auslöschung der Einheimischen spielte. Ich erkannte das schließlich am Tag, als das letzte Spektakel gedreht werden sollte. In letzter Minute beschloss der Auteur, mit dem reichlich übrig gebliebenen Benzin und Sprengstoff zu improvisieren. Ohne dass ich davon wusste, hatte er am Tag zuvor den Special-Effects-Hexenmeistern Anweisung gegeben, die Zerstörung des Friedhofs vorzubereiten. Im Originaldrehbuch war der Friedhof beim Angriff des Kingcong auf das Dorf verschont geblieben, aber jetzt wollte der Auteur noch eine weitere Szene, die die wahre Verkommenheit beider Seiten illustrieren sollte. In dieser Szene suchte eine Gruppe selbstmörderischer Guerillakämpfer zwischen den Gräbern des Dorfes Deckung, im heiligen Reich der Vorfahren, worauf Shamus einen Luftschlag befahl, dessen 155-mm-Phosphorgranaten alles Lebende und Tote auslöschten. Ich erfuhr von dieser neuen Szene am Morgen des Tages, für den ursprünglich der Dreh des Arc-Light-Luftschlags angesetzt war. Nein, sagte Harry. Die Special-Effects-Jungs haben letzte Nacht den Friedhof vorbereitet.

Ich liebe diesen Friedhof. Er ist das Fantastischste, was Sie je gebaut haben.

Sie haben noch eine halbe Stunde für ein paar Fotos, dann macht's bum.

Es war nur ein falscher Friedhof mit einem falschen Grab für meine Mutter, aber die Zerstörung dieser Schöpfung aus einer leichtfertigen Laune heraus schmerzte mich überraschend tief. Ich musste meiner Mutter und dem Friedhof die letzte

Ehre erweisen. Allerdings war ich der Einzige mit solchen Empfindungen. Die Crew saß noch beim Frühstück, sodass der Friedhof verlassen dalag. Zwischen den Gräbern verlief ein Labyrinth aus flachen Gräben mit glänzendem Benzin, an den Rückseiten der Grabsteine waren Dynamit- und Phosphorstangen befestigt. Hinter Grabsteinen und im kniehohen Gras, das mir an den Knöcheln und Schienbeinen kitzelte, steckten unsichtbar für die Kamera Rauchbomben im Boden. Mit meiner Kamera um den Hals ging ich an den Grabsteinen vorbei, auf die Harry Namen geschrieben hatte, die aus dem Telefonbuch von Los Angeles stammten und wahrscheinlich zu Menschen gehörten, die alle noch lebten. Unter den Namen der Lebenden auf dieser kleinen Plaza der Verstorbenen war der meiner Mutter der einzige, der auch wirklich da hingehörte. Vor ihrem Grab kniete ich nieder, um mich zu verabschieden. In den vergangenen sieben Monaten hatte das Wetter das Grab geschändet, sodass ein Großteil des Gesichts auf dem Foto weggewaschen war und das Rot der Buchstaben die blasse Tönung von vertrocknetem Blut auf einem Gehweg angenommen hatte. Die Schwermut legte ihre trockene, papierne Hand auf meine Schultern, so wie immer, wenn ich an meine Mutter dachte, deren Leben so kurz, deren Möglichkeiten so gering und deren Opfer so groß gewesen waren und die nun um der Unterhaltung willen eine letzte Beleidigung erdulden musste.

Mama, sagte ich und berührte mit der Stirn den Grabstein. Mama, ich vermisse dich so sehr.

Ich hörte das geisterhafte Kichern des maßlosen Majors. Bildete ich mir das nur ein, oder verstummten um mich herum alle Geräusche der Natur? In der übernatürlichen Stille der Séance mit meiner Mutter glaubte ich, vielleicht Kontakt zu ihrer Seele aufgenommen zu haben, aber genau in dem Augenblick, als sie mir vielleicht etwas ins Ohr hätte flüstern können, zerriss mir ein gewaltiger Knall das Trommelfell. Gleichzeitig schlug mir etwas ins Gesicht, riss mich hoch, schleuderte mich durch einen Lichtblitz und spaltete mein Ich in zwei Hälften, sodass ich mich selbst dabei beobachten konnte, wie ich durch die Luft flog. Später wurde behauptet, das sei alles nur ein Unfall gewesen, ausgelöst durch eine schadhafte Sprengkapsel, die die erste Explosion ausgelöst hätte. Inzwischen glaubte ich ganz und gar nicht mehr an einen Unfall. Es gab nur einen Mann, der für das, was am Set geschehen war, verantwortlich sein konnte. Der Mann, der sich so penibel um jedes Detail kümmerte, dass er sogar den Wochenspeiseplan entwarf. Der Auteur. Aber zum Zeitpunkt der Feuersbrunst glaubte mein gelassenes Ich, Gott selbst habe meine blasphemische Seele gestraft. Die Augen meines gelassenen Ichs sahen, wie mein hysterisches, kreischendes Ich die Arme ausbreitete und wie ein flugunfähiger Vogel um sich schlug. Eine Feuerwand schoss vor ihm in die Höhe, und eine Hitzewelle schwappte mit solcher Wucht über es hinweg, dass es und das beobachtende Ich jeden Gefühlssinn verloren. Eine gewaltige Python der Hilflosigkeit umschlang uns in einem Würgegriff und drückte uns mit solcher Kraft wieder zu einem einzigen Ich zusammen, dass es das Bewusstsein verloren hätte, wenn es nicht mit dem Rücken wieder auf die Erde aufgeschlagen wäre. Das Fleisch meines Körpers war nun gepökelt, gegrillt und zart. Die Welt um mich herum stand in Flammen, stank nach dem Benzin, das die wollenen Bestien aus schwarzem Rauch ausschwitzten, die wabernd, mit sich ständig verändernden Gesichtern auf mich zuwalzten. Ich stand gerade wieder wackelig auf meinen Beinen, als ein weiterer gewaltiger Knall die Stille in meinen Ohren zerriss. Meteoritenbrocken aus Erde und Stein schossen vorbei. Ich hielt mir einen Arm über den Kopf und zog mir das Hemd über Nase und Mund. Inmitten von Feuer und Rauch öffnete sich ein schmaler freier Pfad. Tränen blendeten mich, Ruß stach mir in die Augen, wieder einmal lief ich um mein Leben. Die Druckwelle der nächsten Explosion prallte nun gegen meinen Rücken, ein ganzer Grabstein segelte über meinen Kopf hinweg, vor mir rollte eine Rauchgranate über den Weg, und eine graue Wolke umhüllte mich. Indem ich der Hitze auswich, fand ich schließlich hustend und keuchend hinaus unter den freien Himmel, immer noch geblendet lief ich weiter, fuchtelte mit den Händen herum, sog den Sauerstoff in mich hinein und fühlte, was einen Feigling zugleich beruhigte und verängstigte – dass er am Leben war. Ein Gefühl, das man nur empfinden konnte, wenn man eine Runde russisches Roulette gegen den überlebte, der nie verliert, den Tod. Als ich gerade dem Gott, an den ich nicht glaubte, danken wollte, weil ich, nun ja, eben doch ein Feigling war, betäubten mich Trompetenfanfaren. Lautlos löste sich der Klebstoff, der die Schwerkraft war, auf, löste ich mich vom Boden und wurde himmelwärts gezogen. Das Trümmerfeld des Friedhofs lag lodernd vor mir, rückte dann immer weiter von mir weg, als ich rückwärts durch die Luft schwebte und die Welt hinter einem Dunstschleier an mir vorbeiglitt, der sich zu stummer Dunkelheit verdichtete.

Dieser Dunst … dieser Dunstschleier war mein Leben, das vor meinen Augen vorüberflimmerte, nur spulte es sich so schnell ab, dass ich nicht viel erkennen konnte. Mich konnte ich erkennen, aber merkwürdigerweise bewegte sich mein Leben rückwärts, wie in diesen Filmsequenzen, wo jemand aus einem Fenster springt und auf den Gehweg klatscht und plötzlich wieder hochhüpft und zum Fenster zurückfliegt. So war das auch bei mir. Wie ein Verrückter rannte ich vor einem impressionistischen Hintergrund aus Farbklecksen rückwärts. Ich schrumpfte nach und nach, bis ich ein Teenager war, dann ein

Kind und ein krabbelndes Baby, bis ich unausweichlich, nackt und kreischend, durch das Portal, durch das wir alle gekommen sind, in ein schwarzes Loch gesaugt wurde, wo alles Licht verschwand. Als dieser letzte Schimmer verblasste, erschien es mir, als ob das Licht am Ende des Tunnels, das Menschen gesehen hatten, die gestorben und wieder ins Leben zurückgekehrt waren, nicht der Himmel wäre. War es nicht viel plausibler, dass das, was sie sahen, nicht das war, was vor ihnen, sondern das, was hinter ihnen lag? Die universelle Erinnerung an den ersten Tunnel, durch den wir alle müssen, das Licht an dessen Ende, das in unsere fötale Dunkelheit eindringt, das unsere geschlossenen Augenlider kitzelt und uns an die Rutsche lockt, die uns zu unserer unausweichlichen Verabredung mit dem Tod befördert. Ich öffnete den Mund zum Schrei und riss die Augen auf …

Ich lag unter einem weißen Laken in einem Bett, das mit einem weißen Vorhang abgeschirmt war. Von jenseits des Vorhangs drangen ätherische Stimmen zu mir, das eiswürfelartige Klimpern von Metall, über Linoleum rollende Räder, das unerträgliche Quietschen von Gummisohlen, das klägliche Piepen einsamer elektronischer Apparate. Ich steckte in einem hauchdünnen Patientenhemd aus Krepp. Trotz seiner Leichtigkeit und der des Lakens lastete eine einschläfernde Schwere auf mir, kratzig wie eine Armeedecke, erdrückend wie unerwünschte Liebe. Ein Mann in einem weißen Kittel stand am Fuß meines Bettes und studierte mit der Konzentriertheit eines Legasthenikers ein Kurvenblatt auf einem Klemmbrett. Er hatte das wilde, vernachlässigte Haar eines Studenten der Astrophysik, und der vorstehende Bauch schwappte über den Damm seines Gürtels. Er murmelte etwas in sein Diktiergerät. Gestern eingelieferter Patient leidet an Verbrennungen ersten Grades, einer Rauchvergiftung, Quetschungen, einer Gehirnerschütterung. Er ist … Jetzt bemerkte er, dass ich ihn anschaute. Ah, hallo, guten Morgen, sagte er. Können Sie mich hören, junger Mann? Nicken Sie. Sehr gut. Können Sie etwas sagen? Nein? Stimmbänder und Zunge sind in Ordnung. Schätze, Sie stehen noch unter Schock. Wissen Sie, wie Sie heißen? Ich nickte. Gut! Wissen Sie, wo Sie sind? Ich schüttelte den Kopf. In einem Krankenhaus in Manila. Das Beste, was man für Geld kriegen kann. In diesem Krankenhaus haben wir nicht nur alle den MD, sondern sind auch noch Dr. Phil. Das heißt, wir sind alle philippinische Ärzte. Das MD steht für Manila-Doc. Ha, ha, war nur ein Witz, mein blasser junger Freund. Natürlich steht das MD für den medizinischen Doktortitel, und das Dr. phil. steht für den philosophischen Doktortitel, was heißt, ich kann analysieren, was ich sehen und auch, was ich nicht sehen kann. Angesichts dessen, was Sie durchgemacht haben, befindet sich Ihr Körper in relativ gutem Zustand. Ein bisschen angeschlagen, sicher, aber nicht sonderlich schlimm, Sie könnten auch tot oder verstümmelt sein. Nicht mal ein Arm- oder Beinbruch. Kurz, Sie hatten außergewöhnliches Glück. Davon abgesehen nehme ich an, dass in Ihrem Kopf Glocken läuten, so groß wie die Brüste von Zsa Zsa Gabor. Sie müssen Kopfschmerzen haben. Psychoanalyse würde ich Ihnen nicht empfehlen. Eine Krankenschwester schon, aber die hübschen haben wir alle nach Amerika exportiert. Noch Fragen? Ich mühte mich ab, brachte aber kein Wort heraus. Also schüttelte ich nur den Kopf. Ruhen Sie sich aus und denken Sie daran, dass ein guter Sinn für Relativismus die beste Medizin ist. Egal, wie schlecht es Ihnen geht, trösten Sie sich damit, dass es irgendwem noch viel schlechter geht als Ihnen.

Und damit schlüpfte er durch den Vorhang, und ich war wieder allein. Die Decke über mir war weiß. Mein Laken, weiß. Mein Patientenhemd, weiß. Alles weiß, mir hätte es gut gehen müssen, aber es ging mir nicht gut. Ich hasste weiße Räume, und jetzt lag ich in einem und hatte nichts, womit ich mich ablenken konnte. Ohne Fernseher konnte ich leben, aber nicht ohne Bücher. Nicht einmal eine Zeitschrift oder ein anderer Patient linderte meine Einsamkeit. Und während die Sekunden, Minuten und Stunden vor sich hin tröpfelten wie Speichel aus dem Mund eines Geisteskranken, befiel mich ein tiefes Unbehagen, nämlich die klaustrophobische Ahnung, dass aus diesen nackten Wänden die Vergangenheit auftauchen würde. Vor derartigen Visiten bewahrte mich später am Nachmittag der Besuch der vier Komparsen, die die Vietcong-Folterknechte gespielt hatten. Frisch rasiert und in Jeans und T-Shirt sahen sie nicht wie Folterknechte oder Schurken aus, sondern wie harmlose Flüchtlinge, etwas verwirrt und deplatziert. Sie hatten eine Flasche Johnnie Walker dabei und tatsächlich einen in Zellophan gewickelten Obstkorb. Wie geht's Ihnen, Chief?, sagte der Kleinste. Sie sehen ja schlimm aus.

Geht schon, krächzte ich. Nichts Ernstes. Das wäre doch nicht nötig gewesen.

Die Geschenke sind nicht von uns, sagte der große Sergeant. Die schickt der Regisseur.

Nett von ihm.

Der große Sergeant und Shorty wechselten einen Blick. Wenn Sie meinen, sagte Shorty.

Was soll das heißen?

Der große Sergeant seufzte. Ich wollte da eigentlich erst später drauf zu sprechen kommen, Hauptmann. Wie wär's, wenn wir erst mal einen Schluck trinken? Das ist das Mindeste, was Sie tun können, den Schnaps von dem Mann trinken.

Ich könnte auch einen vertragen, sagte Shorty.

Schenken Sie ein, sagte ich. Was meinen Sie damit, das Mindeste, was ich tun kann?

Der große Sergeant bestand darauf, dass ich erst einmal einen Schluck nahm. Das warme, süße Glühen des erschwinglichen Blended Scotch half tatsächlich. Es tat so wohl wie die Umarmung einer Hausfrau, die um die Bedürfnisse ihres Mannes weiß. Es heißt, dass es ein Unfall war, sagte er. Aber es ist schon ein komischer Zufall, oder? Sie bekommen Streit mit dem Regisseur, ja, ja, das hat jeder mitgekriegt, und dann fliegen ausgerechnet Sie in die Luft. Ich habc kcincn Bcwcis, abcr das ist schon komisch.

Schweigend sah ich zu, wie er mir noch einen einschenkte. Ich schaute Shorty an. Was meinen Sie dazu?

Den Amerikanern traue ich alles zu. Die haben unseren Präsidenten um die Ecke gebracht, oder? Warum sollten sie es nicht auch auf Sie abgesehen haben?

Ich lachte, aber mein Innerstes hatte Habachtstellung eingenommen wie ein kleiner Hund, der Nase und Ohren in den Wind reckte. Sie sind wirklich paranoid, sagte ich.

Jeder Paranoide hat zumindest einmal recht, sagte der große Sergeant. Wenn er stirbt.

Können Sie glauben oder nicht, sagte Shorty. Aber das ist nicht der einzige Grund, warum wir hier sind. Wir alle wollten uns bei Ihnen bedanken, Hauptmann. Für alles, was Sie während der ganzen Dreharbeiten für uns getan haben. Es war einfach toll, wie Sie sich um uns gekümmert haben, die Lohnerhöhung und dass Sie dem Regisseur Kontra gegeben haben.

Also dann, Hauptmann, trinken wir den Schnaps von dem Arschloch auf Ihr Wohl, sagte der große Sergeant.

Als sie die Gläser hoben und mir zuprosteten, einem vietnamesischen Landsmann, trotz allem einer von ihnen, stiegen mir die Tränen in die Augen. Mein Verlangen nach Anerkennung und Zugehörigkeit überraschte mich, aber wahrscheinlich war ich von dem traumatischen Erlebnis der Explosion geschwächt. Man hatte mich gewarnt, dass es für die Art von Untergrundarbeit, die wir erledigten, keine Orden, Beförderungen oder Paraden gebe. Da ich mich mit diesen Bedingungen schon abgefunden hatte, kam das Lob dieser Flüchtlinge überraschend. Nachdem sie wieder gegangen waren, tröstete ich mich mit der Erinnerung an ihre Worte und mit Johnnie Walker, wobei ich das Glas stehen ließ und direkt aus der Flasche trank. Als die Flasche irgendwann in der Nacht leer war, war ich schließlich doch auf nichts anderes als auf mich selbst und meine Gedanken zurückgeworfen, auf hinterhältige Taxifahrer, die mich zu einem Ort chauffierten, an den ich nicht wollte. Mein Zimmer war jetzt dunkel, und ich konnte nur noch den einzigen anderen vollkommen weißen Raum sehen, in dem ich je gewesen war, den Verhörraum im National Interrogation Center in Saigon, wo ich meinen ersten Einsatz unter Claudes Aufsicht absolviert hatte. Damals war ich nicht der Patient. An das Gesicht des Patienten, den ich korrekt Gefangener nennen sollte, konnte ich mich sehr deutlich erinnern, so oft hatte ich es auf den Bildern der Kameras studiert, die in den Ecken seines Raums montiert gewesen waren. Jeder Quadratzentimeter im Raum war weiß gestrichen, einschließlich Bettgestell, Schreibtisch, Stuhl und Eimer, die einzigen anderen Mitbewohner. Sogar das Tablett und Geschirr für sein Essen, die Wassertasse und das Stück Seife waren weiß, und als Kleidung waren nur ein weißes T-Shirt und weiße Boxershorts gestattet. Außer der Tür gab es nur eine einzige andere Öffnung in dem Raum, die für das Abwasser, ein kleines dunkles Loch in der Ecke.

Ich war dabei, als der Raum gebaut und gestrichen wurde. Es war Claudes Idee gewesen, auch die Klimaanlage, die die Temperatur auf konstant achtzehn Grad hielt, nach westlichem Standard kühl, für den Gefangenen eiskalt. Das ist ein Experiment, sagte Claude, um herauszufinden, ob ein Gefangener unter gewissen Bedingungen gefügiger wird. Zu den Bedingungen gehörte Neonlicht, das nie ausgeschaltet wurde. Das war seine einzige Lichtquelle. Die Zeitlosigkeit passte zu der Raumlosigkeit, die das erdrückende Weiß erzeugte. Der letzte Schliff waren die weiß lackierten Wandlautsprecher, die zu jeder Minute des Tages eingeschaltet werden konnten. Was sollen wir spielen?, fragte Claude. Es muss was sein, das er nicht ausstehen kann.

Er schaute mich gespannt an und wartete auf meine Antwort, um mich einschätzen zu können. Sosehr ich auch wollte, ich konnte nur wenig für den Gefangenen tun. Claude würde schließlich doch herausfinden, welche Musik er nicht ausstehen konnte, und wenn ich ihm nicht half, würde mein Ruf als guter Schüler etwas von seinem Glanz verlieren. Die einzig reale Hoffnung des Gefangenen, seiner Lage zu entkommen, war nicht ich, sondern die Befreiung des gesamten Südens. Also sagte ich, Countrymusic. Der durchschnittliche Vietnamese konnte sie nicht ertragen. Der Zungenschlag der Südstaaten, dieser spezielle Rhythmus, die merkwürdigen Geschichten – die Musik kann uns in den Wahnsinn treiben.

Perfekt, sagte Claude. Und welchen Song nehmen wir?

Ich recherchierte kurz, dann besorgte ich eine Schallplatte aus der Jukebox einer Saigoner Bar, die bei weißen Soldaten beliebt war. »Hey, Good Lookin« von der berühmten Countrymusikikone Hank Williams, dessen nasale Stimme das absolut Weiße seiner Musik verkörperte, zumindest für unsere Ohren. Sogar ich, der amerikanischer Kultur so stark ausgesetzt war, begann ein bisschen zu frösteln, wenn ich diese vom vielen Abspielen schon etwas kratzende Platte hörte. In Amerika, wo sogar Weiße Jazz spielten und Schwarze in der Oper sangen, war Countrymusik die die Rassen am schärfsten trennende Musik überhaupt. Lynchmobs hatten sicher gern Countrymusik gehört, als sie ihre schwarzen Opfer aufknüpften. Countrymusik war nicht zwangsläufig Lynchmusik, aber eine andere Musik als Lynchbegleitung war auch nicht vorstellbar. Beethovens Neunte war das perfekte Opus für Nazis, KZ-Kommandanten und vielleicht auch Präsident Truman, als er darüber nachdachte, Hiroshima zu atomisieren. Klassische Musik war die kultivierte Filmmusik für die anspruchsvolle Ausrottung animalischer Horden. Countrymusik wurde gespielt zum einfacheren Takt des heißblütigen, blutrünstigen amerikanischen Herzlandes. Aus Angst, zu diesem Takt verprügelt zu werden, mieden schwarze Soldaten die Saigoner Bars, wo ihre weißen Kameraden die Jukebox fütterten, um Hank Williams und seinesgleichen zu hören, akustische Wegweiser, deren Kernbotschaft lautete: *Keine Nigger*.

Ich war also zuversichtlich, als ich diesen Song aussuchte, um ihn in Endlosschleife im Raum des Gefangenen laufen zu lassen – außer wenn ich selbst im Raum war. Claude hatte mich für meine Abschlussprüfung in seinem Kurs der Verhörtechniken zum Verhörführer bestimmt. Die Aufgabe lautete, den Gefangenen zu brechen. Bevor ich das erste Mal mit ihm sprach, war der Gefangene schon eine Woche in dem Raum. Immer brannte das Licht, immer lief die Musik, dreimal am Tag wurde eine Klappe in der Tür geöffnet und das Essen hineingeschoben: eine Schale Reis, hundert Gramm gekochtes grünes Gemüse, fünfzig Gramm gekochtes Fleisch, 350 Milliliter Wasser. Ich schaute ihm auf dem Videoschirm zu, wie er aß, wie er über dem Loch in die Hocke ging, wie er sich über dem Wassereimer wusch, wie er hin und her ging, wie er mit dem Unterarm über den Augen auf dem Bett lag, wie er Liegestütze und Sit-ups machte, wie er sich die Finger in die Ohren steckte. Wenn er das tat, drehte ich die Musik lauter. Claude stand neben mir, ich musste etwas tun. Wenn er die Finger aus den Ohren nahm und ich die Musik wieder leiser machte, schaute er hoch zu einer der Kameras und brüllte auf Englisch: Fickt euch, Scheißamerikaner! Claude kicherte. Wenigstens sagt er was. Über die, die kein Wort sagen, müssen wir uns wirklich den Kopf zerbrechen.

Er war der Anführer der Zelle C-7 der Terroristeneinheit Z-99, die aus der Geheimzone der Provinz Binh Duong stammte. Sie war verantwortlich für Hunderte von Granatenangriffen, Landminen-, Bomben-, Mörserattacken und Attentaten, die Saigon terrorisiert und einige Tausend Menschen getötet hatten. Das Markenzeichen von Z-99 waren Doppelbombenanschläge, wobei die zweite Bombe die Rettungskräfte treffen sollte, die den Opfern des ersten Anschlags zu Hilfe eilten. Die Spezialität unseres Gefangenen war, Armbanduhren zu einem Auslösemechanismus für diese improvisierten Bomben umzurüsten. Die Sekunden- und Stundenzeiger wurde aus der Uhr entfernt, durch ein Loch im Uhrenglas wurde ein Batteriedraht eingeführt und der Minutenzeiger auf die gewünschte Verzögerungszeit eingestellt. Wenn der tickende Minutenzeiger den Draht berührte, explodierte die Bombe. Bomben wurden aus Landminen gebaut, die man aus amerikanischen Munitionslagern gestohlen oder auf dem Schwarzmarkt gekauft hatte. Andere Bomben wurden aus TNT hergestellt, das in kleinen Mengen in die Stadt geschmuggelt wurde – in ausgehöhlten Ananas, Baguettes oder anderen Lebensmitteln, sogar in Frauen-BHs, was zu endlosen Witzeleien in der Spezialeinheit führte. Wir wussten, dass die Z-99 einen Uhrmacher hatte, und bevor wir wussten, wer genau er war, nannten wir ihn den Uhrenmann.

Eine Woche nach Beginn seiner Behandlung betrat ich das erste Mal den Raum. Der Uhrenmann schaute mich belustigt an. Das hatte ich nicht erwartet. *Hey, good lookin'*, sagte er. Ich setzte mich auf seinen Stuhl. Er saß auf seinem Bett, ein winziger, zitternder Mann mit vollem, borstigem und in dem weißen Raum schockierend schwarzem Haar. Ich weiß den Englischunterricht zu schätzen, sagte er und grinste mich an. Spielen Sie die Musik ruhig weiter! Ich liebe sie! Was natürlich nicht stimmte. Da war ein Funkeln in seinen Augen, ein winziger Hinweis darauf, dass es ihm nicht gut ging, aber das konnte auch daran liegen, dass er ein promovierter Philosoph von der Universität von Saigon und der älteste Sohn einer unbescholtenen katholischen Familie war, die ihn wegen seiner revolutionären Aktivitäten enterbt hatte. Die Uhrmacherei der rechtmäßigen Sorte – das war tatsächlich sein Beruf, bevor er Terrorist wurde – war der Brotjob, mit dem er seine Rechnungen bezahlte, wie er mir in unserer ersten Unterhaltung erzählte. Wir machten Small Talk und beschnupperten uns, aber unterhalb des Techtelmechtels lauerte das wechselseitige Wissen um unsere Rollen als Gefangener und Verhörender. Was für mich erschwerend hinzukam: Ich wusste, dass Claude uns auf dem Monitor zuschaute. Ich war dankbar für die Klimaanlage, ansonsten wäre mir der Schweiß ausgebrochen, während ich nach einem Weg suchte, gleichzeitig Freund und Feind des Uhrenmannes zu sein.

Ich legte ihm die Anklagepunkte dar, Landesverrat, Verschwörung, Mord, betonte aber, dass er bis zum Beweis des Gegenteils als unschuldig gelte, worauf er lachen musste. Ihre amerikanischen Puppenspieler behaupten das gerne, sagte er, aber das ist dumm. Die Geschichte, die Menschheit, die Religion, dieser Krieg, aus allem spricht das genaue Gegenteil. Wir alle sind bis zum Beweis des Gegenteils schuldig, das haben sogar die Amerikaner bewiesen. Warum sonst glauben sie, dass jeder ein Vietcong ist? Warum sonst schießen sie erst und stellen die Fragen später? Weil für sie alle gelben Menschen bis zum Beweis des Gegenteils schuldig sind. Die Amerikaner sind ein verwirrtes Volk, weil sie diesen Widerspruch nicht zugeben können. Sie glauben an ein Universum göttlicher Gerechtigkeit, nach der die menschliche Rasse der Sünde schuldig ist, aber sie glauben auch an eine weltliche Gerechtigkeit, nach der menschliche Wesen als unschuldig gelten. Sie können nicht beides haben. Wissen Sie, wie die Amerikaner damit umgehen? Sie tun so, als seien sie auf ewig unschuldig, egal, wie oft sie ihre Unschuld verlieren. Die auf ihrer Unschuld beharren, halten alles für gerecht, was sie tun, das ist das Problem. Wir, die wir uns unserer eigenen Schuld bewusst sind, wissen wenigstens um das Dunkle, zu dem wir fähig sind.

Ich war beeindruckt von seiner Einsicht in die amerikanische Kultur und Psychologie, aber ich durfte es nicht zeigen. Stattdessen sagte ich: Würden Sie lieber als schuldig gelten?

Wenn Sie nicht verstanden haben, dass Ihre Herren mich schon für schuldig befunden haben und mich entsprechend behandeln werden, dann sind Sie nicht so klug, wie Sie glauben. Aber das ist kein Wunder. Sie sind ein Bastard, und wie alle Mischformen sind Sie schadhaft.

Rückblickend glaube ich nicht, dass er mich beleidigen wollte. Wie den meisten Philosophen mangelte es ihm einfach an sozialer Kompetenz. Auf seine schamlose Art stellte er nur fest, was er und viele andere für eine wissenschaftliche Tatsache hielten. Und doch gebe ich zu, dass ich in dem weißen Raum rotsah. Wenn ich gewollt hätte, hätte ich diese Befragung auf Jahre hinauszögern können, hätte ihm unermüdlich Fragen stellen können, die zu nichts führten, während ich scheinbar versuchte, seinen Schwachpunkt zu finden, und ihm so insgeheim Sicherheit gewährte. Aber stattdessen wollte ich ihm in diesem Augenblick nur beweisen, dass ich tatsächlich so klug war, wie ich zu sein glaubte, was hieß, klüger als er. Von uns beiden konnte nur einer der Herr sein. Der andere musste der Sklave sein.

Wie konnte ich ihm das beweisen? Eines Abends in meiner Unterkunft, nachdem mein Zorn sich abgekühlt und versteinert hatte, fiel mir auf, dass ich, der Bastard, ihn, den Philosophen, vollkommen verstanden hatte. Die Stärke eines Menschen war immer seine Schwäche und umgekehrt. Wenn man genau hinschaute, lag die Schwäche offen zutage. Im Falle des Uhrenmannes war es die Tatsache, dass er Revolutionär war, gewillt, das für einen Vietnamesen und Katholiken Wichtigste zu verlassen, nämlich seine Familie, für die als einzig hinnehmbares Opfer nur das galt, das Gott gewidmet war. Darin lag seine Stärke, und deswegen musste es zerstört werden. Ich setzte mich sofort an meinen Schreibtisch und schrieb das Geständnis des Uhrenmannes. Am nächsten Morgen las er ungläubig mein Szenario. Dann las er es noch einmal und starrte mich wütend an. Sie sagen, dass ich sage, ich sei eine Schwuchtel? Ein Homosexueller, korrigierte ich ihn. Sie wollen mich mit Schmutz bewerfen?, fragte er. Mit Lügen? Ich bin nie eine Schwuchtel gewesen. Ich habe nie davon geträumt, eine zu sein. Das ist … widerlich. Seine Stimme wurde lauter, sein Gesicht lief rot an. Was soll das? Ich hätte mich aus Liebe zu einem Mann der Revolution angeschlossen. Ich sei deshalb vor meiner Familie geflüchtet. Meine Liebe zur Philosophie erkläre sich dadurch, dass ich eine Schwuchtel bin. Mein Wunsch, die Gesellschaft zu zerstören, rühre daher, dass ich eine Schwuchtel bin. Ich hätte die Revolution betrogen, um meinen Geliebten zu retten, den Sie verhaftet haben. Das glaubt kein Mensch!

Dann wird sich ja auch niemand daran stoßen, dass wir das zusammen mit dem Geständnis Ihres Liebhabers und ein paar intimen Fotos von Ihnen beiden in der Zeitung veröffentlichen.

Sie werden mich nie zu solchen Fotos zwingen können.

Die CIA hat Mitarbeiter, die sich außerordentlich gut mit Hypnose und Drogen auskennen. Er verstummte. Ich fuhr fort: Wenn die Zeitungen das bringen, dann werden nicht nur Ihre Genossen Sie verdammen, das ist Ihnen doch klar? Der Weg zurück in Ihre Familie ist Ihnen für immer versperrt. Einen geläuterten Revolutionär würde sie vielleicht akzeptieren, vielleicht sogar einen siegreichen, aber sie wird niemals einen Homosexuellen akzeptieren, egal, wie es unserem Land ergeht. Sie werden ein Mann sein, der für nichts alles geopfert hat. Ihre Genossen und Ihre Familie werden Sie nicht einmal in Erinnerung behalten. Wenn Sie mit mir reden, dann wird zumindest dieses Geständnis nicht veröffentlicht. Ihr Ruf bleibt intakt bis zum letzten Kriegstag. Ich stand auf. Denken Sie darüber nach. Er sagte nichts und tat nichts, außer auf sein Geständnis zu starren. An der Tür blieb ich stehen. Glauben Sie immer noch, dass ich ein Bastard bin?

Nein, sagte er ausdruckslos. Sie sind nur ein Arschloch.

Warum hatte ich das getan? In meinem weißen Raum hatte ich alle Zeit der Welt, um über diese Begebenheit nachzudenken, von der ich geglaubt hatte, sie aus meinem Gedächtnis gestrichen zu haben, über diese Begebenheit, die ich jetzt gestehe. Der Uhrenmann hatte mich wütend gemacht, hatte mich mit seinem pseudowissenschaftlichen Urteil zu irrationalem Handeln getrieben. Aber das hätte er nicht erreichen können, wenn ich einfach meine Rolle als Maulwurf ausgefüllt hätte. Stattdessen muss ich gestehen, Spaß gehabt zu haben an dem, was ich tun sollte und nicht tun sollte, nämlich ihn zu verhören, bis er, wie von Claude gefordert, einknickte. Später im Kontrollraum spielte er mir die Szene noch einmal vor. Ich konnte mir dabei zuschauen, wie der Uhrenmann auf sein Geständnis blickte und wusste, dass seine Zeit abgelaufen war, eine Figur in einem Film mit Claude als Produzenten und mir als Regisseur. Der Uhrenmann konnte sich nicht selbst vertreten. Ich hatte ihn vertreten.

Brillante Arbeit, sagte Claude. Sie haben es dem Wichser richtig besorgt.

Ich war ein guter Schüler. Ich wusste, was mein Lehrer wollte. Mehr als das: Ich genoss sein Lob auf Kosten des schlechten Schülers. Und das war er doch, der Uhrenmann, oder? Er hatte gelernt, was die Amerikaner lehrten, aber er hatte die Lehren rundweg abgelehnt. Ich stand dem Denken der Amerikaner wohlwollender gegenüber, und ich gestehe, dass ich mich unwillkürlich wie ihr Stellvertreter fühlte, als ich den Uhrenmann brach. Er bedrohte sie und deshalb in gewissem Sinne auch mich. Aber die Befriedigung auf seine Kosten hielt nicht lange an. Am Ende zeigte er doch allen, was ein schlechter Schüler erreichen konnte. Er trickste mich aus, indem er bewies, dass man Produktionsmittel, die man nicht besaß, sabotieren, dass man die Vertretung, die von dir Besitz ergriffen hatte, zerstören konnte. Seinen letzten Zug machte er eine Woche nachdem ich ihm sein Geständnis gezeigt hatte. Ich erhielt morgens in der Offiziersunterkunft einen Anruf vom Wachmann des Kontrollraums. Als ich im National Interrogation Center eintraf, war Claude auch schon da. Der Uhrenmann lag zusammengerollt in seinen weißen Shorts und seinem weißen T-Shirt mit dem Gesicht zur weißen Wand auf seinem weißen Bett. Als wir ihn umdrehten, sahen wir, dass sein Gesicht violett angelaufen war und sein Augen vorstanden. Tief in seinem offenen Mund, ganz hinten im Rachen, steckte ein weißer Klumpen. Ich war nur kurz auf dem Klo, stammelte der Wachmann unter Tränen. Er hat gefrühstückt. Was sollte in den zwei Minuten schon passieren? Der Uhrenmann hatte sich selbst erstickt. Nach einer Woche guter Führung durfte er sich zur Belohnung etwas zum Frühstück wünschen. Ich mag hart gekochte Eier, sagte er. Er hatte die ersten beiden Eier abgepellt und gegessen und dann das dritte im Ganzen geschluckt, mit Schale und allem. *Hey, good lookin' …*

Stellen Sie die gottverdammte Musik ab, sagte Claude zu dem Wachmann.

Für den Uhrenmann war die Zeit stehen geblieben. Erst als ich in meinem eigenen weißen Raum aufwachte, erkannte ich, dass auch meine Zeit stehen geblieben war. In meinem eigenen weißen Raum sah ich den anderen glasklar vor mir, mein Auge lugte durch eine Kamera in der Ecke und sah Claude und mich über das Bett des Uhrenmanns gebeugt. Ist nicht Ihre Schuld, sagte Claude. Aber daran hatte ich gar nicht gedacht. Er klopfte mir beruhigend auf die Schulter, aber ich sagte nichts. Der Schwefelgeruch verbannte jeden Gedanken aus meinem Kopf, außer dem, dass ich kein Bastard war. Ich war kein Bastard, kein Bastard, kein Bastard, außer, irgendwie doch.

ZWÖLFTES KAPITEL

Als ich das Krankenhaus verlassen konnte, war der Film abgedreht, und für die Aufräumarbeiten am Set wurden meine Dienste nicht mehr benötigt. Stattdessen hatte man mir einen Platz für den sofortigen Rückflug von den Philippinen gebucht. Auf dem gesamten Flug brütete ich über dem Problem der Vertretung. Nicht im Besitz der Produktionsmittel zu sein kann einen frühen Tod bedeuten, aber keine Vertretung zu haben kommt ebenfalls dem Tod gleich. Denn wenn uns andere vertreten, sind sie dann nicht auch dazu fähig, eines Tages unsere sterblichen Überreste vom Laminatboden der Erinnerung zu wischen? Während ich dieses Geständnis schreibe, schmerzen meine Wunden immer noch, und ich frage mich unwillkürlich, ob meine Vertretung in meinem oder Ihrem Sinne handelt, Kommandant.

Als ich Bon entdeckte, der am Flughafen von Los Angeles auf mich wartete, fühlte ich mich gleich ein bisschen besser. Er sah genauso aus wie immer, und als ich unsere Wohnungstür öffnete, war ich erleichtert, dass die Lage sich, wenn schon nicht verbessert, zumindest nicht verschlechtert hatte. Der Frigidaire war nach wie vor die Hauptattraktion unseres baufälligen Dioramas. Bon hatte ihn fürsorglich mit Bier bestückt, das zwar reichte, um meinen Jetlag zu lindern, doch nicht die Traurigkeit, die ganz unerwartet in meine Poren eingesickert war. Ich war noch wach und mit dem letzten Brief von meiner Pariser Tante beschäftigt, als er ins Bett ging und mich allein ließ. Bevor ich mich schlafen legte, setzte ich brav meinen Bericht für sie auf. *Das Dorf* sei abgeschlossen, schrieb ich. Aber was wichtiger war, die Bewegung hatte nun eine Einnahmequelle.

Ein Restaurant?, hatte ich gesagt, als Bon mir diese Neuigkeit beim ersten Bier eröffnete.

Genau. Madame ist eine exzellente Köchin.

Bei ihr hatte ich vor meiner Abreise die letzte anständige vietnamesische Mahlzeit gegessen, Grund genug, am nächsten Tag den General anzurufen und ihm zu Madames Unternehmen zu gratulieren. Wie erwartet lud er mich zu einem Willkommensessen in das Restaurant ein, das am Broadway in Chinatown zwischen einem Tee- und einem Kräuterladen lag. Früher, in Cholon, haben wir die Chinesen umzingelt, sagte der General, der hinter der Kasse saß. Heute sind wir umzingelt von Chinesen. Er seufzte. Seine Hände lagen einsatzbereit auf der Kasse, um auf den Tasten dieses Notklaviers eine schroffe Melodie zu klimpern. Erinnern Sie sich noch, als wir mit nichts hier ankamen? Natürlich erinnere ich mich, sagte ich, obwohl das im Falle des Generals eigentlich nicht stimmte. Madame hatte eine beträchtliche Anzahl an Goldmünzen in das Futter ihrer Kleidung und die der Kinder eingenäht, und der Geldgürtel des Generals war voller Dollarscheine gewesen. Aber Amnesie war so amerikanisch wie Apfelkuchen, den Amerikaner kleinen Brötchen und dem exotischen Essen ausländischer Eindringlinge bei Weitem vorzogen. Wie wir misstrauten Amerikaner Essen, das sie nicht kannten, genauso wie den Fremden, die es mitbrachten. Instinktiv erkannten wir, dass Amerikaner Flüchtlinge wie uns erst akzeptierten, wenn sich deren Essen als genießbar herausstellte (ganz zu schweigen von bezahlbar und aussprechbar). Weil es nicht leicht war, diesen Verdauungsskeptizismus zu überwinden oder damit Geld zu verdienen, erforderte des Generals und Madames Unternehmen – und das sagte ich ihnen auch – einen gewissen Mut.

Mut? Ich finde es erniedrigend. Hätten Sie je gedacht, dass ich mal ein Restaurant betreiben würde? Der General deutete auf die engen Räumlichkeiten dessen, was früher ein Chop-Suey-Restaurant gewesen war. Die Wände waren noch mit fettig braunen Tupfern gesprenkelt. Nein, General, sagte ich. Genau, ich auch nicht. Wenn es wenigstens ein nettes Restaurant wäre und nicht so was. Die bedauernswerte Resignation, die aus seiner Stimme sprach, machte ihn mir wieder sympathisch. Nichts war unternommen worden, um das Restaurant zu renovieren. Der Linoleumboden war abgenutzt, die gelbe Wandfarbe stumpf, das Licht der Deckenlampen hart und grell. Die Kellner, sagte er, sind Veteranen. Der ist von den Spezialeinsatzkräften, der von den Luftlandetruppen. Sie trugen Trucker-Caps und schlecht sitzende Smokinghemden, die von dem Wühltisch eines Secondhandladens oder einem Sponsor stammen mussten. Jedenfalls sahen sie nicht wie Killer aus. Sie sahen aus wie die gesichtslosen Männer mit den schlecht geschnittenen Haaren vom China-Lieferservice, wie die nervösen Männer ohne Krankenversicherung in den Notaufnahmen, wie die Männer, die nach einem Autounfall abhauten, weil sie weder Führerschein noch Zulassung hatten. Sie schwankten wie der wackelige Tisch, zu dem mich der General führte. Madame brachte mir selbst die Schale Pho Spezial und setzte sich zu uns. Beide schauten mir dabei zu, wie ich eine der besten Kostproben unserer Nationalsuppe aß, die ich je genossen hatte. Köstlich wie immer, sagte ich nach dem ersten Löffel und dem ersten Bissen. Madame rührte sich nicht. Sie sah so niedergeschlagen aus wie ihr Mann. Sie können stolz sein auf so eine … so eine Suppe.

Wir können stolz darauf sein, dass wir Suppe verkaufen?, sagte Madame. Auf so ein Rattenloch? So hat einer der Gäste den Laden genannt. Er gehört uns nicht mal, sagte der General. Wir haben ihn gemietet. Ihr Groll passte zu ihrem Aussehen. Madame hatte das Haar zu einem altbackenen Bibliothekarinnendutt zurückgesteckt. Früher waren ihre Haare fast immer im glamourösen Bouffon-Look oder zu einem Beehive frisiert gewesen, Reminiszenzen an die ungestümen frühen Sechziger. Wie der General trug sie Kleidung von der Stange: ein maskulin aussehendes Polo-Shirt, eine unförmige Kakihose und das bevorzugte Schuhwerk der Amerikaner, Sneakers. Kurz, sie waren gekleidet wie jedes andere amerikanische Ehepaar mittleren Alters, dem ich im Supermarkt, im Postamt und an der Tankstelle begegnet war. Kleidungstechnisch wirkten sie so wie viele amerikanische Erwachsene, nämlich wie zu große Kinder. Dieser Eindruck verstärkte sich noch, wenn diese Erwachsenen, was oft vorkam, an Strohhalmen nuckelten, die in XXL-Colabechern steckten. Diese *petit bourgeois restaurateurs* hatten nichts mehr von den aristokratischen Patrioten, mit denen ich fünf Jahre lang zusammengelebt hatte und denen gegenüber ich nicht nur Furcht, sondern auch ein gewisses Maß an Zuneigung empfand. Wenn sie traurig waren, war ich es auch, und so brachte ich das Gespräch auf ein Thema, von dem ich wusste, dass es sie aufmuntern würde.

Also, sagte ich, was hat denn jetzt das Restaurant mit der Finanzierung der Revolution zu tun?

Eine wunderbare Idee, oder?, sagte der General, und sofort hellte sich sein Gesicht auf. Ich sah, dass Madame den Blick zur Decke hob, und vermutete, dass es eigentlich ihre Idee gewesen war. Rattenloch hin oder her, sagte er, das ist das erste Restaurant seiner Art in der Stadt. Vielleicht im ganzen Land. Sie sehen ja, unsere Landsleute sehnen sich nach dem

Geschmack von Heimat. Obwohl es erst halb zwölf war, saßen an jedem Tisch und in jeder Ecke Menschen, die mit Stäbchen in der einen Hand und Löffel in der anderen Suppe aßen. Der Duft und die Geräusche, das Geplauder in unserer Sprache wetteifernd mit innigem Schlürfen, erinnerten an zu Hause. Das ist sozusagen ein gemeinnütziges Unternehmen, sagte der General. Der Gewinn geht komplett an die Bewegung.

Als ich fragte, wer davon wisse, sagte Madame: Alle und keiner. Es ist ein Geheimnis, aber ein offenes Geheimnis. Die Leute kommen her, und das Salz in ihrer Suppe ist die Idee, damit die Revolution zu unterstützen. Apropos, sagte der General, es ist schon fast alles da, sogar die Uniformen. Dafür ist Madame verantwortlich, genauso für die Frauenhilfstruppen und die Flaggen. Madame kann wirklich was auf die Beine stellen! Sie haben die Tet-Feiern verpasst, die sie in Orange County organisiert hat. Das hätten Sie sehen sollen. Ich werde Ihnen Fotos zeigen. Die Leute haben geweint und gejubelt, als sie Männer in Tarnkleidung und Uniform mit unserer Flagge gesehen haben. Wir haben die ersten Freiwilligenkompanien zusammengestellt, alles Veteranen. Sie trainieren jedes Wochenende. Aus dieser Gruppe suchen wir dann die Besten aus für den nächsten Schritt. Er beugte sich über den Tisch, um mir den Rest im Flüsterton zu berichten. Wir schicken ein Aufklärungsteam nach Thailand. Sie sollen Verbindung aufnehmen mit unserem vorgeschobenen Basislager und einen Landweg nach Vietnam auskundschaften. Claude sagt, es ist fast so weit.

Ich schenkte mir noch eine Tasse Tee ein. Gehört Bon auch zu diesem Team?

Natürlich. Ich verliere nur ungern einen so guten Arbeiter, aber er ist für so eine Aufgabe am besten geeignet. Was denken Sie?

Ich dachte, dass die einzige Überlandroute von Thailand aus durch Laos oder Kambodscha führte, abseits der stark frequentierten Straßen, durch das heimtückische Terrain krankheitsverseuchter Dschungel, Wälder und Berge, mit grüblerischen Affen, menschenfressenden Tigern und feindseligen, verängstigten Einheimischen als einzigen Bewohnern, die wahrscheinlich keine Hilfe waren. Diese Wildnis war der perfekte Ort für einen Film, aber schauderhaft für eine Mission, die mit großer Sicherheit ein Himmelfahrtskommando war. Bon brauchte ich das nicht zu erzählen. Mein verrückter Freund hatte sich nicht trotz der geringen Chancen auf Rückkehr freiwillig gemeldet, sondern genau deshalb. Ich schaute auf die Narbe in meiner Handfläche, die rot glänzte wie eingraviert. Plötzlich spürte ich die Umrisse meines Körpers, den Stuhl unter meinen Oberschenkeln, die Kraft, die meinen Körper und mein Leben zusammenhielt. Diese Kraft, die wir als selbstverständlich voraussetzen, bis wie ihre Zerbrechlichkeit bemerken, war schnell zerstört.

Ich denke, wenn Bon geht, sollte ich auch gehen, sagte ich und gestattete mir keinen weiteren Gedanken darüber.

Der General klatschte erfreut in die Hände und wandte sich an Madame. Was habe ich dir gesagt? Ich wusste, dass er sich freiwillig melden würde. Hauptmann, ich hatte nie die geringsten Zweifel. Aber Sie wissen genauso gut wie ich, dass Sie hier wichtiger sind und mit mir an der Planung und Logistik arbeiten müssen, ganz zu schweigen davon, dass ich Sie als Spendensammler und Vermittler brauche. Ich habe dem Abgeordneten erzählt, dass die Gemeinde Geld sammelt, um ein Hilfsteam zu den Flüchtlingen in Thailand schicken zu können. Das ist ja gewissermaßen das, was wir tun, aber wir müssen bei den Unterstützern unserer Sache weiter Überzeugungsarbeit leisten.

Oder ihnen zumindest einen Grund dafür liefern, so zu tun, als glaubten sie an unsere Sache.

Der General nickte befriedigt. Genau! Ich weiß, Sie sind enttäuscht, aber es ist besser so. Sie sind hier nützlicher, und Bon kann auf sich selbst aufpassen. Also dann, es ist fast Mittag. Die richtige Zeit für ein Bier, was meinen Sie?

Ich schaute über Madames Schulter zur Uhr, die zwischen einer Flagge und einem Poster an der Wand hing. Das Poster warb mit drei jungen Mädchen im Bikini, deren Brüste in Größe und Form Kinderballons ähnelten, für eine neue Biersorte. Die Flagge war die der besiegten Republik Vietnam, drei kühne rote horizontale Streifen auf strahlend gelbem Grund. Das war die Flagge des, wie der General mir mehr als einmal erklärt hatte, freien vietnamesischen Volkes. Die Flagge kannte ich gut, und Poster wie dieses hatte ich auch schon oft gesehen, aber noch nie so eine Uhr, die die Form unseres Heimatlandes hatte und aus einer harten Holzsorte geschnitzt war. Auf dieser Uhr, die ein Land darstellte, und diesem Land, das eine Uhr darstellte, schlug die Stunde im Süden, die Ziffern bildeten einen Heiligenschein rund um Saigon. Irgendein exilierter Handwerker hatte begriffen, dass das genau der Zeitmesser war, den seine geflüchteten Landsleute sich wünschten. Wir waren Heimatlose, aber mehr als der Ort unserer Herkunft definierte uns die Zeit als solche. Die Entfernung zu unserem verlorenen Land war zwar weit, aber endlich, die Zahl der Jahre allerdings, die es brauchen würde, um diese Entfernung zurücklegen zu können, war potenziell unendlich. Deshalb fragen Heimatlose immer zuerst nach dem Wann statt nach dem Wo: Wann kann ich zurück?

Apropos Pünktlichkeit, sagte ich zu Madame, Ihre Uhr geht falsch.

Nein, sagte sie und stand auf, um das Bier zu holen. Sie geht nach Saigoner Zeit.

Natürlich. Wie hatte ich das übersehen können? Saigon war vierzehn Stunden voraus, ging es jedoch nach dieser Uhr, waren wir es, die vierzehn Stunden voraus waren. Flüchtlinge, Vertriebene, Einwanderer – zu welcher Spezies von Heimatlosen wir auch gehörten, wir lebten nicht einfach in zwei Kulturen, wie die Zelebranten des großen amerikanischen Schmelztiegels sich das vorstellten. Heimatlose lebten auch in zwei Zeitzonen, dem Hier und dem Da, der Gegenwart und der Vergangenheit. Allerdings waren wir widerwillige Zeitreisende. Die Science-Fiction stellt sich Zeitreisende als Menschen vor, die sich in der Zeit hin- und herbewegen, dieser Zeitmesser führte eine andere Chronologie vor. Das Geheimnis der Uhr war für alle mit bloßem Auge sichtbar. Wir drehten uns ständig im Kreis.

Nach dem Lunch lieferte ich dem General und Madame einen Bericht meiner philippinischen Abenteuer, die ihre Trübsal etwas milderte und ihre Feindseligkeit etwas verstärkte. Feindseligkeit war ein Gegengift für Trübsal, genau wie für Traurigkeit, Melancholie, Verzweiflung et cetera. Eine Möglichkeit, einen bestimmten Schmerz zu vergessen, ist die, sich auf eine andere Art von Schmerz zu konzentrieren, wie wenn dir der Arzt bei der Musterung (eine Prüfung, die man immer besteht, außer man ist mit Reichtum geschlagen) auf die eine Pobacke klatscht und in die andere die Spritze setzt. Das Einzige, was ich dem General und Madame nicht erzählte – abgesehen von dem Vorfall, der mir fast dasselbe Schicksal beschert hätte, das die gebratenen, am Anus aufgehängten Enten im Schaufenster des Chinesen an der Ecke heimgesucht hatte –, war, dass ich Schadensersatzzahlung dafür erhielt, dass ich fast abgeschlachtet worden wäre. Am Morgen nach dem Tag, als die Komparsen mit den Geschenken aufgetaucht waren, schauten zwei andere

Besucher bei mir vorbei, Violet und ein großer, dünner Weißer in einem taubenblauen Anzug, der eine Paisleykrawatte trug, so breit wie Elvis Presley, und ein Hemd, so sattgelb wie Urin nach einem Spargelessen. Wie fühlen Sie sich?, fragte sie. Hmmhmm, brummelte ich, obwohl ich schon wieder einwandfrei sprechen konnte. Sie schaute mich misstrauisch an und sagte: Wir machen uns alle große Sorgen um Sie. Ich soll Ihnen ausrichten, dass er selbst gekommen wäre, aber heute ist Präsident Marcos zu Besuch am Set.

Der, dessen Name nicht gesondert erwähnt werden musste, war natürlich der Auteur. Ich nickte bloß weise und betrübt und sagte: Verstehe, obwohl mich schon seine bloße Erwähnung wütend machte. Das ist das beste Krankenhaus in Manila, sagte der Mann im Anzug und leuchtete mir mit einem Schweinwerferlächeln ins Gesicht. Wir alle wollen die bestmögliche Pflege für Sie. Wie fühlen Sie sich? Wenn ich ehrlich sein soll, sagte ich und log weiter: Ich fühle mich schrecklich. Jammerschade, sagte er. Darf ich mich vorstellen? Er hielt mir eine makellos weiße Visitenkarte mit so scharfen Kanten hin, dass ich Angst hatte, mich zu schneiden. Ich bin ein Bevollmächtigter des Filmstudios. Wir wollen Sie nur wissen lassen, dass wir für alle Kosten Ihres Krankenhausaufenthalts aufkommen.

Was ist passiert?

Sie erinnern sich nicht?, fragte Violet.

Eine Explosion, viele Explosionen.

Es war ein Unfall. Ich habe den Bericht hier, sagte der Bevollmächtigte und hob eine leberfarbene Aktentasche so hoch, dass ich ihre golden glänzenden Schnallen sehen konnte. Was für eine Effizienz! Ich überflog den Bericht. Die Details waren nicht so wichtig wie die Tatsache, dass überhaupt ein Bericht existierte. Dass eine Arbeit so schnell erledigt wurde, war hier wie in meiner Heimat nur möglich, wenn man die passenden Leute schmierte.

Dann kann ich wohl von Glück sagen, überhaupt noch am Leben zu sein.

Absolut, sagte er. Sie sind am Leben, wohlauf und im Besitz eines Schecks in Höhe von fünftausend Dollar, den ich hier in der Aktentasche habe. Laut den Krankenberichten, die ich eingesehen habe, haben Sie eine Rauchvergiftung, ein paar Kratzer und blaue Flecke, einige leichte Verbrennungen, eine Beule am Kopf und eine Gehirnerschütterung. Nichts gebrochen, nichts gerissen, nichts Bleibendes. Trotzdem möchte das Studio sicherstellen, dass es Ihnen an nichts fehlt. Der Bevollmächtigte öffnete die Aktentasche und zog ein Schriftstück aus zusammengehefteten weißen Blättern hervor sowie ein längliches, grünes Stück Papier, den Scheck. Natürlich müssen Sie den Scheck quittieren und dieses Schriftstück unterzeichnen, das das Studio von allen zukünftigen Verpflichtungen entbindet.

War mein kümmerliches Leben fünftausend Dollar wert? Zugegeben, das war eine beträchtliche Summe, mehr, als ich jemals gesehen hatte. Darauf zählten sie, aber selbst in meinem benebelten Zustand hütete ich mich davor, das erste Angebot anzunehmen. Ich danke Ihnen für die großzügige Offerte, sagte ich. Es ist anständig vom Studio, sich meinetwegen solche Sorgen zu machen, sich so mit mir zu beschäftigen. Aber wie Sie vielleicht wissen oder vielleicht auch nicht, bin ich der Haupternährer einer Großfamilie. Fünftausend Dollar wären wunderbar, wenn ich nur an mich zu denken hätte, aber ein Asiate … Hier machte ich eine Pause und schaute versonnen in die Ferne, um ihnen die Zeit zu geben, eine Vorstellung von dem gewaltigen genealogischen Banyanbaum zu bekommen, der über mir aufragte und seinen Schatten auf mich warf, und dem Gewicht der Generationen, das auf meinen Schultern lastete. Ein Asiate kann nicht nur an sich selbst denken.

Davon habe ich gehört, sagte der Bevollmächtigte. Die Familie ist alles. Wie bei uns Italienern.

Ja, ja, die Italiener! Der Asiate muss an seine Mutter und seinen Vater denken. An seine Geschwister und Großeltern. An seine Cousins und Cousinen, an sein Dorf. Wenn sich mein Glück herumspricht … Sie würden kein Ende nehmen. Die Gefälligkeiten. Die Bitte um fünf Dollar hier, um hundert Dollar da. Von allen Seiten würden Hände nach mir greifen. Ich könnte nicht ablehnen. Sie sehen also, in welcher Lage ich mich befinde. Es wäre besser, erst gar kein Geld anzunehmen. Das würde mir diese emotionale Bedrängnis ersparen. Oder die Alternative. Genug Geld, um mich um diese Gefälligkeiten genauso kümmern zu können wie um mich selbst.

Der Bevollmächtigte wartete darauf, dass ich fortfuhr, doch ich wartete auf seine Antwort. Schließlich gab er nach und sagte: Ich wusste nicht um die komplizierten Verhältnisse in asiatischen Familien, und ich weiß auch nicht, wie hoch die angemessene Summe sein müsste, um all Ihre familiären Verpflichtungen befriedigen zu können, die, wie ich durchaus verstehe, für Ihre Kultur von Bedeutung sind und die ich in höchstem Maße respektiere.

Ich wartete darauf, dass er fortfuhr, doch er wartete auf meine Antwort. Da kann man nie sicher sein, sagte ich. Aber auch ohne absolute Sicherheit glaube ich, dass zwanzigtausend Dollar ausreichen müssten. Um den Bedürfnissen meiner Verwandten gerecht zu werden. Den vorhersehbaren und den unvorhersehbaren.

Zwanzigtausend Dollar? Die Augenbrauen des Bevollmächtigten vollführten eine anmutige, beunruhigend steil aufragende Yogastellung. Nun, ich bin sicher, Sie kennen die Tabellen der

Versicherungsmathematiker nicht so wie ich. Für zwanzigtausend Dollar hätten Sie mindestens einen Finger verlieren müssen, am besten aber ein noch größeres Körperteil. Und von den weniger sichtbaren Dingen würden es ein lebenswichtiges Organ oder einer Ihrer fünf Sinne auch tun.

Tatsächlich hatte, seit ich im Krankenhaus wieder aufgewacht war, etwas an mir genagt, etwas, das ich nicht benennen konnte, etwas, das nichts mit meinem Körper zu tun hatte. Jetzt wusste ich, was es war – ich hatte etwas vergessen, aber ich wusste nicht, was. Von den drei Arten des Vergessens war das die schlimmste. Zu wissen, was man vergessen hatte, war alltäglich, geschichtliche Daten, mathematische Formeln, Namen von Menschen. Etwas zu vergessen, ohne zu wissen, dass man es vergessen hat, ist wohl noch alltäglicher oder auch nicht, jedenfalls ist es barmherzig: Man ist sich dessen ja nicht bewusst, dass einem etwas abhandengekommen ist. Aber zu wissen, dass man es vergessen hat, und nicht zu wissen, was das war, das ließ mich erschauern. Ich *habe* etwas verloren, sagte ich, wobei der Schmerz mich übermannte und in meiner Stimme hörbar wurde. Ich habe einen Teil meines Verstandes verloren.

Violet und der Bevollmächtigte wechselten einen Blick. Ich fürchte, ich verstehe nicht, sagte er.

Ein Teil meines Gedächtnisses, sagte ich, komplett gelöscht, von der Explosion bis jetzt.

Bedauerlicherweise dürfte es Ihnen schwerfallen, das zu beweisen.

Wie sollte man jemandem beweisen, dass man etwas vergessen hatte oder dass man etwas gewusst hatte und jetzt nicht mehr wusste? Ist aber so, sagte ich störrisch. Selbst in meinem bettlägerigen Zustand funktionierten meine alten Instinkte. Wie Zigaretten drehen oder beim Sprechen das *R* rollen war Lügen eine Fertigkeit und Gewohnheit, die man nicht so leicht vergaß. Gleiches galt für den Bevollmächtigten, ich erkannte sein verschlagenes, mir verwandtes Wesen. In Verhandlungen wie in Verhören war eine Lüge nicht nur vertretbar, sie wurde erwartet. Es gibt alle möglichen Arten von Situationen, in denen jemand lügt, um zu einer vertretbaren Wahrheit zu gelangen. Und so führten wir unsere Unterhaltung fort, bis wir uns auf die wechselseitig vertretbare Summe von zehntausend Dollar geeinigt hatten, was zwar nur halb so viel war wie von mir gefordert, aber doch doppelt so viel wie das ursprüngliche Angebot. Nachdem der Bevollmächtigte einen neuen Scheck ausgestellt hatte, unterschrieb ich die Schriftstücke. Zum Abschied tauschten wir noch ein paar Höflichkeiten aus, die so wenig wert waren wie Sammelbilder von unbekannten Baseballspielern. An der Tür blieb Violet mit der Hand auf dem Türgriff stehen, schaute sich zu mir um – hat es je eine romantischere Pose gegeben, selbst bei einer Frau wie ihr? – und sagte: Ohne Sie hätten wir den Film nie machen können.

Wollte man dem Glauben schenken, dann glaubte man auch den Versprechen einer Femme fatale oder eines gewählten Amtsträgers, an kleine grüne Männchen aus dem Weltall, an die Nächstenliebe der Polizei oder an die Tugendhaftigkeit von Männern wie meinem Vater, der nicht nur Löcher in den Socken, sondern auch ein Loch in seiner Seele gehabt hatte. Aber ich wollte ihr Glauben schenken, und was schadete es, ihre kleine weiße Lüge für bare Münze zu nehmen? Nichts. Ich blieb zurück mit dem Beat einer Trash-Disco in meinem Kopf und einem grünen Scheck, der bewies, dass ich lebend mehr wert war als tot. Wenn sie nicht gelogen hatten, kostete mich das nur eine Beule am Kopf und einen Teil meines Gedächtnisses, etwas, von dem ich sowieso zu viel hatte. Trotzdem, ich wurde den Verdacht nicht los, dass man meine Betäubung genutzt hatte, um eine Operation durchzuführen, die ein Gefühl der Taubheit hinterlassen hatte, das noch beunruhigender war als Schmerz. Warum war da so etwas wie ein Phantomgedächtnis, etwas nicht mehr Vorhandenes, auf das ich mich weiterhin zu stützen versuchte?

Mit diesen unbeantworteten Fragen flog ich nach Kalifornien zurück, löste den Scheck ein und deponierte die Hälfte des Geldes auf einem bis dahin leeren Bankkonto. Die andere Hälfte befand sich am Tag, als ich den General und Madame besuchte, in einem Umschlag in meiner Jackentasche. Später am Nachmittag fuhr ich nach Monterey Park, wo ich inmitten der Vorstädte von Los Angeles, die so mild und fade waren wie Tofu, eine Verabredung mit der Witwe des maßlosen Majors hatte. Ich gestehe, dass ich beabsichtigte, ihr das Geld in meiner Tasche zu geben, Geld, das zugegebenermaßen für revolutionärere Zwecke hätte verwendet werden können. Aber was ist revolutionärer, als seinem Feind und dessen Verwandten zu helfen? Was ist radikaler als Vergebung? Natürlich war es nicht er, der um Vergebung bat, sondern ich, für das, was ich ihm angetan hatte. Im Carport deutete nichts mehr auf meine Tat hin, und auch das Mikroklima des Apartmentgebäudes schien nicht von den atmosphärischen Störungen seines Geistes beeinflusst. Auch wenn ich nicht an Gott glaubte, so glaubte ich doch an Geister. Ich wusste, dass es sie gab, denn während ich mich nicht vor Gott fürchtete, vor Geistern fürchtete ich mich. Gott würde mir nie erscheinen, wohingegen der Geist des maßlosen Majors mir schon erschienen war. Und so hielt ich den Atem an, als die Tür sich öffnete, aus Angst, es könnte seine Hand auf dem Türgriff sein. Aber es war nur seine Witwe, die mich begrüßte, eine arme Frau, die der Verlust nicht dünn, sondern dick gemacht hatte.

Hauptmann! Wie schön, Sie zu sehen! Sie bat mich herein, und ich nahm auf dem geblümten Sofa Platz, das mit einer durchsichtigen Plastikhülle überzogen war, die jedes Mal quietschte, wenn ich mich bewegte. Auf dem Couchtisch warteten schon eine Kanne Tee und ein Teller französische Löffelbiskuits auf mich. Nehmen Sie, sagte sie und drängte mir die Leckereien förmlich auf. Ich kannte die Marke, es war genau die gleiche Firma, die die *Petit-écolier*-Biskuits meiner Kindheit hergestellt hatte. Keiner kannte sich mit kleinen Lastern so gut aus wie die Franzosen. Französische Biskuits waren die Lieblingsnascherei meiner Mutter gewesen. Als ich ins Teenageralter kam, erzählte sie mir, dass mein Vater die Biskuits bei ihr als Köder benutzt hatte, allerdings verwendete meine Mutter das Wort »Geschenk«. Ich wusste, was es bedeutete, wenn ein Priester einem Kind französische Löffelbiskuits mitbrachte – und meine Mutter war ein Kind, als mein Vater um sie warb, sie war dreizehn. In manchen Kulturen waren Mädchen damals wie heute mit dreizehn alt genug für Bett, Brautkranz und Bälger, manchmal auch nur für zwei dieser Dinge, aber nicht im Frankreich oder in meinem Heimatland der Gegenwart. Nicht, dass ich meinen Vater nicht verstehen würde, der zu der Zeit meiner Zeugung nur wenige Jahre älter war als ich jetzt mit meinem schmelzenden französischen Löffelbiskuit im Mund. Ein Mädchen von dreizehn – zugegeben, gelegentlich war ich schon auf Gedanken gekommen, bei besonders reifen amerikanischen Mädchen, von denen einige Dreizehnjährige entwickelter waren als bei uns zu Hause so manche Studentin. Aber das waren Gedanken, keine Taten. Würde man uns für unsere Gedanken verurteilen, säßen wir alle in der Hölle.

Nehmen Sie noch einen, drängte mich die Witwe des maßlosen Majors, nahm einen Biskuit vom Teller, beugte sich vor und hielt ihn mir direkt unter die Nase. Wenn ich nicht die Hand gehoben und ihr den Biskuit abgenommen hätte, sie hätte ihn mir mit mütterlicher Entschlossenheit zwischen die

Zähne geschoben. Sie sind köstlich, absolut köstlich, sagte ich. Lassen Sie mich nur vorher kurz einen Schluck Tee trinken. Bei diesen Worten brach die gute Frau in Tränen aus. Was ist?, fragte ich. Genau das hat er auch immer gesagt, sagte sie. Das machte mich nervös – als steckte der maßlose Major hinter dem Vorhang, der das Theater des Lebens von der Kulisse des Jenseits trennte, und manipulierte mich auch jetzt noch.

Ich vermisse ihn so sehr! Ich rutschte über das quietschende Plastik an die Seite der Weinenden und tätschelte ihre Schulter. Unwillkürlich sah ich den maßlosen Major vor mir, als ich zwar nicht seinem Geist, aber seinem Leib zum letzten Mal begegnet war, auf dem Rücken liegend, mit dem dritten Auge in der Stirn, die beiden anderen Augen offen und leer. Wenn Gott nicht existierte, dann gab es auch keine göttliche Strafe, was aber Geistern, die keinen Gott brauchten, egal war. Einem Gott, an den ich nicht glaubte, musste ich nichts beichten, aber die Seele eines Geistes, dessen Gesicht mich vom Altar auf der Kommode aus anschaute, musste ich besänftigen. Dort stand der junge maßlose Major in voller Kadettenuniform, fotografiert in einem Lebensabschnitt, als sein erstes Kinn noch keine Ahnung davon gehabt hatte, einmal der Großvater eines dritten Kinns zu sein. Die dunklen Augen schauten mich an, als ich seine Witwe tröstete. Blinkende Weihnachtslämpchen, die seine Witwe an den Rand des Altars geklemmt hatte, beleuchteten die Fotografie. Eine mit Schimmel mattierte Nabelorange, eine verstaubte Dose Frühstücksfleisch und eine Rolle Pfefferminzdrops waren alles, was er im Jenseits zu essen hatte. Ungleichheit herrschte sogar im Jenseits, wo die Reichen von ihren Nachkommen mit überquellenden Platten frischen Obstes, Champagnerflaschen und Dosen Pâté bedacht wurden. Treu ergebene Nachkommen verbrannten Papieropfer, die nicht nur die üblichen Zeitungsausschnitte mit Autos und Häusern umfassten, sondern auch *Playboy*-Centerfolds. Der heiße Körper einer nachgiebigen Frau war das, was ein Mann im kalten, langen Jenseits brauchte, und ich schwor dem maßlosen Major, dass ich ihm die fantastische, vollbusige Miss Juni als Opfer darbringen würde.

Zu seiner Witwe sagte ich: Ich habe Ihrem Mann versprochen, dass ich mich, sollte es nötig sein, bestmöglich um Sie und Ihre Kinder kümmern werde. Alles andere, was ich ihr erzählte, entsprach der Wahrheit, mein angeblicher Unfall in den Philippinen und meine Belohnung dafür, deren eine Hälfte ich ihr mit dem Umschlag in die Hand drückte. Sie sträubte sich würdevoll, aber als ich sagte: Denken Sie an die Kinder, gab sie nach. Danach musste ich mich ihrem Wunsch beugen, mir die Kinder anzuschauen. Sie waren im Kinderzimmer und schliefen, wie es sich für Kinder gehörte. Sie sind meine ganze Freude, flüsterte sie, als wir auf die Zwillinge hinunterschauten. Sie halten mich in diesen schwierigen Tagen am Leben, Hauptmann. Wenn ich an sie denke, denke ich nicht mehr so viel an mich oder meinen teuren, geliebten Mann. Sie sind wunderschön, sagte ich, was eine Lüge war und auch wieder nicht. Ich hielt sie nicht für wunderschön, sie aber schon. Ich gebe zu, ich bin kein Fan von Kindern, da ich selbst eins war und mich und meine Altersgenossen gemeinhin als verachtenswert empfunden hatte. Anders als viele hegte ich nicht den Wunsch, mich fortzupflanzen, weder aus Vorsatz noch per Zufall, da mir der Umgang mit einem von der Sorte wie mir vollkommen reichte. Aber diese gerade einmal ein Jahr alten Kinder waren sich ihrer Schuld noch nicht bewusst. In ihren schlafenden, fremdländischen Gesichtern konnte ich die nackten, leicht zu verängstigenden Einwanderer erkennen, die man gerade erst in unsere Welt verbannt hatte.

Mein einziger Vorteil gegenüber den Zwillingen war, dass ich im Gegensatz zu ihnen einen Vater gehabt hatte, der mich in meiner Kindheit darüber aufgeklärt hatte, was Schuld war. Mein Vater gab Unterricht für die Kinder der Diözese, und meine Mutter hatte mich gezwungen, daran teilzunehmen. In seinem Klassenraum lernte ich die Bibel und die Geschichte meines geistlichen Vaters kennen, die Geschichte meiner gallischen Vorfahren und den Katechismus der katholischen Kirche. Zu jener Zeit, als man mein Alter noch an den Fingern zweier Hände abzählen konnte, war ich naiv und wusste nicht, dass der Vater in der schwarzen Soutane, der heilige Mann, der in seinem widernatürlichen Gewand schwitzte, um uns von unseren tropischen Sünden zu erlösen, auch mein Vater war. Als ich es dann wusste, stellte das alles, was ich von ihm gelernt hatte, auf den Kopf. Zuerst das grundsätzlichste Dogma unseres Glaubens, das uns der Vater unserer Jungkatholikeneinheit eindrillte. Vor der Klasse marschierte er auf und ab und las auf unseren Lippen die Antwort mit, die wir im Chor herunterleierten:

> FRAGE: Wie heißt die Sünde, die wir von unseren Ureltern übernehmen?
> ANTWORT: Die Sünde, die wir von unseren Ureltern übernehmen, heißt Erbsünde.

Mit dieser Erbsünde hing eine für mich wirklich wichtige Frage zusammen, die mich immer beschäftigt hatte. Sie betraf die Identität meines Vaters. Ich war elf, als ich die Antwort darauf bekam, in Zusammenhang mit einem Vorfall nach der Sonntagsschule, auf dem staubigen Hof der Kirche, wo wir Kinder so manche biblische Grausamkeit nachspielten. Wir beobachteten die importierte Bulldogge des Vaters, die im Schatten eines Eukalyptusbaums eine wimmernde weibliche Gefährtin bestieg. Seine Zunge hing heraus, und der rosa Ballon, der sein enormes Skrotum war, schwang in hypnotischem Rhythmus hin und her, als mir einer meiner kenntnisreicheren Klassenkameraden etwas Nachhilfe in Sexualkunde gab. Ein Hund und eine Hündin, sagte er, das ist normal. Aber so was – und dabei zeigte er mit verächtlichem Blick auf mich – so was kommt raus, wenn das ein Hund und eine Katze machen. Alle Aufmerksamkeit richtete sich auf mich. Ich fühlte mich, als stünde ich auf einem Boot, das von dem Ufer wegtreibt, an dem sie alle auf mich warten, und sah mich selbst mit fremden Augen als eine Kreatur, die weder Hund noch Katze, weder Mensch noch Tier war.

Ein Hund und eine Katze, sagte der kleine Komiker zu mir. Ein Hund und eine Katze …

Als ich ihm auf die Nase schlug, blutete der Komiker, verstummte aber schockiert und schielte einen Augenblick lang, als versuchte er, den Schaden zu inspizieren. Als ich ihm wieder auf die Nase schlug, schoss das Blut heraus, und diesmal schrie der Komiker laut auf. Ich schlug weiter, arbeitete mich von seinen Ohren über die Backen zum Solarplexus vor und prügelte schließlich auf die hochgezogenen Schultern ein, mit denen er seinen Kopf zu schützen versuchte, als er schon am Boden lag und ich auf ihm kniete. Unsere Kameraden standen um uns herum, kreischten, johlten und lachten, während ich weiterschlug, bis mir die Knöchel wehtaten. Kein einziger der Zeugen half dem Komiker, und ich hörte erst auf, als sein Schluchzen sich anhörte wie das Lachen eines strangulierten Menschen, der gerade den besten Witz seines Lebens hörte. Als ich mich erhob, verstummte das Kreischen, Johlen und Lachen, und in den liebenswerten Gesichtern dieser kleinen Monster konnte ich Angst sehen, wenn nicht sogar Respekt.

Verwirrt ging ich nach Hause und fragte mich, was genau ich gelernt hatte. Ich konnte es nicht in Worte fassen. In meinem Kopf war nur Platz für das obszöne Bild eines Hundes, der eine Katze bestieg, die das Gesicht meiner Mutter hatte, was mich völlig durcheinanderbrachte. Als ich nach Hause kam und meine Mutter sah, brach ich in Tränen aus und beichtete ihr alles, was am Nachmittag geschehen war.

Mein Kind, du bist nicht unnatürlich, sagte meine Mutter und drückte mich an sich, während ich auf dem Kissen ihres Busens schluchzte und ihren ausgeprägten Moschusduft atmete. Du bist Gottes Geschenk für mich. Nichts und niemand könnte natürlicher sein. Und jetzt hör mir zu, mein Kind. Als ich den Kopf hob und sie durch den Schleier meiner Tränen anschaute, sah ich, dass auch sie weinte. Du wolltest immer wissen, wer dein Vater ist, und ich habe dir gesagt, wenn du das erfährst, wirst du zum Mann werden. Dann musst du deiner Kindheit Adieu sagen. Bist du sicher, dass du es wissen willst?

Wenn eine Mutter ihren Jungen fragt, ob er bereit sei, ein Mann zu werden, kann er etwas anderes sagen als Ja? Also hielt ich sie fest umschlungen, mein Kinn lag auf ihrer Brust, meine Backe an ihrem Schlüsselbein, und nickte.

Du darfst niemandem erzählen, was ich dir jetzt sage. Dein Vater ist …

Sie nannte seinen Namen, sah die Verwirrung in meinen Augen und sagte: Als ich sehr jung war, bin ich sein Hausmädchen gewesen. Er war immer sehr freundlich zu mir, und ich war dankbar. Er brachte mir das Lesen bei und wie man in seiner Sprache zählte. Meine Eltern konnten es sich nicht leisten, mich zur Schule zu schicken. Abends verbrachten wir viel Zeit zusammen, und er hat mir von Frankreich und seiner Kindheit erzählt. Ich spürte, dass er sehr einsam war. Keiner im Dorf war so wie er, und mir kam es vor, als wäre auch keiner so wie ich.

Ich nahm meinen Kopf von ihrem Busen und hielt mir die Ohren zu. Ich wollte nichts mehr hören, aber ich sagte auch nichts, und so sprach meine Mutter weiter. Ich wollte auch nichts mehr sehen und schloss die Augen, aber trotzdem stiegen Bilder in mir auf. Er lehrte mich das Wort Gottes, sagte sie, ich lernte mithilfe der Bibel lesen und zählen, und ich lernte die zehn Gebote auswendig. Wir saßen im Schein der Lampe nebeneinander an seinem Tisch und lasen gemeinsam. Und eines Nachts … verstehst du, das ist der Grund, warum du nicht unnatürlich bist, mein Kind. Gott selbst hat dich gesandt, weil Gott nie zugelassen hätte, was zwischen deinem Vater und mir geschehen ist, wenn er in seinem großen Plan keine Rolle für dich hätte. Daran glaube ich, und das musst auch du glauben. Du hast eine Bestimmung. Denk dran, Jesus hat Maria Magdalena die Füße gewaschen, hat die Aussätzigen an seiner Seite willkommen geheißen und sich den Pharisäern und Mächtigen widersetzt. Die Sanftmütigen werden das Land erben, mein Kind, und du bist einer der Sanftmütigen.

Wenn meine Mutter mich jetzt gesehen hätte, wie ich auf die Kinder des maßlosen Majors hinunterschaute, hätte sie mich immer noch für einen der Sanftmütigen gehalten? Und die schlafenden Kinder, wie lange würden sie noch ahnungslos bleiben gegenüber der Schuld, die sie schon in sich trugen, gegenüber den Sünden und Verbrechen, die zu begehen sie einmal verdammt sein würden? War es nicht möglich, dass sich jeder von ihnen, wenn sie sich um die Brust der Mutter balgten, in seinem kleinen Herzen schon einmal gewünscht hatte, wenn auch nur kurz, dass der andere nicht da wäre? Aber die Witwe erwartete keine Antwort auf diese Fragen, als sie neben mir stand und auf das Wunder hinabblickte, das ihr Schoß hervorgebracht hatte. Sie erwartete, dass ich sie mit sinnlosen Komplimenten besprenkelte wie mit Weihwasser, eine notwendige Taufe, die ich zögernd vollzog und die die Witwe so erfreute, dass sie darauf bestand, mich zu bekochen. Angesichts der Tiefkühlkost, von der ich mich sonst ernährte, ließ ich mich nicht zweimal bitten. Schnell wurde mir klar, warum der maßlose Major unter ihrer Liebe immer fetter geworden war. Ihr Bo Luc Lac, im Wok geschwenktes Rindfleisch, war unvergleichlich, ihr Rau Muong Xao, pfannengerührter Wasserspinat, erinnerte mich an meine Mutter, und ihr Canh Bi, eine Wachskürbissuppe, linderte meine Schuldgefühle. Sogar ihr weißer Reis war luftiger als das, was ich sonst aß, als schliefe man nach Jahren Kunstfaser wieder unter Gänsedauen. Essen Sie! Na los! Essen Sie!, drängte sie. Bei dem Kommando war es mir unmöglich, nicht an die Stimme meiner Mutter zu denken, die mich auch immer so gedrängt hatte, egal, wie kümmerlich unser Mahl war. Also aß ich, bis ich nicht mehr konnte, und als ich fertig war, musste ich mich auch noch des noch nicht leeren Tellers mit den französischen Löffelbiskuits annehmen.

Hinterher hielt ich gleich um die Ecke an einem Schnapsladen, einem Einwandereraußenposten, der betrieben wurde von einem gleichmütigen Sikh mit einem eindrucksvollen Schnauzbart, von dem ich nur träumen konnte. Ich kaufte einen *Playboy,* eine Schachtel Marlboro und eine durchsichtige, unbeschreiblich schöne Flasche Stolichnaya. Der nach Lenin, Stalin und Kalaschnikow klingende Name dieses Wodkas linderte mein schlechtes Gewissen wegen der kapitalistischen Schwelgereien. Wodka war eins von den drei exportfähigen Dingen, die die Sowjetunion produzierte, Exilanten nicht mitgezählt. Die beiden anderen waren Waffen und Romane. Ein russischer Roman aus dem neunzehnten Jahrhundert und ein Wodka ergänzten sich perfekt. An einem Wodka zu nippen, während man einen Roman las, war legitim, denn der Alkohol ließ den Roman viel kürzer erscheinen, als er tatsächlich war. Ich wäre sofort umgekehrt und hätte mir einen solchen Roman gekauft, aber statt *Die Brüder Karamasow* führte der Laden *Sgt.-Rock*-Comics.

Auf dem Parkplatz sah ich ein Münztelefon und blieb, die Arme schützend um die Papiertüte mit meinen Schätzen geschlungen, unschlüssig stehen. Ich verspürte den Drang, Sofia Mori anzurufen. Ich hatte es aus einem perversen Grund hinausgezögert, wollte mich rarmachen, obwohl sie ohnehin keine Ahnung hatte, dass ich überhaupt da war. Warum sollte ich zehn Cents verschwenden und anrufen? Ich stieg in den Wagen und fuhr quer durch das große, weite Los Angeles. Nachdem ich der Witwe des maßlosen Majors mein Blutgeld gezahlt hatte, fühlte ich mich einigermaßen mit mir im Reinen. Ich raste über den Freeway, auf dem nach der Abendessenszeit kaum Verkehr herrschte, und hörte den Geist des maßlosen Majors glucksend lachen. Miss Moris Straße war zugeparkt, ich stellte den Wagen ein Stück vor ihrer Wohnung entfernt ab. Die Papiertüte mit den Schätzen nahm ich mit, bis auf den *Playboy*, den legte ich für den Geist des maßlosen Majors auf den Rücksitz und schlug ihn in der Mitte auf. Nackt bis auf Cowgirlstiefel und ein Halstuch rekelte sich Miss Juni reizvoll auf einem Ballen Heu.

Miss Moris Straße war noch immer so, wie ich sie in Erinnerung hatte, beige Häuser mit verblassenden Rasentoupets, graue Apartmentgebäude mit dem Anstaltscharme von Kasernen. In ihrer Wohnung brannte Licht, die scharlachroten Vorhänge waren zugezogen. Das Erste, was mir auffiel, als sie die Tür öffnete, waren ihre Haare. Sie waren jetzt schulterlang, glatt, keine Dauerwelle mehr, was sie jünger aussehen ließ, ein Eindruck, der durch die einfache Kleidung, schwarzes T-Shirt, blaue Jeans, noch verstärkt wurde. Das gibt's doch nicht!, kreischte sie und riss die Arme auseinander. Ihre Umarmung erinnerte mich daran, was ich vermisst hatte: den Geruch nach Babypuder, das sie statt Parfüm benutzte, ihre perfekte Körpertemperatur, ihre kleinen, plüschigen Brüste, die gewöhnlich von einem gut gepolsterten, so zerbrechlichen Gütern angemessenen BH umhüllt, heute Abend aber von jedem Zwang befreit waren. Warum haben Sie nicht angerufen? Kommen Sie rein. Sie zog mich in die vertraute, spärlich möblierte Wohnung, ganz im Geiste der revolutionären Askese, für die sie Leute wie Che Guevara und Ho Chi Minh so bewunderte, Männer, die mit leichtem Gepäck reisten. Ihr größtes Einrichtungsstück war ein zusammenfaltbarer Futon im Wohnzimmer, auf dem normalerweise ihre schwarze Katze saß. Die Katze hatte immer Abstand zu mir gehalten. Nicht aus Angst oder Respekt, schließlich hatte sie jedes Mal, wenn Miss Mori und ich uns liebten, auf dem Nachttisch gehockt und mit ihren grünen Augen herablassend meine Performance taxiert, wobei sie gelegentlich eine Tatze dehnte und sich zwischen den nackten Krallen leckte. Die Katze war zwar anwesend, aber sie fläzte sich nicht auf dem Futon, denn dort saß im Schneidersitz ein barfüßiger Sonny. Die Katze lag in seinem Schoß. Er grinste entschuldigend, obwohl ihn die Aura des Eigentümers umgab, als er die Katze wegscheuchte und sich erhob. Schön, dich wiederzusehen, alter Freund, sagte er und streckte die Hand aus. Sofia und ich sprechen oft von dir.

DREIZEHNTES KAPITEL

Was hatte ich erwartet? Ich war sieben Monate lang weg gewesen und hatte nicht ein einziges Mal angerufen. Meine Kontaktpflege hatte sich auf ein paar lieblos notierte Postkartengrüße beschränkt. Und Miss Mori war weder für die Monogamie noch die Männer geschaffen, geschweige denn für einen bestimmten Mann. Ihre Bindungen tat sie durch die auffälligsten Möbelstücke im Wohnzimmer kund. Bücherregale, die wie Tagelöhner unter dem Gewicht von Simone de Beauvoir, Anaïs Nin, Angela Davis und anderen ächzten, die mit der Frauenfrage gerungen hatten. Westliche Männer hatten sich ebenfalls mit dieser Frage beschäftigt, allerdings hatten sie sie anders formuliert: »Was will Frau?« Immerhin hatten sie darüber nachgedacht. Erst jetzt fiel mir auf, dass vietnamesischen Männern die Frage, was Frau wollte, überhaupt nie in den Sinn gekommen war. Ich hatte nicht einmal den Hauch einer Ahnung, was Miss Mori wollte. Vielleicht hätte ich eine vage Vorstellung davon, wenn ich ein paar von diesen Büchern gelesen hätte, aber ich kannte nur die Inhaltsangaben auf den Schutzumschlägen. Meine Intuition sagte mir, dass Sonny mir das voraushatte. Als ich mich neben ihn hockte, machte sich als anaphylaktische Reaktion auf seine Gegenwart ein Hautkribbeln bemerkbar, ein Ausbruch von Feindseligkeit, entfacht durch sein leutseliges Lächeln.

Was hast du da?, fragte Sonny und nickte zu der Papiertüte auf meinem Schoß. Miss Mori war gerade in der Küche, um noch ein Weinglas zu holen. Zwei standen schon auf dem Beistelltisch neben einer geöffneten Flasche Rotwein, einem Korkenzieher, auf dem noch der weinfleckige Korken steckte, und einem Fotoalbum. Zigaretten, sagte ich und holte die Schachtel heraus. Und Wodka.

Ich hatte keine Wahl, ich musste Sonny den Wodka geben, den er Miss Mori zeigte, als sie zurückkam. Das wäre doch nicht nötig gewesen, sagte sie fröhlich und stellte den Wodka neben die Weinflasche. Der wunderschöne, durchsichtige Stolichnaya bewahrte seine stoische russische Haltung, während wir ihn schweigend betrachteten. Jede Flasche Alkohol trägt eine Botschaft in sich, eine Überraschung, die sich einem erst beim Trinken erschließt. Ich hatte vorgehabt, die Botschaft dieser Flasche zusammen mit Miss Mori zu entschlüsseln, was ihr und Sonny natürlich klar war. Ohne Miss Moris Feingefühl wären wir wahrscheinlich dagesessen und hätten uns vom Eiswasser der Verlegenheit aufweichen lassen. Das ist sehr aufmerksam von Ihnen, sagte sie. Vor allem, weil wir fast keine Zigaretten mehr haben. Wenn Sie nichts dagegen haben, nehme ich mir gleich eine.

Also, sagte Sonny, wie war deine Reise auf die Philippinen?

Ich will alles wissen, sagte Miss Mori, schenkte mir ein Glas Wein ein und füllte ihre beiden nach. Seit mein Onkel mir von seiner Kriegszeit dort erzählt hat, wollte ich immer mal hin. Ich riss die Zigarettenschachtel auf und gab ihr eine, nahm selbst eine und begann mit meiner einstudierten Geschichte. Die Katze gähnte in majestätischer Verachtung, kletterte wieder in Sonnys Schoß, streckte sich, grinste mich höhnisch an und schlief dann vor Langeweile ein. Mir war schnell klar, dass Sonny und Miss Mori nur geringfügig interessierter zuhörten, während sie meine Zigaretten rauchten und die eine oder andere höfliche Frage stellten. Ich war so entmutigt, dass ich mich nicht einmal mehr traute, von meinem Nahtoderlebnis zu erzählen, und so versandete meine Geschichte pointenlos. Mein Blick fiel auf die aufgeschlagene Seite im Fotoalbum mit Schwarz-Weiß-Fotos, die jahrzehntealte Szenen einer Mittelklassefamilie zeigten: Die Eltern in Sesseln mit Spitzendeckchen, Söhne und Töchter Klavier spielend, häkelnd, beim gemeinsamen Essen, Mode und Frisuren aus den Dreißigern. Wer ist das?, fragte ich. Meine Familie, sagte Miss Mori. Ihre Familie? Die Antwort verblüffte mich. Natürlich wusste ich, dass Miss Mori eine Familie hatte, aber sie hatte nur selten von ihr gesprochen, geschweige denn Fotos von ihr gezeigt. Ich wusste nur, dass sie hoch oben im Norden wohnten, in einer der staubigen, heißen Städte im San Joaquin Valley. Das ist Betsy, das Eleanor, sagte Sonny und beugte sich vor, um auf die entsprechenden Gesichter zu deuten. Das sind George und Abe. Armer Abe.

Ich schaute Miss Mori an, die an ihrem Wein nippte. Ist er im Krieg gestorben?

Nein, sagte sie. Er hat sich geweigert, in den Krieg zu ziehen. Dafür landete er im Gefängnis. Er ist immer noch verbittert deswegen. Nicht, dass er nicht allen Grund dazu hätte. Weiß Gott, ich wäre an seiner Stelle wahrscheinlich auch verbittert. Ich würde mich einfach freuen, ihn glücklich zu sehen. Der Krieg ist dreißig Jahre her, aber für ihn ist er immer noch nicht vorbei, obwohl er selbst gar nicht dabei war und nicht gekämpft hat.

Doch, hat er, sagte Sonny. Aber zu Hause. Wer kann ihm das verdenken? Die Regierung steckt seine Familie ins Lager, und er soll für sie in den Krieg ziehen? Ich wäre auch stinkwütend.

Uns drei trennte nun ein Schleier aus Rauch. Die vagen Wirbel unserer Gedanken nahmen eine flüchtige materielle Form an, und einen Augenblick lang schwebte eine geisterhafte Version meiner selbst über Sonnys Kopf. Wo ist Abe jetzt?, fragte ich.

In Japan. Nicht, dass er da glücklicher wäre als hier. Nach Kriegsende wurde er freigelassen und hat beschlossen, zu seinem Volk zurückzukehren, so wie es die Weißen immer von ihm verlangt hatten, obwohl er hier geboren ist. Also ist er gegangen und hat dann festgestellt, dass die Japaner ihn auch nicht für einen der Ihren hielten. Für sie ist er einer von uns, und für uns ist er einer von ihnen. Weder das eine noch das andere.

Vielleicht kann unser Dekan ihm helfen, sagte ich.

Gottogott, ich hoffe, das war ein Witz, sagte Miss Mori. Natürlich war es ein Witz, aber als der unwillige Teil in dieser komplizierten Ménage-à-trois fand ich nicht in den Takt. Ich beruhigte mich wieder, indem ich mein Glas leerte. Dann schaute ich zur Weinflasche, aber die war leer. Einen Schluck Wodka?, fragte Miss Mori. In ihrem Blick lag Mitleid, ein lauwarmes Gefühl. Verlangen flutete den Keller meines Herzens, und ich war zu nichts imstande, als stumm zu nicken. Sie ging in die Küche, um saubere Gläser für den Wodka zu holen, während Sonny und ich verlegen schwiegen. Der Wodka war so beißend und wunderbar, wie ich ihn mir vorgestellt hatte. Die Schicht, die ich von den fleckigen, abblätternden Wänden meines Innenlebens kratzen musste, wurde schon dünner.

Vielleicht fahren wir irgendwann nach Japan, sagte Sonny. Ich würde Abe gern kennenlernen.

Ich möchte auch, dass du ihn kennenlernst, sagte Miss Mori. Er ist ein Kämpfer wie du.

Wodka förderte die Ehrlichkeit, besonders wenn man ihn auf Eis trank, so wie ich. Die Transparenz, Klarheit und Stärke des eiskalten Alkohols inspirierten den, der ihn genoss, zu denselben Eigenschaften. Ich leerte mein Glas und wappnete mich für die Schrammen, die ich nun abbekommen würde. Eine Frage, Sonny, treibt mich seit unserer Collegezeit um. Du hast damals immer von deinem tiefen Glauben an das Volk und die Revolution gesprochen. Sie hätten ihn hören sollen, Miss Mori. Er war ein sehr guter Redner.

Seine Reden hätte ich gern gehört, sagte Miss Mori. Sehr gern.

Allerdings hätten Sie sich dann gefragt, warum er nicht zurückgegangen ist, um für die Revolution zu kämpfen, an die er so glaubte. Oder warum er jetzt nicht zurückgeht, um als Teil des Volkes morgen ein Teil der Revolution zu sein. Sogar Ihr Bruder Abe ist für das, woran er glaubte, ins Gefängnis und dann zurück nach Japan gegangen.

Und wozu?, sagte Miss Mori.

Ich möchte nur eine Antwort auf meine Frage, Sonny. Bist du noch hier, weil du in Miss Mori verliebt bist? Oder bist du noch hier, weil du Angst hast?

Er zuckte. Ich hatte ihn da getroffen, wo es wehtat, auf dem Solarplexus seines Gewissens, wo jeder Idealist verwundbar ist. Es ist leicht, einen Idealisten zu entwaffnen. Man musste ihn nur fragen, warum er in der Schlacht nicht an vorderster Front kämpfte, auf die er gesetzt hatte. Es war eine Frage des Engagements, und das hatte ich ihm voraus, ohne dass er es wusste. Er betrachtete beschämt seine nackten Füße, aber sie schaute ihn nur verständnisvoll an. Als sie dann mir ihren Blick zuwandte, sah ich darin noch immer Mitleid und etwas anderes – Bedauern. Es war an der Zeit, sich elegant zurückzuziehen, aber der Wodka, der durch das verstopfte Abflussloch im Keller meines Herzens nicht schnell genug abfließen konnte, nötigte mich zum Weiterschwimmen. Du hast immer so voller

Bewunderung über das Volk geredet, sagte ich. Wenn du dieses Volk so großartig findest, dann fahr doch nach Hause.

Sein Zuhause ist hier, sagte Miss Mori. Nie hatte ich sie mehr gewollt als in diesem Moment, als sie mir, eine Zigarette zwischen den Fingern, Kontra gab. Er ist hier geblieben, weil das Volk auch hier ist, sagte sie. Es gibt viel zu tun, und man muss es mit dem Volk und für das Volk anpacken. Verstehen Sie das nicht? Ist das jetzt nicht auch Ihr Zuhause?

Sonny legte die Hand auf ihren Arm und sagte: Sofia. Mir steckte ein Kloß im Hals, aber mit seiner Hand auf ihrem Arm vor Augen brachte ich ihn nicht hinunter. Verteidige mich nicht. Er hat recht. Ich hatte recht? Das hatte ich von ihm noch nie gehört. Ich hätte mich darüber freuen sollen, aber es wurde immer offensichtlicher, dass Miss Mori wohl kaum noch etwas dazu bewegen konnte, Herz oder Geist von Sonny abzuwenden. Er trank sein Glas aus und sagte, Ich lebe jetzt seit vierzehn Jahren in diesem Land. Noch ein paar Jahre, dann habe ich hier so lange gelebt wie in unserer Heimat. Das ist nie meine Absicht gewesen. Ich bin wie du nur für das Studium hergekommen. Ich kann mich noch genau erinnern, wie ich mich am Flugplatz von meinen Eltern verabschiedet und versprochen habe, zurückzukommen und unser Land zu unterstützen. Ich würde einen amerikanischen Abschluss haben, die beste Ausbildung, die es auf der Welt gab. Ich würde mein Wissen einsetzen und meinem Volk helfen, sich von den Amerikanern zu befreien. Zumindest hoffte ich das.

Er hielt Miss Mori sein Glas hin, und sie schenkte ihm einen Doppelten ein. Er nahm einen Schluck und redete dann weiter, seinen Blick auf ein unsichtbares Ziel zwischen Miss Mori und mir gerichtet. Ich musste wider Willen lernen, dass es unmöglich ist, unter einem fremden Volk zu leben, ohne von ihm verändert zu werden. Er schwenkte sein Glas und kippte den

Wodka gnadenlos mit einem einzigen Schluck hinunter. Deshalb bin ich mir manchmal selbst ein bisschen fremd, sagte er. Ich gebe zu, dass ich Angst habe. Ich gebe sie zu, meine Feigheit, meine Heuchelei, meine Schwäche, meine Scham. Ich gebe zu, dass du ein besserer Mensch bist als ich. Ich teile deine politischen Ansichten nicht, ja, ich verachte sie sogar, aber du bist nach Hause gefahren, als du die Wahl hattest, und du hast für deine Überzeugungen gekämpft. Du hast dich für diejenigen, die du als dein Volk betrachtest, eingesetzt. Dafür respektiere ich dich.

Ich konnte es nicht glauben. Ich hatte ihn dazu gebracht, seine Schwächen einzugestehen und zu kapitulieren. Ich hatte eine Diskussion mit Sonny gewonnen, das hatte ich noch nie geschafft. Warum also klammerte sich Miss Mori weiter an seinen Arm und murmelte besänftigend auf ihn ein? Alles ist gut, sagte sie. Ich weiß genau, wie du dich fühlst. Alles ist gut? Ich brauchte noch einen Schluck. Schau mich an, Sonny, sagte Miss Mori. Was bin ich? Die Sekretärin eines weißen Mannes, der glaubt, er macht mir ein Kompliment, wenn er mich Miss Butterfly nennt. Protestiere ich vielleicht dagegen und fordere ihn auf, sich zum Teufel zu scheren? Nein. Ich lächele, halte den Mund und tippe weiter. Ich bin nicht besser als du, Sonny. Sie schauten sich in die Augen, als ob ich gar nicht existierte. Ich füllte alle drei Gläser nach, war aber der Einzige, der auch trank. Ich liebe Sie, Miss Mori, sagte der Teil von mir, der ich selbst war. Doch keiner hörte es. Sie hörten das, was derjenige sagte, der vorgab, ich zu sein: Es ist nie zu spät, um in den Kampf zu ziehen, oder, Miss Mori?

Der Bann zwischen den beiden war gebrochen. Sonny schaute jetzt wieder mich an. Er hatte eine Art intellektuellen Judogriff angesetzt und meinen Angriff gegen mich gewendet. Aber er stellte nichts von dem Triumphgebaren zur Schau, wie er es zu Collegetagen getan hätte. Richtig, es ist nie zu spät, um in den Kampf zu ziehen, sagte er nüchtern, trotz allen Weins und Wodkas. Da hast du ganz recht, mein Freund. Yeah, sagte Miss Mori. Daran, wie sie langsam die Silbe dehnte, daran, wie sie sich mit einer mir gegenüber nie gezeigten hungrigen Leidenschaft auf Sonny konzentrierte, daran, wie sie das Wort Yeah dem einfachen Ja vorzog, erkannte ich, dass es zwischen uns endgültig vorbei war. Ich hatte die Diskussion gewonnen, aber er die Zuneigung des Publikums.

Auch der General glaubte, dass es nie zu spät sei, um in den Kampf zu ziehen, berichtete ich meiner Pariser Tante im nächsten Brief. In der glühenden Hitze der Hügel fernöstlich von Los Angeles hatte er unweit eines Indianerreservats ein einsames Stück Land für Ausbildung und Training seiner entstehenden Armee gefunden. Etwa zweihundert Mann hatten selbst den Weg über die Freeways gefunden und waren durch die Vororte und das Umland zu diesem Stück Buschland hinausgefahren, früher vielleicht ein Ort, an dem die Mafia ihre Opfer entsorgt hatte. Unsere Zusammenkunft war weniger merkwürdig, als es den Anschein hatte. Ein Fremdenhasser mochte in uns eine Truppe von Ausländern in Tarnuniform gesehen haben, die sich in militärischem Drill und Leibesübungen ertüchtigte, und sich eingebildet haben, auf die Speerspitze einer ruchlosen asiatischen Invasion seiner amerikanischen Heimat gestoßen zu sein, die Gelbe Gefahr im Golden State, den Realität gewordenen Albtraum von einem zum Leben erwachten Ming des Grausamen. Weit gefehlt. Indem sie sich auf die Invasion unserer jetzt kommunistischen Heimat vorbereiteten, verwandelten sie sich in Wahrheit in neue Amerikaner. Schließlich war nichts amerikanischer, als mit dem Gewehr in der Hand zu geloben, für Freiheit und Unabhängigkeit zu sterben, abgesehen davon, dieses Gewehr zu nutzen, um jemand anders Freiheit und Unabhängigkeit zu rauben.

Zweihundert der Besten, hatte der General diese Männer genannt, als er mir in seinem Restaurant auf einer Serviette die Organisation seiner kompakten Armee skizziert hatte. Ich steckte die Serviette später ein und schickte sie meiner Tante in Paris. Die Skizze zeigte einen Kommandozug, drei Schützenzüge und einen Infanteriezug mit schweren Waffen, obwohl wir bislang noch keine schweren Waffen hatten. Kein Problem, sagte der General. Südostasien ist voll mit schweren Waffen. Das kriegen wir alles drüben. Das Ziel hier ist, Disziplin aufbauen, Körper stählen, daran arbeiten, dass die Freiwilligen sich wieder als Armee begreifen, dass sie sich wieder eine Zukunft vorstellen können. Er schrieb die Namen der Zugführer und die seiner Stabsoffiziere auf und erzählte mir ihre Geschichten: Der war früher zweiter Kommandeur von der und der Division, der war früher Bataillonskommandeur von dem und dem Regiment und so weiter. Auch diese Details berichtete ich meiner Tante in Paris, diesmal mühsam chiffriert. Ebenfalls verschlüsselt schilderte ich, was der General mir noch erzählt hatte. Das sind alles durchweg erfahrene Männer, bis hinunter zum rangniedrigsten Gefreiten. Die haben alle Kampferfahrung von zu Hause, sagte er. Alles Freiwillige. Ich habe keinen allgemeinen Rundruf gestartet. Ich habe zuerst meine Offiziere zusammengestellt, die haben dann vertrauenswürdige Männer für die Posten der Unteroffiziere kontaktiert, und die haben die Mannschaften ausgesucht. Die Aufstellung dieser Kerntruppe hat uns über ein Jahr gekostet. Jetzt sind wir bereit für die nächste Phase. Physisches Training, Drill, Manöverübungen, die Verwandlung der Männer in eine Kampfeinheit. Sind Sie dabei, Hauptmann?

Jederzeit, General. Und so kam ich wieder zu einer Uniform, obwohl meine Aufgabe diesmal nicht die des Fußsoldaten, sondern des Chronisten war. Die etwa zweihundert Mann saßen wie Indianer im Schneidersitz auf dem Boden, während der General vor ihnen und ich mit dem Fotoapparat hinter ihnen stand. Wie seine Männer trug der General Kampfuniform, die er in einem Army Shop gekauft und Madame passend geändert hatte. In seiner Uniform war der General nicht mehr der griesgrämige Besitzer eines Schnapsladens und eines Restaurants, ein Kleinbürger, der seine Hoffnungen zählte wie das Kleingeld in seiner Kasse. Die Uniform, das rote Barett, die polierten Kampfstiefel, die Sterne auf dem Kragen und das Abzeichen der Luftlandetruppe auf dem Ärmel hatten ihm die Würde zurückgegeben, die er einst in unserer Heimat besessen hatte. Meine Uniform war eine aus Stoff geschneiderte Rüstung. Sie hätte mich natürlich nie und nimmer vor einer Kugel oder einem Messerstich geschützt, dennoch fühlte ich mich weniger verwundbar als in meiner alltäglichen zivilen Kleidung. Wenn mein Anzug schon nicht kugelsicher war, so wirkte er auf mich, wie auf alle anderen Männer, wie ein Schutzzauber.

Ich fotografierte sie aus verschiedenen Blickwinkeln. Männer, die gedemütigt waren durch das, was hier im Exil aus ihnen geworden war. Als Küchenhilfe, Kellner, Gärtner, Feldarbeiter, Fischer, Hilfsarbeiter, Wachmann oder einfach als Arbeitslose oder Unterbeschäftigte verschmolzen diese schäbigen Exemplare von Lumpenproletariern mit dem Hintergrund, vor dem sie gerade standen, wurden immer als Masse, nie als Individuen wahrgenommen. Aber jetzt, in Uniform, den verhunzten Haarschnitt verborgen unter Feldmützen und Baretts, konnte man sie unmöglich übersehen. Ihre erneuerte Männlichkeit zeigte sich in ihrer strammen und aufrechten Haltung, statt wie für Flüchtlinge üblich krumm und gebückt in billigen Schuhen mit abgelaufenen Sohlen dahinzuschlurfen, marschierten sie.

Sie waren wieder Männer, und als solche sprach der General sie auch an. Männer, rief er laut, Männer! Das Volk braucht uns. Sogar da, wo ich stand, konnte ich seine Stimme deutlich hören, obwohl es ihn anscheinend überhaupt nicht anstrengte, sich verständlich zu machen. Die Menschen brauchen Hoffnung und Anführer, sagte der General. Und diese Anführer seid ihr. Ihr werdet den Menschen zeigen, was möglich ist, wenn sie den Mut haben, aufzustehen, zu den Waffen zu greifen und sich zu opfern. Ich schaute in die Gesichter der Männer, ob die Vorstellung, sich zu opfern, irgendeine Reaktion in ihnen auslöste, das war aber nicht der Fall. Hier zeigte sich die okkulte Macht der Uniform und der Masse: Männer, die in ihrem alltäglichen Kellnerleben nie auf den Gedanken gekommen wären, sich zu opfern, empfanden dies als völlig normal, sobald sie Soldaten waren. Männer, sagte der General. Männer! Das Volk ruft nach Freiheit. Die Kommunisten versprechen Freiheit und Unabhängigkeit, doch bringen Armut und Versklavung. Sie betrügen das vietnamesische Volk, doch Revolutionen betrügen das Volk nicht. Sogar hier sind wir an der Seite des Volkes, und wir werden zurückkehren, um es zu befreien, ihm die Freiheit bringen, die man uns geschenkt hat. Revolutionen dienen dem Volk, sie kommen vom Volk, sie wirken durch das Volk. Das ist unsere Revolution!

Nichts stimmte so sehr und gab doch so viele Rätsel auf, denn die Frage, wer das Volk sei und was sein Wille sein könnte, blieb unbeantwortet. Das störte aber niemanden. Das Fehlen einer Antwort gehörte sogar zu der kraftvollen Idee vom Volk, die die Männer aufrüttelte und ihnen die Tränen in die Augen trieb, als sie riefen: *Nieder mit dem Kommunismus!* Wie Lachse, die instinktiv wussten, wann sie stromaufwärts zu schwimmen hatten, wussten wir alle, wer das Volk ist und wer nicht. Jeder, dem man erklären musste, wer das Volk ist, gehörte wahrscheinlich nicht dazu. Jedenfalls schrieb ich das meiner Pariser Tante. Ich schickte ihr auch Fotos von den jubelnden Männern in Uniform sowie Fotos von ihren Übungen und Manövern an jenem Wochenende. Diese Männer mochten albern oder töricht wirken, wie sie unter dem Gebrüll eines grauhaarigen Hauptmanns Liegestütze machten, wie sie hinter Bäumen kauerten und unter dem Kommando eines abgestumpften Leutnants mit altertümlichen Waffen Ziele anvisierten oder wie sie mit Bon im Gestrüpp, wo einst Indianer auf die Jagd gegangen waren, einen Patrouillengang simulierten. Aber lass dich nicht täuschen, schrieb ich Man in meinem chiffrierten Bericht. So fangen Revolutionen an, mit Männern, die, egal wie ihre Chancen stehen, zum Kampf bereit sind, die freiwillig alles aufgeben, weil sie nichts zu verlieren haben. Wie der grauhaarige Hauptmann und ehemalige Guerillajäger, der jetzt Imbisskoch war, und der abgestumpfte Leutnant, einziger Überlebender einer in einen Hinterhalt geratenen Kompanie, der jetzt als Ausfahrer arbeitete. Beides unzurechnungsfähige Irre wie Bon, die sich freiwillig für den Aufklärungseinsatz in Thailand gemeldet hatten. Für sie war der Tod so gut wie das Leben. Okay, wenn sie meinten. Für mich aber nicht, deswegen löste der Einsatz, sollte ich sie begleiten, bei mir große Besorgnis aus.

Was ist mit euren Frauen und Kindern?, fragte ich. Wir vier saßen unter einer Eiche, die Ärmel bis über die Ellbogen hochgekrempelt, und aßen unser Mittagsmahl, C-Rationen aus dem Army Shop, die vor dem Verzehr fast genauso aussahen wie nach ihrer Ausscheidung. Der grauhaarige Hauptmann klapperte mit dem Löffel in seiner Dose herum und sagte: In dem Chaos in Da Nang sind wir getrennt worden. Sie sind nicht mehr rausgekommen. Das Letzte, was ich von ihnen gehört habe, war, dass der VC sie für das Verbrechen, meine Verwandten zu sein, zum Trockenlegen von Sümpfen abkommandiert hat. Schätze, ich kann jetzt einfach warten, bis sie da von selbst wieder rauskommen, oder ich hol sie. Er hatte die Angewohnheit, mit zusammengebissenen Zähnen zu sprechen, als nage er die Worte ab wie Knochen. Was den abgestumpften Leutnant anging, dessen emotionale Saiten waren gerissen. Er ähnelte zwar einem menschlichen Wesen, denn sein Körper schien zu funktionieren, seine Gesichtszüge und seine Stimme zeigten jedoch keine Regung. Als er also sagte: Sie sind tot, war die Ausdruckslosigkeit seiner Worte abstoßender, als wenn er aufgeheult oder geflucht hätte. Ich traute mich nicht, ihn zu fragen, was passiert war. Stattdessen sagte ich: Ihr habt nicht vor, noch mal zurückzukommen, oder? Der Kopf des abgestumpften Leutnants drehte sich wie ein Geschützturm um ein paar Grad und zielte mit seinem Blick auf mich. Wohin zurückkommen? Der grauhaarige Hauptmann kicherte. Kein Grund, schockiert zu sein, mein Junge. Ich habe mehr als ein paar Männer in den sicheren Tod geschickt. Jetzt bin vielleicht ich an der Reihe. Ich will nicht auf sentimental machen. Brauchst kein Mitleid zu haben. Ich freue mich drauf. Möglich, dass Krieg die Hölle ist, aber eins kann ich dir sagen, die Hölle ist besser als dieses Scheißland hier. Dann standen der abgestumpfte Leutnant und der grauhaarige Hauptmann auf und gingen pissen.

Ich brauchte in meinem Brief nach Paris nicht zu erwähnen, dass diese Männer nicht dumm waren, jedenfalls noch nicht. Die Freiwilligen, die in den amerikanischen Unabhängigkeitskrieg zogen, waren auch nicht so dumm gewesen zu glauben, die britischen Rotröcke besiegen zu können, genauso wenig wie die erste bewaffnete Propagandaeinheit unserer Revolution, als sie mit einem Sammelsurium primitiver Waffen Schießübungen machte. Aus der Miliz entstand schließlich eine Armee mit einer Million Mann. Wer konnte schon sagen, ob diese Truppe nicht das gleiche Schicksal erwartete? *Liebe Tante,* schrieb ich mit sichtbarer Tinte, *man darf diese Männer nicht unterschätzen. Napoleon sagte, seine Männer würden für ein paar Schleifchen an der Brust sterben, aber der General begreift, dass noch mehr Männer für einen sterben, wenn er ihre Namen kennt, so wie sie seinen kennen. Wenn er die Truppe inspiziert, bleibt er unter ihnen, isst mit ihnen, spricht sie mit Namen an und erkundigt sich nach ihren Frauen, Kindern, Freundinnen, Heimatorten. Jeder hat doch den Wunsch nach Anerkennung und danach, jemandem in Erinnerung zu bleiben. Das eine ist nicht möglich ohne das andere. Dieser Wunsch treibt sie an, genug Geld zu sparen, um sich selbst Uniformen, Stiefel und Waffen zu kaufen. Es spornt sie an, wieder Männer sein zu wollen. Sie wollen ihr Land zurück, liebe Tante, aber sie verzehren sich auch danach, anerkannt und erinnert zu werden von dem Land, das nicht mehr existiert, von ihren Frauen und Kindern, von zukünftigen Generationen, von ihren früheren Ichs. Wenn sie scheitern, kannst du sie als dumm bezeichnen. Aber wenn sie nicht scheitern, dann sind sie Helden und Visionäre, ob tot oder lebendig. Vielleicht sollte ich zusammen mit ihnen nach Hause zurückgehen, egal, was der General sagt.*

Während ich selbst über die Möglichkeit einer Rückkehr nachdachte, gab ich mir alle Mühe, Bon davon abzubringen. Wir rauchten eine letzte Zigarette unter der Eiche, bevor wir einen Zehn-Meilen-Marsch antraten. Wir beobachteten, wie die Männer unter dem Kommando des grauhaarigen Hauptmanns und des abgestumpften Leutnants aufstanden, sich streckten und an den unterschiedlichsten Stellen ihrer pummeligen Körper kratzten. Diese Burschen haben Todessehnsucht, sagte ich. Kapierst du das nicht? Die haben nicht die Absicht, wieder zurückzukommen. Die wissen genau, dass das ein Himmelfahrtskommando ist.

Das ganze Leben ist ein Himmelfahrtskommando.

Sehr philosophisch, sagte ich. Ändert allerdings nichts an der Tatsache, dass du verrückt bist.

Er lachte, aufrichtig belustigt, was mich erstaunte, da das seit Saigon nur selten vorgekommen war. Und erst zum zweiten Mal, seit ich ihn kannte, hob er zu einer Rede an, die für seine Verhältnisse ein Epos war. Verrückt ist, wenn man lebt, ohne einen Grund dafür zu haben, sagte er. Wofür lebe ich? Um in unserer Wohnung herumzusitzen? Das ist kein Zuhause. Das ist eine Gefängniszelle ohne Gitter. Wir leben in einer Gefängniszelle ohne Gitter, wir alle. Wir sind keine Männer mehr. Nicht nachdem die Amerikaner uns zweimal gefickt und unsere Frauen und Kinder zum Zuschauen gezwungen haben. Zuerst haben uns die Amerikaner versprochen, unsere gelbe Haut zu retten. Tut einfach, was wir sagen. Kämpft wie wir, nehmt unser Geld, gebt uns eure Frauen, dann seid ihr frei. Aber die Sache lief ein bisschen anders, stimmt's? Und dann, nachdem sie uns gefickt hatten, haben sie uns gerettet. Nur dass sie uns nicht gesagt haben, dass sie uns dabei die Eier abschneiden und die Zungen rausreißen würden. Weißt du, was? Wenn wir richtige Männer gewesen wären, dann hätten wir das nicht mit uns machen lassen.

Bon benutzte Worte gewöhnlich wie ein Scharfschütze, doch das war ein Maschinengewehrfeuer, das mich für mehrere Augenblicke verstummen ließ. Damit wirst du den Männern nicht gerecht, sagte ich dann. Bei allem, was sie getan und durchgestanden haben. Obwohl sie meine Feinde waren, verstand ich die Soldaten, deren Herzen in dem Glauben schlugen, dass sie tapfer gekämpft hatten. Du gehst zu hart mit ihnen ins Gericht.

Er lachte wieder, diesmal nicht belustigt. Ich gehe mit mir selbst hart ins Gericht. Ich bin kein Mann und auch kein

Soldat. Die zurückgeblieben sind, das sind Männer und Soldaten. Die Männer in meiner Kompanie. Man. Alle tot oder im Gefängnis, aber sie wissen wenigstens, dass sie Männer sind. Sie sind so gefährlich, dass andere Männer mit Waffen sie bewachen müssen. Hier hat keiner Angst vor uns. Die einzigen Menschen, denen wir Angst einjagen, sind unsere Frauen und Kinder. Und wir selbst. Ich kenne diese Figuren. Ich verkaufe ihnen Schnaps. Ich höre mir ihre Geschichten an. Die kommen von der Arbeit nach Hause, schreien ihre Frauen und Kinder an und schlagen sie hin und wieder, nur um zu zeigen, dass sie Männer sind. Sind sie aber nicht. Ein Mann beschützt seine Frau und seine Kinder. Ein Mann hat keine Angst davor, für sie oder sein Land oder seine Kameraden zu sterben. Er bleibt nicht am Leben, um zu sehen, wie sie alle vor ihm sterben. Aber genau das habe ich getan.

Du hast dich zurückgezogen, das ist alles, sagte ich und legte ihm meine Hand auf die Schulter. Er schüttelte sie ab. Ich hatte ihn nie zuvor so offen über seinen Schmerz reden hören. Ich wollte ihn trösten, und es tat mir weh, dass er es nicht zuließ. Du musstest deine Familie retten. Deshalb bist du kein bisschen weniger ein Mann oder ein Soldat. Du bist ein Soldat, also denke wie einer. Ist es besser, bei diesem Himmelfahrtskommando mitzumachen und nicht zurückzukommen, oder ist es besser, auf die nächste Welle zu warten, die dann tatsächlich eine Chance hat?

Er spuckte die Zigarette aus, trat sie mit dem Absatz aus und schippte mit der Stiefelspitze etwas Erde darüber. Das sagen die meisten von diesen Figuren auch. Das sind Verlierer, und Verlierer haben immer Ausreden. Sie verkleiden sich, reden großmäulig daher und spielen Soldat. Aber wie viele von denen gehen wirklich zurück nach Hause, um zu kämpfen? Der General hat nach Freiwilligen gefragt. Drei haben sich gemeldet. Der Rest hat sich hinter seinen Frauen und Kindern versteckt, den gleichen Frauen und Kindern, die sie zu Hause schlagen, weil sie es nicht ertragen, sich hinter ihnen verstecken zu müssen. Gib einem Feigling eine zweite Chance, und er läuft einfach wieder weg. Und so sind die meisten von diesen Figuren. Die bluffen alle.

Du zynischer Bastard, schrie ich. Wofür stirbst du dann?

Wofür ich sterbe?, brüllte er zurück. Ich sterbe, weil die Welt, in der ich lebe, es nicht wert ist, für sie zu sterben. Wenn du etwas hast, wofür es wert ist zu sterben, dann hast du einen Grund zu leben.

Dem hatte ich nichts entgegenzusetzen. Das stimmte, sogar für dieses kleine Kommando, seien es nun Helden oder Dummköpfe. Was sie auch waren, sie hatten jetzt etwas, wofür sie leben, wenn nicht sogar sterben konnten. Sie hatten sich bereitwillig des Trauerflors ihres mittelmäßigen zivilen Lebens entledigt und waren vom Zauber der maßgeschneiderten Camouflagekampfanzüge und verwegenen gelben, weißen oder roten Halstücher erfasst, deren militärische Pracht den Kostümen von Superhelden gleichkam. Aber wie Superhelden würden sie das Geheimnis ihrer Existenz nicht lange für sich behalten wollen. Wie konntest du ein Superheld sein, wenn niemand von dir wusste?

Schon gingen Gerüchte über sie um. Noch vor dem Wüstentreffen, an dem Abend, als Sonny sein Versagen eingestanden und trotzdem gewonnen hatte, hatte er mich nach diesen geheimnisvollen Männern gefragt. Unsere Unterhaltung war zum Stillstand gekommen, und die schwarze Katze freute sich diebisch über meine Niederlage, als Sonny in die wodkagetränkte Stille hinein auf die Berichte über eine geheime Armee zu sprechen kam, die sich auf eine geheime Invasion vorbereitete. Ich erwiderte, dass ich nichts dergleichen gehört hätte, worauf er sagte: Spiel nicht den Ahnungslosen. Du bist die rechte Hand des Generals.

Wenn dem so wäre, sagte ich, ein Grund mehr, einem Kommunisten nichts davon zu erzählen.

Wer hat gesagt, dass ich Kommunist bin?

Ich spielte den Überraschten. Du bist kein Kommunist?

Wenn dem so wäre, würde ich es dir erzählen?

Das war das Dilemma des Untergrundkämpfers. Anstatt mit den sexuell fragwürdigen Kostümen von Superhelden zu protzen, verbargen wir uns hinter dem Schleier der Unsichtbarkeit, hier genauso wie in Saigon. Dort saß ich bei Geheimtreffen mit anderen Untergrundkämpfern bei Kerzenschein oder mit Petroleumlampen in muffigen Kellern konspirativer Häuser auf einer Kiste mit amerikanischen Handgranaten vom Schwarzmarkt und trug eine klamme Baumwollkapuze, die nur meine Augen freiließ. Wir erkannten uns nur an unseren eigenartigen Decknamen, an der Gestalt unserer Körper, am Klang unserer Stimmen, am Weiß in unseren Augen. Jetzt war ich mir sicher, dass meine alles aufsaugenden Augen, die Miss Mori in Sonnys Armen betrachteten, nicht mehr weiß, sondern von Wein, Wodka und Tabak blutunterlaufen waren. Unsere Lungen waren zu gleichen Teilen mit Rauch und abgestandener Luft gefüllt, auf dem Beistelltisch ertrug der Aschenbecher, vollgestopft mit Kippen und bitterer Asche, stumm sein unwürdiges Dasein. Ich ließ meine Zigarettenkippe in den Hals der Weinflasche fallen, wo sie mit einem schwachen, vorwurfsvollen Zischen in der Restflüssigkeit unterging. Der Krieg ist vorbei, sagte Miss Mori. Wissen die das nicht? Ich stand auf und wollte zum Abschied noch etwas Tiefschürfendes sagen. Ich wollte Miss Mori mit dem Intellekt beeindrucken, in dessen Genuss sie von nun an nicht mehr kommen würde. Kriege sterben nie, sagte ich. Sie schlafen nur.

Das trifft auch auf alte Soldaten zu, oder?, sagte sie und schien nicht beeindruckt zu sein. Natürlich, sagte Sonny. Wenn sie nicht schlafen würden, wie sollten sie dann träumen? Fast hätte ich geantwortet, bis ich erkannte, dass das eine rhetorische Frage gewesen war.

Miss Mori hielt mir ihre Wange hin, die ich küsste, und Sonny hielt mir seine Hand hin, die ich schüttelte. Er wies mir die Tür, und ich glitt durch die kühlen Laken der Nacht heimwärts in mein eigenes Bett zu Bon, der in der oberen Koje lag und schlief. Ich schloss die Augen, verfiel dem Zauber der Dunkelheit und trieb mit meiner Matratze auf einem schwarzen Fluss in das fremde Land, in das man auch ohne Pass einreisen darf. An die vielen gnomartigen Gesichter seiner schattenhaften Bewohner kann ich mich nicht mehr erinnern, nur noch an einen uralten Kapokbaum, und bis auf dieses unheilvolle Negativ ist mein Geist blank. Der Baum war mein letzter Ruheplatz, und auf seine arthritische Rinde legte ich meine Wange. Ich war in meinem Schlaf fast eingeschlafen, als ich allmählich begriff, dass der knorrige Holzknoten, auf dem mein Ohr ruhte, ebenfalls ein Ohr war, gewunden und hart, voll grünem Moos, das aus seinem gekrümmten Gehörgang wuchs wie die Überreste all der Geschichten, denen es gelauscht hatte. Die Hälfte des Kapokbaumes ragte über mir auf, die andere Hälfte lag unsichtbar unter mir in der von Wurzeln durchzogenen Erde. Als ich die Augen aufmachte, sah ich nicht nur ein Ohr, sondern viele Ohren aus der Rinde des dicken Stamms quellen, Hunderte von Ohren, die auf Dinge lauschten und gelauscht hatten, die ich nicht hören konnte. Der Anblick der Ohren war so widerlich, dass ich in den schwarzen Fluss zurückgeschleudert wurde. Schweißnass und keuchend, die Hände an die Schläfen gepresst, wachte ich auf. Erst als ich mir die feuchten Laken vom Körper gestrampelt und unters Kissen geschaut hatte, konnte ich mich zitternd wieder hinlegen. Mein Herz schlug immer noch mit der Kraft eines trommelnden Wilden, aber wenigstens war mein Bett nicht mit amputierten Ohren übersät.

VIERZEHNTES KAPITEL

Manchmal folgt die Arbeit eines Untergrundaktivisten einem Plan, manchmal ist sie zugegebenermaßen auch vom Zufall bestimmt. Ich hatte Sonnys Mut angezweifelt, und vielleicht war das der Impuls für die Schlagzeile gewesen, die mir zwei Wochen nach den Truppenübungen ins Auge fiel: »Vorwärts, der Krieg ist aus.« Ich entdeckte sie auf dem Schreibtisch des Generals in seiner Einsatzzentrale, dem Schnapsladen. Die Zeitung lag exakt ausgerichtet auf der rechteckigen Schreibunterlage und war mit einem Tacker beschwert. Die Tendenz, die die Überschrift vermittelte, mochten manche gutheißen, der General sicher nicht. Darunter war ein Foto von einer Kundgebung der Bruderschaft in einem Park in Westminster zu sehen. Angetreten war das Fußvolk, verbissen dreinschauende Veteranen in paramilitärischer Uniform, mit braunen Hemden und roten Baretten. Auf einem anderen Foto schwenkten Zivilisten in zerschlissener Flüchtlingscouture Schilder und trugen Banner mit politischen Protestparolen. HO CHI MINH = HITLER! FREIHEIT FÜR UNSER VOLK! DANKE, AMERIKA! Wenn der Artikel bewirkte, dass die Saat des Zweifels an einer Fortsetzung des Krieges in den Herzen der Exilanten aufkeimte und ihre Gruppen spaltete, hatte meine Provokation bei Sonny eine nicht beabsichtigte, aber erwünschte Wirkung gezeigt.

Ich fotografierte den Artikel mit meiner Minox-Kamera, die damit schließlich doch noch von Nutzen war. Schon in den letzten Wochen hatte ich alle Akten des Generals, zu denen ich als sein Adjutant Zugang hatte, abfotografiert. Seit der Rückkehr von den Philippinen war ich arbeitslos – abgesehen von meiner umfangreichen Pro-bono-Arbeit für den General, die Bruderschaft und die Bewegung. Sogar Geheimarmeen und politische Frontorganisationen brauchten Sachbearbeiter. Memos mussten geschrieben, Dokumente abgelegt, Treffen einberufen, Flyer entworfen, gedruckt und verteilt, Fotos gemacht, Interviews terminiert, Spender aufgetan und – die wichtigste meiner Aufgaben – Briefe geschrieben und versandt sowie die eingegangenen gelesen werden, bevor sie dem General vorgelegt wurden. Ich hatte die vom General aufgestellte Schlachtordnung vollständig abfotografiert: die Kompanie hier und das Bataillon in Thailand, die öffentlich paradierende Bruderschaft und die Bewegung beim Privatmanöver, die Kommuniqués, die der General an seine Offiziere in den Flüchtlingslagern in Thailand schickte, die von einem Admiral im Trockendock angeführt wurden. Nicht zuletzt fotografierte ich die Bankauszüge der Konten ab, auf denen der General die bescheidenen Finanzen der Bewegung verwaltete, die sich aus kleinen Spenden aus der Flüchtlingsgemeinde, den Einkünften aus Madames Restaurant sowie Zuwendungen von einer Handvoll seriöser Wohltätigkeitsorganisationen zusammensetzten, gespendet, um das Unglück der traurigen Flüchtlinge und noch traurigeren Veteranen zu lindern.

All diese Informationen hatte ich in einem Päckchen an meine Tante in Paris geschickt. Es enthielt einen Brief und ein kitschiges Souvenir, eine sich automatisch drehende Schneekugel mit dem Hollywood-Sign. Dieses Geschenk brauchte Neun-Volt-Batterien. Ich hatte sie ausgehöhlt und in jede Batterie eine Minox-Filmrolle gesteckt. Das war schon raffinierter als die Methode, nach der mein Kurier in Saigon Informationen übermittelte. Als Man mir das erste Mal von dem Kurier erzählt hatte, waren in meinem Kopf sofort Bilder von den geschmeidigen Schönheitsköniginnen aufgetaucht, für die meine Heimat zu Recht berühmt ist, außen weiß wie raffinierter Zucker, innen scharlachrot wie der Sonnenaufgang, cochin-chinesische Mata Haris. Wer dann aber jeden Morgen an meine Tür klopfte, war eine ältliche Tante, deren zerfurchtes Gesicht mehr Geheimnisse verhieß als die Falten ihrer Hand. Sie bot auf der Straße Betelsaft und klebrigen Reis in Bananenblättern feil, und ich kaufte jeden Morgen zum Frühstück ein Päckchen, in dem sich eine in Plastik eingewickelte Botschaft befand oder auch nicht. Und genauso verbarg sich in dem kleinen Bündel gefalteter Piasterscheine, mit dem ich sie bezahlte, eine Filmrolle oder eine unsichtbar mit Reiswasser auf Zementpapier geschriebene Botschaft oder auch nicht. Diese Methode hatte nur den Nachteil, dass die Tante eine schreckliche Köchin war und ich die schleimige Reiskugel essen musste, wenn ich nicht wollte, dass mein Hausmädchen sie in meinem Müll fand und sich fragte, warum ich nicht aß, was ich kaufte. Einmal beschwerte ich mich bei der Tante, aber sie beschimpfte mich so ausgiebig und so erfinderisch, dass ich währenddessen auf die Uhr und hinterher in mein Lexikon schauen musste. Sogar die Rikschafahrer, die in der Nähe der Villa des Generals auf Fuhren warteten, waren beeindruckt. Die müssen Sie schnell heiraten, Hauptmann, rief mir ein einarmiger Fahrer zu. Die ist sicher bald vom Markt.

Bei der Erinnerung daran wand ich mich innerlich und schenkte mir ein Glas von dem fünfzehnjährigen Scotch ein, den der General in seiner Schreibtischschublade aufbewahrte. Ich wurde zwar nicht bezahlt, aber der General machte mich glücklich und zugegebenermaßen auch abhängig mit großzügigen Geschenken erlesener und nicht ganz so erlesener Spirituosen aus seinem reichhaltigen Sortiment. Ich hatte es nötig. In dem Brief waren mit unsichtbarer Tinte Daten und Details der Reiserouten von Bon, dem grauhaarigen Hauptmann und dem abgestumpften Leutnant aufgelistet, von den Flugtickets bis zum Standort des Ausbildungslagers. Die Informationen unterschieden sich in der Sache nicht von denen, die ich bereits zuvor übermittelt hatte, geheime Logistik von Operationen, die verheerende Anschläge zur Folge hatten. Zeitungsartikel nannten die Zahl der toten oder verletzten amerikanischen oder südvietnamesischen Soldaten, die jedoch so anonym blieben wie Tote in Geschichtsbüchern. Diese Berichte gingen mir sonst leicht von der Hand, aber der über Bon hatte mich die ganze Nacht gekostet, nicht wegen des Umfangs, sondern weil er mein Freund war. *Ich gehe auch zurück,* schrieb ich, obwohl ich noch nicht wusste, wie ich das bewerkstelligen sollte. *Um besser über die Bewegung des Feindes berichten zu können,* schrieb ich, obwohl mein eigentlicher Antrieb war, Bon das Leben zu retten. Auch wie ich dieses Kunststück bewerkstelligen sollte, wusste ich noch nicht, aber Unwissenheit hatte mich noch nie vom Handeln abgehalten.

Um mich inspirieren zu lassen, wie es möglich wäre, Bon gleichzeitig zu hintergehen und zu retten, griff ich zur Flasche. Ich nippte gerade an meinem zweiten Glas, als der General den Raum betrat. Es war kurz nach drei, wie üblich, wenn er nach der mittäglichen Stoßzeit aus Madames Restaurant zurückkehrte. Und wie gewöhnlich war er nach den Stunden, die er hinter der Kasse verbracht hatte, gereizt. Ehemalige Soldaten zollten ihm Respekt und salutierten vor ihm, was ihn aber an die Sterne erinnerte, die er nicht mehr trug, und gelegentlich fragte ein hämischer Zivilist, fast immer eine Frau: Waren

Sie nicht mal General? Wenn sie noch eins draufsetzen wollte, dann gab sie ihm ein Trinkgeld, den üblichen generösen Dollar, ein Kommentar zu der in unseren Augen lächerlichen Praxis der Amerikaner. Und dann kam der General am Nachmittag in den Schnapsladen, warf eine Handvoll zerknüllter Dollarscheine auf seinen Schreibtisch und wartete darauf, dass ich ihm einen Doppelten einschenkte, genauso wie heute. Er lehnte sich üblicherweise auf seinem Stuhl zurück, trank mit geschlossenen Augen seinen Scotch und seufzte theatralisch. Heute jedoch lehnte er sich nicht zurück, sondern beugte sich über den Schreibtisch, klopfte mit dem Finger auf die Zeitung und fragte: Haben Sie das gelesen?

Da ich den General nicht daran hindern wollte, sich in Rage zu reden, verneinte ich. Er nickte grimmig und begann, Abschnitte aus dem Artikel vorzulesen. »Jede Menge Gerüchte über die Bruderschaft und ihren eigentlichen Zweck«, las der General mit ausdruckslosem Gesicht und gleichmäßiger Stimme. »Sie verfolgt eindeutig das Ziel, das kommunistische Regime zu stürzen, aber wie weit ist sie bereit zu gehen? Die Bruderschaft bittet um Spenden für die Flüchtlingshilfe, leitet die Gelder aber möglicherweise an eine Bewegung bewaffneter Flüchtlinge in Thailand weiter. Es geht das Gerücht, dass die Bruderschaft in bestimmte Geschäfte investiert und deren Gewinne einstreicht. Was an der Bruderschaft am meisten enttäuscht, ist, dass sie bei unseren Landsleuten mit der falschen Hoffnung hausieren geht, unser Land eines Tages mit Gewalt zurückerobern zu können. Wir wären besser beraten, eine Aussöhnung mit friedlichen Mitteln anzustreben, um vielleicht eines Tages zurückkehren und beim Wiederaufbau unseres Landes helfen zu können.« Der General faltete die Zeitung zusammen und legte sie exakt so auf den Schreibtisch wie vorher. Jemand füttert diesen Burschen mit zuverlässigen Informationen, Hauptmann.

Ich trank von meinem Scotch, um zu vertuschen, dass ich den Speichel herunterschlucken musste, der sich in meinem Mund gesammelt hatte. Es gibt Lecks, General, genau wie damals zu Hause. Schauen Sie sich das Foto an. Alle diese Männer wissen etwas. Sonny braucht nur mit einem Glas herumzulaufen und ein Tröpfchen hier, ein Tröpfchen da aufzufangen. Dauert nicht lange, dann hat er ein oder zwei volle Gläser Informationen.

Sie haben natürlich recht, sagte der General. Wir können uns zwar Geliebte halten, aber geheim halten können wir nichts. Er klopfte wieder auf die Zeitung. Das hier hört sich wunderbar an, oder? Aussöhnung, Rückkehr, Wiederaufbau. Wer wollte das nicht? Und wer würde am meisten davon profitieren? Die Kommunisten. Aber was blüht uns nach der Rückkehr? Höchstwahrscheinlich ein Kopfschuss oder ein langer Aufenthalt in einem Umerziehungslager. Das meinen die Kommunisten nämlich mit Aussöhnung und Wiederaufbau, Leute wie uns loszuwerden. Und dieser Journalist geht mit seiner linken Propaganda bei Menschen hausieren, denen alles recht ist, solange es sie weiter hoffen lässt. Der wird langsam lästig, meinen Sie nicht auch?

Allerdings, sagte ich und griff nach der Flasche Scotch. Wie ich war sie zu gleichen Teilen leer und voll. Journalisten sind immer lästig, wenn sie unabhängig sind.

Woher wissen wir, dass er nur ein Journalist ist? Die Hälfte der Journalisten in Saigon waren kommunistische Sympathisanten und ein hoher Prozentsatz Parteimitglieder. Woher wissen wir, dass die Kommunisten ihn nicht schon vor Jahren mit genau diesem Plan hierhergeschickt haben: alle ausspionieren und unterwandern, die es nach Amerika schaffen? Sie waren mit ihm am College. Hat er schon damals solche Tendenzen gezeigt? Wenn ich jetzt Nein sagte und der General später etwas anderes herausfinden würde, dann steckte ich in Schwierigkeiten. Die einzig mögliche Antwort lautete Ja, worauf der General sagte: Als der Offizier, der mich mit Informationen versorgen soll, sind Sie reichlich uninformiert, Hauptmann. Als wir ihn getroffen haben, warum haben Sie mich da nicht gewarnt? Der General schüttelte empört den Kopf. Wissen Sie, was Ihr Problem ist, Hauptmann? O ja, die Liste meiner Probleme war sehr lang, aber ich sagte besser, ich hätte keine Ahnung. Sie sind zu empathisch, sagte der General. Sie haben den Major nicht als Gefahr erkannt, weil er dick war und er Ihnen deshalb leidgetan hat. Die Beweise sind eindeutig. Sie haben vor der Tatsache, dass Sonny nicht nur ein Linksradikaler, sondern möglicherweise ein kommunistischer Schläfer ist, vorsätzlich die Augen verschlossen. Der General starrte mich an. Mein Gesicht begann zu jucken, aber ich traute mich nicht zu kratzen. Möglich, dass wir da etwas unternehmen müssen, Hauptmann. Sind Sie anderer Meinung?

Nein, sagte ich mit ausgetrockneter Kehle. Möglich, dass wir da etwas unternehmen müssen.

In den folgenden Tagen hatte ich reichlich Zeit, über die vage Aufforderung des Generals nachzudenken. Wie konnte ich anderer Meinung sein, wenn etwas unternommen werden musste? Etwas musste immer von irgendwem unternommen werden. Eine Anzeige in Sonnys Zeitung, die eine Revue namens *Fantasia* mit Lana als eine der Sängerinnen ankündigte, gab mir die Möglichkeit, aktiv zu werden. Allerdings nicht so, wie der General das wahrscheinlich gemeint hatte.

Ich brauchte, wenn auch nur für eine Nacht, eine Auszeit von meiner stressigen, einsamen Arbeit als Untergrundaktivist. Für einen an Dunkelheit gewöhnten Maulwurf war ein Nachtklub der ideale Ort zum Auftanken. Es kostete mich weniger

Mühe, als ich gedacht hatte, Bon zu überreden, mich zu *Fantasia* zu begleiten und den Songs und Sounds unseres verlorenen, aber nicht vergessenen Landes zu lauschen. Jetzt, da er sich für den Tod entschieden hatte, zeigte er schließlich Anzeichen von Leben. Ich durfte ihm sogar die Haare schneiden, die er hinterher mit Brylcreem einschmierte, bis sie glänzten wie unsere schwarzen Schuhe. Die Brylcreem und das Eau de Cologne verliehen meinem Wagen ein berauschend maskulines Flair, als wir zu den Klängen der Stones nicht nur westwärts Richtung Hollywood rollten, sondern auch unseren glorreichen Tagen in Saigon um 1969 entgegen, die wir nach meiner Rückkehr aus Amerika erlebt hatten. Damals, bevor Bon und Man Vater wurden, hatten wir drei die Wochenenden in den Bars und Nachtklubs von Saigon verschwendet, wie es sich für Männer unseres Alters gehörte. Was sollte man sonst mit seiner Jugend anfangen, als sie zu verschwenden?

Vielleicht war auch meine Jugend schuld an der Freundschaft mit Bon. Was bringt einen Vierzehnjährigen dazu, sich auf eine Blutsbrüderschaft einzulassen? Noch wichtiger: Warum hält auch ein erwachsener Mann noch an diesem Eid fest? Sollte nicht das, was zählt, wie Ideologie und politische Überzeugung, die reifen Früchte unseres Erwachsenseins, die unreifen Ideale und Illusionen der Jugend besiegen? Lassen Sie es mich so sagen: In diesen jugendlichen Torheiten steckte eine Wahrheit, zumindest im Ansatz, die wir als Erwachsene leider schon vergessen haben. Der Beginn unserer Freundschaft lässt sich an folgender Situation festmachen: ein Fußballplatz des Lycée, ich ein neuer Schüler, umringt von älteren, größeren Schülern, die röhrenden Platzhirsche der Schule. Sie wollten ein Spiel spielen, zu dem sich die Menschen seit Anbeginn der Zeit immer wieder hinreißen lassen. Die Starken machen sich aus Spaß über die her, die schwach oder anders sind. Ich war anders, aber ich war nicht schwach, das hatte ich schon dem Dorfkomiker bewiesen, der mich als unnatürlich bezeichnet hatte. Ich hatte ihn zwar geschlagen, aber ich hatte auch schon die Erfahrung gemacht, selbst geschlagen zu werden, also wappnete ich mich für einen Kampf, den ich verlieren würde. Aber da trat überraschend ein Junge, der auch neu war, aus dem Kreis der Voyeure und ergriff das Wort für mich. Das ist nicht richtig, sagte er. Warum grenzt ihr ihn aus? Er ist einer von uns. Ein älterer Junge schaute ihn höhnisch an. Wer bist du denn, dass du weißt, wer einer von uns ist? Und warum glaubst du eigentlich, dass du einer von uns bist? Also los, weg da. Aber Man ging nicht weg, und deswegen traf der erste Schlag sein Ohr und wirbelte ihn herum. Ich rammte meinen Kopf in die Rippen des älteren Jungen, riss ihn zu Boden und landete rittlings auf seiner Brust. Ich konnte ihm noch zwei Schläge verpassen, bevor die anderen Idioten sich auf mich stürzten. Die Chancen standen fünf zu eins gegen mich und meinen neuen Freund Man. Obwohl ich mit all meiner Courage und Wut kämpfte, wusste ich, dass wir verloren waren. Alle anderen Schüler, die uns umringten, wussten das auch. Warum also löste sich Bon aus der Traube und schlug sich auf unsere Seite? Er war auch neu, und selbst wenn er so groß war wie die älteren Jungen, konnte er trotzdem nicht alle auf einmal verprügeln. Einem schlug er mit der Faust ins Gesicht, einem stieß er den Ellbogen in die Rippen, einen dritten rammte er mit der Schulter, bevor die Horde über ihn ebenfalls herfiel. Sie traten uns, schlugen uns, prügelten uns und ließen uns mit blauen Flecken, blutigen Schrammen und höchst euphorisiert liegen. Richtig, höchst euphorisiert. Denn wir hatten einen geheimen Test bestanden, und das unterschied uns von den Schulhofrabauken auf der einen und den Feiglingen auf der anderen Seite. In genau jener Nacht schlichen wir uns aus dem Schlafsaal zu dem Tamarindenwäldchen, unter dessen Bäumen wir unsere Handflächen aufritzten. Wir vermischten unser Blut, weil wir einander verwandter fühlten als unseren Familien, und leisteten unseren Eid.

Ein Pragmatiker, ein wahrer Materialist, würde die Geschichte und die Tatsache, dass ich mich ihr noch immer verpflichtet fühlte, als romantischen Klimbim abtun. Doch sie erzählt davon, wie wir uns damals selbst und wie wir die anderen wahrnahmen, davon, dass wir Jungen waren, deren instinktives Bestreben es war, für den Schwächeren einzustehen. Bon und ich hatten über die Episode schon lange nicht mehr gesprochen, aber ich spürte, dass sie in seinem wie auch in meinem Blutkreislauf pulsierte, als wir auf dem Weg zum Roosevelt Hotel die Lieder unserer Jugend mitgrölten. Einst eine Institution für Berühmtheiten der swingenden Schwarz-Weiß-Ära, war das Roosevelt auf dem Hollywood Boulevard heute so out wie ein Stummfilmstar. Abgetretene Läufer verdeckten schäbige Fliesen, und das Mobiliar der Lobby bestand aus welchem Grund auch immer aus Kartentischen und Stühlen mit spindeldürren Kranichbeinen, die aussahen, als warteten sie auf Penny-Poker- und Patience-Spieler. Ich hatte einen letzten Funken vom Glamour Hollywoods erwartet, dickbäuchige Pornoproduzenten in taubenblauen Blazern und Hemden mit Butterfly-Kragen, die an ihren edelsteinbestückten Händen leicht benebelte Frauen in die Lobby führten. Aber die bestangezogenen Menschen im Hotel schienen meine Landsleute zu sein, geschmückt mit Pailetten, Polyester und Haltung. Die anderen Zuschauer, die sich in der Lounge *Fantasia* anschauen wollten, waren vermutlich Hotelgäste. Sie trugen karierte Hemden, orthopädische Schuhe und Stoppelbart, im Schlepptau nichts als eine Sauerstoffflasche. Wir kamen zu allem zu spät, offensichtlich auch zur glanzvollen Ära Hollywoods.

Trotzdem herrschte in der Lounge des Hotels eine beschwingte Stimmung. Ein Veranstalter hatte den Raum angemietet, um *Fantasia* aufzuführen, und einen Zufluchtsort geschaffen, an dem keiner so aussah, als würde er Zuflucht suchen. Die Männer trugen stilvolle Maßanzüge, die Frauen appetitliche Ballkleider. Unser aufstrebendes Bürgertum hatte Vierzig-Stunden-Jobs gefunden, die inklusive Überstunden ihre Brieftaschen so gut füllten, dass sie sich jetzt Wein und Gesang hingeben konnten. Als Bon und ich uns an einen Tisch im hinteren Teil setzten, war bereits ein Sänger in Bolerojäckchen dabei, beflissen eine vor Herzschmerz triefende Version von Pham Duys »Stadt der Schwermut« zum Besten zu geben. Konnte man anders von der Stadt der Schwermut singen, die wir alle in unseren Herzen trugen und mit ins Exil gebracht hatten? War nach der Liebe nicht die Schwermut der geläufigste Begriff in unserem lyrischen Repertoire? Hatten wir wirklich Appetit auf Schwermut, oder hatten wir nur genießen gelernt, was man uns gezwungen hatte zu essen? Diese Fragen verlangten nach Camus oder nach Cognac, und da Camus nicht greifbar war, bestellte ich Cognac.

Ohne Reue bezahlte ich den Cognac von meinem dahinschmelzenden Schmerzensgeld, denn ich war der festen Überzeugung, dass Geld erst etwas wert war, wenn es ausgegeben wurde, besonders in Gesellschaft von Freunden. Als ich den grauhaarigen Hauptmann und den abgestumpften Leutnant an der Bar stehen und an ihrem Bier nuckeln sah, ließ ich ihnen zwei Cognacs servieren. Sie kamen an unseren Tisch, und wir stießen auf unsere Kameradschaft an, obwohl ich das Thema meiner Rückkehr dem General gegenüber noch nicht wieder angesprochen hatte. Aber ich hatte es vor, und so bestellte ich mit Freuden noch eine Runde für uns alle. Cognac machte alles besser, für den erwachsenen Mann kam Cognac dem Kuss der

Mutter gleich, und so sündigten wir kräftig, während nach und nach die Sänger auf die Bühne tänzelten. Männer und Frauen schmachteten, wimmerten, seufzten, schmetterten, stöhnten, röhrten, und was sie auch sangen oder wie sie auch sangen, das Publikum himmelte sie an. Uns alle, sogar Bon, trug der Atem der Sänger und Sängerinnen Jahre und Meilen zurück in die Nachtklubs von Saigon, wo der Champagner nicht nur die üblichen Aromen und Geschmacksnoten aufwies, sondern immer auch ein bisschen nach Tränen schmeckte. Zu sehr, und man war überwältigt; gar nicht, und man war ihm nicht verfallen. Ein Tropfen dieses Elixiers war alles, was einem die Zunge löste, um das einzige Wort sagen zu können, das zählte: Saigon.

Fast alle Künstler und auch der Conférencier selbst hatten es auf den Lippen. Dieser bescheiden gebaute Mann, der uns nach Fantasia lotste, trug einen bescheidenen grauen Flanellanzug. Das einzig Glanzvolle an ihm war seine Brille. Seine Augen konnte ich nicht sehen, aber ich erinnerte mich an den Namen. Die Werke des Dichters waren in Zeitungen und literarischen Journalen erschienen, sanfte, nostalgische Verse über die Textur des täglichen Lebens. Eines war mir besonders im Gedächtnis geblieben, es beschrieb die Erleuchtung, die das Waschen von Reis barg. Dass der Dichter erleuchtet gewesen wäre, wurde in seinen Versen nicht deutlich, doch umso deutlicher wurde deren Intention, dem Leser selbst die miesesten Hausarbeiten als sinnstiftend zu verkaufen. Manchmal, wenn ich Reis wusch und die Hände in die Masse nasser Körner tauchte, dachte ich an den Dichter. Ich platzte vor Stolz darüber, dass in unserer Kultur ein Dichter das einfache Volk bei Wein und Gesang als Conférencier durch den Abend führte. Wir achteten unsere Dichter und nahmen an, sie hätten uns etwas Wichtiges zu lehren. Das tat dieser Dichter. Er hatte für Sonnys

Zeitung ein paar Beiträge über die Tücken des amerikanischen Alltags und die kulturellen Missverständnisse zwischen uns und den Amerikanern verfasst. In diesem Stil streute er kurze Lektionen über unsere oder die amerikanische Kultur ein, wenn er die Sängerinnen und Sänger ankündigte. Als Lana an der Reihe war, sagte er zunächst: Manche von Ihnen werden davon gehört haben, dass die Amerikaner ein Volk mit großen Träumen sind. Das stimmt, und auch wenn einige behaupten, Amerika sei ein Wohlfahrtsstaat, so ist es in Wirklichkeit ein Traumland. Hier können wir von allem nur träumen, meine Damen und Herren, oder nicht? Ich erzähle Ihnen meinen amerikanischen Traum, sagte er und hielt dabei das Mikrofon mit einer Vorsicht, mit der man sonst nur eine Stange Dynamit halten würde. Mein amerikanischer Traum ist, vor meinem Tod noch einmal das Land zu sehen, in dem ich geboren wurde, und vom Kakibaum im Garten meiner Familie in Tay Ninh noch einmal die reifen Pflaumen zu kosten. Mein amerikanischer Traum ist, nach Hause zurückkehren zu dürfen, am Grab meiner Großeltern Weihrauch zu entzünden und durch unser wunderschönes Land zu reisen, wenn wieder Frieden herrscht und Freudenrufe nicht mehr von Gewehrfeuer übertönt werden. Mein amerikanischer Traum ist, von Stadt zu Dorf zu Hof zu fahren und Jungen und Mädchen zu sehen, die lachen und spielen und noch nie etwas von Krieg gehört haben, von Da Nang nach Da Lat, von Ca Mau nach Chau Doc, von Sa Dec nach Song Cau, von Bien Hoa nach Ban Me Thuot …

Die Zugfahrt durch unsere kleinen und großen Städte und Dörfer ging weiter, aber ich war schon in Ban Me Thuot ausgestiegen. Das war meine Heimatstadt, Stadt in den Hügeln, Stadt der roten Erde, Hochland der feinsten Kaffeebohnen, Land der donnernden Wasserfälle, der gereizten Elefanten, der halb verhungerten Gia Rai im Lendenschurz, barfüßig und barbusig, Land, in dem meine Mutter und mein Vater starben, Land, in dem meine Nabelschnur in der kargen Grabstelle meiner Mutter begraben liegt, Land, in dem die heroische Volksarmee zur Befreiung des Südens mit der großen Offensive von 1975 das erste Mal zuschlug, Land, das meine Heimat war.

Das ist mein amerikanischer Traum, sagte der Dichter. Welche Kleidung ich auch trage, welche Nahrung ich esse oder Sprache ich spreche, mein Herz wird immer das gleiche bleiben. Deshalb haben wir uns heute Abend hier versammelt, meine Damen und Herren. In der Realität können wir nicht zu Hause sein, in *Fantasia* können wir es.

Unser Poeta laureatus in der Diaspora erntete begeisterten und wohlwollenden Applaus, aber als weiser Mann wusste er, dass wir nicht nur gekommen waren, um ihm zuzuhören. Meine Damen und Herren, sagte er und bat das Publikum mit erhobener Hand um Ruhe. Ich darf Sie heute Abend in einen anderen amerikanischen Traum entführen, eine vietnamesische Fantasie …

Wie John, Paul, George, Ringo und die heilige Maria nur unter ihrem Vornamen bekannt, betrat sie in rotem Samtbustier, Minirock mit Leopardenmuster, schwarzen Spitzenhandschuhen und oberschenkelhohen Lederstiefeln mit Stilettoabsätzen die Bühne. Es hätten schon die Stiefel, die Absätze oder der flache, glatte, nackte Streifen Bauch zwischen Minirock und Bustier gereicht, um meinen Atem stocken zu lassen, aber die Kombination daraus haute mich völlig um, mit der Schlagkraft eines Einsatzkommandos des Los Angeles Police Department. Vom Cognac benetzt, wurde mein Herz leicht und frei, damit durchtränkt, ließ es sich von ihrer Schnulze mühelos flambieren. Sie drehte mit der ersten Nummer, dem unerwarteten *I'd Love You to Want Me*, das ich vorher nur von Männern gehört hatte, gleich voll auf. *I'd Love You to Want Me* war der

Erkennungssong von Junggesellen und unglücklich verheirateten Männern meiner Generation, ob im englischen Original oder in den ebenfalls grandiosen französischen und vietnamesischen Fassungen. Was der Song in Text wie Melodie perfekt ausdrückte, war unerwiderte Liebe, und wir Männer aus dem Süden liebten nichts mehr als unerwiderte Liebe. Gebrochene Herzen waren nach Zigaretten, Kaffee und Cognac unsere größte Schwäche.

Als ich sie singen hörte, wollte ich mich ihr nur noch in einer für immer und ewig erinnerungswürdigen Nacht als Opfer darbringen. So erging es jedem Mann im Publikum. Sie tat nicht mehr, als sich hinter dem Mikrofon hin und her zu wiegen, ihre Stimme allein bewegte das Publikum oder paralysierte es vielmehr. Niemand redete, niemand rührte sich, außer er musste die Zigarette oder das Glas zum Mund führen. Es herrschte äußerste Konzentration, die auch bei der nächsten, etwas beschwingteren Nummer anhielt, *Bang Bang (My Baby Shot Me Down)*. Nancy Sinatra hatte das Lied als Erste gesungen, aber sie war nur ein Platinprinzesschen, das über Gewalt und Waffen lediglich aus zweiter Hand wusste, von den Mafia-Freunden ihres Vaters Frank. Lana hingegen war in einer Stadt aufgewachsen, in der die Gangster einst so mächtig gewesen waren, dass die Armee sie auf offener Straße bekämpfte. Saigon war eine Metropole, in der Granatenangriffe an der Tagesordnung, Terroranschläge keine Überraschung und die umfassende Invasion des Vietcong eine Gemeinschaftserfahrung waren. Was wusste Nancy Sinatra schon, als sie *Bang Bang* sang? Für sie war das nur ein Schlagertext. Für uns war *Bang Bang* der Soundtrack unseres Lebens.

Außerdem litt Nancy Sinatra wie die überwältigende Mehrheit der Amerikaner an Einsprachigkeit. Lanas feiner gewebte Fassung von *Bang Bang* fügte dem Englischen französische und vietnamesische Maschen hinzu. *Bang bang, je ne l'oublierai pas* lautete die letzte Zeile der französischen Version, in der Pham Duys vietnamesische Version anklang: *Wir werden nie vergessen*. Im Pantheon der klassischen Popsongs aus Saigon ist diese trikolore Interpretation eine der denkwürdigsten. Sie verquickt Liebe und Gewalt meisterhaft zur rätselhaften Geschichte zweier Liebender, die sich seit ihrer Kindheit kennen und sich dennoch oder gerade deshalb gegenseitig erschießen. *Bang bang* – wie eine Kugel bohrte sich die Erinnerung in unsere Köpfe. Wir konnten die Liebe nicht vergessen, konnten den Krieg nicht vergessen, konnten die Liebenden nicht vergessen, konnten die Feinde nicht vergessen, konnten die Heimat nicht vergessen und konnten Saigon nicht vergessen. Wir konnten den Karamellgeschmack von Eiskaffee mit Hagelzucker nicht vergessen; die Schalen Nudelsuppe, die wir auf dem Gehweg hockend aßen; das Gitarrengezupfe eines Freundes, während wir unter Kokosnussbäumen in Hängematten schaukelten; die Fußballspiele, barfuß, mit nacktem Oberkörper, in Gassen und Parks, auf Plätzen und Wiesen; den wie ein Perlenhalsband um die Berge drapierten Morgennebel; die labiale Feuchtigkeit von an einem Kiesstrand aufgebrochenen Austern; die verführerischsten Worte, die unsere Sprache kannte, *anh oi*, geflüstert von einem taufrisch Verliebten; das Rascheln von Reis beim Dreschen; die auf der Straße in ihren Rikschas schlafenden Fahrer, nur gewärmt von den Gedanken an ihre Familien; die Flüchtlinge, die in jeder Stadt in jeder Nebenstraße schliefen; das langsame Abbrennen geduldiger Moskitoringe; die Süße und Festigkeit einer frisch vom Baum gepflückten Mango; die Mädchen, die nicht mit uns reden wollten und die wir deshalb nur noch mehr anschmachteten; die Männer, die gestorben oder verschwunden waren; die von Bomben weggesprengten Straßen und Häuser; die Flüsse, in denen wir nackt und lachend schwammen; das geheime Wäldchen, in dem wir den Nymphen nachspionierten, die dort unschuldig wie Vögel badeten und planschten; die Kerzenlichtschatten an Basthüttenwänden; das atonale Kuhglockengebimmel auf Lehmstraßen und Feldwegen; das Bellen eines hungrigen Hundes in einem verlassenen Dorf; den verlockenden Gestank der frischen Durianfrucht, der einem das Wasser in die Augen treibt; den Anblick und das Wehklagen von Waisen neben den Leichen ihrer Mütter und Väter; das klamme Hemd am Nachmittag, die klammen Körper der Liebenden danach, unsere klamme Lebenslage; das verzweifelte Quietschen der Schweine, wenn die Dörfler die Hatz eröffnen; die feuerroten Hügel bei Sonnenuntergang; das schaumgekrönte Haupt der Dämmerung, wenn es sich von den Laken des Meeres erhebt; die heiße Hand unserer Mutter. Die Liste ließ sich immer weiter und weiter verlängern, es ging ganz einfach darum: Das Wichtigste, was wir nie vergessen konnten, war, dass wir nie vergessen konnten.

Als Lana fertig war, sich verbeugte und anmutig zurückzog, klatschte, pfiff und trampelte das Publikum, aber ich saß stumm und sprachlos da. Ich war so entwaffnet, ich konnte nicht einmal applaudieren. Der Dichter stellte den nächsten Künstler vor, aber ich hörte nur *Bang Bang,* und als Lana zu dem für die Künstler reservierten Tisch ging und sich neben den leeren Stuhl setzte, auf dem die jetzt auf der Bühne stehende Interpretin gesessen hatte, da sagte ich zu Bon: Ich bin in zehn Minuten wieder da. Ich hörte ihn noch sagen: Lass das bleiben, du dummer Penner, aber ohne weiter nachzudenken, machte ich mich auf den Weg quer durch die Lounge. Wenn man sich einer Frau nähern will, ist das Schwierigste der erste Schritt, aber das Wichtigste, nicht nachzudenken. Nicht nachdenken ist schwieriger, als es klingt, und doch sollte man, wenn es um Frauen geht, nie nachdenken. Niemals. Es funktioniert einfach nicht. Bei den ersten paar Malen, als ich Mädchen ansprach, auf dem Lycée, hatte ich zu viel nachgedacht und gezaudert und mich verheddert und schließlich versagt. Immerhin erkannte ich, dass mich die Drangsalierungen in der Kindheit abgehärtet hatten. Sie hatten mich veranlasst zu glauben, Zurückweisung sei besser, als erst gar nicht die Chance zu erhalten, zurückgewiesen zu werden. Und so kam es, dass ich mich Mädchen und jetzt Frauen mit einer zenhaften Zweifelsfreiheit und Furchtlosigkeit näherte, für die Buddha mich gelobt hätte. Ich setzte mich neben Lana und dachte an nichts, ich folgte bloß meinen Instinkten und meinen ersten drei Grundsätzen das Gespräch mit einer Frau betreffend: Frag nicht um Erlaubnis, sag nicht Hallo, lass sie nicht als Erstes zu Wort kommen.

Ich hatte keine Ahnung damals, als wir uns das erste Mal gesehen haben, dass Sie so gut singen können, sagte ich. Sie schaute mich an mit einem Blick, der an jenen dieser antiken griechischen Statuen erinnerte, leer und doch ausdrucksstark. Wie auch? Ich war erst sechzehn.

Und ich war erst fünfundzwanzig. Was wusste ich schon? Ich beugte mich zu ihr vor, um die Musik zu übertönen, als ich ihr eine Zigarette anbot. Viertes Prinzip: Gib einer Frau die Chance, etwas anderes als dich abzulehnen. Wenn sie die Zigarette zurückweisen würde, wie es sich für jedes unserer anständigen jungen Mädchen gehörte, hätte ich einen Vorwand, selbst eine zu nehmen, und so Zeit zu gewinnen, um etwas zu sagen, während sie auf meine Zigarette schaute. Aber Lana nahm überraschenderweise eine, was mir die Chance bot, ihre Zigarette ebenso suggestiv zu entzünden, wie ich einst Miss Moris Zigarette entzündet hatte. Was halten Ihre Mutter und Ihr Vater von all dem hier?

Sie halten Singen und Tanzen für Zeitverschwendung. Ich nehme an, Sie sind ihrer Meinung?

Ich zündete meine Zigarette an. Wenn ich ihrer Meinung wäre, wäre ich dann hier?

Sie sind in allem einer Meinung mit meinem Vater.

Nur in einigen Dingen, die Ihr Vater sagt, bin ich seiner Meinung. Aber ich bin nicht in allem anderer Meinung.

Dann sind Sie also beim Thema Musik meiner Meinung?

Musik und Gesang machen uns lebendig, geben uns Hoffnung. Wenn wir etwas fühlen, wissen wir, dass wir leben.

Und wir wissen, dass wir lieben. Sie blies den Rauch von mir weg, obwohl ich entzückt gewesen wäre, wenn sie ihn mir in die Augen oder sonst wohin geblasen hätte. Meine Eltern haben Angst, das Singen könnte meine Heiratschancen ruinieren, sagte sie. Sie wollen, dass ich möglichst schon morgen einen sehr respektablen und sehr reichen Mann heirate. Sie sind keins von beiden, oder, Hauptmann?

Hätten Sie mich gern respektabel und reich?

Wenn Sie es wären, wären Sie viel weniger interessant.

Möglich, dass Sie die erste Frau in der Geschichte sind, die das so sieht, sagte ich. Die ganze Zeit schaute ich ihr konzentriert in die Augen, eine enorm schwierige Aufgabe angesichts der Anziehungskraft, die ihr Ausschnitt ausübte. Wenn ich auch vielen Aspekten der sogenannten westlichen Zivilisation kritisch gegenüber stand, der Ausschnitt gehörte nicht dazu. Die Chinesen mochten das Schießpulver und die Nudel erfunden haben, aber der Westen hatte den Ausschnitt erfunden, was tief blicken ließ, aber völlig unterschätzt wurde. Ein Mann, der auf halb entblößte Brüste starrte, überließ sich nicht nur simpler Lüsternheit, sondern er meditierte, vielleicht sogar unbewusst, über die visuelle Verkörperung des Verbs »schneiden«, welches in zerschneiden wie auch in zusammenschneiden vorkam. Der Ausschnitt illustrierte perfekt die doppelte und sich widersprechende Bedeutung, dass Brüste zwei getrennte Entitäten mit einer gemeinsamen Identität sind. Die Doppelbedeutung zeigte sich auch in der Tatsache, dass der Ausschnitt eine Frau von einem Mann trennte und doch dieselbe Kraft auf ihn ausübte wie die Erdanziehung. Männer hatten nichts Vergleichbares anzubieten, außer vielleicht die beiden Teile einer aufgeklappten, gut gefüllten Brieftasche, ein für die meisten Frauen wahrhaft wichtiges Accessoire. Während Frauen uns anschauen konnten, so viel sie wollten, was wir auch zu schätzen wussten, wurden wir verdammt, wenn wir schauten, und kaum weniger verdammt, wenn wir nicht schauten. Eine Frau mit außergewöhnlichem Ausschnitt wäre zu Recht beleidigt, würden dem die Augen eines Mannes widerstehen können, und während ich mir eine weitere Zigarette nahm, erlaubte ich mir also, natürlich aus reiner Höflichkeit, einen dezenten Blick. Zwischen diesen prachtvollen Brüsten baumelte ein goldenes Kruzifix an einer goldenen Kette, und ausnahmsweise wünschte ich mir, ein aufrichtiger Christ zu sein, damit man mich an dieses Kreuz nageln könne.

Noch eine Zigarette?, fragte ich. Als ich ihr die Schachtel hinhielt, trafen sich einmal mehr unsere Blicke. Keiner von uns würdigte meine sachkundige Beurteilung ihres Ausschnitts. Stattdessen nahm sie mein Angebot schweigend an, streckte ihre zarte Hand aus, nahm sich eine Zigarette, schob sie sich zwischen ihre kandierten Lippen, wartete, dass die Zigarette von der Flamme in meiner Hand entzündet wurde, und rauchte sie langsam, bis sie zu einem leicht wegzupustenden Häufchen Asche geschrumpft war. Wenn ein Mann die Zeit überstand, die es brauchte, die erste Zigarette zu rauchen, hatte er auf dem Brückenkopf eines Frauenkörpers eine hauchdünne Chance. Dass ich die zweite Zigarette überstanden hatte, steigerte mein Selbstvertrauen ungemein. Als also die dauergewellte Chanteuse, deren Stuhl ich belegt hatte, zurückkehrte, stand ich voller Zuversicht auf und sagte zu Lana: Gehen wir zur Bar. Prinzip fünf: Feststellungen führen weniger wahrscheinlich zu einem Nein als Fragen. Sie zuckte mit den Achseln und bot mir die Hand.

Im Laufe der nächsten Stunde, zwischen den Auftritten, in denen Lanas Stimme die Erde unter meinen Füßen und die Haare auf meinen Unterarmen versengte, lernte ich Folgendes: Sie liebte Wodka Martini, ich bestellte ihr drei davon. Jeder war aus dem besten Stoff gemixt, eine klare Lösung, in der ein Paar dralle grüne Oliven schwamm, aus denen suggestiv die Nippel von Peperoni spitzten. Sie arbeitete in einer Kunstgalerie im noblen Brentwood. Sie hatte Männer gehabt, Plural, und wenn eine Frau über ihre Verflossenen sprach, dann wollte sie dir damit sagen, dass sie dich taxierte und mit ihren ehemaligen Liebhabern verglich. Ich war taktvoll genug, sie nicht zu Politik oder Religion zu befragen, aber ich erfuhr, dass sie in sozialen und wirtschaftlichen Belangen progressiv eingestellt war. Sie glaubte an Geburtenkontrolle, Waffenkontrolle und Mietkontrolle, sie glaubte an Gandhi, Martin Luther King Jr. und Thich Nhat Hanh, sie glaubte an Gewaltlosigkeit, den Weltfrieden und Yoga; sie glaubte an das revolutionäre Potenzial von Disco und die United Nations of Nightclubs; sie glaubte an das nationale Selbstbestimmungsrecht für die Dritte Welt wie an die liberale Demokratie und den regulierten Kapitalismus, das bedeutete, so sagte sie, dass die unsichtbare Hand des Marktes den Glacéhandschuh des Sozialismus tragen müsse. Ihre Lieblingssänger waren Billie Holiday, Dusty Springfield, Elvis Phuong und Khanh Ly, und sie glaubte, auch das vietnamesische Volk könne den Blues singen. Sie glaubte, wenn sie in Amerika nicht in Los Angeles leben könnte, dann würde sie am liebsten in New York leben. Aber von allem, was ich über sie erfuhr, war das Wichtigste Folgendes: Während die meisten vietnamesischen Frauen ihre Meinung für sich behielten, bis sie verheiratet waren, um fortan ihre Meinung nie mehr für sich zu behalten, sagte sie immer, was sie dachte.

Nach einer Stunde winkte ich Bon zu uns. Ich brauchte dringend ein anderes Paar Ohren, damit sich meine ein wenig entspannen konnten. Auch ihn hatte der Cognac beschwingt und ungewöhnlich redselig gemacht. Lana war sich nicht zu fein für eine Unterhaltung mit einem Mann aus dem gemeinen Volk, und so taten sie sich für die nächste Stunde zusammen und unternahmen eine Reise in die Vergangenheit, schwelgten in Erinnerungen an Saigon und seine Songs, während ich schweigend Cognac kippte und dabei diskret Lanas Beine bewunderte. Sie waren länger als die Bibel, verhießen aber einen Höllenspaß und streckten sich endlos – wie ein indischer Yogi oder ein flirrender amerikanischer Highway in den Great Plains oder den Wüsten des Südwestens. Ihre Beine verlangten danach, betrachtet zu werden, und akzeptierten als Antwort kein Nein, No, Non, Njet, nicht einmal ein Vielleicht. Ich war noch gefesselt von dem Anblick, als ich Lana sagen hörte: Und Ihre Frau und Kinder? Die Tränen, die über Bons Gesicht liefen, brachen den Zauber, in dem ich gefangen war, rissen mich aus meiner Paralyse. Kaum überraschend, dass ihre Unterhaltung über Saigon und seine Songs irgendwie zum Fall von Saigon gelangt war. Die meisten Songs, die die Exilanten hörten, waren durchdrungen von Melancholie, was sie zwangsläufig an den Verlust ihrer Stadt erinnerte. Jede Unterhaltung unter Exilanten über Saigon mündete schließlich in eine Unterhaltung über den Fall von Saigon und das Schicksal derer, die zurückgeblieben waren. Sie sind tot, sagte Bon jetzt. Ich war erstaunt, denn sonst sprach Bon außer mit mir nie über Linh und Duc, was damit zusammenhing, dass Bon überhaupt mit kaum jemandem sprach. Das war das Problem, wenn man eine Reise in die Vergangenheit unternahm. Unterwegs zog fast immer Nebel auf, man konnte leicht stolpern und stürzen. Aber vielleicht war es diesen peinlichen Zusammenbruch wert, denn zu meinem noch größeren Erstaunen umarmte Lana ihn und drückte seinen störrischen, hässlichen Kopf an ihre Wange. Sie armer Mann, sagte Lana. Sie armer, armer Mann. Ich wurde überwältigt von einer großen, schmerzhaften Liebe für meinen besten Freund und diese Frau, deren göttliche Gestalt das Symbol der Unendlichkeit war. Ich verzehrte mich danach, die Hypothese zu beweisen, die mein Verlangen aufgestellt hatte, und ertastete empirisch mit meinen Augen ihre nackten Rundungen, mit meinen Händen ihre Brüste, mit meiner Zunge ihre Haut. Damals, als sie dem weinenden Bon, der vor Kummer so empfindungslos war, dass er das offen vor ihm liegende Zaubertal gar nicht wahrzunehmen schien, all ihre Aufmerksamkeit schenkte, wusste ich, dass ich sie und sie mich besitzen würde.

FÜNFZEHNTES KAPITEL

Ein Großteil meines Geständnisses mag Ihnen, lieber Kommandant, und Ihrem rätselhaften, gesichtslosen Kommissar, von dem ich schon so viel gehört habe, fremd erscheinen. Der amerikanische Traum, die Kultur Hollywoods, die Praxis der amerikanischen Demokratie und so weiter können für Menschen wie uns, die aus dem Orient stammen, sehr verwirrend sein. Vermutlich war mir die Tatsache, zur Hälfte westliche Gene zu haben, eine Hilfe, den Charakter, die Kultur und die Sitten Amerikas zu verstehen, auch was die romantische Liebe betrifft. Dazu muss man verstehen, dass wir werben und die Amerikaner daten. Das ist ein pragmatischer Brauch, der vorsah, dass ein Mann und eine Frau einen wechselseitig genehmen Zeitpunkt für ein Treffen vereinbaren, als wollten sie über ein potenziell profitables Geschäft verhandeln. Für die Amerikaner ging es beim Dating um Kosten und Nutzen, darum, kurz- oder langfristig zu investieren, für uns waren Romanzen und Liebeswerbung eher etwas, bei dem man mit Verlusten rechnete. Schließlich bedeutete um eine Frau zu werben ja, sie zu etwas zu überreden, zu dem sie nicht überredet werden konnte, und nicht, sich mit einer bereits willigen Frau auf einen Termin zu einigen.

Lana war eindeutig eine Frau, um die man werben musste. Ich schrieb ihr Briefe, in der perfekten geschwungenen Handschrift, die ich von meinen pterodaktylen Nonnen gelernt hatte, um ihr meinen Fall darzulegen. Ich komponierte Villanellen, Sonette und Couplets mit zweifelhaften Satzrhythmen, aber von entschiedener Aufrichtigkeit; wenn ich mich auf eines der marokkanischen Sitzpolster in ihrem Wohnzimmer setzen durfte, griff ich nach ihrer Gitarre, um ihr Lieder von Pham Duy, Trinh Cong Son und dem neuesten lyrischen Liebling unserer Diaspora, Duc Huy, vorzuspielen. Sie belohnte mich mit dem rätselhaften, verführerischen Lächeln einer Apsara, mit einer Platzreservierung in der ersten Reihe bei ihren Auftritten und erwies mir die Gunst ständiger Audienzen, von denen sie mir aber höchstens eine pro Woche gewährte. An apathischen Nachmittagen im Schnapsladen erzählte ich Bon, wie dankbar ich dafür, aber auch, wie gepeinigt ich davon war. Wie vielleicht nicht anders zu erwarten, war seine Haltung dazu eine eher gleichgültige. Eins würde mich interessieren, Gigolo, sagte er eines Tages, als er bereits zu seinem lapidaren Ich zurückgefunden hatte. Seine Aufmerksamkeit war geteilt zwischen mir und zwei jugendlichen Kunden, die beutelrattengleich durch einen Gang krochen, ein Duo, dessen Alter und IQ sich im niedrigen zweistelligen Bereich bewegten. Was passiert, wenn der General dir draufkommt? Ich saß neben ihm hinter der Theke und wartete auf den nachmittäglichen Besuch des Generals. Warum sollte mir der General jemals draufkommen?, sagte ich. Erzählt ihm ja keiner. Lana und ich sind nicht so sentimental zu glauben, wir würden eines Tages heiraten und müssten ihm alles beichten. Was soll dann das Liebeswerben und der ganze Kummer?, fragte er und bezog sich damit auf meine eigene Definition der Werbung um eine Frau. Ich sagte: Müssen die Liebeswerbung und der ganze Kummer denn in der Ehe enden? Können sie nicht in der Liebe enden? Was hat die Ehe mit Liebe zu tun? Er schnaubte. Gott hat uns für die

Ehe geschaffen. Die Liebe hat nur mit der Ehe zu tun. Ich fragte mich, ob er, wie an dem Abend bei *Fantasia*, bereits wieder in Auflösung begriffen war, aber an diesem Nachmittag hatte die Diskussion über Liebe, Ehe und Kummer keine erkennbare Wirkung auf ihn, vielleicht weil er so konzentriert auf den Überwachungsspiegel starrte, der im hintersten Eck des Ladens unter der Decke hing. Der monokelartige Spiegel offenbarte, dass die Teenager ehrfürchtig das gekühlte Bier betrachteten, wie hypnotisiert durch das Neonlicht, das sich in dem braunen Glas der Flaschen spiegelte. Ehe gleich Sklaverei, sagte ich. Und wenn Gott – falls Gott existiert – uns Menschen erschaffen hat, dann hat er sicher nicht gewollt, dass wir uns gegenseitig versklaven.

Weißt du, was uns zu Menschen macht? Der Spiegel zeigte, wie der Kleinere der beiden eine Flasche in seine Jackentasche gleiten ließ. Mit einem genervten Seufzer griff Bon nach dem Baseballschläger unter der Kasse. Was uns zu Menschen macht, ist der Umstand, dass wir die einzigen Geschöpfe auf diesem Planeten sind, die sich selbst in die Scheiße reiten können.

Vielleicht hätte er das etwas gewählter formulieren können, aber am gewählten Ausdruck war er noch nie interessiert gewesen. Er war eher daran interessiert, den Ladendieben so lange ernsthafte Verletzungen anzudrohen, bis sie auf ihre Knie fielen, die eingesteckten Artikel herausrückten und um Vergebung winselten. Bon machte mit ihnen bloß das, was man mit uns gemacht hatte. Unsere Lehrer waren strikte Anhänger der Prügelstrafe gewesen, die die Amerikaner längst aufgegeben hatten, was wahrscheinlich einer der Gründe dafür war, dass sie keine Kriege mehr gewannen. Für uns begann Gewalt im Elternhaus und setzte sich in der Schule fort. Eltern und Lehrer prügelten auf Kinder und Schüler ein wie auf Perserteppiche, um Bequemlichkeit und Dummheit wie Staub aus ihnen herauszuklopfen und sie so ansehnlicher zu machen. Mein Vater war keine Ausnahme, nur von höherer Gesinnung als die meisten. Er bearbeitete die Knöchel seiner Schüler mit dem Lineal, als würde er auf einem Xylofon spielen, bis unsere Gelenke blau, schwarz und violett angeschwollen waren. Manchmal hatten wir die Schläge verdient, manchmal nicht, aber mein Vater zeigte auch dann keinen Anflug von Reue, wenn Beweise für unsere Unschuld auftauchten. Da alle der Erbsünde schuldig waren, war selbst eine ungerechte Strafe irgendwie gerecht.

Auch meine Mutter hatte sich schuldig gemacht, aber das hatte nichts mit der Erbsünde zu tun. Ich hatte von meiner Mutter den Hang zum Sündigen geerbt, doch war mir die Art von Sünden, die ich mit Lana beging, zu gewöhnlich, und so machte ich immer damit weiter, in der Hoffnung, sie würden langsam die Qualität der Erbsünde annehmen und unsere Beziehung so zu etwas Außergewöhnlichem machen. Und vielleicht würde ich dann einen flüchtigen Blick in die Unendlichkeit werfen – wenn der spasmodische Funke aufleuchtete, der entstand, wenn unsere Seelen aufeinanderprallten. Vielleicht würde ich so doch noch in den Genuss der Ewigkeit kommen, ohne mich mit Folgendem abgeben zu müssen:

> FRAGE: Sag das apostolische Glaubensbekenntnis auf.
> ANTWORT: Ich glaube an Gott, den Vater, den Allmächtigen, den Schöpfer des Himmels und der Erde …

Sogar die beiden Diebe hatten wahrscheinlich schon von diesem Gebet gehört. Christliche Ideen waren dem amerikanischen Volk so wichtig, dass sie ihnen sogar auf dem wertvollsten aller Dokumente einen Platz eingeräumt hatten, dem Dollarschein. IN GOD WE TRUST, das stand sogar auf dem Geld, das die

Ladendiebe in ihren Taschen hatten. Bon tippte den beiden mit dem Baseballschläger sanft gegen die Stirn, und schon schrien sie: Bitte, Vergebung, bitte! Wenigstens wussten diese Kretins, was Angst ist, eines der beiden wichtigsten Motive für den Glauben. Um eine Antwort auf die Frage zu bekommen, ob sie das andere Motiv auch kannten, die Liebe, die aus irgendeinem Grund viel schwieriger zu vermitteln war, half ein Baseballschläger jedoch nicht weiter.

Der General kam zur gewohnten Zeit, war aber kaum durch die Tür, da gingen wir schon wieder. Ich fuhr, und er saß auf dem Rücksitz. Er war nicht so redselig wie sonst, und er studierte auch nicht irgendwelche Schriftstücke aus seiner Aktentasche. Stattdessen schaute er aus dem Fenster, was er normalerweise für Zeitverschwendung hielt, und sein einziger Befehl lautete, die Musik auszuschalten. Die darauffolgende Stille erfüllte bereits ein Thema wie gedämpfte, unheilvolle Celloklänge: Sonny. Der Zeitungsartikel, den Sonny über die angeblichen Operationen der Bruderschaft und der Bewegung geschrieben hatte, hatte sich in der Exilantengemeinde so flott ausgebreitet wie eine Erkältung. Aus mikrobischen Behauptungen wurden bestätigte Fakten, aus Fakten infektiöse Gerüchte. Zu dem Zeitpunkt, als die Gerüchte mich erreichten, hieß es, der General sei mit seinen Finanzierungsbemühungen für die Bewegung gescheitert oder er suhle sich in seinem unrechtmäßig erworbenen Mammon: Schmiergeld von der US-Regierung, weil er dichtgehalten hatte über deren Versagen, uns bei Kriegsende zu helfen, oder Profite, die nicht nur eine Restaurantkette, sondern Drogenhandel, Prostitution und die Erpressung kleiner Geschäftsinhaber abwarfen. Die Bewegung, behaupteten manche beharrlich, sei nur ein Schwindel und ihre Männer in Thailand seien eine Bagage hundsgemeiner, von den Spenden der Gemeinde abhängiger Strolche. Andere sagten, die Männer seien in Wirklichkeit ein Regiment der besten Soldaten, die nach blutiger Rache dürsteten. Diesem sich immer weiter ausbreitenden Tratsch zufolge schicke der General entweder diese Idioten vom Schreibtisch aus in den Tod oder er führe wie MacArthur in den Philippinen die heroische Invasion selbst an. Wenn ich davon hörte, dann sicher auch Madame und folglich auch der General, da die Gerüchte uns alle erreichten wie das Brummen und Knacken eines Mittelwellensenders. Auch der maßlose Major, dessen fetter Körper über die Ränder des Schalensitzes neben mir quoll. Ich wagte es nicht, meinen Kopf in seine Richtung zu drehen, obwohl ich aus dem Augenwinkel sah, dass er zu mir herüberschaute – sicher mit seinen drei weit aufgerissenen Augen. Ich hatte das Loch nicht in seinen Kopf gebohrt, das jetzt sein drittes Auge war, aber ich hatte das Komplott entworfen, das das Schicksal des Majors besiegelt hatte. Jetzt erlaubte ihm dieses dritte Auge, mich weiterhin zu beobachten, obwohl er schon tot war, ein Zaungast, nicht nur ein Zaungeist. Ich kann gar nicht erwarten, wie diese kleine Geschichte ausgeht, sagte er. Ich weiß es. Sie nicht?

Haben Sie was gesagt?, fragte der General.

Nein, General.

Ich habe gehört, dass Sie was gesagt haben.

Ich muss wohl mit mir selbst gesprochen haben.

Dann hören Sie auf, mit sich selbst zu sprechen.

Jawohl, General.

Hörte man auf, mit sich selbst zu sprechen, beraubte man sich allerdings des faszinierendsten Gesprächspartners, den man sich vorstellen konnte. Niemand hörte einem geduldiger zu als man selbst, und obwohl einen niemand besser kannte, so missverstand niemand einen öfter als man selbst. Aber wenn die eigene Vorstellungswelt eine Cocktailparty war, mit Selbstgesprächen als idealer Konversationsform, dann war der maßlose Major der nervige Gast, der immer wieder dazwischenredete und jeden Hinweis, sich zu verpissen, ignorierte. Komplotte nehmen ein Eigenleben an, oder?, sagte er. Sie haben dieses Komplott in die Welt gesetzt. Jetzt sind Sie auch der Einzige, der es wieder aus der Welt schaffen kann. Und so ging es den ganzen Weg bis zum Country Club weiter. Der maßlose Major flüsterte in mein Ohr, und ich hielt meine Zunge so lange im Zaum, bis sie unter dem Gewicht dessen, was ich ihm sagen wollte, anschwoll und wehtat. Am meisten wünschte ich mir, was ich mir auch schon von meinem Vater gewünscht hatte: dass er aus meinem Leben verschwände. Nachdem ich damals seinen Brief mit der Nachricht vom Tod meiner Mutter bekommen hatte, hatte ich an Man geschrieben: Wenn es wirklich einen Gott gäbe, dann würde meine Mutter leben, und mein Vater wäre tot. *Wie ich mir wünsche, dass er tot wäre!* Tatsächlich starb er kurz nach meiner Rückkehr, aber die erhoffte Genugtuung bescherte mir sein Tod nicht.

Das soll ein Country Club sein?, sagte der General, als wir unser Ziel erreichten. Ich überprüfte die Adresse. Sie stimmte mit der auf der Einladung des Abgeordneten überein. Da war von einem Country Club die Rede gewesen, und auch ich hatte mir vorgestellt, wir würden auf gewundenen, autofreien Landstraßen dahinfahren und schließlich vor einem Hausdiener in schwarzer Weste und mit Fliege auf einer Kieseinfahrt ausrollen, ein Präludium in Pastell, bevor wir ins gedämpfte Licht einer Lobby treten würden, die mit den Fellen von Schwarzbären ausgelegt war. An den Wänden zwischen den Panoramafenstern würden geweihbewehrte Köpfe von Hirschen hängen, die mit ätzender Weisheit durch Wolken aus Zigarrenrauch blickten. Draußen würde sich ein weiter Golfparcours erstrecken, der mehr Wasser verbrauchte als eine Dritte-Welt-Stadt. Virile Banker würden in Vierergruppen einem Sport nachgehen, der zum einen die brutale, kriegerische Kraft erforderte, die auch Gewerkschaften zerschlagen konnte, zum anderen die filigrane Finesse, die auch bei der Steuerhinterziehung nötig war. Aber statt eine Wellnessoase voller gedimpelter Golfbälle und selbstgefälliger Jovialität beherbergte die Adresse in Anaheim ein Steakhaus, das den Charme eines klinkenputzenden Staubsaugerverkäufers verströmte – ein unwürdiger Schauplatz für ein Privatdinner mit niemand Geringerem als dem sich auf Lesereise befindenden Richard Hedd.

Nachdem ich den Wagen neben ausschließlich amerikanischen und teutonischen Wagen neuerer Bauart geparkt hatte, folgte ich dem General in das Steakhaus. Der Maître d'hôtel legte die Manierismen eines Botschafters aus einem sehr kleinen Land an den Tag, eine ausgewogene Mischung aus Arroganz und Unterwürfigkeit. Beim Namen des Abgeordneten ließ er sich so weit erweichen, leicht den Kopf zu beugen und uns durch ein Labyrinth aus kleinen Speiseräumen zu führen, wo sich kernige Amerikaner in Button-Down-Oxford-Hemden und Pullundern mit Argyle-Muster an unmäßigen Mengen Porterhousesteak und Lammkotelett labten. Unser Ziel war ein Separee im ersten Stock, in dem der Abgeordnete und mehrere andere Personen an einem runden Tisch Hof hielten, auf dem sich bequem ein Mann hätte ausstrecken können. Jeder der Anwesenden hielt schon ein Glas in der Hand, und mir dämmerte, dass unser spätes Eintreffen genau so arrangiert worden war. Als der Abgeordnete aufstand, musste ich das Zittern in meinen Eingeweiden unterdrücken. Ich befand mich in unmittelbarer Nähe einiger repräsentativer Exemplare der gefährlichsten Kreatur der Weltgeschichte: dem weißen Mann im Anzug.

Meine Herren, sagte der Abgeordnete, wir sind hocherfreut, Sie begrüßen zu dürfen. Darf ich Sie vorstellen. Neben Dr. Hedd waren noch sechs andere Personen – prominente Geschäftsleute, gewählte Amtsträger und Anwälte – anwesend. Der Abgeordnete und Dr. Hedd waren VIPs und die anderen, einschließlich des Generals, SIPs (Semi Important Persons), ich jedoch war der einzige NIP (Non Important Person). Dr. Hedd war die Hauptattraktion unserer Dinnerparty, der General die nachgeordnete Attraktion. Der Abgeordnete hatte das Dinner für den General organisiert, als Gelegenheit, sein Netzwerk aus potenziellen Fürsprechern zu einem Netzwerk aus Unterstützern zu erweitern, mit Dr. Hedd als Krönung. Ein gutes Wort von Dr. Hedd, hatte der Abgeordnete dem General erzählt, kann Türen und Brieftaschen für Ihre Sache öffnen. Nicht zufällig waren die Plätze neben Dr. Hedd für den General und mich reserviert, und ich schob ihm ohne Umschweife meine Ausgabe seines Buchs zum Signieren hin.

Ich sehe, Sie haben es sehr genau gelesen, sagte der Doktor, als er es durchblätterte. Das Buch war vor lauter Eselsohren so aufgequollen, als hätte es sich mit Wasser vollgesogen. Der junge Mann studiert den amerikanischen Charakter, sagte der Abgeordnete. Nach allem, was der General mir erzählt und was ich selbst erlebt habe, fürchte ich, er könnte uns besser kennen als wir uns selbst. Die Männer kicherten, und ich kicherte mit. Wenn Sie den amerikanischen Charakter studieren, warum lesen Sie dann dieses Buch?, sagte Dr. Hedd und schrieb seinen Namen auf den Umschlag. Es handelt mehr vom asiatischen als vom amerikanischen Charakter. Er gab mir das Buch zurück, das schwer in meiner Hand lag, und sagte: Um den Charakter eines Menschen zu verstehen, sollte man versuchen zu verstehen, was er über andere denkt, besonders über solche, zu denen man selbst gehört. Dr. Hedd schaute mich über die Ränder seiner randlosen Brille scharf an. So ein Blick hat mich schon immer gestört, vor allem, wenn er von einem Mann kommt, der Folgendes geschrieben hat:

> Der durchschnittliche Vietcong-Kämpfer ist nicht in Konflikt mit dem realen Amerika. Er ist in Konflikt mit dem Papiertiger, den seine Herren geschaffen haben. Denn er ist nichts weiter als ein idealistischer, vom Kommunismus betrogener junger Mann. Verstünde er das wahre Wesen Amerikas, würde er Amerika als seinen Freund, nicht als seinen Feind erkennen. (S. 213)

Dr. Hedd meinte hier nicht direkt mich, denn ich war nicht der durchschnittliche Vietcong-Kämpfer, und doch meinte die Typisierung, die er vornahm, auch mich. Vor dem Treffen hatte ich das Buch noch einmal durchgesehen und zwei Beispiele gefunden, wo seine Kategorisierungen auch jemanden wie mich mit einschlossen. Auf der einen Seite galt für mich:

> Der radikale vietnamesische Intellektuelle ist unser gefährlichster Gegner. Wahrscheinlich hat er Jefferson und Montaigne, Marx und Tolstoi gelesen und fragt zu Recht, warum sich die von der westlichen Zivilisation so gepriesenen Menschenrechte nicht auch auf sein Volk erstrecken. Er ist für uns verloren. Er hat sein Leben der Sache des Radikalen verschrieben, für ihn gibt es kein Zurück mehr. (S. 301)

Mit dieser Einschätzung lag Dr. Hedd richtig. Meine Sache war die des Radikalen, und ich kämpfte auf radikal verlorenem Posten. Aber auf der anderen Seite galt auch Folgendes für mich:

> Die jungen Vietnamesen, die von Amerika fasziniert sind, halten den Schlüssel zu Südvietnams Freiheit in Händen. Sie haben gewissermaßen Coca Cola gekostet und entdeckt, dass es süß ist. Sie sind sich der Unzulänglichkeiten Amerikas bewusst, setzen aber trotzdem ihre Hoffnung in unsere Aufrichtigkeit und unseren guten Willen, mit dem wir an diesen Mängeln arbeiten. Diese jungen Menschen müssen wir uns zum Freund machen. Sie werden irgendwann die diktatorischen, von den Franzosen ausgebildeten Generäle ersetzen. (S. 381)

Diese Kategorien existierten wie Seiten in einem Buch, aber die meisten von uns bestanden nicht nur aus einer Seite, sondern aus vielen Seiten. Trotzdem hatte ich den Verdacht, dass ich für Dr. Hedds prüfenden Blick kein Buch mit sieben Siegeln war, sondern eher wie ein offenes Buch, leicht zu lesen und zugänglich. Ich würde ihm das Gegenteil beweisen.

Ich wette, meine Herren, sagte Dr. Hedd und wandte seine Aufmerksamkeit wieder den anderen zu, dass dieser junge Mann hier der Einzige am Tisch ist, der mein Buch ganz gelesen hat. Die Tischgesellschaft verfiel in leise glucksendes, ungeniertes Gelächter, und aus irgendeinem Grund kam es mir so vor, als sei ich Ziel des Spottes. Ganz?, sagte der Abgeordnete. Also wirklich, Richard. Ich würde mich wundern, wenn nur einer hier mehr als den Klappentext und die Zitate auf dem Umschlag gelesen hätte. Wieder eine Runde Gelächter, aber Dr. Hedd war nicht etwa beleidigt, sondern schien sich ebenfalls zu amüsieren. Er war der König dieses Abends, trug seine Papierkrone aber gelassen. Angesichts des Zuspruchs, den seine Bücher erfuhren, der häufigen Auftritte in den Sonntagmorgen-Talkshows und des Prestiges seiner Stellung als Gastwissenschaftler bei einem Thinktank in Washington, war er es zweifellos gewohnt, gefeiert zu werden. Besonders Luftwaffengeneräle liebten ihn. Sie beschäftigten ihn als strategischen Berater und beauftragten ihn regelmäßig damit, den Präsidenten über die Wunder der Bombardierungen zu informieren. Auch Senatoren und Abgeordnete liebten Richard Hedd, einschließlich unseres Abgeordneten und jener, die wie er für Wahlkreise kandidierten, in denen die Flugzeuge für diese Bombardierungen hergestellt wurden. Was mein Buch angeht, sagte er, um das Gesicht zu wahren, scheint mir ein bisschen weniger Ehrlichkeit und ein bisschen mehr Höflichkeit angebracht.

Nur der Mann mittleren Alters, der neben mir saß, lachte oder kicherte nicht. Er trug einen neutralen blauen Anzug und eine harmlose gestreifte Krawatte. Er war ein auf Personenschäden spezialisierter Anwalt, ein Maestro der Sammelklage. In seinem Waldorfsalat herumstochernd, sagte er: Komisch, dass Sie davon sprechen, das Gesicht zu wahren, Dr. Hedd. Die Zeiten ändern sich, was? Vor zwanzig oder dreißig Jahren hätte diese Worte – das Gesicht wahren – kein Amerikaner in den Mund genommen, ohne eine Miene zu verziehen.

Es gibt viele Worte, die kein Amerikaner vor zwanzig oder dreißig Jahren in den Mund genommen hätte, ohne eine Miene zu verziehen, sagte Dr. Hedd. »Das Gesicht wahren« ist eine nützliche Redewendung, auch wenn ich selbst in Burma gegen die Japaner gekämpft habe.

Die waren zäh, sagte der Abgeordnete. Jedenfalls hat das mein Vater gesagt. Es ist absolut in Ordnung, wenn man seine Feinde respektiert. Es ist sogar nobel, sie zu respektieren. Man braucht sich bloß anzuschauen, was sie mit ein bisschen Hilfe von uns auf die Beine gestellt haben. Alle paar Meter sieht man heute ein japanisches Auto.

Die Japaner haben auch in unserem Land groß investiert, sagte der General. Sie haben Motorräder und Kassettenrekorder importiert. Ich hatte selbst eine Stereoanlage von Sanyo.

Und das nur ein paar Jahrzehnte, nachdem sie eure Besatzer gewesen waren, sagte der Abgeordnete. Wussten Sie, dass in den Jahren unter japanischer Besatzung eine Million Vietnamesen verhungert sind? Die Anmerkung richtete sich an die anderen Anzugträger, die jetzt nicht lachten oder kicherten. Ohne Witz?, sagte der auf Personenschäden spezialisierte Anwalt. »Ohne Witz« war so ziemlich das Einzige, was man sagen konnte, wenn eine derartige Statistik zwischen Salat und Hanger Steak mit Ofenkartoffel serviert wurde.

Wie ein Patient auf die Sehtafel schaute jeder einen Augenblick lang ernst, mit zusammengekniffenen Augen auf seinen Teller oder seinen Cocktail. Ich dagegen überlegte, wie ich den Schaden reparieren konnte, den der Abgeordnete versehentlich angerichtet hatte. Er hatte unsere Aufgabe, eine angenehme Tischgesellschaft zu sein, erschwert, indem er Hunger erwähnt hatte, etwas, das die Amerikaner gar nicht kannten. Das Wort konnte nur unwirkliche Landschaften von zu Skeletten abgemagerten Toten heraufbeschwören, was nicht dem lebendigen Bild entsprach, das wir abgeben wollten – nie sollte man von anderen Menschen verlangen, sich in andere Menschen hineinzuversetzen. Geistige Teleportation verunsicherte die meisten Menschen, die, wenn sie überhaupt an andere dachten, lieber dachten, diese seien genauso wie sie oder könnten genauso sein wie sie.

Diese Tragödie liegt schon weit zurück, sagte ich. Offen gestanden, die meisten unserer Landsleute konzentrieren sich weniger auf die Vergangenheit als darauf, Amerikaner zu werden.

Wie machen sie das?, fragte Dr. Hedd und schaute mich über seine Brillengläser hinweg an, wobei ich mir vorkam, als würde ich von vier und nicht von zwei Augen begutachtet. Sie – also wir – glauben an Leben, Freiheit und das Streben nach Glück, sagte ich zu ihm wie schon zu vielen Amerikanern zuvor. Das provozierte am Tisch allseitiges, zustimmendes Nicken, nur nicht bei Dr. Hedd, der, wie ich vergessen hatte, aus England eingewandert war. Er schaute mich weiter mit seinem verunsichernden, quadroskopischen Blick an – zwei Augen plus zwei Brillengläser. Sind Sie glücklich hier?, fragte er. Das war eine vertrauliche Frage, fast so als hätte er sich nach meinen Einkommen erkundigt, was bei uns zu Hause zulässig gewesen wäre, hier aber nicht. Schlimmer war allerdings, dass ich keine zufriedenstellende Antwort parat hatte. Würde ich sagen, ich sei unglücklich, würde das ein schlechtes Licht auf mich werfen, denn Amerikaner betrachteten Unglücklichsein als moralisches Versagen und Gedankenverbrechen. Würde ich sagen, ich sei glücklich, gälte das als unfein oder würde als Zeichen von Hybris betrachtet, als wollte ich mit meinem Glück protzen oder mich damit brüsten.

Genau in diesem Augenblick betraten die Kellner den Raum und trugen die Feierlichkeit von ägyptischen Dienern zur Schau, die gleich lebend mit ihrem Pharao begraben würden. Sie hatten die Platten mit dem Hauptgang auf den Schultern. Sollte ich geglaubt haben, die dicken Scheiben Fleisch würden mich vor Dr. Hedds Aufmerksamkeit bewahren, so täuschte ich mich. Nachdem die Kellner gegangen waren, wiederholte er seine Frage, und ich sagte, ich sei nicht unglücklich. Die doppelte Verneinung hing einen Augenblick lang mehrdeutig und verletzlich wie ein fetter Ballon in der Luft. Vermutlich sind Sie nicht unglücklich, sagte Dr. Hedd, weil Sie nach Glück streben, es aber noch nicht gefunden haben. Wie wir alle wahrscheinlich, habe ich recht, meine Herren? Zwischen Steak und Rotwein signalisierten die Männer murmelnd ihre Zustimmung. Der durchschnittliche Amerikaner misstraut Intellektuellen, aber er lässt sich von Macht einschüchtern und von Berühmtheit betäuben. Dr. Hedd hatte beides zu bieten und verfügte zudem über einen englischen Akzent, auf den Amerikaner reagierten wie Hunde auf eine Hundepfeife. Ich war nicht von Engländern kolonisiert worden, war also immun gegen ihren Akzent und entschlossen, in diesem Stegreifseminar an meinem eigenen festzuhalten.

Was ist mit Ihnen, Dr. Hedd?, fragte ich. Sind Sie glücklich?

Die Frage konnte den Doktor nicht beeindrucken. Er zerteilte mit dem Messer ein paar Erbsen, entschied sich dann aber für einen Bissen Steak. Wie Sie offenkundig schon bemerkt haben, sagte er, gibt es auf diese Frage keine gute Antwort.

Ist Ja keine gute Antwort?, sagte der stellvertretende Bezirksstaatsanwalt.

Nein, Sir, weil die amerikanische Art von Glück mit einem Nullsummenspiel vergleichbar ist. Beim Sprechen drehte Dr. Hedd seinen Kopf, damit er jeden im Raum sehen konnte. Damit jemand glücklich sein kann, muss er sein Glück am Unglück eines anderen messen, ein Vorgang, der mit Sicherheit auch umgekehrt funktioniert. Um sagen zu können, dass ich glücklich bin, muss jemand anders unglücklich sein, höchstwahrscheinlich einer von Ihnen. Würde ich aber sagen, dass ich unglücklich bin, könnte ich zwar einige von Ihnen glücklicher machen, doch gleichzeitig würden Sie ein Unbehagen spüren, denn unglücklich zu sein ist in Amerika nicht vorgesehen. Ich glaube, unser intelligenter junger Mann hier hat intuitiv erahnt, dass das Streben nach Glück zwar allen Amerikanern versprochen, dass Unglücklichsein aber vielen garantiert ist.

Trübsinn senkte sich über die Runde. Das Unaussprechliche war ausgesprochen worden, das, was Menschen wie der General und ich in vornehmer weißer Gesellschaft nie hätten tun können, ohne damit ein Tabu zu brechen. Flüchtlinge wie wir durften es niemals wagen, die von den meisten Amerikanern propagierte Disneyland-Ideologie infrage zu stellen, dass ihr Land der glücklichste Ort auf Erden sei. Aber Dr. Hedd war über alle Kritik erhaben, denn er war ein Einwanderer aus *England.* Allein seine Existenz bestätigte die Legitimität der früheren Kolonien in diesem Land, und sein Erbe und Akzent lösten, wie es bei Amerikanern häufig der Fall ist, latente Anglophobie und latente Minderwertigkeitskomplexe aus. Dr. Hedd war sich seines Privilegs eindeutig bewusst und amüsierte sich über das Unbehagen, das er unter seinen amerikanischen Gastgebern hervorrief. An diesem Punkt, in diesem Klima, schaltete der General sich ein. Ich glaube, der gute Doktor hat recht, sagte er. Aber auch wenn das Glück nicht garantiert ist, so doch die Freiheit, und das, meine Herren, ist wichtiger.

Sehr richtig, General, sagte der Abgeordnete und hob sein Glas. Ist es nicht genau das, was der Einwanderer schon immer gewusst hat? Die anderen Gäste hoben ebenfalls ihr Glas, sogar Dr. Hedd, der angesichts der neuen Richtung, die der General dem Gespräch gegeben hatte, rätselhaft lächelte. So ein Kunstgriff war typisch für den General. Er wusste, wie man Menschengruppen las, eine entscheidende Fähigkeit, wenn es darum ging, Geld zu beschaffen. Wie ich Man über meine Pariser Tante schon berichtet hatte, war er beim Spendensammeln erfolgreich. Er konnte auf eine Handvoll Organisationen bauen, in die Claude ihn eingeführt hatte, und verfügte über eigene Kontakte zu Amerikanern, die unser Land besucht hatten oder dort als Soldaten stationiert gewesen waren. Angesehene, gut vernetzte Männer wie die, die in den Vorständen der Organisationen saßen. Die Summen, die sie der Bruderschaft spendeten, waren für ihre Verhältnisse bescheiden, nichts, was die Aufmerksamkeit von Rechnungsprüfern oder Journalisten erregt hätte. Aber hatte der Dollarschein erst einmal den Weg nach Thailand zurückgelegt, veranstaltete ein Phänomen, das man Wechselkurs nennt, einen ungewöhnlichen Hokuspokus. Für den Dollarschein bekam man in Amerika vielleicht ein Schinkensandwich, in einem thailändischen Flüchtlingslager verwandelte er sich aber in farbenprächige Baht, die einen kämpfenden Mann tagelang ernähren konnte. Und für ein paar Baht mehr konnte man den kämpfenden Mann nach dem letzten Schrei in Oliv einkleiden. Und so befriedigten diese Spenden, unter dem Deckmantel der Flüchtlingshilfe, die Grundbedürfnisse an Nahrung und Kleidung für die Geheimarmee, die sich vollständig aus Flüchtlingen zusammensetzte. Waffen und Munition steuerten die thailändischen Sicherheitskräfte bei, die dafür – vollkommen transparent und mit voller Zustimmung des Kongresses – etwas Kleingeld von Uncle Sam bekamen.

Es oblag natürlich dem Abgeordneten, uns zum passenden Zeitpunkt aufzufordern, die Gründe für unsere Anwesenheit zu erläutern. Er tat das beim Omelette surprise und nach mehreren Cocktailrunden. Meine Herren, sagte der Abgeordnete, es gibt einen ernsten Anlass dafür, dass wir uns heute hier zusammenfinden und unsere Freundschaft bekräftigen. Der General möchte zu uns über die Notlage unseres alten Verbündeten sprechen, des südvietnamesischen Soldaten, ohne den es in der Welt viel schlimmer aussähe als heute. Indochina haben wir an den Kommunismus verloren, aber vieles haben wir auch retten können: Thailand, Taiwan, Hongkong, Singapur, Südkorea und Japan. Diese Länder sind unser Bollwerk gegen die kommunistische Flut.

Nicht zu vergessen die Philippinen, sagte Dr. Hedd. Und Indonesien.

Absolut. Und Marcos und Suharto hatten deshalb genug Zeit, ihre Kommunisten auszuschalten, weil die südvietnamesischen

Soldaten einen Schutzwall gebildet hatten, sagte der Abgeordnete. Ich bin also der Meinung, und deshalb habe ich Sie heute auch hergebeten, dass wir diesen Soldaten etwas mehr als nur Dankbarkeit schulden. Ich übergebe jetzt das Wort an einen der vornehmsten Wächter der Freiheit, die Indochina je hatte. General?

Der General schob seinen leeren Cognacschwenker von sich weg, stützte sich mit den Ellbogen auf den Tisch, verschränkte die Hände und beugte sich vor. Danke, Herr Abgeordneter. Es ist mir eine Ehre, heute Abend bei Ihnen allen zu Gast zu sein. Männer wie Sie haben die stärkste Waffe der Welt geschaffen, die Demokratie. Niemals hätten wir so lange gegen einen übermächtigen Gegner kämpfen können ohne die Hilfe Ihrer Jungs und Ihrer Waffen. Sie dürfen nicht vergessen, meine Herren, nicht nur unsere fehlgeleiteten Brüder hatten gegen uns Stellung bezogen, sondern die gesamte kommunistische Welt. Russen, Chinesen, Nordkoreaner, sie hatten alle Partei ergriffen, ebenso wie die vielen mit Ihnen befreundeten asiatischen Länder für uns. Wie könnte ich je die Südkoreaner, Philippinos, Thais sowie die Australier und Neuseeländer vergessen, die für uns gekämpft haben? Meine Herren, wir haben nicht im Vietnamkrieg gekämpft. Wir haben nicht alleine gekämpft. Wir haben lediglich in der Schlacht um Vietnam, die der Kalte Krieg, bei dem es um Freiheit oder Tyrannei …

Keiner bestreitet, dass es noch Probleme in Südostasien gibt, sagte Dr. Hedd. Ich hatte nur einmal erlebt, dass es jemand wagte, den General zu unterbrechen, und das war der Präsident gewesen. Wenn er beleidigt war, und das war er mit Sicherheit, so ließ er es sich nicht anmerken. Er zeigte nur die Andeutung eines Lächelns, um seine Freude über Dr. Hedds Beitrag auszudrücken. So groß die Probleme in der Vergangenheit auch waren, fuhr Dr. Hedd fort, so herrscht inzwischen doch Ruhe in der Region, von Kambodscha abgesehen. Inzwischen gibt es andere, unmittelbar drängende Themen, die uns beunruhigen müssen. Die Palästinenser, die Roten Brigaden, die Sowjets. Die Bedrohung hat sich verändert und Metastasen gebildet. In Deutschland, Italien und Israel haben Terrorkommandos zugeschlagen. Das neue Vietnam ist Afghanistan. Darüber sollten wir uns den Kopf zerbrechen, meinen Sie nicht auch, General?

Der General runzelte ganz leicht die Sirn, um seine Besorgnis und sein Verständnis anzuzeigen. Als Nichtweißer wusste er so gut wie ich, dass man sich gegenüber Weißen, die von einem Nichtweißen sehr schnell eingeschüchtert waren, in Geduld üben musste. Sogar bei linken Weißen musste man darauf achten, wie weit man ging, beim durchschnittlichen Weißen war sowieso kaum irgendwas möglich. Wie jeder Nichtweiße, der seit mehreren Jahren hier lebte, war der General aufs Beste vertraut mit den Eigenarten und Feinheiten der Weißen und ihrer Verschiedenheit. Wir aßen ihr Essen, schauten ihre Filme, das Fernsehen verschaffte uns Einblicke in ihr Leben und ihre Psyche, im täglichen Umgang mit ihnen lernten wir ihre Sprache, nahmen auch den Subtext ihrer Aussagen auf, lachten über ihre Witze, auch wenn sie auf unsere Kosten gingen, nahmen demütig ihre Herablassung hin, belauschten ihre Gespräche im Supermarkt oder beim Zahnarzt und schonten sie, indem wir in ihrer Gegenwart nicht unsere Sprache sprachen, da sie ihnen auf die Nerven ging. Kein Anthropologe erforschte das amerikanische Volk so genau wie wir, ohne dass das amerikanische Volk es bemerkte, da unsere Feldstudien in unserer Sprache verfasst und per Brief oder Postkarte in unsere Herkunftsländer geschickt wurden, wo sie unsere Verwandten belustigt, verwirrt und ehrfürchtig lasen. Auch wenn der Abgeordnete das als Witz gemeint hatte, wahrscheinlich kannten wir die Weißen besser als sie sich selbst, und sicher besser, als sie uns je kennen würden. Das löste in uns manchmal Selbstzweifel aus, einen Zustand andauernder Selbstbefragung, bezüglich dessen, ob uns die Weißen so sähen wie wir uns selbst. Doch bei allem, was wir von ihnen zu wissen glaubten, war uns klar, dass es einiges gab, was wir auch nach vielen Jahren des erzwungenen oder freiwilligen Zusammenlebens nie herausfinden würden, zum Beispiel das Rezept für Cranberrysauce, wie man einen Football richtig warf oder welche geheimen Bräuche Geheimgesellschaften wie Collegebruderschaften pflegten, da diese anscheinend nur solche Leute aufnahmen, die auch für die Hitlerjugend geeignet gewesen wären. Nicht zuletzt gehörte zu dem, was uns unvertraut war, ein Sakrileg, wie das, womit wir es gerade zu tun hatten. Jedenfalls berichtete ich meiner Pariser Tante, dass eine solche verborgene Kammer bislang nur sehr wenige von uns, wenn überhaupt, betreten hatten. Da er sich dessen genauso bewusst war wie ich, arbeitete der Verstand des Generals im Achtsamkeitsmodus und bewegte sich tastend voran, wie jemand, der auf Zehenspitzen durch einen Raum schleicht, um ja nicht anzuecken.

Das ist lustig, dass Sie die Sowjets erwähnen, sagte der General. Wie Sie schreiben, Dr. Hedd, stehen Stalin und die Völker der Sowjetunion charakterlich dem Orient näher als dem Okzident. Ihr Argument, der Kalte Krieg sei ein Kampf zwischen Kulturen und nicht einfach ein Kampf zwischen Ländern oder gar Ideologien, ist absolut korrekt. Der Kalte Krieg ist in Wahrheit ein Konflikt zwischen Orient und Okzident, und die Sowjets sind in Wahrheit Asiaten, die anders als wir die westliche Lebensweise nie erlernt haben. Natürlich hatte ich in Vorbereitung auf diese Zusammenkunft – oder Anhörung – Dr. Hedds Behauptungen für den General zusammengefasst. Ich achtete genau darauf, wie Dr. Hedd reagierte, aber sein

Gesichtsausdruck blieb unverändert. Trotzdem vertraute ich darauf, dass die Anmerkungen des Generals Wirkung zeigen würden. Kein Autor ist immun dagegen, dass seine eigenen Gedanken und Worte wohlwollend zitiert werden. Im Grunde waren Autoren, ungeachtet dessen, wie sehr sie polterten oder wie weltmännisch sie sich gaben, unsichere Wesen mit empfindlichen Egos, in ihrer Struktur Filmstars ähnlich, nur viel ärmer und weniger glamourös. Man musste nur tief genug graben, um auf die weiße, fleischige Knolle, die ihr verborgenes Ich war, zu stoßen, und dafür waren die schärfsten Werkzeuge immer ihre eigenen Worte. Ich fügte diesem Bemühen meinen eigenen Beitrag hinzu und sagte: Es steht außer Frage, Dr. Hedd, dass wir den Sowjets entgegentreten sollten. Jedoch aus einem Grund, den Sie auch für den Kampf gegen deren Knechte in unserem Land anführen und warum wir diesen jetzt fortführen.

Und was ist dieser Grund?, fragte der immer sokratische Dr. Hedd.

Das kann ich Ihnen sagen, sagte der Abgeordnete. Nicht mit meinen Worten, sondern mit denen, die John Quincy Adams wählte, als er über unser großartiges Land sprach. »Wo immer das Banner der Freiheit und Unabhängigkeit entrollt worden ist oder entrollt werden wird, dort wird Amerika mit seinem Herzen sein, mit seinen Segenswünschen und seinen Gebeten. Es …« Amerika … »ist der Befürworter der Freiheit und der Unabhängigkeit für alle.«

Dr. Hedd lächelte wieder und sagte: Sehr gut, Sir. Nicht einmal ein Engländer kommt gegen John Quincy Adams an.

Bis heute verstehe ich nicht, wie wir verlieren konnten, sagte der stellvertetende Bezirksstaatsanwalt und gab dem Oberkellner ein Zeichen, noch eine Runde Cocktails zu bringen. Ich hoffe, Sie verstehen mich nicht falsch, sagte der auf

Personenschäden spezialisierte Anwalt, aber meiner Meinung nach haben wir verloren, weil wir zu zaghaft gewesen sind. Wir hatten Angst, unsere Reputation zu beschädigen. Wenn wir einfach gesagt hätten, okay, das sitzen wir aus, dann hätten wir uns Ihrem Volk mit unserer übermächtigen Schlagkraft als der verdiente Sieger zeigen können.

Vielleicht hatten Stalin und Mao recht, sagte der General. Wenn ohnehin schon ein paar Millionen gestorben sind, kommt es auf ein paar Millionen mehr auch nicht mehr an. Haben Sie nicht etwas in der Richtung geschrieben, Dr. Hedd?

Sie haben mein Buch genauer gelesen, als ich erwartet hätte, General. Wie ich sind Sie zweifellos ein Mann, der die schlimmsten Gräuel des Krieges erlebt hat. Sie werden mir also verzeihen, wenn ich Ihnen die wahren, die widerwärtigen Gründe darlege, warum Amerika Vietnam verloren hat. Dr. Hedd schob seine Brille den Nasenrücken hinauf, bis er uns schließlich durch die Gläser betrachten konnte. Ihre amerikanischen Generäle haben im Zweiten Weltkrieg gekämpft und schätzten die Strategie, die auf Japan angewendet worden war, aber sie hatten bei der Kriegsführung nicht freie Hand. Anstatt einen Vernichtungskrieg zu führen, die einzige Art von Kriegsführung, die der Orientale versteht und respektiert – notabene Tokio, Hiroshima, Nagasaki –, führten sie gezwungenermaßen oder freiwillig einen Abnutzungskrieg. Der Orientale interpretiert das ganz richtig als Schwäche. Liege ich falsch, General?

Wenn der Orient eine unerschöpfliche Ressource hat, sagte der General, dann ist das der Mensch.

Richtig, und ich sage Ihnen noch etwas, General. Es stimmt mich traurig, diese Schlussfolgerung ziehen zu müssen, aber ich habe es selbst gesehen. Nicht nur in Büchern und Archiven, sondern auf den Schlachtfeldern von Burma. Man kann es nicht anders sagen: Leben ist im Überfluss vorhanden, Leben ist billig. Und das ist es auch, was die Philosophie des Orients vermittelt. Dr. Hedd hielt inne. Leben ist nicht wichtig. Vielleicht ist es gefühllos, das zu sagen, aber der Orientale setzt den Wert des Lebens nicht so hoch an wie der westliche Mensch.

Ich schrieb meiner Tante nach Paris, dass sich nun Schweigen über die Tischrunde senkte, während wir den Gedanken einsickern ließen und die Kellner die nächsten Cocktails brachten. Der Abgeordnete rührte in seinem Drink und sagte: Was meinen Sie, General? Der General nippte an seinem Cognac mit Soda, lächelte und sagte: Natürlich hat Dr. Hedd recht, Herr Abgeordneter. Die Wahrheit ist oft unbequem. Was meinen Sie, Hauptmann?

Alle wandten ihre Aufmerksamkeit mir zu. Mein randvoller Martini war gerade auf halbem Weg zum Mund, und ich setzte ihn langsam und widerwillig wieder ab. Nach drei Gläsern von diesem göttlichen Getränk und zwei Gläsern Rotwein war ich reich an Erkenntnis. Der Geist der Wahrheit hatte meinen Verstand geweitet, der sich nun mitteilen musste. Ich erlaube mir, sagte ich, anderer Meinung zu sein als Dr. Hedd. Der Orientale schätzt den Wert des Lebens durchaus. Der General runzelte die Stirn, und ich hielt inne. In den Gesichtern der Anwesenden regte sich nichts, aber ich spürte einen Anstieg der elektrostatischen Spannung. Dann behaupten Sie also, Dr. Hedd hat unrecht, sagte der Abgeordnete so leutselig wie wohl auch Dr. Mengele, wenn er sich in passender Gesellschaft befand. Nein, nein, beeilte ich mich zu sagen. Ich schwitzte, mein Unterhemd war feucht. Wir, meine Herren, *schätzen* den Wert des Lebens nur … Ich hielt wieder inne, und die Köpfe meines Publikums reckten sich um einen oder zwei Millimeter weiter zu mir vor. Für den westlichen Menschen hat das Leben einen *unschätzbaren* Wert.

Die Aufmerksamkeit aller wandte sich Dr. Hedd zu, der sein Cocktailglas hob, mir zunickte und sagte: Ich hätte es nicht besser ausdrücken können, junger Mann. Und damit hatte sich die Unterhaltung endgültig erschöpft, und uns blieb nichts zu tun, als uns mit einer Hingabe, die eigentlich jungen Welpen vorbehalten war, unseren Cocktails zu widmen. Ich suchte Augenkontakt mit dem General. Er nickte anerkennend. Da unsere Gastgeber zufriedengestellt waren, konnte nun ich eine Frage stellen. Vielleicht bin ich ein bisschen naiv, sagte ich, aber wir dachten, wir wären in einen Country Club eingeladen.

Unsere Gastgeber brachen in brüllendes Gelächter aus, als hätte ich einen ganz ausgezeichneten Witz erzählt. Sogar Dr. Hedd schien eingeweiht zu sein, denn er schaute kichernd in seinen Manhattan. Der General und ich warteten grinsend auf die Erklärung. Der Abgeordnete schaute zu dem Oberkellner, der nickte, und sagte dann: Meine Herren, wir können Sie genauso gut auch jetzt gleich in den Country Club einführen. Vergessen Sie Ihre Cocktails nicht. Als Gefolge des Oberkellners verließen wir mit den Gläsern in der Hand im Gänsemarsch das Speisezimmer. Am Ende des Gangs befand sich eine Tür. Der Oberkellner öffnete sie und sagte: Die Herren sind da. Jetzt blickte ich in einen Raum, wie ich ihn erwartet hatte. Holzgetäfelte Wände, an denen der Kopf eines Hirschbocks hing, dessen Geweih über ausreichend Sprossen verfügte, um alle unsere Jacketts aufzunehmen. In der Luft hing Rauch, das Licht war gedämpft, was den wohlgestalteten jungen Damen schmeichelte, die in hautengen Kleidern auf die Ledersofas drapiert waren.

Meine Herren, sagte der Abgeordnete, willkommen im Country Club.

Ich verstehe nicht, flüsterte der General.

Das erkläre ich Ihnen später, General, murmelte ich, trank meinen Cocktail aus und gab das Glas dem Oberkellner. Der

Abgeordnete machte zwei jungen Damen ein Zeichen. General, Hauptmann, darf ich vorstellen. Unsere Freundinnen standen auf. Auf ihren High Heels waren sie fünf bis zehn Zentimeter größer als der General und ich. Meine war eine gewaltig aufgetakelte Blondine, deren lackierte weiße Zähne nicht ganz so hart glänzten wie ihre nordisch blauen Augen. In einer Hand hielt sie eine Schale mit perlendem Champagner, in der anderen eine lange Zigarettenspitze mit einer halb gerauchten Zigarette. Sie war eine Professionelle, die meinesgleichen schon tausendmal gesehen hatte, worüber ich mich aber kaum beklagen konnte, hatte ich doch ihresgleichen auch schon ziemlich oft gesehen. Obwohl ich Mund und Wangen zum Faksimile eines Lächelns verzog, als der Abgeordnete uns vorstellte, stellte sich nicht die übliche Begeisterung ein. Vielleicht lag es an der Art, wie sie auf den Teppich aschte. Anstatt von ihrer strahlenden Schönheit magnetisch angezogen zu sein, war ich auf den Streifen unter ihrem Kinn fixiert, einen Saum, der die schmucklose Haut ihres Halses von der weißen Grundierung trennte, die ihr Gesicht überzog. Wie war noch mal Ihr Name?, fragte sie und lachte ohne guten Grund. Ich beugte mich vor, um ihr meinen Namen zu sagen, und stürzte dabei fast in den Schacht ihres Ausschnitts, ein plötzlicher Schwindelanfall, der betäubenden Wirkung ihres schweren Parfüms geschuldet.

Ich mag Ihren Akzent, sagte ich und zog den Kopf zurück. Sie kommen sicher irgendwo aus dem Süden.

Georgia, Schätzchen, sagte sie und lachte wieder. Für einen Orientalen ist Ihr Englisch wirklich gut.

Ich lachte, sie lachte, ich schaute zum General und seiner rothaarigen Gefährtin, und auch sie lachten. Jeder im Raum lachte, und als die Kellner noch mehr Champagner brachten, war klar, dass wir alle einen ganz ausgezeichneten Abend verbringen würden. Einschließlich Dr. Hedd, der seiner vollbusigen Gefährtin und mir ein Glas reichte und sagte: Ich hoffe, Sie haben nichts dagegen, junger Mann, wenn ich Ihre denkwürdige Aussage in meinem nächsten Buch verwende. Unsere Gefährtinnen schauten mich gleichgültig an und erwarteten meine Antwort. Nichts würde mich glücklicher machen, sagte ich, obwohl ich aus in dieser Gesellschaft unaussprechlichen Gründen ziemlich unglücklich war.

SECHZEHNTES KAPITEL

Als wir kurz nach Mitternacht vor seinem dunklen Haus anhielten, hatte der General eine Überraschung für mich. Ich habe über Ihren Wunsch nachgedacht, in unsere Heimat zurückzukehren, sagte er. Er saß auf dem Rücksitz, im Rückspiegel konnte ich seine Augen sehen. Ich brauche Sie hier, aber ich respektiere Ihren Mut. Allerdings haben Sie noch keine Kampferfahrung, anders als Bon und die anderen. Er bezeichnete den grauhaarigen Hauptmann und den abgestumpften Leutnant als Kriegshelden, Männer, denen er auf dem Schlachtfeld sein Leben anvertrauen würde. Aber Sie müssen Ihr Können unter Beweis stellen. Sie müssen tun, was zu tun ist. Können Sie das? Natürlich, General. Ich zögerte und stellte dann die naheliegende Frage: Was ist zu tun? Das wissen Sie, sagte der General. Meine Hände lagen in der Zehn-vor-zwei-Position auf dem Lenkrad. Ich hoffte, ich läge falsch. Ich will nur sichergehen, dass ich das Richtige tue, General, sagte ich und schaute ihn im Rückspiegel an. Was genau ist zu tun?

Es raschelte, der General kramte in seinen Taschen. Ich holte mein Feuerzeug heraus. Danke, Hauptmann. Für einen kurzen Augenblick erleuchtete die Flamme das Palimpsest seines Gesichts. Dann erlosch das Chiaroscuro-Bild wieder, und sein Gesichtsausdruck war nicht länger lesbar. Ich habe Ihnen nie davon erzählt, wie ich für zwei Jahre in einem kommunistischen

Gefangenenlager gelandet bin, oder? Drastische Einzelheiten sind nicht nötig. Es reicht, wenn ich Ihnen sage, dass der Feind unsere Männer in Dien Bien Phu eingekesselt hatte. Nicht nur Franzosen, Marokkaner, Algerier und Deutsche, auch unsere Leute, Tausende. Ich habe mich freiwillig gemeldet, über Dien Bien Phu abzuspringen, obwohl ich wusste, dass damit auch mein Schicksal besiegelt war. Aber ich konnte nicht tatenlos dabei zusehen, wie meine Kameraden krepierten. Als Bien Dien Phu fiel, ging ich wie alle anderen in Gefangenschaft. Obwohl ich zwei Jahre meines Lebens verlor, habe ich den Sprung nie bereut. Ich sprang und überlebte das Lager und wurde so zu dem Mann, der ich heute bin. Niemand hatte von mir verlangt, mich freiwillig zu melden. Niemand hatte mir gesagt, was zu tun war. Niemand hatte die Konsequenzen diskutiert. All das verstand sich von selbst. Verstehen Sie, Hauptmann?

Ja, General, sagte ich.

Sehr gut. Wenn also getan ist, was zu tun ist, dann können Sie in unsere Heimat zurückkehren. Sie sind ein sehr intelligenter junger Mann, Hauptmann. Die Einzelheiten überlasse ich ganz Ihnen. Sie brauchen keine Ratschläge von mir. Ich kümmere mich um Ihr Flugticket. Sobald man mir Vollzug meldet, werden Sie es bekommen. Der General hatte die Wagentür halb geöffnet, als er innehielt. Country Club, he? Er kicherte. Muss ich mir merken. Ich schaute ihm hinterher, als er den Weg zu seinem dunklen Haus hinaufging. Madame lag wahrscheinlich im Bett, las und wartete auf seine Rückkehr, wie sie auch in der Villa oft auf ihn gewartet hatte. Sie wusste, dass ein General auch nach Mitternacht seinen Pflichten nachzukommen hatte, aber war ihr bewusst, was diese alles beinhalteten? Dass es auch bei uns Country Clubs gab? Manchmal stand ich noch in Socken im Flur, nachdem ich ihn in die Villa gefahren hatte, und lauschte, ob irgendwelche Anzeichen von Unmut aus ihrem Zimmer drangen. Ich hörte nie welche, aber sie war viel zu klug, um nicht Bescheid zu wissen.

Was mich anbelangt, wusste ich Folgendes: Meine Pariser Tante hatte geantwortet, und die unsichtbaren Worte, die auf dem Papier nach und nach Gestalt annahmen, enthielten eine lapidare Botschaft. *Komm nicht zurück,* schrieb Man. *Wir brauchen dich in Amerika, nicht hier. Das ist ein Befehl.* Wie alle Briefe zuvor verbrannte ich auch diesen im Mülleimer, was bis zu diesem Augenblick nichts weiter gewesen war als eine Methode, Beweise zu beseitigen. Aber jetzt, muss ich gestehen, vernichtete ich den Brief nicht einfach, ich schickte ihn gleichsam in die Hölle oder verbrannte ihn als Opfergabe, nicht an Gott, sondern eine Gottheit, die Bon und mich beschützen konnte. Natürlich erzählte ich Bon nichts von dem Brief, aber ich erzählte ihm vom Angebot des Generals und fragte ihn um Rat. Er war wie üblich schonungslos. Du bist ein Idiot, sagte er. Aber ich kann dich nicht hindern. Was Sonny angeht, brauchst du kein schlechtes Gewissen zu haben. Der Bursche ist ein Großmaul. Das war die einzige Art von Trost, die er geben konnte, in einem Billardsalon, wo er mir mehrere Runden Drinks und Pool spendierte. Die bruderschaftliche Atmosphäre eines Billardsalons tat meiner Seele gut. Der Raum mit dem von einem einzelnen Lichtkegel beleuchteten, mit grünem Filz bezogenen Tisch war wie ein Gewächshaus, in dem maskuline Gefühle gediehen wie stachelige Pflanzen, zu empfindlich für Sonnenlicht und frische Luft. Nach dem Café, aber noch vor dem Nachtklub oder dem Zuhause war der Billardsalon der Ort, wo es am wahrscheinlichsten war, den südvietnamesischen Mann anzutreffen. Beim Billard entdeckte er, dass seine Zielsicherheit – wie beim Liebesakt – proportional zum Anstieg seines Alkoholpegels abnahm. Und so dauerten unsere Spiele, je weiter der Abend fortschritt, länger und länger. Zu Bons Ehrenrettung muss ich sagen, dass er mir das Angebot schon während des ersten Spiels gemacht hatte, also lange bevor die Nacht sich auflöste und wir bei Einbruch der Dämmerung benommen auf die einsame Straße hinaustraten, wo ein mehlbestäubter Bäcker, der sich hinter der Fensterscheibe seines Donut-Ladens abrackerte, das einzige Anzeichen von Leben war. Ich mach's, hatte Bon gesagt, während er mir dabei zuschaute, wie ich die Kugeln aufstellte. Ich erledige das für dich. Sag du dem General, dass du es warst.

Sein Angebot überraschte mich nicht im Geringsten. Aber schon als ich mich bedankte, wusste ich, dass ich das Angebot nicht annehmen konnte. Ich drang in eine Wildnis vor, die viele andere vor mir erforscht und dabei die Schwelle überschritten hatten, die jene, die getötet hatten, von jenen trennte, die nicht getötet hatten. Der General hatte recht: Es durfte einem Mann nur erlaubt werden, nach Hause zurückzukehren, wenn er diesen Ritus vollzogen hatte. Dazu wäre ein Sakrament vonnöten gewesen, aber für diesen Fall existierte keins. Warum nicht? Wen hielten wir zum Narren mit dem Glauben, dass Gott, wenn er denn existierte, wollte, dass wir das Töten als Sakrileg anerkannten? Und damit zurück zu einer weiteren wichtigen Frage aus dem Katechismus meines Vaters:

> FRAGE: Was ist der Mensch?
> ANTWORT: Der Mensch ist ein Wesen, das aus Körper und Seele besteht und als Gottes Abbild, als ihm ähnlich erschaffen wurde.
> FRAGE: Liegt diese Ähnlichkeit im Körper oder in der Seele?
> ANTWORT: Die Ähnlichkeit liegt hauptsächlich in der Seele.

Ich brauche nicht in den Spiegel oder in die Gesichter meiner Mitmenschen zu schauen, um die Ähnlichkeit mit Gott zu sehen. Ich brauche nur in sie oder in mich hineinzuschauen, um zu erkennen, dass wir nicht fähig wären zu töten, wenn Gott selbst nicht auch dazu fähig wäre.

Aber natürlich geht es nicht nur um das Töten, sondern um seine Unterart, den Mord. Bon zuckte angesichts meiner Bedenken nur mit den Schultern, legte das Queue zwischen die gespreizten Finger und beugte sich über den Tisch. Du willst doch immer dazulernen, sagte er. Nun, es gibt nichts, was einen höheren Erkenntnisgewinn verspricht als das Töten eines Menschen. Er spielte die weiße Kugel mit Effet, sodass sie, nachdem sie ihr Ziel getroffen hatte, langsam wieder zurückrollte und für den nächsten Stoß bereitlag. Was ist mit Liebe und Schöpfung?, sagte ich. Heiraten, Kinder haben? Gerade du solltest doch an diese Art von Erkenntnisgewinn glauben. Er lehnte sich mit der Hüfte an den Pooltisch, umfasste mit beiden Händen das Queue und legte es an die Schulter. Du stellst mich auf die Probe, oder? Okay. Über die Liebe und die Schöpfung wird viel geredet. Aber wenn Typen wie ich losziehen und töten, sind alle froh, dass wir es tun und keiner drüber reden muss. Wäre hilfreich, wenn jeden Sonntag, bevor der Priester seine Predigt hält, ein Krieger aufsteht und den Leuten erzählt, wen er zu ihrem Wohle getötet hat. Zuhören ist das Mindeste, was sie tun können. Er zuckte mit den Achseln. Das ist noch nie passiert. Also, hier noch ein praktischer Rat für dich. Die Menschen stellen sich gern tot. Weißt du, woran man erkennt, ob einer wirklich tot ist? Man drückt mit dem Finger gegen den Augapfel. Wenn der Bursche sich bewegt, lebt er noch. Wenn nicht, ist er tot.

Ich sah mich Sonny erschießen. Das kannte ich gut genug aus Filmen. Aber ich sah nicht, wie sein glitschiges Auge unter meinem Finger herumrutschte. Warum nicht einfach zweimal schießen?, fragte ich. Weil das Krach macht, du Schlaumeier. Das macht peng. Und wer hat was davon gesagt, dass man überhaupt schießen muss? Manchmal haben wir den VC auch anders umgebracht. Wenn du dich damit besser fühlst, das ist dann nicht Mord. Ist noch nicht mal Töten. Nennt man Attentat. Wenn du es nicht sowieso schon getan hast, frag deinen Kumpel Claude. Der ist bei uns vorbeigekommen und hat gesagt: Hier, die Einkaufsliste. Zieht los und erledigt das. Dann sind wir nachts mit der Einkaufsliste in die Dörfer. VC-Terrorist. VC-Sympathisant, VC-Kollaborateur, möglicherweise VC, wahrscheinlich VC, die hat einen VC im Bauch. Der hält sich für einen VC. Den halten alle anderen für einen VC. Von dem ist der Vater oder die Mutter ein VC, deshalb ist der bald auch einer. Wir hatten nicht mehr genug Zeit, sie alle zu erwischen. Wir hätten sie alle ausrotten sollen, als wir noch die Chance dazu hatten. Mach nicht den gleichen Fehler. Erledige den VC, bevor er zu groß wird, bevor er andere zu VCs macht. Nur darum geht es. Nichts, was einem leidtun muss. Nichts, weshalb man flennen muss.

Wenn das alles so einfach wäre. Das Problem mit dem Töten aller Vietcong war, dass man nie damit fertig wurde, dass sie in den Mauern unseres Geistes herumwuselten, dass sie unter den Dielen unserer Seelen keuchten, dass sie sich außerhalb unseres Blickfelds orgiastisch vermehrten. Abgesehen davon war Sonny gar kein VC, denn ein Untergrundkämpfer würde schon per Definition den Mund nicht so weit aufreißen. Aber vielleicht lag ich falsch. Ein Agent Provocateur war ein Untergrundkämpfer, dessen Aufgabe darin bestand, sich den Mund fusselig zu reden, um andere im Schleudergang zu radikalisieren. Dann wäre der Agent Provocateur hier allerdings kein Kommunist, der Antikommunisten dazu aufstachelt, sich zu organisieren, um sich gegen ihn zu wenden. Er wäre ein von ideologischem Eifer und ranziger Verbitterung benebelter Antikommunist, der Gleichgesinnte dazu ermunterte, übers Ziel hinauszuschießen. Nach dieser Definition war der wahrscheinlichste Agent Provocateur der General. Oder Madame. Warum nicht? Man hatte mir versichert, wir hätten Leute in den höchsten Ebenen. Du wirst überrascht sein, wer nach der Befreiung die Orden bekommt, hatte er gesagt. Wäre ich jetzt auch noch überrascht? Das wäre ein Witz auf meine Kosten, wenn der General und Madame auch Sympathisanten wären. Ein Witz, über den wir alle lachen konnten, wenn man uns als Helden des Volkes feierte.

Bons Ratschlag behielt ich für mich und wandte mich um Zuspruch an den einzigen Menschen, mit dem ich reden konnte, an Lana. Ich besuchte sie eine Woche später mit einer Flasche Wein in ihrer Wohnung. In ihrem UC-Berkeley-Sweatshirt, den verwaschenen Jeans und fast ohne Make-up sah sie aus wie eine Collegestudentin. Sie kochte auch wie eine, aber egal. Wir aßen im Wohnzimmer und schauten uns dabei *Die Jeffersons* an, eine Sitcom über die illegitimen schwarzen Nachfahren von Thomas Jefferson, Amerikas drittem Präsidenten und Verfasser der Unabhängigkeitserklärung. Danach tranken wir noch eine Flasche Wein, der die schweren Klumpen Stärke in unseren Mägen aufweichte. Ich deutete auf die beleuchteten architektonischen Meisterwerke, die man durchs Fenster auf einem Hügel in der Ferne sehen konnte, und erzählte Lana, dass eins davon dem Auteur gehöre und dass sein Opus bald in die Kinos komme. Von meinem Missgeschick auf den Philippinen hatte ich ihr erzählt und auch von meinem wenn auch paranoiden Verdacht, der Auteur habe versucht, mich umzubringen. Ich gebe zu, sagte ich, dass ich ein- oder zweimal darüber fantasiert habe, ihn umzubringen. Sie zuckte mit den Achseln und drückte ihre Zigarette aus. Wir fantasieren doch alle mal darüber, irgendwen umzubringen, sagte sie. Ein flüchtiger Gedanke wie: Also, den und den fahre ich jetzt einfach über den Haufen. Zumindest fantasieren wir darüber, was wäre, wenn der oder der tot wäre. Meine Mutter zum Beispiel. Nicht wirklich natürlich, einfach nur, was wäre, wenn … Stimmt doch, oder? Ich bin doch nicht verrückt, oder? Auf meinen Knien lag ihre Gitarre, und ich schlug einen dramatischen spanischen Akkord an. Da wir schon beim Beichten sind, sagte ich, ich habe daran gedacht, meinen Vater umzubringen. Nicht wirklich natürlich, einfach nur, was wäre wenn … Habe ich dir eigentlich erzählt, dass er Priester war? Ihre Augen weiteten sich. Ein Priester? Mein Gott!

Ihre aufrichtige Betroffenheit nahm mich für sie ein. Unter dem Nachtklub-Make-up und künstlichen Divenglamour war sie immer noch unschuldig, so unbefleckt, dass ich nichts weiter wollte, als das zarte, cremige Fruchtfleisch meines ekstatischen Ichs an ihrer weichen, weißen Haut zu reiben. Mit ihr wollte ich die älteste Dialektik überhaupt nachmachen, die These und Antithese von Adam und Eva, die zur Synthese von uns allen geführt hatte, der Menschheit, entstanden aus einem verrotteten Apfel, der so weit entfernt von Gottes Stamm gefallen war. Nicht, dass wir auch nur annähernd so rein waren wie unsere ersten Eltern. Wenn Adam und Eva die Erkenntnis Gottes entwürdigt hatten, so hatten wir wiederum Adam und Eva entwürdigt, denn was ich wirklich wollte, war die schwüle Dialektik des Dschungels im Sinne von »Ich Tarzan, du Jane«. War eine solche Paarung besser als die zwischen einem vietnamesischen Mädchen und einem französischen Priester? Meine Mutter habe mir immer erzählt, dass nichts falsch daran sei, ein Kind der Liebe eines solchen Paares zu sein, erzählte ich Lana. Immerhin, sagte Mama, ist unser Volk der Liebe zwischen einem Drachen und einer Fee entsprungen. Was könnte merkwürdiger sein? Aber die Menschen haben trotzdem auf mich herabgeschaut, und dafür habe ich meinem Vater die Schuld gegeben. Als Kind habe ich mir vorgestellt, dass er eines Tages vor seine Gemeinde treten und sagen würde: Das ist mein Sohn, ihr sollt ihn kennenlernen. Er möge vortreten, damit ihr ihn alle anerkennt und ihn so liebt, wie ich ihn liebe. Oder so etwas in der Art. Ich wäre schon glücklich gewesen, wenn er uns nur besucht und mit uns gegessen und mich insgeheim Sohn genannt hätte. Aber das hat er nie getan, also habe ich über einen Blitzschlag fantasiert, einen wild gewordenen Elefanten, eine tödliche Krankheit, einen Engel, der hinter ihm auf die Kanzel herabschwebt und ihn mit einem Trompetenstoß zu seinem Schöpfer zurückruft.

Das ist was anderes, du hast nicht darüber fantasiert, ihn zu töten.

Doch, habe ich, mit einer Pistole.

Hast du ihm verziehen?

Manchmal meine ich, dass ich ihm verziehen habe. Manchmal nicht, besonders wenn ich an meine Mutter denke. Schätze, das bedeutet, dass ich ihm nicht wirklich verziehen habe.

Lana beugte sich vor und legte ihre Hand auf mein Knie. Vielleicht wird Verzeihen überschätzt, sagte sie. Ihr Gesicht war mir jetzt näher als jemals zuvor, ich brauchte mich nur vorzubeugen. Und dann vollzog ich die perverseste Handlung in meinem ganzen Leben. Ich lehnte ab, genauer, ich lehnte mich zurück, stellte wieder Abstand her zwischen mir und diesem wunderschönen Gesicht, dieser verführerischen Spalte zwischen ihren leicht geöffneten Lippen. Ich sollte jetzt gehen, sagte ich.

Du solltest jetzt gehen? An ihrem Gesicht konnte ich ablesen, dass sie diese Worte von einem Mann noch nie zuvor gehört hatte. Sie hätte mich nicht erstaunter anschauen können, wenn ich sie gebeten hätte, so abscheuliche Dinge zu tun, wie sie in Sodom geschehen waren. Bevor ich meine Meinung ändern konnte, gab ich ihr die Gitarre und stand auf. Ich muss noch etwas erledigen. Bevor ich tun kann, was hier zu tun ist. Nun war es an ihr, sich zurückzulehnen, mich belustigt anzuschauen und einen dramatischen Akkord anzuschlagen. Klingt sehr ernst, sagte sie. Aber weißt du, was? Ich mag ernste Männer.

Wenn sie wüsste, wie ernst ich sein konnte. Während der einstündigen Fahrt von ihrer Wohnung zu der von Sonny hielt ich das Lenkrad in der Zehn-vor-zwei-Position, ich atmete tief und gleichmäßig, um mein Bedauern darüber, Lana zurückgelassen zu haben, und die Nervosität wegen des Treffens mit Sonny zu unterdrücken. Bewusst atmen war eine Übung, die Claude mir beigebracht und die er selbst von unseren buddhistischen Mönchen gelernt hatte. Es ging vor allem darum, sich auf den Atem zu konzentrieren. Wenn man langsam ein- und ausatmete, verflüchtigte sich das weiße Rauschen des Lebens nach und nach, und der Geist wurde frei und friedlich, sodass er eins werden konnte mit dem Objekt, das er betrachtete. Wenn Subjekt und Objekt im Einklang sind, so Claude, dann zittert man nicht beim Abdrücken. Als ich meinen Wagen um die Ecke von Sonnys Wohnung abstellte, war mein Geist so frei wie eine über einen Strand gleitende Möwe, die nicht von ihrem Willen oder ihren Bewegungen getragen wurde, sondern von der Brise. Ich zog mein blaues Polohemd aus und streifte ein weißes T-Shirt über. Ich zog meine Schuhe und meine Kakihose aus und schlüpfte in Bluejeans und beige Segeltuchschuhe. Als Letztes zog ich eine wendbare Windjacke mit der karierten Seite nach außen an und setzte einen Fedorahut auf. Als ich ausstieg, nahm ich eine Stofftasche mit, die ich als Geschenk für mein *Time-Magazine*-Abo bekommen hatte. Darin befanden sich ein kleiner Rucksack, die gewechselten Kleidungsstücke, eine Baseballkappe, eine blonde Perücke, eine getönte Brille und eine schwarze Walther P22 mit Schalldämpfer. Der General hatte Bon einen Umschlag mit Bargeld gegeben, und damit hatte Bon die Pistole und den Schalldämpfer bei der gleichen Chinesengang gekauft, die ihm schon die 38er besorgt hatte. Dann probte er mit mir den Ablauf so lange, bis ich ihn internalisiert hatte.

Der Gehweg vom Wagen bis zur Wohnung lag verlassen vor mir. Zu Fuß gehen war keine amerikanische Angewohnheit, wie ich bei mehrmaliger Auskundschaftung der Gegend bestätigt gefunden hatte. Es war kurz nach neun, als ich vor dem Eingang des Apartmentgebäudes auf die Uhr schaute. Der graue zweistöckige Bau war eine Fabrik, die müde Repliken des amerikanischen Traums produzierte. Alle Bewohner hielten ihre Leben für die Erfüllung dieses Traums, dabei war es nur die schlechte Kopie eines verlorenen Originals. *Allô?*, sagte er. Ich nannte meinen Namen, es folgte eine kurze Pause, dann summte der Türöffner. Anstatt des Lifts nahm ich die Treppe, um niemandem über den Weg zu laufen. Im ersten Stock schaute ich in den Gang, um sicherzugehen, dass er leer war. Er öffnete die Tür in der Sekunde nach meinem Klopfen.

Das Apartment duftete nach Heimat, nach gebratenem Fisch, gedämpftem weißen Reis und Zigarettenrauch. Ich weiß, warum du gekommen bist, sagte er, als ich mich auf die Couch setzte. Ich hielt die Stofftasche mit beiden Händen fest. Nämlich?, fragte ich. Sofia, sagte er so ernst, wie auch ich es hätte sagen können, obwohl seine Füße in flauschigen rosa Pantoffeln steckten. Er trug eine Jogginghose und eine graue Strickjacke. Hinter ihm auf dem Esstisch stand eine Schreibmaschine, aus der ein Blatt ragte. Links und rechts türmten sich Papierberge. Über dem Esstisch hing zwischen Lampe und Aschenbecher eine sich auflösende Wolke Qualm, die Abgase von Sonnys rühriggem Gehirn. An der Wand über dem Tisch hing die gleiche auf Saigoner Zeit gestellte Uhr wie im Restaurant vom General und von Madame.

Wir hätten uns schon lange mal über Sofia unterhalten sollen, sagte er. Unser letztes Gespräch war unangenehm. Ich entschuldige mich dafür. Anständiger wäre gewesen, dir einen Brief auf die Philippinen zu schicken. Seine überraschende und anscheinend aufrichtige Sorge um mein Wohlergehen erwischte mich auf dem falschen Fuß. Es war meine Schuld, sagte ich. Ich habe ihr ja auch nicht geschrieben. Wir schauten uns kurz an, dann lächelte er und sagte: Ich bin ein schlechter Gastgeber. Ich habe dir nicht mal was zu trinken angeboten. Na, wie wär's? Ich lehnte ab, trotzdem stand er auf und ging in die Küche, genau wie Bon es vorhergesagt hatte. Ich steckte die Hand in die Stofftasche und berührte die Walther P22, brachte aber nicht den Willen auf, ihm entsprechend Bons Empfehlung in die Küche zu folgen und hinter sein Ohr eine Kugel zu platzieren. Das ist die gnädige Methode, hatte er gesagt. Richtig, nur dass mich der Klumpen Stärke in meinem Magen in die Couch drückte, die mit ihrem kratzigen, schmutzabweisenden Bezug für Schäferstündchen im Motel gedacht war. Auf dem Industrieteppichboden stapelten sich Büchertürme wie Sandsäcke an den Wänden hoch, und auf dem uralten Fernseher gab ein silbernes Radio flüsternde Geräusche von sich. Über dem Sessel illustrierte ein fleckiges, amateurhaftes Gemälde im Stile eines dementen Monet das interessante Prinzip, dass nicht unbedingt Schönheit nötig ist, um eine Umgebung attraktiver zu machen. Ein sehr hässliches Objekt kann einen hässlichen Raum vergleichsweise weniger hässlich erscheinen lassen. Eine andere kostengünstige Methode, die Welt einen Hauch liebenswerter zu gestalten, bestand nicht darin, sie zu verändern, sondern seinen Blick darauf zu verändern. Zum Beispiel mithilfe der noch zu einem Drittel vollen Flasche Bourbon, mit der Sonny aus der Küche zurückkam.

Schon gehört?, sagte er und nickte zum Radio hin. Wir umfassten liebevoll die Bourbongläser in unserem Schoß. Nach all den kambodschanischen Angriffen auf unsere Grenzstädte haben wir jetzt gerade Kambodscha überfallen. Man sollte meinen, wir hätten genug vom Krieg, statt gleich wieder einen anzufangen. Ich dachte, dass die Grenzkämpfe mit den Roten Khmer ein unglaublicher Glücksfall für den General seien, ein Ereignis, das alle Aufmerksamkeit auf sich ziehen und von unserer Grenze mit Laos ablenken würde. Das Problem mit dem Siegen ist, sagte ich, dass alle so berauscht davon sind, dass sie gleich wieder kämpfen wollen. Er nickte und nippte an seinem Bourbon. Das Gute am Verlieren ist, dass man erst mal keinen Krieg mehr will, zumindest eine Zeit lang. Für deinen General trifft das allerdings nicht zu. Ich wollte Einspruch erheben, aber er hob die Hand und sagte: Entschuldigung. Ich rede schon wieder über Politik. Ich schwöre, heute Abend kein Wort mehr über Politik, Bruder. Du weißt, wie schwer das für jemanden ist, der glaubt, alles ist politisch.

Sogar Bourbon?, sagte ich. Er grinste. Also gut, Bourbon ist vielleicht nicht politisch. Ich weiß nicht, worüber ich reden soll, wenn nicht über Politik. Das ist meine Schwäche. Die meisten Leute halten das nicht aus. Sofia schon. Ich kann mit ihr reden wie mit niemandem sonst. Das ist Liebe.

Dann bist du also in sie verliebt?

Du warst nicht in sie verliebt, oder? Hat sie gesagt.

Wenn sie das sagt, dann stimmt es wohl.

Ich verstehe. Es tut weh, jemanden zu verlieren, auch wenn man ihn nicht geliebt hat. Das ist die menschliche Natur. Du willst sie zurück. Du willst sie nicht an jemanden wie mich verlieren. Aber bitte verstehe auch meinen Standpunkt. Das war nicht geplant. Wir sind auf der Hochzeit ins Reden gekommen und konnten einfach nicht mehr damit aufhören. Liebe ist, wenn man mit jemandem reden kann, ohne dass es Mühe macht, ohne dass man sich verstecken muss, und doch fühlt man sich auch vollkommen wohl dabei, wenn man gar nichts sagt. Wenigstens würde ich Liebe so definieren. Ich war vorher noch nie verliebt. Deshalb spüre ich dieses seltsame Bedürfnis, die richtige Metapher zu finden, die beschreibt, was Liebe ist. Als wenn ich die Windmühle wäre und sie der Wind. Bescheuert, oder?

Nein, überhaupt nicht, brummelte ich und erkannte, dass wir ein Thema angeschnitten hatten, das problematischer war als Politik. Ich schaute in mein fast leeres Glas, und durch den letzten Hauch Bourbon auf dem Grund des Glases sah ich die rote Narbe. Es ist nicht ihre Schuld, sagte er. Bei der Hochzeit habe ich ihr meine Nummer gegeben und sie um ihre gebeten. Ich habe gesagt, wäre doch fantastisch, mal einen Artikel darüber zu schreiben, wie eine Japanerin uns Vietnamesen sieht. Japanische Amerikanerin, hat sie mich korrigiert. Nicht Japanerin. Und vietnamesischer Amerikaner, nicht Vietnamese. Du musst Anspruch erheben auf Amerika, hat sie gesagt. Freiwillig gibt sich Amerika nicht her. Wenn du nicht Anspruch erhebst auf Amerika, wenn Amerika nicht in deinem Herzen ist, dann sperrt Amerika dich in ein Konzentrationslager oder ein Reservat oder auf eine Plantage. Wenn du nicht Anspruch erhebst auf Amerika, wo willst du dann hin? Wir können überall hin, sagte ich. Du denkst so, weil du nicht hier geboren bist, sagte sie. Ich bin hier geboren, ich kann nirgendwo anders hin. Wenn ich Kinder hätte, die könnten auch nirgendwo anders hin. Sie wären Staatsbürger. Das wäre ihr Land. Und in diesem Augenblick, bei diesen Worten, überkam mich ein Wunsch, den ich vorher nie gehabt hatte. Ich wollte ein Kind mit ihr haben! Ich, der ich nie hatte heiraten wollen! Der sich nie hatte vorstellen können, Vater zu sein!

Kann ich noch einen Schluck haben?

Natürlich. Er schenkte mir nach. Du dämlicher Bastard, hörte ich Bons Stimme in meinem Kopf. Du machst alles nur schlimmer. Bring es hinter dich. Aber inzwischen sehe ich ein, so Sonny weiter, dass Kinder und Vaterschaft wohl mehr Traum als Möglichkeit sind. Sofia ist zu alt für Kinder. Bleibt noch Adoption. Ich glaube, es wird Zeit, auch mal an jemand anderen zu denken als nur an mich. Vorher wollte ich nur die Welt verändern. Das will ich immer noch, aber ironischerweise wollte ich mich selbst nie verändern. Aber da fangen Revolutionen an! Und nur so können sich Revolutionen fortsetzen, wenn wir weiter in uns hineinschauen, um uns so sehen zu können, wie andere es vielleicht tun. Und genau das ist passiert, als ich Sofia getroffen habe. Ich habe mich selbst mit ihren Augen gesehen.

Dann verstummte er. Meine Entschlusskraft war so geschwächt, dass ich nicht einmal meinen rechten Arm heben konnte, um nach der Pistole in der Tasche zu greifen. Hör zu, sagte ich. Ich muss dir etwas gestehen.

Du liebst Sofia also doch. Er sah aufrichtig traurig aus. Tut mir leid.

Ich bin nicht wegen Miss Mori hier. Können wir stattdessen nicht einfach über Politik reden?

Wie du willst.

Ich habe dich mal gefragt, ob du Kommunist bist. Du hast gesagt, wenn ja, dann würdest du es mir nicht sagen. Aber was, wenn ich dir erzählte, dass ich Kommunist bin? Er lächelte und schüttelte den Kopf. Ich glaube nicht an Hypothesen, sagte er. Was ist der Sinn so eines Spiels von wer oder was du vielleicht bist? Das ist kein Spiel, sagte ich. Ich bin Kommunist. Ich bin dein Verbündeter. Ich arbeite seit Jahren als Agent für die Opposition und die Revolution. Was hältst du davon?

Was ich davon halte? Er zögerte ungläubig. Dann lief sein Gesicht vor Zorn feuerrot an. Ich glaube dir kein Wort, das halte ich davon. Ich glaube, du bist hergekommen, um mich übers Ohr zu hauen. Du willst, dass ich mich auch als Kommunist bekenne, damit du mich umbringen oder bloßstellen kannst, richtig?

Ich versuche dir zu helfen, sagte ich.

Wie genau willst du mir helfen?

Darauf hatte ich keine Antwort. Ich gestehe, ich weiß nicht, was mich dazu veranlasste, ein Geständnis vor ihm abzulegen. Oder genauer, ich habe es damals nicht gewusst, jetzt weiß ich es vielleicht schon. Ich hatte so lange eine Maske getragen, und jetzt hatte ich die Gelegenheit, sie ohne Risiko abzunehmen. Ich war instinktiv in diese Beichte hineingestolpert, aus einem Gefühl heraus, das sicherlich nicht nur ich kenne. Ich kann nicht der Einzige sein, der glaubt, wenn andere mein wahres Ich zu Gesicht bekämen, würden sie mich verstehen und vielleicht sogar lieben. Aber was, wenn eine solche Demaskierung nicht Liebe, sondern Entsetzen, Ekel und Wut in dem anderen auslöste? Was, wenn das Ich, das man enthüllt, dem anderen so wenig gefällt wie die Maske? Oder noch weniger?

Steckt der General dahinter?, fragte er. Ich sehe euch beide direkt vor mir, wie ihr das ausheckt. Wäre ich aus dem Weg, dann wäre das zweifellos günstig für ihn wie für dich.

Hör mir zu …

Sofia gehört zu mir, deshalb bist du eifersüchtig, auch wenn du sie gar nicht mehr liebst. Ich wusste, dass du wütend sein würdest, aber ich hätte nicht gedacht, dass du so tief sinken und mir so eine Falle stellen würdest. Für wie dumm hältst du mich? Hast du geglaubt, du wärst für Sofia plötzlich wieder attraktiv, wenn du dich als Kommunist präsentierst? Glaubst du nicht, sie würde deine Verzweiflung nicht riechen und dich auslachen? Mein Gott, ich möchte mir gar nicht ausmalen, was sie sagt, wenn ich ihr das erzähle …

Man möchte nicht glauben, dass es möglich ist, aus zwei Metern Entfernung sein Ziel zu verfehlen, aber das kann passieren, besonders nach zu viel Wein und ein oder zwei Glas Bourbon, dessen torfiges Aroma so bitter schmeckt wie die Vergangenheit. Die Kugel bohrte ein Loch ins Radio, das leiser wurde, aber nicht verstummte. Sonny schaute fassungslos auf meine Hand und die Pistole, die der Schalldämpfer um knapp zehn Zentimeter verlängerte. Ich hatte aufgehört zu atmen, mein Herz hatte aufgehört zu schlagen. Die Pistole zuckte, und er schrie auf. Er hatte die Hand hochgerissen, in der jetzt ein Loch klaffte. Plötzlich war er hellwach. Er ahnte den nahen Tod, sprang auf, drehte sich zur Tür, lief los. Die dritte Kugel traf ihn zwischen Schulterblatt und Wirbelsäule. Er taumelte, fiel aber nicht. Ich sprang über den Couchtisch und erwischte ihn kurz vor der Tür. Jetzt war ich in der idealen Position. Jedenfalls hatte Bon das gesagt. Etwa einen halben Meter hinter der Zielperson, in seinem toten Winkel. Von wo aus man wirklich nicht mehr danebentreffen konnte. *Klick, klack* machte die Pistole, eine Kugel hinters Ohr, eine in den Schädel, und Sonny fiel mit dem Gesicht voraus so unelegant und mit voller Wucht auf den Boden, dass es ihm die Nase brach.

Ich stand über dem bäuchlings, mit einer Backe auf dem Boden liegenden Körper. Blut quoll dick aus den Löchern in seinem Kopf. Ich stand hinter ihm und konnte zwar nicht seine Augen, aber seinen verdrehten Arm sehen und die nach oben zeigende Hand mit dem blutigen Loch in der Mitte. Der Klumpen Stärke hatte sich aufgelöst, aber jetzt schwappten seine flüssigen Reste in meine Eingeweide, die drohten überzulaufen.

Ich atmete tief ein und atmete langsam aus. Ich dachte an Miss Mori, die höchstwahrscheinlich zu Hause war, mit der Katze im Schoß ein radikalfeministisches Traktat las und auf Sonnys Anruf wartete, den Anruf, der niemals kommen würde, den Anruf, der unsere Beziehung zu Gott definierte, weil wir ihn immer anriefen, wenn wir verlassen wurden. Sonny hatte jetzt die größte Grenze überschritten, sein Licht war für immer erloschen, zurück blieb nur sein kalter, dunkler Schatten. Auf dem Rücken seiner Strickjacke breitete sich ein tiefroter Fleck, um seinen Kopf ein Heiligenschein aus Blut aus. Brechreiz und Schüttelfrost befielen mich, und meine Mutter sagte: Du wirst es besser machen als sie alle, nicht wahr, mein Sohn?

Ich atmete tief ein und langsam aus. Einmal, zweimal und noch einmal, und beruhigte so das Schütteln zu einem Zittern. Denk dran, sagte Bon in meinem Kopf, du tust, was zu tun ist. Die Liste der anderen Dinge, die zu tun waren, fiel mir wieder ein. Ich zog die Windjacke und das T-Shirt aus und das blaue Polohemd wieder an. Jeans und Segeltuchschuhe wichen Kakihose und Slipper. Ich drehte die einfarbige weiße Seite der Windjacke nach außen, tauschte den Fedorahut gegen die Perücke, deren blonde Haare über meinen Nacken fielen, setzte die Baseballkappe und als Letztes die getönte Brille auf. Nachdem ich die Stofftasche und die Pistole im Rucksack verstaut hatte, war die Verwandlung abgeschlossen. Perücke, Kappe und Brille waren Bons Idee gewesen. Er hatte mich den Look vor dem mit Zahnpastaspritzern eines ganzen Jahres gesprenkelten Badezimmerspiegel ausprobieren lassen. Na?, sagte er. Jetzt bist du ein Weißer. Ich kam mir immer noch vor wie ich, nur in einer Verkleidung, die für einen Maskenball oder eine Halloweenparty viel zu normal aussah. Aber das war der Punkt. Wenn jemand nicht wusste, wie ich normalerweise aussah, sah ich nicht wie verkleidet aus.

Mit meinem Taschentuch wischte ich die Fingerabdrücke von meinem Glas und stand dann mit dem Taschentuch vor dem Türknopf, als ich glaubte, Sonny stöhnen zu hören. Ich schaute nach unten auf seinen zerschmetterten Hinterkopf, aber ich hörte nichts als das Pochen meines Blutes im Ohr. Du weißt, was du zu tun hast, sagte Bon. Ich kniete mich hin, senkte den Kopf, um in das frei liegende Auge von Sonny zu schauen. Als mir der flüssige Inhalt meines Abendessens wieder bis hinter die Kehle hochkam, hielt ich mir die Hand vor den Mund. Ich schluckte hart und schmeckte Fäulnis. Sonnys Auge war stumpf und leer. Er war sicher tot, aber wie Bon gesagt hatte, manchmal wussten die Toten nicht, dass sie schon tot waren. Also bewegte ich meinen Zeigefinger nach vorn, langsam, immer näher auf das Auge zu, das vollkommen regungslos war. Mein Finger verharrte ein paar Zentimeter vor dem Auge, dann ein paar Millimeter. Keine Bewegung. Dann berührte mein Finger das weiche, gummiartige Auge, dessen Struktur einem geschälten Wachtelei glich. Er blinzelte. Sein Körper erschauerte, nur ganz leicht, und ich zuckte zurück. Dann schoss ich ihm aus etwa dreißig Zentimetern eine Kugel in die Schläfe. Jetzt ist er tot, sagte Bon.

Ich atmete tief ein, atmete langsam aus und übergab mich fast. Es waren kaum mehr als drei Minuten seit dem ersten Schuss vergangen. Ich atmete tief ein, atmete langsam aus, und mein flüssiger Mageninhalt erreichte einen bedenklichen Pegel. Nachdem sich alles wieder beruhigt hatte, öffnete ich die Wohnungstür und ging, wie von Bon empfohlen, mit präsidialer Selbstgewissheit hinaus. Atme, sagte Claude. Also atmete ich und lief durch das hallende Treppenhaus und atmete noch einmal, als ich in die Lobby kam, wo jemand die Haustür öffnete.

Es war ein weißer Mann. Die mittleren Jahre hatten eine Schneise in sein Haar geschlagen wie ein Rasenmäher. Der gut geschnittene, aber billig aussehende Anzug, der seinen umfangreichen Körper umschloss, deutete darauf hin, dass er einem dieser schlecht bezahlten Berufe nachging, bei denen Aussehen zählte und nach Provision bezahlt wurde. Seine Budapester glänzten wie gefrorener Fisch. Ich erkannte das alles, weil ich ihn anschaute, was ich laut Bon nicht hätte tun sollen. Stelle keine Augenkontakt her, sagte Bon. Gib den Leuten keinen Grund, noch einen zweiten Blick auf dich zu werfen. Aber er schaute mich gar nicht an. Den Blick nach vorne gerichtet, ging er an mir vorbei, als sei ich unsichtbar, ein Geist oder, was wahrscheinlicher war, einfach ein anderer unscheinbarer Weißer. Ich durchquerte seine Dunstschleppe aus künstlichen Pheromonen, dem Billigduft für Machos, und erwischte die Eingangstür, bevor sie wieder ins Schloss fiel. Dann stand ich auf der Straße, atmete die mit feinkörnigen Smogpartikeln durchsetzte Luft Südkaliforniens ein und war wie berauscht von der Erkenntnis, dass ich gehen konnte, wohin immer ich wollte. Ich schaffte es bis zum Wagen. Dort ging ich in die Knie, kotzte, bis nichts mehr kam, und färbte den Rinnstein mit dem Inneren meiner Eingeweide teebraun.

SIEBZEHNTES KAPITEL

Das ist normal, sagte Bon am nächsten Morgen. Er behandelte das aus meiner Psyche hervorquellende Hämatom mithilfe einer edlen Flasche Scotch, die der General spendiert hatte. Es war einfach nötig, und wir müssen nun einmal damit leben. Jetzt weißt du es. Trink aus. Wir tranken aus. Weißt du, was am besten dagegen hilft? Ich hatte geglaubt, das beste Mittel sei, zu Lana zurückzufahren, was ich nach dem Verlassen von Sonnys Apartment auch getan hatte. Aber selbst der unvergessliche Abend mit ihr hatte mich nicht vergessen lassen, was ich Sonny angetan hatte. Ich schüttelte langsam den Kopf, sorgsam darauf bedacht, mein geprelltes Hirn nicht noch mehr durchzurütteln. Zurück aufs Schlachtfeld. In Thailand wirst du dich wieder besser fühlen. Wenn das stimmte, dann musste ich glücklicherweise nicht mehr lange warten. Wir flogen am nächsten Tag. Die Terminplanung sollte mich davor bewahren, mit dem Gesetz aneinanderzugeraten, und den offensichtlichen Schwachpunkt meines Plans, Miss Mori, neutralisieren. Wenn sie von Sonnys Tod erfuhr, würden ihre Gedanken vielleicht erst einmal in Verwirrung geraten, sich dann aber auf mich konzentrieren, ihren abservierten Liebhaber. Der General hatte darauf vertraut, dass ich die Tat am zugesagten Datum erledigen würde, und eine Woche vorher das Flugticket besorgt. Wir waren in seinem Büro, die Zeitung lag auf seinem Schreibtisch, und als ich den Mund öffnete, hob er die Hand und sagte: Das ist doch selbstverständlich, Hauptmann. Ich machte den Mund wieder zu. Ich betrachtete das Ticket, und noch am gleichen Abend schrieb ich meiner Tante in Paris. Chiffriert ließ ich Man wissen, dass ich die Verantwortung für die Missachtung seiner Befehle übernehmen, aber zusammen mit Bon zurückfliegen würde, um ihn zu beschützen. Von einem Plan, wie ich das tun wollte, schrieb ich nichts, weil ich noch keinen hatte. Aber ich hatte Bon in diese Lage gebracht, und es war an mir, ihn da herauszuholen, wenn ich konnte.

Ohne dass jemand Sonnys Abwesenheit aufgefallen wäre, außer vielleicht Miss Mori, verließen wir also zwei Tage nach der Tat still und leise das Land. Nur der General und Madame standen zur Verabschiedung am Gate. Wir waren vier, die in einer Unterschall-Boeing diese unwirkliche Reise über den Pazifik antraten – Bon, ich, der grauhaarige Hauptmann und der abgestumpfte Leutnant. Adieu, Amerika, sagte der grauhaarige Hauptmann, als wir abhoben und er durch sein Fenster auf eine Landschaft schaute, die ich von meinem Gangplatz aus nicht sehen konnte. Ich habe die Schnauze voll von dir, sagte er. Der abgestumpfte Leutnant, der in der Mitte saß, stimmte ihm zu. Warum haben wir es jemals *America the Beautiful* genannt?, sagte er. Ich wusste es nicht. Mir war schwindelig, und ich saß schrecklich unbequem, eingequetscht zwischen dem maßlosen Major und Sonny, mit denen ich meinen Platz teilen musste. Ich flog erst zum siebten Mal mit einem Düsenjet. Ich war fürs College nach Amerika und wieder zurück geflogen, dann mit Bon von Saigon nach Guam und von Guam nach Kalifornien, danach die Reise auf die Philippinen und zurück und jetzt dieser Flug. Die Chancen, jemals nach Amerika zurückzukehren, waren gering, und ich dachte mit Bedauern an alles Amerikanische, das ich vermissen würde: die Fertiggerichte; die Klimaanlagen; das wohlgeordnete Verkehrswesen mit Regeln, an die die Leute sich tatsächlich hielten; eine relativ geringe Todesrate durch Schusswaffen, zumindest im Vergleich mit meiner Heimat; den modernen Roman; die Redefreiheit, die nicht so absolut war, wie die Amerikaner gerne glaubten, aber doch größer als in meiner Heimat; die sexuelle Befreiung; und – vielleicht am meisten – das in Amerika allgegenwärtige Betäubungsmittel, den steten und endlosen Strom des Optimismus, der die Graffiti der Verzweiflung und des Hasses, der Wut und des Nihilismus übertünchte, die die finsteren Strolche des Unbewussten jede Nacht in die amerikanische Seele kritzelten. Es gab auch vieles in Amerika, das mich weniger entzückte, aber warum negativ sein? Negativität und Pessimismus, diese antiamerikanische Haltung, überließ ich Bon, der sich nie eingelebt hatte und erleichtert über unsere Abreise war. Als hätte ich mich im Haus eines Fremden versteckt, sagte er irgendwo über dem Pazifik. Er saß auf der anderen Seite des Gangs. Die japanischen Stewardessen servierten Tempura und Tonkatsu, was mir besser schmeckte als die letzten Worte, mit denen sich der General am Gate von mir verabschiedet hatte. Zwischen den Wänden, sagte Bon, als hätte ich dem Leben anderer Menschen gelauscht und hätte nur nachts rausgekonnt. Jetzt kann ich atmen. Wir fliegen dahin zurück, wo jeder so aussieht wie wir. Wie du, sagte ich. Ich sehe da nicht aus wie alle. Bon seufzte. Hör mit dem Gejammer auf, sagte er und füllte meine Teetasse mit dem Whiskey, den uns der General am Gate gegeben hatte. Dein Problem ist nicht, dass du zu viel denkst, dein Problem ist, dass du allen erzählst, was du denkst. Dann halte ich ab jetzt den Mund, sagte ich. Genau, sagte er, einfach den Mund halten. In Ordnung, dann halte ich eben den Mund, sagte ich. Herrgott, sagte er.

Nach einem Zwanzig-Stunden-Treck einschließlich Umsteigen in Tokio landeten wir in Bangkok. Da ich nicht hatte schlafen können, war ich erledigt. Jedes Mal, wenn ich die Augen schloss, sah ich entweder das Gesicht des maßlosen Majors oder das von Sonny vor mir, und den Anblick konnte ich nicht lange ertragen. So war es kein Wunder, dass mir mein Rucksack, als ich ihn vom Gepäckkarussell nahm, schwerer vorkam als beim Abflug, so beladen war er mit Schuld, Grauen und Angst. Der vollgestopfte Rucksack war mein einziges Gepäckstück, denn bevor wir aus unserer Wohnung ausgezogen waren, hatten wir Reverend R-r-r-amon den Schlüssel gegeben und ihm gesagt, er könne alle unsere Sachen verkaufen und das Geld für seine Everlasting Church of Prophets behalten. Jetzt passten alle meine Habseligkeiten in den Rucksack. Meine Ausgabe von *Der Kommunismus in Asien und der orientalische Modus der Zerstörung,* die so abgegriffen war, dass sie an ihrem rissigen Rücken fast in zwei Teile zerbrochen war, hatte ich in dem Geheimfach ganz unten versteckt. Mit allem, was wir sonst noch bräuchten, würde man uns in Thailand versorgen, hatte der General gesagt. Der für den Basisstützpunkt verantwortliche Admiral und Claude würden sich um alles kümmern. Claude war in vertrauter Verkleidung vor Ort, als Vertreter einer Nichtregierungsorganisation, die sich um Flüchtlinge kümmerte. Als er uns am Gate für die internationalen Flüge begrüßte, trug er Hawaiihemd und Leinenhose und sah genauso aus wie bei unserer letzten Begegnung in Professor Hammers Haus, nur dass er diesmal tief gebräunt war. Schön, euch wiederzusehen, Jungs, sagte er und schüttelte mir und den anderen die Hand. Willkommen in Bangkok. Einer von euch schon mal hier gewesen? Glaube nicht, oder? Wir haben eine Nacht, und da lassen wir es richtig krachen. Geht auf mich. Er legte mir den Arm um die Schultern und drückte sie mit aufrichtiger Zuneigung, während er uns durch die pulsierende Menschenmenge zum Ausgang führte. Vielleicht lag es nur an meinem Gemütszustand, dessen Konsistenz der von Haferschleim ähnelte, aber jeder Einheimische, der uns entgegenkam, schien uns beide anzuschauen. Ich fragte mich, ob unter ihnen einer von Mans Agenten war. Sie sehen gut aus, sagte Claude. Sind Sie bereit, das durchzuziehen?

Natürlich, sagte ich, während irgendwo hinter meinem Gedärm Angst und Schrecken brodelten. Mich schwindelte, als stünde ich an einem Abgrund, ohne einen Plan. Ich hatte Bon und mich an den Rand einer Katastrophe manövriert, ohne zu wissen, wie ich uns retten sollte. Aber entwickelte sich nicht jeder Plan so, unbeeinflusst von seinem Schöpfer, bis daraus schließlich ein Fallschirm entstand oder er sich in Luft auflöste? Das war keine Frage für Claude, der anscheinend immer Herr seines Schicksals gewesen war, zumindest bis zum Fall von Saigon. Er drückte wieder meine Schulter. Ich bin stolz auf Sie, Kumpel. Das wollte ich Ihnen nur sagen. Um dem Gefühl Raum zu geben, gingen wir paar Sekunden schweigend nebeneinander her, dann drückte er wieder meine Schulter und sagte: Heute spendiere ich Ihnen die beste Nacht Ihres Lebens. Ich grinste, und er grinste, wobei unausgesprochen blieb, dass dies vielleicht die letzte beste Nacht meines Lebens sein könnte. Seine Begeisterung und Anteilnahme rührten mich, seine Art, mir seine Liebe zu zeigen, und seine Art, mir das Pendant zur Henkersmahlzeit eines Todeskandidaten zu servieren. Er führte uns aus der Flughafenhalle hinaus in einen typischen Tag im Spätdezember, der der beste Monat für einen Besuch dieser Region war. Wir stiegen in einen Kleinbus, und Claude sagte: Wenn Sie sich jetzt im Hotel hinlegen, hilft das auch nicht gegen den Jetlag. Ich halte Sie wach bis zum Abend, und morgen fahren wir dann ins Lager.

Der Fahrer drängelte sich zwischen die Kleinbusse, Lastwagen und Motorräder auf die Straße. Um uns herum das Hupen, Tröten und Röhren einer Metropole, die fast platzte vor rollendem Metall, menschlichem Fleisch und unartikulierten Emotionen. Ganz wie zu Hause, was, Jungs?, sagte Claude. So nah dran waren Sie schon seit Jahren nicht mehr. Irgendwie genau wie Saigon, sagte der grauhaarige Hauptmann. Same same but different, sagte Claude. Kein Krieg und keine Flüchtlinge. Die sind da, wo Sie hingehen, an der Grenze. Claude ließ eine Schachtel Zigaretten herumgehen, und wir zündeten uns alle eine an. Erst sind die Laoten über die Grenze geflüchtet, jetzt kommen jede Menge Hmong. Alles sehr traurig, aber mit unserer Flüchtlingshilfe bekommen wir Zugang zu den ländlichen Gebieten. Der abgestumpfte Leutnant schüttelte den Kopf und sagte: Laos. Die Kommunisten da sind ganz übel. Gibt's auch andere?, sagte Claude. Aber Laos selbst ist das Land in Indochina, das dem Paradies am nächsten kommt. Ich war im Krieg da, es war unglaublich. Ich liebe die Menschen. Das sind die sanftesten, gastfreundlichsten Menschen auf Erden, solange sie dich nicht umbringen wollen. Er stieß Zigarettenrauch aus, den aber der winzige Ventilator auf dem Armaturenbrett zu uns zurückwehte. Hatten Claude und andere Ausländer uns irgendwann einmal auch als die sanftesten, gastfreundlichsten Menschen auf Erden betrachtet? Oder waren wir schon immer kriegerisch und aggressiv gewesen? Ich vermutete Letzteres.

Als der Fahrer die Stadtautobahn verließ, stieß Claude mich an und sagte: Ich habe gehört, was Sie getan haben. Was ich getan habe? Was habe ich getan? Als Claude darauf nichts sagte und mich weiter regungslos anschaute, erinnerte ich mich an das eine, was ich getan hatte, über das man Stillschweigen zu bewahren hatte. Ah ja, brummte ich. Sie brauchen kein schlechtes Gewissen zu haben, sagte er. Nach dem, was der General mir erzählt hat, hatte es der Typ ja geradezu darauf angelegt. Er hatte es nicht darauf angelegt, das weiß ich sicher, sagte ich. Das habe ich nicht gemeint, sagte Claude. Ich kenne diese Sorte. Professionelle Querulanten. Selbstgerechte Masochisten. Die sind so unzufrieden mit allem, dass sie erst zufrieden sind, wenn der Henker sie schon am Wickel hat. Und wissen Sie, was die Sorte sagt, wenn sie vor dem Exekutionskommando steht? Ich hab's doch gewusst! Der einzige Unterschied in Ihrem Fall ist, dass das arme Schwein keine Zeit hatte, drüber nachzudenken. Wenn Sie das sagen, Claude, sagte ich. Ich sage das nicht so, sagte er. Steht genau so im Buch. Das ist der von Schuldgefühlen geplagte Charakter.

Ich sah die Seiten des Buches vor mir, von dem Claude sprach, das Handbuch der Verhörtechniken, das wir in seinem Kurs durchgearbeitet hatten, das Buch, das wir unter dem Namen KUBARK kannten. Es enthielt Definitionen verschiedener Charaktertypen, auf die ein Vernehmer voraussichtlich treffen würde. Vor meinen Augen tauchte unwillkürlich der Absatz über den von Schuldgefühlen geplagten Charakter auf.

> Dieser Typus besitzt ein extrem strenges Gewissen, das völlig abgekoppelt ist von der Realität. Sein ganzes Leben scheint sich auf seine Schuldgefühle zu konzentrieren. Manchmal scheint er zur Buße entschlossen, dann wiederum ist er überzeugt davon, dass das, was auch immer schiefgelaufen ist, die Schuld eines anderen ist, und er sucht ständig nach Beweisen oder äußeren Anzeichen dafür, dass die Schuld der anderen größer ist als seine eigene. Er ist häufig vollkommen davon absorbiert zu beweisen, dass er ungerecht behandelt wurde. Es ist sogar möglich, dass er eine unfaire Behandlung provoziert und dies als eine Bestrafung interpretiert, mit der er sein Gewissen beruhigen kann. Menschen mit starken Schuldgefühlen

geben ihren Widerstand eher auf und kooperieren, wenn sie in irgendeiner Form bestraft werden, da Bestrafung Gefühle der Dankbarkeit in ihnen hervorruft.

Vielleicht war Sonny so ein Typ, aber ich würde es nie erfahren, da ich ihn nicht mehr verhören konnte.

Wir sind da, sagte Claude. Wir bogen in eine Gasse, die ein Regenbogen aus künstlichem Neonlicht überspannte. Auf den Gehwegen drängelten sich blassgesichtige Primaten jeden Alters und jeder Größe, manche mit militärischem Bürstenschnitt, manche mit den für den Hippiestamm typischen langen Haaren, alle berauscht oder auf bestem Wege dazu, viele ziemlich erregt grölend und johlend. Bars und Klubs säumten die gesamte Gasse, in den Eingängen standen Mädchen mit nackten Gliedmaßen und kunstvoll bemalten Gesichtszügen. Der Kleinbus hielt vor einem Etablissement, über dessen Tür ein gigantisches senkrechtes Schild aufragte, auf dem in grellen gelben Buchstaben die Worte GOLDEN COCK standen. Die Tür wurde von zwei Mädchen aufgehalten, die wie zwanzig aussahen, also höchstwahrscheinlich zwischen fünfzehn und achtzehn waren. Sie standen auf fünfzehn Zentimeter hohen Absätzen und trugen etwas, das man euphemistisch Kleidung nennen konnte – Top und Bikinislip, so fadenscheinig wie ihr freundliches Lächeln, das an Kindergärtnerinnen erinnerte. O Mann, sagte der grauhaarige Hauptmann und grinste so breit, dass ich seine schlechten Backenzähne sehen konnte. Sogar der abgestumpfte Leutnant sagte: Nett, lächelte aber nicht. Freut mich, dass es Ihnen gefällt, sagte Claude. Alles für Sie. Der abgestumpfte Leutnant und der grauhaarige Hauptmann waren schon hineingegangen, als Bon sagte: Nein. Ich mache einen Spaziergang. Was? Einen Spaziergang?, sagte Claude. Ist es Ihnen etwas privater lieber? Kein Problem, vertrauen Sie mir. Diese Mädchen sind Veteranen. Die wissen, wie man sich um schüchterne Burschen kümmert. Bon schüttelte den Kopf, in seinem Blick lag fast so etwas wie Angst. Ist schon in Ordnung, sagte ich. Ich gehe ein Stück mit. Verdammt, kommt gar nicht infrage!, sagte Claude und packte Bon am Ellbogen. Hab's kapiert. Ist nicht jedermanns Sache. Aber wenn Sie jetzt gehen, dann vermasseln Sie Ihrem Kumpel hier die beste Nacht seines Lebens. Also los, kommen Sie mit rein und trinken Sie einen Schluck. Sie brauchen ja nicht anfassen, Sie brauchen nicht mal hinschauen, wenn Sie nicht wollen. Sie setzen sich einfach hin und machen die Augen zu. Tun Sie es für Ihren Kumpel. Na, was ist? Ich legte die Hand auf Claudes Arm und sagte: Ist schon gut. Lassen Sie ihn. Nicht Sie auch noch, sagte Claude.

Doch, ich auch noch. Offensichtlich hatte Bon mich mit seiner Tugendhaftigkeit angesteckt, einer Krankheit, die leicht zum Tod führen kann. Nachdem Claude kapituliert hatte und in den Klub gegangen war, rauchten Bon und ich eine Zigarette. Wir standen da und ignorierten die Schlepper, die an unseren Hemden zupften, die drängelnden und schubsenden Touristentruppen konnten wir aber nicht ignorieren. Scheiße, Mann, hast du gesehen, was die mit dem Pingpongball gemacht hat? Pingpong chingchong, sagte ein anderer. Long schlong duk dong. Verdammt, ich glaube, die Schlampe hat sich meine Brieftasche geklemmt. Bon warf seine Zigarette weg und sagte: Los, komm, wir verschwinden, sonst bringe ich noch jemanden um. Ich zuckte mit den Achseln. Wohin? Er zeigte hinter mich, und als ich mich umdrehte, sah ich das Filmplakat.

Wir schauten uns *Das Dorf* in einem Kino an, das voller Einheimischer war, die vom Kino als heiliger Kunstform noch nie gehört hatten und auch nicht wussten, dass man sich während der Vorstellung nicht ohne Taschentuch schnäuzte, dass man nichts zum Essen, Trinken oder Picknicken mitbrachte, sein Kind nicht schlug und seinem schreienden Baby kein Schlaflied vorsang, seinen Freunden ein paar Reihen weiter keine liebevollen Botschaften zurief, mit seinem Kumpel nicht vergangene, gegenwärtige oder zukünftige Handlungspunkte diskutierte und sich auf seinem Platz nicht derart ausbreitete, dass während der gesamten Vorstellung der Oberschenkel an dem des Sitznachbarn lehnte. Aber wer wollte behaupten, dass das nicht in Ordnung war? Wie sonst konnte man wissen, ob ein Film ankam oder nicht, wenn das Publikum sich nicht äußerte? Das Publikum jubelte und klatschte und schien sich köstlich zu amüsieren, und so wahr mir Gott helfe, die Geschichte und das schiere Spektakel nahmen auch mich gefangen. Die Szene, auf die das Publikum am stärksten reagierte, war die Schlacht am Schluss, während der auch mein jetlaggelähmtes Herz schneller schlug. Vielleicht lag es an der infernalischen Wiederholung der bedrohlichen, beethovenartigen Tonfolgen, die gesättigt waren von des Teufels tiefer Stimmlage, dum-dum-DA-dum-DA-dum-DA-DA-DAAA; vielleicht lag es an dem auf Zeitlupengeräusch reduzierten Schrappen der Rotorblätter der Hubschrauber; vielleicht lag es an der Parallelmontage der Blicke von Bellamy und Shamus in ihren Flugrössern und der Blicke des Vietcong-Mädchens im Fadenkreuz ihrer Flugabwehrkanone; vielleicht lag es an den in der Luft explodierenden Bomben; vielleicht lag es am Anblick der barbarischen Vietcong, die man in ein Blutbad tauchte (wahrscheinlich das einzige Bad, das sie im ganzen Film nehmen würden). Vielleicht lag es an all dem, dass ich mich nach einer Waffe in meiner Hand verzehrte, um ebenfalls an dem alttestamentarischen Abschlachten des Vietcong teilnehmen zu können, der zwar nicht genauso aussah wie ich, aber fast. Jedenfalls sah er genauso aus wie die anderen Zuschauer, die johlten und lachten, während vielfältige Waffen amerikanischer Bauart ihre gar nicht so weit entfernten Nachbarn vergasten, pulverisierten, zerrissen und zerfetzten. Ich war aus meiner Erstarrung erwacht und wand mich auf meinem Platz. Ich versuchte vergeblich, die Augen zu schließen, konnte aber nur ein paarmal schnell blinzeln, nach der einzigen Szene, die das Publikum in vollkommenem Schweigen verfolgt hatte.

Es war auch die einzige Szene, bei deren Aufnahme ich nicht dabei gewesen war. Der Auteur hatte auf Musik verzichtet. Unterlegt vom Lachen, Fluchen und Johlen der vier Vietcong entfaltete sich die Tortur Mais in ihren Schreien. Die fehlende Musik machte das plötzliche Schweigen der Zuschauer nur noch hörbarer. Mütter, die sich beim Ausbrennen, Erschießen, Zerstückeln und Enthaupten nicht die Mühe gemacht hatten, die Gesichter ihrer Kinder abzuwenden, hielten ihren Kleinen nun die Augen zu. Totalen aus den dunklen Ecken der Höhle zeigten einen sich in der Mitte der Höhle windenden menschlichen Oktopus, die sich quälende nackte Mai unter den Rücken und Gliedmaßen ihrer halb nackten Vergewaltiger. Flüchtig sahen wir ihren nackten Körper, der zumeist von strategisch platzierten Armen, Beinen und Hintern der Vietcong verdeckt wurde. Die Farbe nackten Fleisches, das scharlachrote Blut, die zerfledderte schwarzbraune Kleidung, Schatten wie in der Malerei der Renaissance, all das rief schwache Erinnerungen an einen Kurs in Kunstgeschichte in mir wach. Diese Totalen wechselten sich ab mit extremen Großaufnahmen von Mais zerschlagenem Gesicht, mit dem aufgerissenen Mund, der blutigen Nase und dem Auge, das vollkommen zugeschwollen war. Die längste Einstellung des Films war diesem Gesicht gewidmet, das die gesamte Leinwand ausfüllte, das offene Auge verdreht in seiner Höhle, das über die Lippen quellende Blut und der Schrei

Mammamaamamamamamamamamamamamama!

Ich duckte mich. Als die Einstellung schließlich wechselte und wir die rothäutigen Teufel mit Mais Augen sahen, die vom selbstgebrauten Reiswein glühenden Gesichter, die gebleckten, mit Flechten verkrusteten Zähne, die ekstatisch zusammengekniffenen Augen, da war nur ein einziger brennender Wunsch in unser aller Eingeweide zu spüren, und zwar der nach ihrer völligen Ausrottung. Und diese servierte der Auteur als Nächstes, im grausamen Finale Mann gegen Mann, das man auch an einer medizinischen Fakultät als Lehrfilm in anatomischer Sektion hätte verwenden können.

Als ich die letzte Einstellung des Films sah, mit dem unschuldigen Danny Boy in der offenen Tür eines langsam in den klaren, blauen Himmel aufsteigenden Huey-Hubschraubers, weinend beim Anblick seiner vom Krieg verwüsteten Heimat, unterwegs in ein Land, wo die Brüste der Frauen nicht einfach Milch, sondern Milchshakes produzierten – das jedenfalls hatten die GIs ihm gesagt –, da musste ich das Talent des Auteurs anerkennen, so wie man das technische Genie eines Büchsenmeisters anerkannte. Er hatte ein Gebilde aus Schönheit und Grauen erschaffen, das auf manche beglückend, auf andere tödlich wirkte, eine Schöpfung, deren Zweck Zerstörung war. Als die ersten Namen des Nachspanns auf der Leinwand auftauchten, verspürte ich einen Hauch Scham darüber, an so einem finsteren Werk mitgearbeitet zu haben, aber auch Stolz auf die Beiträge meiner Komparsen. Angesichts ihrer würdelosen Rollen hatten sie sich so würdevoll wie möglich geschlagen: die vier Veteranen, die den VC-VERGEWALTIGER #1, VC-VERGEWALTIGER #2, VC-VERGEWALTIGER #3 und VC-VERGEWALTIGER #4 gespielt hatten, wie auch alle anderen, die als VERZWEIFELTER DORFBEWOHNER, TOTES MÄDCHEN, HUMPELNDER JUNGE, KORRUPTER OFFIZIER, HÜBSCHE KRANKENSCHWESTER, BLINDER BETTLER,

TRAURIGER FLÜCHTLING, WÜTENDER BEAMTER, WEINENDE WITWE, IDEALISTISCHER STUDENT, SANFTMÜTIGE HURE und VERRÜCKTER KERL IM FREUDENHAUS ihre Leinwanddebüts gegeben hatten. Aber ich war nicht nur stolz auf mich, sondern auch auf jene Kollegen, die hinter den Kulissen alles gegeben hatten. Zum Beispiel Harry, der für seine detailversessenen Kulissen sicher eine Oscar-Nominierung bekommen würde, wobei seine wertvolle künstlerische Leistung auch nicht geschmälert wurde durch den kleinen Zwischenfall, im Verlaufe dessen er einen einheimischen Mittelsmann anheuerte, ihm für die Schlussszene von einem Friedhof in der Nähe echte Leichen zu besorgen. Den Polizisten, die ihn verhaften wollten, sagte er aufrichtig zerknirscht: Ich wusste nicht, dass das illegal ist. Mit der prompten Rückführung der Leichen in ihre Gräber und einer beträchtlichen Spende des Auteurs an den Wohltätigkeitsverband der Polizei – auch bekannt als das Freudenhaus vor Ort – wurde die Angelegenheit gütlich beigelegt. Ich verzog das Gesicht, als unter »Produktionsassistentin« Violets Name auftauchte, musste aber einräumen, dass sie innerhalb der Nachspannhierarchie zu Recht vor mir genannt wurde. Ich erinnerte mich liebevoll an den nicht enden wollenden Nachschub, für den die Künstler vom Cateringservice sorgten, an die engagierte Betreuung durch das Erste-Hilfe-Team und an die effizienten Chauffeure des täglichen Fahrdienstes, auch wenn meine Dienste, um offen zu sein, spezialisierter waren als die genannten. Ich gestehe zu, meine bikulturellen und bilingualen Kenntnisse waren nicht so einzigartig wie die des Hundetrainers – er brachte dem reizenden, von den Green Berets adoptierten und im Nachspann als Smitty, der Hund, aufgeführten Straßenköter diverse Tricks und Kommandos bei – oder des Betreuers für exotische Tiere, der in einer DC-3 mit einem Käfig samt griesgrämiger bengalischer

Tigerin (Lily) einflogen wurde und zudem dafür sorgte, dass sich die Elefanten (Abbott und Costello) manierlich aufführten. Auch bewunderte ich die prompte Arbeit der fröhlichen Waschfrauen Delia, Marybelle, Corazon etc. etc. Aber hatten sie es verdient, vor mir genannt zu werden? Die Namen der Waschfrauen liefen weiter über die Leinwand, aber erst bei den Danksagungen an den Bürgermeister, die Stadträte, den Chef des Fremdenverkehrsamts, die Streitkräfte der Philippinen sowie die First Lady Imelda Marcos und den Präsidenten Ferdinand Marcos wurde mir klar, dass mein Name überhaupt nicht mehr auftauchen würde.

Bis dann auch den Schöpfern des Soundtracks und den Herstellern des Filmmaterials gedankt war, hatte sich meine widerwillige Anerkennung für den Auteur in rasende, mörderische Wut verwandelt. Da er mich im wirklichen Leben nicht hatte loswerden können, hatte er mich aus der Filmgeschichte gestrichen, hatte mich ausgelöscht, auf eine Art, die mir mehr und mehr vertraut wurde. Als wir das Kino verließen, kochte ich immer noch, meine Gefühle waren heißer als die wohltemperierte Nachtluft. Und, was sagst du?, fragte ich Bon, der wie immer nach einem Film schwieg. Er rauchte eine Zigarette und winkte einem Taxi. Na los, sag schon. Schließlich schaute er mich an. In seinem Blick mischten sich Mitleid und Enttäuschung. Du wolltest dafür sorgen, dass wir gut wegkommen, sagte er. Aber wir waren nicht mal Menschen. Ein klapperndes Taxi hielt am Randstein. Bist du jetzt Filmkritiker?, fragte ich. Nur meine Meinung, College-Bürschchen, sagte er und stieg ein. Was weiß denn ich? Wenn ich nicht gewesen wäre, sagte ich und schlug die Tür zu, dann wären unsere Leute nur als Zielscheiben vorgekommen. Er seufzte und kurbelte das Fenster herunter. Du hast ihnen bloß eine Ausrede verschafft, sagte er. Jetzt können die Weißen sagen: Schaut her, wir haben auch ein paar Gelbe mitmachen lassen. Wir hassen sie nicht. Wir lieben sie. Er spuckte aus dem Fenster. Du durftest auch mitspielen. Du bestimmst gar nichts. Das heißt, du kannst nichts ändern. Nicht von innen heraus. Wenn sich also so nichts ändert, dann muss man die Dinge von außen ändern.

Wir sprachen kein Wort mehr auf der Fahrt, und als wir im Hotelzimmer waren, schlief er fast sofort ein. Ich lag in unserem dunklen Zimmer auf dem Bett, mit dem Aschenbecher auf der Brust, rauchte und dachte darüber nach, wie ich bei der einzigen Aufgabe hatte versagen können, bei der Man und der General einer Meinung waren, der Unterwanderung dieses Films und all dessen, was er repräsentierte, nämlich der falschen Darstellung unseres Volkes. Ich versuchte vergeblich einzuschlafen. Die plärrenden Hupen und der entnervende Anblick von Sonny und dem maßlosen Major, die auf der Zimmerdecke über mir lagen, als hätten sie nie etwas anderes getan, hielten mich wach. Das monotone Quietschen der Bettfedern nebenan war auch keine Hilfe. Das Quietschen dauerte so absurd lange, dass mir die arme, schweigende Frau, die das alles ertragen musste, leidtat. Als der beteiligte Mann seinen krächzenden Schlachtruf ausstieß, war ich erleichtert, dass es endlich vorbei war, doch das war es erst, als auch sein Partner einen tiefen, lang gezogenen, genüsslichen, männlichen Paarungsschrei von sich gegeben hatte. Die Überraschungen nahmen einfach kein Ende, nicht seit der General und Madame – er im Fischgrätanzug, sie im lilafarbenen Ao dai – uns am Flughafen verabschiedet hatten. Er hatte jedem von uns vier Helden eine Flasche Whiskey überreicht, hatte sich mit uns fotografieren lassen und dann jedem die Hand geschüttelt, bevor wir durch das Gate gingen. Zu mir als Letztem sagte er, Auf ein Wort, Hauptmann.

Ich trat zur Seite, um die anderen Passagiere vorbeizulassen. Ja, General? Sie wissen, für Madame und mich sind Sie wie ein Adoptivsohn, sagte der General. Das wusste ich nicht, General. Der General und Madame schauten mich mit dem gleichen harten Gesichtsausdruck an, mit dem mein Vater mich gewöhnlich bedacht hatte. Wie konnten Sie nur?, sagte Madame. Ich war es gewohnt, mich zu verstellen, und machte ein überraschtes Gesicht. Wie konnte ich was nur? Sie haben versucht, unsere Tochter zu verführen, sagte der General. Jeder spricht darüber, sagte Madame. Jeder?, sagte ich. Die Gerüchte, sagte der General. Ich hätte es wissen müssen, als Sie auf der Hochzeit mit ihr gesprochen haben. Aber nein, ich bin nie auf den Gedanken gekommen, Sie könnten meine Tochter in ihrem Karrierebestreben bestärken. Und nicht nur das, sagte Madame. Sie beide haben sich unmöglich aufgeführt bei der Hochzeit. Alle haben es gesehen. Der General seufzte. Ich konnte einfach nicht glauben, dass Sie versuchen würden, sie zu entehren, sagte er. Nicht nachdem Sie in meinem Haus gelebt und mit ihr als Kind und als Schwester zusammengelebt haben. Als Schwester, sagte Madame mit Nachdruck. Ich bin zutiefst enttäuscht von Ihnen, sagte der General. Ich wollte Sie hier an meiner Seite. Ich hätte Sie nie gehen lassen, wenn das nicht passiert wäre.

General …

Sie hätten es besser wissen müssen, Hauptmann. Sie sind Soldat. Alles und jeder gehört an seinen Platz. Wie konnten Sie jemals glauben, wir würden unserer Tochter erlauben, mit jemandem Ihrer Art zusammen zu sein.

Meiner Art?, sagte ich. Was meinen Sie mit meiner Art?

Ach, Hauptmann, sagte der General. Sie sind ein ausgezeichneter junger Mann, aber Sie sind auch, falls es Ihnen nicht aufgefallen sein sollte, ein Bastard. Sie warteten darauf, dass ich etwas sage, aber der General hatte mir mit dem einen Wort das Maul gestopft und mich zum Schweigen gebracht. Sie sahen, dass ich nichts zu sagen hatte, schüttelten zornig, traurig und vorwurfsvoll die Köpfe und ließen mich mit meinem Whiskey am Gate stehen. Ich wollte die Flasche auf der Stelle aufmachen, um mit dem Whiskey den bitteren Nachgeschmack hinunterzuspülen, den dieses Wort bei mir hinterlassen hatte, dem einer Wollsocke, die von der fetten Erde meiner Heimat durchweicht war. Das war die Art von Mahlzeit, die – was ich vergessen hatte – denen vorbehalten war, die ganz unten waren.

Es war noch dunkel, als wir aufstanden. Nach dem Frühstück, bei dem außer einem Brummeln keiner etwas von sich gab, fuhr Claude uns von Bangkok zum Lager, eine Tagesreise, die nahe der Grenze zu Laos endete. Als er in einen Cajeputwald abbog und den Wagen auf der unbefestigten, von Bäumen mit weißlicher Borke gesäumten Nebenstraße zwischen Kratern und Bodensenken hindurchmanövrierte, war die Sonne in unserem Rücken schon auf ihrer absteigenden Bahn. Nachdem wir einen Kilometer im Zwielicht durch den Wald gefahren waren, erreichten wir einen militärischen Kontrollposten, der aus einem Jeep und zwei jungen Soldaten in olivgrünen Kampfanzügen bestand. Beide hatten ein Buddha-Schutzamulett um den Hals und eine M 16 im Schoß. Es roch unverkennbar nach Marihuana. Ohne sich die Mühe zu machen, aus ihrem Jeep zu steigen oder auch nur den Blick unter den halb geschlossenen Lidern zu heben, winkten die Soldaten uns durch. Zwischen den hohen, skelettartig aufragenden Bäumen mit den dünnen Zweigen stießen wir auf der Holperpiste tiefer in den Wald vor, bis vor uns eine Lichtung mit kleinen, viereckigen Hütten auf Stelzen auftauchte. Den Eindruck völliger ländlicher Abgeschiedenheit störte lediglich das elektrische Licht, das die Fenster erleuchtete. Die Dächer waren mit Palmblättern gedeckt, von den erhöhten Eingangstüren führten Holzbohlen hinunter zum Boden. Das Bellen der Hunde hatte Schatten in die Türöffnungen gelockt, und als wir aus dem Wagen stiegen, kam eine Gruppe dieser Schatten auf uns zu. Das sind sie, sagte Claude. Die letzten Aufrechten der Streitkräfte der Republik Vietnam.

Die Fotos, die ich im Büro des Generals gesehen hatte, waren vielleicht in besseren Zeiten aufgenommen worden, aber jene ernsten Freiheitskämpfer hatten nur wenig Ähnlichkeit mit diesen ausgezehrten Partisanen. Auf den Bildern trugen glattrasierte Männer rote Halstücher, Dschungel-Tarnanzüge, Kampfstiefel und Barette und standen in Habachtstellung im gefilterten Licht eines Waldes. Statt Stiefel und Tarnkleidung trugen diese Männer Gummisandalen, schwarze Feldblusen und Hosen. Und statt der roten Halstücher, dem legendären Kennzeichen der Rangers, trugen sie karierte Tücher wie Bauern. Statt Baretten trugen sie breitkrempige Bushwhacker-Hüte. Statt glatt rasiert waren ihre Wangen stoppelbärtig, und die Haare waren verfilzt und ausgefranst. Ihr Blick, einst glühend und entschlossen, war stumpf wie Kohle. Jeder trug ein AK-47 mit dem unverkennbaren Bananenmagazin. Der Anblick dieser Ikone hatte in Kombination mit allen anderen ihrer äußeren Merkmale eine ungewöhnliche optische Wirkung.

Warum sehen sie aus wie Vietcong?, fragte der grauhaarige Hauptmann.

Allerdings ähnelten nicht nur die Guerillakämpfer ihren alten Feinden, wie wir feststellten, als uns ein Dutzend von ihnen zur Hütte ihres Anführers führte. Auf dem schmalen Vorbau der Hütte stand ein schmächtiger Mann im Schein einer nackten Glühbirne, die hinter ihm angebracht war. Ist das nicht …, sagte Bon, brach die absurde Frage aber ab. Das sagt jeder, sagte Claude. Der Admiral hob zur Begrüßung die Hand und zeigte uns ein vertrautes, onkelhaftes Lächeln. Er hatte kantige, hagere, fast attraktive Züge, das klassisch erhabene Gesicht eines Gelehrten oder Mandarins. Das Haar war grau, aber nicht weiß, etwas schütter auf der Schädeldecke, kurz geschnitten. Der Spitzbart war sein markantestes Merkmal, ein akkurat geformtes Gebilde, wie es den Mann mittleren Alters zierte, nicht das Gezottel der Jugend, nicht die lange, fließende Quaste des Alters. Willkommen, Männer, sagte der Admiral. Selbst im sanften Tonfall seiner Stimme hörte ich Anklänge an die auf Bändern festgehaltenen, kultivierten, ruhigen Stimme Ho Chi Minhs. Sie haben eine lange Reise hinter sich, Sie müssen müde sein. Bitte, kommen Sie herein.

Wie Ho Chi Minh bezeichnete der Admiral sich selbst als Onkel. Wie Ho Chi Minh kleidete er sich schlicht, seine schwarze Feldbluse und Hose entsprachen denen seiner Guerillakämpfer. Und wie Ho Chi Minhs Quartier war auch das seine so spärlich eingerichtet wie das eines Gelehrten. Wir saßen barfüßig auf Schilfrohrmatten im schlichten einzigen Raum der Hütte und fühlten uns in Gegenwart dieses unheimlichen Doppelgängers unwohl. Anscheinend schlief unser Gespenst auf dem blanken Boden, denn nirgendwo war ein Bett zu sehen. Bücherregale aus Bambus säumten eine Wand, ein einfacher Schreibtisch und Stuhl, beides ebenfalls aus Bambus, standen an einer anderen Wand. Während des Abendessens, zu dem wir den Whiskey des Generals tranken, fragte der Admiral uns über unsere Jahre in Amerika aus und wir ihn darüber, wie er hier im Wald gestrandet war. Er lächelte und schnippte Asche in eine ausgehöhlte halbe Kokosnuss. Am letzten Tag des Krieges führte ich das Kommando über einen Truppentransporter und hatte an den Kais Marineinfanteristen, Soldaten, Polizisten und Zivilisten eingesammelt. Wie viele meiner Kapitänskollegen hätte ich zur Siebten Flotte fahren können. Aber die

Amerikaner hatten uns schon vorher betrogen. Wenn ich zu ihnen geflohen wäre, hätte ich den Kampf nie wieder aufnehmen können. Die Amerikaner waren erledigt. Die weiße Rasse hatte versagt, jetzt überließen sie Asien der gelben. Also bin ich nach Thailand gefahren. Ich hatte Freunde in Thailand, ich wusste, dass sie uns Asyl gewähren würden. Die konnten nirgendwohin, anders als die Amerikaner. Die Thais würden gegen die Kommunisten kämpfen, weil die schon gegen ihre Grenze zu Kambodscha drückten. Auch Laos würde bald fallen. Sie sehen, ich wollte mich nicht retten lassen wie so viele unserer Landsleute. Hier machte er eine Pause und lächelte ein weiteres Mal. Keiner von uns musste daran erinnert werden, dass auch wir zu diesen Landsleuten gehörten. Gott hatte mich schon gerettet, fuhr der Admiral fort. Auf dem Schiff, vor meinen Männern, habe ich geschworen, dass wir den Kampf fortsetzen würden, auf Monate, Jahre, Jahrzehnte, wenn nötig. Ein kurzer Kampf, mit den Augen Gottes betrachtet.

Sie glauben also wirklich, Onkel, dass wir eine Chance haben?, sagte Bon. Der Admiral strich sich über den Spitzbart, bevor er antwortete. Mein Junge, sagte er und strich sich weiter über den Bart, denken Sie an Jesus und daran, dass die Christenheit nur mit ihm, seinen Aposteln, ihrem Glauben und dem Wort Gottes begann. Wir sind wie diese wahren Gläubigen. Wir haben zweihundert Apostel in diesem Lager und eine Radiostation, die das Wort der Freiheit in unser versklavtes Heimatland sendet. Wir haben einiges, was Jesus und seine Apostel nie hatten, aber ihren Glauben haben wir auch. Und nicht zuletzt, ganz im Gegenteil, steht Gott auf unserer Seite.

Bon zündete sich die nächste Zigarette an. Jesus ist gestorben, sagte er. Und die Apostel auch.

Dann werden wir eben auch sterben, sagte der abgestumpfte Leutnant. Trotz der Bedeutung seiner Worte, oder vielleicht gerade deswegen, blieben sein Gesichtsausdruck und seine Sprechweise leidenschaftslos. Nicht, dass das schlecht wäre, sagte er.

Ich sage nicht, dass Sie bei dieser Mission sterben werden, sagte der Admiral. Nur möglicherweise. Aber wenn Sie bei dieser Mission sterben, dann wissen Sie, dass die Geretteten Ihnen so dankbar sein werden, wie die Geretteten den Aposteln dankbar waren.

Jede Menge Leute, die sie retten wollten, Onkel, wollten gar nicht gerettet werden, sagte Bon. Deshalb waren die Apostel am Ende tot.

Mein Sohn, sagte der Admiral und lächelte jetzt nicht mehr. Sie klingen nicht gerade wie ein Gläubiger.

Wenn Sie damit jemanden meinen, der an Religion, Kommunismus, Freiheit oder all das glaubt, was als großes Wort daherkommt, nein, dann bin ich kein Gläubiger. Ich habe mal geglaubt, jetzt nicht mehr. Ich scheiß drauf, irgendwen zu retten, einschließlich mich selbst. Ich will nur Kommunisten umbringen. Deshalb bin ich genau der Mann, den Sie suchen.

Damit kann ich leben, sagte der Admiral.

ACHTZEHNTES KAPITEL

Wir brauchten zwei Wochen, um uns an das Wetter und unsere neuen Kameraden zu gewöhnen, zu denen drei Figuren gehörten, von denen ich nie erwartet hätte, sie je wiederzusehen.

Die Bärte und Haare dieser drei Leutnants der Marineinfanterie waren nun länger als in der Nacht, als Bon, Man und ich ihnen in einer Gasse in Saigon begegnet waren. Sie hatten damals *Wunderschönes Saigon! Oh, Saigon! Oh, Saigon!* gesungen und waren auch jetzt noch erkennbar dämlich. Sie hatten sich am Tag, als Saigon fiel, zum Hafen durchgeschlagen, wo sie auf das Schiff des Admirals gesprungen waren. Seitdem sind wir in Thailand, sagte der Marineinfanterist, der der Anführer der drei war. Wie seine Kameraden hatte er sein gesamtes Leben im Mekong-Delta verbracht. Alle hatte ein Leben in sengender Sonne gebrandmarkt, allerdings in unterschiedlichen Tönungen. Er war dunkel, ein anderer war dunkler, und der dritte war der Dunkelste von allen, schwarz wie eine Tasse schwarzer Tee. Bon und ich schüttelten ihnen widerwillig die Hand. Wir gehen mit euch über die Grenze, sagte der dunkle Marineinfanterist. Besser, wir kommen miteinander klar. Das war der Marineinfanterist, den ich mit der Pistole bedroht hatte, aber da er es vorzog, diese Tatsache nicht zu erwähnen, tat ich es auch nicht.

Insgesamt waren wir zu zwölft in dem Spähtrupp, der eines frühen Abends unter Führung eines Lao-Bauern und eines Hmong-Spähers loszog. Der Lao-Bauer hatte keine Wahl. Er war bei einer früheren Aufklärungsmission von den Männern des Admirals verschleppt worden und wurde jetzt wegen seiner Ortskenntnisse als Führer eingesetzt. Er sprach kein Vietnamesisch, aber der Hmong-Späher, er übersetzte für uns. Selbst aus der Entfernung konnte man sehen, dass die Augen des Spähers tot waren, dunkel und zerbrochen wie die Fenster eines verlassenen Palastes. Wie wir alle war er ganz in Schwarz gekleidet, trug aber als Einziger ein verwaschenes grünes Barett, das ihm eine Nummer zu groß war und bis zu den Ohren und Augenbrauen reichte. Hinter ihm gingen zwei der Marineinfanteristen, der Dunkle mit einem AK-47 und der Dunklere mit unserer »Elephant Gun«, einem Granatwerfer M79, dessen gedrungene Granaten wie kurze Eisendildos aussahen. Den Marineinfanteristen folgten der abgestumpfte Leutnant und der grauhaarige Hauptmann, die es nicht über sich gebracht hatten, das AK-47 des Feindes anzurühren, und stattdessen das M16 nahmen. Dahinter ging der dürre Funker mit einer Fettspritze in der Hand und einem PRC-25-Funkgerät auf dem Rücken.

Als Nächstes kam der philosophierende Sanitäter, der über der einen Schulter einen M3-Verbandskasten und über der anderen ein M14 trug – jedes Mitglied des Spähtrupps musste bewaffnet sein. Er und ich hatten uns an einem von Jasmin- und Marihuanadüften erfüllten Abend von der ersten Sekunde an verstanden. Was, außer Trauer und Leid, hatte er mich gefragt, ist richtig schwer und wiegt nichts? Als er bemerkte, dass ich darauf keine Antwort hatte, sagte er, der Nihilismus, und das war tatsächlich seine Philosophie.

Dann kam der bullige MG-Schütze mit einem M60 im Arm, dann Bon und ich, er mit einem M16, ich mit einem AK-47.

Die Nachhut bildete der dunkelste Marineinfanterist, bewaffnet mit einem B-40-Raketenwerfer.

Zu unserem Schutz hatte man jedem von uns statt kugelsicherer Westen und Helmen ein laminiertes, brieftaschengroßes Bild der Jungfrau Maria gegeben, das wir über unseren Herzen trugen. Ein Geschenk des Admirals bei unserem Abschied aus dem Lager, den die meisten von uns als Erleichterung empfanden. Wir hatten die Tage damit zugebracht, über Taktiken zu diskutieren, den Proviant zusammenzustellen und auf der Karte unsere Route über die Südspitze von Laos zu studieren. Das Terrain hatten die Marineinfanteristen schon bei früheren Aufklärungsmissionen erkundet, es war die Heimat des Lao-Bauern. Schmuggler, behauptete er, würden die Grenze andauernd überqueren. Wir hörten regelmäßig Radio Free Vietnam, dessen Crew aus der Bambushütte neben der des Admirals operierte. Sie übertrugen die Reden des Admirals, lasen aus übersetzten Zeitungsartikeln vor und spielten Popsongs mit reaktionärem Inhalt. James Taylor und Donna Summer waren in jenem Jahr besonders angesagt. Die Kommunisten hassen Liebeslieder, sagte der Admiral. Sie glauben nicht an Liebe, Romantik oder Unterhaltung. Sie glauben, die Menschen sollten nur die Revolution und ihr Land lieben. Aber die Menschen lieben Liebeslieder, und wir dienen dem Volk. Der Äther trug diese gefühlvollen Liebeslieder über Laos hinweg in unser Heimatland. In meiner Hosentasche hatte ich ein Transistorradio mit einem Ohrknopf, sodass ich mir die Sendungen anhören konnte. Es war mir mehr wert als mein Gewehr und die Jungfrau Maria. Claude, der weder an sie noch an irgendeinen Gott glaubte, gab uns seinen säkularen Segen in Form von High Fives. Viel Glück, sagte er. Rein und wieder raus. Schnell und leise. *Leichter gesagt als getan*, dachte ich. Ich behielt das für mich, aber ich hatte den Verdacht, dass viele aus unserem

Dutzend das Gleiche dachten. Als er mir die Schulter drückte, spürte Claude intuitiv, dass ich mir Sorgen machte. Passen Sie auf sich auf, mein Junge. Wenn einer anfängt zu schießen, Kopf runter, okay? Das Kämpfen sollen die Profis erledigen. Seine Einschätzung meiner Fähigkeiten war rührend und aller Voraussicht nach zutreffend. Er wollte nicht, dass mir etwas zustieß, der Mann, der mir zusammen mit Man alles beigebracht hatte, was ich über die Methoden der Geheimdienstarbeit, was ich über Verschwiegenheit als Lebensform wusste. Wir warten auf euch, Jungs, sagte Claude. Bis bald, sagte ich. Das war alles.

Unter einem sichelförmigen Mond machten wir uns auf den Weg, aufgeputscht von einem Optimismus, mit dem man oft eine körperliche Anstrengung beginnt, eine Art Helium, das unsere Lungen füllte und uns vorwärtstrug. Eine Stunde später stapften wir nur noch, oder zumindest stapfte ich nur noch. Das Helium war aufgebraucht und hatte den ersten Anzeichen von Müdigkeit Platz gemacht, die in den Körper einsickerte wie Wassertropfen in ein Handtuch. Ein paar Stunden später kamen wir zu einem Wassertümpel, und der grauhaarige Hauptmann verlangte eine Pause. Als ich am Rand des vom Mondlicht beleuchteten Tümpels saß und meine schmerzenden Beine ausruhte, konnte ich auf der Armbanduhr gerade noch die geisterhaft leuchtenden Zeiger erkennen, die mir sagten, dass es ein Uhr morgens war. Genauso geisterhaft kamen mir meine Hände vor, die eine Zigarette aus meiner Brusttasche holen und sie halten und liebkosen wollten, ein Verlangen, das mein Nervensystem elektrisierte. Anscheinend unberührt von solchen Anwandlungen, saß Bon neben mir und aß schweigend ein Reisbällchen. Aus dem Tümpel stieg übler Gestank nach Schlamm und Fäulnis auf, und auf der Oberfläche trieb in einem Kranz aus abgeworfenen Federn ein toter Vogel von der Größe eines Finken. Bombenkrater, murmelte

Bon. Der Bombenkrater war ein Fußabdruck der Amerikaner, ein Hinweis, dass wir schon in Laos waren. Während wir weiter nach Osten vordrangen, sahen wir noch mehr von diesen Kratern, vereinzelte oder ganze Gruppen davon. Vorsichtig mussten wir uns an den entwurzelten, zu Stiften zerhäckselten Cajeputbäumen vorbeischlängeln, die es in alle Richtungen geschleudert hatte. Einmal entdeckten wir in der Nähe eines Dorfes Krater, an deren Ufern Pfosten in den Boden gerammt waren. Darüber spannten sich Netze, mit denen die Bauern die Nachkommen der Fische fingen, die sie dort ausgesetzt hatten.

Kurz vor Tagesanbruch ließ uns der grauhaarige Hauptmann an einer Stelle haltmachen, die laut dem Lao-Bauern so abgelegen war, dass sie von den Bewohnern des Grenzgebiets nur selten aufgesucht wurde. Der Rastplatz befand sich auf einer Hügelkuppe. Auf dem Boden unter den gleichgültigen Cajeputbäumen breiteten wir unsere Ponchos aus und krochen unter die Kapuzenumhänge, die wir aus Palmwedeln geflochten hatten. Ich legte den Kopf auf meinen Rucksack, in dem sich nicht nur meine Verpflegung, sondern im Geheimfach auch *Der Kommunismus in Asien und der orientalische Modus der Zerstörung* befand – für den Fall, dass ich das Buch jemals wieder brauchen sollte. Drei von uns mussten jeweils dreistündige Wachen übernehmen, und unglücklicherweise wurde ich für eine mittlere Schicht eingeteilt. Ich lag mit meinem Hut auf dem Gesicht da, und es kam mir vor, als wäre ich gerade erst eingeschlafen gewesen, als mich der bullige MG-Schütze an der Schulter packte und schüttelte, mir seinen abscheulichen bakterienverseuchten Atem ins Gesicht hauchte und mich darüber informierte, dass es Zeit für meine Wache sei. Die Sonne stand hoch am Himmel, und meine Kehle war ausgetrocknet. Durch mein Fernglas sah ich den Mekong, einen braunen Gürtel, der den grünen Rumpf der Erde teilte. Ich sah die Frage- und Ausrufezeichen, die der Rauch von Holzfeuern formte und die aus Bauernhäusern und Ziegeleien aufstiegen. Ich sah die Bauern, die mit nackten Beinen hinter ihren Wasserbüffeln durch das schlammige Wasser der Reisfelder wateten. Ich sah Landstraßen und Feldwege, auf denen der Verkehr aus der Ferne aussah, als schleppte er sich so quälend langsam dahin wie arthritische Schildkröten. Ich sah die zerfallenen Sandsteinruinen alter Tempel, errichtet vor langer Zeit von einem untergegangenen Volk, beherrscht von einem vergessenen Tyrannen, der blind war für den Verfall seines Reiches. Ich sah das gesamte Land vor mir liegen, den nackten, der prallen Sonne ausgesetzten Körper, der überhaupt nicht dem geheimnisvollen Geschöpf ähnelte, das er nachts gewesen war, und plötzlich packte mich mit solcher Kraft eine gewaltige Sehnsucht, dass die Landschaft vor meinen Augen verschwamm und zu beben begann, und ich erkannte verwundert und erschüttert zugleich, dass bei allem Lebensnotwendigen, das wir dabeihatten, keiner von uns auch nur an einen Tropfen Schnaps gedacht hatte.

Die zweite Nacht war anders als die erste. Mir war nicht klar, ob ich in jener Nacht selbst marschiert war oder ob ich nur über einer buckelnden und keuchenden Bestie gehangen hatte. Galle schwappte in meinen Rachen und zog sich wieder zurück, meine Ohren schwollen an, ich zitterte wie im Winter. Als ich nach oben schaute, sah ich durch die Zweige die Sterne vorbeihuschen wie wirbelnde, in einer Schneekugel gefangene Schneeflocken. Sonny und der maßlose Major lachten leise, während sie mit ihren riesigen Händen die Kugel schüttelten und mich durch ihre durchsichtige Membran beobachteten. Ich spürte den Boden unter meinen Füßen nicht mehr, das einzig Solide, das mich in der materiellen Welt verankerte, war das

Gewehr in meiner Hand. Ich umfasste das AK-47, wie ich Lanas Arme umfasst hatte in der Nacht, in der ich in Sonnys Wohnung gewesen war. Sie war nicht überrascht, als sie mir die Tür öffnete, denn sie hatte immer gewusst, dass ich zurückkommen würde. Ich hatte dem General nicht von Lana und mir erzählt, aber es wäre besser gewesen. Das Einzige, was er nie würde tun können, hatte ich getan, denn weil ich gerade einen Mann getötet hatte, galt für mich kein Verbot, nicht einmal für das, was ihm gehörte oder von ihm stammte. Selbst der Duft des Waldes war ihr Duft, und als ich meinen Rucksack abnahm und mich mitten in dem Bambuswäldchen zwischen Bon und den abgestumpften Leutnant setzte, erinnerte mich sogar die Feuchtigkeit der Erde an sie. Über uns erleuchteten zahllose Glühwürmchen die Zweige, und ich spürte, dass die Schnauzen und Augen des Waldes auf uns gerichtet waren. Manche Tiere konnten in der Dunkelheit sehen, aber nur die Menschen kundschafteten bewusst jede mögliche Route in die Dunkelheit ihres Inneren aus. Wir sind eine Spezies, die nie vor einer Höhle, einer Tür, einem Eingang umgekehrt ist, die überall hineinwill. Ein Weg ist uns dazu nicht genug. Wir probieren alle aus, sogar die finstersten und bedrohlichsten Korridore. Das wurde mir in meiner Nacht mit Lana wieder klar. Ich muss pinkeln, sagte der abgestumpfte Leutnant und stand auf. Er verschwand in der Dunkelheit des Waldes, und über ihm blinkten die Glühwürmchen im Gleichtakt. Weißt du, warum ich dich mag?, hatte sie hinterher gefragt. Du verkörperst alles, was meine Mutter hasst. Ich war nicht beleidigt. Mich hatte man mit so viel Hass zwangsernährt, dass meiner davon angeschwollenen Leber ein bisschen mehr kaum schaden konnte. Wenn meine Feinde mir jemals meine Leber herausschneiden und sie essen würden, wie es die Kambodschaner gerüchteweise tun, dann werden sie begeistert sein, denn war man erst mal auf den Geschmack gekommen, dann war nichts köstlicher als die Foie gras des Hasses. Aus der Richtung, in die der Leutnant verschwunden war, hörte ich das Knacken eines Zweiges. Alles in Ordnung mit dir?, fragte Bon. Ich nickte und konzentrierte mich auf die Glühwürmchen, auf ihr gemeinschaftliches Blinken, das die Konturen der Bambusbäume nachzeichnete und in eine Dschungelweihnacht verwandelte. Es raschelte im Unterholz, und die schmale Gestalt des Leutnants tauchte aus dem Bambus auf.

Hey, sagte er. Ich …

Ein Lichtblitz und ein Knall blendeten und betäubten mich. Ich zuckte zusammen. Erde und Kies prasselten auf mich herab, meine Ohren klingelten. Jemand schrie, als ich mich auf den Boden kauerte und die Arme über dem Kopf verschränkte. Jemand schrie, und das war nicht ich. Jemand fluchte, und das war nicht ich. Ich wischte mir die Erde vom Gesicht und schaute in die Bäume über mir. Alles war dunkel. Die Glühwürmchen hatten aufgehört zu blinken, und wieder schrie jemand. Es war der abgestumpfte Leutnant, der sich im Farn krümmte. Der philosophierende Sanitäter stieß mich an, als er auf den Leutnant zustürzte. Der grauhaarige Hauptmann schälte sich aus der Dunkelheit und sagte: Nehmt eure Verteidigungsstellung ein, gottverdammt. Neben mir wandte Bon dem Chaos den Rücken zu, zog den Schlitten zurück – *klick-klack* – und zielte mit der Waffe in die Dunkelheit. Um mich herum hörte ich das gleiche *Klick-Klack*. Alle Waffen waren im Anschlag. Meine auch. Jemand schaltete eine Taschenlampe ein, und obwohl ich dem Geschehen den Rücken zuwandte, nahm ich das helle Leuchten wahr. Das Bein ist ab, sagte der philosophierende Sanitäter. Der Leutnant hörte nicht auf zu schreien. Halt die Lampe, damit ich es abbinden kann. Jeder im Tal hört das, sagte der dunkle Marineinfanterist. Kommt er durch?, fragte der grauhaarige Hauptmann. Im Krankenhaus vielleicht, sagte der Sanitäter. Drück ihn auf den Boden. Wir müssen ihm das Maul stopfen, sagte der dunkle Marineinfanterist. Muss eine Mine gewesen sein, sagte der grauhaarige Hauptmann. Kein Angriff. Entweder tun Sie es, oder ich tue es, sagte der dunkle Marineinfanterist. Jemand drückte dem Leutnant die Hand auf den Mund und brachte die Schreie zum Ersticken. Ich schaute über die Schulter und sah, wie der dunkle Marineinfanterist mit einer Taschenlampe den philosophierenden Sanitäter anleuchtete, der am Stumpf des Leutnants sinnloserweise einen Druckverband anlegte. An der Stelle über dem Knie, wo das Bein abgerissen war, ragte der Stift eines Knochens heraus. Der grauhaarige Hauptmann hielt dem Leutnant mit einer Hand den Mund zu, mit der anderen drückte er ihm die Nasenflügel zusammen. Der Leutnant würgte, riss an den Ärmeln des philosophierenden Sanitäters und des grauhaarigen Hauptmanns. Der dunkle Marineinfanterist knipste die Taschenlampe aus. Nach und nach erlahmte das Treten und verstummten die Würgegeräusche. Schließlich war er still. Tot. Aber wenn er wirklich tot war, warum hörte ich dann noch immer seine Schreie?

Wir müssen verschwinden, sagte der dunkle Marineinfanterist. Jetzt kommt noch keiner, aber wenn es hell wird. Der grauhaarige Hauptmann sagte nichts. Haben Sie gehört? Der grauhaarige Hauptmann sagte Ja. Dann tun Sie was, sagte der dunkle Marineinfanterist. Wir müssen bei Tagesanbruch so weit weg sein wie möglich. Der grauhaarige Hauptmann sagte: Wir müssen ihn begraben. Der dunkle Marineinfanterist sagte: Das dauert zu lange. Der grauhaarige Hauptmann befahl, ihn mitzunehmen. Wir teilten die Munition des Leutnants auf, gaben den Rucksack dem Lao-Bauern, das M16 des Leutnants nahm der dunkle Marineinfanterist. Der bullige MG-Schütze gab sein M60 dem dunkleren Marineinfanteristen und wuchtete sich den Körper des Leutnants über die Schulter. Wir wollten uns gerade in Bewegung setzen, als der MG-Schütze sagte: Wo ist das Bein? Der dunkle Marineinfanterist knipste die Taschenlampe an. Das Bein lag auf einem Bett aus geschreddertem Farnkraut. Das Fleisch war zerfleddert, schwarze Stoffreste klebten daran, aus einem gezackten Riss ragte ein zersplitterter weißer Knochen. Wo ist der Fuß?, sagte der dunkle Marineinfanterist. Ich glaube, den hat es einfach zerrissen, sagte der philosophierende Sanitäter. Auf den in den Farnbüschen hängenden Fetzen rosa Fleisch, Haut und Gewebe krochen schon Ameisen herum. Der dunkle Marineinfanterist hob das Bein auf, und als er sich wieder aufrichtete, war ich der Erste, den er sah. Hier, gehört Ihnen, sagte er und hielt mir das Bein hin. Ich wollte mich weigern, aber irgendwer musste es ja tragen. *Denk immer dran, du bist nicht etwas Halbes, sondern das Doppelte von allem.* Irgendwer musste es tun, warum nicht ich? Es war nur ein Klumpen Fleisch, blutverklebt und dreckverschmiert. Ich nahm das Bein und wischte die Ameisen weg. Es stammte von einem kleinen Mann, es schien mir unwesentlich schwerer als mein AK-47. Der grauhaarige Hauptmann gab den Befehl zum Abmarsch, und ich folgte dem MG-Schützen mit dem Leutnant über der Schulter. Das Hemd des Leutnants war hochgerutscht, das entblößte Fleisch glänzte blau im Mondlicht.

In einer Hand hatte ich das Bein, die andere umfasste den Riemen des AK-47, das über meiner Schulter hing. Das Bein eines Mannes erschien mir weit schwerer als seine Leiche. Ich hielt das Bein so weit von mir weg wie möglich. Es wurde schwerer und schwerer – wie die Bibel meines Vaters, die ich vor der ganzen Klasse als Strafe für irgendeine Verfehlung mit ausgestrecktem Arm in meinen Händen halten musste wie in einer Waagschale. Ich trug diese Erinnerung immer noch mit mir herum, ebenso die an die aufgebahrte Leiche meines Vaters, die so weiß war wie der Knochen, der aus dem abgestumpften Leutnant ragte. Der Gesang der in der Kirche versammelten Gemeinde summte noch immer in meinen Ohren. Vom Tod meines Vaters hatte ich erfahren, als sein Diakon im Polizeipräsidium anrief. Woher haben Sie diese Telefonnummer?, fragte ich ihn. Er hatte sie in den Unterlagen auf dem Schreibtisch meines Vaters gefunden. Ich schaute auf das Dokument, das auf meinem eigenen Schreibtisch lag. Es handelte sich um einen geheimen Untersuchungsbericht über einen nicht weiter bemerkenswerten Vorfall im vergangenen Jahr, 1968, als ein amerikanischer Zug ein fast verlassenes Dorf in der Nähe von Quang Ngai pazifiziert hatte. Laut Zeugenaussage eines reumütigen Gefreiten hatten die Soldaten erst die Wasserbüffel, Schweine und Hunde exekutiert, dann einer nach dem anderen vier Mädchen vergewaltigt und schließlich die vier Mädchen sowie fünfzehn Alte, Frauen und Kinder auf dem Dorfplatz zusammengetrieben und so lange geschossen, bis alle tot waren. Laut Bericht des Zugführers hatten seine Männer neunzehn Vietcong getötet, hatten allerdings, von ein paar Spaten und Hacken, einer Armbrust und einer Muskete abgesehen, keine Waffen sichergestellt. Ich habe keine Zeit, sagte ich. Es wäre wichtig für Sie, dabei zu sein, sagte der Diakon. Warum soll das wichtig für mich sein?, fragte ich. Nach einer langen Pause sagte der Diakon: Sie waren ihm wichtig, und er war Ihnen wichtig. Da war mir klar, dass der Diakon Bescheid wusste.

Unser Gewaltmarsch dauerte zwei Stunden, genauso lange wie die Totenmesse für meinen Vater. Ein Bach gurgelte in dem ansonsten ausgetrockneten Flussbett, wo wir anhielten und mir eine Bougainvillearanke das Gesicht zerkratzte. Ich legte das Bein auf den Boden, und die Marineinfanteristen begannen, ein flaches Grab auszuheben. Ich kniete mich an den Bach und wusch mir im kalten Wasser das klebrige Blut von den Händen. Als das Grab ausgehoben war, waren meine Hände trocken, und am Horizont schien schwach ein violetter Lichtstreifen auf. Der grauhaarige Hauptmann entrollte den Palmblätterumhang des abgestumpften Leutnants, und der bullige MG-Schütze legte die Leiche darauf. Erst da merkte ich, dass ich mir die Hände noch einmal würde schmutzig machen müssen. Ich nahm das Bein und legte es an seinen Platz. In dem violetten Licht sah ich seine offenen Augen und seinen schlaffen Mund, und ich hörte ihn immer noch schreien. Der grauhaarige Hauptmann schloss die Augen und den Mund und wickelte den Körper in den Umhang. Aber als er und der bullige MG-Schütze ihn anhoben, rutschte das Bein wieder aus dem Umhang. Ich wischte meine klebrige Hand gerade wieder an meinem Hosenbein ab, aber es half nichts, ich musste das Bein noch einmal anfassen. Der Körper lag jetzt in seinem Grab, ich beugte mich hinunter und schob das Bein unterhalb des Knies in den Umhang. Noch während wir das Grab zuschaufelten, schlängelten sich glänzende Würmer aus dem Erdreich. Das Grab war gerade tief genug, um für einen oder zwei Tage unsere Spur zu verwischen, dann würden Tiere die Leiche ausgraben und fressen. Ich kniete noch am Grab, als Sonny neben mir in die Hocke ging und sagte: Eins würde mich interessieren. Ist der Leutnant ab jetzt auf einem oder zwei Beinen unterwegs? Und krabbeln ihm Würmer aus den Augen oder nicht? Also ehrlich, sagte der maßlose Major und reckte dabei den Kopf aus dem Grab, welche Form ein Geist annimmt, ist ein echtes Rätsel. Warum sehe ich noch immer so aus wie vorher, mal abgesehen von dem Loch in meinem Kopf, und nicht wie ein ekelhafter Brei aus Knochen und Fleisch? Sag mir das,

Hauptmann! Du weißt doch sonst immer alles, oder? Wenn ich darauf eine Antwort gehabt hätte, hätte ich sie ihm gesagt, aber das war schwierig, wenn man sich fühlte, als hätte man selbst ein Loch im Kopf.

Der Tag verging, ohne dass wir entdeckt wurden, und wir erreichten nach einem kurzen Marsch am späten Abend das Ufer des im Mondlicht schimmernden Mekong. Irgendwo auf der anderen Seite warteten schon Sie, Kommandant, und der Mann ohne Gesicht, Ihr Kommissar, auf mich. Das konnte ich zwar noch nicht wissen, aber wenn man damit beschäftigt ist, sich Blutegel vom Körper zu klauben, die so hartnäckig an einem kleben wie böse Erinnerungen, hat man so seine Vorahnungen. Bis der Lao-Bauer einen dieser lebhaften schwarzen Finger von seinem Knöchel pflückte, hatten wir die Egel unwissentlich mitgeschleppt. Ich zupfte ein kleines Monster von meinem Bein, das sich dort festgesaugt hatte, und verspürte unwillkürlich den Wunsch, es wäre Lana, die da so an mir hing. Der dürre Funker benachrichtigte das Basislager, und während der grauhaarige Hauptmann dem Admiral Bericht erstattete, zeigte sich einmal mehr, dass die Marineinfanteristen für etwas gut waren, denn sie bauten aus Bambusstämmen und Lianen ein Floß. Mit provisorischen Paddeln aus Bambus würden vier Männer über den Fluss rudern können. Der dunklere Marineinfanterist, der zum ersten Team gehören würde, würde ein Seil an einem Baum auf der anderen Flussseite festmachen, an dem er sich auf seinem Rückweg entlanghangeln konnte. Vier Überquerungen würden uns auf die andere Seite bringen. Die erste Gruppe startete kurz vor Mitternacht: der dunkelere Marineinfanterist, der Hmong-Späher, der bullige MG-Schütze und der dunkle Marineinfanterist. Der Rest von uns verteilte sich am ungeschützten Ufer. Wir kauerten mit dem Rücken zum Fluss unter unseren Umhängen aus Palmblättern und richteten unsere Gewehre auf den gigantischen Wald.

Eine halbe Stunde später kehrte der dunklere Marineinfanterist zurück. Die nächsten drei Männer bestiegen das Floß, der Lao-Bauer, der dunkelste Marineinfanterist und der philosophierende Sanitäter, der am Grab des abgestumpften Leutnants als eine Art Segen gesagt hatte: Wir Lebenden sind alle Sterbende. Die einzigen Nichtsterbenden sind die Toten. Was zum Teufel soll das heißen?, fragte der dunkle Marineinfanterist. Ich wusste, was es heißt. Meine Mutter war keine Sterbende, weil sie tot war. Mein Vater war auch kein Sterbender, weil er tot war. Aber ich an diesem Uferstreifen war ein Sterbender, weil ich noch nicht tot war. Was sind *wir* dann?, fragten Sonny und der maßlose Major. Sterbende oder Tote? Ich erschauerte, blickte über den Lauf meines Gewehrs in den dunklen Wald und sah die Umrisse noch anderer Geister zwischen den verwunschenen Bäumen. Geister von Menschen und Geister wilder Tiere, Pflanzengeister und Insektengeister, die Geister von toten Tigern und Fledermäusen, von Palmfarnen und Kobolden – Pflanzenwelt und Tierwelt erhoben ebenfalls Anspruch auf ein Nachleben. Der gesamte Wald schimmerte vor den Possen des Todes, diesem Komiker, und des Lebens, diesem Griesgram, ein Duo, das immer zusammengehören würde. Leben bedeutete, von der Unausweichlichkeit des eigenen Verfalls verfolgt zu werden, Tod bedeutete, von der Erinnerung ans Leben verfolgt zu werden.

Hey, zischte der grauhaarige Hauptmann, Sie sind dran. Eine weitere halbe Stunde musste vergangen sein. Das Floß kratzte wieder auf das Ufer, am Seil über den Fluss gezogen von dem dunkleren Marineinfanteristen. Bon und ich standen auf – ebenso Sonny und der maßlose Major, die mich begleiten wollten. Ich erinnere mich an das weiße Rauschen des Wassers, an den Schmerz in meinen Knien, an das Gewicht des Gewehrs in meinen Armen. Ich erinnere mich daran, wie ungerecht ich es fand, dass meine Mutter mich niemals besuchte, egal, wie oft ich sie angerufen hatte – anders als Sonny und der maßlose Major, die ich für immer mit mir herumschleppen würde. Ich erinnere mich, dass keiner von uns auf dem Uferstreifen – in Umhängen aus Palmblättern, mit geschwärzten Gesichtern, Waffen aus der mineralischen Welt umklammernd – wie ein Mensch aussah. Ich erinnere mich daran, dass der grauhaarige Hauptmann mir das Paddel hinhielt und sagte: Hier, nimm!, eine Sekunde, bevor eine Peitsche neben meinem Ohr knallte und der Kopf des grauhaarigen Hauptmanns aufplatzte und sein Gehirn breiig herausschwappte. Ein nasser Spritzer landete weich auf meiner Backe, und auf beiden Seiten des Ufers brach donnernder Lärm los. Mündungsfeuer blitzte auf der anderen Seite auf, und das Dröhnen von Granaten zerriss die Luft. Der dunklere Marineinfanterist hatte gerade einen Schritt vom Floß herunter gemacht, als eine Panzerfaust an mir vorbeizischte, das Floß in einem Hagel aus Feuer und Funken in Flammen aufgehen ließ und den dunkleren Marineinfanteristen in das flache Uferwasser schleuderte, wo er schreiend, noch nicht ganz tot, liegen blieb.

Kopf runter, du Trottel! Bon zog mich nach unten. Der dürre Funker erwiderte schon das Feuer in unsere Seite des Waldes. Das Geräusch seiner Maschinenpistole hämmerte gegen mein Trommelfell. Ich spürte die Wucht der Waffen und die Geschwindigkeit, mit der die Kugeln über meinen Kopf hinwegpfiffen. Angst blähte mein Herz auf, und ich presste meine Backe in die Erde. Der abschüssige Uferstreifen schützte uns, wir befanden uns unterhalb des Blickfelds der rachsüchtigen Waldgeister. Schieß, gottverdammt, sagte Bon. Dutzende wahnsinniger, mörderischer Glühwürmchen flackerten im Wald auf und verloschen wieder. Mündungsfeuer. Zum Schießen hätte ich den Kopf heben und zielen müssen, aber die Waffen machten einen Höllenlärm, und ich konnte spüren, wie die Kugeln in die Erde einschlugen. Schieß, gottverdammt! Ich hob das Gewehr und zielte in den Wald, und als ich abdrückte, schlug es hart gegen meine Schulter. Das Mündungsfeuer erleuchtete die Dunkelheit, sodass jeder, der uns umbringen wollte, jetzt genau wusste, wo ich war, aber es blieb mir nichts anderes übrig, als immer weiterzuschießen. Meine Schulter schmerzte von dem permanenten Schlagen des Gewehrs, und als ich eine Pause machte, um das Magazin auszuwerfen und ein neues einzuklinken, spürte ich auch den Schmerz in meinen Ohren, die den stereofonen Lärm des Feuergefechts auf unserer und der anderen Seite des Flusses aushalten mussten. Jeden Moment fürchtete ich, Bon könne aufspringen und mich zu einem Vorstoß ins andere Lager auffordern. Ich wusste, dass ich dazu nicht imstande wäre. Ich fürchtete den Tod und liebte das Leben. Nichts wünschte ich mir sehnlicher, als lange genug zu leben, um noch eine Zigarette rauchen, noch einen Drink nehmen, noch sieben Sekunden unanständiger Glückseligkeit erleben zu können, um dann vielleicht, höchstwahrscheinlich aber doch nicht, sterben zu können.

Plötzlich verstummten die Schüsse, und nur noch Bon und ich feuerten weiter in die Dunkelheit. Erst da bemerkte ich, dass der dürre Funker längst damit aufgehört hatte. Ich hielt inne und sah im Mondlicht seinen über das stumme Gewehr gebeugten Kopf. Bon war der Einzige, der noch feuerte, aber nachdem er sein Magazin geleert hatte, hörte auch er damit auf. Auch das Gefecht auf der anderen Seite des Flusses war vorbei, und ein paar Männer riefen uns in einer fremden Sprache etwas zu. Dann rief jemand aus den Tiefen des düsteren Waldes auf unserer Seite etwas in unserer Sprache. Gebt auf! Sterbt nicht für nichts! Es war ein Akzent aus dem Norden.

Bis auf das heisere Flüstern des Flusses war es still auf unserer Seite. Niemand schrie nach seiner Mutter, und da wusste ich, dass auch der dunklere Marineinfanterist tot war. Ich drehte mich zu Bon um. Im Licht des Mondes sah ich das Weiß in seinen feucht schimmernden Augen, die mich anschauten. Wenn du nicht wärst, du Mistkerl, dann würde ich jetzt hier sterben. Das war das dritte Mal, seit ich ihn kannte, dass ich ihn weinen sah. Nicht in apokalyptischem Zorn wie damals, als seine Frau und sein Sohn gestorben waren, oder aus Melancholie wie mit Lana, sondern leise, geschlagen. Die Mission war vorüber, er lebte, und mein Plan hatte funktioniert, egal, wie plump oder versehentlich. Ich hatte es geschafft, ihn zu retten, aber, wie sich herausstellte, lediglich vor dem Tod.

NEUNZEHNTES KAPITEL

Lediglich vor dem Tod? Ein Finger des Kommandanten ruhte auf dem letzten Wort meines Geständnisses. Er schien ernsthaft verletzt zu sein. In der anderen Hand hielt er einen blauen Bleistift, blau, weil auch Stalin einen blauen Bleistift benutzt hatte. Jedenfalls sagte er das. Wie Stalin war der Kommandant ein gewissenhafter Redakteur, der ständig meine vielen Fehler und Abschweifungen vermerkte und mich drängte, auszuradieren, durchzustreichen, umzuschreiben oder hinzuzufügen. Die Andeutung, dass das Leben im Lager schlimmer sei als der Tod, ist ein klein wenig theatralisch, finden Sie nicht auch? Der Kommandant, der da auf seinem Bambusstuhl saß, klang ausgesprochen vernünftig, so hatte ich zumindest einen Augenblick lang den Eindruck. Aber dann fiel mir wieder ein, dass ich noch vor einer Stunde in der fensterlosen Einzelzelle aus rotem Backstein gesessen hatte, in der ich seit dem Hinterhalt vor einem Jahr an den vielen Versionen meines Geständnisses schrieb, deren letzte der Kommandant gerade vor sich hatte. Vielleicht ist Ihre Perspektive eine andere als meine, Genosse Kommandant, sagte ich und versuchte, mich an den Klang meiner eigenen Stimme zu gewöhnen. Ich hatte seit einer Woche nicht mehr gesprochen. Ich bin ein Gefangener, fuhr ich fort, und Sie sind derjenige, der das Sagen hat. Möglich, dass es Ihnen schwer fällt, mich zu verstehen, und umgekehrt.

Der Kommandant seufzte und legte das letzte Blatt meines Geständnisses auf die 417 vorangegangenen Seiten, die aufgestapelt auf einem Tisch neben seinem Stuhl lagen. Wie oft soll ich es Ihnen noch sagen? Sie sind kein Gefangener! Diese Männer sind Gefangene, sagte er und deutete aus dem Fenster zu den Baracken, in denen tausend Häftlinge saßen, darunter meine Mitüberlebenden, der Lao-Bauer, der Hmong-Späher, der philosophierende Sanitäter, der dunkelste Marineinfanterist, der dunkle Marineinfanterist und Bon. Sie sind ein Sonderfall. Er zündete sich eine Zigarette an. Sie sind mein Gast und der des Kommissars.

Gäste haben die Möglichkeit zu gehen, Genosse Kommandant. Ich hielt inne, um seine Reaktion abzuwägen. Ich wollte eine Zigarette von ihm, die ich aber nicht bekommen würde, wenn ich ihn verärgerte. Heute war er jedoch selten guter Stimmung und runzelte nicht die Stirn. Er hatte die Wangenknochen und feinen Gesichtszüge eines Opernsängers. Nicht einmal zehn Jahre Kriegsführung aus einer Höhle in Laos heraus hatten sein klassisch gutes Aussehen ruiniert. Was ihn manchmal unattraktiv machte, war seine Verdrießlichkeit, ein andauerndes klammes Leiden, das er mit jedem im Lager gemein hatte, mich eingeschlossen. Das war die Schwermut der heimwehkranken Soldaten und Gefangenen, eine anhaltende Ausdünstung, die verhinderte, dass die Kleidung, die man trug, trocknete, auch nicht bei mir, der ich jetzt auf dem Bambusstuhl saß. Der Kommandant kam wenigstens in den Genuss eines elektrischen Ventilators, einer von nur zweien im Lager. Laut meinem Wachmann mit dem Babygesicht stand der andere im Quartier des Kommissars.

Vielleicht ist »Patient« ein besserer Ausdruck als »Gast«, sagte der Kommandant und korrigierte erneut. Sie sind in fremde Länder gereist und mit einigen gefährlichen Ideen in

Kontakt gekommen. Man sollte keine ansteckenden Ideen in ein Land bringen, das nicht daran gewohnt ist. Denken Sie an die Menschen, die so lange von fremden Ideen abgeschottet waren. Sie diesen auszusetzen könnte in Köpfen, die dafür nicht bereit sind, eine wahre Katastrophe anrichten. Wenn Sie die Lage von unserem Standpunkt aus betrachteten, dann würden Sie einsehen, dass es nötig ist, Sie bis zu Ihrer Heilung unter Quarantäne zu stellen. Auch wenn es uns schmerzt, einen Revolutionär wie Sie in solchen Verhältnissen festhalten zu müssen.

Das sah ich ein, allerdings unter gewissen Mühen. Es gab Gründe, jemandem wie mir, der sein gesamtes Leben lang mit Misstrauen konfrontiert war, zu misstrauen. Trotzdem fiel es mir schwer, ein Jahr in einer Einzelzelle, die ich nur einmal täglich blinzelnd und blass für eine Stunde Sport verlassen durfte, nicht für ungerechtfertigt zu halten. Und das hatte ich dem Kommandanten bei jeder unserer wöchentlichen Sitzungen, während der er mein Geständnis kritisierte, was wiederum dazu führte, dass auch ich mich kritisierte, auch gesagt. Das schien auch ihn gerade zu beschäftigen, denn als ich meinen Mund wieder öffnete, sagte er: Ich weiß, was Sie sagen wollen. Noch mal: Sollte, basierend auf unserer gemeinsamen Arbeit und meinen Berichten unserer Selbstkritiksitzungen an den Kommissar, Ihr Geständnis schließlich zufriedenstellend sein, werden Sie ins nächste und, so unsere Hoffnung, letzte Stadium Ihrer Umerziehung eintreten können. Kurz, wenn der Kommissar glaubt, dass Sie bereit für Ihre Heilung sind.

Ach ja, wenn er das glaubt. Ich hatte den Mann ohne Gesicht, auch bekannt als der Kommissar, noch kein einziges Mal gesprochen. Keiner der Gefangenen hatte das. Sie sahen ihn nur bei seinen wöchentlichen politischen Vorträgen, wenn er hinter einem Tisch auf einem Podium in der Versammlungsbaracke saß, in der sich alle Gefangenen einzufinden hatten. Ich hatte ihn noch nicht einmal bei diesen Vorträgen gesehen, die laut Kommandant für die echten Reaktionäre, für die Marionetten nach Jahrzehnten ideologischer Gehirnwäsche lediglich Belehrung auf Grundschulniveau waren. Der Mann ohne Gesicht hatte meine Befreiung von diesen simplen Lektionen verfügt. Stattdessen genoss ich das Privileg, ohne andere Belastungen schreiben und reflektieren zu dürfen. Einen flüchtigen Blick auf den Kommissar konnte ich nur in den seltenen Augenblicken werfen, wenn ich bei den Sportübungen in meinem Laufstall den Kopf hob und ihn auf dem Balkon seines Bambusquartiers stehen sah, das sich auf dem größeren von zwei Hügeln befand, von dem aus man das ganze Lager überblickte. Am Fuß der Hügels befanden sich dicht an dicht Küche, Kantine, Waffenkammer, Latrinen, die Lagerschuppen der Wachmänner und die Einzelzimmer für besondere Fälle wie mich. Stacheldrahtzaun trennte dieses innere Lager der Wächter vom äußeren Lager, wo die Häftlinge – ehemalige Soldaten, Sicherheitsoffiziere oder Beamte des geschlagenen Regimes – langsam verrotteten. Neben einem der Tore in diesem Zaun befand sich ein Pavillon für Familienbesuche. Um überleben zu können, hatten sich die Gefangenen in emotionale Kakteen verwandelt. Die Frauen und Kinder brachen unweigerlich in Tränen aus, wenn sie ihre Ehemänner und Väter sahen, die sie höchstens einige Male im Jahr besuchen konnten, da das Lager selbst von der nächstgelegenen Stadt aus nur nach einer beschwerlichen Reise mit Zug, Bus und Motorrad zu erreichen war. Das äußere Lager war von der Ödnis der uns umgebenden, ausgedörrten Ebenen durch einen Zaun getrennt, der Wachtürme miteinander verband. Die Wächter trugen Tropenhelme, die sie vor der Sonne schützen sollten, und machten sich, so die Gefangenen, einen Spaß daraus, durch ihre Ferngläser die weiblichen Besucher des Pavillons zu beobachten. Von der erhöhten Terrasse des Kommandanten aus konnte man nicht nur diese Voyeure sehen, sondern auch die Kraterlandschaft und die nackten Bäume rund ums Lager, ein Wald aus Zahnstochern, über dem Böen von Krähen und Fluten von Fledermäusen in unheilvollen schwarzen Formationen aufstiegen. Bevor ich sein Quartier betrat, blieb ich immer kurz auf der Terrasse stehen und genoss die Aussicht, die mir in meiner Einzelzelle verwehrt war, wo ich, wenn schon nicht geheilt, so doch von der tropischen Hitze geröstet wurde.

Sie haben sich oft über die Dauer Ihres Besuchs beschwert, sagte der Kommandant. Aber Ihr Geständnis ist der notwendige erste Schritt zur Heilung. Es ist nicht meine Schuld, dass Sie ein Jahr gebraucht haben, um dieses Geständnis aufzuschreiben, das meiner Meinung nach noch nicht einmal sehr gut ist. Jeder außer Ihnen hat akzeptiert, eine Marionette in Uniform gewesen zu sein, ein imperialistischer Lakai, ein Spitzel, dem man eine Gehirnwäsche verpasst hat, ein kolonisierter Komprador oder ein heimtückischer Handlanger. Lassen wir mal beiseite, was Sie von meinen intellektuellen Fähigkeiten halten, aber ich weiß, dass die mir nur erzählen, was ich hören will. Sie jedoch wollen mir nicht erzählen, was ich hören will. Macht Sie das sehr schlau oder sehr dumm?

Ich war immer noch etwas benommen, der Bambusboden schwankte unter meinem Bambusstuhl. Es kostete mich immer eine Stunde, mindestens, bis ich mich nach der Dunkelheit und Enge in meiner Zelle wieder an Licht und Raum gewöhnte. Nun, sagte ich und klaubte die losen Enden meines Verstands zusammen: Ich glaube, das ungeprüfte Leben ist es nicht wert, gelebt zu werden. Deshalb danke ich Ihnen, Genosse Kommandant, dass Sie mir Gelegenheit geben, mein Leben zu prüfen. Er nickte wohlwollend. Niemandem sonst ist der Luxus gegönnt, einfach schreiben und dem geistigen Leben nachgehen zu dürfen, sagte ich. Meine verwaiste Stimme, die sich in der Zelle von mir gelöst und aus einer mit Spinnweben verhangenen Ecke zu mir gesprochen hatte, war zurückgekehrt. In mancherlei Hinsicht bin ich schlau, in manch anderer dumm. Zum Beispiel bin ich schlau genug, Ihre Kritik und Ihre redaktionellen Vorschläge ernst zu nehmen, aber ich bin zu dumm, um zu verstehen, dass mein Geständnis trotz der vielen Überarbeitungen Ihren hohen Standards noch nicht genügt.

Der Kommandant betrachtete mich durch eine Brille, die seine Augen doppelt so groß erscheinen ließ. Seine Sehschwäche war eine Folge der zehn Jahre, die er in einer dunklen Höhle gelebt hatte. Auch wenn Ihr Geständnis nur annähernd so zufriedenstellend wäre, sagte er, würde der Kommissar Sie fortfahren lassen mit dem, was er Ihre mündliche Prüfung nennt. Aber das, was er Ihre schriftliche Prüfung nennt, würde ich kaum als ein aufrichtiges Geständnis bezeichnen.

Aber ich habe doch vieles gestanden, Kommandant. Reicht das nicht?

Was den Inhalt angeht, vielleicht, aber nicht, was den Stil angeht. Bei Geständnissen ist der Stil so wichtig wie der Inhalt, das haben wir von den Roten Garden gelernt. Wir verlangen nur eine gewisse Gewandtheit im Ausdruck. Zigarette?

Ich verbarg meine Erleichterung und nickte nur beiläufig. Der Kommandant schob mir eine Zigarette zwischen die aufgesprungenen Lippen und zündete sie dann mit meinem von ihm beschlagnahmten Feuerzeug an. Ich inhalierte den Rauch wie lebensnotwendigen Sauerstoff. Die Infusion in meine Lungenflügel beruhigte meine zitternden Hände. Selbst in Ihrer letzten Bearbeitung zitieren Sie Onkel Ho nur ein einziges Mal. Das ist nur eins von vielen Symptomen dafür, dass Sie ausländische Intellektuelle und Kultur unseren einheimischen Traditionen vorziehen. Warum nur?

Ich bin vom Westen infiziert?

Genau. Dieses Eingeständnis war doch nicht schwer, oder? Komisch, dass Sie es dann nicht in Worte fassen können. Natürlich verstehe ich, warum Sie *Wie der Stahl gehärtet wurde* und *Spuren im verschneiten Wald* nicht zitiert haben. Sie hatten keinen Zugang dazu, obwohl im Norden jeder aus meiner Generation die Bücher gelesen hat. Aber To Huu unerwähnt zu lassen, unseren größten revolutionären Dichter? Und stattdessen die gelbe Musik von Pham Duy und die Beatles anzuführen? Der Kommissar besitzt sogar eine Sammlung gelber Musik, zu Forschungszwecken, wie er sagt. Er hat mir angeboten, sie mir anzuhören. Nein, danke, warum sollte ich mich von dieser Dekadenz infizieren lassen? Vergleichen Sie die von Ihnen erwähnten Lieder mit To Huus »Seit damals«, das ich in der Schule gelesen habe. Er schreibt »Die Sonne der Wahrheit schien mir ins Herz«, was genau die Gefühle ausdrückte, die die Revolution in mir ausgelöst hat. Zu meiner Infanterieausbildung in China hatte ich ein Buch von ihm dabei, und es half mir, durchzuhalten. Ich hoffe, die Sonne der Wahrheit wird auch in Ihr Herz scheinen. Aber ich denke auch an eins seiner anderen Gedichte, das von einem reichen Kind und dem eines Dieners handelt. Er schloss die Augen und rezitierte eine Strophe:

Ein Kind, es lebt im Überfluss
mit Spielzeug aus dem Westen, bergeweise.
Das andere Kind, es steht am Rande
schaut schweigend zu, von ferne.

Er schaute mich mit großen Augen an. Keiner Erwähnung wert, meinen Sie?

Wenn Sie mir das Buch geben, dann lese ich es, sagte ich. Seit einem Jahr hatte ich außer meinen eigenen Worten nichts mehr gelesen. Der Kommandant schüttelte den Kopf. In der nächsten Phase werden Sie keine Zeit mehr zum Lesen haben. Aber die Andeutung, Sie bräuchten nur ein Buch, dann wären Sie beschlagener, ist keine gute Verteidigung. Onkel Ho oder einen revolutionären Dichter nicht zu zitieren ist das eine, aber nicht einmal eine Volksweise oder ein Sprichwort zu zitieren? Nun, Sie mögen aus dem Süden kommen …

Ich wurde im Norden geboren und habe neun Jahre dort gelebt, Kommandant.

Sie haben sich für den Süden entschieden. Trotzdem haben Sie mit mir, der ich aus dem Norden stamme, eine gemeinsame Kultur. Aber aus dieser Kultur zitieren Sie nichts, nicht einmal das:

> Die guten Taten des Vaters sind so groß wie der Berg
>   Thai Son.
> Die Tugend der Mutter ist wie ein sprudelnder Quell
>   frischen Wassers.
> Von ganzem Herzen soll die Mutter verehrt, der Vater
>   geachtet werden,
> Auf dass das Kind seinen Weg erfolgreich gehen möge.

Haben Sie so etwas Grundlegendes nicht in der Schule gelernt?

Meine Mutter hat es mir beigebracht, sagte ich. Mein Geständnis zeigt, dass ich meine Mutter verehre, und es zeigt, warum ich meinen Vater nicht achten konnte. Die Beziehung zwischen Ihrer Mutter und Ihrem Vater ist in der Tat beklagenswert. Sie mögen glauben, ich sei herzlos, aber das bin ich nicht. Ich bin mir Ihrer Lage bewusst und fühle angesichts des Fluchs, der auf Ihnen lastet, mit Ihnen. Wie kann ein Kind erfolgreich seinen Weg gehen, wenn seine Quelle verunreinigt ist? Und doch kann ich mich nicht des Eindrucks erwehren, dass unsere eigene und nicht die westliche Kultur uns etwas über Ihre schwierige Lage zu sagen hat. »Oft widersprechen sich Gabe und Geschick.« Glauben Sie nicht auch, dass Nguyen Dus Worte auf Sie zutreffen? Ihr Geschick ist es, ein Bastard zu sein, Ihre Gabe, wie Sie selbst sagen, dadurch alles von zwei Seiten betrachten zu können. Sie wären besser dran, wenn Sie die Dinge nur von einer Seite betrachteten. Vom Dasein eines Bastards kann man nur gesunden, wenn man sich für eine Seite entscheidet.

Sie haben recht, Genosse Kommandant, sagte ich, und vielleicht hatte er ja recht. Aber das Einzige, was noch schwieriger ist, als herauszufinden, was das Richtige ist, fuhr ich fort, ist, das Richtige zu tun.

Stimmt. Allerdings ist mir ein Rätsel, dass Sie im persönlichen Gespräch absolut vernünftig sind, aber auf dem Papier so renitent. Der Kommandant schenkte sich aus einer recycelten Colaflasche einen Schluck ungefilterten Reiswein ein. Auch ein Gläschen? Ich schüttelte den Kopf, auch wenn mich mein priapeisches Verlangen nach einem Drink hart ankam. Tee, bitte, sagte ich mit krächzender Stimme. Der Kommandant schenkte mir eine Tasse lauwarmes, gefärbtes Wasser ein. In den ersten paar Wochen boten Sie wirklich einen traurigen Anblick. Sie waren ein tobsüchtiger Irrer. Die Einzelzelle hat Ihnen gut getan. Jetzt sind Sie gereinigt, zumindest Ihr Körper.

Wenn der Schnaps so schlecht für mich ist, Kommandant, warum trinken Sie ihn dann?

Anders als Sie trinke ich nicht exzessiv. Der Krieg hat mich diszipliniert. Wenn man in einer Höhle lebt, überdenkt man sein ganzes Leben. Sogar Dinge wie, was man mit seinen Ausscheidungen macht. Schon mal darüber nachgedacht?

Hin und wieder.

Höre ich da Sarkasmus? Immer noch nicht zufrieden mit Ihrer Unterbringung und den Einrichtungen des Lagers? Verglichen mit dem, was ich in Laos durchgemacht habe, ist das nichts. Deshalb ist mir auch die Unzufriedenheit so mancher unserer Gäste ein Rätsel. Sie glauben, ich spiele hier nur den Verblüfften, nein, ich bin ehrlich überrascht. Wir stecken sie nicht in eine Kiste unter der Erde. Wir ketten sie nicht an, bis ihnen die Beine abfaulen. Wir schütten ihnen keinen Kalk über den Kopf und prügeln sie blutig. Stattdessen lassen wir sie ihre eigene Nahrung anpflanzen, ihre eigenen Häuser bauen, frische Luft atmen, das Sonnenlicht genießen und an der Umgestaltung der Landschaft mitarbeiten. Vergleichen Sie das damit, wie Ihre amerikanischen Verbündeten diese Landschaft vergiftet haben. Keine Bäume. Nichts wächst. Blindgänger – Minen und Bomben – töten und verstümmeln Unschuldige. Das war mal eine herrliche Landschaft hier. Jetzt ist es nur noch Ödland. Ich konfrontiere unsere Gäste mit diesen Vergleichen und sehe die Ungläubigkeit in ihren Augen, sogar wenn sie meiner Meinung sind. Wenigstens sind Sie mir gegenüber ehrlich, auch wenn mir das, um ehrlich Ihnen gegenüber zu sein, nicht als die gesündeste Strategie erscheint.

Für die Revolution habe ich mein Leben im Untergrund verbracht, Kommandant. Das Mindeste, was die Revolution mir zugestehen kann, ist das Recht, über der Erde zu leben und absolut ehrlich bezüglich meiner Taten zu sein, wenigstens bis Sie mich wieder unter die Erde bringen.

Da, schon wieder, Sie sind ohne Grund aufmüpfig. Verstehen Sie nicht, dass wir in prekären Zeiten leben? Es wird die Revolution Jahrzehnte kosten, bis das Land wieder aufgebaut ist. Absolute Ehrlichkeit wird in solchen Zeiten nicht immer geschätzt. Deshalb bewahre ich das hier auf. Er zeigte auf ein

Glasgefäß, das auf einem Bambusschränkchen stand und mit einem Stück Jute zugedeckt war. Er hatte mir das Glas schon mehr als einmal gezeigt, obwohl einmal schon mehr als genug gewesen wäre. Dennoch beugte er sich hinüber und zog das Tuch vom Glas, und mir blieb nichts weiter zu tun, als das Exponat anzuschauen, das, gäbe es Gerechtigkeit auf der Welt, im Louvre oder in sonst einem großen, den Errungenschaften der westlichen Welt gewidmeten Museum ausgestellt wäre. In Formaldehydlösung schwebte eine grünliche Monströsität, die aus dem Weltall oder den gruseligsten Tiefen des Ozeans zu stammen schien. Ein chemisches Entlaubungsmittel, erfunden von einem amerikanischen Frankenstein, hatte dieses eingelegte nackte Baby mit einem Körper, aber zwei Köpfen, mit vier geschlossenen Augen, aber zwei aufgerissenen, permanent mongoloid gähnenden Mündern hervorgebracht. Zwei Gesichter wiesen in verschiedene Richtungen, zwei Hände ballten sich vor der Brust und zwei gespreizte Beine entblößten das männliche Geschlecht, das aussah wie eine gekochte Erdnuss.

Stellen Sie sich vor, wie sich die Mutter fühlte. Der Kommandant klopfte an das Glas. Oder der Vater. Stellen Sie sich ihr Kreischen vor. *Was ist das für ein Ding?* Er schüttelte den Kopf und trank seinen Reiswein, der aussah wie wässrige Milch. Ich leckte meine Lippen. Das Kratzen der ausgetrockneten Zunge auf den spröden Lippen dröhnte in meinen Ohren, aber der Kommandant hörte nichts. Wir hätten alle Gefangenen einfach erschießen können, sagte er. Ihren Freund Bon zum Beispiel. Ein Attentäter der Operation Phoenix verdient das Exekutionskommando. Ihn zu schützen und zu entschuldigen beweist Ihren schlechten Charakter und Ihr schlechtes Urteilsvermögen. Aber der Kommissar ist gnädig und glaubt, dass alle rehabilitiert werden können, auch wenn sie mit ihren amerikanischen Herren jeden getötet haben, den sie töten wollten. Im Gegensatz zu den Amerikanern und ihren Marionetten hat unsere Revolution Großmut gezeigt, sie hat ihnen durch Arbeit Gelegenheit zur Wiedergutmachung gegeben. Viele dieser sogenannten Führer haben nie auch nur einen Tag auf einem Bauernhof gearbeitet. Wie soll man eine Agrargesellschaft in die Zukunft führen, wenn man keine Ahnung vom Leben eines Bauern hat? Ohne sich die Mühe zu machen, das Glasgefäß wieder zuzudecken, schenkte er sich noch Reiswein ein. Dass manche Gefangene glauben, sie würden nicht ausreichend zu essen bekommen, kann man nur auf einen Mangel an Einsicht zurückführen. Natürlich weiß ich, dass sie leiden. Aber wir alle haben gelitten. Wir alle müssen immer noch leiden. Die Heilung des Landes dauert länger als der Krieg selbst. Aber diese Gefangenen sehen nur ihr eigenes Leid. Sie ignorieren, was unsere Seite durchgemacht hat. Sie wollen einfach nicht verstehen, dass sie mehr Kalorien pro Tag bekommen als der revolutionäre Soldat während des Krieges, mehr als die Bauern, die in Flüchtlingslagern gelandet sind. Sie glauben, sie würden hier schikaniert und nicht umerzogen. Diese Verbohrtheit zeigt, wie viel an Umerziehung sie immer noch nötig haben. So aufmüpfig Sie auch sind, Sie sind denen immer noch weit voraus. Hier stimme ich dem Kommissar in seinem Urteil über den Stand Ihrer Umerziehung zu. Ich habe erst gestern mit ihm über Sie gesprochen. Er ist bemerkenswert tolerant Ihnen gegenüber. Er lässt Ihnen sogar durchgehen, dass Sie ihn den Mann ohne Gesicht nennen. Ich verstehe, dass Sie ihn nicht verhöhnen, dass Sie lediglich das Offensichtliche beschreiben, aber er ist ziemlich empfindlich, was seinen … Zustand angeht. Wären Sie das nicht? Er will Sie heute Abend sprechen. Das ist eine ziemliche Ehre. Nicht, dass Sie ein Gefangener wären, aber kein Gefangener hat je mit ihm gesprochen. Er möchte ein paar Fragen mit Ihnen klären.

Was für Fragen?, sagte ich. Wir schauten beide zu meinem Manuskript, dessen Seiten fein säuberlich gestapelt auf seinem Bambustisch lagen und mit einem kleinen Felsbrocken beschwert waren. 417 Seiten, geschrieben im Licht eines Kerzendochts, der in einer Tasse mit Öl schwamm. Mit dem Mittelfinger, dessen Spitze abgetrennt war, klopfte der Kommandant auf den Stapel. Welche Fragen?, sagte er. Tja, wo beginnen? Ah, mein Essen. Ein Wächter, ein Junge mit ungesund gelber Gesichtsfarbe, stand mit einem Bambustablett in der Tür. Egal, ob Wächter oder Gefangene, die meisten Männer im Lager hatten diese gelbliche oder sonst eine ungesunde, faulig grüne oder totengraue Gesichtsfarbe, die von tropischen Krankheiten und der katastrophalen Ernährung herrührte. Was gibt es?, fragte der Kommandant. Waldtaube, Manioksuppe, gebratenen Kohl und Reis. Die Schenkel und die Brust der gerösteten Waldtaube ließen mir das Wasser im Mund zusammenlaufen. Meine übliche Ration war gekochter Maniok. Selbst wenn ich hungrig war, musste ich den Maniok mit Gewalt hinunterwürgen. Er setzte sich wie Beton an den Magenwänden fest und lachte über meine Verdauungsversuche. Sich von Maniok zu ernähren war nicht nur in kulinarischer Hinsicht unerfreulich, es war auch vom gastroenterologischen Standpunkt her kein Vergnügen, da er meinen Körper entweder als schmerzhaft fester Ziegel oder höchst explosiv in flüssigem Zustand wieder verließ. Folglich fühlte sich mein entzündeter Anus immer so an, als nagte ein Piranha daran. Verzweifelt versuchte ich, meine Darmaktivität auf acht Uhr abends auszurichten, wenn der Wächter die dafür bestimmte Munitionskiste abholte. Allerdings entlud sich der verhedderte Feuerwehrschlauch meiner Gedärme, wann er wollte, oftmals genau dann, wenn der Wächter mit der ausgeleerten Kiste gerade wieder zurückkam. Flüssiges und Hartes gärten dann die Nacht und fast den ganzen nächsten

Tag über zu einer widerlichen Mixtur, die die Wände der Kiste anfraß. Aber, so sagte mein Wachmann mit dem Babygesicht, ich hätte kein Recht, mich zu beklagen. Bei mir wird die Scheiße nicht jeden Tag abgeholt, sagte er, während er durch den Schlitz in meiner Eisentür schaute. Und Sie werden auch noch von hinten bis vorn bedient, fehlt nur noch, dass man Ihnen den Arsch abwischt. Was sagen Sie jetzt?

Danke, Kamerad. Ich konnte den Wachmann nicht mit »Genosse« anreden, da der Kommandant auf Geheimhaltung meiner Geschichte bestand. Der Kommissar hat das zu Ihrem eigenen Schutz angeordnet, hatte der Kommandant mir erzählt. Die Häftlinge bringen Sie um, wenn sie Ihr Geheimnis erfahren. Die Einzigen, die meine Geschichte kannten, waren der Kommissar und der Kommandant, für den ich katzenhafte Gefühle der Abhängigkeit und Feindseligkeit entwickelt hatte. Er brachte mich mit seinem blauen Stift dazu, mein Geständnis immer wieder umzuschreiben. Aber was gestand ich eigentlich? Außer dass ich verwestlicht war, hatte ich nichts falsch gemacht. Trotzdem hatte der Kommandant recht. Ich war aufmüpfig, denn ich könnte meinen ungewollten Aufenthalt abkürzen, wenn ich einfach schriebe, was er wollte. *Lang lebe Partei und Staat. Folgt dem glorreichen Beispiel Ho Chi Minhs. Lasst uns eine wunderbare, perfekte Gesellschaft bauen!* Ich glaubte an diese Parolen, aber ich konnte mich nicht überwinden, sie niederzuschreiben. Ich konnte sagen, ich sei vom Westen infiziert, aber ich konnte das nicht aufschreiben. Ein Klischee zu Papier zu bringen erschien mir als ebenso großes Verbrechen, wie einen Menschen zu töten, eine Tat, die ich mehr bestätigt als gestanden hatte, denn in den Augen des Kommandanten waren es keine Verbrechen, Sonny und den maßlosen Major zu töten. Aber auch wenn ich bestätigt hatte, was manche für Verbrechen halten könnten, so wurden diese Taten durch ihre Schilderung nicht getilgt.

Mein Widerstand gegen den angemessenen Geständnisstil verärgerte den Kommandanten, wie sich zeigte, als er noch während des Essens mit seinem Vortrag fortfuhr. Sie aus dem Süden hatten es viel zu lange viel zu gut, sagte er. Sie haben wie selbstverständlich Ihr Rindersteak gegessen, während wir im Norden von Hungerrationen leben mussten. Wir haben nicht nur unser Körperfett, sondern auch bürgerliche Neigungen verloren, aber Sie schaffen es nicht, diese Neigungen auszumerzen, egal, wie oft Sie Ihr Geständnis schon umgeschrieben haben. Ihr Geständnis steckt voller moralischer Schwächen, individueller Selbstsucht und christlichem Aberglauben. Sie zeigen kein Gespür für das Kollektive, keinen Glauben an die Geschichtswissenschaft. Sie zeigen kein Verlangen, sich für die Rettung der Nation und den Dienst am Volk aufzuopfern. Dazu passt ein anderer von To Huus Versen:

Ich bin der Sohn zehntausender Familien,
Der kleine Bruder zehntausender verblühter Leben,
Der große Bruder zehntausender kleiner Kinder,
Die ohne Heimat und in ständigem Hunger leben.

Verglichen mit To Huu sind Sie nur dem Namen nach ein Kommunist. In Wirklichkeit sind Sie ein bürgerlicher Intellektueller. Ich mache Ihnen keine Vorwürfe. Es ist schwierig, seiner Klasse und seiner Geburt zu entkommen, und Sie sind in beiderlei Hinsicht verdorben. Sie müssen sich erneuern. Onkel Ho und der Vorsitzende Mao haben gesagt, jeder bürgerliche Intellektuelle müsse sich erneuern. Das Gute ist, dass sich bei Ihnen Funken eines kollektiven revolutionären Bewusstseins zeigen. Das Schlechte ist, dass Ihre Sprache Sie verrät. Sie ist nicht klar, nicht prägnant, nicht direkt, nicht einfach. Es ist die Sprache der Elite. Sie müssen für das Volk schreiben!

Sie sprechen die Wahrheit, Kommandant. Die Waldtaube und die Manioksuppe begannen sich in meinem Magen aufzulösen, ihre Nährstoffe pumpten Energie in mein Gehirn. Ich frage mich gerade, was Sie über Karl Marx sagen würden, Genosse Kommandant. *Das Kapital* ist nicht gerade für das Volk geschrieben.

Marx hat nicht für das Volk geschrieben? Durch die vergrößerte Iris seiner Augen sah ich plötzlich in die Dunkelheit der Höhle, in der der Kommandant gehaust hatte. Ein weiterer Beweis für Ihre Bürgerlichkeit! Ein Revolutionär kniet bescheiden vor Marx. Nur ein Bürgerlicher vergleicht sich selbst mit Marx. Aber seien Sie versichert, *er* wird sich Ihrer elitären Gedanken und westlichen Neigungen annehmen. Er hat einen topmodernen Prüfungsraum gebaut, wo er persönlich die letzte Phase Ihrer Umerziehung, Ihre Transformierung von einem Amerikaner zurück in einen Vietnamesen, überwachen wird.

Ich bin kein Amerikaner, Kommandant, sagte ich. Wenn mein Geständnis etwas offenbart, dann, dass ich ein Anti-Amerikaner bin. Ich musste etwas unerhört Lustiges gesagt haben, denn er fing tatsächlich an zu lachen. Der Anti-Amerikaner schließt den Amerikaner schon ein, sagte er. Verstehen Sie nicht, dass die Amerikaner den Anti-Amerikaner brauchen? Natürlich ist es besser, geliebt als gehasst zu werden, aber es ist auch weit besser, gehasst als ignoriert zu werden. Anti-Amerikanismus macht Sie nur zu einem Reaktionär. Wir definieren uns nicht mehr als anti-amerikanisch, da wir die Amerikaner ja besiegt haben. Wir sind ganz einfach zu hundert Prozent Vietnamesen. Und das muss auch Ihr Ziel sein.

Bei allem Respekt, Kommandant, die meisten unserer Landsleute halten mich nicht für einen der Ihren.

Ein Grund mehr, noch härter zu arbeiten, um zu beweisen, dass Sie einer von uns sind. Offensichtlich halten Sie sich selbst für einen von uns, zumindest manchmal, Sie machen also Fortschritte. Ah, Sie haben fertig gegessen. Wie fanden Sie die Waldtaube? Köstlich, sagte ich. Was, wenn ich Ihnen sagen würde, dass »Waldtaube« nur ein Euphemismus ist?, sagte er. Er behielt mich wachsam im Auge, als ich auf meinen Teller schaute, auf den kleinen Haufen Knochen, von denen ich alles Fleisch und jede Sehne abgelutscht hatte. Egal, was es gewesen war, ich hatte Lust auf noch eine Portion. Manche sagen Ratte dazu, sagte er. Ich bevorzuge den Ausdruck »Feldmaus«, sagte er. Spielt aber kaum eine Rolle, oder? Fleisch ist Fleisch, und wir essen, was es gibt. Wissen Sie, ich habe gesehen, wie ein Hund das Gehirn unseres Bataillonsarztes gefressen hat. Igitt. Der Hund kann nichts dafür. Er hat das Gehirn nur deshalb gefressen, weil die Eingeweide des Mannes schon ein anderer Hund gefressen hatte. Das sind so die Sachen, die man auf dem Schlachtfeld sieht. Aber der Verlust all dieser Männer war es wert. All die Bomben, die diese Luftpiraten auf uns abgeworfen haben, sind nicht auf unser Heimatland gefallen. Nicht zu reden davon, dass wir die Laoten befreit haben. Das tun Revolutionäre eben. Wir opfern uns, um andere zu retten.

Ja, Genosse Kommandant.

Genug der ernsten Gespräche. Er warf das Stück Jute wieder über das eingelegte Baby. Ich wollte Ihnen nur persönlich gratulieren, dass Sie die schriftliche Phase Ihrer Umerziehung abgeschlossen haben, wenn auch nur knapp, meiner Meinung nach. Sie sollten sich freuen, dass Sie schon so weit gekommen sind, sollten aber auch kritisch die offenkundigen Schwächen Ihres Geständnisses zur Kenntnis nehmen. Sie sind ein guter Schüler, der dialektische Materialist, den die Revolution braucht, müssen Sie allerdings noch werden. Also dann, gehen wir zum Kommissar. Der Kommandant schaute auf seine Armbanduhr, die einmal meine Armbanduhr gewesen war. *Er* erwartet uns.

Wir gingen die Treppe vom Quartier des Kommandanten hinunter und dann an den Barracken der Wächter vorbei zu dem Streifen ebener Erde, der die beiden Hügel trennte. Hier lag meine Einzelzelle, einer von einem Dutzend Backsteinöfen, wo wir in unserem eigenen Saft schmorten und sich die Gefangenen an den Wänden mit Blechtassen Botschaften zuklopften. Dafür hatten sie einen simplen Code entwickelt, den sie bald auch mir beigebracht hatten. Ein Teil ihrer Botschaften offenbarte, in welch hohem Ansehen ich bei ihnen stand. Einen Großteil meines heroischen Rufs hatte ich Bon zu verdanken, der mich durch meine Nachbarn oft grüßen ließ. Er und die anderen Gefangenen glaubten, ich sei als leidenschaftlicher Kämpfer für die Republik und Mitglied der Spezialeinheit in Einzelhaft gelandet. Sie gaben dem Kommissar die Schuld an meinem Schicksal, denn alle wussten, auch der Kommandant, dass er im Lager das Sagen hatte. Meine Nachbarn hatten den Kommissar bei den wöchentlichen politischen Vorträgen aus der Nähe gesehen, und sein Anblick musste wirklich grauenhaft sein. Manche verfluchten ihn und ergötzten sich an seinem Leid. Aber seine Gesichtslosigkeit, Zeugnis von Einsatz und Aufopferung, nötigte anderen Respekt ab, auch wenn sie einer Sache galten, die sie verachteten. Auch die Wächter sprachen von dem Kommissar ohne Gesicht auf eine Art, in der sich Grauen, Angst und Respekt mischten, die aber nie spöttisch war. Ein Kommissar wurde niemals verspottet, selbst unter seinesgleichen nicht, denn man wusste nie, ob nicht einer der Kollegen derart antirevolutionäre Gedanken melden würde.

Ich verstand die Notwendigkeit meiner vorübergehenden Internierung und die Randbedingungen, denn die Revolution muss wachsam sein. Was ich nicht verstand und hoffte, vom Kommissar erklärt zu bekommen, war, warum die Wächter *ihn* fürchteten, und grundsätzlicher, warum Revolutionäre sich gegenseitig fürchteten. Sind wir nicht alle Genossen? Ich hatte das den Kommandanten schon bei einer früheren Sitzung gefragt. Ja, sagte er, aber nicht alle Genossen stehen auf der gleichen Stufe des ideologischen Bewusstseins. Auch wenn ich nicht gerade begeistert davon bin, bei gewissen Angelegenheiten die Zustimmung des Kommissars einholen zu müssen, gebe ich doch zu, dass *er* die marxistisch-leninistische Theorie und die Gedanken von Ho Chi Minh viel besser kennt, als ich sie jemals kennen werde. Ich bin kein Gelehrter, er schon. Männer wie er führen uns in die wahrhaft klassenlose Gesellschaft. Aber wir haben noch nicht alles antirevolutionäre Denken ausgemerzt, wir dürfen antirevolutionäre Schwächen nicht durchgehen lassen. Wir müssen immer wachsam sein, nicht nur den anderen, sondern vor allem uns selbst gegenüber. Die Zeit in der Höhle hat mich gelehrt, dass der ultimative Kampf auf Leben und Tod in einem selbst stattfindet. Fremde Invasoren können vielleicht meinen Körper töten, aber meinen Kampfgeist kann nur ich töten. Das ist die Lektion, die Sie verinnerlichen müssen. Deshalb geben wir Ihnen so viel Zeit, sie zu lernen.

Als wir den Hügel zum Quartier des Kommissars hinaufstiegen, kam mir der Gedanke, dass ich diese Lektion schon viel zu lange lernte. An der Treppe, die zu seinem Balkon hinaufführte, warteten der Wachmann mit dem Babygesicht und drei andere Wächter. Wir blieben stehen. Ab jetzt stehen Sie unter der Obhut des Kommissars, sagte der Kommandant und inspizierte mich stirnrunzelnd von Kopf bis Fuß. Ich werde offen zu Ihnen sein. *Er* sieht in Ihnen viel mehr Potenzial als ich. Sie sind den sozialen Übeln des Alkohols, der Prostitution und der gelben Musik verfallen. Sie schreiben in einem inakzeptablen, konterrevolutionären Stil. Sie sind verantwortlich für den Tod des Wächters und des Genossen der Bru. Sie haben sogar bei der Aufgabe versagt, diesen Film zu unterminieren, der uns falsch darstellt und beleidigt. Wenn es nur nach mir ginge, würde ich Sie zur endgültigen Heilung auf die Felder schicken. Und wenn der Kommissar nicht mit Ihnen klarkommt, bin immer noch ich da. Vergessen Sie das nicht.

Sicher nicht, sagte ich. Ich wusste, dass ich seiner Macht noch nicht entkommen war, und fügte hinzu: Danke für alles, was Sie für mich getan haben, Genosse Kommandant. Ich weiß, dass Sie mich wegen meines Geständnisses für einen Reaktionär halten mussten, aber bitte glauben Sie mir, wenn ich sage, dass ich unter Ihrer Anleitung und durch Ihre Kritik viel gelernt habe. (Das immerhin entsprach der Wahrheit.)

Meine Dankbarkeitsshow besänftigte den Kommandanten. Ich gebe Ihnen einen Rat, sagte er. Die Gefangenen erzählen mir, was sie glauben, dass ich hören will, und verstehen nicht, dass ich Offenheit will. Darum geht es doch bei der Erziehung, oder? Den Schüler dazu zu bringen, offen zu sagen, was der Lehrer von ihm hören will? Denken Sie daran. Dann drehte sich der Kommandant um und begann, die Stufen hinabzusteigen, ein Mann mit bewundernswert aufrechter Haltung.

Der Kommissar wartet, sagte der Wachmann mit dem Babygesicht. Gehen wir.

Ich sammelte das zusammen, was von mir noch übrig war. Laut der Waage des Kommandanten – amerikanisches Produkt, beschlagnahmt in einem Krankenhaus im Süden Vietnams – war ich noch drei Viertel von dem Mann, der ich einmal gewesen war. Der Kommandant war besessen von seinem Körpergewicht und fasziniert von der statistischen Präzision von Waagen. Anhand einer gründlichen Längsschnittstudie, die anhand des Stuhlgangs von Wächtern wie Gefangenen, einschließlich mir selbst, durchgeführt wurde, hatte der Kommandant ausgerechnet, dass die Gesamtheit der Gedärme des Lagers pro

Tag etwa sechshundert Kilo Exkremente ausschied. Die Gefangenen sammelten diese Ausscheidungen und trugen sie eigenhändig auf die Felder, wo sie als Dünger eingesetzt wurden. Fäkale Präzision war also unerlässlich für das wissenschaftliche Management der landwirtschaftlichen Produktion. Sogar jetzt, als ich vor den Wächtern die Stufen hinaufstieg und an die Tür des Kommissars klopfte, spürte ich, wie die Fabrik meiner Eingeweide die Waldtaube zu einem festen Ziegel formte, mit dem morgen der Aufbau der Revolution unterstützt werden würde.

Herein, sagte der Kommissar. Diese Stimme …

Sein Quartier bestand lediglich aus einem einzigen großen, rechteckigen Raum, der so asketisch ausgestattet war wie der des Kommandanten: Bambuswände, Bambusboden, Bambusmöbel und Bambusbalken, die ein Schilfdach trugen. Ich war an der Seite mit der Sitzecke eingetreten, in der einige niedrige Stühle und ein Couchtisch aus Bambus standen sowie ein Altar mit einer golden lackierten Büste von Ho Chi Minh. Über dessen Kopf hing ein rotes Spruchband mit den goldenen Worten NICHTS IST WERTVOLLER ALS UNABHÄNGIGKEIT UND FREIHEIT. Die Mitte des Raums nahm ein langer, von Stühlen gesäumter Tisch ein, auf dem stapelweise Bücher und Papiere lagen. An einem der Stühle lehnte eine Gitarre mit vertrauten Rundungen, und an einem Ende des langen Tisches stand ein Plattenspieler, der aussah wie der, den ich in der Villa des Generals zurückgelassen hatte … An der hinteren Wand stand ein Plattformbett mit einem Moskitonetz, unter dem sich ein Schatten bewegte. Der Bambusboden unter meinen nackten Füßen war kühl, und der durch die offenen Fenster hereinwehende, flüsternde Lufthauch ließ das Netz erzittern. Eine Hand, überzogen mit rot verbrannter Haut, teilte das Netz, und dann tauchte *er* aus der Tiefe des Bettes auf. Die asymmetrische

Fratze war grässlich. Ich schaute weg. Komm näher, sagte der Kommissar. Bin ich wirklich so abscheulich, dass du mich nicht wiedererkennst, mein Freund? Ich wandte ihm wieder den Kopf zu und sah versengte Lippen, die perfekte Zähne entblößten, Augen, die aus verdorrten Höhlen quollen, Nasenlöcher, die nur noch Löcher ohne Nase waren, einen Schädel ohne Haare und Ohren, der eine einzige wulstige, keloide Narbe war, sodass der Kopf aussah wie eine dieser getrockneten Totenkopftrophäen, die ein überschwänglicher Kopfjäger an einer Schnur hin und her schwang. Er hustete, und aus seiner Kehle drang ein kieseliges Rasseln.

Habe ich dir nicht gesagt, sagte Man, dass du nicht zurückkommen sollst?

ZWANZIGSTES
KAPITEL

Er war der Kommissar? Bevor ich ein Wort sagen oder auch nur ein Geräusch von mir geben konnte, packten mich die Wächter, steckten mir einen Knebel in den Mund und verbanden mir die Augen. *Du?*, wollte ich schreien, wollte ich in die Dunkelheit rufen, aber ich konnte nur noch ächzen und stöhnen, während sie mich an den Armen nach draußen und den Hügel hinunter zerrten, an einen Ort, der weniger als hundert Schritte entfernt war. Mach die Tür auf, sagte der Wachmann mit dem Babygesicht. Scharniere quietschten, dann wurde ich in einen abgeschlossenen, hallenden Raum gestoßen. Arme hoch, sagte der Wachmann mit dem Babygesicht. Ich hob die Arme. Jemand knöpfte mein Hemd auf und zog es mir aus. Hände knoteten das Seil auf, das meine Hose festhielt, und sie fiel auf meine Knöchel. Schau dir das an, sagte einer der Wächter und pfiff bewundernd. Der Bastard hat vielleicht ein großes Ding. Nicht so groß wie meiner, sagte der dritte Wächter. Dann zeig mal her, sagte der vierte Wächter. Den kriegst du zu sehen, wenn ich deine Mutter ficke.

Vielleicht wurde noch mehr gesprochen, aber nachdem mir jemand mit rauen Fingern Schaumstoffstöpsel in die Ohren gesteckt und jemand anders mir zusätzlich noch irgendwelche Ohrenschützer aufgesetzt hatte, hörte ich nichts mehr. Ich war taub, stumm und blind, als sie mich auf eine Matratze stießen.

Eine Matratze! Ich hatte seit einem Jahr nur auf Holzbohlen geschlafen. Die Wächter schnallten mich fest, indem sie mir Seile um die Brust, die Oberschenkel, die Armgelenke und die Knöchel legten. Ich lag mit ausgestreckten Armen und Beinen da und konnte nur noch meinen Körper hin und her bewegen. Irgendetwas Schaumstoffartiges wurde mir um Hände und Füße gewickelt und eine seidene Haube über den Kopf gezogen, die aus dem weichsten Stoff war, den ich seit Lanas Dessous auf meiner Haut gespürt hatte. Ich hörte auf, mich zu drehen und zu winden, beruhigte mich und konzentrierte mich darauf, langsam durch die Haube zu atmen. Dann spürte ich Vibrationen, die von Schritten auf dem groben Zementboden herrühren mussten, und mit einem kaum hörbaren Klicken wurde die Tür geschlossen. Dann nichts mehr.

War ich allein, oder beobachtete mich jemand? Von der zunehmenden Hitze, vor Zorn und Angst begann ich zu schwitzen. Der Schweiß sammelte sich schneller unter meinem Rücken, als die Matratze ihn aufsaugen konnte. Meine Hände und Füße waren heiß und klamm zugleich. Plötzlich packte mich Panik, das Gefühl zu ertrinken. Ich zerrte an meinen Fesseln und versuchte zu schreien, aber mein Körper bewegte sich kaum, und außer einem Schnaufen war kein Ton zu hören. Warum tat man mir das an? Was wollte Man von mir? Nie würde er mich hier sterben lassen! Niemals! Das war meine letzte Prüfung. Ich musste mich beruhigen. Das war nur ein Test. Tests bestand ich mit Bravour. Der Orientale sei der perfekte Student, hatte der Dekan des Fachbereichs mehr als nur einmal zu mir gesagt. Laut Professor Hammer sei das Beste, was die westliche Zivilisation an Gedanken und Worten hervorgebracht habe, an mich weitergegeben worden wie eine Fackel. Ich sei der erlesenste Vertreter meines Landes, hatte mir Claude versichert, ein Naturtalent im Spiel der Spionage. Denk dran, du bist nicht etwas Halbes, hatte meine Mutter gesagt, sondern das Doppelte von allem! Was auch immer der Kommissar, der mich und Bon seit einem Jahr studierte, vorhatte, ich war in der Lage, diesen Test zu bestehen. Er hatte mein Geständnis gelesen, allerdings war ihm, anders als dem Kommandant, das meiste davon bereits vertraut. Er hätte uns gehen lassen, hätte uns die Freiheit schenken können. Er hätte mir sagen können, dass er der Kommissar ist. Warum mich ein Jahr in Einzelhaft halten? Die Gelassenheit verließ mich, und fast wäre ich an dem Knebel erstickt. Beruhige dich! Atme langsam! Erneut schaffte ich es, mich zusammenzureißen. Was jetzt? Womit würde ich die Zeit herumbringen? Wie lange trug ich diese Augenbinde schon? Mindestens eine Stunde, oder? Ich hatte großes Verlangen danach, mir die Lippen zu lecken, aber mit dem Knebel im Mund übergab ich mich fast. Das wäre mein Tod. Wann würde er zu mir kommen? Wie lange würde er mich hier liegen lassen? Was war mit seinem Gesicht passiert? Sicher würden die Wächter mir zu essen geben. Immer mehr Gedanken krabbelten über mich hinweg wie Tausende Kakerlaken, bis ich vor Qual und Ekel zitterte.

Dann weinte ich um mich selbst. Die Tränen, die mir unter der Augenbinde die Wangen hinunterliefen, hatten den unerwarteten Vorteil, genug Staub aus meinem inneren Auge zu waschen, um erkennen zu können, dass ich nicht blind war. Mein inneres Auge konnte sehen, und was ich sah, war, wie der maßlose Major und Sonny um mich und meine Matratze herumgingen. Wie sind Sie denn hier gelandet?, fragte der maßlose Major. Noch dazu beaufsichtigt jetzt ausgerechnet Ihr bester Freund und Blutsbruder Ihren Abgang. Glauben Sie nicht auch, dass Ihr Leben anders verlaufen wäre, wenn Sie mich nicht getötet hätten? Von meinem ganz zu schweigen, sagte Sonny. Weißt du eigentlich, dass Sofia immer noch um mich weint?

Ich wollte sie besuchen und ihr ihren Seelenfrieden zurückgeben, aber sie kann mich nicht sehen. Wohingegen du, mit dem ich am liebsten gar nichts mehr zu tun hätte, mich immer sehen kannst. Aber ich muss zugeben, dein momentaner Anblick bereitet mir doch ein bisschen Freude. Es gibt noch Gerechtigkeit! Ich wollte auf diese Vorwürfe antworten und sie bitten, auf meinen Freund zu warten, den Kommissar, damit er ihnen alles erklären könne, aber sogar meine Gedanken waren verstummt. Ich konnte nichts weiter als protestierend stöhnen, was sie aber nur zum Lachen brachte. Der maßlose Major stieß mit seinem Fuß gegen meinen Oberschenkel und sagte: Da sehen Sie, was Ihnen Ihr Komplott eingebracht hat. Er stieß etwas fester, und ich zitterte noch mehr. Er stieß immer weiter, und ich zitterte immer weiter, bis ich erkannte, dass nicht der maßlose Major, sondern jemand, den ich nicht sehen konnte, mit seinem Fuß gegen mein Bein stieß. Ich spürte, dass die Tür wieder geschlossen wurde. Jemand war hereingekommen, ohne dass ich es bemerkt hatte, oder jemand war schon die ganze Zeit im Raum gewesen und gerade gegangen. Wie viel Zeit war verstrichen? Ich war mir nicht sicher. War ich eingeschlafen? Wenn ja, dann mussten mehrere Stunden vergangen sein, möglicherweise ein ganzer Tag. Vielleicht hatte ich deshalb Hunger. Schließlich konnte sich ein Teil meines Körpers bemerkbar machen, mein Magen, er knurrte. Die lauteste Stimme auf der Welt ist die des eigenen gequälten Magens. Dennoch war diese Stimme eine leise, verglichen mit der der wütenden Bestie, zu der ein Magen werden konnte. Ich war nicht am Verhungern, noch nicht. Ich hatte einfach Hunger, weil mein Körper die Waldtaube, die eigentlich eine Ratte war, restlos verdaut hatte. Warum gaben sie mir nichts zu essen? Warum wurde mir das angetan? Was hatte ich ihm jemals angetan?

Ich kannte diese Art von Hunger. In meiner Jugend hatte ich ihn oft erlebt, sogar wenn meine Mutter mir drei Viertel einer Mahlzeit gegeben und nur ein Viertel für sich behalten hatte. Ich habe keinen Hunger, sagte sie. Als ich alt genug war, um zu erkennen, dass sie ihren eigenen Hunger verleugnete, sagte ich: Ich habe auch keinen Hunger, Mama. Dann starrten wir uns an und schoben den Teller mit der kargen Portion zwischen uns hin und her, bis ihre Liebe zu mir die meine zu ihr wie immer besiegt hatte. Ich aß ihre Portion und schluckte dabei nicht nur das Essen, sondern auch Liebe und Zorn hinunter, die salzig und scharf schmeckten, nicht süß wie Mitgefühl. Warum haben wir Hunger?, schrie mein Magen schon damals, und ich verstand, dass die Reichen zwar weniger reich wären, wenn sie allen Hungernden eine Schale Reis abgeben müssten, aber trotzdem nicht Hunger leiden würden. Wenn es so einfach war, warum musste dann überhaupt jemand hungern? War es nur der Mangel an Mitgefühl? Nein, sagte Man. Wie er mir in unserem Arbeitskreis beigebracht hatte, stand das sowohl in der Bibel als auch im *Kapital*. Mitgefühl allein würde die Reichen und Mächtigen niemals dazu bringen, freiwillig zu teilen und ihre Macht abzugeben. Nur die Revolution würde das Unmögliche möglich machen. Die Revolution würde allen die Freiheit bringen, Reichen wie Armen – aber damit meinte Man die Freiheit der Klassen und Kollektive. Er meinte nicht notwendigerweise die Freiheit des Einzelnen. Nein, viele Revolutionäre waren im Gefängnis gestorben, und mehr und mehr schien es so, als sei dies auch mein Schicksal. Obwohl mir das Ende drohte, obwohl ich schwitzte, hungerte, voller Liebe und Zorn war, überwältigte mich fast der Schlaf. Ich war schon eingedämmert, da stieß mich dieser Fuß wieder, diesmal in die Rippen. Ich schüttelte den Kopf und versuchte, mich auf die Seite zu drehen, doch meine Fesseln hinderten mich. Der Fuß stieß mich wieder. Dieser Fuß! Der Teufel würde mich nicht ruhen lassen. Wie ich ihn hasste, seine hornigen Zehen, die an meiner nackten Haut kratzten und mir gegen Oberschenkel, Hüfte, Schulter, Stirn stießen. Der Fuß wusste, wann ich einzuschlafen begann, kehrte in genau diesem Augenblick zurück und verweigerte mir selbst die kleinste Kostprobe dessen, was ich so sehr benötigte. Die monotone Dunkelheit quälte mich, und der Hunger schmerzte, aber dieses ständige Wachsein war schlimmer. Wie lange war ich schon wach? Wie lange war ich schon in diesem Raum, der der Prüfungsraum sein musste? Wann würde er kommen und mir alles erklären? Ich wusste es nicht. Die einzigen Unterbrechungen, die das Verstreichen der Zeit markierten, waren der Fuß und die gelegentliche Berührung durch die Hände, die meine Haube hochzogen, den Knebel lockerten und mir Wasser in den Hals träufelten. Ich brachte nie mehr als ein oder zwei Worte heraus, bevor der Knebel wieder fest- und die Haube wieder ganz heruntergezogen war. Lass mich schlafen, bitte! Ich näherte mich erneut den dunklen Wassern des Schlafes – und schon stieß mich wieder dieser verdammte Fuß.

Der Fuß würde mich wach halten bis in den Tod. Der Fuß stieß mich langsam, sehr langsam in den Tod. Der Fuß war Richter, Wächter und Henker. Oh, Fuß, habe Mitleid mit mir. Fuß, der du immer eine schwere Last tragen, der du über die schmutzige Erde gehen musst, unbeachtet von dem, was über dir ist, besser als jeder andere solltest du verstehen, wie ich mich fühle. Fuß, wo wäre die Menschheit ohne dich? Du hast uns von Afrika in den Rest der Welt getragen, und doch spricht keiner von dir. Verglichen mit, sagen wir, der Hand, hat man dir eindeutig übel mitgespielt. Wenn du mich am Leben lässt, dann werde ich dir ein Loblied singen und meinen Lesern deine Bedeutung vor Augen führen. Oh, Fuß! Ich bitte dich, stoße nicht mehr gegen mich. Hör auf damit, deine Schwielen an meiner Haut zu scheuern. Kratz mich nicht mit deinen scharfen, ungeschnittenen Nägeln. Nicht, dass du etwas könntest für deine Schwielen und langen Nägel. Dein nachlässiger Herr ist dafür verantwortlich. Ich gestehe, ich selbst gehe mit meinen Füßen, deinesgleichen, ebenso achtlos um. Aber ich verspreche dir, wenn du mich nur einschlafen lässt, dann werde ich bezüglich meiner eigenen Füße, bezüglich aller Füße, ein neuer Mensch werden. Ich werde dir huldigen, Fuß, wie Jesus Christus, als er die Füße der Sünder küsste und wusch.

Fuß, das Symbol der Revolution solltest du sein, nicht die Hand, die Hammer und Sichel hält. Stattdessen verstecken wir dich unter dem Tisch oder stecken dich in einen Schuh. Wir misshandeln dich, indem wir dich einbinden wie die Chinesen. Würden wir jemals eine Hand so verunstalten? Hör bitte auf, mich zu stoßen, bitte, ich flehe dich an. Ich weiß ja, dass die Menschheit dich armselig repräsentiert, außer wenn wir gewaltige Summen dafür ausgeben, dich einzukleiden, weil du dich natürlich nicht selbst repräsentieren kannst. Ich frage mich, Fuß, warum ich früher nie oder fast nie über dich nachgedacht habe. Die Hand ist frei, alles zu tun, was ihr beliebt. Sie schreibt sogar! Kein Wunder, dass über die Hand mehr geschrieben wurde als über den Fuß. Wir haben etwas gemein, Fuß. Die Welt trampelt auf uns herum. Wenn du nur aufhören würdest, mich am Schlafen zu hindern, wenn du nur …

Diesmal stieß mich die Hand. Jemand zupfte an meiner Haube, lockerte sie und zog sie mir über die Ohren, aber nicht ganz vom Kopf. Dann nahm die Hand die Ohrenschützer ab und zog die Stöpsel heraus. Ich hörte das Schlurfen von Sandalen und das Kratzen eines Stuhls oder Hockers auf Zement. Du Idiot!, sagte die Stimme. Ich lag immer noch im Dunkeln, die Hände und Füße gefesselt, der Körper nackt und feucht.

Wasser wurde mir in die ausgedörrte Kehle geschüttet, bis ich würgte. Habe ich dir nicht gesagt, dass du nicht zurückkommen sollst? Die Stimme kam von sehr weit oben, von irgendwo unter der Decke, *seine* Stimme, dessen war ich mir sogar in meinem gequälten Zustand sicher. Aber ich musste zurückkommen, sagte ich schluchzend. Mama hat gesagt, der Vogel fliegt immer in sein Nest zurück. Bin ich denn kein Vogel? Ist das nicht mein Nest? Mein Ursprung, mein Geburtsort, mein Land? Meine Heimat? Ist das nicht mein Volk? Bist du nicht mein Freund, mein Blutsbruder, mein treuer Genosse? Warum tust du mir das an? Meinem schlimmsten Feind würde ich das nicht antun.

Die Stimme seufzte. Unterschätze nie, was du deinem schlimmsten Feind antun würdest. Was haben noch mal Priester wie dein Vater immer gesagt? Was du nicht willst, das man dir tu', das füg' auch keinem anderen zu. Klingt gut, aber so einfach ist es nie. Wie sollen wir denn wissen, was wir nicht wollen.

Ich habe keine Ahnung, wovon du redest, sagte ich. Warum folterst du mich?

Glaubst du, mir macht das Spaß? Ich tue mein Bestes, um zu verhindern, dass man dir noch Schlimmeres antut. Der Kommandant glaubt schon, dass ich zu sanft vorgehe mit meinen pädagogischen Methoden, mit meinem Wunsch, dein Geständnis zu hören. Er gehört zu der Sorte Zahnärzte, die glauben, bei Zahnschmerzen ziehe man mit der Zange alle Zähne auf einmal. In diese Lage hast du dich selbst gebracht, weil du genau das Gegenteil von dem getan hast, was ich dir gesagt habe. Wenn du also dieses Lager mit allen Zähnen im Mund verlassen willst, dann müssen wir unsere Rollen so lange spielen, bis der Kommandant zufrieden ist.

Bitte, sei nicht wütend auf mich, schluchzte ich. Ich könnte es nicht ertragen, wenn du auch noch böse auf mich wärst! Er seufzte wieder. Du hast in deinem Geständnis geschrieben, du hättest etwas vergessen, könntest dich aber nicht mehr erinnern, was es war. Weißt du noch?, sagte er. Das habe ich doch die ganze Zeit gesagt. Schon klar, sagte er. Das menschliche Gedächtnis ist begrenzt, das Leben lang. Deshalb bist du hier in diesem Prüfungsraum. Damit du dich an das erinnerst, was du vergessen oder zumindest aufzuschreiben vergessen hast. Ich bin hier, um dir zu helfen, das wiederzufinden, was du verloren hast, mein Freund. Sein Fuß stieß gegen meinen Schädel. Hier, in deinem Hinterkopf.

Deshalb lässt du mich nicht schlafen?, fragte ich. Er lachte, nicht so wie ein Schuljunge über seinen Tim-und-Struppi-Comic lacht, sondern so, wie einer lacht, der vielleicht ein bisschen verrückt ist. Du weißt genauso gut wie ich, warum ich dich nicht schlafen lasse, sagte er. Wir müssen an den Safe ran, in dem deine letzten Geheimnisse liegen. Je länger wir dich wach halten, desto größer die Chance, dass wir den Safe knacken können.

Aber ich habe schon alles gestanden.

Nein, hast du nicht, sagte die Stimme. Ich werfe dir nicht vor, absichtlich etwas zu verschweigen, obwohl ich dir viele Gelegenheiten gegeben habe, dein Geständnis so zu verfassen, dass der Kommandant zufrieden ist. Das hast du dir selbst zuzuschreiben, sonst niemand.

Aber was soll ich denn gestehen?

Wenn ich dir sagen würde, was du gestehen sollst, dann wäre es wohl kaum noch ein Geständnis, oder? Tröste dich mit dem Gedanken, dass deine Lage nicht so aussichtslos ist, wie du glaubst. Erinnerst du dich an unsere Prüfungen, wo du immer die volle Punktzahl hattest und ich immer ein paar Punkte weniger? Obwohl ich genauso fieberhaft gelesen und gelernt habe wie du, warst du immer besser. Ich habe es einfach nicht geschafft, die Antworten aus meinem Kopf herauszuholen. Aber sie waren da. Der Verstand verliert nichts. Wenn ich dann in unseren Schulbüchern nachschaute, dachte ich: *Natürlich!* Ich wusste immer alle Antworten. Und auch du weißt die Antwort, die deine Umerziehung sofort beendet. Ich werde dir die Frage dazu auch gleich stellen. Beantworte sie richtig, und ich mache dich los. Bist du bereit?

Na los, sagte ich. Meine Zuversicht wuchs. Das war alles, was ich brauchte: ein Test, um mich zu beweisen. Ich hörte das Rascheln von Papier, als blätterte er in einem Buch oder in meinem Geständnis. Was ist wertvoller als Unabhängigkeit und Freiheit?

Eine Fangfrage? Die Antwort war offensichtlich. Worauf wollte er hinaus? Mein Verstand war in etwas Weiches und Feuchtkaltes eingewickelt. Durch dieses Etwas hindurch spürte ich etwas Hartes und Kompaktes – das musste die Antwort sein, aber wie sie lautete, wusste ich nicht. Vielleicht sollte ich das Offensichtliche antworten. Also sagte ich, was er meiner Meinung nach hören wollte: Nichts ist wertvoller als Unabhängigkeit und Freiheit.

Die Stimme seufzte. Fast, aber nicht ganz. Fast, aber nicht richtig. Ist es nicht ärgerlich, wenn man die Antwort in sich trägt und man nicht weiß, wie sie aussieht?

Warum tust du mir das an?, schrie ich. Du bist mein Freund, mein Bruder, mein Genosse!

Es folgte langes Schweigen. Ich hörte nur Papierrascheln und seinen krächzenden, gequälten Atem. Er musste tief Luft holen, um auch nur ein bisschen davon in seine Lungen zu bekommen. Dann sagte er: Ja, all das bin ich, bis ich sterbe, dein Freund, Bruder, Genosse. Und als dein Freund, Bruder, Genosse habe ich dich gewarnt, oder? Ich hätte mich nicht klarer ausdrücken können. Ich war nicht der Einzige, der deine

Botschaften gelesen hat, und ich habe keine Botschaft geschrieben, ohne dass mir dabei einer über die Schulter geschaut hätte. Jeder hat hier einen, der ihm über die Schulter schaut. Und doch musstest du unbedingt zurückkommen, du Idiot.

Bon war drauf und dran, sich umbringen zu lassen. Ich musste zurückkommen, um ihn zu beschützen.

Und du warst drauf und dran, auch dich umbringen zu lassen, sagte die Stimme. Was soll das denn für ein Plan sein? Wo wärt ihr beide denn jetzt ohne mich? Wir sind die drei Musketiere, oder? Vielleicht sind wir ja jetzt die drei Trottel. Niemand meldet sich freiwillig für das Lager hier, aber als ich erfuhr, dass ihr zurückkommen würdet, habe ich darauf bestanden, dass man mich hier als Kommissar einsetzt und ihr hier eingesperrt werdet. Weißt du, wen sie in dieses Lager stecken? Die, die bis zuletzt Widerstand leisten, die den Guerillakrieg fortführen, die nicht abschwören wollen oder mit gebührender Reue gestehen. Bon hat schon zweimal verlangt, vor das Exekutionskommando gestellt zu werden. Wenn ich nicht gewesen wäre, hätte ihm der Kommandant den Wunsch gern erfüllt. Und was dich angeht, ohne meine Protektion wären deine Überlebenschancen zweifelhaft.

Das nennst du Protektion?

Ohne mich wärst du wahrscheinlich schon tot. Ich bin zwar Kommissar, aber über mir sind noch andere, die deine Botschaften lesen und deine Fortschritte verfolgen. Sie ordnen deine Umerziehung an. Ich kann sie nur beaufsichtigen und den Kommandanten davon überzeugen, dass meine Methoden funktionieren. Der Kommandant hätte dich in einen Minenräumtrupp gesteckt, dann wärst du jetzt schon tot. Ich habe dir den Luxus verschafft, ein Jahr lang in einer Einzelzelle schreiben zu dürfen. Die anderen Gefangenen würden morden für so ein Privileg. Und das ist nicht metaphorisch gemeint. Ich habe dir einen großen Gefallen getan, indem ich den Kommandanten dazu gebraucht habe, dich in eine Zelle zu sperren. In seinen Augen bist du das gefährlichste von allen subversiven Elementen, aber ich habe ihn davon überzeugt, dass die Revolution mehr von deiner Heilung profitiert als von deinem Tod.

Meiner Heilung? Habe ich mich nicht als wahrhafter Revolutionär erwiesen? Habe ich nicht Jahrzehnte meines Lebens der Befreiung unseres Landes geopfert? Gerade du solltest das wissen!

Mich musst du nicht überzeugen, sondern den Kommandanten. Du schreibst nicht mal annähernd so, dass ein Mann wie er das verstehen könnte. Du behauptest, ein Revolutionär zu sein, aber deine Geschichte verrät dich, oder besser, du verrätst dich selbst. Warum musst du unbedingt so schreiben, du störrisches Arschloch? Du musst doch wissen, dass alle Kommandanten dieser Welt Leute wie dich als Bedrohung sehen … Der Fuß stieß mich wach. Ich war eine köstliche Sekunde lang eingeschlafen, als hätte ich beim Krabbeln durch die Wüste eine Träne gekostet. Bleib wach, sagte die Stimme. Dein Leben hängt davon ab.

Du bringst mich um, wenn du mich nicht schlafen lässt, sagte ich.

Ich werde dich so lange wach halten, bis du verstehst, sagte die Stimme.

Ich verstehe nichts!

Dann hast du schon fast alles verstanden, sagte die Stimme. Er kicherte und klang dabei fast wie mein alter Kumpel aus der Schule. Ist es nicht komisch, wie wir hier gelandet sind, mein Freund? Du, um Bons Leben zu retten, und ich, um euer beider Leben zu retten. Wir können nur hoffen, dass mein Plan besser klappt als deiner. Aber um die Wahrheit zu sagen, ich wollte nicht nur aus reiner Freundschaft in dieses Lager. Du hast mein

Gesicht gesehen, oder besser, dass ich keins mehr habe. Kannst du dir vorstellen, was es bedeuten würde, wenn meine Frau und meine Kinder mich so sehen müssten? Seine Stimme brach. Kannst du dir vorstellen, wie entsetzt sie wären? Kannst du dir mein Entsetzen vorstellen, wenn ich in den Spiegel schaue? Obwohl, um ehrlich zu sein, ich habe schon Jahre in keinen Spiegel mehr geschaut.

Der Gedanke, dass er von ihnen getrennt war, trieb mir die Tränen in die Augen. Seine Frau war in unsere Schwesterschule gegangen, auch eine Revolutionärin, ein Mädchen von solcher Anständigkeit und schlichten Schönheit, dass ich mich auch in sie verliebt hätte, wenn er mir nicht zuvorgekommen wäre. Der Junge und das Mädchen, die manchmal miteinander gerauft hatten, aber ansonsten kleine Engel gewesen waren, mussten jetzt mindestens sieben und acht sein. Sie würden dich niemals fürchten wegen deines … deines Aussehens, sagte ich. Du meinst nur, sie würden dich so sehen, wie du dich selbst siehst.

Du hast keine Ahnung!, rief er. Dann wieder Stille, die nur von seinem krächzenden Atem gestört wurde. Ich hatte die vernarbten Lippen vor Augen und die Wunden in seinem Hals, aber ich wollte nur noch schlafen … Sein Fuß stieß mich an. Entschuldige, dass ich die Beherrschung verloren habe, sagte die Stimme leise. Du kannst nicht wissen, was ich fühle, mein Freund. Das glaubst du nur. Kann man wissen, wie schrecklich es ist, wenn die eigenen Kinder bei deinem Anblick zu weinen anfangen, wenn deine Frau bei jeder Berührung zurückzuckt, wenn dein eigener Freund dich nicht erkennt? Bon sieht mich jetzt seit einem Jahr und weiß nicht, wer ich bin. Gut, er sitzt ganz hinten in der Versammlungsbaracke und sieht mich nur von Weitem. Ich habe ihn nicht kommen lassen, um es ihm zu sagen, weil das sicher nicht gut für ihn wäre, ihm wahrscheinlich sogar sehr schaden würde. Trotzdem träume ich davon, dass er mich irgendwann erkennt, auch wenn er sich dann nur noch wünschen wird, mich zu töten. Kannst du dir vorstellen, wie das für mich ist, nicht mehr sein Freund sein zu können? Vielleicht, ja. Aber weißt du wirklich, wie es sich anfühlt, wenn einem Napalm die Haut von Gesicht und Körper ätzt? Wie könntest du?

Dann sag's mir!, schrie ich. Ich will wissen, was passiert ist.

Wieder Stille. Ich weiß nicht, wie lange sie dauerte, bis mich der Fuß wieder anstieß und ich begriff, dass ich den ersten Teil seiner Geschichte verpasst hatte. Ich trug immer noch meine Uniform, sagte die Stimme. Den Offizieren und den Männern in meiner Einheit stand die Panik in den Augen, sie ahnten, dass der Untergang nahte. Die Befreier waren nur noch wenige Stunden entfernt, ich verbarg meine Freude und Aufregung, allerdings nicht die Sorge um meine Familie, auch wenn sie eigentlich in Sicherheit sein sollte. Meine Frau und die Kinder waren zu Hause, einer unserer Kuriere war immer in der Nähe, um sie zu beschützten. Als die Panzer der Volksbefreiungsarmee auf unsere Brücke zurollten und mein kommandierender Offizier befahl, nicht zurückzuweichen, machte ich mir auch um mich Sorgen. Ich wollte nicht am letzten Tag des Krieges von unseren Befreiern erschossen werden. Ich überlegte, wie ich diesem Schicksal entkommen könnte, als ich jemand sagen hörte: Na endlich, die Luftwaffe. Eins unserer Flugzeuge flog außerhalb der Reichweite von Flugabwehrraketen über uns hinweg, allerdings auch zu hoch für einen Bombenangriff. Weiter runter, rief jemand. Wie will er aus dieser Höhe treffen? Die Stimme kicherte. Tja, wie wahr. Als der Pilot die Bomben ausklinkte, packte das Grauen meiner Offizierskollegen auch mich, weil ich sehen konnte, dass die Bomben nicht auf die Panzer fielen, sondern wie in Zeitlupe auf uns zuschwebten.

Die Bomben fielen schneller, als es unsere Augen an unser Hirn melden konnten. Wir rannten los, kamen aber nicht weit. Eine Napalmwolke hüllte uns ein. Schätze, ich hatte noch Glück. Ich war schneller auf den Beinen als die anderen, das Napalm leckte nur an mir. Es tat weh. Und wie es wehtat. Was soll ich sagen? Wenn man in Flammen steht, fühlt es sich an, als wenn man in Flammen steht. Was soll ich über den Schmerz sagen, als dass es der entsetzlichste Schmerz war, den ich je gespürt habe? Wie weh es wirklich tat, könnte ich dir nur zeigen, mein Freund, wenn auch ich dich anzünden würde. Und das werde ich nie tun.

Auch ich war dem Tod nahegekommen, auf dem Rollfeld des Saigoner Flughafens und am Filmset auf den Philippinen, aber beides hatte nichts mit der Erfahrung zu tun, in Flammen zu stehen. Ich hatte schlimmstenfalls leichte Verbrennungen erlitten. Ich versuchte mir das multipliziert mit zehntausend vorzustellen, verursacht durch Naplam, dem in Harvard erfundenen Leuchtfeuer der westlichen Zivilisation. Jedenfalls hatte ich das in Claudes Unterricht gelernt. Aber ich schaffte es nicht. Während sich mein Ich auflöste und meinen schmelzenden Geist zurückließ, spürte ich einzig mein Verlangen nach Schlaf. Aber selbst in diesem Aggregatzustand verstand mein Geist, dass es jetzt nicht um mich ging. Ich kann es mir nicht vorstellen, sagte ich. Überhaupt nicht.

Es war ein Wunder, dass ich überlebt habe. Ich bin ein lebendes Wunder. Ein menschliches Wesen von innen nach außen gestülpt. Für alle außer meiner geliebten Frau war ich tot. Sie suchte nach mir, als ich nicht nach Hause kam. Sie fand mich sterbend in einem Armeelazarett, mein Fall hatte keine Priorität. Sie informierte die Machthaber, die den besten noch in Saigon verbliebenen Chirurgen befahlen, mich zu operieren. Ich wurde gerettet! Aber wofür? Der Schmerz, in Flammen zu stehen, war kaum geringer als der Schmerz, keine Haut und kein Gesicht mehr zu haben. Ich stand monatelang jeden Tag in Flammen. Wenn die Wirkung meiner Medikamente nachlässt, brenne ich immer noch. Qualvoll ist das richtige Wort, aber es kann nicht das Gefühl vermitteln, das es beschreibt.

Ich glaube, ich weiß, wie Qualen sich anfühlen.

Du fängst gerade erst an, das zu lernen.

Du musst das nicht tun!

Dann hast du noch immer nicht verstanden. Gewisse Dinge kann man nur lernen, wenn man selbst Qualen leidet. Ich will, dass du erfährst, was ich wusste und immer noch weiß. Ich hätte dir dieses Wissen erspart, wenn du nicht zurückgekommen wärst. Aber du bist zurückgekommen, und jetzt schaut der Kommandant zu. Unter seiner Obhut, auf dich allein gestellt, würdest du nicht überleben. Du machst ihm Angst. Du bist nichts weiter als ein Schatten am Eingang seiner Höhle, irgendein fremdes Wesen, das die Dinge von zwei Seiten sieht. Menschen wie du müssen gereinigt werden, weil du das Gift in dir trägst, das die Revolution verunreinigen kann. Meine Aufgabe ist zu beweisen, dass du nicht gereinigt werden musst, dass man dich freilassen kann. Diesen Prüfungsraum habe ich aus genau diesem Grund gebaut.

Du musst das nicht tun, flüsterte ich.

Aber ich tue es! Was dir angetan wurde, ist zu deinem Besten geschehen. Der Kommandant würde dich auf die einzige ihm bekannte Art brechen, indem er deinem Körper Schaden zufügt. Es gab nur eine einzige Möglichkeit, dich zu retten. Ich habe dem Kommandanten gesagt, ich würde neue Vernehmungsmethoden testen, die keine Spuren hinterlassen. Deshalb haben wir dich kein einziges Mal geschlagen.

Soll ich jetzt dankbar sein?

Ja, das solltest du. Aber jetzt ist es Zeit für die letzte Revision. Der Kommandant wird nicht weniger akzeptieren als das. Du musst ihm mehr liefern, als du ihm bis jetzt geliefert hast.

Da ist nichts mehr, was ich noch gestehen könnte!

Doch. Das ist das Wesen eines Geständnisses. Wir sind unvollkommen, deshalb ist ein Geständnis nie umfassend. Selbst der Kommandant und ich müssen uns gegenseitig kritisieren. So hat es die Partei bestimmt. Der Militärkommandant und der Politkommissar sind die leibhaftige Verkörperung des dialektischen Materialismus. Wir sind die These und die Antithese, aus der die kraftvollere Synthese hervorgeht, nämlich das wahrhaft revolutionäre Bewusstsein.

Wenn du schon weißt, was ich vergessen habe zu gestehen, dann sag's mir!

Die Stimme kicherte wieder. Ich hörte das Papier rascheln. Ich zitiere aus deinem Manuskript, sagte die Stimme. »Die kommunistische Agentin, der unsere Namen in Form eines Pappmascheebreis, Beweisstück ihrer Spionagetätigkeit, buchstäblich auf der Zunge lagen.« Du erwähnst sie noch viermal in deinem Geständnis. Wir erfahren, dass du ihr die Liste aus dem Mund gezogen hast und dass sie dich mit tödlichem Hass angeschaut hat, aber wir erfahren nichts von ihrem Schicksal. Du musst uns erzählen, was du ihr angetan hast. Wir wollen das wissen!

Ich hatte wieder ihr Gesicht vor Augen, die dunkle Haut einer Bäuerin und die breite, flache Nase, die den breiten, flachen Nasen der Ärzte so ähnelte, die im Filmsaal um sie herumstanden. Aber ich habe ihr nichts getan, sagte ich.

Nichts! Glaubst du, ihr Schicksal ist das, von dem du vergessen hast, dass du es vergessen hast? Wie ist es möglich, ihre Tragödie zu vergessen? Ihr Schicksal ist doch offensichtlich.

Konnte ihr Schicksal ein anderes sein als das, was der Leser sich zwangsläufig vorstellen muss, nachdem er in deinem Geständnis von ihr erfahren hat?

Aber ich habe ihr nichts getan!

Genau! Verstehst du nicht, dass alles, was gestanden werden muss, schon bekannt ist? Du hast tatsächlich nichts getan. Das ist das Verbrechen, das du anerkennen und das du gestehen musst. Stimmst du zu?

Vielleicht. Meine Stimme war schwach. Wieder stieß mich sein Fuß an. Würde er mich schlafen lassen, wenn ich Ja sagte?

Ich muss eine Pause machen, mein Freund. Ich spüre schon wieder den Schmerz. Der Schmerz geht nie weg. Weißt du, wie ich ihn aushalte? Morphium. Die Stimme kicherte. Aber die Wunderdroge betäubt nur den Körper und das Gehirn. Und mein Geist? Ich habe entdeckt, dass man den Schmerz nur dann erträgt, wenn man sich den größeren Schmerz eines anderen vorstellt, ein Leiden, das dein eigenes lindert. Erinnerst du dich an die Worte Phan Boi Chaus, die wir im Lycée gelernt haben? »Das größte Leid, das man einem menschlichen Wesen zufügen kann, ist der Verlust seines Landes.« Als dieses menschliche Wesen sein Gesicht, seine Haut und seine Familie verlor, stellte es sich dich vor, mein Freund. Du hast dein Land verloren, und ich war der, der dich ins Exil geschickt hat. Ich fühlte tief mit dir, der fürchterliche Verlust blitzte in deinen kryptischen Botschaften nur in Andeutungen auf. Aber jetzt bist du zurückgekehrt, und ich kann mir nicht mehr vorstellen, dass dein Leiden größer ist als mein eigenes.

Jetzt leide ich, sagte ich. Bitte, lass mich schlafen.

Wir sind Revolutionäre, mein Freund. Das Leiden hat uns zu dem gemacht, was wir sind. Wir haben uns das Leid *für* die Menschen ausgesucht, weil wir *ihr* Leid so sehr mitempfanden.

Das weiß ich alles, sagte ich.

Dann hör mir zu. Der Stuhl kratzte über den Boden, und seine Stimme, die ohnehin von weit oben kam, stieg noch weiter auf. Bitte verstehe mich. Ich tue dir das an, weil ich dein Freund und dein Bruder bin. Nur ohne den Trost des Schlafes wirst du die Schrecken der Geschichte vollkommen verstehen. Ich sage dir das als jemand, der sehr wenig geschlafen hat, seitdem ihm das zugestoßen ist. Du kannst mir glauben, ich weiß, wie du dich fühlst, und ich weiß, dass das nötig ist.

Ich hatte ohnehin schon Angst, aber sein Rezept für meine Behandlung vergrößerte meine Angst nur noch mehr. Jemand muss ihm etwas angetan haben! War ich dieser Jemand? Nein! Das kann nicht wahr sein, wollte ich ihm sagen, aber meine Zunge versagte mir den Dienst. Ich habe mich nur irrtümlich für diesen Jemand gehalten, weil ich ein Niemand war, sagte ich, oder ich dachte, dass ich es sagte. Ich bin eine Lüge, ein Wächter, ein Buch. Nein! Ich bin eine Fliege, ein Kriecher, ein Schlitzauge. Nein! Ich bin … Ich bin … Ich bin …

Der Stuhl kratzte, und ich hatte den scharfen animalischen Geruch des Wachmanns mit dem Babygesicht in der Nase. Ein Fuß stieß mich an, und ich zitterte. Bitte, Genosse, sagte ich. Lass mich einfach schlafen. Der Wachmann mit dem Babygesicht schnaubte, stieß mich noch einmal mit seinem gehörnten Fuß und sagte: Ich bin nicht dein Genosse.

EINUNDZWANZIGSTES KAPITEL

Der Gefangene hatte nicht gewusst, dass er eine Pause brauchte von der Geschichte, der er sein ganzes Erwachsenenleben verpflichtet gewesen und hinterhergejagt war. Sein Freund Man hatte ihn im Arbeitskreis in die Geschichte eingeführt, die in scharlachroten Buchstaben in auserwählten Büchern geschrieben stand. Wenn man ihre Gesetze begreife, dann könne man den Lauf der Geschichte steuern, dann könne man sie dem Kapitalismus entreißen, dessen Ziel es sei, die Zeit zu monopolisieren. Wir stehen auf, arbeiten, essen und schlafen auf Kommando des Hausherrn, des Besitzers, des Bankiers, des Politikers und des Lehrers, hatte Man gesagt. Wir nehmen hin, dass sie über unsere Zeit verfügen, obwohl sie in Wahrheit uns gehört. Wacht auf, ihr Bauern, Arbeiter, Kolonisierten! Wacht auf, ihr Unsichtbaren! Kommt aus den verborgenen Winkeln, wohin ihr euch auf der Suche nach Sicherheit verkrochen habt, und stehlt den Papiertigern, Schoßhündchen und Finanzhaien des Imperialismus, Kolonialismus und Kapitalismus die goldene Uhr, die eure Zeit misst! Wenn euch dieser Diebstahl gelingt, dann arbeitet die Zeit für euch. Ihr seid Millionen, die Kolonisten, Kompradoren und Kapitalisten, die den Verdammten dieser Erde eingeredet haben, die Kapitalisten schrieben die Geschichte, sind nur Tausende. Wir, die Avantgarde, müssen die unwissenden Völker und die unsichtbaren

Klassen überzeugen, dass der Kommunismus die Geschichte schreibt! Ihre Erschöpfung wird die Ausgebeuteten unausweichlich zur Revolte führen, aber es ist unsere Avantgarde, die diesen Aufstand beschleunigt, indem sie die Uhr der Geschichte um- und den Alarm auf Revolution einstellt. *Ticktack … ticktack … ticktack …*

Der auf seiner Matratze fixierte Gefangene – nein, Schüler – begriff, dass dies die letzte Sitzung des Arbeitskreises war. Die Voraussetzung dafür, ein revolutionäres Subjekt zu sein, war, ein historisches Subjekt zu sein, das sich nur dann an alles erinnern konnte, wenn es vollkommen wach war, sogar wenn ihn das schließlich das Leben kosten würde. Und trotzdem, wenn er nur schlafen könnte, dann würde er auch besser verstehen! Er wand und krümmte sich, er kämpfte mit sich selbst in seinem vergeblichen Bemühen um Schlaf. So wäre es vielleicht noch Stunden, Minuten oder Sekunden weitergegangen, wenn ihm nicht urplötzlich die Haube heruntergezogen und dann der Knebel aus dem Mund genommen worden wäre, sodass er japsend nach Luft schnappen konnte. Die rauen Hände seines Wächters befreiten ihn von den Ohrenschützern und Schaumstoffstöpseln und schließlich auch von der scheuernden Augenbinde. Licht! Er konnte sehen, doch er schloss die Augen sofort wieder. Über ihm an der Decke hingen Dutzende, nein, Hunderte Glühbirnen, deren geballte grelle Leuchtkraft ihn blendete und durch die roten Filter drang, die seine Augenlider waren. Ein Fuß stieß gegen seine Schläfe, und der Wachmann mit dem Babygesicht sagte: Hey, nicht schlafen. Er öffnete die Augen und schaute in das akkurate Viereck aus glühend heißen Birnen, deren intensives Licht einen Prüfungsraum mit weißen Wänden und weißer Decke enthüllte. Auch der Zementboden und sogar die Eisentür waren weiß gestrichen. Der ganze Raum maß etwa drei mal fünf Meter. Der Wachmann mit dem Babygesicht stand in seiner gelben Uniform in Habachtstellung in einer Ecke, aber die drei anderen Männer im Raum standen an seiner Matratze, einer links, einer rechts, der dritte am Fußende. Sie trugen weiße Laborkittel und meergrüne OP-Overalls und verschränkten die Hände auf dem Rücken. Mundschutz und Schutzbrillen aus rostfreiem Stahl verbargen ihre Gesichter. Die sechs runden Brillengläser waren auf ihn gerichtet, der jetzt zweifelsfrei nicht mehr nur Gefangener und Schüler war, sondern auch Patient.

FRAGE: Wer sind Sie?

Der Mann zu seiner Linken stellte die Frage. Wer er war, mussten sie inzwischen doch wissen, oder? Er war der Spion, der Schläfer, der Maulwurf, aber seine Zunge war so angeschwollen, dass sie den ganzen Mund ausfüllte. Bitte, wollte er sagen, darf ich meine Augen schließen? Dann sage ich Ihnen, wer ich bin. Die Antwort liegt mir auf der Zunge – ich bin der aufgeschlitzte Schlitzi. Wollen Sie etwa behaupten, dass ich nur ein *halber* Schlitzi bin? Nun, der blonde Major, der nach der Schlacht von Ben Tre die toten Kommunisten zählen sollte und dabei mit einem mathematischen Problem in Gestalt einer Leiche konfrontiert wurde, die nur noch aus Kopf, Brust und Armen bestand, kommentierte dies mit den Worten: Ein halber Schlitzi ist auch ein Schlitzi. Und da nur ein toter Schlitzi ein guter Schlitzi ist, wie die amerikanischen Soldaten zu sagen pflegten, muss es sich bei diesem Patienten um einen schlechten Schlitzi handeln.

FRAGE: Was sind Sie?

Das sagte der Mann rechts von ihm. Der Patient erkannte die Stimme des Kommandanten und riss in stummer Wut über die Frage an den Fesseln, bis sein Fleisch brannte. Ich weiß, was Sie glauben. Sie halten mich für einen Verräter. Einen Konterrevolutionär. Einen Bastard, der nirgendwo hingehört, dem niemand traut. Die Wut schlug urplötzlich in Verzweiflung um, und er fing an zu weinen. Würden seine Opfer nie gewürdigt? Würde niemand ihn je verstehen? Würde er immer allein sein? Warum musste ausgerechnet ihm all das Leid widerfahren?

FRAGE: Wie lautet Ihr Name?

Der Mann am Fußende der Matratze. Die Stimme des Kommissars. Eine leichte Frage, glaubte er zumindest. Er öffnete den Mund, aber als seine Zunge sich nicht bewegte, erschauderte er vor Schreck. Hatte er seinen Namen vergessen? Nein, unmöglich! Seinen amerikanischen Namen hatte er sich selbst gegeben. Seinen Geburtsnamen hatte ihm seine Mutter gegeben, die Einzige, die ihn je verstanden hatte. Sein Vater war ihm jetzt keine Hilfe, er hatte ihn nie Sohn genannt oder mit seinem Namen angesprochen, sogar im Unterricht hatte er immer nur *du* gesagt. Nein, seinen Namen würde er nie vergessen, und als er ihm schließlich einfiel, löste sich seine Zunge aus dem gummiartigen Bett, und er sprach ihn laut aus.

Der Kommissar sagte: Nicht mal seinen eigenen Namen kriegt er richtig hin. Doktor, ich glaube, er braucht das Serum, worauf der Mann links von ihm sagte: Na dann los. Der Doktor holte seine Arme hinter dem Rücken hervor. Sie steckten bis zu den Ellbogen in Stulpen aus weißem Gummi, in einer Hand hielt er eine Ampulle von der Größe einer Gewehrpatrone, in der anderen eine Spritze. Mit einer gleichmäßigen Bewegung zog der Doktor eine klare Flüssigkeit von der Ampulle in die Spritze und ging neben dem Patienten in die Hocke. Als er zuckte und zerrte, sagte der Doktor: So oder so, ich werde Ihnen die Spritze setzen, aber wenn Sie sich bewegen, dann wird es für Sie schlimmer. Der Patient hörte auf zu zappeln, und der Stich in die Beuge des Ellbogens löste ein anderes Gefühl als das halluzinatorische Verlangen nach Schlaf in ihm aus, es war fast eine willkommene Erleichterung. Fast, aber nicht ganz. Bitte, sagte er, machen Sie das Licht aus.

Der Kommissar sagte: Das können wir nicht tun. Verstehen Sie das nicht, Sie müssen etwas sehen können? Der Kommandant schnaubte. Das wird er nie verstehen, da kann es noch so hell sein. Er war zu lange im Untergrund. Er ist grundsätzlich blind! Schon vorbei, sagte der Doktor und tätschelte dem Patienten den Arm. Männer der Wissenschaft dürfen die Hoffnung nie aufgeben, am allerwenigsten, wenn es um den Verstand geht. Weil wir den Verstand weder sehen noch berühren können, können wir dem Patienten nur dabei helfen, seinen Verstand selbst zu entdecken, indem wir ihn so lange wach halten, bis er in der Lage ist, sich selbst als jemand anders zu betrachten. Das ist der ausschlaggebende Punkt, denn wir kennen uns selbst zwar am besten, aber auch am wenigsten. So, als drückten wir unsere Nasen auf die Seiten eines Buchs. Die Worte sind direkt vor unseren Augen, und trotzdem können wir sie nicht lesen. So wie eine gewisse Distanz nötig ist, um die Seiten eines Buches lesen zu können, so müssten wir uns nur zweiteilen und Distanz zu uns selbst herstellen können, dann würden wir uns selbst besser betrachten können. Das ist der Kern unseres Experiments, für das wir noch einen weiteren Apparat benötigen. Der Doktor deutete auf eine Umhängetasche aus braunem Leder, die auf dem Boden stand und dem Patienten noch nicht aufgefallen war. Er erkannte sie sofort als Feldtelefon und fing wieder an zu zittern. Die Sowjets haben uns das Serum geliefert, das unseren Patienten dazu bringen wird, die Wahrheit zu sagen, sagte der Doktor. Dieses andere Element hier ist amerikanisch. Sehen Sie den Ausdruck in den Augen unseres Patienten? Er erinnert sich an das, was er in Verhörräumen gesehen hat. Aber wir verbinden nicht seine Brustwarzen und seinen Hodensack mit den Batterieklemmen des Generators, der das Feldtelefon antreibt. Der Doktor griff in die Ledertasche und holte einen schwarzen Draht heraus. Wir klemmen das hier an einen Zeh. Mit der Handkurbel erzeugen wir zu viel Elektrizität. Wir wollen keine Schmerzen. Wir wollen nicht foltern. Wir wollen nur einen Reiz setzen, der ausreicht, um ihn wach zu halten. Deshalb habe ich den elektrischen Ausstoß modifiziert und das Telefon hiermit verbunden. Er hielt eine Armbanduhr hoch. Jedes Mal, wenn der Sekundenzeiger die Zwölf passiert, wird kurz Strom zum Zeh des Patienten geleitet.

Der Doktor befreite den einen Fuß des Patienten von einem mit Watte gefüllten Jutebeutel, und der Patient verrenkte sich den Hals, um die Apparatur des Doktors sehen zu können. Er konnte aber den Kopf nicht weit genug anheben, um Details zu erkennen. Er sah nur, dass der Draht vom Zeh zur Tasche führte, in die der Doktor die Armbanduhr zurückgelegt hatte. Sechzig Sekunden, meine Herren, sagte der Doktor. *Ticktack* … Der Patient erwartete zitternd den Stoß. Der Patient hatte miterlebt, wie ein Subjekt bei einem solchen Stoß geschrien und sich hin- und hergeworfen hatte. Beim zehnten oder zwanzigsten Stoß nahmen die Augen des Subjekts den glasigen Glanz der Augen eines Tierpräparats in einem Diorama an, lebendig und doch tot, oder umgekehrt, während das Subjekt auf die nächste Kurbeldrehung wartete. Claude, der die Klasse bei einem solchen Verhör hatte zusehen lassen, sagte: Wenn einer von euch Witzbolden lacht oder einen Steifen kriegt, dann schmeiße ich ihn raus. Das ist ein ernstes Geschäft. Der Patient erinnerte sich daran, wie erleichtert er darüber gewesen war, dass man ihn nicht dazu aufgefordert hatte, die Kurbel zu drehen. Bei den Zuckungen des Subjekts hatte er sich innerlich gewunden und gefragt, wie sich so ein Stromstoß wohl anfühlte. Und jetzt lag er hier, schwitzte, zitterte, und die Sekunden tickten dahin, bis ihn schließlich ein Stoß Reibungselektrizität kurz zusammenzucken ließ, nicht vor Schmerz, sondern vor Schreck. Sehen Sie? Vollkommen harmlos, sagte der Doktor. Nur regelmäßig die Zehen wechseln, damit er von der Drahtklemme keine Verbrennungen bekommt.

Danke, Doktor, sagte der Kommissar. Wenn es Ihnen nichts ausmacht, würde ich jetzt gern mit unserem Patienten allein sprechen. Nehmen Sie sich alle Zeit der Welt, sagte der Kommandant und ging zur Tür. Der Geist dieses Patienten ist vergiftet. Er gehört gründlich durchgespült. Der Kommandant, der Doktor und der Wachmann mit dem Babygesicht verließen den Raum, aber Sonny und der maßlose Major, die in einer Ecke standen und den Patienten mit großer Geduld betrachteten, blieben. Der Kommissar setzte sich auf einen Holzstuhl, dem neben der Matratze des Patienten einzigen Einrichtungsgegenstand. Bitte, sagte der Patient, lass mich einfach ausruhen. Der Kommissar sagte nichts, bis der nächste Stromstoß den Patienten aufrüttelte. Dann beugte er sich vor und zeigte dem Patienten ein dünnes Buch, das er bis jetzt vor ihm verborgen hatte. Das haben wir in deinem Zimmer in der Villa des Generals gefunden.

FRAGE: Wie lautet der Titel?

ANTWORT: *KUBARK*, Nachrichtendienstliche Vernehmungen, 1963.

FRAGE: Was ist KUBARK?
ANTWORT: Ein Tarnname für die CIA.
FRAGE: Was ist die CIA?
ANTWORT: Der Auslandsgeheimdienst der USA.
FRAGE: Was ist die USA?
ANTWORT: Die Vereinigten Staaten von Amerika.

Du siehst, ich verberge nichts vor dir, sagte der Kommissar und lehnte sich zurück. Ich habe deine Randnotizen gelesen und mir die unterstrichenen Passagen angeschaut. Alles, was hier mit dir gemacht wird, stammt aus diesem Buch. Mit anderen Worten, das ist eine Open-Book-Prüfung für dich. Es gibt keine Überraschungen.

Schlafen …

Nein. Ich kontrolliere, ob das Serum wirkt. Ein Geschenk vom KGB, aber wir beide wissen ja, was die Großmächte für ihre Geschenke erwarten. Sie haben ihre Methoden, Waffen und Ideen an unserem kleinen Land ausprobiert. Wir waren Gegenstand des Experiments, das sie, ohne mit der Wimper zu zucken, den Kalten Krieg nennen. Ein Witz angesichts dessen, wie heiß der Krieg für uns war! Für uns beide dann aber doch nicht so lustig, schließlich ging der Witz auf unsere Kosten. (Und ich dachte, der Witz wäre auf unsere Kosten gegangen, sagte Sonny. Ruhe!, sagte der maßlose Major. Ich will das hören. Das wird herrlich!) Wie immer, fuhr der Kommissar fort, haben wir ihre Methoden und ihre Technologie übernommen. Die Glühbirnen da oben? Hergestellt in den USA, genauso wie der Generator, der sie mit Strom versorgt. Das Benzin ist allerdings ein Sowjet-Import.

Bitte, mach das Licht aus, sagte der Patient, der unter der Hitze der Glühbirnen schwitzte. Als er keine Antwort bekam, wiederholte er seine Bitte, und als er immer noch nichts hörte, erkannte er, dass der Kommissar den Raum verlassen hatte. Er schloss die Augen und glaubte kurz, einschlafen zu können, als der Strom ihn in den Zeh biss. Auf der Farm hat man diese Methoden auch mal bei mir angewandt, hatte Claude der Klasse erzählt. Sie funktionieren, auch wenn du weißt, was gerade mit dir passiert. Er bezog sich auf die Methoden im KUBARK-Handbuch, Pflichtlektüre im Kurs der Verhörtechniken, von der der Kommissar jetzt eine Kopie hatte. Als Schüler hatte der Patient das Handbuch mehrere Male gelesen. Er hatte sich den Inhalt, die unterschiedlichen Persönlichkeitsstrukturen und die Apparate eingeprägt, er hatte verstanden, was für eine wichtige Rolle Isolation, sensorische Deprivation, eine gemeinsame Vernehmung und Lockspitzel spielten. Er hatte die Iwan-der-Trottel-Methode beherrscht, die Wolf-im-Schafspelz-Methode, die Alice-im-Wunderland-Methode, die Geständnisse-sind-gut-für-die-Seele-Methode, die Niemand-liebt-dich-Methode. Kurz, er kannte das Buch in- und auswendig und hatte den Stress erlebt, den ein unvorhergesehener Ablauf auslöste. Und so war er nicht überrascht, als der Wachmann mit dem Babygesicht hereinkam und den Draht vom Zeh nahm und an einen Finger klemmte. Während der Wachmann mit dem Babygesicht seinen Fuß wieder einwickelte, brabbelte der Patient etwas, das sogar er selbst nicht verstand und auf das der Wachmann mit dem Babygesicht nicht reagierte. Der Wachmann mit dem Babygesicht hatte dem Patienten seine Tätowierung auf dem Bizeps gezeigt, die verkündete: IM NORDEN GEBOREN, UM IM SÜDEN ZU STERBEN. Da er allerdings zur letzten Division gehört hatte, die auf Saigon zumarschierte, war der Krieg schon vorbei gewesen, als er zur Befreiung der Stadt eintraf. Die Tätowierung hatte aber noch immer prophetischen Charakter. Er war fast an Syphilis gestorben, mit der er sich bei einer Frau angesteckt hatte, die ihren gefangenen Mann besucht und das Schmiergeld in der einzigen ihr zur Verfügung stehenden Währung bezahlt hatte. Bitte machen Sie das Licht aus, sagte der Patient. Aber der Wachmann mit dem Babygesicht kümmerte sich schon nicht mehr um ihn. Inzwischen war ein junger Wächter mit dem Essen gekommen. Hatte er nicht gerade erst gegessen? Er hatte keinen Hunger, aber der junge Wächter stopfte ihm den Reis mit einem Metalllöffel brutal in den Hals. Der Zeitplan für seine Grundbedürfnisse war völlig in Unordnung geraten, die Essenszeiten unregelmäßig und unberechenbar, genau wie es im Buch stand. Wie ein Arzt, der eine tödliche Krankheit studiert, die ihn gerade selbst befallen hat, so war ihm alles bekannt, was ihm zugestoßen war und noch zustoßen würde, und doch machte es keinen Unterschied. Er versuchte, das dem jungen Wächter zu erklären, der nur sagte, er solle den Mund halten, ihm dann in die Rippen trat und den Raum verließ. Der elektrische Draht biss ihn wieder, nur dass die Klemme inzwischen an seinem Ohr und nicht mehr an seinem Finger saß. Er schüttelte den Kopf, aber die Klauen der Klemme gruben sich fest in sein Fleisch und hielten ihn wach. Sein Verstand war so wund und rissig, wie die Brustwarzen seiner Mutter gewesen sein mussten, nachdem sie ihn gesäugt hatte. Mein hungriges Baby, nannte sie ihn. Erst ein paar Stunden alt, die Augen noch zu, und doch wusstest du genau, wo die Milch war. Und wenn du erst mal angedockt hattest, hast du nicht mehr losgelassen! Pünktlich jede Stunde wolltest du deine Milch. Diese erste Kostprobe von der Milch seiner Mutter musste vollkommen gewesen sein, aber er konnte sich nicht mehr an ihren Geschmack erinnern. Er wusste nur noch, wie sie *nicht* geschmeckt hatte: nach Angst, nach der metallischen Schärfe einer Neun-Volt-Batterie, die an seiner Zunge scheuerte.

FRAGE: Wie fühlst du dich?

Der Kommissar war wieder da und beugte sich über den Patienten. Er trug den weißen Laborkittel, den Mundschutz und die Schutzbrille aus rostfreiem Stahl und hielt Notizblock und Stift in Händen, die in weißen Gummihandschuhen steckten.

FRAGE: Ich habe gefragt, wie fühlst du dich?
ANTWORT: Ich spüre meinen Körper nicht mehr.
FRAGE: Aber du spürst deinen Verstand, oder?
ANTWORT: Mein Verstand spürt alles.
FRAGE: Erinnerst du dich jetzt?
ANTWORT: Was?
FRAGE: Erinnerst du dich an das, was du vergessen hast?

Dem Patienten war, als würde er sich an das erinnern, was er vergessen hatte, und sollte er es artikulieren können, würde der Draht von seiner Nasenspitze genommen, der Batteriegeschmack in seinem Mund verschwinden und das Licht ausgeschaltet, und er könnte endlich schlafen. Er weinte, und die Tränen fielen in die weiten Wasser seines Vergessens, und diese kleine Dosis Salz bewirkte eine Veränderung der flüssigen Struktur seiner Amnesie, sodass die obsidianschwarze Vergangenheit sich daraus erheben konnte. Ein Obelisk tauchte langsam aus dem Ozean seines Vergessens auf, die Wiederauferstehung von etwas, von dem er nicht einmal gewusst hatte, dass es tot war, da es in einem Meer versenkt worden war. Auf dem Obelisken waren Hieroglyphen eingraviert – kryptische Bilder von drei Mäusen, eine Serie von Rechtecken, wogende Linien, verstreute Kanji-Schriftzeichen – und ein Filmprojektor, denn das, was er vergessen hatte, erinnerte er sich jetzt wieder, war in einem Raum geschehen, den sie den Kinosaal genannt hatten.

FRAGE: Wer hat den Raum Kinosaal genannt?

ANTWORT: Die Polizisten.

FRAGE: Warum wird der Raum Kinosaal genannt?

ANTWORT: Wenn Ausländer zu Besuch kommen, ist der Raum ein Kinosaal.

FRAGE: Und wenn keine Ausländer zu Besuch kommen?

ANTWORT: …

FRAGE: Und wenn keine Ausländer zu Besuch kommen?

ANTWORT: Werden dort die Verhöre durchgeführt.

FRAGE: Wie laufen die Verhöre ab?

ANTWORT: Auf vielfältige Weise.

FRAGE: Zum Beispiel?

Es gab so viele. Der Telefonanruf, der Flug, das Wasserfass und die geniale Methode mit Nadeln, Papier und Elektroventilator, die keine Narben hinterlässt, dann die Massage, die Eidechsen, die Hautverätzung, der Aal. Nichts davon stand in dem Buch. Selbst Claude wusste nicht, woher diese Methoden stammten, nur dass sie praktiziert wurden, schon lange bevor er der Zunft beigetreten war. (Das dauert alles schon viel zu lange, sagte der maßlose Major. Da kommt nichts mehr. Doch, sagte Sonny. Jetzt geht's erst richtig los!)

FRAGE: Wer war im Kinosaal?

ANTWORT: Die drei Polizisten. Der Major. Claude.

FRAGE: Wer noch?

ANTWORT: Ich.

FRAGE: Wer sonst noch?

ANTWORT: …

FRAGE: Wer sonst noch?

ANTWORT: Die kommunistische Agentin.

FRAGE: Was ist mit ihr passiert?

Wie hatte er die Agentin mit dem Pappmascheebrei im Mund vergessen können? Sein eigener Name stand auf der Liste mit den Polizisten, die sie bei ihrer Festnahme versucht hatte herunterzuschlucken. Als er sie im Kinosaal anschaute, war er sicher, dass sie keine Ahnung von seiner wahren Identität hatte, obwohl er es gewesen war, der Man die Liste übergeben hatte. Sie lag nackt auf einem mit einem schwarzen Gummilaken bedeckten Tisch in der Mitte des großen Raumes. Hände und Füße waren an den vier Tischbeinen festgebunden. Die einzige Lichtquelle im Kinosaal waren Neonlampen an der Decke, die Verdunkelungsvorhänge waren zugezogen. An den Seiten standen wahllos Klappstühle aus grauem Metall, an einer Wand stand ein Sony-Filmprojektor, neben ihm Claude. Die Leinwand gegenüber diente als Hintergrund für die Befragung der Agentin. Der verantwortliche Beamte war eigentlich der maßlose Major, der seine Rolle aber an die drei Polizisten abgetreten hatte. Er saß schwitzend auf einem der Klappstühle und schaute unglücklich zu.

FRAGE: Wo warst du?
ANTWORT: Ich habe neben Claude gestanden.
FRAGE: Was hast du gemacht?
ANTWORT: Zugeschaut.
FRAGE: Was hast du gesehen?

Später, in irgendeiner strahlenden Zukunft, würde ihm der Kommissar eine Aufnahme seiner Antwort vorspielen, obwohl der Patient sich nicht an ein Tonbandgerät erinnerte. Viele Menschen fanden es beunruhigend, dass ihre Stimme auf Band nicht so klang, wie sie sie sich vorgestellt hatten. Er war da keine Ausnahme. Er hörte die fremde Stimme sagen: Ich habe alles gesehen. Claude sagte, das sei ein schmutziges Geschäft, aber da müsse ich durch. Ich sagte: Ist das wirklich nötig? Claude sagte: Fragen Sie den Major. Er hat das Kommando, ich bin nur der Berater. Also ging ich zum Major, und der sagte: Da kann ich nichts machen. Gar nichts! Der General will wissen, wie sie an die Namen gekommen ist, und zwar sofort. Aber das ist falsch, sagte ich. Verstehen Sie das nicht? Das ist vollkommen überflüssig. Der Major saß da und sagte nichts, und Claude stand neben dem Filmprojektor und schwieg ebenfalls. Lasst mich eine Zeit lang mit ihr allein, sagte ich zu den Polizisten. Obwohl die Amerikaner unsere Polizisten wegen ihrer weißen Paradeuniformen und Schirmmützen weiße Mäuse nannten, wirkte keiner der drei wie eine Maus. Sie waren durchschnittliche Exemplare der männlichen Bevölkerung, schlank und hager, gebräunt vom Jeep- und Motorradfahren. Sie waren nicht von Kopf bis Fuß in Weiß gekleidet, sondern trugen die normale Polizeiuniform, weißes Hemd und hellblaue Hose. Die leichten, blauen Mützen hatten sie abgelegt. Nur ein paar Stunden, sagte ich. Der jüngere Polizist schnaubte. Er will nur als Erster ran. Vor Zorn und Scham lief ich rot an, und der älteste Polizist sagte: Dem Amerikaner ist es egal. Was kümmert es dann Sie? Hier, trinken Sie eine Cola. In der Ecke stand ein Frigidaire voll mit Cola, und der ältere Polizist, der schon eine offene Flasche in der Hand hatte, drückte mir auch eine in die Hand und führte mich dann zum Stuhl neben dem Major. Ich setzte mich, und die Finger der Hand, die die eiskalte Flasche hielten, begannen, taub zu werden.

Bitte, bitte!, schrie die Agentin. Ich bin unschuldig! Ich schwöre! Und das erklärt, warum du eine Liste hattest, auf der die Namen der Polizisten standen?, sagte der Jüngere. Die lag irgendwo herum, und weil du plötzlich Hunger hattest, wolltest du sie essen? Nein, nein, schluchzte die Agentin. Sie brauchte eine gute Geschichte, aber ihr fiel keine ein, allerdings hätte nichts die Polizisten umstimmen können. Also dann, sagte der mittlere Polizist, öffnete den Gürtel und den Reißverschluss seiner Hose. Er hatte schon eine Erektion. Der elfte Finger beulte seine Shorts aus. Die Agentin stöhnte und schaute zur anderen Seite des Tisches, wo allerdings der jüngere Polizist stand. Der hatte seine Hose auch schon fallen lassen und bearbeitete sich heftig mit einer Hand. Da ich hinter ihm saß, sah ich nur seine eingefallenen nackten Hinterbacken und das Entsetzen in den Augen der Agentin. Sie wusste, dass dies kein Verhör, sondern das Urteil war, von den Polizisten vollstreckt mit den Werkzeugen in ihren Händen. Der Ältere, der sicher schon Vater war, befummelte das stummelige Teil, das an den meisten männlichen Erwachsenenkörpern das hässlichste war. Dieses konnte ich in Gänze sehen, da der jüngere Polizist nun seitlich zu mir stand und sich dem Gesicht der Agentin näherte. Na los, schau ihn dir an, sagte er. Er mag dich! Die drei angeschwollenen Glieder unterschieden sich in der Länge und darin, dass einer nach oben, ein anderer nach unten und der dritte geradeaus zeigte. Bitte nicht!, wimmerte die Agentin mit geschlossenen Augen und schüttelte den Kopf. Bitte! Der ältere Polizist lachte. Schaut euch die flache Nase und die dunkle Haut an. Da muss was Kambodschanisches dabei sein oder vielleicht was von den Cham. Die sind heißblütig.

Wir fangen ganz leicht an, sagte der mittlere Polizist und kletterte ungelenk auf den Tisch und zwischen ihre Beine. Wie heißt du? Sie sagte nichts, aber als er die Frage wiederholte, erwachte etwas Animalisches in ihr. Sie öffnete die Augen, schaute den Polizisten an und sagte: Mein Nachname ist Viet, und mein Vorname ist Nam. Für einen Moment waren die drei Polizisten sprachlos. Dann brachen sie in Gelächter aus. Diese Schlampe will es nicht anders, sagte der Jüngere. Immer noch lachend, schob sich der Mittlere schwerfällig über die Agentin, die schrie und schrie. Während ich den ächzenden und stoßenden Polizisten und die beiden anderen beobachtete, die mit den Hosen auf den Knöcheln, die hässlichen Knie entblößt, um den Tisch herumschlurften, kamen sie mir doch wie Mäuse vor, die um ein Stück Käse herumschlichen. Meine Landsleute haben nie das Konzept des Anstehens begriffen, niemand wollte der Letzte sein. Während die drei Mäuse sich herumschubsten und mir die Sicht verstellten, konnte ich nur ihre verschwitzten Genitalien und die wild strampelnden Beine der Agentin sehen. Sie schrie nicht mehr, weil sie nicht mehr schreien konnte, der jüngere Polizist hatte sie zum Schweigen gebracht. Beeil dich, sagte er. Was brauchst du so lange? Ich mache so lange, wie es mir passt, sagte der Mittlere. Du hast doch auch deinen Spaß, oder nicht? (Hört auf zu reden! Hört auf!, schrie der maßlose Major und schlug sich die Hände vors Gesicht. Ich kann das nicht mehr sehen!) Aber uns blieb nichts übrig, als dem mittleren Polizisten dabei zuzuschauen, bis er schließlich in einer gewaltigen Zuckung verkrampfte. Freuden dieses Ausmaßes sollten immer privat bleiben, außer alle nahmen daran teil, wie beim Karneval oder einer Orgie. In diesem Fall waren solche Freuden für diejenigen, die nur zuschauten, abscheulich. Jetzt bin ich dran, sagte der Jüngere und löste sich von der Agentin, die jetzt wieder schreien konnte, bis der Ältere den Platz des Jüngeren einnahm und sie wieder zum Schweigen brachte. Was für eine Sauerei, sagte der Jüngere und zog sein Hemd hoch. Von der Sauerei unbeirrt, nahm er seinen Platz auf dem Tisch ein und begann, während der mittlere Polizist noch seine Hose über das krause Toupet seines zusammengeschrumpelten Ichs hochzog, mit den gleichen Bewegungen, die auch sein Vorgänger gemacht hatte, und kam nach wenigen Minuten zum gleichen obszönen Abschluss. Dann war der ältere Polizist an der Reihe. Als er auf den Tisch stieg, hatte ich einen unverstellten

Blick auf das Gesicht der Agentin. Obwohl sie nun hätte schreien können, tat sie es nicht oder konnte es nicht. Sie schaute mir mitten ins Gesicht, aber ich hatte das Gefühl, als sähe sie mich gar nicht, als steckte ihr Gesicht in einem Schraubstock, der immer fester zugezogen wurde.

Nachdem der Ältere fertig war, war es ruhig im Raum. Nur das Schluchzen der Agentin und die Geräusche der an ihren Zigaretten ziehenden Polizisten waren zu hören. Als sich der Ältere das Hemd in die Hose stopfte, trafen sich unsere Blicke, und er zuckte nur mit den Achseln. Sonst hätte es jemand anders gemacht. Warum also nicht wir? Der Jüngere sagte: Ist reine Zeitverschwendung, mit dem zu reden. Für diese Behandlung hätte er sowieso keinen hochgekriegt. Da, schau, er hat nicht mal seine Cola angerührt. Es stimmte, ich hatte die Flasche in meiner Hand vergessen. Sie war nicht einmal mehr kalt. Wenn du sie nicht mehr trinkst, sagte der Mittlere, gib her. Ich rührte mich nicht, und der gereizte Polizist machte drei Schritte auf mich zu und nahm mir die Flasche aus der Hand. Er nahm einen Schluck und verzog das Gesicht. Ich hasse warme Cola. Seine Stimme klang bösartig, als er das sagte. Er hielt mir die Flasche wieder hin, aber ich konnte sie nur ausdruckslos anschauen, mein Geist war so taub, wie meine Finger gewesen waren. Moment mal, sagte der Ältere. Warum sollten wir warme Cola trinken, wenn die sowieso mal richtig durchgespült werden muss. Er tätschelte das Knie der Agentin, und bei dieser Berührung, bei diesen Worten kehrte das Leben in sie zurück. Sie hob den Kopf und schaute uns mit einem so erbitterten Hass an, dass jeder im Raum sich hätte in Rauch auflösen und zu Asche zerfallen müssen. Aber nichts passierte. Wie sie waren auch wir immer noch aus Fleisch und Blut, als der mittlere Polizist seinen Daumen auf den Flaschenhals drückte und kräftig schüttelte. Gute Idee, sagte er. Wird aber ein bisschen klebrig!

Ja, die Erinnerung blieb kleben. Ich musste in die verspritzte Cola getreten sein, obwohl die Polizisten hinterher eimerweise Wasser über die Agentin und den Tisch geschüttet und dann den Fliesenboden aufgewischt hatten. (Auf meinen Befehl hin, sagte der maßlose Major. Die waren gar nicht glücklich darüber, dass sie das alles selber wieder sauber machen mussten, das kann ich dir sagen.) Und die Agentin, die immer noch nackt auf dem Tisch lag, sie schrie nicht mehr, sie schluchzte nicht einmal mehr, sondern war totenstill, die Augen wieder geschlossen, der Rücken gekrümmt, der Kopf zurückgeworfen. Die Polizisten reinigten sich von ihr, die Flasche ließen sie in ihr stecken. Ich kann mitten in sie reinschauen, sagte der mittlere Polizist, als er gebückt vor ihr stand und mit gynäkologischem Interesse durch den Flaschenboden spähte. Lass mich auch mal, sagte der Jüngere und stieß den Mittleren beiseite. Ich sehe gar nichts, beschwerte er sich. Das ist ein Witz, du Idiot!, rief der Ältere. Ein Witz. Ja, ein schlechter Witz, eine Slapstick-Travestie, für jeden verständlich, auch ohne unsere Sprache zu kennen, auch für Claude. Während die Polizisten mit ihrem provisorischen Spekulum Doktor spielten, kam er zu mir und sagte: Nur damit Sie Bescheid wissen, das habe ich ihnen nicht beigebracht. Das mit der Flasche, meine ich. Das ist allein auf ihrem Mist gewachsen.

Sie waren gute Schüler, genau wie ich. Sie haben ihre Lektion gelernt, und das habe ich auch. Wenn du also jetzt bitte das Licht ausmachen würdest, wenn du jetzt bitte das Telefon ausschalten würdest, wenn du mich jetzt bitte in Ruhe lassen würdest, wenn du dich daran erinnern würdest, dass wir zwei einmal beste Freunde waren und vielleicht noch immer sind, wenn du erkennen könntest, dass ich nichts mehr zu gestehen habe, wenn das Schiff der Geschichte einen anderen Kurs genommen hätte, wenn ich Buchhalter geworden wäre, wenn ich mich in die richtige Frau verliebt hätte, wenn ich ein rechtschaffenerer Liebhaber gewesen wäre, wenn meine Mutter weniger Mutter gewesen wäre, wenn mein Vater zum Seelenretten nach Algerien gegangen wäre und nicht hierher, wenn der Kommandant mich nicht hätte ummodeln müssen, wenn mein eigenes Volk mich nicht verdächtigt hätte, wenn sie mich als einen der Ihren betrachtet hätten, wenn wir unsere Feindseligkeit vergäßen, wenn wir die Rachelust vergäßen, wenn wir anerkennen würden, dass wir alle Marionetten im Spiel eines anderen sind, wenn wir keinen Krieg gegeneinander geführt hätten, wenn einige von uns sich nicht als Nationalisten, Kommunisten, Kapitalisten oder Realisten bezeichnet hätten, wenn unsere buddhistischen Mönche sich nicht verbrannt hätten, wenn die Amerikaner nicht gekommen wären, um uns vor uns selbst zu retten, wenn wir nicht gekauft hätten, was sie verkauften, wenn die Sowjets uns nie Genossen genannt hätten, wenn Mao es ihnen nicht hätte gleichtun wollen, wenn die Japaner uns nicht die Überlegenheit der gelben Rasse gelehrt hätten, wenn die Franzosen nie versucht hätten, uns zu zivilisieren, wenn Ho Chi Minh nicht dialektisch und Karl Marx nicht analytisch gewesen wäre, wenn die unsichtbare Hand des Marktes uns nicht am Schlafittchen hätte, wenn die Briten die Rebellen der neuen Welt besiegt hätten, wenn die Eingeborenen beim Anblick des ersten weißen Mannes einfach gesagt hätten: Nein, verdammt, wenn unsere Kaiser und Mandarine sich nicht bekriegt hätten, wenn die Chinesen uns nicht tausend Jahre lang beherrscht hätten, wenn sie Schießpulver für mehr als nur für Feuerwerke benutzt hätten, wenn es Buddha nicht gegeben hätte, wenn die Bibel nicht geschrieben worden wäre und Jesus Christus sich nicht geopfert hätte, wenn Adam und Eva immer noch im Paradies herumalberten, wenn der Drachengott und die Feenkönigin uns nie geboren hätten, wenn die Wege der beiden sich nie getrennt hätten, wenn nicht fünfzig ihrer Kinder der Feenmutter in die Berge gefolgt wären, wenn nicht weitere fünfzig ihrem Drachenvater aufs Meer gefolgt wären, wenn der legendäre Phönix wirklich aus seiner eigenen Asche aufgestiegen wäre und nicht bei uns auf dem Land abgestürzt und verbrannt wäre, wenn es kein LICHT und kein WORT gäbe, wenn Himmel und Erde sich nie geteilt hätten, wenn Geschichte nie geschehen wäre, weder als Farce noch als Tragödie, wenn die Schlange der Sprache mich nicht gebissen hätte, wenn ich nie geboren worden wäre, wenn es meine Mutter bei der Geburt nicht zerrissen hätte, wenn keine weiteren Überarbeitungen mehr für dich nötig wären und wenn ich keine dieser Visionen mehr hätte, könntest du mich dann bitte, bitte einfach schlafen lassen?

ZWEIUNDZWANZIGSTES KAPITEL

Natürlich kannst du nicht schlafen. Revolutionäre leiden an Schlaflosigkeit. Sie haben zu viel Angst vor dem Albtraum der Geschichte, sie machen sich zu viel Sorgen um die Gebrechen der Welt, sie müssen immer wach sein. So jedenfalls der Kommandant. Als er das sagte, lag ich auf meiner Matratze wie ein Präparat auf dem Objektträger eines Mikroskops, und nach dem geschmeidigen Klicken der Blende erkannte ich, dass das Experiment des Doktors erfolgreich gewesen war. Ich hatte mich aufgespalten, der gequälte Körper unten, das friedliche Bewusstsein weit oben schwebend, jenseits der leuchtenden Decke, gyroskopisch flatternd über meinen Qualen. Aus dieser Höhe sah die an mir vorgenommene Vivisektion tatsächlich sehr interessant aus. Mein Körper war eine schwabbelige, eigelbartige Masse, die unter dem zähflüssigen Weiß meines Geistes hervorschimmerte. Derart unterworfen und erhoben zugleich, war ich sogar für Sonny und den maßlosen Major nicht mehr fassbar. Sie blieben auf der Ebene meiner chronischen Schlaflosigkeit und schauten dem Doktor, dem Kommandanten und dem Kommissar über die Schulter. Die drei standen an meiner Matratze, trugen aber keine Laborkittel, OP-Overalls und Schutzbrillen aus rostfreiem Stahl mehr, sondern gelbe Uniformen mit roten Rangabzeichen und Pistolen im Gürtelhalfter. Die da unten waren Menschen und

Gespenster, ich aber war der übernatürliche Heilige Geist, der alles sah, alles hörte. Derart losgelöst, sah ich den Kommandanten niederknien und seine Hand nach meinem entmenschlichten Ich ausstrecken, wobei er den Zeigefinger langsam dehnte, bis er leicht gegen meinen frei liegenden Augapfel drückte, eine Berührung, bei der mein armer Körper zusammenzuckte.

ICH

Bitte, lassen Sie mich schlafen.

DER KOMMANDANT

Wenn ich mit Ihrem Geständnis zufrieden bin, dann können Sie schlafen.

ICH

Aber ich habe nichts getan!

DER KOMMANDANT

Genau.

ICH

Das Licht ist zu grell. Könnten Sie nicht …

DER KOMMANDANT

Die ganze Welt hat dabei zugeschaut, was mit unserem Land geschehen ist, und fast die ganze Welt hat nichts getan. Nicht nur das, sie hat sich köstlich amüsiert. Sie sind keine Ausnahme.

ICH

Ich habe meine Stimme erhoben, oder etwa nicht? Ist es meine Schuld, wenn keiner zuhört?

DER KOMMANDANT

Keine Ausreden! Wir haben auch nicht gejammert. Wir waren alle bereit, Märtyrer zu werden. Es ist reines Glück, dass der Doktor, der Kommissar und ich noch am Leben sind. Sie waren schlicht nicht bereit, sich selbst zu opfern, um die

Agentin zu retten, wohingegen sie bereit war, ihr Leben zu opfern, um den Kommissar zu retten.

ICH

Nein, ich …

DER KOMMANDANT und
DER KOMMISSAR und
DER DOKTOR (unisono)

Geben Sie es zu!

Ich sah mir selbst dabei zu, wie ich es zugab. Ich hörte mir selbst dabei zu, wie ich einräumte, dass ich nicht für das, was ich getan hatte, bestraft und umerzogen wurde, sondern für das, was ich nicht getan hatte. Ich weinte und schluchzte ohne Scham über die Schande, die ich fühlte. Ich hatte mich des Verbrechens schuldig gemacht, nichts getan zu haben. Ich war der Mann, dem dies angetan wurde, weil er nichts getan hatte! Und ich weinte und schluchzte nicht nur, ich heulte. Ein Tornado, bei dem die Fenster meiner Seele klirrend erzitterten. Meine Erniedrigung in Ton und Bild war so verstörend, dass jeder die Augen von dem jämmerlichen Schlappschwanz abwandte, den ich aus mir gemacht hatte – nur nicht der Kommandant, der Kommissar und ich.

DER KOMMISSAR

Zufrieden?

DER KOMMANDANT

Er hat zugegeben, dass er nichts getan hat. Aber was ist mit dem Genossen von den Bru und dem Wächter?

DER KOMMISSAR

Er konnte nichts tun, um den Genossen von den Bru und den Wächter zu retten. Und die Agentin, die lebt.

DER KOMMANDANT

Sie konnte nicht mal mehr gehen, als wir sie befreit haben.

DER KOMMISSAR

Vielleicht war ihr Körper zerbrochen, aber nicht ihr Geist.

DER DOKTOR

Was ist aus den Polizisten geworden?

DER KOMMISSAR

Ich habe sie aufgespürt.

DER KOMMANDANT

Die haben also bezahlt. Soll er dann nicht auch bezahlen?

DER KOMMISSAR

Ja, aber man sollte ihm auch zugutehalten, dass er zwei ausgeschaltet hat.

DER KOMMANDANT

Sonny und den Major? Die Leben dieser beiden sind lächerlich im Vergleich zu dem, was der Agentin angetan wurde.

DER KOMMISSAR

Und der Tod seines Vaters?

Mein Vater? Was soll das? Sogar Sonny und der maßlose Major, die die rüde Einschätzung ihres Lebens und Todes empört hatte, vergaßen kurz ihre Erregung und hörten zu.

DER KOMMANDANT

Was hat er seinem Vater angetan?

DER KOMMISSAR

Fragen Sie ihn selbst.

DER KOMMANDANT

He! Schauen Sie mich an! Was haben Sie mit Ihrem Vater gemacht?

ICH

Gar nichts habe ich mit meinem Vater gemacht.

DER KOMMANDANT und

DER KOMMISSAR und

DER DOKTOR (unisono)

Geben Sie es zu!

Ich schaute hinunter auf mein schluchzendes eigelbartiges Ich und wusste nicht, ob ich vor Mitleid lachen oder weinen sollte. Erinnerte ich mich nicht an das, was ich Man über meinen Vater geschrieben hatte? *Ich wünschte, er wäre tot!*

ICH

Aber das war nicht so gemeint.

DER KOMMISSAR

Seien Sie ehrlich zu dir selbst.

ICH

Das war nicht so gemeint, dass Sie es tun sollten.

DER KOMMISSAR

Natürlich. Was haben Sie denn gedacht, mit wem Sie es zu tun haben?

Mit dem Revolutionär, der Mitglied eines mächtigen Komitees war und schon damals wusste, dass er eines Tages Kommissar werden könnte. Ich habe einem politischen Kader geschrieben, der schon in der bildenden Kunst, die Seele und den Geist der Menschen umzugestalten, unterrichtet wurde. Mit einem Freund, der mir jeden Wunsch erfüllen würde. Mit einem Autor, der die Kraft eines Satzes und das Gewicht eines Wortes zu taxieren wusste. Mit einem Bruder, der besser wusste als ich selbst, was ich wollte.

DER KOMMANDANT und
DER KOMMISSAR und
DER DOKTOR (unisono)

Was haben Sie gemacht?

ICH
Ich wollte, dass er tot ist.

Der Kommandant rieb sich das Kinn und schaute zweifelnd den Doktor an, der mit den Achseln zuckte. Der Doktor brach Körper und Geist nur auf. Für das, was dabei zum Vorschein kam, war er nicht verantwortlich.

DER DOKTOR
Wie ist sein Vater gestorben?
DER KOMMISSAR
Kopfschuss, während er seinem Attentäter die Beichte abnahm.
DER KOMMANDANT
Ihnen würde ich glatt zutrauen, dass Sie zu seiner Rettung so eine Geschichte erfinden.
DER KOMMISSAR
Fragen Sie meine Agentin. Sie hat die Tötung des Vaters organisiert.

Der Kommandant schaute auf mich herunter. Wenn ich mich schuldig gemacht hatte, weil ich nichts getan habe, hätte ich dann nicht auch verdient, etwas zu wollen? In diesem Fall den Tod meines Vaters. Dieser Vater war nach dem atheistischen Denken des Kommandanten ein Kolonist, der mit dem Opium des Volkes dealte, der Sprecher eines Gottes, für den Millionen dunkelhäutige Menschen, vermutlich zu deren eigener Erlösung, geopfert worden waren, und deren harten Weg in den Himmel ein brennendes Kreuz erleuchtete. Sein Tod war nicht Mord, sondern nur ein gerechtes Urteil, und das war alles, was ich in meinem Brief an Man hatte sagen wollen.

DER KOMMANDANT

Ich denke darüber nach.

Der Kommandant drehte sich um und ging, der Doktor schloss sich folgsam an. Zurück blieben Sonny und der maßlose Major, die sahen, wie der Kommissar eine Grimasse schnitt und sich langsam auf einem Stuhl niederließ.

DER KOMMISSAR

Wir sind schon ein Pärchen, was?

ICH

Mach das Licht aus. Ich kann nichts sehen.

DER KOMMISSAR

Was ist wertvoller als Unabhängigkeit und Freiheit?

ICH

Zufriedenheit?

DER KOMMISSAR

Was ist wertvoller als Unabhängigkeit und Freiheit?

ICH

Liebe?

DER KOMMISSAR

Was ist wertvoller als Unabhängigkeit und Freiheit?

ICH

Ich weiß es nicht!

DER KOMMISSAR

Was ist wertvoller als Unabhängigkeit und Freiheit?

ICH

Ich wünschte, ich wäre tot!

Jetzt hatte ich es gesagt. Schluchzend und heulend. Jetzt wusste ich endlich, was ich mir wünschte und was mir auch viele andere Menschen wünschten. Sonny und der maßlose Major klatschten Beifall, und der Kommissar zog seine Pistole. Endlich! Der Tod würde nur einen Augenblick lang wehtun, was so schlimm nicht war, verglichen mit dem Leben, das so sehr und so lange wehtat. Der Klang der Patrone, als sie in die Kammer gedrückt wurde, war so klar wie der der Glocken der Kirche meines Vaters, die meine Mutter und ich jeden Sonntagmorgen von unserer armseligen Hütte aus gehört hatten. Ich schaute auf mich hinunter und konnte immer noch das Kind im Mann und den Mann im Kind sehen. Ich war schon seit jeher gespalten, was ich mir aber nur teilweise selbst zuzuschreiben hatte. Ich hatte mich entschieden, zwei Leben zu leben, ein Mann mit zwei Ichs zu sein. Was auch sonst? Die Menschen hatten mich immer einen Bastard genannt. Sogar unser Land war verflucht, war ein Bastard, war aufgespalten in Nord und Süd. Gut, man konnte sagen, dass wir uns in einem barbarischen Krieg für Abspaltung und Tod entschieden hatten, aber auch das stimmte nur teilweise. Es war nicht unsere Entscheidung, von den Franzosen erniedrigt, in eine unheilige Dreifaltigkeit aus Nord, Mitte und Süd zerteilt und an die Großmächte des Kapitalismus und Kommunismus für eine weitere Zweiteilung ausgeliefert zu werden, aufgeteilt in zwei Armeen, wie bei einem Schachspiel, das der Kalte Krieg initiiert hatte und das weiße Männer in Anzug und Krawatte in klimatisierten Räumen spielten. Nein, so wie meine missbrauchte Generation schon vor der Geburt aufgespalten wurde, so spaltete ich mich bei meiner Geburt auf und wurde in eine postpartale Welt geworfen, in der mich kaum jemand als den akzeptierte, der ich war, sondern in der ich nur dazu gedrängt wurde, mich für eine Seite zu entscheiden. Das war nicht einfach, nein, eigentlich war es sogar unmöglich, denn wie konnte ich mich gegen mich selbst entscheiden? Und jetzt würde mich mein Freund aus dieser kleinen Welt mit ihren kleingeistigen Menschen befreien, von diesem Gesindel, das einen Mann mit zwei Ichs und zwei Gesichtern als eine Missgeburt behandelte, das auf jede Frage immer nur eine Antwort wollte.

Moment … was machte er da? Er legte die Pistole auf den Boden, kniete sich neben mich, zog den Beutel von meiner rechten Hand und knotete den Strick auf. Ich sah mir selbst dabei zu, wie ich mir die Hand mit dem roten Zeichen unserer Blutsbrüderschaft vor die Augen hielt. Mit meinem übernatürlichen Blick durch meine nicht entmenschlichten Augen beobachtete ich von oben, wie mir mein Freund die Pistole in die Hand legte. Eine Tokarew, die die Sowjets nach dem Vorbild des amerikanischen Colts gebaut hatten. Ihr Gewicht war mir zwar vertraut, aber ich konnte die Waffe trotzdem nicht aus eigener Kraft halten. Mein Freund musste mir die Finger um den Griff legen.

DER KOMMISSAR

Du bist der Einzige, der das für mich tun kann. Einverstanden?

Er beugte sich vor, drückte sich die Mündung der Pistole zwischen die Augen und stützte mit seinen Händen meine Hand.

ICH

Warum machst du das?

Ich weinte, als ich das sagte. Auch ihm rollten Tränen über sein abscheuliches, nicht mehr vorhandenes Gesicht, dem ich schon seit Jahren nicht mehr so nahe gewesen war. Wo war der Bruder meiner Jugend, den es außer in meiner Erinnerung nicht mehr gab? Dort und nur dort war es noch ehrlich und idealistisch, das ernste Gesicht mit den hohen vorstehenden

Backenknochen, den dünnen, schmalen Lippen, der aristokratischen, schlanken Nase. Die hohe Stirn deutete auf eine kraftvolle Intelligenz, die seine Haare wie eine Küstenlinie zurückgedrängt hatte. Wiederzuerkennen waren nur noch die von Tränen am Leben gehaltenen Augen und die Klangfarbe der Stimme.

DER KOMMISSAR

Ich weine, weil ich es kaum ertragen kann, dich so leiden zu sehen. Ich kann dich nur retten, wenn ich dich leiden lasse. Der Kommandant würde es ansonsten nicht durchgehen lassen.

Ich musste lachen, aber der Körper auf der Matratze zitterte nur.

ICH

Wie soll mich das retten?

Durch seine Tränen drang ein Lächeln. Das Lächeln erkannte ich auch wieder. Es war das weißeste Lächeln, das ich je bei einem Menschen meines Volkes gesehen hatte. Wie es sich für den Sohn eines Zahnarztes gehörte. Das Lächeln hatte sich nicht verändert, nur das Gesicht, besser das nicht mehr vorhandene Gesicht. Das weiße Lächeln schwebte im Nichts, es ähnelte dem grausamen Grinsen einer Cheshire-Katze.

DER KOMMISSAR

Wir befinden uns in einer unmöglichen Lage. Der Kommandant lässt dich nur dann gehen, wenn du dich rehabilitierst. Aber was ist mit Bon? Selbst wenn auch er gehen darf, was macht ihr beide dann?

ICH

Wenn Bon nicht gehen darf … dann gehe ich auch nicht.

DER KOMMISSAR

Dann wirst du hier sterben.

Er drückte den Lauf der Pistole fester gegen seinen Kopf.

DER KOMMISSAR

Erschieß mich zuerst. Nicht wegen meines Gesichts. Deswegen würde ich nicht sterben. Ich bin zwar nur deshalb in dieses Lager gegangen, um meiner Familie den Anblick dieses *Dings* zu ersparen. Aber ich würde leben.

Ich war nicht länger mein Körper oder ich, ich war nur noch die Pistole. Durch den Stahl spürte ich die Vibrationen seiner Worte, die die drohende Ankunft einer Lokomotive ankündigte, die uns beide zerquetschen würde.

DER KOMMISSAR

Ich bin der Kommissar, aber was für eine Art Schule leite ich hier? Eine, in der ausgerechnet du umerzogen wirst. Du bist nicht deshalb hier, weil du nichts getan hast. Du musst dich umerziehen lassen, weil du eine zu gute Erziehung genossen hast. Aber was hast du gelernt?

ICH

Ich habe tatenlos zugeschaut.

DER KOMMISSAR

Ich werde dir etwas erzählen, was in keinem Buch steht. In jeder Stadt, in jedem Dorf und in jedem Bezirk halten die Kader die gleichen Vorträge. Sie versichern die Bürger, die nicht umerzogen werden, unserer guten Absichten. Aber die Komitees und die Kommissare kümmern sich nicht um die Verbesserung der Gefangenen. Jeder weiß das, aber niemand wird es je aussprechen. Das ganze Gequatsche der Kader übertönt nur eine einzige furchtbare Wahrheit …

ICH

Ich wollte, dass mein Vater tot ist!

DER KOMMISSAR

Wir haben jetzt die Macht, und wir brauchen jetzt keine Franzosen oder Amerikaner mehr, die uns verarschen. Wir verarschen uns jetzt ganz wunderbar selbst.

Das grelle Licht über mir blendete mich. Ich war mir nicht mehr sicher, ob ich alles oder gar nichts sah. Von der Hitze der Lampen war meine Handfläche schweißnass. Der Lauf der Pistole in meiner glitschigen Hand wurde nur von den Händen des Kommissars festgehalten.

DER KOMMISSAR

Wenn noch irgendwer außer dir wüsste, dass ich das Unaussprechliche ausgesprochen habe, dann würde auch ich im Umerziehungslager landen. Aber es ist nicht die Umerziehung, die ich fürchte. Es ist die Erziehung, die ich genossen habe, die mir Angst einjagt. Wie kann ein Lehrer weiterleben, wenn er etwas lehren muss, an das er selbst nicht glaubt? Wie soll ich weiterleben, wenn ich dich in diesem Zustand sehen muss? Ich kann es nicht. Und jetzt drück ab.

Ich glaube, ich sagte, eher würde ich mich selbst erschießen, aber ich konnte mich nicht hören, und als ich versuchte, die Pistole von seinem Kopf abzuwenden und auf mich selbst zu richten, fehlte mir die Kraft dafür. Diese unbarmherzigen, jetzt knochentrockenen Augen starrten auf mich herunter, und von irgendwo tief aus seinem Innern war ein Grollen zu hören. Dann brach das Grollen hervor, und er lachte. Was war so lustig? Diese schwarze Komödie? Nein, die war zu schwermütig. In diesem hellen Raum war es nur möglich, sich über eine leichtfüßige Komödie, eine weiße Komödie totzulachen. Aber so lange lachte er nicht. Er hörte auf, als er meine Hand losließ, mein Arm wegsackte und die Pistole scheppernd auf den Zementboden fiel. Hinter dem Kommissar starrten Sonny und der maßlose Major sehnsüchtig auf die Tokarew. Beide hätten sie nur zu gern aufgehoben und mich erschossen, aber sie hatten ja keine Körper mehr. Der Kommissar und ich, wir hatten zwar Körper, konnten aber nicht schießen. Vielleicht lachte der Kommissar deshalb. Das Nichts, das sein Gesicht gewesen war, schwebte immer noch bedrohlich über mir. Seine Fröhlichkeit war so schnell wieder verschwunden, dass ich mir nicht sicher war, ob ich sie mir nicht eingebildet hatte. Ich meinte, Traurigkeit in diesem Nichts zu sehen, aber auch da war ich mir nicht sicher. Nur die Augen und Zähne drückten Gefühle aus, aber jetzt weinte oder lächelte er nicht mehr.

DER KOMMISSAR

Ich entschuldige mich. Ich war schwach, das war selbstsüchtig von mir. Wenn ich sterbe, stirbst erst du, und dann stirbt Bon. Der Kommandant kann es nicht erwarten, dich vor ein Erschießungskommando zu zerren. Wenn schon nicht mich, so kannst du jetzt wenigstens dich selbst und unseren Freund retten.

ICH

Können wir darüber nicht reden, wenn ich geschlafen habe? Bitte!

DER KOMMISSAR

Beantworte erst meine Frage.

ICH

Aber warum?

Der Kommissar steckte die Pistole wieder in das Halfter. Dann band er meine freie Hand wieder fest und stand auf. Er schaute aus großer Höhe auf mich herunter. Vielleicht lag es an dem spitzen Winkel, aber in dem nicht mehr vorhandenen Gesicht sah ich noch etwas anderes als Grauen … Einen Hauch von Wahnsinn. Aber vielleicht war das nur eine optische Täuschung, die das grelle Licht hinter seinem Kopf hervorrief.

DER KOMMISSAR

Mein Freund, der Kommandant lässt dich vielleicht gehen, weil du deinen Vater tot sehen wolltest, aber ich werde dich gehen lassen, wenn du meine Frage beantwortest. Und vergiss eins nicht, mein Bruder, ich tue das nur zu deinem Besten.

Er hob zum Abschied die Hand, und auf seiner Handfläche leuchtete das rote Zeichen unseres Schwurs auf. Dann ging er. Das sind die gefährlichsten Worte überhaupt, sagte Sonny und setzte sich auf den freien Stuhl. Der maßlose Major schob ihn etwas zur Seite und nahm neben ihm Platz. »Nur zu deinem Besten« kann nur etwas Schlechtes bedeuten, sagte er. Wie aufs Stichwort begannen die Lautsprecher, die unter der Decke in den Ecken des Raumes angebracht waren, zu knacken und zu brummen. Bisher hatte ich sie nur einmal wahrgenommen, als der Kommissar mir meine eigene fremdartige Stimme vorgespielt hatte. Die Frage, was jetzt mit mir geschehen würde, wurde beantwortet, als jemand zu schreien begann. Sonny und der maßlose Major konnten sich die Ohren zuhalten, ich nicht. Aber auch mit zugehaltenen Ohren ertrugen Sonny und der maßlose Major das Schreien, das Schreien eines gequälten Babys, nicht lange und verschwanden ebenfalls von einer Sekunde auf die andere.

Irgendwo schrie ein Baby, aber ich wollte sein Leid nicht hören. Ich sah mich selbst meine Augen zusammenkneifen, als könnte das auch meine Ohren verstopfen. Bei dem Geschrei war Denken unmöglich, und zum ersten Mal seit langer Zeit wollte ich etwas anderes mehr als Schlaf. Ich wollte Ruhe. Bitte, hörte ich mich ebenfalls laut schreien, aufhören! Dann wieder ein Knacken, und das Schreien verstummte. Ein Band! Ich hörte ein Tonband! Da wurde nicht in einem angrenzenden Raum ein Baby gequält und sein Kreischen in meinen Raum übertragen. Es war nur eine Bandaufnahme, und für einige wenige Sekunden waren das Licht, die Hitze und das Gummiband des Elektrodrahts an meinem kleinen Zeh meine einzigen Sorgen. Aber dann hörte ich wieder ein Klicken, und mein Körper verkrampfte sich in Erwartung dessen, was jetzt kommen würde. Wieder begann jemand zu schreien. Wieder schrie ein Baby so laut, dass ich nicht nur jedes Gefühl für mich selbst, sondern auch jedes Gefühl für die Zeit verlor. Die Zeit verlief nicht mehr gerade wie Eisenbahnschienen, sie drehte sich nicht mehr länger auf einem Ziffernblatt, sie kroch mir nicht mehr den Rücken hoch, die Zeit lief ab wie ein Tonband in Endlosschleife. Sie heulte in meinem Ohr, kreischte vor Lachen bei dem Gedanken, wir könnten sie mit Armbanduhren, Weckern, Revolutionen, Geschichte kontrollieren. Uns, uns allen, lief die Zeit davon. Nur dem bösartigen, dem schreienden Baby nicht. Das Baby hatte alle Zeit der Welt und wusste es ironischerweise nicht einmal.

Bitte, hörte ich mich wieder, aufhören! Ich mache alles, was du willst. Wie konnte es sein, dass das verletzlichste Wesen auf

Erden auch das mächtigste war. Habe ich so meine Mutter angeschrien? Wenn ja, verzeih mir, Mama. Wenn ich so geschrien habe, dann nicht wegen dir. Ich bin eins, aber auch zwei, entstanden aus einem Ei und einem Sperma, und wenn ich geschrien habe, dann muss es wegen der blauen Gene gewesen sein, die ich von meinem Vater abbekommen habe. Ich hatte jetzt den Moment meiner Entstehung vor Augen, weil die Zeit sich wie ein chinesischer Akrobat unfassbar weit zurückbog, sodass ich die Invasion der dumpfen Männerhorde meines Vaters im Schoß meiner Mutter sehen konnte, eine grölende Bande behelmter, wild entschlossener Nomaden, die darauf aus waren, die Große Mauer des Eis meiner Mutter zu durchstoßen. Bei dieser Invasion wurde aus dem Nichts, das ich war, der Jemand, der ich bin. *Jemand schrie, und es war nicht das Baby.* Meine Zelle teilte sich und teilte sich und teilte sich, bis ich eine Million Zellen und mehr war, bis ich Unmengen von Mengen war, mein eigenes Land, meine eigene Nation, Kaiser und Diktator der Massen meiner selbst, der über die ungeteilte Aufmerksamkeit meiner Mutter verfügte. *Jemand schrie, und es war die Agentin.* Ich steckte kompakt verpackt in dem Aquarium im Schoß meiner Mutter, wusste nichts von Unabhängigkeit und Freiheit und war mit all meinen Sinnen außer dem meiner Augen Zeuge der unheimlichsten Erfahrung überhaupt, nämlich im Innern eines anderen menschlichen Wesens zu sein. Ich war eine Puppe in einer Puppe, hypnotisiert von einem vollkommen regelmäßig schlagenden Metronom, dem starken, steten Herzschlag meiner Mutter. *Jemand schrie, und es war meine Mutter.* Ihre Stimme war das erste Geräusch, das ich hörte, als ich mit dem Kopf voraus in einen schwülen Raum vorstieß, der so warm war wie der Schoß. Die unbeeindruckte Doula, deren knotige Hände mich packten, erzählte mir Jahre später, dass sie mit ihrem scharfen Daumennagel das straffe Zungenbändchen durchschnitt, damit ich anständig nuckeln und sprechen konnte. Dieselbe Frau erzählte mir fröhlich, dass meine Mutter so stark gepresst habe, dass sie nicht nur mich ausgeschieden habe, sondern auch den Inhalt ihres Darms, sodass ich in einem Strom aus Blut und Exkrementen an die Ufer der fremden neuen Welt gespült worden war. *Jemand schrie, und ich wusste nicht, wer.* Meine Nabelschnur wurde gekappt, und dann schwebte mein nacktes und schmieriges violettes Ich unter einem pulsierenden Licht, das mir eine Welt aus Schatten und verschwommenen Formen offenbarte, die alle meine Muttersprache sprachen, eine fremde Sprache. *Jemand schrie, und ich wusste, wer.* Ich war es und schrie das eine Wort, das vor mir baumelte, seit mir die Frage das erste Mal gestellt worden war … nichts … die Antwort, die ich bis jetzt weder hatte sehen noch hören können … nichts! … die Antwort, die ich schrie und schrie und schrie … *nichts!* … weil ich schließlich erleuchtet war.

DREIUNDZWANZIGSTES KAPITEL

Mit diesem einen Wort beendete ich meine Umerziehung. Bleibt mir noch zu erzählen, wie ich mich wieder berappelt habe und wie es dazu gekommen ist, dass ich mich jetzt auf die tränenreiche Abreise aus meinem Heimatland vorbereite. Wie auch sonst alles von Tragweite in meinem Leben, war beides nicht leicht. Vor allem wegzugehen ist nichts, was ich tun will, sondern was ich tun muss. Was hat das Leben mir oder jedem anderen, der die Umerziehung absolviert hat, noch zu bieten? In dieser revolutionären Gesellschaft gibt es keinen Platz mehr für uns, selbst für die nicht, die sich für Revolutionäre halten. Uns vertritt hier keiner mehr, und diese Erkenntnis schmerzt mehr als alles, was mir während meiner Prüfung widerfahren ist. Der Schmerz hört irgendwann auf, die Erkenntnis bleibt, zumindest so lange, bis sich der Verstand auflöst – und wie sollte mir das je passieren, bin ich doch das Doppelte von allem?

Wenigstens hörten die Schmerzen auf, als ich dieses eine Wort aussprach. Im Rückblick war die Antwort offensichtlich. Warum habe ich dann so lange gebraucht zu begreifen? Warum musste ich auf Kosten des amerikanischen Steuerzahlers und der vietnamesischen Gesellschaft, nicht zu reden von dem beträchtlichen Schaden, den ich selbst davongetragen habe, so viele Jahre erzogen und umerzogen werden, um schließlich das eine Wort wahrnehmen zu können, das von Anfang an da gewesen war? Die Antwort war so absurd, dass ich jetzt, Monate später und in der vorübergehenden Sicherheit, die mir das Haus des Steuermanns bietet, lachen muss, wenn ich noch einmal vom Moment meiner Erleuchtung lese, als sich meine Schreie zu Gelächter zurückentwickelten – oder fortentwickelten? Natürlich schrie ich immer noch, als der Kommissar zurückkam, um das Licht und den Lärm auszuschalten. Ich schrie noch, als er mich losband und umarmte und meinen Kopf an seine Brust drückte, bis meine Schreie nachließen. Ruhig, ruhig, sagte er, und bis auf mein Schluchzen war es schließlich still in dem dunklen Prüfungsraum. Jetzt weißt du, was ich weiß, oder? Ja, sagte ich immer noch schluchzend. Ja, ich habe verstanden. Ich habe verstanden.

Was hatte ich verstanden? *Den Witz.* Nichts, das war die Pointe, auch wenn das wehtat – nichts, ausgerechnet! –, so fand ich es doch auch ziemlich komisch. Deshalb verwandelte sich mein Heulen und Schluchzen in brüllendes Gelächter. Ich lag in dem dunklen Prüfungsraum und zitterte und zuckte und lachte so heftig, dass schließlich der Wachmann mit dem Babygesicht und der Kommandant kamen, um nachzuschauen, was da los war. Was ist so lustig?, fragte der Kommandant. Nichts!, schrie ich. Schließlich war ich gebrochen. Schließlich hatte ich gesprochen. Verstehen Sie nicht?, schrie ich. Die Antwort ist nichts! Nichts, nichts, *nichts!*

Nur der Kommissar verstand, was ich meinte. Den Kommandanten machte mein bizarres Verhalten nervös. Da sehen Sie, was Sie angerichtet haben, sagte er. Er hat den Verstand verloren. Er war nicht so sehr um mich besorgt als um das Wohl seines Lagers, denn ein Irrer, der ständig »nichts« sagte, wäre schlecht für die Moral gewesen. Irre machte mich, dass ich so viel Zeit damit verschwendet habe, nichts zu verstehen, obwohl dieses Versagen im Rückblick betrachtet nur logisch war. Ein guter Schüler kann nichts nicht verstehen, das kann nur der Klassenclown, der unverstandene Idiot, der wirre Trottel, der ewige Witzbold. Dennoch ersparte diese Erkenntnis mir nicht den Schmerz, das Offensichtliche übersehen zu haben, den Schmerz, der mich dazu veranlasste, den Kommissar wegzustoßen und mir mit den Fäusten gegen die Stirn zu schlagen.

Hören Sie auf damit!, sagte der Kommandant. Er drehte sich zu dem Wachmann mit dem Babygesicht um. Worauf warten Sie?

Der Wachmann mit dem Babygesicht packte mich, aber ich schlug mir nicht nur weiter mit den Fäusten gegen die Stirn, sondern auch noch den Kopf gegen die Wand. Schließlich mussten sogar der Kommissar und der Kommandant mit anpacken, um mich wieder an die Matratze zu fesseln. Nur der Kommissar verstand, dass ich nicht anders konnte, als mich selbst zu schlagen. Ich war so dumm! Wie konnte ich vergessen, dass jede Wahrheit mindestens zweierlei bedeutete, dass Parolen wie leere Anzüge waren, in die man die Leiche eines Gedankens steckte? Der Wert eines Anzugs hing von seiner Pflege ab, und dieser war jetzt abgetragen. Ich war stinkwütend, aber nicht geistesgestört, trotzdem hatte ich nicht vor, den Kommandanten eines Besseren zu belehren. Er sah in nichts nur eins – das Negative, die Abwesenheit, wie in *da ist doch nichts*. Das *Positive* entging ihm, die paradoxe Tatsache, dass nichts durchaus etwas ist. Unser Kommandant war ein Mann, der den Witz nicht kapierte, und Menschen, die den Witz nicht kapieren, sind wahrhaft gefährlich. Das sind die, die mit großer Inbrunst nichts sagen, die jeden anderen auffordern, für nichts zu sterben, die nichts ehren. So ein Mann konnte niemanden tolerieren, der über nichts lachte. Zufrieden?, fragte er den Kommissar, wobei beide auf mich herunterschauten, der ich schluchzte, weinte und lachte, und das alles gleichzeitig. Jetzt müssen wir den Doktor doch wieder rufen.

Dann rufen Sie ihn, sagte der Kommissar. Der schwierige Teil ist erledigt.

Der Doktor brachte mich zurück in meine alte Einzelzelle, die aber nicht mehr abgeschlossen wurde. Auch legte man mir keine Fußketten mehr an. Ich konnte gehen, wohin ich wollte, tat das aber nur widerwillig. Manchmal musste mich der Wachmann mit dem Babygesicht geradezu überreden, aus meiner Zellenecke herauszukommen. Auch in den seltenen Fällen, in denen ich meine Zelle freiwillig verließ, war das nie bei Tag, sondern immer bei Nacht, da meine Augen wegen einer Bindehautentzündung empfindlich auf die helle Welt reagierten. Der Doktor verordnete mir besseres Essen, Sonnenlicht und Bewegung, aber ich wollte nur schlafen, und wenn ich nicht schlief, tappte ich herum wie ein Schlafwandler und war stumm – außer wenn der Kommandant kam. Sagt er immer noch nichts?, fragte der Kommandant immer, wenn er vorbeischaute, worauf ich, der grinsend in seiner Ecke kauernde Trottel sagte: Nichts, nichts, nichts. Armer Kerl, sagte der Doktor. Nach allem, was er durchgemacht hat, ist er ein bisschen, wie soll ich sagen, desorientiert.

Na, dann tun Sie was dagegen, brüllte der Kommandant.

Ich werde mein Bestes tun, aber das spielt sich alles in seinem Kopf ab, sagte der Doktor und zeigte auf meine geprellte Stirn. Der Doktor hatte nur zum Teil recht. Natürlich spielte sich das alles in meinem Bewusstsein ab, aber in welchem? Schließlich kam der Doktor auf die Behandlung, die langsam meine Heilung auf den Weg brachte, an dessen Ende die Wiedervereinigung mit mir selbst stand. Eines Tages, ich kauerte in meiner Ecke, den Kopf auf die verschränkten Arme gelegt, und er saß neben mir auf einem Stuhl, sagte er: Vielleicht könnte Ihnen eine vertraute Tätigkeit helfen. Ich schielte mit einem Auge zu ihm hoch. Bis zum Beginn der Prüfung haben Sie den ganzen Tag nichts anderes getan, als Ihr Geständnis aufzuschreiben. Meiner Meinung nach sind Sie im Moment nicht in der geistigen Verfassung, um etwas zu schreiben, aber vielleicht hilft es, einfach noch mal alles durchzugehen. Ich schielte mit beiden Augen zu ihm hoch. Er zog einen dicken Packen Papier aus seiner Aktentasche. Na, ist das ein vertrauter Anblick? Vorsichtig entfaltete ich meine Arme und nahm den Packen. Ich schaute die erste Seite an, dann die zweite und die dritte, bis ich mich schließlich langsam durch die 417 Seiten geblättert hatte. Na, was ist das?, fragte der Doktor. Mein Geständnis, murmelte ich. Genau, mein Lieber! Sehr gut! Was ich von Ihnen möchte, ist Folgendes: Schreiben Sie das Geständnis ab. Dann zog er einen weiteren Packen Papier und eine Handvoll Stifte aus der Aktentasche. Wort für Wort. Können Sie das für mich tun?

Ich nickte langsam. Er ließ mich mit meinen zwei Stapeln Papier allein, und eine sehr lange Zeit – es müssen Stunden gewesen sein – saß ich mit einem Stift in der zitternden Hand da und starrte auf die erste leere Seite. Und dann, mit der Zunge zwischen den Lippen, fing ich an. Anfangs schaffte ich nur ein paar Worte pro Stunde, dann eine Seite, dann ein paar Seiten. Speichel tröpfelte auf die Seiten, während sich in den Monaten, die ich benötigte, um das Geständnis abzuschreiben, mein ganzes Leben noch einmal vor meinem inneren Auge abspulte. Langsam verheilten die Verletzungen an meiner Stirn. Während ich meine eigenen Worte aufsaugte, entwickelte ich zunehmend Mitgefühl für den Mann auf dem Papier, den Geheimagenten von zweifelhafter Intelligenz. War er ein Idiot oder schlauer, als ihm guttat? Stand er auf der richtigen oder

der falschen Seite der Geschichte? Waren das nicht die Fragen, die wir uns alle stellen sollten? Oder war es nur ich allein, der sich darüber Sorgen machte?

Als ich mit der Abschrift fertig war, war ich wieder so weit bei Verstand, dass ich eins begriffen hatte: Die Antworten waren nicht auf diesen Seiten zu finden. Als mich der Doktor das nächste Mal untersuchte, bat ich ihn um einen Gefallen. Worum geht's, mein Lieber? Ich brauche noch Papier, Doktor. Ich sagte, ich wolle aufschreiben, was nach meinem Geständnis in der nicht enden wollenden Prüfung geschehen war. Er brachte mir das Papier, und ich schrieb auf, was man im Prüfungsraum mit mir gemacht hatte. Wie nicht anders zu erwarten, bedauerte ich den Mann mit den zwei Ichs sehr. Er hatte nicht begriffen, dass einer wie er in einen Low-Budget-Streifen, einen Hollywoodfilm oder vielleicht in einen japanischen Film über ein wissenschaftliches, furchtbar schiefgegangenes Experiment des Militärs gehört hätte. Wie konnte ein Mann mit zwei Ichs ernsthaft glauben, er könne sich selbst und erst recht jemand anders vertreten, einschließlich seines eigenen renitenten Volks? Das war überhaupt nicht möglich, egal, was ihre Vertreter behaupteten. Doch während der Papierberg anwuchs, spürte ich etwas anderes, etwas Überraschendes: Mitgefühl für den Mann, der mir das alles angetan hatte. Quälte ihn, meinen Freund, nicht auch, was er mir angetan hatte? Als ich fertig war, als ich zum Abschluss das eine schreckliche Wort ins grelle, blendende Licht geschrien hatte, da war ich mir dessen sicher. Nach der Gewissheit blieb mir nur noch, den Doktor zu bitten, den Kommissar noch einmal sprechen zu dürfen.

Das ist eine sehr gute Idee, sagte der Doktor, klopfte auf die Seiten meines Manuskripts und nickte befriedigt. Sie haben es fast geschafft, mein Junge. Sie haben es fast geschafft.

Seit dem Abschluss der Prüfung hatte ich den Kommissar nicht mehr gesehen. Während meiner gesamten Heilung hatte er mich in Ruhe gelassen, weil er wohl – einen anderen Grund kann ich mir nicht vorstellen – mit dem zu kämpfen hatte, was er mir angetan hatte, auch wenn er keine Wahl gehabt hatte, denn ich musste selbst auf die Antwort kommen. Niemand konnte mir die Lösung für dieses Rätsel sagen, nicht einmal er. Das Einzige, was in seiner Macht stand, war bedauerlicherweise, das Tempo meiner Umerziehung zu erhöhen, indem er mir mehr Schmerz zufügte. Und nachdem er diese Methode angewandt hatte, vermied er ein Treffen, weil er wohlweislich mit meinem Hass rechnete. Als wir uns nun das nächste und letzte Mal in seinem Quartier trafen, war ihm sichtlich unwohl zumute. Er bot mir einen Tee an, und während er las, was ich Neues geschrieben hatte, klopfte er mit den Fingern auf seine Knie. Was sagen sich Folterer und Gefolterter, wenn sie den Höhepunkt hinter sich haben? Ich wusste es nicht, aber als ich auf meinem Bambusstuhl saß, immer noch in zwei Hälften gespalten, und ihn beobachtete, da entdeckte ich in dem entsetzlichen Nichts, das sein Gesicht war, eine ähnliche Spaltung. Er war der Kommissar, aber er war auch Man. Er war mein Vernehmer, aber auch mein einziger Vertrauter. Er war der Feind, der mich gefoltert hatte, aber auch mein Freund. Manche würden vielleicht sagen, ich machte mir etwas vor, aber eine wahre Illusion war, andere und sich selbst als ungespalten und ganz zu sehen, als sei ein scharfes Bild wirklicher als ein unscharfes. Wir betrachteten unser Bild im Spiegel als unser wahres Ich, dabei sahen wir selbst uns anders als andere. Genauso täuschten wir uns, wenn wir glaubten, ein klares Bild von uns selbst zu haben. Und wie sollte ich wissen, ob ich mich jetzt, während ich meinem Freund zuhörte, nicht auch täuschte? Konnte ich nicht. Ich konnte nur versuchen, herauszufinden, ob er mich zum Narren hielt, als er die höfliche Nachfrage, meine physische wie mentale fragile Gesundheit betreffend, einfach übersprang und mir verkündete, dass Bon und ich das Lager und das Land verlassen würden. Ich war davon ausgegangen, hier zu sterben, und die Endgültigkeit dessen, was er gesagt hatte, machte mir Angst. Verlassen?, sagte ich. Wie?

Am Tor wartet ein Lastwagen auf dich und Bon. Als man mir sagte, du wolltest mich sprechen, wollte ich keine Zeit mehr verlieren. Ihr geht nach Saigon. Bon hat einen Cousin dort, den wird er sicher kontaktieren. Der Mann hat schon zweimal versucht, aus dem Land zu fliehen, und wurde beide Male gefasst. Das dritte Mal, mit dir und Bon, wird er durchkommen.

Ich war wie betäubt. Woher weißt du das?, fragte ich schließlich.

Woher ich das weiß? Sein nicht vorhandenes Gesicht zeigte keine Regung, aber seine Stimme klang belustigt und vielleicht auch verbittert. Weil ich eure Flucht bezahlt habe. Ich habe Geld an die richtigen Beamten geschickt, die dafür sorgen werden, dass die richtigen Polizeibeamten zu gegebener Zeit wegschauen. Weißt du, woher das Geld stammt? Ich hatte keine Ahnung. Verzweifelte Frauen zahlen jeden Preis, um ihre Männer im Lager besuchen zu dürfen. Die Wachen nehmen sich ihren Teil, der Rest geht an den Kommandanten und mich. Einen Teil davon schicke ich nach Hause zu meiner Frau, einen Zehnten führe ich an meine Vorgesetzten ab, und mit dem Rest bezahle ich eure Flucht. Ist es nicht bemerkenswert, dass man in einem kommunistischen Land mit Geld immer noch alles kaufen kann?

Das ist nicht bemerkenswert, murmelte ich. Das ist lustig.

Ach ja? Ich kann nicht sagen, dass mir zum Lachen zumute war, als ich diesen armen Frauen Geld und Gold abgenommen habe. Du mit deinem revolutionären Hintergrund kommst vielleicht noch durch ein Geständnis frei, aber Bon nur gegen Bares. Schließlich muss der Kommandant bezahlt werden – übrigens eine beträchtliche Summe, bei allem, was Bon getan hat. Und eine ebenfalls gewaltige Summe ist vonnöten, damit ihr beide das Land verlassen könnt. Das, mein Freund, habe ich diesen Frauen aus Freundschaft zu euch angetan. Bin ich jetzt immer noch der Freund, den du respektierst und liebst?

Er war der Mann ohne Gesicht, der mich zu meinem eigenen Besten gefoltert hatte, wegen nichts. Aber ich konnte ihn immer noch respektieren, denn wer, wenn nicht ein Mann mit zwei Gesichtern konnte einen Mann ohne Gesicht verstehen? Ich umarmte ihn und weinte, weil ich wusste, dass er mich zwar freilassen würde, selbst aber nie frei sein würde, weil er nicht dazu imstande oder willens war, das Lager zu verlassen – außer als Toter, was ihn davon erlösen würde, ein lebender Toter zu sein. Sein Zustand hatte lediglich den Vorteil, das sehen zu können, was andere nicht sahen oder nicht sehen wollten, denn wenn er in den Spiegel schaute, dann verstand er, was nichts bedeutete.

Aber was bedeutete es? Was hatte ich schließlich intuitiv begriffen? Folgendes: Während nichts wertvoller ist als Unabhängigkeit und Freiheit, *ist nichts wertvoller als Unabhängigkeit und Freiheit!* Diese beiden Motti sind fast gleich, aber nicht ganz. Das erste erbauliche Motto war Ho Chi Minhs leerer, weil abgelegter Anzug. Natürlich. Er war ja auch tot. Das zweite Motto war das knifflige, der Witz. Es war Onkel Hos leerer Anzug von innen nach außen gewendet, eine kleidungstechnische Sensation, die nur ein Mann mit zwei Gesichtern oder ein Mann ohne Gesicht zu tragen wagte. Dieser eigenartige Anzug stand mir, denn er war avantgardistisch geschnitten. In diesem umgekrempelten Anzug, der obszön seine Nähte zeigte, verstand ich schließlich, wie unsere Revolution von der Vorhut des politischen Wandels zur Nachhut wurde, die alle Macht an sich riss. Diese Verwandlung war nicht ungewöhnlich. Hatten Franzosen und Amerikaner nicht genau das Gleiche gemacht? Einst selbst Revolutionäre, waren aus ihnen Imperialisten geworden, die unser aufmüpfiges kleines Land kolonisiert und besetzt und seiner Freiheit unter dem Vorwand beraubt hatten, sie uns zu erhalten. Unsere Revolution dauerte wesentlich länger und war wesentlich blutiger als die ihren, aber wir holten die verlorene Zeit auf. Was unsere Lernfähigkeit bezüglich der schlimmsten Angewohnheiten unserer französischen Herren und deren amerikanischer Nachfolger anging, so erwiesen wir uns schnell als unschlagbar. Auch wir konnten erhabene Ideale missbrauchen! Im Namen von Unabhängigkeit und Freiheit – ich war es so leid, diese Worte auszusprechen! – befreiten wir uns selbst und nahmen sie unseren geschlagenen Brüdern.

Außer einem Mann ohne Gesicht verstand nur ein Mann mit zwei Gesichtern den Witz, dass nach einer Revolution, die für Unabhängigkeit und Freiheit gekämpft hat, genau diese Dinge *weniger als nichts wert* sind. Ich war dieser Mann mit den zwei Gesichtern, ich und ich. Wir hatten so viel durchgemacht, ich und ich. Alle wollten uns auseinandertreiben, wollten, dass wir uns für das eine oder das andere entschieden, nur der Kommissar nicht. Er zeigte uns seine Hand und wir ihm unsere. Die roten Narben waren so unauslöschlich wie in unserer Jugend. Selbst nach allem, was wir durchgemacht hatten, war dies die einzige Narbe an unserem Körper. Wir schüttelten uns die Hand, und er sagte: Bevor du gehst, möchte ich dir noch etwas geben. Unter dem Schreibtisch zog er unseren abgewetzten Rucksack und unsere Ausgabe von *Der Kommunismus in Asien und der orientalische Modus der Zerstörung* hervor. Als wir es zuletzt gesehen hatten, waren der Buchrücken geknickt und das ganze Buch schon fast auseinandergefallen gewesen. Der Einband war jetzt endgültig gebrochen, und ein Gummiband hielt die beiden Hälften zusammen. Wir wollten es nicht, aber er steckte das Buch in den Rucksack und drückte uns diesen in die Hand. Für den Fall, dass du mir mal eine Nachricht schicken musst, sagte er. Oder umgekehrt. Ich habe meine Ausgabe noch.

Widerstrebend nahmen wir den Rucksack. Mein lieber Freund …

Eins noch. Er nahm unser Manuskript, die Abschrift unseres Geständnisses und das, was ich danach aufgeschrieben hatte, bedeutete uns, den Rucksack wieder aufzumachen. Was in dem Prüfungsraum geschehen ist, bleibt unter uns. Also, nimm das auch mit.

Wir wollten dir noch sagen …

Los jetzt! Bon wartet schon.

Ein letztes Mal wegtreten. Also gingen wir, den Rucksack über unseren Schultern. Keine Stifte mehr, keine Bücher mehr, keine bösen Lehrerblicke mehr. Alberne Reime und kindische Wortspiele, aber wenn wir an Ernsteres gedacht hätten, wären wir unter dem Gewicht des Zweifels, der schieren Erleichterung zusammengebrochen.

Der Wachmann mit dem Babygesicht geleitete uns zum Lagertor, wo der Kommandant und Bon neben einem im Leerlauf wartenden Molotow-Lastwagen standen. Wir hatten Bon seit einem Jahr und vielen Monaten nicht mehr gesehen, und als Erstes sagte er zu uns: Du siehst beschissen aus. Wir? Was war mit ihm? Unsere entkörperlichten Ichs lachten, aber unsere körperlichen Ichs nicht. Wie auch? Unser armer Freund stand in geflickten Lumpen auf wackeligen Beinen vor uns, eine Marionette in den Händen eines Alkoholikers, die Haare schütter, die Haut so eklig grün wie verrottete Dschungelpflanzen. Über einem Auge trug er eine schwarze Klappe, und wir hüteten uns vor der Frage, was man mit ihm gemacht hatte. Aus ein paar Metern Entfernung, hinter Stacheldraht, schauten drei ausgezehrte Männer in abgerissenen Klamotten zu uns herüber. Es dauerte ein paar Sekunden, bis wir unsere Genossen erkannten, den Hmong-Späher, den philosophierenden Sanitäter und den dunklen Marineinfanteristen. Sie sehen nicht beschissen aus, sagte der Hmong-Späher. Sondern schlimmer. Der philosophierende Sanitäter, dem die Hälfte der Zähne fehlte, zwang sich zu einem Grinsen. Einfach nicht hinhören, sagte er. Er ist nur neidisch. Der dunkle Marineinfanterist sagte: Ich wusste, dass ihr Mistkerle als Erste rauskommt. Viel Glück.

Wir konnten nichts sagen, nur lächeln und zum Abschied winken. Dann stiegen wir mit Bon auf die Ladefläche des Lastwagens. Der Wachmann mit dem Babygesicht schloss die Klappe und verriegelte sie. Und?, sagte der Kommandant und schaute zu uns hoch. Sie haben noch immer nichts zu sagen? Tatsächlich lag uns sogar vieles auf der Zunge, aber wir wollten den Kommandanten nicht provozieren und dazu verleiten, unsere Freilassung zu widerrufen. Also schüttelten wir nur den Kopf. Wie Sie wollen. Sie haben Ihre Irrtümer gestanden, und jetzt gibt es nichts mehr zu sagen, richtig?

Nichts, in der Tat. Nichts war wahrhaftig unsagbar. Der Lastwagen fuhr los und ließ den Wachmann mit dem Babygesicht hustend in einer Wolke aus rotem Staub zurück. Wir sahen, wie der Kommandant wegging und der Hmong-Späher, der philosophierende Sanitäter und der dunkle Marineinfanterist sich die Hand vor die Augen hielten. Dann bogen wir in eine Kurve, und das Lager verschwand aus unserem Blickfeld. Auf die Frage nach unseren anderen Genossen antwortete Bon, der Lao-Bauer sei beim Fluchtversuch im Fluss ertrunken und der dunkelste Marineinfanterist sei verblutet, nachdem ihm eine Landmine ein Bein abgerissen hatte. Als wir das hörten, schwiegen wir zunächst. Wofür waren sie gestorben? Aus welchem Grund waren Millionen, die man nicht nach ihrer Meinung gefragt hatte, in unserem großen Krieg zur Einigung und Befreiung unseres Landes gestorben? Wie sie hatten wir alles geopfert, hatten aber wenigstens noch unseren Sinn für Humor behalten. Wenn man genau darüber nachdachte, mit ein klein bisschen Abstand und nur dem leisesten Sinn für Ironie, dann war der Streich wirklich zum Lachen, den man uns, die wir uns und andere so bereitwillig geopfert hatten, gespielt hatte. Also lachten wir und lachten und lachten. Als Bon uns anschaute, als seien wir verrückt, und fragte, was mit uns los sei, wischten wir uns die Tränen aus den Augen und sagten: Nichts.

Nach einer nervtötenden Zweitagestour über Bergpässe und verfallene Landstraßen lud uns der Molotow in den Außenbezirken von Saigon ab. Von dort wanderten wir auf dreckigen, von übellaunigen Menschen bevölkerten Straßen zum Haus des Steuermanns. Wegen Bons lahmem Bein kamen wir nur langsam voran. In der Stadt herrschte eine gespenstisch gedämpfte Atmosphäre, vielleicht weil sich das Land schon wieder im Krieg befand. Jedenfalls sagte das der Fahrer des Molotows. Der Attacken der Roten Khmer auf unsere Westgrenze überdrüssig, waren wir in Kambodscha einmarschiert und hatten es besetzt. Schon früher im Jahr, irgendwann während meiner Prüfungszeit, hatte China zur Strafe unsere Nordgrenze überfallen. So viel zum Thema Frieden. Allerdings beschäftigte uns mehr, dass wir seit der Ankunft im Haus des Steuermanns, Bons Cousin, weder Liebeslieder noch Popsongs gehört hatten. Straßencafés und Transistorradios hatten früher ständig solche Lieder gespielt, aber beim Essen, das nur unwesentlich besser war als das des Kommandanten, bestätigte uns der Steuermann, was der Kommandant schon angedeutet hatte. Gelbe Musik war jetzt verboten, nur rote, revolutionäre Musik war noch erlaubt.

Keine gelbe Musik im Land der sogenannten gelben Menschen? Unwillkürlich mussten wir lachen. Dafür hatten wir nicht gekämpft. Der Steuermann schaute uns komisch an. Mir ist schon Schlimmeres passiert, sagte er. Ich war in zwei Umerziehungslagern, mir ist viel Schlimmeres passiert. Zwei Versuche, mit dem Boot außer Landes zu fliehen, waren gescheitert. Beide Male hatte er sich ohne Familie aufgemacht, weil er gehofft hatte, die Gefahren alleine besser meistern zu können. Er hatte gehofft, aus dem fremden Land Geld für den Unterhalt seiner Familie oder eine spätere Flucht nach Hause schicken zu können. Wenn er ein drittes Mal scheiterte, da war er sicher, würde er in einem Lager im Norden landen, von wo noch niemand zurückgekehrt war. Diesmal würde er seine Frau, drei Söhne mit Familien, zwei Töchter mit Familien und die Familien von drei Schwagern mitnehmen. Der Klan würde auf offener See gemeinsam überleben oder sterben.

Wie stehen die Chancen?, fragte Bon den Steuermann, einen erfahrenen Seemann des alten Regimes, auf dessen Sachverstand Bon vertraute. Fünfzig Prozent, sagte der Steuermann. Nur von der Hälfte derer, die geflohen sind, habe ich je wieder was gehört. Man kann wohl davon ausgehen, dass die andere Hälfte es nicht geschafft hat. Bon zuckte mit den Achseln. Hört sich doch gut an, sagte er. Was meinst du? Wir waren gemeint. Wir schauten zur Decke, wo Sonny und der maßlose Major herumhingen und die Geckos vergraulten. Unisono, wie sie es sich inzwischen angewöhnt hatten, antworteten sie: Das sind doch gute Aussichten, wenn man bedenkt, dass die Chancen, dass man irgendwann sterben muss, bei hundert Prozent liegen. Dergestalt beruhigt, wandten wir uns wieder Bon und dem Steuermann zu und signalisierten ohne weiteres Gelächter unsere Zustimmung. Das nahmen sie als Zeichen des Fortschritts.

In den nächsten zwei Monaten, während wir auf den Tag unserer Abfahrt warteten, setzten wir die Arbeit an unserem Manuskript fort. Trotz des chronischen Mangels an fast allen Verbrauchsgütern herrschte kein Mangel an Papier, da jedem in unserem Viertel regelmäßig Geständnisse abverlangt wurden. Selbst wir, die schon umfangreich gestanden hatten, mussten sie bei den lokalen Kadern abliefern. Es waren Übungen in fiktionalem Schreiben, denn wir mussten uns etwas ausdenken, das wir gestehen konnten, weil wir seit unserer Ankunft in Saigon nichts gemacht hatten. Kleinigkeiten wie mangelnde Begeisterung bei einer Selbstkritiksitzung waren akzeptabel. Aber natürlich keine größeren Verfehlungen. Nie vergaßen wir, am Schluss eines Geständnisses darauf hinzuweisen, dass nichts wertvoller sei als Unabhängigkeit und Freiheit.

Es ist der Abend vor unserer Abreise. Wir haben für Bons und unsere Passage mit dem Gold des Kommissars bezahlt, das im Geheimfach unseres Rucksacks versteckt war. Das Codebuch, das uns mit dem Kommissar verbindet, hat den Platz des Goldes eingenommen. Es ist das schwerste Objekt in unserem Reisegepäck – abgesehen von dem Manuskript, unserem Zeugnis, wenn nicht gar unserem Testament. Wir haben niemandem etwas zu hinterlassen außer diese Worte. Es ist unser bester Versuch, uns selbst all denen gegenüber zu vertreten, die danach strebten, uns zu vertreten. Morgen werden wir uns den Zehntausenden anschließen, die in See gestochen sind, um vor einer Revolution zu fliehen. Laut Plan des Steuermanns werden am Nachmittag unserer Abreise überall in Saigon Familien ihre Häuser verlassen, als brächen sie zu einem Tagesausflug auf. Mit dem Bus werden wir zu einem Dorf drei Stunden südlich von Saigon fahren, wo uns am Ufer eines Flusses ein Fährmann erwartet, dessen Züge der Schatten seines Kegelhuts verdeckt. Können Sie uns zur Beerdigung unseres Onkels bringen? Auf diese codierte Frage lautete die codierte Antwort: Ihr Onkel war ein großartiger Mensch. Zusammen mit dem Steuermann, seiner Frau und Bon klettern wir mit unserem Rucksack, in dem das von einem Gummiband zusammengehaltene Codebuch und das ungebundene, in einer wasserdichten Plastiktüte verpackte Manuskript versteckt sind, an Bord der Barke. Wir gleiten über den Fluss zu einem kleinen Dorf, wo der Klan des Steuermannes zu uns stoßen wird. Das Mutterschiff wartet weiter flussabwärts, ein Fischdampfer, der einhundertfünfzig Personen aufnimmt, die sich fast alle im Laderaum verstecken. Es wird heiß werden, warnte uns der Steuermann. Es stinkt. Sobald die Crew die Schotten dicht gemacht hat, wird das Atmen schwer werden. Es gibt keine Entlüftungsschlitze für einhundertfünfzig Körper in einem Raum, in dem eigentlich nur Platz für fünfzig ist. Schlimmer als verbrauchte Luft ist allerdings die Gewissheit, dass sogar die Überlebenschancen von Astronauten größer sind als unsere.

Den Rucksack mit dem Codebuch und dem Manuskript werden wir an Schulter und Brust festschnallen. Ob Leben oder Tod, das Gewicht dieser Worte wird an uns hängen. Nur noch einige wenige müssen im Schein dieser Petroleumlampe geschrieben werden. Die Frage des Kommissars haben wir beantwortet, aber jetzt warten weitere Fragen auf uns, die universellen und allgemeinen, die sich immer stellen. Was wird aus denen, die gegen die Mächtigen kämpfen, wenn sie selbst die Macht ergreifen? Was wird aus dem Revolutionär, wenn die Revolution triumphiert? Warum rauben die, die Unabhängigkeit und Freiheit fordern, anderen Unabhängigkeit und Freiheit? Spricht es für oder gegen die geistige Gesundheit, wenn man, wie anscheinend so viele um uns herum, an nichts glaubt? Diese Fragen können wir nur für uns selbst beantworten. Unser Leben und unser Tod haben uns gelehrt, immer mit den Ungeliebtesten unter den Ungeliebten zu fühlen. Von der eigenen Erfahrung eingenordet, zeigt unser Kompass ständig in Richtung der Leidenden. Sogar jetzt denken wir an unseren leidenden Freund, unseren Blutsbruder, den Kommissar, den Mann ohne Gesicht, der das Unsagbare sagte, der in seinem Morphiumtraum vom ewigen Schlaf oder vielleicht von nichts träumt. Und wir, wie lange mussten wir das Nichts anstarren, bis wir es sehen konnten? Könnte es so unserer Mutter ergangen sein? Schaute sie in sich hinein und war fassungslos, dass da, wo nichts gewesen war, jetzt etwas war, nämlich wir? Wann war der Wendepunkt, wann begann sie, uns mehr zu wollen als nicht zu wollen, den Samen eines Vaters, der nicht Vater hätte sein sollen? Wann hörte sie auf, an sich zu denken, und begann, an uns zu denken?

Morgen werden wir uns zwischen Fremden wiederfinden, widerwilligen Seefahrern, von denen wir schon jetzt eine vorläufige Passagierliste erstellen können. Unter uns werden Babys und Kinder sein, ebenso Erwachsene und Eltern, keine Alten, denn sie trauen sich die Seereise nicht zu. Unter uns werden Männer und Frauen sein, dünne und magere, aber nicht einer, der dick ist, nachdem das ganze Land gezwungenermaßen Diät gehalten hat. Unter uns werden sämtliche Hauttöne von hell bis dunkel vertreten sein, manche werden sich gewählt ausdrücken, manche grob. Viele werden Chinesen sein, weil sie als Chinesen verfolgt werden, und viele andere werden ein Abschlussdiplom eines Umerziehungslagers in der Tasche haben. Wir werden kollektiv als Boatpeople bezeichnet werden, ein Begriff, den wir schon früher am Abend gehört haben, als wir heimlich im Radio des Steuermanns der Voice of America lauschten. Jetzt, da wir selbst zu den Boatpeople gezählt werden, verstört uns der Begriff. Er riecht nach anthropologischer Herablassung und lässt an einen vergessenen Zweig der Menschenfamilie denken, einen vergessenen Amphibienstamm, dessen Angehörige mit Seegras auf den Häuptern aus dem Nebel des Ozeans auftauchen. Aber wir sind keine Barbaren, wir haben Mitleid nicht nötig. Falls und wenn wir einen sicheren Hafen erreichen, wird es wohl kaum überraschen, wenn wir unsererseits den Unerwünschten unseren Rücken zuwenden, da die menschliche Natur nach allem, was wir wissen, nun einmal so ist. Trotzdem sind wir nicht zynisch. Trotz allem – ja, trotz wirklich allem und angesichts von *nichts* – werden wir uns weiterhin als Revolutionäre betrachten. Wir bleiben die Hoffnungsvollsten unter den Kreaturen, ein Revolutionär auf der Suche nach der Revolution, auch wenn wir nicht abstreiten werden, ein von der Illusion gedopter Träumer zu sein. Schon bald werden wir im Osten die Morgenröte erblicken. Vorerst aber schauen wir hinaus auf eine dunkle Gasse mit nacktem Pflaster und Fenster mit zugezogenen Vorhängen. Sicher sind wir nicht die Einzigen, die noch wach sind, auch wenn wir die Einzigen sind, die eine brennende Lampe haben. Nein, wir sind sicher nicht allein! Sicher starren jetzt Tausende wie wir hinaus in die Dunkelheit, gefesselt von ungeheuerlichen Gedanken, überspannten Hoffnungen und verbotenen Plänen. Wir liegen da und warten auf den richtigen Augenblick und die gerechte Sache, welche in diesem Augenblick der simple Wunsch zu leben ist. Und noch während wir diesen letzten Satz schreiben, den Satz, der nicht mehr korrigiert werden wird, gestehen wir, uns einer einzigen Sache ganz gewiss zu sein – wir schwören unter Androhung der Todesstrafe, dass wir dieses eine Versprechen halten werden:

Wir werden leben!

DANK

Viele der Ereignisse in diesem Roman sind wirklich passiert, allerdings gebe ich zu, mir bei Details und Chronologie einige Freiheiten erlaubt zu haben. Für den Fall von Saigon und die letzten Tage der Republik Vietnam habe ich David Butlers *The Fall of Saigon,* Larry Engelmanns *Tears Before The Rain,* James Fentons *The Fall of Saigon,* Dirck Halsteads *White Christmas,* Charles Hendersons *Goodnight Saigon* und Tiziano Terzanis *Giai Phong! The Fall and Liberation of Saigon* zu Rate gezogen. Zu besonderem Dank bin ich Frank Snepps wichtigem Buch *Decent Interval* verpflichtet, das mich zu Claudes Flucht aus Saigon und der Episode mit dem Uhrenmann inspirierte. Für die Themenkomplexe Gefängnisse und Polizei in Südvietnam sowie Aktivitäten der Vietcong habe ich Douglas Valentines *The Phoenix Program,* das Pamphlet *We accuse* von Jean-Pierre Debris und André Menras, Truong Nhu Tangs *A Vietcong Memoir* und einen *Life*-Artikel aus dem Januarheft von 1968 benutzt. Alfred W. McCoys *A Question of Torture* (dt. *Foltern und Foltern lassen: 50 Jahre Folterforschung und -praxis von CIA und US-Militär*, 2005) verschaffte mir entscheidende Erkenntnisse über die Entwicklung amerikanischer Verhörtechniken, beginnend mit den Neunzehnhundertfünfzigerjahren über den Vietnamkrieg bis zu den Kriegen in Irak und Afghanistan. Zum Thema Umerziehungslager konsultierte ich Huynh Sanh Thongs *To Be Made Over*, Jade

Ngoc Quang Huynhs *South Wind Changing* und Tran Tri Vus *Lost Years*. Bei der Beschreibung der vietnamesischen Widerstandskämpfer, die versuchten, in Vietnam einzufallen, half mir eine kleine Ausstellung mit erbeuteten Werkzeugen und Waffen im Lao People's Army History Museum in Vientiane.

Während diese Kämpfer fast völlig vergessen sind oder ihre Existenz einfach nie bekannt wurde, liegt auf der Hand, was den Film *Das Dorf* inspiriert hat. Eleanor Coppolas Dokumentarfilm *Hearts of Darkness* und ihr Buch *Notes: The Making of Apocalypse Now* sowie Francis Ford Coppolas Kommentar auf der DVD *Apocalypse Now* gewährten mir viele Einblicke. Folgende Werke waren ebenfalls von Nutzen: Ronald Bergans *Francis Ford Coppola: Close Up* (dt. *Francis Ford Coppola,* 1998), Jean-Paul Chaillets und Elizabeth Vincents *Francis Ford Coppola,* Jeffrey Chowns *Hollywood Auteur: Francis Ford Coppola,* Peter Cowies *The Apocalypse Now Book* und *Coppola: A Biography,* Michael Goodwins und Naomi Wise' *On the Edge: The Life and Times of Francis Coppola*, Gene D. Phillips' und Rodney Hills *Francis Ford Coppola: Interviews* und Michael Schumachers *Francis Ford Coppola: A Filmmaker's Life*. Außerdem las ich folgende Artikel: *Apocalypse Finally* von Dirck Halstead, *Return to Apocalypse Now* von Christa Larwood, *Apocalypse Yesterday Already! Ifuago Extras and the Making of Apocalypse Now* von Deirdre McKay und Padmapani L. Perez, *The Maddest Movie Ever* von Tony Rennell und *The Strained Making of Apocalypse Now* von Robert Sellers.

Gelegentlich war es wichtig, wörtlich zu zitieren: besonders To Huu, dessen Gedichte in dem Artikel *To Huu: The People's Poet* in den *Viet Nam News* erschienen; außerdem Nguyen Van Ky, der das in dem Buch *Viet Nam Exposé* veröffentlichte Sprichwort »The good deeds of Father are as great as Mount

Thai Son« übersetzte; die im Jahr 1975 erschienene Ausgabe von *Fodor's Southeast Asia;* und General William Westmoreland, dessen Gedanken über die orientalische Weltsicht und ihres Werts ich dem Dokumentarfilm *Hearts and Minds* (Regie: Peter Davis) entnahm. Diese Gedanken werden im Buch Richard Hedd zugeschrieben.

Schließlich möchte ich noch einigen Organisationen und Menschen danken, ohne die dieser Roman nicht das Buch geworden wäre, das vor Ihnen liegt. Der Asian Cultural Council, die Bread Loaf Writers Conference, das Center für Cultural Innovation, das Djerassi Resident Artists Program, das Fine Arts Work Center und die University of Southern California haben mich in Form von Stipendien, Writer-in-Residence-Aufenthalten oder Sabbaticals unterstützt, die mir meine Recherchen und das Schreiben selbst ermöglichten. Meine Agenten Nat Sobel und Julie Stevenson und mein Lektor Peter Blackstock halfen mit geduldigem Beistand und klugem Lektorat. Morgan Entrekin und Judy Hottensen waren begeisterte Unterstützer. Deb Seager, John Mark Boling und alle Mitarbeiter von Grove Atlantic haben hart an diesem Buch gearbeitet. Von Beginn an glaubte meine Freundin Chiori Miyagawa, die unermüdlich die ersten Entwürfe las, an den Roman. Den größten Dank jedoch schulde ich wie immer meinem Vater Joseph Thanh Nguyen und meiner Mutter Linda Kim Nguyen. Ihre Opferbereitschaft und ihr unbeugsamer Wille in den Kriegsjahren ermöglichten mir und meinem Bruder Tung Thanh Nguyen das Leben. Er, seine wundervolle Partnerin Huyen Le Cao und ihre Kinder Minh, Luc und Linh haben mich immer unterstützt.

Die letzten Worte dieses Buchs sind den zwei Menschen vorbehalten, die immer an erster Stelle kommen: Lan Duong, die jedes Wort gelesen hat, und unserem Sohn Ellison, der gerade zur rechten Zeit kam.